W0223150

BASTEI LÜBBE
TASCHENBUCH

Weitere Titel des Autors:

Kalypto – Die Herren der Wälder

Titel in der Regel auch als E-Book erhältlich

Über den Autor

Tom Jacuba ist das Pseudonym eines deutschen Autors. Jacuba war bis Mitte der 90er Jahre Diakon und Sozialpädagoge und schrieb vorwiegend Satiren, Kurzgeschichten und Kinderbücher. Seither ist er freier Autor und verfasst Fantasyromane, historische Romane, Spannungs- und Science-Fiction-Geschichten. Er erhielt 2001 den Deutschen Phantastik-Preis als Autor des Jahres.

TOM JACUBA

KALYPTO

DIE MAGIERIN DER TAUSEND INSELN

Roman

BASTEI LÜBBE
TASCHENBUCH

BASTEI LÜBBE TASCHENBUCH
Band 20806

MIX
Papier aus verantwortungsvollen Quellen
FSC® C083411

Dieser Titel ist auch als E-Book erschienen

Originalausgabe

Die Veröffentlichung dieses Werkes erfolgt auf die Vermittlung
der literarischen Agentur Peter Molden, Köln

Textredaktion: Friederike Haller, Wortspiel, Berlin
Karte: © Markus Weber, Guter Punkt, München
Titelillustration: © Rainer Kalwitz, Recklinghausen
Umschlaggestaltung: Guter Punkt, München
Satz: two-up, Düsseldorf
Gesetzt aus der Garamond
Druck und Verarbeitung: CPI books GmbH, Leck – Germany
Printed in Germany
ISBN 978-3-404-20806-7

1 3 5 7 6 4 2

Wer seinen Feind besiegt, hat Kraft.
Wer eine Stadt besiegt, hat Macht.
Wer sich selbst besiegt, ist stark.

Laotse

PROLOG

Die Männer waren zu zwölft. Links und rechts des Pfades kauerten sie zwischen Ginster und schon bräunlichem Farn. Sie stemmten Jagdlanzen über die Schultern oder spannten Pfeile in ihre Jagdbogen. Alles lautlos, alles mit spärlichen Bewegungen. Der dreizehnte, unbewaffnet, hockte zwei Lanzenlängen über dem Pfad im gelben Laub einer Birke. Irgendwo im Norden krächzte ein Kolk.

Die Männer hatten braun gebrannte, bärtige Gesichter, schwarzes, graues, sandfarbenes, weißes oder lehmbraunes Haar. Sie trugen Mäntel aus schwarzem Bärenfell oder aus grauem und ockerfarbenem Eulengefieder, das mit Netzen aus Spinnenseide auf raues Hirschleder gespannt war. Sie fielen kaum auf im Herbstlaub.

Der in der Birke war ganz in braunes Hirschleder gehüllt. Sein Kindergesicht sah aus wie verwelkt. Jetzt hob er die Rechte bis zu den Lippen, und seine Lider schlossen sich halb. Er lauschte und lauerte mit höchster Aufmerksamkeit. Die Männer in Farn und Ginster hielten den Atem an.

Das geschah zwei Monde nachdem Lasnic von Strömenholz durch einen See schwamm und einen Menschen am Himmel beobachtete; zwei Monde nachdem die neue Königin von Garona von der Nordwand des Blauphirs aus Katapultgeschosse in die belagerte Stadt Blauen einschlagen sah; zwei Monde nachdem die Magierin der Tausend Inseln am Fenster des Burgturms stand und auf das verwüstete Garonada hinabblickte.

Der in der Birke riss die Augen auf und stieß die Rechte über den Kopf. Nur einen Wimpernschlag später sahen die Männer unter ihm kleine, dunkelhäutige Krieger auf dem Pfad zwischen den Bäumen auftauchen. Die legten die Köpfe in die Nacken und spähten in die Birke hinauf, weil ein Kolk krächzend in deren Wipfel landete. Die Jäger rechts und links des Pfades schleuderten ihre Lanzen und schossen ihre Pfeile auf sie.

Vier Fremde sanken tödlich getroffen auf den Pfad und ins Unterholz, mindestens genauso viele flüchteten in die Richtung, aus der sie gekommen waren. Sieben Jäger sprangen aus dem Gestrüpp und jagten ihnen nach. Die anderen betrachteten die Toten.

»Verdammte Bräunlinge, dachte ich es mir«, sagte der Eichgraf von Stommfurt, ein alter Graubart namens Uschom.

»Dass sie so bald zurückkommen, die Drecksäcke!« Tajosch, ein hagerer, sehniger Jäger mit wilder, schwarzer Mähne, zog dem Hauptmann der Bräunlinge den schwarzen Ledermantel aus. »Der passt meinem Jüngsten.« Der Kolk im Birkenwipfel wollte gar nicht mehr aufhören zu krähen, zu quorken, zu flöten.

»Späher sind das«, sagte der Weißschopf, ein Waldfürst. »Verfluchte Späher. Kommen aus dem Norden.« Er hieß Birk. »Weiß der Schartan, wo das Pack von den Tausend Inseln diesmal vor Anker gegangen ist.«

»Im Mündungsdelta jedenfalls nicht.« Ein kleiner, nahezu kugelrunder Mann schaukelte von Leiche zu Leiche, nahm jeder ab, was ihm brauchbar erschien. Er trug schwarzes Bärenfell, hieß Ulmer und war der Wettermann von Blutbuch. »Die Wolkengötter flüstern mir, dass sie sich vorher noch mit den Baldoren prügeln.«

Aus der Birke kletterte der mit dem verwelkten Kindergesicht. »Um ein Haar hätten die Drecksäcke mich entdeckt.« Kauzer, der Wettermann von Strömenholz, lugte in den Birkenwipfel hinauf und drohte dem lärmenden Kolk dort oben mit knochigem Zeigefinger. »Hätt'st mich fast verraten, dummer Krächzer!« Er stutzte, runzelte die Brauen. »Wieso kommt mir das Gezeter dieses Kolks so bekannt vor?«

Einer nach dem anderen spähte nun zu dem Vogel hinauf. Dessen blauschwarzes Gefieder schillerte wie flüssiger Teer. »Das ist doch Voglers Kolk«, sagte Uschom. »Das ist doch Tekla!«

»Lasnics Kolk, meinst du«, sagte Tajosch. »Vogler liegt seit neunzehn Sommern im Vorjahrslaub.«

»Seit achtzehn«, sagte Kauzer.

»Na und?« Der runde Ulmer winkte ab. »Deswegen ist es immer noch Voglers Kolk.«

»Eulenscheiße! Lasnics Kolk!« Tajosch streckte die Rechte aus. »Komm schon her, Tekla!« Der Vogel flatterte aus der Birke und landete auf Tajoschs Schulter. »Hast du was zu erzählen? Dann los.«

»Tekla? Wirklich? Dann ist auch Lasnic in der Nähe.« Birks Miene verdüsterte sich. Nach allen Seiten lauerte der Weißschopf. »Soll mir ja fortbleiben, der Hosenscheißer!«

»Hast du Angst, dass er dir deinen Rang als Großer Waldfürst streitig macht?« Kauzer feixte dem Weißschopf ins Gesicht. Mit seinen kurzen, weißblonden und nach allen Seiten abstehenden Locken sah sein großer Kinderschädel aus wie gerupft.

»Wie denn, Wetterschwätzer!«, blaffte Birk. »Der Hosenscheißer ist auf und davon, und ihr habt mich gewählt. Wie denn, solange ich dem Wilden Axtmann nicht in die Klinge stolpere?«

Kauzer nickte nur und richtete den Blick seiner glitzernden Augen auf Tajosch und Tekla. »Bringt sie eine Botschaft?«

»Tekla ist über den Großen Ozean geflogen.« Der schwarzhaarige Jäger lauschte dem Geschnalze und Gequorke des Vogels. »Aus irgendwelchen Sümpfen bis hierher. Lasnic warnt uns vor Zehntausenden Bräunlingen. Er will zurückkommen.«

»Lasnic kommt nach Hause?« Kauzer riss die Augen auf. »Ist das wahr?« Ein Lächeln flog über sein verwelktes Gesicht.

»Soll bloß wegbleiben!« Der kugelrunde Wettermann von Blutbuch zog den Rotz hoch und spuckte aus. »Werden allein fertig mit den verdammten Drecksäcken, was Birk? Brauchen keine Hosenscheißer wie den Sohn Voglers!«

»Hab' ich's euch nicht immer gesagt?« Kauzer achtete nicht auf den missmutigen Ulmer. »Einer wie Lasnic bleibt nicht für immer fort! Einer wie Lasnic kann nicht leben ohne Wälder und Jagdbrüder!«

»Ein verdammter Pisser ist er!« Dem Weißschopf Birk schwoll die Schläfenader. »Einfach abhauen! Und so einen wolltest du uns als Großen Waldfürsten aufdrücken! Bis heute schämst du dich dafür, Wetterschwätzer, gib's doch zu!«

»Ja, ich schäm' mich!«, giftete Kauzer. »Weil nur der Zweitbeste unser Großer Waldfürst geworden ist!« Sein knochiger Zeigefinger stach nach Birk. »Einer, der Lasnic nicht das Wasser reichen kann!«

Birk packte den Wettermann am Kragen seines Hirschledermantels, schüttelte ihn, hob die Faust. Doch Uschom ging dazwischen. »Hat der Schartan euch ins Hirn gefurzt? Es reicht!« Der Graubart trat neben Tajosch. »Lasnic jenseits des Großen Ozeans? Will nach Hause kommen? Bist du sicher?«

Tajosch nickte und lauschte dem Kolk. »Woher der Sinneswandel?« Auch Kauzer schob sich an Tajoschs Seite. »Was hat er erlebt, der Bursche? Was kannst du von Tekla erfahren?«

»Üble Neuigkeiten hör' ich.« Tajoschs Miene hatte sich inzwischen verdüstert. »Ganz üble Neuigkeiten.«

ERSTES BUCH

DER BASTARD

I

Ein fliegender Mensch!

Lasnic staunte in den Himmel, tauchte unter, schwamm, tauchte auf und staunte in den Himmel. Hatte je einer von fliegenden Menschen gehört? Niemand! Er, der Waldmann, sah dennoch einen – dort oben, mit eigenen Augen. Unglaublich! Beim Großen Waldgeist, einfach unglaublich!

Er warf sich herum, schwamm auf dem Rücken weiter, spähte zu dem tollkühnen Burschen unter den künstlichen Schwingen hinauf und konnte es nicht glauben. Ein fliegender Mensch! In immer engeren Schleifen lenkte der verrückte Kerl sein Fluggestell der Wasseroberfläche entgegen.

Joscun hieß der Flieger, hatten die anderen gesagt, Joscun von Blauen. Im Labyrinth unter der Bergstadt Garonada war Lasnic ihm vor Tagen schon einmal begegnet. Joscun, ein Getreuer der Königin Ayrin, »Indscheniör« nannte Lord Frix ihn. Egal wie er hieß, egal woher er kam, egal was er war – der tollkühne Kerl hatte sich schon jetzt Lasnics Respekt verdient. Wie einen tapferen Jagdbruder würde er so einen behandeln – bei allen Wolkengöttern! –, wie seinen eigenen Eichgrafen!

Doch dazu musste er ihn erst einmal vor dem Absaufen bewahren. Im Schwimmen nämlich waren diese Bergstädter nicht halb so gut wie im Fechten, Klettern und Fliegen. Und wenn dieser Joscun samt seinem Fluggestell in den See stürzte, würde er ganz sicher beim Vorjahrslaub landen. Wie sollte er denn schwimmen mit diesem Ding auf dem Rücken?

Lasnic ließ den tollkühnen Flieger nicht aus den Augen. »Spring!«, schrie er. »Du musst springen!« Doch der fliegende Mann antwortete nicht. Dabei hatte er sich schon bis auf Rufweite zur Wasseroberfläche heruntergeschraubt. Nach und nach erkannte Lasnic Einzelheiten des Schwingengestells. Das war etwa eine Lanzenlänge breit, spannte sich gut und gern auf fünf Lanzenlängen Weite aus und wirkte vollkommen starr. Die beiden nach oben gewölbten Schwingen schienen aus einem Stück zu bestehen und hatten die Form einer breiten, nur ganz leicht gekrümmten Sichel.

»Wie bringt man so ein verdammtes Gestell nur zum Fliegen?«, murmelte Lasnic. »Wie beim Schartan soll das gehen?«

Noch zehn Lanzenlängen, dann würden Flieger und Gestell auf dem Wasser aufschlagen, noch ein Dutzend Schwimmzüge höchstens, dann würde Lasnic die Absturzstelle erreichen. Am Ufer winkten die anderen, etwas mehr als dreißig Frauen und Männer. Sie riefen seinen Namen und den des Fliegers. Nur der bullige Erzritter Romboc stand reglos und stumm auf sein Langschwert gestützt.

»Lass das Gestell los und spring!« Lasnic sah nun, dass der Tollkühne unter dem Mittelpunkt der Schwingenfläche waagerecht in einer Art Hängematte hing und sich an einem Bügel festhielt, der durch feine Seile mit den Schwingenspitzen verbunden war. »Raus aus dem Bügel, raus aus dem Tuch! Spring!« Er brüllte, so laut er nur konnte. »Dann schaffst du es vielleicht! Andernfalls wird das Gestell dich unter Wasser ziehen!« Die Seen und Teiche hier in den Sümpfen waren zwar seicht, aber immer noch tief genug, um zu ertrinken. »Hörst du, was ich sage? Lass los, Joscun, spring!«

»Damit mein Luftsegler mir auf den Kopf fällt?«, schrie der andere von oben. »Ich bin doch nicht lebensmüde!«

Der Waldmann warf sich auf den Bauch, tauchte unter, tauchte mit kraftvollen Schwimmzügen der wahrscheinlichen Absturzstelle entgegen. Es würde dem Garonesen eben nicht auf den Kopf fallen, das unglaubliche Gestell! Es würde einfach ohne den Flieger ein Stück weitersegeln und einen halben Lanzenwurf abseits ins Wasser stürzen. Aber so waren sie, die schlauen Kerle und Weiber von Garona, wussten einfach alles besser.

Der Waldmann tauchte auf, spähte nach oben, spähte nach allen Seiten. Am Ufer standen sie inzwischen alle so starr und stumm wie zuvor Romboc im Schilf oder im hohen Gras und starrten zu Lasnic und Joscun auf den See hinaus. Nun war es der Erzritter, der gestikulierte und rief. Der ganz in Schwarz und Grau gehüllte

Romboc bedeutete dem fliegenden Mann, sofort seine künstlichen Schwingen abzustreifen.

Lasnic spähte wieder zu Joscun hinauf. »Hörst du, was dein Erzritter befiehlt?« Zehn Lanzenlängen vor ihm und sieben über ihm glitt der Verrückte vorüber. »Raus aus dem Gestell, Kerl!«, brüllte Lasnic. »Sonst küsst dich der Karpfen und danach kein anderer jemals wieder!«

Das oder Rombocs Befehl – eines von beidem schien den fliegenden Kerl zu überzeugen, denn jetzt rührte sich etwas dort oben, jetzt tat er doch, was Lasnic ihm so dringend riet: Er ließ den Bügel los, löste irgendwelche Haken an den vorderen Seitenrändern der Hängematte und rutschte aus ihr heraus. Im freien Fall und inmitten eines Vorhangs aus Decken und Fellen rauschte er dem See entgegen und klatschte bäuchlings auf der Wasseroberfläche auf. Sein Fluggestell geriet ins Schwanken und Trudeln, flog aber dennoch ein Stück allein weiter. Nicht weit entfernt von seinem Steuermann bohrte es sich schließlich in den See.

Lasnic tauchte, schwamm schneller. Unter Wasser fasste er Joscuns Kahlkopf ins Auge, tauchte zu ihm, packte den Mann unter den Achseln, zog ihn nach oben. Prustend tauchten sie auf. »Tausend Pilze und hunderttausend Beeren!«, keuchte Lasnic.

Joscun hustete und spuckte Wasser aus. »Was redest du da, Waldmann?« Natürlich begriff er nicht, wie viel Anerkennung hinter Lasnics Worten steckte. Er schnappte nach Luft.

»So grüßen im Herbst unsere Jäger einander, wenn sie sich in der Wildnis begegnen.« Lasnic warf sich auf den Rücken, hebelte dem anderen den Arm unters Kinn und schwamm einhändig und mit den Beinen. Er spürte, wie Joscun zitterte. »Lass ganz locker, hörst du? Ich schaff' dich ans Ufer.«

»Bist du wahnsinnig, Waldmann?« Joscun schlug um sich. »Wir müssen mein Fluggerät bergen!«

»Wer hat denn dir ins Hirn geschissen?« Lasnic hätte nicht für möglich gehalten, dass der Verrückte noch so viel Kraft in den Armen hatte. »Was willst du denn noch mit dem sperrigen Ding? Sei froh, dass es dich nicht in den Tod gerissen hat!«

Joscun wollte nicht hören. »Lass mich los!« Er wand sich in Lasnics Armen, schlug und fluchte und strampelte so lange, bis Lasnic ihm seinen Willen ließ. Keuchend kraulte der Mann aus Blauen zu seinem bereits sinkenden Gestell. Nur dessen linke Schwingenhälfte ragte noch schräg aus dem Wasser. Er packte sie, zerrte daran, versank, tauchte auf und schrie: »Her zu mir, Waldmann! So hilf mir doch!«

Lasnic gab auf. Fluchend schwamm er zu dem abgestürzten Flieger und tauchte nach der schon versunkenen rechten Schwinge. Die war zwar sperrig, aber auch erstaunlich leicht, und der Auftrieb des Bambusrohrrahmens half dem Waldmann, sie über die Wasseroberfläche zu stemmen. Beide Männer schoben sich unter je eine Schwinge. Derart beladen, schwammen sie auf dem Rücken dem Ufer entgegen.

»Ich wollte im Uferschilf landen«, keuchte Joscun. »Hatte schon einen baum- und buschlosen Streifen ausgespäht. Doch eine Böe kalten Nordwindes hat mich erwischt. Plötzlich riss der Auftrieb ab, und mein Segler hat Schlagseite bekommen und ist ins Trudeln geraten.« Lasnic blinzelte zu ihm und versuchte zu verstehen. »Bin froh, dass ich den Vogel überhaupt noch mal in den Gleitflug bringen konnte.«

Obwohl sein blauer Lederanzug längst mit Wasser vollgesogen sein musste, hielt dieser Joscun sich tapfer über dem Wasserspiegel. »Starten und vor allem landen ist schwieriger als der Flug selbst, weißt du?« Er schwamm wirklich gut, er schwamm besser, als Lasnic es einem Bergkerl zugetraut hätte. »Der ist im Grunde ein Kinderspiel.«

»Du bist tatsächlich von Blauen aus mit diesem Gestell geflogen?« Lasnic konnte es immer noch nicht glauben.

»Was sollte ich machen? Die verfluchte Hexe Lauka hat die Stadt nach mir durchkämmt. Seit Tagen warmer Südwestwind, das musste ich einfach ausnutzen, sonst wäre ich in Laukas Folterkammer gelandet. Oder gleich auf dem Hackklotz.«

»Ich weiß schon.« Lasnic spähte zum Ufer – noch einen halben Lanzenwurf höchstens. Schwertweiber aus Petronas Garde legten schon Waffen und Kleider ab, um in den See zu steigen. Der bullige Romboc gestikulierte nach links und rechts. »Lord Frix hat erzählt, dass die neue Königin alle verfolgt, die zu ihrer Schwester halten.«

»Der baldorische Dieb?« Eine Woge überspülte Joscuns Grinsen. Er hustete, spuckte Wasser aus. »Dieses komische Kerlchen hat sich tatsächlich zu euch durchgeschlagen?« Er keuchte und prustete. »Du hast seltsame Freunde, Lasnic, das muss ich schon sagen.«

Über ihnen tönte plötzlich ein knarziges, gurgelndes Krächzen. »Der da gehört auch dazu.« Mit einem Blick deutete der Waldmann in den Himmel – ein großer Vogel mit weißen Flecken im schwarzen Gefieder kreiste über ihnen und dem Fluggestell: einer von zwei Kolks, die Lasnic aus den Wäldern am Mündungsdelta des Stomms über das Meer bis nach Garona begleitet hatten. »Er heißt Schrat.« Ganz warm wurde es Lasnic ums Herz, als er den alten Kolk seines Vaters Vogler über sich kreisen sah. Als hätte eine sommerliche Böe aus dem heimatlichen Wald ihn angeweht, so kam es ihm vor, als würde sein geliebter Vater selbst ihm einen Gruß zuraunen.

»Der hat sich schon vor der letzten Bergkette zu mir gesellt!«, rief Joscun. »Danach habe ich mich nicht mehr ganz so allein gefühlt da oben in den kalten Lüften!«

So gut wie nackt sprangen vier Schwertweiber ins Wasser, wateten ihnen entgegen, streckten die Arme nach Joscun aus. Der wehrte ab. »Ich komme schon zurecht! Bringt lieber mein Fluggerät ans Ufer, ihr Schwertdamen!« Die Kriegerinnen packten die künstlichen Schwingen. »Vorsicht!«, rief Joscun. »Bloß nicht kaputtmachen!«

Lasnic drehte sich auf den Bauch, überließ den vier Schwertweibern das Gestell. Behutsam zogen die es durchs Wasser in Richtung Ufer. Verschämt waren sie gar nicht, diese Weiber von Garona, trugen weiter nichts als schmale Lendenschurze. Ihre Brüste wogten im Wasser, und als sie sich umdrehten und ins Ufergras stiegen, weidete Lasnic sich am Anblick ihrer wiegenden Hüften und fast nackten Hintern. Ein herrlicher Anblick, weiß der Wolkengott!

Romboc blaffte Befehle. Drei Männer sprangen ins Wasser. Pirol Gumpen, der Hüne aus dem Eisland, rammte seinen Dreizack ins

Ufergras und half den Schwertweibern mit dem Fluggestell. Lord Frix und der junge Weihritter Wigard bückten sich nach dem Abgestürzten und zogen ihn an Land. Diesmal wehrte Joscun von Blauen die Hilfe nicht ab. Schlaff und schwer atmend hing er zwischen den Männern.

»Du bisch ja fix und fertig, Kerl!« Frix hatte recht, und Lasnic erschrak, als er sah, wie erschöpft der tollkühne Flieger wirklich war.

»Joscun!« Mit ausgestreckten Armen lief Ayrin, die ehemalige Königin von Garona, durch das Schilf auf ihn und die Männer zu, die ihn hielten. Ein rotes Stirntuch hielt ihr das schwarze Haar aus dem Gesicht. »Mein treuer Joscun! Ich bin so froh, dass du lebst!«

Die Gestalt des Kahlkopfes straffte sich augenblicklich. Er machte sich von Frix und Wigard los, ergriff mit beiden Händen Ayrins Rechte und verneigte sich vor ihr. »Glück unserer Königin, Frieden irgendwann wieder unseren Städten und Segen dem Reich.« Ayrin zog ihn an sich und umarmte ihn. Für einen Moment loderte Lasnic Eifersucht durch die Brust.

»Bringt ihm zu trinken!« Ayrin betastete Joscuns hellblauen Lederanzug. »Trockene Kleider für den Baumeister!« Sie selbst trug ein weißes Leinenhemd und schwarze Ziegenlederhosen unter einer schwarzen Weste aus kurzem Lammfell und darüber einen langen Mantel aus dicht gewebter, tiefroter Wolle. »Und haben wir noch etwas zu essen für ihn?« Sie winkte nach links und rechts.

Lasnic stieg aus dem See. Er streifte sich das Wasser von der Haut. Kaum jemand beachtete ihn – nur die blonde Kriegsmeisterin, die schöne Loryane, lugte zu ihm herüber. Sie trug ein langes hellblaues Wollkleid unter silbrigem Kettenhemd und schwarzem Ziegenpelzmantel. Ungeniert betrachtete sie seine nackte Gestalt. Und täuschte Lasnic sich, oder lächelte sie?

Er drehte sich weg und ging ins Schilf. Etwas abseits von den anderen band er sich sein Hüfttuch um und stieg in seine Bärenlederhose. Das aus Tiersehne geflochtene Band mit der Lederkapsel hängte er sich um den Hals und zog das Hirschlederhemd darüber. In der Kapsel steckte der Mondstein, der magische Ring, den er vor so vielen Sommern im Mund seines toten Vaters gefunden hatte.

Am Rande des Uferwäldchens, nicht weit von ihm, landeten zwei Kolks auf den Wipfeln zweier Bäume, krächzten, quorkten und flöteten. Tekla, die Lasnic ebenfalls den weiten Weg vom Stomm bis hierher begleitet hatte, begrüßte ihren Gefährten. Die beiden Vögel hatten sich allerhand zu erzählen.

Währenddessen hüllten Petronas Schwertweiber Joscun in Decken und Lammfell. Der junge Wigard hängte seine Kleider und Stiefel zum Trocknen über Lord Frix' Reittier, einen braunen Steinbock. Petrona selbst, die stämmige Herzogin von Schluchternburg, reichte dem Abgestürzten einen alten Gerstenfladen, frische Beeren und eine Glasschüssel mit Pemisal. So nannten die Ritter von Garona eine mit Kräutern, Zwiebeln, Pilzen und Ziegenfett durchsetzte Paste aus Trockenfleisch, von der sie sich während ihrer Winterfeldzüge ernährten.

Lasnic schlüpfte in seine Dachsfellweste, nahm Waffen und Mantel und trat neben Lord Frix und den Erzritter Romboc. Schweigend beobachtete der die aufgekratzte Menschentraube rund um Joscun. Der sehnige Kahlkopf war Rombocs Enkel, wenn Lasnic alles richtig verstanden hatte.

»Verrückter Kerl, dieser Joscun.« Lasnic wickelte sich die Fußlappen um die Füße und stieg in seine Stiefel. »Sagt, er sei von Blauen bis hierher geflogen.« Er gürtete sein baldorisches Kurzschwert und warf sich den Eulenfedermantel über die Schultern. »Glaubt ihr das?«

»Im Lebe net!« Lord Frix schüttelte seine schwarze Mähne. »Zu Fuß dädsch doch mindeschdens zwanzig Stunde brauche, oda?« Er zwirbelte an seinem zotteligen Kinnbart herum und machte ein Gesicht, als würde er seinen eigenen Worten nicht ganz trauen.

Der Erzritter blieb stumm. Schwarzes, abgewetztes Lederzeug und ein dunkelgrauer Wollmantel hüllten seine kräftige und untersetzte Gestalt ein. Silbrige Strähnen durchzogen sein zu Zöpfen geflochtenes Schwarzhaar, sein breites Gesicht war von Narben verwüstet. Man sah ihm nicht an, dass er zu den vierzehn mächtigsten Männern des untergegangenen Reiches gehört hatte. Dennoch gehorchte er nicht nur der Königin, sondern auch der Herzogin Petrona, ja sogar der Kriegsmeisterin Loryane. Lasnic jedoch war fest entschlossen, den vernarbten Bullen als eigentlichen Anführer der Flüchtlinge zu betrachten. Mochten die anderen Kerle sich doch den Weibern unterordnen, wenn sie unbedingt wollten! Für ihn kam das nicht in Frage. Niemals. Was gingen ihn die verrückten Sitten von Garona an?

»Du stinkst, Waldmann.« Romboc trat einen Schritt zur Seite, rümpfte die Nase und betrachtete Lasnic von den Stiefelspitzen aufwärts bis zum Ansatz seines langen braunen Haares. »Hättest deine Kleider nicht ausziehen sollen, bevor du ins Wasser gesprungen bist.«

Er wandte sich ab und ging zu den anderen. Lord Frix grinste Lasnic von der Seite an. Kauzer, der kleine Wettermann von Strömenholz, hatte ihn manchmal mit ähnlich verschmitztem Grinsen beobachtet. Gut fühlte sich das an. Der Waldmann bückte sich nach Lanze und Bogen und folgte dem Erzritter. Stimmte schon – Wochen her, dass er seine Kleider gewaschen hatte. Vor allem sein Eulenfedermantel roch wie ein toter Rotaffe, der sich vor Angst vollgepisst hatte, bevor er verreckt war.

»Erzähle!«, hörte Lasnic den Erzritter sagen. »Wie steht es im Reich?«

»Was fragst du, Großvater?« Bitterkeit und Härte verzerrten Joscuns Züge. »Ihr wisst alle, wie es steht. Das Reich ist verloren. Aus sechs Städten schleppen die Blutsäufer Kinder, Halbwüchsige und junge Ritter weg aus Garona und zu ihren Schiffen an den Troch und an die Küste von Trochau. Fragt mich lieber nicht nach unseren Töchtern, Schwestern und Müttern. Gekämpft wird nur noch in Blauen. Herzogin Wilmis von Rothern konnte sich in die Stadt retten. Die Herzogin Sigrun hat man zuletzt bei Rothern gesehen. Mit einer großen Kampfschar von Schwertdamen soll sie den Staudamm verteidigt haben. Wilmis glaubt, sie sei verwundet in den See gestürzt.«

Lasnic sah genau, wie der Erzritter schluckte und wie seine Kaumuskeln bebten. Sigrun, die Herzogin von Violadum, war seine jüngste Tochter. »Wird Blauen sich halten können?«

»Eine Zeitlang vielleicht.« Mit einem Dolch strich Joscun Pemisal auf den knochentrockenen Gerstenfladen. »Lass den ersten Schnee kommen, dann ist es vorbei. Bis dahin reichen die Vorräte in der Stadt noch.« Es knirschte mächtig, als er in den Kanten biss.

»Und du weißt sicher, dass Lauka in der Stadt ist?«, fragte Ayrin.

»Verlass dich drauf, meine Königin.« Joscun sprach mit vollem Mund. »Und verlass dich drauf, dass sie darauf brennt, jeden zu töten, von dem sie weiß, dass er dir die Treue hält. Meine Mutter hat mich genötigt zu fliehen.« Vor dem Schilf breiteten Wigard, Pirol Gumpen und einige Gardistinnen der schönen Kriegsmeisterin das Fluggerät, seine Riemen und die Hängematte zum Trocknen in der Sonne aus. Mit einer Kopfbewegung deutete Joscun auf das Gestell. »Also habe ich mich letzte Nacht in die Terrassengärten hinaufgeschlichen und nach Sonnenaufgang einen meiner Luftsegler aus der herzoglichen Weingrotte gezogen. Unsere Weinberge sind ja steil genug, um ordentlich Anlauf nehmen und springen zu können. Keiner hat mich gesehen am Himmel über Blauen. Im warmen Aufwind aus den Flusstälern und den Sümpfen konnte ich sieben Stunden lang ungestört meine Kreise ziehen. Glück gehabt. Der Großen Mutter sei Dank! So viel Glück! Bis kurz vor der Landung.« Er hob den Blick seiner grauen Augen und schaute zu Lasnic herüber. »Danke, Waldmann.«

Lasnic nickte. Voller Bewunderung hing er an den Lippen des Kahlkopfes. Aus der nördlichsten Stadt des Königsreichs von einer steilen Gartenterrasse gesprungen, über Täler und Flüsse geflogen, über die östlichen Schneegipfel, über die halben Sümpfe – das musste man sich einmal vorstellen!

»Wie geht es Blauens Herzogin Tanjassin?«, wollte Petrona wissen. Auch sie, die stämmige Kriegerin mit den männlichen Zügen und dem kurzen, dunkelblonden Haar, war eine der sechs Herzoginnen Garonas – ihre Stadt Schluchternburg hatten die Bräunlinge als erste erobert. Weil Joscun nicht gleich antwortete, verdüsterte sich ihre harte Miene. »Lauka, das verdammte Biest, hat es doch nicht etwa gewagt, sie anzutasten?«

Joscun hörte auf zu kauen und senkte den Blick. Stille herrschte plötzlich. Lasnic äugte in die Runde – keiner, der in diesem Moment nicht wie erstarrt stand und zu dem in Decken und Felle gehüllten Kahlkopf schaute.

»Wie geht es deiner Mutter, Joscun?«, hakte Romboc mit heiserer Stimme nach, als sein Enkel stumm blieb. Lasnic beobachtete ihn verstohlen – der Erzritter war aschfahl geworden unter seinen vielen Narben.

»Warum antwortest du nicht, Joscun von Blauen?« Ayrin ging vor dem Kahlkopf in die Hocke. »Tanjassin ist doch nicht etwa …?«

Joscun schluckte, ließ den Fladen fallen und atmete tief. »Vielleicht sollten wir alle ihr wünschen, tot zu sein.« Er raffte die Decken um seine Schultern zusammen und schüttelte sich, als würde er frieren. »Doch ich fürchte, sie lebt. Und ich fürchte, es geht ihr erbärmlich.« Er hob den Kopf und sah seinem Großvater in die Augen. »Gestern Abend, kurz nachdem ich gegangen war, drangen Laukas Schwertdamen in die Herzoginnenburg ein.«

Fast alle senkten die Blicke. Nur der junge Wigard musterte den Erzritter aus großen, traurigen Augen. Niemand sprach mehr ein Wort. Loryane, die blonde Kriegsmeisterin, ging zu Romboc, wollte ihn in den Arm nehmen. Doch der Erzritter wandte sich ab und stapfte zwischen die Bäume und Büsche am Seeufer.

2

Ein Rauschen wie von jähem Windstoß erfüllte plötzlich die Luft, etwas Schattenhaftes brauste heran zwischen Himmel und Stadt. Auf den Gassen und Straßen unterhalb der Steilwand schrien Menschen einander Warnungen zu. Die Schwertdamen und Ritter an der Zugbrücke und entlang des Burggrabens starrten in den Himmel. Einige warfen sich in den Staub. Dann schlugen kurz nacheinander drei Katapultgeschosse bei der Kreuzung vor der Burg ein, Felsbrocken, groß wie einachsige Eselskarren. Einer traf die Burgmauer, ein anderer ein Haus. Es klirrte und krachte; Ziegel, Glas, Dreck und Gesteinssplitter spritzten nach allen Seiten davon; Staub stieg auf.

»Nicht einmal zweihundert Fuß entfernt«, sagte Starian. Sorgenfalten zerfurchten seine Miene.

»Mach dir keine Sorgen, mein Ritter.« Aus schmalen Augen beobachtete Lauka die nächsten Felsbrocken, die jenseits der Nordmauer in den Himmel stiegen. »Weiter können sie auch mit ihren größten Katapulten nicht schießen.«

»Um dein Leben sorge ich mich nicht, meine Königin. Hier oben in der Wand und in den Höhlen bist du sicher.« Starian trug Bein- und Armschienen, einen schwarzen Harnisch über einem Kettenhemd und eine eherne Sturmhaube mit Nasenschutz. Mit einer Geste wies er auf die Gebäude im Hang unter ihnen. »Doch die Stadt geht zugrunde. Sieh doch!«

Auf bogenförmiger Flugbahn rauschten die nächsten Geschosse heran, vier waren es diesmal, und wie um Laukas Worte zu bestätigen, schlugen sie knapp 300 Fuß entfernt in einer Gasse, einem angrenzenden Hof und einem Dach ein. Esel blökten, Ziegen meckerten, Menschen schrien.

»Eine Stallung.« Der Zorn machte Starians Stimme heiser. »Und ein Wohnhaus. Sie zertrümmern uns die Straßen und Häuser.«

Lauka, er und eine Handvoll Thronritter standen 600 Fuß über der Stadt an der Brüstung eines Felssimses. Viele Vertraute, Gardisten und Bedienstete der neuen Königin hatten sich hierher, in die Höhlen des Steilhangs, geflüchtet, der Blauen im Süden und zum Teil auch im Osten begrenzte. »Von den tausenddreihundert Gebäuden Blauens ist bereits jedes zehnte beschädigt oder zerstört«, klagte der blonde Starian. »Jetzt können unsere Leute noch in den Terrassengärten oder hier in den Höhlen leben. Doch was, wenn in einem Mond der Winter kommt?«

Lauka presste die Lippen zusammen. Ihr Erster Reichsritter und Kommandant der Throngarde hatte recht. Doch was tun? Noch klammerte sie sich an die Hoffnung, die Belagerer könnten bald aufgeben, um rechtzeitig vor den ersten Winterstürmen ihre Krieger einschiffen und über den Großen Ozean schaffen zu können. Von ihrem Vater Mauritz kannte Lauka ja das nächste Kriegsziel der tarkanischen Hohepriesterin: die Vernichtung der Waldstämme am Stomm.

Unten vor der Zugbrücke trugen Ritter zwei verletzte Schwertdamen in den Burghof. Auf jedem Turm, jedem Balkon, jeder Dachterrasse der Herzoginnenburg sah Lauka Bewaffnete. Drei Kampfscharen zu je hundert Schwertdamen und Rittern durchkämmten die Burg nach der entmachteten Herzogin und ihrem Gefolge. Stündlich wartete Lauka darauf, dass man ihr die Gefangennahme Tanjassins von Blauen meldete. Genauso, wie sie stündlich darauf wartete, dass ihr Vater endlich in der belagerten Stadt eintraf.

»Da!« Starian fasste nach ihrem Oberarm und deutete nach Südosten. Von dort flogen zwei brennende Baumstämme über die Wehrmauer in die Stadt und schlugen nicht weit dahinter zwischen den Häusern ein. »Warum erfinden unsere Baumeister keine Kriegsgeräte, mit denen man derart riesige Fackeln verschießen kann?«

»Wir besitzen Brandkörbe, vergiss das nicht, Starian. Die schießen wir weiter und zielgenauer, als die Blutsäufer ihre Felsbrocken und geteerten Brandstämme schleudern können.«

»Und warum haben wir dann erst einen einzigen feindlichen Katapult getroffen?«

»Weil sie ihr schweres Kriegsgerät hinter hohen Wällen verschanzt haben«, antwortete Lauka. »Das weißt du besser als ich.« Ein schwarzer Wildledermantel ihres Vaters hüllte ihre zierliche Gestalt ein. Darunter trug sie ein moosgrünes langes Kleid. Ein Helm aus Bronze bedeckte ihren Scheitel; die kastanienroten Locken hatte sie sich mit einem gelben Stirntuch aus dem Gesicht gebunden. Sie legte die Rechte über die Brauen, um ihre Augen vor der Nachmittagssonne zu schützen, und spähte dorthin, wo die Brandstämme eingeschlagen hatten. Flammen loderten zwischen den Häusern auf, Rauch stieg empor.

»Die Südmühle.« Gepresst und zerknirscht klang Starians Stimme jetzt. »Sie besteht zur Hälfte aus Holzgebäuden. Was die Tarkaner uns nicht zertrümmern, schießen sie uns in Brand.«

»Hör auf zu jammern, Reichsritter!«, fuhr Lauka ihn an. »Sag mir lieber, was du vorschlägst.« Sie musterte ihn von der Seite. »Rede!« Sein Profil war kantiger geworden in den letzten drei Wintern. Betrachtete man nur seine linke Seite, war er immer noch schön anzusehen.

»Wir müssen einen Ausfall wagen!« Starian drehte den Kopf und schaute ihr in die Augen. Eine vernarbte und gerötete Schwarte bedeckte seine rechte Schädelseite unter dem Wangenschutz der Sturmhaube. Kaum Haar wuchs ihm dort. »Wir müssen endlich ihre Katapulte zerstören! Hinter ihren Schanzwällen können unsere Katapulte sie nur mit viel Glück treffen.«

Lauka dachte an jenen Tag zurück, als ihre Schwester Ayrin in ihre Schlafkammer eingedrungen war und dem nackten Ritter mit seinem eigenen Schwert das Ohr abgeschlagen und die Schulter zertrümmert hatte. Wie so oft flammte Hass durch ihre Brust. Bei der Großen Mutter: Ayrin würde bezahlen müssen! Dafür und für vieles andere; das hatte Lauka sich geschworen.

Angeblich hatte ihre Schwester nach dem Fall Violadums fliehen können. Wo sie wohl steckte? Wer ihr wohl beistand? Lauka hätte es Ayrin gegönnt, in die Hände der so grausamen wie gierigen Krieger aus Tarkatan zu fallen.

»Ein Ausfall wird uns viele Kämpfer kosten«, sagte sie leise.

»Das mag stimmen, meine Königin. Noch mehr Menschen allerdings werden wir verlieren, wenn die Tarkaner unsere Stadt weiterhin mit Felsbrocken und Brandstämmen bombardieren.«

Lauka ballte die Rechte zur Faust, presste sie an die Lippen und dachte nach. Etwas mehr als 9000 Menschen lebten normalerweise in Blauen. Seit die Blutsäufer aus Tarkatan eine Bergstadt nach der anderen gestürmt hatten, war der Strom der Flüchtlinge stetig angeschwollen. Vor wenigen Tagen erst war auch die Hauptstadt Garonada gefallen, und der Belagerungsring der kleinen braunen Krieger hatte sich endgültig um Blauen geschlossen. Fast vierzigtausend Garonesen lebten nun in der Stadt. Mehr als doppelt so viele, wie die Gärten, Ställe und Vorratshäuser der Stadt den kommenden Winter über ernähren konnten.

Kaum jeder Zehnte war waffenfähig, und nicht alle konnten sich zu jeder Stunde hier in der Steilwand des Blauphirs oder rechts und links davon in den Terrassengärten aufhalten. Die Wehrmauern und Stadttore mussten ja besetzt bleiben; Löschzüge mussten zwischen Zisternen und Brandherden pendeln; Boten, Ärzte, Wagenkolonnen mit Material und Proviant mussten zwischen den Wehrmauern und der Burg verkehren. Dazu kamen die Bäckereien und Küchen, die das Essen für die auf der Mauer kämpfenden Schwertdamen und Ritter zubereiteten. Und nicht zu vergessen die viel zu vielen Blauener, die sich wegen ihrer Tiere und ihres Eigentums weigerten, Häuser und Gehöfte zu verlassen.

Wie schmerzlich vermisste Lauka ihren Vater in diesen Stunden! Wo blieb er denn nur? Für einen mächtigen Magier wie ihn konnte es doch nicht so schwer sein, sich durch den Belagerungsring in die Stadt zu schleichen! Was würde er, Mauritz, entscheiden, wenn er jetzt hier wäre?

Lauka senkte den Blick, ballte die Linke und berührte den Mondsteinring, den sie dort trug. Ein Geschenk ihres Vaters, ein Tor zu ungeahnten magischen Kräften. Lauka schloss die Augen, legte die Rechte auf Faust und Ring und straffte ihre sehnige Gestalt. »Also gut, Starian.« Endlich nickte sie. »Aber nur unter einer Bedingung: Du gehst nicht selbst mit nach draußen.«

»Das muss ich aber, meine Königin.«

»Nein!« Sie packte ihn an den Oberarmen, sah zu ihm hoch. »Ich will dich nicht verlieren!« Seit zwei Wintern begleitete Starian als Laukas engster Vertrauter ihren Aufstieg zur Königin von Garona. Damals, erst achtzehnjährig, hatte sie beschlossen, ihre Schwester zu stürzen, und den sieben Winter älteren Ritter aus dem Kerker in ihr Bett geholt. Starian war ihr mehr als nur Liebhaber und militärischer Berater – er war ihre rechte Hand. Und solange ihr Vater verschollen blieb, auch ihr Halt und die wichtigste Stütze ihrer Macht.

»Ich selbst muss den Ausfall anführen, meine Königin!« Starian zeigte sich unbeirrt. »Willst du etwa dem alten Eisenfinger das Kommando geben?« Er meinte den einarmigen Erzritter Raban; Lauka wusste, dass Starian ihn nicht besonders schätzte. »Die fette Herzogin wird es kaum wagen, sich ins Schlachtgetümmel zu stürzen, und Boras wird an der Südflanke des Blauphirs gebraucht.«

»Raban mag alt und verkrüppelt sein, aber er kämpft mutig und verbissen wie ein Schneeleopard.« Lauka ließ Starian los und wandte sich ab.

»Doch wertvollere Dienste leistet dir ein Erzritter hier, in Burg und Stadt, meine Königin.« Starian blieb hartnäckig; anders kannte Lauka ihn nicht. »*Ich* muss die Schwertdamen und Ritter in den Kampf führen! Sie verehren mich, das weißt du doch. Vor allem die jungen Ritter. Die Blutsäufer haben fünf Katapulte auf den Blauphir zur Stadt heraufgeschleppt und im Hang verschanzt. Einen haben unsere Katapultschützen zertrümmert. Nur wenn wir den Ausfall mit äußerster Entschlossenheit durchführen, können wir die anderen vier zerstören. Dazu muss ein Ritter unsere Kampfscharen anführen, an den sie glauben und den sie als Vorbild verehren.«

»Du bist nicht der Einzige, der sein Leben für mich und Garona geben würde, nicht der Einzige, den sie achten.«

»Aber der Beste.«

Lauka biss die Zähne zusammen. Mit dem Handteller der Rechten rieb sie über den großen Mondstein ihres Ringes. Wie warm er sich anfühlte! Schließlich fuhr sie herum und sah dem kräftig gebauten und hochgewachsenen Ritter in die hellblauen Augen.

Von allen liebte sie Starian am meisten. Sie hängte ihre Armbrust ans Geländer, stellte sich auf die Zehenspitzen und fasste sein stoppelbärtiges Gesicht. »Dann geh und tu, was du tun musst. Die Große Mutter sei mit dir, mein Geliebter.« Sie küsste ihn auf den Mund. »Pass auf dich auf und komm heil zu mir zurück. Ich brauch dich.«

Starian hielt sie einen Atemzug lang fest, dann löste er sich aus ihrer Umarmung und eilte zu einer der schmalen Eisenleitern, die nach unten führten. »Nimm keine Schwertdamen mit, Reichsritter Starian!«, rief sie ihm hinterher. »Ich will nicht, dass noch mehr Frauen in die Hände der verfluchten Blutsäufer fallen!«

Der Ritter nickte, fasste nach einem Griffbügel und schwang sich auf die gusseiserne Leiter. Wenig später drang seine bellende Stimme aus einer der tiefer gelegenen Höhlen zu ihr herauf. Offenbar stellte er bereits die Scharführer für den Ausfall zusammen. Lauka schulterte ihre Armbrust und lauschte dem Klang seiner Stimme. Wie rasch er sich doch diesen schroffen Befehlston angewöhnt hatte, seit er ihr und Mauritz geholfen hatte, Ayrin Krone und Reich zu entreißen.

Und schon wieder brauste und rauschte die Luft. Lauka spähte suchend nach allen Seiten – diesmal flogen drei Felsbrocken von Nordwesten her über die Mauer. Starians Thronritter drängten sich in einem engen Kreis um sie herum und hoben schützend ihre Schilde. »Weg damit!«, zischte Lauka. »Nichts kann mich verwunden!« Die Ritter senkten ihre Arme. Beinahe zeitgleich stiegen die schweren Geschosse in steilen Kurven nach oben, schienen einen Wimpernschlag lang zu verharren und beschleunigten danach umso rascher, bis sie eine halbe Meile entfernt einschlugen. Es dröhnte und donnerte.

»Das Garnisonshaus«, murmelte einer der Gardisten halblaut, ein junger, gut gebauter Rotschopf namens Hector; Lauka hatte längst ein Auge auf ihn geworfen. »Davon steht doch kaum noch die Grundmauer.« Das stimmte – auf das Garnisonshaus der Stadtritterschaft hatten die Tarkaner sich schon vom ersten Tag der Belagerung an eingeschossen. »Verdammich!«, zischte der Rotschopf, hielt die Linke über die Augen und spähte nach Westen. »Ich glaube der dritte Brocken hat die Westmauer erwischt!«

Die Thronritter stellten sich auf die Zehenspitzen und beobachteten die zerquellende Staubwolke über dem Mauerabschnitt hinter dem Garnisonshaus, und wie um Hectors Vermutung zu bestätigen, ertönten plötzlich Fanfarenklänge von der Westmauer her. Mit Eisklauen griff die Angst nach Laukas Herz: Wenn es den Blutsäufern gelingen sollte, eine Bresche in die Mauer zu schießen, dann würde sie den sicheren Platz hier auf dem Felssims aufgeben und an der Stadtmauer ihre Magie gegen feindliche Sturmtruppen einsetzen müssen. Dabei begann sie doch gerade erst, ihre neuen Kräfte zu entdecken. Wenn doch bloß ihr Vater endlich käme!

Wie eine dunkle Wolke stieg im Westen ein Pfeilhagel auf und senkte sich auf die Mauer. »Sie bereiten einen Sturm vor«, sagte einer der Männer. Unten in der Stadt rollten drei Fuhrwerke über die Zugbrücke und bogen in die Gasse nach Westen ein; Wagen, um die Verletzten zu bergen. Eine große Kampfschar aus Schwertdamen folgte ihnen.

»Unser Reichsritter!« Hector deutete auf Starian, der nun neben dem südlichen Burggraben an der Spitze einer berittenen Kampfschar in ihrem Blickfeld auftauchte. Er saß auf einem großen, weißen Ziegenbock. Hinter ihm lenkten Hunderte Ritter ihre Esel und Reitziegen aus dem Schatten der Felswand. Etliche trugen brennende Fackeln. Die Großkampfschar teilte sich an der Kreuzung, etwa fünfhundert Reiter lenkten ihre Tiere Richtung Nordtor. Lauka biss die Zähne zusammen, als sie Starian an der Spitze von fünfhundert Reitern in die Straße nach Westen einbiegen und verschwinden sah. Ihre Augen wurden zu Schlitzen.

Von derselben Leiter, über die Starian nach unten geklettert war, schwang sich jetzt eine junge Schwertdame auf den Felssims herauf. Sie trug ein Zweihandschwert auf dem Rücken und gelbliches Leder über dem Harnisch. Ein wahres Gestrüpp aus blauschwarzen Zöpfen quoll unter dem blauen Kopftuch heraus, das sie sich um den braunen Lederhelm gebunden hatte. Eine Botin Rabans; Lauka hatte ihren Namen vergessen. Der Erzritter Raban, Kommandant der Stadtritterschaft von Blauen, schickte stündlich Boten mit Nachrichten zu ihr herauf. Gab es endlich Neuigkeiten von Mauritz? Lauka schöpfte Hoffnung.

Die Schwertdame eilte herbei. Drei Schritte vor ihrer Königin blieb sie stehen und verneigte sich tief. »Was gibt es?«, herrschte Lauka sie an.

Die junge Frau stammte aus Rothern und gehörte eigentlich zu Wilmis' Gefolge. Doch die ehemalige Herzogin von Rothern und neue Herzogin von Blauen hatte sie zu den Kampfscharen abkommandiert, die in der Burg nach Wilmis' Vorgängerin Tanjassin suchten. Wahrscheinlich hielt sie Wilmis auf dem Laufenden. Lauka misstraute den Überlebenden aus Rothern; der Herzogin nicht weniger als ihrer Entourage.

Die Schwertdame hob den Blick. »Botschaft vom Erzritter Raban, meine Königin.« Man redete in Gegenwart der Königin nicht, bevor man dazu aufgefordert wurde; und man hatte sich zu verneigen. Neue Sitten – Lauka hatte sie gleich nach Ayrins Sturz eingeführt. »Die Herzogin Tanjassin hat sich im Südflügel …«

»Tanjassin ist keine Herzogin mehr!«, schnitt Lauka ihr das Wort ab. »Geht das nicht in deinen Schädel, dummes Ding? Deinen Namen!«

»Tigrit, meine Königin. Verzeih mir.« Die Schwertdame errötete.

»Noch einmal nennst du die Verräterin mit diesem Titel, und ich werde dafür sorgen, dass du es unter Stockhieben erst bereust und dann verlernst!«

»Verzeih, meine Königin.« Tigrit verneigte sich erneut. »Höre die Botschaft Rabans, meine Königin: ›Die Verräterin Tanjassin hat sich im Südflügel der Burg verschanzt. Der Zugang zum Höhlensystem liegt nahe ihres Verstecks. Die Verräterin wird wohl versuchen, sich dorthin durchzuschlagen. Hinter dem Felsentor jedoch wartet bereits die Majordame Wolfrun mit ihren Schwertdamen auf sie.‹«

»Gute Nachrichten.« Lieber hätte Lauka gehört, dass Mauritz in der Stadt aufgetaucht war. »Gehe und richte Raban aus, dass ich Tanjassin und ihren Sohn lebend will. Er möge mich benachrichtigen, sobald er beide Verräter in Ketten gelegt hat.« Die Botin wiederholte die Botschaft, verneigte sich und kletterte wieder nach unten.

Das Triumphgefühl trieb Lauka jenes Lächeln ins Gesicht, für das viele sie fürchteten. Ein kaltes Lächeln, selbstgewiss und verschlagen. Tanjassin in der Falle! Die letzte noch lebende Herzogin, die sich offen zu Ayrin bekannte! Von allen Anhängern der gestürzten Königin waren nur noch sie und ihre wenigen Getreuen auf freiem Fuß. Alle anderen hatten Laukas Ritter und Schwertdamen getötet oder in den Kerker unter der Burg geworfen.

Lauka hoffte inbrünstig, dass man auch Tanjassins Sohn, den hochmütigen Baumeister Joscun, gefangenen nehmen konnte. Sie brauchte Männer wie ihn, brauchte Schwertlose, die mit ihrem scharfen Verstand und ihrem Wissen über Welt und Natur wichtigere Siege zu erringen imstande waren als ein mit Katapulten, Armbrüsten und Schwertern ausgerüstetes Heer.

Doch Lauka machte sich nichts vor: Joscun hielt Ayrin die Treue und würde sich erst einmal weigern, einer Herrscherin zu dienen, die seine Königin vom Thron gestürzt hatte. Daran würde auch seine enge Freundschaft zu Starian nichts ändern. Aber Lauka kannte Mittel und Wege, dem Baumeister ihren Willen aufzuzwingen. Ihre Rechte rieb kreisend über den warmen Ring; zwischen den Fingern sah sie ihn aufleuchten. Joscun würde der Hochmut schon noch vergehen.

»Ein Bautrupp!« Der Rotschopf deutete zur Burg hinunter, wo schon wieder Eselsgespanne Wagen über die Zugbrücke zogen. »Und da – ein Löschtrupp!« Sieben Fuhrwerke rollten Richtung Westmauer, teils mit Bauholz und Steinen, teils mit Großfässern beladen. Ritter und Zimmerleute rannten neben ihnen her. »Die Mauer ist beschädigt, der Wehrgang scheint zu brennen!«

Plötzlich Stimmen und Schrittlärm am südlichen Ende des Felssimses – die Köpfe der Thronritter flogen herum. Hector griff zum Knauf seines Schwertes, andere rissen ihre Armbrüste von den Schultern. Etwa hundert Schritte entfernt sprangen Schwertdamen von den Leitern, die aus dem oberen Felshang auf den Sims herabführten. Ihnen folgten ein paar Ritter und Boras, der Reichsritter, der die Verteidigung des Südhangs befehligte. Lauka und ihre Throngardisten entspannten sich, als sie die eigenen Leute erkannten.

Die Schwertdamen zerrten zwei kleine, sehnige Männer mit brauner Haut von den Sprossen, stießen sie zu Boden und setzten ihnen die Klingenspitzen an die Kehlen. Ein Fremder und die letzten Schwertdamen und Stadtritter kletterten von der Leiter. Lauka schluckte ihre Enttäuschung herunter: Mauritz war nicht unter den Männern.

Sie ging Boras entgegen; die sieben Thronritter wichen nicht von der Seite ihrer Königin. »Ihr habt Gefangene gemacht, mein Ritter?«

»Fast zwei Dutzend.« Boras feixte zufrieden. Er trug einen roten Mantel über seinem schwarzen Harnisch. Wie Starian hatte Lauka auch ihn für seine Dienste beim Sturz Ayrins mit dem Stand eines Reichritters belohnt. Allerdings nur, um die Flamme der Eifersucht rund um ihren Thron gar nicht erst auflodern zu lassen – Boras' Geistesschärfe und Willenskraft reichten bei weitem nicht an Starians Fähigkeiten heran. Dafür verstand er, sein Schwert mit vernichtender Kraft zu führen. Außerdem war er ein Liebhaber, dessen grobe Wildheit Lauka manchmal den eher sanften Liebeskünsten Starians vorzog.

Boras zog seinen schwarzen Helm ab und wischte sich den Schweiß vom stoppelhaarigen Schädel. »Blutsäufer sind über einen Felskamin zum Kamm unter dem Gipfel heraufgestiegen.«

Im Süden und Osten bildete der Blauphir einen natürlichen Stadtwall um Blauen. Der Reichsritter Boras und seine Kampfscharen aus erfahrenen Schwertdamen und Grenzrittern bewachten und verteidigten die wenigen Routen, auf denen Feinde den Berg überwinden konnten.

»Die meisten habe ich töten lassen.« Mit dem Schwert zeigte der Stoppelkopf auf die beiden Gefangenen. »Diese hier haben die Rotte angeführt. Hauptleute. Ich denke, sie haben einiges zu erzählen. Wir müssen sie nur zum Reden bringen.« Boras zog seinen Dolch und grinste böse.

Lauka schritt um die Tarkaner herum und betrachtete sie neugierig. Noch nie hatte sie die blutrünstigen Krieger von den Tausend Inseln aus solcher Nähe gesehen. Erstaunlich klein kamen die beiden ihr vor, dazu ungewöhnlich drahtig und dürr. Ketten verbanden ihre Fuß- und Handgelenke, sie trugen schwarze Pluderhosen, graue Lederjacken und schwarze Stirntücher. Aus den Sohlen ihrer Bergsteigerstiefel ragten kurze, stumpfe Nägel. Ihre hasserfüllten Blicke tasteten Laukas Gesicht und Körper ab.

»Dolmetscher!«, rief Lauka. Der Fremde, der mit Boras und seiner Schar aus dem Fels herabgestiegen war, trat zu ihr und den Gefangenen, ein Trochauer von gedrungener Gestalt und mit hellbraunen Locken, lang und dicht. Er deutete eine knappe Verbeugung an. »Frag sie, wie ihre Anführer heißen, wie viele Krieger vor Blauen lagern und wie viele in den anderen sechs Städten des Reiches.«

Der Dolmetscher sprach die beiden Tarkaner in ihrer eigenen Sprache an. Er hieß Pradosco und gehörte zu den Rebellen, die in Trochau die Herrschaft Garonas bekämpft hatten. Wie die beiden Blutsäufer war er ein Gefangener des Reiches, denn als Bergführer hatte er Tausende von tarkanischen Kriegern über die Ostgrenze des Reiches und vor die Mauern Schluchternburgs und Weihschroffs geführt. Bis dahin hatte die steile und zerklüftete Ostgrenze als unüberwindbar gegolten. Doch weil die Tarkaner inzwischen auch in Trochau mordeten, raubten und schändeten, hatte der Mann die Seiten gewechselt.

Der ältere der beiden Gefangenen blaffte ein paar Silben heraus, und der Trochauer übersetzte: »›Von uns erfahrt ihr kein Wort‹, sagt er.« Lauka nickte Boras zu, der bückte sich blitzschnell nach dem trotzigen Tarkaner, schwang seinen Dolch und schlitzte ihm die Stirn auf. Der Dolmetscher wiederholte die Frage, der Tarkaner spuckte ihn an. »Schneid ihm die Ohren ab«, befahl Lauka. Zwei Ritter traten dem Gefangenen auf die Arme und griffen in sein schwarzes Kraushaar. Boras holte mit den Dolch aus, verfluchte den Mann von den Tausend Inseln und trennte ihm beide Ohren ab. Der braunhäutige Krieger gab nicht einen Ton von sich, blieb auch zum dritten Mal die Antwort auf Laukas Fragen schuldig.

»Schafft den anderen ans Geländer.« Lauka deutete auf den Jüngeren der beiden Gefangenen. »Und tretet ein paar Schritte zurück. Alle.«

Boras und die Thronritter zögerten. »Verzeih, meine Königin.« Hector verneigte sich. »Doch es ist meine Pflicht, keinen Augenblick von deiner Seite …«

»Es ist deine Pflicht, mir zu gehorchen, Rotschopf!«, zischte Lauka. »Weg mit euch!«

Boras und seine Ritter packten den zweiten Gefangenen und zerrten ihn ans Geländer. Er blickte in die Tiefe, und Lauka konnte zusehen, wie die Angst sich in seiner knochigen Miene einnistete. Gut so. Die Schwertdamen und Thronritter wichen widerwillig zur Seite. Lauka ballte die Linke zur Faust und richtete sie auf den braunhäutigen Krieger zu ihren Füßen. Aus der Blutlache um seinen Schädel heraus starrte er voller Hass zu ihr herauf.

Lauka tat, was sie als Erstes von ihrem Vater, dem Magier, gelernt hatte: Sie verband ihren Geist mit der Kraft im Mondstein und beschwor das magische Licht herauf, das ihr Vater »ERSTES MORGENLICHT« nannte. Eine ungeheuerliche Kraft, vor der es Lauka noch immer graute; ein ungeheuerliches Licht, das sowohl vernichten als auch erschaffen konnte.

Der Ring leuchtete heller, und sie hielt den Atem an. Die Ritter und Schwertdamen wichen noch weiter zurück. Der Blick des blutenden Tarkaners wurde starr.

Alles in Lauka geriet in Aufruhr. Innerlich erbebte sie vor der Macht, die ihr Geist auf einmal empfand, äußerlich stand sie reglos und mit versteinerter Miene. Wie sie es von Mauritz gelernt hatte, rang sie Angst und Erregung nieder und legte dem magischen Licht mit ihrem bloßen Willen Zügel an: Ein schwacher Lichthof aus blauem, grünlichem und türkisfarbenem Schimmer fiel jetzt auf den Gefangenen; zugleich versuchte Lauka, mit ihrem Geist nach seinem Willen zu tasten. Das zu lernen – einen fremden Willen anzugreifen –, hatte sie erst begonnen, als sie ihren Vater vor sieben Tagen zuletzt in Garonada gesehen hatte.

Der Wille des blutenden Gefangenen fühlte sich hart und spröde an, und es gelang ihr nur unter Mühen, in ihn einzudringen. Doch das magische Licht tat schon die Wirkung, die Lauka sich wünschte – das Haar des Gefangenen wurde grau, seine Lippen fahl, sein Blick trübe, und unzählige Furchen zogen sich über die plötzlich schmutzig braune Haut seiner Handrücken und seines Gesichtes.

Die Zeit vergeht schneller oder hält inne, ganz wie wir wollen, hatte ihr Vater erklärt, *die Kraft des Lebens strömt oder versiegt, ganz wie wir wollen.* Lauka verstand nicht wirklich, was Mauritz damit hatte sagen wollen. Noch nicht.

»Steh auf!«, herrschte sie den Tarkaner an. »Geh zur Brüstung!«

Ein alter Mann, ein Greis beinahe, erhob sich vom blutigen Felssims, stemmte sich ächzend auf die Knie und zog sich am Felsen auf die Füße. Schwer atmend schleppte er sich zum Geländer am Rande des Felssimses. Seine Ketten rasselten bei jedem Schritt. Die Ritter und Schwertdamen beobachteten den plötzlich Vergreisten aus schmalen Augen. Entsetzen spiegelte sich in den Mienen derer, die bisher nur aus Gerüchten von den Ringträgern und ihren magischen Kräften wussten. Der zweite Gefangene schluckte unablässig, und nur der Trochauer beobachtete die gespenstische Szene mit gleichmütiger Miene, so als würde er einen verdorrten Baum oder einen leeren Weinkelch betrachten.

Vor dem Geländer blieb der verstümmelte Gefangene stehen und stützte sich auf den obersten Brüstungsholm. Das Blut aus den freigelegten Gehörgängen strömte ihm über Schultern und Rücken. Lauka bohrte ihre Willenskraft tiefer in seinen Geist. »Klettere über das Geländer und stürze dich hinab!«

Alle hielten jetzt den Atem an, sie sah es genau, sogar der Rebell aus Trochau. Der blutende Tarkaner aber setzte den rechten Stiefel auf den mittleren Holm, stützte sich auf die Brüstung und kletterte über das Geländer. Wegen der Ketten und seiner plötzlichen Vergreisung und Kraftlosigkeit brauchte er drei Versuche, bis es ihm endlich gelang, auch das zweite Bein über den Brüstungsholm zu schwingen. Er stierte erst in die Tiefe, dann zurück zu Lauka.

»Spring!«, befahl sie. Der Gefangene ließ das Geländer los und stürzte ab. Sekunden später hörte Lauka seinen Körper unten im Steilhang aufschlagen.

Sie erschauerte. Derart ungeheure Kräfte besaß sie? Und zwanzig Winter lang hatten diese Kräfte unbemerkt in ihr geschlummert? Sie konnte es noch immer nicht fassen.

Sie suchte die Blicke ihrer Ritter und Schwertdamen. Keiner rührte sich, keiner sprach ein Wort. Die meisten waren bleich, und der Schrecken machte ihre Gesichter starr. Hector betrachtete Lauka respektvoll und mit hochgezogenen Brauen, der Trochauer mit einer Mischung aus Neugier und Abscheu. Boras feixte, doch sein Feixen wirkte unsicher und wie eingefroren.

Lauka hätte gern gelächelt, denn ihre neue Kraft so deutlich wie niemals zuvor zu spüren und ihre Wirkung so drastisch zu erleben, erfüllte sie mit tiefer Genugtuung. Herrlich! Sie atmete tief durch; kantig und hart blieb ihre Miene.

»Her mit dem anderen!«, befahl sie. »Legt ihn dahin ins Blut.« Sie deutete in den Fliegenschwarm, der über dem blutigen Fels summte. Boras' Schwertdamen stießen den Gefangenen zu Boden und ins Blut des Abgestürzten. »Und jetzt frag ihn, was ich wissen will«, wandte Lauka sich an den Dolmetscher.

Pradosco wiederholte Laukas Fragen. Man hatte ihm in Aussicht gestellt, sich Freiheit und Leben zu verdienen, wenn er der neuen Königin als Dolmetscher diente, doch insgeheim hatte Lauka längst seinen Tod beschlossen. Niemand, der gegen Garona gekämpft hatte, durfte am Leben bleiben. Außerdem gefiel ihr der eigensinnige Zug um Pradoscos Mund nicht; auch hatten die furchtlose Art, wie er sie ansah, und seine nur dürftigen Verneigungen etwas Widerspenstiges.

Der Gefangene redete, ohne dass Lauka ihm den Ring auch nur zeigen musste. »Dreizehntausend belagern die Stadt«, übersetzte Pradosco. »Zwanzigtausend halten die anderen Städte besetzt. Weitere fünftausend halten Trochau oder kümmern sich um die Flotte.«

»Mit wie vielen Schiffen sind sie gekommen?«

»Mit fünfhundert«, dolmetschte der Trochauer die prompte Antwort.

»Wie heißen eure Kriegsmeisterinnen?«

Der Gefangene verstand nicht gleich, und Pradosco umschrieb den Begriff »Kriegsmeisterin«, weil der Tarkaner nichts damit anfangen konnte; kämpfende oder gar kommandierende Frauen kannte man nicht auf den Tausend Inseln.

»Zlatan heißt ihr Oberster«, übersetzte der Trochauer endlich. »Sein Titel lautet ›Tarbullo‹. Der zweithöchste Rang ist der des ›Ersten Hauptmanns‹, ein gewisser Kaikan bekleidet ihn. Der hat Weihschroff und Schluchternburg erobert und residiert jetzt in Garonada. Über allen aber steht die Hohepriesterin des Gottes Tarkartos. Einen Namen habe sie nicht, alle nennen sie nur ›Herrin‹.«

»Sie heißt Catolis«, murmelte Lauka, die es besser wusste. Ihr Vater hatte diesen Namen erwähnt. Und keine Hohepriesterin sei diese Frau in Wahrheit, sondern eine Magierin von Kalypto. So wie er selbst nur zum Schein ein Harlekin und in Wahrheit im Auftrag Kalyptos nach Garona gekommen war. Diese Catolis jedoch sei eine besonders mächtige Magierin, vor der sie, Lauka, sich vorerst zu hüten hatte. So lange wenigstens, bis ihr Vater sie dieser Catolis vorstellte.

Allerdings hatte Mauritz diese Magierin nirgends gesichtet unter den Eroberern, weder in Violadum noch in der Hauptstadt. Lauka war es vorgekommen, als wäre ihr Vater deswegen erleichtert gewesen.

Der Gefangene hob den Kopf aus dem Blut seines toten Gefährten und redete immer weiter. Die Angst schien ihm im Nacken zu sitzen. Mit Recht.

»Es geht um diesen Kaikan«, übersetzte der Trochauer. »Um ihren Ersten Hauptmann. Der wird in den nächsten Tagen mit zwanzigtausend Mann und dreihundert Schiffen nach Osten aufbrechen.«

»Klingt, als hieße ihr nächstes Ziel Baldor«, sagte Boras.

Lauka nickte. Und rechnete: Wenn die Tarkaner mit der Hälfte ihres Eroberungsheeres in See stechen wollten, würden sie weiterhin mit 13 000 Kriegern vor Blauen bleiben und die Belagerung aufrechterhalten können. Zu viel, um die Stadt auf die Dauer zu halten. Und wenn man versuchte, einen Waffenstillstand zu erreichen? Das würde vielleicht ihrem Vater die Gelegenheit verschaffen, endlich in die Stadt zu gelangen.

»Schneide ihm die Ohren ab, Boras«, befahl sie, »und lass ihn durchs Nordtor aus der Stadt führen.« Und an Pradosco gewandt: »Und du, Trochauer, schärfst ihm folgende Botschaft an seinen Heerführer ein, an diesen Zlatan: ›Stell den Beschuss der Stadt ein und breche den Sturm auf die Westmauer ab. Sobald das geschehen ist, werde ich ans Nordtor kommen und mit dir verhandeln.‹«

3

Musik. Der Wind wehte die Klänge zu ihr herauf: Trommeln, Sackpfeifen, Fideln, Flöten. Sie trat ans südlichste Turmfenster und spähte in die eroberte Stadt hinunter. Die Dächer von Garonada leuchteten im Abendlicht. Auf dem Platz vor dem Garnisonshaus wurde getanzt. Erschöpft lehnte sie sich in die Fensteröffnung, lauschte den Klängen und versank im Anblick der von Licht gefluteten Dächer, Mauern und Gassen. *Wie schön*, dachte sie, *doch wie schön wäre es erst, wenn es sonst nichts gäbe zwischen den Schneegipfeln von Garona – nur diese Musik, nur dieses zauberhafte Licht.*

Müde war sie, müde und maßlos erschöpft. Sie vermied es, die Tänzer genauer zu betrachten, drehte sich nach ihrem Kuppelzelt um. Ihre Priester hatten es für sie aufgestellt. Hier oben im Hauptturm der Königinnenburg, am höchsten Punkt Garonadas. Hier, wo sie all den Grausamkeiten unten in der Stadt am fernsten sein konnte. Die Eingangsplane hatte sie längst zurückgeschlagen. Noch zögerte sie, sich hineinzubücken.

Unter ihr, in den ehemaligen Gemächern des gescheiterten Gefährten, bewachten die Priester jetzt den Aufgang herauf zu ihr ins oberste Turmzimmer. Niemand sollte die Zwiesprache der Hohepriesterin mit dem Gott stören.

Wie ein dumpfer Schmerz zerrte die Erschöpfung an ihren Gliedern. Scharf sog sie die kühle Abendluft durch die Nase ein. Sie betrachtete die tiefblauen Teppiche, mit denen die Priester die kleine Zeltkuppel bespannt hatten, ihre silbernen Fransen, die silbernen Stickereien auf ihren Säumen.

Nachtblau und Silber – die Farben einer Großmeisterin der Zeit. Ihre Farben.

Nein, sie war keine Hohepriesterin. Sie gedachte auch nicht, Zwiesprache mit dem Gott Tarkartos zu halten. Dieser Gott existierte nicht. Hier oben gab es nur sie: Catolis, die Magierin von

Kalypto, die Großmeisterin der Zeit. In Tarkatan, dem Reich der Tausend Inseln, hatte sie 500 Galeeren und 40 000 Krieger aufs Meer gebracht, um über viele Wochen hierherzusegeln, ins Königreich Garona. Um von hier aus den Weg zu bahnen für das Zweite Reich von Kalypto.

Kein Gott, sie, die Magierin, hatte das geschafft.

Sie seufzte, betrachtete den Zelteingang, zögerte. Dann wandte sie dem blauen Kuppelzelt wieder den Rücken zu. Nein, noch nicht. Erst noch einmal in das schöne Abendlicht über Garonada blicken. Auch auf dem kleinen Platz vor dem Garnisonshaus, nicht weit entfernt von Burg und Hauptturm, leuchtete es noch, beschien die Musikanten und Tänzer dort. Und nun sah sie doch genauer hin.

Krieger aus Tarkatan tanzten dort mit ihrer Beute. Die siegreichen Männer wild und mit wirbelnden Armen und Beinen, die gefangenen Frauen der eroberten Stadt steif und mit hochgezogenen Schultern. Zerlumpte Männer spielten ihnen auf, Halbwüchsige und Greise. Gefangene, die sie zum Musizieren aus den Kerkern geschleppt hatten. Als würden sie gegen Tod und Schmerz anspielen, so verzweifelt krümmten und bogen sie sich an ihren Instrumenten.

Und genauso war es, das wusste die Magierin: Die Männer dort unten spielten um ihr Leben; die Frauen dort unten tanzten um ihr Leben.

Einer der kleinen, braunhäutigen Krieger packte den Arm seiner Tänzerin und zerrte sie hinter sich her unter einem Torbogen hindurch in einen Hof. Beide verschwanden aus dem Blickfeld der Magierin. Gut so. Doch nicht gut genug: Denn was nun unweigerlich geschah in jenem Hof dort unten, was Catolis' Augen nicht mit ansehen mussten, das beschwor ihre Vorstellungskraft herauf, und jäh stand es ihr in grellen, schmerzhaften Bildern vor dem inneren Auge ihres Geistes. Sogar die Schreie der Frau glaubte sie zu hören.

Die Magierin wandte sich ab, wankte an der Zeltwand vorbei und drei Turmfenster weiter. Warum nur fühlten sich ihre Beine so schwer an? Schleppte sie denn Ketten mit sich herum? Sie ballte die Fäuste – die Leiden der eroberten Garonesen trübten ihre Siegesfreude und Zuversicht beinahe so sehr wie die Trauer um den gescheiterten Gefährten. Das ärgerte sie. Am Ringfinger ihrer Rechten leuchteten die blauen Steine ihrer beiden Ringe auf. Einer hatte ihm gehört, dem Gescheiterten. Sie steckte die Faust unter ihr nachtblaues, von Silberstickereien durchwirktes Gewand.

Über den Gipfeln im Osten dunkelte bereits der Himmel. Es kam ihr vor, als würden die Schneekappen der Berge nicht mehr ganz so tief in die Hänge hinabreichen wie noch zwei Monde zuvor, als der Krieg begonnen hatte. Als die Krieger Kaikans über die östlichste Stadt von Garona hergefallen waren; als das Heer Zlatans gleichzeitig Garonas südlichste Stadt angriff.

Inzwischen neigte sich der Sommer; inzwischen wehte die Fahne mit dem Bocksschädel und dem mit einem Schlachtbeil gekreuztem Krummschwert über sechs unterworfenen Städten von Garona. Nur die siebte und nördlichste leistete noch Widerstand.

Um das Kuppelzelt herum wankte sie an ein Nordfenster und spähte hinaus. Zum Greifen nahe lag hier der Garonit, der gewaltige Gipfel über der Hauptstadt. In seiner Westflanke funkelte ein Gletscher im Abendlicht. Weiter unten, von der Schlucht vor der Stadt aus, stieg ein Hang nicht allzu steil zum Tempel des zerstörten Reiches hinauf, zum »Mutterhaus« wie ihn die Einheimischen nannten. Krieger schrien dort und schwangen Peitschen; zehn Gespanne zu je vier Mustangs zogen einen Thron aus Bernstein über geschälte Baumstämme zu dem Bauwerk hinauf. Catolis' Hohepriesterthron. Morgen, während der Siegesfeier, würde sie auf ihm sitzen und die Kampfrotten von Tarkatan segnen.

Ihr müder Blick wanderte über die Gespanne hinweg zu dem Gebäude selbst. Es bestand aus zwei mächtigen Kuppeln und einem hohen Portalbau, der sie verband. Das Portal hatte Zlatan einreißen lassen. Anders hätten seine Krieger das Bild des Gottes nicht in den Tempel schaffen können. Auf der breiten Treppe rechts und links der zerstörten Torflügel hockten hundert Gefangene. Hundert gesunde, junge Männer und Frauen in Ketten, bewacht von zwei Dutzend Tarkanern. Morgen, während der Siegesfeier, sollten sie dem Gott geopfert werden.

Die Großmeisterin der Zeit stieß sich vom Fenster ab, wandte sich nach Süden. Ihr Gewand streifte das Kuppelzelt, während sie das große Turmzimmer durchquerte. Sie berührte die zurückgeschlagene Eingangsplane. Durch sie hindurch würde Catolis sich in das Zelt bücken. Bald. Um der Stadt, dem Bergreich und der Welt noch ferner zu rücken, als sie es hier oben sowieso schon war.

Sie hatte den Wächter des Schlafes gerufen. Wie viel Kraft sie das gekostet hatte! Mehr als der magische Kampf gegen Mauritz, den gescheiterten Gefährten. Im ERSTEN MORGENLICHT würde sie dem Wächter des Schlafes begegnen. Sinnlos, es noch länger hinauszuschieben: Er musste erfahren, was geschehen war. Der Frevel des gescheiterten Gefährten, die Existenz eines Bastards, der anmaßende Name des Bastards, das Schweigen der dritten Gefährtin – in Kalypto mussten sie davon erfahren. Es führte kein Weg daran vorbei.

Am Südfenster stützte sie die Ellenbogen auf die steinerne Fensterbank und ihr Gesicht in beide Hände. Ihr Körper verlangte nach Ruhe, ihr Geist nach Schlaf. Das Sims verlief in Höhe ihrer Brust, denn die Magierin aus Kalypto war von kleiner, zierlicher Gestalt. Fingerhandschuhe aus feinem, schwarzem Bocksleder reichten ihr bis über die Unterarme, eine Stola aus schwarzer Seide bedeckte ihr dunkelrotes Haar und ihre Schultern. Ihr Gesicht war kantig, sehr bleich und beinahe faltenlos. Catolis war kaum gealtert, seit sie vor über hundert Sommersonnenwenden die erste der Tausend Inseln betreten hatte. Der Blick ihrer hellen, kupferfarbenen Augen wanderte über den Südrand von Garonada.

Hier sah man der Stadt ihr Kriegsschicksal sofort an: niedergerissene Wehrmauerabschnitte, von Katapultgeschossen zertrümmerte Dächer, Schutthaufen auf Plätzen und Straßen, Brandruinen, gebeugte Überlebende, die ihre Toten aus den Trümmern scharrten.

Durch das zerstörte Tor und über die südlichste Brücke des Gletscherstromes – die Einheimischen nannten ihn Glacis – zogen Hunderte Gefangene zur Stadt hinaus. Junge Männer, Halbwüchsige und Kinder. Die Männer ließ der Tarbullo Zlatan zu seinen Galeeren am Stromufer und an der Küste bringen. Sie würden ihr heimatliches Hochgebirge nie wiedersehen und den Rest ihres Lebens angekettet auf Ruderbänken fristen. Die Kinder und Halbwüchsigen waren für die Sklavenmärkte in Tarkatan, Baldor, Kalmul und an den noch ferneren Westküsten bestimmt.

Hufschlag ließ Catolis aufhorchen. Sie lief zurück zum Westfenster – drei Reiter auf Steinböcken ritten über die Zugbrücke auf den Burghof. Boten des Tarbullos aus dem Heerlager vor der eingeschlossenen Stadt; vor Blauen, wo noch immer gekämpft wurde. Oder gab es Neuigkeiten des Ersten Hauptmannes? Ihm, Kaikan, hatte Zlatan die Statthalterschaft über Garonada anvertraut.

Ein Gespann aus vier großen Bergziegen folgte den Reitern in den Burghof. Es zog einen Wagen. Die hochgewachsenen und schweren Paarhufer mit den kurzen Hornstangen dienten den Einheimischen als Reit- und Zugtiere. Die Boten sprangen von den Mustangs und rannten zum Tor der Innenburg. Sie schienen es eilig zu haben.

Nun, sie würden warten müssen. Noch einmal blinzelte Catolis in die Abendsonne. Deren unterer Rand berührte bereits die Schneegipfel im Westen. Sie wandte sich ab und schritt zur Eingangsplane. Jetzt. Es hatte keinen Sinn, noch länger zu warten. Entscheidungen mussten getroffen werden; der Kriegszug für das Zweite Kalyptische Reich hatte ja erst begonnen.

Schwindel ließ sie taumeln, Catolis lehnte sich noch einmal gegen die Wand. Sie holte tief Luft. Dann bückte sie sich ins Zelt hinein und verschloss die Eingangsplane von innen.

Wie bläulicher Nebel sickerte das Licht aus ihren beiden Mondsteinringen ins Halbdunkle. Mit den Zehenspitzen tastete sie sich bis zu ihrem Sitzkissen unter dem Zenit der Zeltkuppel und ließ sich darauf nieder. Sie drückte die leuchtenden Ringe an die Stirn, konzentrierte ihre Willenkraft auf die Hitze in den Mondsteinen und wartete, bis das ERSTE MORGENLICHT als prickelnde Wärme erst durch ihren Schädel perlte, dann durch alle Glieder strömte.

Wie immer, wenn die Macht des magischen Lichtes sie berührte, weitete sich ihr Geist, und sie fühlte sich hochgehoben und von einer Kraft durchdrungen, die sie ganz gewiss ins Nichts reißen würde – hätte sie nicht gelernt, sie zu beherrschen.

Wogende Bläue in zahllosen Schattierungen hüllte sie ein, durchflutete das Zelt, strömte durch ihr Hirn, ihre Glieder, ihr Bewusstsein. Sie überließ sich den schillernden Lichtschwaden, gab sich dem Gefühl der Weite und des Schwebens hin, verschmolz mit dem Atem des Universums, mit dem ewigen Pulsschlag des Lebens.

Eine Zeitlang schwebte sie so im wogenden Blau. Bis sie einen violetten Lichtwirbel wahrnahm, der greller und greller leuchtete, näher kam und Umrisse einer Gestalt annahm. Sie hörte ihren Namen.

»Catolis!« Als würde jemand kraftvoll ihren Geist berühren, so fühlte es sich an. »Du hast mich gerufen, Catolis! Ist es denn schon so weit? Stehen wir schon auf der Schwelle des Zweiten Kalyptischen Reiches? Kann ich unsere Schläfer endlich wecken? Hier bin ich, sprich!«

Der Wächter des Schlafes! An seinem kraftvollen Geist erkannte sie ihn. Doch nicht jener greise Wächter, der sie damals geweckt hatte, berührte sie hier im ERSTEN MORGENLICHT, sondern ein neuer, ein junger Wächter. Hatte also der alte Magier erlöschen müssen, bevor er das Zweite Reich mit eigenen Augen sehen durfte; das war immer sein sehnlichster Wunsch gewesen.

»Ja, mein Vorgänger ist erloschen.« Der andere spürte ihre Fragen. »Zuvor hat er mich und meine Gefährtin geweckt, damit wir die verbleibenden Sonnenwenden bis zum Anbruch des Zweiten Reiches von Kalypto über jene Magier wachen, die noch im ERSTEN MORGENLICHT schlafen. Ist die Zeit denn schon reif, sie zu wecken? So sprich doch, Catolis.«

»Nein«, sagte sie, »leider ist die Zeit noch nicht reif. Doch ich habe ein vielversprechendes Volk gefunden, und es steht gut um das kommende Reich von Kalypto. Nun aber sind schlimme Dinge geschehen, Wächter des Schlafes. Sehr schlimme Dinge. Hör mir zu.«

Die Großmeisterin der Zeit berichtete, ohne zu werten, ohne zu verurteilen, ohne auch nur anzudeuten, was sie empfand. Mit knappen Worten schilderte sie weiter nichts als die nackten Tatsachen. »Ich habe während annähernd hundert Sommersonnenwenden Macht über ein Volk gewonnen, das tief im Süden verstreut auf unzähligen Inseln lebt«, begann sie. Nicht durch gewöhnliches Sprechen sagte sie, was sie zu sagen hatte; keine Lippen, keine Zunge formten ihre Worte. Es war eher so, als würde ein Geist den anderen berühren und sich ihm ganz unmittelbar mitteilen. »Braunhäutige Menschen, klein und zäh, grausam und einem ebenso grausamen Gott verfallen. Sie kennen kein Erbarmen, sie scheuen keinen Feind.«

Catolis hielt inne und genoss eine Zeitlang die Nähe des starken Magiergeistes und das belebende Pulsieren des ERSTEN MORGENLICHTES. Dessen leuchtend blaue Wogen umgaben sie und den Wächter des Schlafes mit Stille, Wärme und Klarheit. Wie zwei kleine Sonnen schwebten sie mitten im vielfältigen Blau um einen gemeinsamen Mittelpunkt. Jung und stark fühlte sie sich, keine Spur von Erschöpfung hemmte sie noch.

»Mich fürchten sie als ihre Hohepriesterin«, fuhr sie fort. »Sie glauben, ich stünde in unmittelbarem Kontakt mit ihrem Gott Tarkartos. Der Ringträger, den ich aus diesem Volk erwählt habe, hat die Inseln und ihre Bewohner zum Reich von Tarkatan vereinigt.« Sie dachte an Zlatan und an seine bedingungslose Ergebenheit. Eine bessere Wahl hätte sie nicht treffen können. »Tarkatans streitbare Männer hat er auf Schiffen Tausende Meilen weit über den Großen Ozean bis ins Bergreich von Garona geführt. Hier, im Hochgebirge, blühte seit etwa eintausendzwanzig Sommersonnenwenden ein kulturell hochstehendes Reich, das von tapferen und klugen Frauen regiert wurde. Die von mir erwählten Insulaner haben es dennoch besiegt. Noch vor der Wintersonnenwende werden sie nun die Herren der Wälder angreifen.«

Was sie verschwieg: Verrat und Uneinigkeit im Königinnenreich von Garona hatten dessen Untergang mit herbeigeführt. Und der Frevel des Magiers, der dieses Volk erwählt und zu prüfen hatte. Die Erinnerung an den Kampf mit Mauritz, dem Meister des Lichtes, erbitterte Catolis. Doch was geschehen war, war geschehen. Tarkatan hatte über Garona gesiegt. Das allein zählte. Die Mittel und Umstände, die den Insulanern zum Sieg verholfen hatten, spielten keine Rolle mehr. Warum noch darüber reden?

»Was du berichtest, klingt beruhigend, Großmeisterin der Zeit.« Ruhig und gleichmäßig leuchtend schwebte der Wächter des Schlafes ihr gegenüber durch die schillernde Bläue. »Es klingt ganz so, wie wir es geplant haben«, sagte er, »ein starkes Volk misst sich an einem anderen starken Volk, der Sieger am nächsten und so fort, bis eines übrig bleibt: das Volk nämlich, das uns dienen wird, wenn wir das Zweite Reich errichten, das stärkste also.« Der Wächter des Schlafes hielt einen Moment inne, bevor er fortfuhr. »Da ich die schlimmen Dinge, die du angekündigt hast, noch nicht erkennen kann, fürchte ich fast, sie könnten deine Gefährten betreffen.«

»So ist es, leider. Sonst hätte ich dich nicht zu mir ins ERSTE MORGENLICHT gebeten.«

Über einen Mondsteinring konnten die Magier von Kalypto das ERSTE MORGENLICHT heraufbeschwören, um in ihm mentale Verbindung miteinander aufzunehmen, gleichgültig wie viele tausend Meilen sie trennten. Ein Kraftakt, den selbst eine erfahrene Magierin wie Catolis mit tagelanger Erschöpfung zu bezahlen hatte. Deswegen griffen Kalyptiker nur in Notfällen auf diese Möglichkeit zurück.

»Und es sind gleich drei schlechte Nachrichten, die ich zu überbringen habe. Drei Notfälle, in denen ich deinen Rat brauche, Wächter des Schlafes.«

»Ich höre.«

»Violis ist verschollen.«

»Die Meisterin des Lebens?« Der violette Lichtwirbel, aus dem der Wächter des Schlafes sprach, verdichtete sich plötzlich, verlor für kurze Zeit seine Konturen und erfüllte das allgegenwärtige blaue Pulsieren mit grellerem Licht. »Und da bist du ganz sicher?«

»Ja. Violis ist in den hohen Norden gezogen, nachdem wir Kalypto verlassen hatten. Als ich ihr das letzte Mal im ERSTEN MORGENLICHT begegnete, wirkte sie zuversichtlich wie nie zuvor. Sie berichtete sogar von einer Ringträgerin, die sie erwählt hatte und zur Königin des Eisvolkes machen wollte. Seitdem traf ich sie nie wieder im ERSTEN MORGENLICHT. Sie antwortete nicht auf meine häufigen Rufe, und auch die Rufe des Meisters des Willens blieben vergeblich.«

»Wahrhaftig, das ist schlimm.« Der Lichtwirbel des anderen hatte wieder schärfere Konturen angenommen, doch sein Leuchten blieb jetzt merkwürdig matt.

»Es kommt noch schlimmer«, sagte Catolis. »Der Meister des Lichts ist gescheitert.«

»Mauritz? Gescheitert?« Blitze schossen aus dem Lichthof des Wächters. »Werde deutlicher, Großmeisterin der Zeit!«

»Schon vor etwas mehr als zwanzig Sommersonnenwenden hat er sich mit der Königin eingelassen, die er als Ringträgerin erwählte. Und nicht nur das: Er hat ein Kind mit ihr gezeugt, ein Mädchen. Und als die Mutter es schließlich ablehnte, die Macht des Ringes und des ERSTEN MORGENLICHTS zu nutzen, tötete er sie.«

Stille herrschte. Das violette Licht des anderen verblasste zunehmend. Der Wächter des Schlafes schwieg lange. Er war erst vor kurzem aus seinem Mondsteinsarkophag gestiegen. Man hätte ihn nicht zum Wächter des Schlafes berufen, wenn er kein mächtiger Magier wäre, sicher, doch er war ein junger und unerfahrener Magier. Er glaubte noch unerschütterlich an die Willenskraft und die Charakterstärke eines jeden Kalyptikers. Und jetzt diese Enttäuschung!

Catolis fürchtete schon, sein Lichtwirbel könnte im allgegenwärtigen Blauschillern erlöschen, sein Geist vom Atem des Universums davongetragen werden, da wisperte es aus seinen Umrissen: »Es fällt mir sehr schwer, das zu glauben, Großmeisterin der Zeit.«

»Ich muss dein Vertrauen zu mir noch weitaus stärker belasten, Wächter des Schlafes, denn das ist noch nicht alles: Kurz bevor die Tarkaner angriffen, haben Mauritz und sein Bastard die regierende Königin von Garona gestürzt. Statt ihr wollte Mauritz von Anfang an seiner Tochter den Ring geben. Und nun hat er sie auch noch zur neuen Königin gemacht.«

»Die Königin lebt noch? Der Kampf um Garona ist also noch nicht abgeschlossen?«

»Die rechtmäßige Königin, die Halbschwester von Mauritz' Bastard, konnte fliehen. Doch die neue Königin, Mauritz' Bastard, hat sich, wie man hört, in der letzten noch freien Stadt verkrochen. Die Truppen meines Volkes haben sie eingeschlossen. Spätestens in einem Mond, wenn der Winter einbricht, wird sie fallen.«

»Und was kannst du mir über Mauritz' Schicksal berichten? Hilft er seiner Tochter etwa mit magischen Kräften, die belagerte Stadt zu halten?«

»Das würde er sicher tun, wenn ich ihm mit dem Ring nicht auch das ERSTE MORGENLICHT abgenommen hätte. Freiwillig wollte er sich dem Gesetz nicht beugen. Er griff mich sogar an, versuchte, mich zu vernichten. Schon fast geflohen, musste er mir seine rechte Hand und mit ihr den Ring lassen. Ich habe das kalyptische Todesurteil über ihn ausgesprochen. Die Urkraft des Lebens selbst wird es ausführen. Ob das Urteil bereits vollstreckt ist, weiß ich nicht.«

»Schwere Entscheidungen, die das Schicksal dir aufgebürdet hat, meine Schwester. Aber du hast richtig gehandelt. Das Gesetz der Erzmagier verbietet es, sich in Liebe mit den Menschlichen zu verbinden. Mauritz hat es mit Füßen getreten. Nichts anderes als Tod und Verdammnis hat er verdient. Doch was ist mit seiner Tochter? Wie heißt sie?«

»Mauritz hat einen Namen gewählt, der Kalypto beleidigt.« Catolis hatte lange mit sich gerungen, doch auch diese Ungeheuerlichkeit mussten sie wissen in Kalypto. »Er hat sie nach der Erhabenen benannt, nach der Großen Erzmagierin.«

»Sie heißt Laukaris?« Wieder schossen grelle Blitze aus dem violetten Lichtwirbel des Wächters. »Ist das wirklich wahr?«

»Mauritz hat die Kurzform gewählt – ›Lauka‹, so hat die Erzmeisterin in alten Schriften gezeichnet.«

»Welch ein Frevel! Und im Geist wird er sie Laukaris genannt haben! Trägt sie etwa den Ring? Hat Mauritz seinem Bastard etwa auch den kalyptischen Segen erteilt?«

»Wir müssen davon ausgehen.« Nur der Segen eines kalyptischen Magiers befähigte einen Normalsterblichen, den Ring und das ERSTE MORGENLICHT zu gebrauchen. »Glaubhafte Zeugen berichten, dass sie mit dem ERSTEN MORGENLICHT gekämpft und getötet hat.«

»Was für ein Unglück!« Erneut zuckten Blitze aus dem plötzlich wieder grelleren Lichthof des Wächters. »Ein Bastard vereinigt die besten magischen Kräfte eines Kalyptikers und die schlechtesten Charakterzüge eines Menschlichen unter einer einzigen Schädeldecke. Je mehr Zeit wir ihr lassen, ihre Kräfte zu entdecken und den Gebrauch des ERSTEN MORGENLICHTES zu üben, umso gefährlicher wird sie. In dieser Sache brauchst du keinen Rat von mir, Großmeisterin – du weißt, was du zu tun hast.«

»Ich muss sie töten, ich weiß. Und das wird bald geschehen. Doch was dann? Violis suchen oder das von mir erwählte Volk in den Kampf gegen die Herren der Wälder begleiten?«

»Es geht um das Zweite Kalyptische Reich.«

»Und es geht um die Existenz der Meisterin des Lebens, Wächter.«

»Gegen die Waldmänner treten die Insulaner als Nächstes an? Und nicht gegen die großen Menschlichen im eisigen Norden?«

»Nein, nicht bevor ich Violis wieder im ERSTEN MORGENLICHT begegnet bin. Zunächst werden die Insulaner ein Land namens Baldor auf der anderen Seite des Großen Ozeans erobern. Abgesehen von der langen Seefahrt, wird das eine Sache von Tagen werden, denn es gibt keinen der Unsrigen dort und somit auch keinen einheimischen Ringträger. Außerdem sind die Baldoren Händler, Hirten und Bauern und gelten als friedlich und verweichlicht. Von Baldor aus jedoch geht es gegen die Herren der Wälder fern im Osten an den Ufern des Stomms. Danach erst gegen das Reich im hohen Norden.«

»Und wie schätzt du das Volk der Waldstämme ein? Wird es dem Ansturm der von dir erwählten Insulaner standhalten können? Taugt es überhaupt als Diener von Kalypto?«

»Sie sind eigensinnig und schlau, diese Waldleute, doch ihren Stämmen fehlt jede Ordnung, und ihre Siedlungen liegen weit verstreut in schier endlosen Wäldern. Der Meister des Willens hält sie dennoch für würdig und stark genug, uns zu dienen. Er hat einen

Ringträger unter den Wilden erwählt. Doch er täuscht sich. Ich habe die Krieger von Tarkatan kämpfen sehen, und ich kenne ihre beiden Anführer, den Tarbullo Zlatan und den Ersten Hauptmann Kaikan. Die Waldstämme werden ihnen nicht lange standhalten können.«

»Dann töte den Bastard, begleite das von dir erwählte Volk und bereite dem Zweiten Reich von Kalypto den Weg.«

»Und Violis?« Catolis wurde das Herz schwer, wenn sie an die Gefährtin dachte.

»Töte den Bastard und begleite Tarkatan in die Wälder. Wenn es unser Dienstvolk sein wird – und danach klingt dein Bericht –, dann musst du in seiner Nähe bleiben. Sobald die Waldwilden vernichtet sind, richten wir unseren Blick auf Violis und das Reich im Norden.«

*

Sie schlug die Eingangsplane zurück und trat an das Turmfenster nach Westen. Tief sog sie die kühle Luft ein. Keine Spur von Erschöpfung spürte sie mehr. Ihre Gedanken kreisten um Violis. Es fiel ihr schwer, die Meisterin des Lebens aufzugeben. Doch führte irgendein Weg daran vorbei? Catolis sah keinen. Und so weh es ihr tat: Es gab nun einmal Größeres als die Existenz einer einzelnen Magierin.

Der Himmel über den Gipfeln leuchtete rot und violett im letzten Licht der untergegangenen Sonne. Vom Tempel der Garonesen her wehte die Abendbrise rhythmische Paukenschläge und Befehlsrufe herüber. Im Schein von Dutzenden Feuerkörben und Hunderten Fackeln richteten sie dort Catolis' Bernsteinthron auf. Für wie lange würde er in Garonada stehen bleiben?

Sie dachte an das Reich der Tausend Inseln und daran, wie viel Kraft und Zeit es sie gekostet hatte, deren wilden Stämme unter Zlatans Führung zu vereinigen und auf die Kriegszüge jenseits des Großen Ozeans vorzubereiten. Sie dachte an die viel zu vielen kalyptischen Schläfer, die während der letzten zehntausend Sonnenwenden schon in ihren Mondscheinsarkophagen erloschen und zu Staub zerfallen waren. Und sie dachte an den Meister des Willens, der in den Flusswäldern des Ostens auf sie und den Angriff ihrer Tarkaner wartete.

Ihr Bernsteinthron würde nicht lange dort drüben vor dem Tempel stehen bleiben. Bis zum Tod von Mauritz' Bastard höchstens, länger nicht. Denn der Wächter des Schlafes hatte recht: Catolis musste Zlatan, Kaikan und ihre Krieger nach Baldor und an den Stomm begleiten. Das Zweite Reich duldete keinen Aufschub.

Doch gleichgültig, wie die Schlacht am Strome Stomm ausgehen würde, sie hielt die Wälder nicht für den richtigen Ort, um das neue Kalypto aufzubauen. Hier, im Hochgebirge von Garona, gab es Festungen, Straßen, Flusskanäle, Brücken, einen Stausee und sieben Städte mit erstaunlich kunstvoll und fest gebauten Häusern, Wehranlagen und Burgen. Welche Bauwerke und Verkehrswege hatten dagegen die Waldstämme im Mündungsdelta des Stomms geschaffen?

Und dann diese Lage hier – weit ab von den Siedlungen der Menschlichen und hoch über den Niederungen der Welt. Catolis hatte im Grunde schon beschlossen, die Residenz ihres Magierclans hier zu errichten, über den Resten des Königreiches Garona. Die wenigen Garonesen, die Krieg und Besatzung am Ende überleben würden, konnte man auf zwei oder drei unbewohnten Inseln von Tarkatan ansiedeln.

Ihr Blick wanderte abwärts über die Dächer und die von Fackelschein und Feuerkörben erleuchteten Plätze und Straßen der abendlichen Stadt. Noch immer hörte man Musik da und dort. Auch laute Stimmen saufender und tanzender Krieger drangen zu Catolis herauf. Unten, im nur schwach erleuchteten Burghof, hatten sie den Steinböcken und Mustangs Futtersäcke umgehängt. Auf den Eingangsstufen palaverten Männer aus Tarkatan und schüttelten die Würfelbecher. Rund um den kleinen Wagen hatte jemand vier Krieger postiert. Wurfbereit hielten sie ihre Speere in beiden Fäusten. Ob ein gefährlicher Gefangener auf der Ladefläche lag?

Auch aus den Stockwerken unter ihrem Turmzimmer hörte die

Magierin von den Tausend Inseln Stimmen. Die Boten. Wahrscheinlich drängten sie darauf, zu ihr vorgelassen zu werden. Etwas Wichtiges? Vielleicht hatte man Mauritz' Bastard gefangen genommen oder wenigstens die Stadt eingenommen, in der die neue Königin sich verschanzte. Doch wozu dann Gespann und Wagen?

Neugierig geworden, wandte Catolis sich vom Fenster ab. Lange hatte sie sich nicht mehr so wach und kräftig gefühlt. Plötzlich tönte draußen ein langgezogener Schrei durch den Abend. Sie erstarrte – irgendwo in Garonada schrie eine Frau in großer Not. Erst krochen Catolis Schrecken und Entsetzen in die Kehle, dann kalte Wut. Sie riss die Falltür auf und stieg über die schmiedeeiserne Wendeltreppe nach unten. Vier ganz in Weiß gehüllte Priester erhoben und verneigten sich.

»Hört ihr denn nicht das Geschrei?« Ohne ihre Priester eines Blickes zu würdigen, stieg Catolis ins nächste Turmzimmer hinunter. »Ich habe streng verboten, den Frauen von Garonada Gewalt anzutun, solange ich in der Stadt bin!« Sie beachtete die Boten zunächst nicht, die unten warteten, wandte sich gleich wieder an ihre Priester, die ihr hektisch gefolgt waren, und herrschte sie an: »Hinunter mit euch! Sucht Kaikan und stellt ihn zur Rede! Und findet heraus, wer mein Gebot übertritt – Kaikan soll ihn öffentlich auspeitschen und enthaupten lassen! Jeder weiß, dass ich keine Frau schreien hören will!«

Vier Priester beeilten sich, die nächste Wendeltreppe hinunterzusteigen. Catolis fuhr zu den Boten herum; zu dritt waren sie zu ihr heraufgekommen, sehnige Krieger mit dunklen Augen, brauner Haut und schwarzen, verfilzten Locken. Sie fielen vor ihr auf die Knie.

»Begleitet die Priester!«, befahl sie den beiden kleineren. Die mit Lendenschurz und grauen Lederhemden bekleideten Krieger gehorchten sofort, sprangen auf und folgten den Männern in Weiß.

Auch der dritte Bote erhob sich; ihn kannte Catolis. Tarkun hieß er und war der jüngste von den sieben Brüdern Zlatans, des Tarbullos. Obwohl er kaum zwanzig Sommersonnenwenden gesehen haben konnte, trug er helle Pluderhosen und über einem erbeuteten

Bronzeharnisch den schwarzen Ledermantel eines Hauptmanns. Seine Gestalt wirkte gedrungener und kräftiger als die der meisten anderen Inselmänner, auch war er eine Handbreite größer als Catolis. Sein Scheitel- und Hinterhaupthaar trug er lang und zu einem Zopf geflochten auf dem ansonsten kahl geschorenen Schädel. Seine schwarzen Augen waren ohne Glanz, sein Blick gleichgültig, beinahe müde.

Die Magierin sah ihm ins runde Gesicht. Tarkuns Gestalt straffte sich. Er schloss die Faust um den Knauf seines Säbels, hob den Kopf und schob das breite Kinn nach vorn. »Du bringst mehr als nur Botschaft, nicht wahr?« Er nickte. »Sprich.«

»Wir haben die Leiche dieses Magiers gefunden.«

Catolis wandte sich ab, ging zum Fenster. Nicht um den Leichenwagen zu betrachten, starrte sie in den Burghof hinunter, sondern um Zeit zu gewinnen. Sie hatte nicht erwartet, Mauritz lebend wiederzusehen, schließlich hatte sie selbst, die Großmeisterin der Zeit, den Todesspruch über ihn verhängt. War es vier Tage her? Oder schon fünf? Jetzt dem Unvermeidbaren ins Auge zu sehen, erschreckte sie dennoch. Und erfüllte sie erneut mit Trauer.

Sie presste die Lippen zusammen, schluckte ein paar Mal und drehte sich dann wieder um. »Gehen wir.« An Tarkun vorbei schob sie sich auf die schmale Wendeltreppe. Vier Priester begleiteten sie und den Hauptmann.

Unten, auf der Treppe zur Empfangshalle, ließen sie ihre Würfel fallen, sprangen auf und eilten ihrer Hohepriesterin mit Fackeln voran zu dem Wagen. Ein Krieger band sich ein Tuch um Mund und Nase und kletterte hinauf. Die Fackel- und Speerträger drängten sich um die Ladefläche, streckten die Fackeln darüber oder hoben die Speere. Catolis sah die Angst in den Mienen der Krieger.

»Tritt lieber nicht so nahe an den Wagen, Herrin«, sagte Tarkun. »Er stinkt schon.«

Catolis achtete nicht auf ihn, trat vor den heruntergeklappten Heckverschlag. Auf der Ladefläche zog der vermummte Krieger eine alte Tierhaut von einer annähernd menschlichen Gestalt und wandte dann das von Ekel und Angst verzerrte Gesicht ab. Ein Fliegenschwarm schwirrte auf. Fackelschein fiel auf das, was die Tierhaut freigegeben hatte.

Ein Schädel war das Erste, was Catolis erkannte. Der trug eindeutig Mauritz' Züge. Zwischen den schwarzen, grinsenden Lippen und in den Augenhöhlen bewegte sich etwas. Käfer, Maden und Fliegen. Jemand hatte Mauritz enthauptet, und sie hatten den abgeschlagenen Kopf zwischen die Oberschenkel der Leiche geklemmt, damit er während der Fahrt nicht auf der Ladefläche herumkullerte. Ruß und geplatzte Blasen bedeckten das grinsende Gesicht. Brandwunden. Die linke Hand war zu einer schwarzen Klaue gekrümmt, die rechte Hand fehlte.

Natürlich fehlte sie – um an den Ring zu gelangen, hatte Catolis selbst einer garonesischen Majordame befohlen, sie ihm abzuschlagen. Freiwillig hätte einer wie Mauritz sich niemals vom ERSTEN MORGENLICHT getrennt. Doch wer hatte ihn enthauptet?

»Wer hat ihn gefunden?« Sie wandte sich an Tarkun.

»Meine Rotte, Herrin«, antwortete einer der Speermänner neben dem Wagen. »Wir haben gestern angefangen, das Labyrinth unter der Stadt nach Flüchtlingen zu durchkämmen, und da …«

»Wisst ihr, wer ihn getötet hat?«

Der Rottenführer schüttelte den Kopf, deutete mit seiner Speerspitze jedoch auf die linke Klaue der Leiche. »Aber siehst du das Haarbüschel hier zwischen den Fingern? Viele lange schwarze Haare.«

Zwei Männer auf der linken Wagenseite senkten die Fackeln, und Catolis konnte die Haarsträhne erkennen. Eine Frau? Allerdings trugen in Garona auch zahlreiche Männer langes Haar. Sie trat ein paar Schritte zurück, weil der Leichengeruch ihr Brechreiz verursachte. Doch sie konnte ihren Blick kaum lösen von Mauritz' Schädel. Der Anblick erschütterte sie zutiefst, und die Trauer schnürte ihr die Kehle zu.

Da lag ein Magier von Kalypto, ein Meister des Lichts! Sie konnte es nicht fassen. Da lag einer der stärksten Magier des Clans! Wäre es anders gewesen, hätte der alte Wächter des Schlafes ihr nicht gestattet, ihn als Begleiter auszuwählen und zu wecken.

Und jetzt – vernichtet. Gescheitert und vernichtet.

Catolis wandte sich ab. Das Antlitz der Meisterin des Lebens stand ihr plötzlich vor Augen. Wie mochte es Violis nur gehen? Waren denn Umstände und Feinde denkbar, die auch sie vernichtet haben konnten? Catolis verscheuchte den Gedanken an die geliebte Gefährtin. Die Bedrückung blieb. Sie trat zu Tarkun.

»Packt den Leichnam in eine Kiste und fahrt ihn nach Blauen.«

Tarkun zog die schwarzen Brauen hoch. »Zur belagerten Stadt, Herrin? Habe ich dich richtig verstanden?«

Catolis nickte langsam und sah zurück. Sie wickelten die Leiche ein und klappten den Heckverschlag hoch. Hatte Mauritz die magischen Kräfte geweckt, die in seinem Bastard schlummerten? Hatte er seiner Tochter noch die Grundlagen der kalyptischen Magie beibringen können vor seinem Tod? Dass er ihr den kalyptischen Segen erteilt hatte, ohne den kein Menschlicher den Ring benutzen konnte, das war längst klar. Aus den Kämpfen um Violadum wusste Catolis, dass die neue Königin Lauka den Ring und das ERSTE MORGENLICHT als Waffe zu gebrauchen verstand.

Ein Verhängnis, eine Katastrophe. Die Magierin von den Tausend Inseln seufzte tief. Nur der Tod konnte dieses Verhängnis ungeschehen machen. Sie dachte an den Wächter des Schlafes, und wie ein Schmerz schossen ihr seine Worte durch den Kopf: *Ein Bastard vereinigt die besten magischen Kräfte eines Kalyptikers und die schlechtesten Charakterzüge eines Menschlichen unter einer einzigen Schädeldecke. Je mehr Zeit wir ihr lassen, ihre Kräfte zu entdecken, desto gefährlicher wird sie.*

Mauritz' Bastard durfte nicht am Leben bleiben! Catolis musste die neue Königin töten – schnell und um jeden Preis.

»Übergebt den Sarg mit dem Torso und dem Schädel eurem Tarbullo Zlatan. Der soll dafür sorgen, dass beides in die Stadt und zur neuen Königin gelangt. So bald wie möglich.«

»Was du befiehlst, werden wir tun, Herrin. Nur …« Tarkun druckste ein wenig herum. »Der Tarbullo wird wissen wollen, warum er das Leben unserer Krieger für die Übergabe einer Leiche aufs Spiel setzen …«

»Weil ich es wünsche!« Catolis schnitt ihm das Wort ab. »Dein Bruder wird sich glücklich schätzen, mir einen Gefallen tun zu können. Mach dir darüber keine Gedanken, Tarkun.«

»Gewiss, Herrin.« Der junge Hauptmann verneigte sich, schien aber nicht überzeugt.

»Zlatan soll Botschafter ans Haupttor von Blauen schicken und der Kriegsmeisterin der belagerten Stadt folgende Botschaft ausrichten: ›Wenn ihr diese Botschaft hört, werden wir hundert eurer jungen Männer und Frauen dem Tarkatos als Dankopfer dargebracht haben. Dazu halten wir noch mehr als tausend Garonesen in Garonada gefangen, die auf ihren Transport zu unseren Galeeren warten. Wollt ihr den Tausend dasselbe Schicksal ersparen wie den Hundert, müsst ihr uns die Königin ausliefern.‹«

4

Sie fuhr aus dem Schlaf hoch. Angstschrecken schoss ihr wie Frost durch Bauch und Glieder. Ein böser Traum hatte sie geweckt. Ihr Herz klopfte wild, sie rang nach Luft. Als würden Ketten ihre Brust einschnüren, so fühlte es sich an. Im Traum war sie in Garonada gewesen, in der Königinnenburg, und jemand hatte ihren Namen gerufen. »Ayrin! Ayrin!« Jemand, den sie kannte, und immer wieder und wie in höchster Not: »Ayrin! Ayrin!« An mehr erinnerte sie sich nicht.

Kein Stern funkelte am Himmel. Sie atmete tiefer, lauschte in die Nacht. Gumpen schnarchte, Petrona murmelte im Schlaf, irgendwo flüsterte jemand. Ein Fisch sprang draußen auf dem See, Frösche quakten, ein Windstoß fuhr raschelnd durch das Schilf, Flügelschlag rauschte durch die Dunkelheit und über sie hinweg in die Sümpfe, und neben ihr bliesen die tiefen und gleichmäßigen Atemzüge des Waldmanns. Er lag auf dem Rücken und nur eine Armlänge neben ihr. Immer schlief er so nahe wie möglich bei ihr.

Sie versuchte, die Traumbilder wieder heraufzubeschwören. Verblassende Flammen glaubte sie noch vor ihrem inneren Auge glimmen zu sehen, bleiche Schwaden wie von Dunst oder Rauch schienen aufzusteigen; nichts, was sie benennen oder festhalten konnte. Wie weggeweht die Gesichter und Gestalten, wie zerstoben die Umrisse von Räumen und Flächen. Allein die Stimme, die ihren Namen gerufen hatte, raunte noch durch ihr Hirn, doch nur wie aus dem dichten Nebel über einem tiefen Tal.

Ihr Herz schlug ruhiger, das Atmen ging leichter. Sie beugte sich zum Waldmann hinüber. Lasnic. Seine ausgestreckte Rechte lag auf Jagdbogen und Lanze. Sein Mantel bedeckte seinen Körper bis zur Brust. Sein Kopf lag auf dem Rucksack mit seinen Habseligkeiten. Sie versuchte die Konturen seines Gesichtes zu erkennen, ahnte die kantigen Züge seines Kinns und die dunklen Schatten seiner Augen mehr, als dass sie wirklich etwas sah. Zu dunkel. Sie stützte sich auf die Ellenbogen, rutschte näher zu ihm, lauschte seinen Atemzügen, glaubte die Wärme seines Körpers zu spüren.

Lasnic. Stumm bewegte sie die Lippen. Seinen Namen auch nur zu denken fühlte sich gut an. Dieser wilde Mann liebte sie, das wusste Ayrin. Und inzwischen gestattete sie sich auch zu wissen, dass sie ihn ebenfalls liebte. Alles in ihr wünschte, er würde noch näher bei ihr schlafen. Ganz nah.

Ein herber, leicht galliger Geruch ging von ihm aus: Schweiß, Baumrinde, altes, tausendmal von Regen getränktes Leder. Sein Mantel roch schlecht, wahrhaftig! Besonders die Eulenfedern zwischen dem Lederfutter und dem äußeren Spinnenseidennetz. Der Waldmann brauchte einen neuen Mantel. Möglichst noch, bevor der Winter kam.

Jenseits des Sees, irgendwo tief in den Sümpfen grollte es dumpf, und gleich darauf schrie ein Tier. Ein schriller, ein langgezogener Schrei, der erst nach und nach leiser wurde und schließlich erstarb. Ayrin zog die Schultern hoch, sie fror plötzlich.

Ein Schatten erhob sich nicht weit hinter dem schlafenden Waldmann. »Was war das?«, flüsterte eine Frauenstimme. Loryane, die Freundin und Kriegsmeisterin. Schlief sie immer so nahe beim Waldmann?

»Vielleicht hat eine Raubechse Beute gemacht«, sagte Ayrin leise. Harndrang trieb sie aus den Decken. Sie stieg in Stiefel und Hosen, schlüpfte in Weste und Mantel, griff sich ihre Armbrust und drei Pfeilbolzen. Auf leisen Sohlen schlich sie zwischen den Schlafenden hindurch in Richtung Schilf. Schon ein paar Schritte außerhalb des Nachtlagers hörte sie wieder jemanden flüstern. Sie blieb stehen, spähte in die Dunkelheit.

Ein Kichern, ein Seufzen und wieder ein Flüstern. Im Gras unter einer Weide nahm Ayrin Bewegungen wahr. Sie duckte sich, schlich hin. Zwei Schwertdamen und ein Mann. Zu dritt lagen sie in ihren Decken. Oder nein: Der Mann kniete. Und zwar zwischen den Schenkeln einer der beiden Schwertdamen.

Die Verblüffung verschlug Ayrin den Atem. Täuschten sie denn ihre Sinne? Sie pirschte sich noch näher heran an das Geseufze und Geflüster. Lord Frix. Sie erkannte den kleinen Baldoren an den Konturen seiner langen, krummen Nase und seines spitzen Kinns. Seine gleichmäßigen Bewegungen und das Seufzen der Schwertdame, deren Schenkel er festhielt, räumten Ayrins letzten Zweifel aus: Dort unter der Weide liebten sie sich.

Zu dritt? In Ayrins Brust setzten sich Neugier und Erregung gegen Scham und Empörung durch, und sie sah genauer hin. Ohne Genaueres zu erkennen – die zweite Frau drängte sich so eng an ihre Gefährtin und Lord Frix, dass die drei in der Dunkelheit wie ein einziger sich rhythmisch bewegender Körper erschienen.

Sie wandte sich ab und schlich zum Seeufer. Was sie gesehen und gehört hatte, wühlte sie mächtig auf. So dreist nahmen sich die Frauen, wonach es sie verlangte? Oder trieben der Verlust der Heimat und das Bewusstsein, gerade erst dem Tod entronnen zu sein, ihnen jede Hemmung aus? Ayrin konnte es nicht fassen.

Der Waldmann stand ihr vor Augen. Am Abend zuvor hatte er sie umarmt und ihr die Tränen aus dem Gesicht geküsst. Sie spürte jetzt noch seine Lippen auf ihrer Haut und seine Hände auf ihrem Körper. Warum bei der Großen Mutter war nicht mehr geschehen? Warum nahm nicht auch sie sich einfach, wonach sie sich sehnte?

Sie kämpfte die Erregung nieder, versuchte die verwirrenden Eindrücke abzuschütteln. Wasser plätscherte, Schilfhalme raschelten. Jemand stand im Ufergras, stützte sich auf seinen Speer und sah auf den nächtlichen See hinaus. Romboc. Ayrin erkannte ihn an der bulligen Gestalt. Seine Wachschicht würde erst gegen Morgen beginnen. Wahrscheinlich raubte die Sorge um seine Tochter ihm den Schlaf.

Sie ging zu ihm, wollte ihm ein tröstliches Wort sagen, stutzte, weil sie seine Schultern beben sah: Der Erzritter weinte. Ayrin berührte ihn am Arm, zog ihn behutsam an sich. »Es tut mir so leid, mein lieber Romboc, so unendlich leid.« Ihr Traum und die drei Liebenden rückten weit weg.

»Lass gut sein, meine Königin. Durch manchen Schmerz muss man ganz allein durch. Wer wüsste das besser als du?«

Mit zärtlicher Geste strich sie ihm über die bärtige Wange, drehte sich dann um und wollte gehen.

»Man liebt nicht allzu oft im Leben, weißt du, meine Königin?« Rombocs raue Stimme hinter ihr hielt sie fest. »Ich habe nur zweimal geliebt. Das erste Mal Tanjassins Mutter, doch du weißt ja selbst, wie es zugeht in Liebesdingen bei uns im Reich: Nach einem leidenschaftlichen Winter musste ich eine Karawane nach Baldor führen. Als ich zurückkam, hatte Tanjassins Mutter sich einen anderen ins Liebeslager geholt.« Ayrin hörte ihn seufzen. »Tanjassin ist ihr wie aus dem Gesicht geschnitten, weißt du?«, sagte Romboc leise. »Sie hat ihren scharfen Geist und ihr durch und durch ehrliches Wesen.«

Ayrin sah zurück. Da stand er, der harte, furchtlose Erzritter, wischte sich die Tränen aus Bart und Augen und schnäuzte sich. *Und wem hat deine zweite Liebe gegolten?* Die Frage lag ihr auf der Zunge, doch der Respekt vor seiner Trauer hielt Ayrin davon ab, sie auszusprechen.

»Manchen gewährt die Große Mutter das Glück der Liebe nur ein einziges Mal im Leben.« Rombocs Stimme klang auf einmal mahnend. »Ich bitte dich, meine Königin – gehe sorgsam um mit diesem Glück. Lass es nicht vorüberziehen.« Er wandte sich ab.

Als Ayrin weiterging, hallten ihr seine Worte in den Ohren. Wusste er Bescheid über ihre Gefühle dem Waldmann gegenüber? Wussten es womöglich schon alle? Und wenn er es wusste, warum tadelte er sie dann nicht dafür, dass sie ihr Herz einem Fremden öffnete, einem Waldwilden sogar? Romboc war nach Mauritz ihr wichtigster Lehrer gewesen. Nicht nur den Kampf mit dem Schwert hatte er sie gelehrt. Wenn einer das Recht hätte, sie zu tadeln, dann der Erzritter.Ayrin spannte einen Bolzen in die Armbrust. Sie dachte an Rombocs Tochter, die Herzogin von Blauen und an das, was Lauka ihr antun könnte. Arme Tanjassin! Treue Tanjassin. In Ketten? Vielleicht schon tot wie so viele andere? Der Gedanke schnürte ihr das Herz zusammen, und ein bitterer Geschmack kroch auf ihre Zunge.

Und sie, die Königin, ließ ihr gequältes Volk hinter sich? Wie konnte sie nur flüchten, während doch so viele zurückgebliebene Frauen und Männer unter der grausamen Knute der Tarkaner litten und starben? Oder unter dem Hass der Thronräuberin?

Das Gesicht ihrer Halbschwester stand ihr plötzlich vor Augen – ihre schönen Züge, ihr triumphierendes Lächeln, ihr kastanienrotes Haar. »Lauka, du verfluchtes Biest!«, zischte sie, und die Bitterkeit drückte ihr den Magen zusammen. Sie musste ihr Volk ja hinter sich lassen, brauchte doch die Waffenhilfe der Verbündeten in Baldor, um ihm zu helfen und das Reich zurückzuerobern. Entlang des Schilfs schlich sie zu den Büschen und Bäumen, wo sie sich entleerte.

Als sie aus dem Unterholz trat und über entwurzelte Stämme zurück zum Uferschilf stieg, tauchte eine hochgewachsene Gestalt aus der Dunkelheit auf. »Alles in Ordnung, meine Königin?«

Die Wolkendecke riss auf, Sterne funkelten am Himmel, das Licht des zunehmenden Mondes fiel auf Schilf, Buschwerk und die Gestalt, die vor Ayrin aus dem Ufergras ragte. Der junge Weihritter Wigard, blond, schmal, mit weichen Gesichtszügen und in dunkelbraunes Lederzeug gehüllt. *Hübscher Bursche*, dachte Ayrin. *Hat Starian in seiner Jugend nicht so ähnlich ausgesehen?* Und im selben Moment stand ihr der Traum wieder vor Augen, und ein wunder Schmerz schoss ihr durch die Brust.

»Alles gut.« Sie winkte ab, ließ sich auf einem der morschen Stämme nieder, atmete tief. Starian, der um sie geworben hatte und nun ihr Todfeind war. »Alles in Ordnung.« Starian, den Lauka zu ihrem Thronritter gemacht hatte. Schrecken und Angst lähmten plötzlich ihre Glieder, hinter ihrem Brustbein schien sich eine Wunde zu öffnen.

Der Weihritter nickte, murmelte etwas Unverständliches und entfernte sich dann. Ayrin mochte den jungen Burschen. Während der kurzen Zeit, die sie ihn kannte, hatte sie ihn als scharfen Beobachter und kühnen Kämpfer schätzen gelernt.

Zehn Schritte weiter blieb Wigard bei einem zweiten Mann stehen. Lasnic, Ayrin erkannte seine Umrisse sofort – die breiten Schultern, den zerfransten Eulenfedermantel, die Lanze in der Rechten, den Bogen auf dem Rücken, den wilden Lockenschopf, das kantige Kinn. Die Männer flüsterten. Wachwechsel. Wigards schmale Gestalt verschwand zwischen Weiden und Schilf, der Waldmann kam zu ihr, rammte die Lanze in den Boden, setzte sich neben sie.

Eine Zeitlang saßen sie schweigend nebeneinander. Ayrin spürte, wie er sie von der Seite musterte. »Du zitterst ja.« Er streifte Bogen und Köcher ab, legte den Arm um sie, zog sie an sich.

»Ein böser Traum hat mich geweckt.« Jetzt erst wurde ihr bewusst, wie kalt ihr war und dass sie tatsächlich zitterte.

»Willst du ihn mir erzählen?« Seine raue Stimme ging ihr durch und durch und besänftigte das, was da so wund und unruhig flatterte hinter ihrem Brustbein. Einmal mehr staunte Ayrin über die Wirkung seiner Stimme auf sie und darüber, wie gut er ihre Muttersprache beherrschte. Dabei hatte der Waldmann noch keine zwei Winter unter Garonesen gelebt, und die Hälfte dieser Zeit im Kerker.

»Im Traum war ich zu Hause … in Garonada … in der Burg.« Ayrin begann stockend. Noch immer standen ihr die beiden Gesichter Starians vor Augen – das junge, hübsche und das harte, durch ihren Schwerthieb entstellte. Ihr Mund war trocken, sie suchte nach Worten. »Ich stehe am Südfenster meiner Schlafkammer, blicke in die verwüstete Stadt hinunter. Überall Trümmer, überall Feuer, überall Tote.« Aus großen Augen starrte sie in die Dunkelheit, und über Schilf und See nahm ihr Traumbild Farbe und Umrisse an. »Tarkanische Krieger schleppen eine schreiende Frau davon. Unter ihnen erkenne ich einen blonden Mann mit hässlichen Narben an der rechten Schädelseite: Starian, den Verräter. Auf einmal weiß ich, dass ich auch die Stimme der schreienden Frau kenne – es ist die Stimme meiner Mutter.« Ayrin flüsterte nur noch, starrte auf das grelle Bild, das ihr Geist in die Dunkelheit über See und Schilf gemalt hatte. »Belice windet sich in den Armen ihrer Schänder, ruft um Hilfe. Sie ist jung, so jung, wie sie in den Monaten gewesen ist, bevor sie mit Lauka schwanger wurde. Und sie ruft meinen Namen, wieder und wieder meinen Namen.«

Ayrin neigte den Kopf und verbarg das Gesicht in den Händen.

Wenigstens vertrieb die Erinnerung an das geliebte Muttergesicht das Bild des Verräters aus ihrem Bewusstsein. Sie spürte Lasnics Arm auf ihren Schultern, spürte, wie er sie enger an sich zog und festhielt. Das tat gut.

»Übler Albtraum.« Lasnic strich ihr über das Haar. »Ganz übel. Fürchte aber, es wird nicht dein letzter gewesen sein.« Er fummelte an seinem Brustgurt herum. »Trink was.«

»Er geht noch weiter.« Ayrin zog die Hände vom Gesicht, nahm die Lederflasche und trank. »Plötzlich ruft jemand deinen Namen, auf der anderen Seite der Burg …«

»Meinen?« Im Mondlicht sah sie ihn die Stirn runzeln und die Faust auf die Brust legen. »Bist du ganz sicher?«

»Deinen Namen, Lasnic.« Ayrin nickte. »Ich renne zum Ostfenster hinüber, schaue hinaus: jenseits der Burgmauer nichts als Wald. Keine Berge, keine Täler, kein Gletscherstrom – nur unendlicher Wald. Und auf der Wehrmauer steht einer mit einer riesigen Fackel und ruft nach dir.« Sie stockte, glaubte das grässliche Licht in der Nacht über Schilf und See aufflammen zu sehen, das magische Feuer, das so vielen ihrer Untertanen und Kampfgefährten Kraft, Jugend oder gleich das Leben geraubt hatte. »Die Flamme der Fackel lodert blau und türkis, lodert violett und orange.« Sie schluckte, sog scharf die Luft durch die Nase ein, setzte die Flasche an die Lippen, trank erneut, versuchte den Kloß im Hals herunterzuspülen.

»Lass mich raten«, sagte Lasnic leise. »Mauritz, der Hexer?«

»Das war nicht schwer.« Sie sah ihn an und gab ihm die Flasche zurück. »Danke.« Im Mondlicht schimmerten seine verwilderten, haselnussbraunen Locken. Sogar das leuchtende Blau seiner Augen konnte sie erkennen. »Die Farben des magischen Lichtes, da war der Fackelträger leicht zu erraten.« Für einen Moment spürte sie eine ungeheure Erleichterung, den Waldmann neben sich zu haben. Sie konnte ihren Blick kaum von ihm wenden, hob die Rechte und streichelte seine stoppelbärtige Wange, die Narbe unter seinem linken Auge, seine Lippen. Das Bild der drei Liebenden unter der Weide schoss ihr durch den Kopf. Schnell weg damit.

Er fasste ihre Hand, küsste sie, hielt sie fest. »Erzähl weiter.«

»Der auf der Wehrmauer ähnelte Mauritz, das stimmt.« Plötzlich fühlte sie den stechenden Blick ihres toten Lehrers auf sich gerichtet, des toten Vaters ihrer Halbschwester Lauka. »Jedenfalls wusste ich sofort: Da steht ein Magier. Und wirklich: Er ruft deinen Namen. ›Lasnic! Lasnic!‹ Er sieht zu mir herauf, lacht verächtlich und gehässig, und dann holt er aus und schleudert die Fackel mit der magischen Flamme in den Wald hinunter. Die rechte Faust, die sie festgehalten hat, bleibt an ihr kleben. Einarmig steht der Magier auf der Mauer und ruft: ›Brenne, Lasnic! Brenne!‹ Und im nächsten Augenblick steht der Wald in Flammen. Ein Flammenmeer, blau und orange, türkis und violett, erstreckt sich bis zum Horizont. Eisiger Schrecken packt mich. Ich wende mich ab, stürze wieder zum Südfenster, doch nichts als Rauch und Flammen sehe ich noch. Und aus dem Feuer höre ich Belices Stimme meinen Namen rufen. Entsetzen springt mich an, Todesangst, Angst um dich! Ich hab' gedacht, jetzt erstickst du, jetzt verbrennst du. Ich hab' gedacht, ich sehe dich nie wieder.« Ayrin schüttelte sich, zog die Schultern hoch. »Und dann bin ich aufgewacht.«

Lasnic atmete ein paar Mal tief und schüttelte den Kopf. »Übel.« Für einen Moment kam es ihr vor, als würde sein Körper neben ihr sich straffen; statt sie zu halten, schien er sich an ihr festhalten zu wollen. »Verdammte Marderscheiße – ganz übel.« Er ließ sie los. »Waldfeuer, weißt du?« Er zog den Rotz hoch und spuckte hinter sich ins Unterholz. »Waldfeuer ist das Letzte, was ein Waldmann sehen und riechen will. Bei mir zu Hause am Stomm gilt Waldfeuer als die schlimmste Strafe der Wolkengötter.« Er beugte sich vor und stützte die Unterarme auf die Knie. »Ganz übler Traum.«

Sie lehnte sich gegen ihn, und eine Zeitlang saßen sie so und starrten in die Nacht über dem See. Ihr Traumbild verblasste nach und nach, Belices Stimme wisperte nur noch in einem verborgenen Winkel ihres Hirns. Doch die wunde Unruhe hinter dem Brustbein blieb. Und die Scham. *Was mache ich hier?*, fragte sie sich. *Eine Königin ohne Königreich, auf der Flucht und an einen Barbaren geschmiegt.*

»Ich muss zurück in die Wälder am Stomm«, sagte Lasnic leise. »So schnell wie möglich. Irgendwann werden die verdammten Bräunlinge auch bei uns wieder auftauchen.« So nannte er die Tarkaner, das wusste Ayrin. In seiner Heimat hatte er schon mit ihnen zu tun gehabt; die Narbe unter seinem linken Auge stammte aus einem Kampf mit einem Krieger von den Tausend Inseln. »Und diesmal werden sie nicht nur mit drei Schiffen ins Mündungsdelta rudern.« Er richtete sich auf, sah ihr ins Gesicht. »Doch was mir noch viel mehr Sorgen macht, sind diese Magier. Ich könnte schwören, dass längst auch bei uns in den Waldsiedlungen einer wie dieser Mauritz seine magischen Fallgruben gegraben und seine verhexten Jagdnetze ausgelegt hat, ich spür's doch! Und sagt nicht genau das auch dein Traum? ›Komm nach Hause, Lasnic‹, sagt er, ›komm, oder ein Magier wird deine Flusswälder in Brand setzen.‹«

»Es ist *mein* Traum, Waldmann!« Sie widersprach schroffer als nötig, das spürte sie. »Wenn mein Traum jemanden nach Hause ruft, dann mich! *Ich* bin davongelaufen, nicht du. *Ich* muss mich schämen, weil ich mein Volk im Stich gelassen habe. Statt in Blauen mein Reich zu verteidigen und zurückzuerobern, sitze ich hier und jammere über einen Albtraum. Ist das etwa einer Königin würdig?«

»Königin?« Er schwang ein Bein über den Baumstamm, saß ihr nun rittlings gegenüber. »Du bist ein Weib auf der Flucht, weiter nichts. Du hast weder Volk noch Reich.« Seine Miene wirkte plötzlich kantig und hart, seine Stimme kalt. »Du bist keine Königin mehr. Lauka und Mauritz haben dich vom Thron gestürzt. Und nur wenige hielten zu dir. Erinnere dich!«

»Weil zur selben Zeit die Tarkaner angegriffen haben!« Wut stieg in ihr hoch und vertrieb jedes Gefühl von Zärtlichkeit und Nähe. »Würde ich zurückgehen, würde mein Volk sich wieder um mich sammeln.«

»Vielleicht!«, zischte er. »Vielleicht würden dich auch die Bräunlinge vorher schnappen. Was dir dann blüht, weißt du ja. Noch schlimmer könnte es dir nur ergehen, wenn vor den Bräunlingen deine Schwester dich erwischt …«

»Sie ist nicht meine Schwester!«

»… deine Halbschwester, von mir aus. Hast du nicht zugehört, was dein fliegender Baumeister erzählt hat? Hast du vergessen, was Joscun für seine Mutter befürchtet? Muss ich dir wirklich ausmalen, was Lauka mit dir anstellen wird?«

Wie zwei Kämpfer, die sich bereit machten, aufeinander loszugehen, so saßen sie sich gegenüber.

»So redest du nicht mit mir, Waldmann!« Ayrin blitzte ihn an. »Hast du vergessen, wer ich bin?« Sie beugte sich vor, sah ihm in die Augen. »Ich bin eine Hochdame von Garona! Ich bin eine Königin, und du …!« Sie verstummte.

»Nur ein Mann, nicht wahr?« Er grinste. »Nur ein Waldwilder noch dazu, nicht wahr?« Grinsend schüttelte er den Kopf. »Ihr spinnt doch, ihr Weiber von Garona!«

»Was?« Sie starrte ihn an, konnte es nicht glauben. »So wagst du es, mit mir zu reden? Mit mir, die dir angeboten hat, ihr Thronritter zu sein?« Sie schlug ihm ins Gesicht und machte sich innerlich hart, als sie spürte, dass sie es sofort bereute. »Versprichst einer Königin, sie nie wieder zu verlassen, und lässt sie bis heute auf deine Antwort warten?«

Er packte sie bei den Schultern, riss sie zu sich und küsste sie. Seine Hände auf ihrem Rücken taten so gut. Seine Lippen auf ihren, seine Zunge um ihre, sein Körper so nah – all das drohte ihre Wut zu betäuben. Seine Wildheit fachte ihr Verlangen an. Sie stemmte sich gegen ihn, machte sich los, schlug ihm erneut ins Gesicht, wenn auch nicht mehr so heftig wie eben noch.

Er hielt sie an den Schultern fest. »Ich kann nicht dein Thronritter sein«, flüsterte er. »Ich kann keiner Frau gehorchen, kapierst du das nicht? Ich kann dich nur lieben. Ich kann nur dein Mann sein.«

Sie spürte, wie ihre Wut unter seinen Worten endgültig erlosch, ihr Widerstand ein für alle Mal zerbrach. Nichts hatte sie seinem nächsten Kuss mehr entgegenzusetzen, nichts seinen Händen auf ihrem Rücken, ihren Hüften, ihren Schenkeln. Wie in die stürzenden Fluten eines Wasserfalls ließ sie sich in seine Küsse fallen, in seine stürmische Umarmung. Eng umschlungen rutschten sie vom Baumstamm, fielen ins nachtfeuchte Gras.

»Wenn du die Tarkaner bekämpfen willst, musst du diese Hexer bekämpfen.« Er warf seinen Mantel von sich, half ihr aus ihrem, streifte sich Lanze und Schwertgurt ab. »Wenn du deinen Thron zurückhaben willst, gehe mit mir in die Wälder am Stomm. Ich bitte dich, Ayrin. Gebietet dir das nicht auch dein Traum? Ich jedenfalls muss zurück.« Er umarmte sie, schob sich über sie, küsste sie erneut.

»Warum?« Es fiel ihr schwer, sich von seinen Lippen zu lösen. »Was kannst du schon ausrichten gegen diese Magier?«

»Ich trage den magischen Ring.« Sie spürte seine sehnigen Hände an ihren Wangen, spürte seine Stirn an ihrer, seine Nase an ihrer, seinen Atem in ihrem. »Meine Wettermänner, Eichgrafen und Waldfürsten haben mich zum Großen Waldfürsten gewählt, weißt du? Sie haben eine Kriegszeit ausgerufen und mich zum Obersten aller Waldleute ausgerufen.«

»Ist das wahr?« Sie drückte sein Gesicht von sich weg und sah ihm in die Augen.

»Bin abgehauen«, flüsterte Lasnic. »Hatte keine Lust, das eigensinnige Pack als ihr Waldfürst zu bändigen, du kennst es nicht. Hatte Schiss, schon wieder gegen die verdammten Bräunlinge kämpfen zu müssen. Ja, Schiss verdammt noch mal! Da bin ich abgehauen. Wenn mein Wettermann Kauzer mir nicht vor Zeugen verzeiht, kann ich Strömenholz vergessen.«

Ayrin packte ihn bei den Ohren, staunte ihn an und konnte es kaum glauben. »Einer wie du hat Angst, sein Volk in den Kampf zu führen?«

»Stell dir vor.« Er lachte bitter. Bei der Großen Mutter, wie sie ihn begehrte! »Einer wie ich ist abgehauen. Einfach abgehauen.«

»Und direkt in den Sturmangriff der Tarkaner.«

»Direkt in deine Arme.« Er zog sie hoch. »Schluss jetzt.« Er küsste sie, öffnete ihre Weste, ihr Hemd, ihre Hose. »Ich werde dich jetzt lieben, und du wirst mit mir gehen, und Schluss mit dem Geschwätz von Thronritter und Gehorsam.«

»Ich will, dass du mich liebst.« Ihr Atem flog, seine Hände und Lippen auf ihrer Haut zu spüren, überwältigte sie. »Doch ich kann nicht mit dir gehen. Liebe mich und sei mein Thronritter.« Sie griff in sein Haar und drückte seinen Mund an ihre Brüste. »Sei mein Thronritter und mein Geliebter«, flüsterte sie. Ihr Herz klopfte wie verrückt. »Doch du musst wissen, dass ich noch nie einen Mann …«

Er fuhr hoch, streichelte ihre Wangen, sah ihr in die Augen. »Du bist noch ein Jungweib?« Sie nickte und schämte sich. Er lächelte, küsste ihre Augen. »Ich werde ganz vorsichtig sein.« Er streichelte ihre Brüste. »So behutsam, wie man auf der Jagd nach dem Sumpfbären die erste Seerosenblüte des Jahres zur Seite schiebt, so behutsam werde ich dich berühren.«

»Das brauchst du nicht. Ich brenne doch nach dir.« Ayrin riss seine Lippen an ihren Mund, küsste ihn. Sie ließ sich auf dem Rücken ins feuchte Gras sinken und zog ihn ganz auf sich. Sie erbebte unter seinen Küssen und Berührungen, ihr war bange, und zugleich raubte ihr die Erregung schier den Atem, schmerzte beinahe wie jähes Fieber.

In der Ferne meckerte ein Steinbock, Schilfrohr brach irgendwo, und das Krächzen eines Kolks schwoll an und schwoll ab. Ayrin hörte es kaum, wand sich halb betäubt unter den Händen und Küssen des Waldmanns. Doch plötzlich spürte sie, wie Lasnic stillhielt und wie seine Lippen von ihr abließen. Und dann tönten auf einmal Stimmen durch die Nacht. Die klangen nach Angst und Gefahr.

Sie lösten sich voneinander, hoben die Köpfe und lauschten. Jemand rief eine Warnung. »Das ist Romboc«, flüsterte Ayrin. Sie setzte sich auf, zog das Leinenhemd über Schulter und Busen.

Plötzlich klang es, als würden Felsbrocken aus großer Höhe in den See stürzen, gleich darauf raschelte und splitterte Schilf, und schließlich gellten Schreie vom Nachtlager her. Und dann ein Grollen, Fauchen und Röhren wie von ungeheuren Raubtieren.

Lasnic tastete nach seinen Waffen. Ayrin sprang auf, die Haare standen ihr zu Berge. »Sumpfechsen!«, zischte sie. »Sumpfechsen greifen das Lager an!«

5

Jedes Mal, wenn ein Bote sich von der Leiter auf den Felssims schwang, klopfte Lauka das Herz bis zum Hals. Und jedes Mal nahm sie die neuesten Nachrichten von Starians Ausfall mit versteinerter Miene und ohne sichtbare Regung zur Kenntnis.

Vor der Westmauer, so erfuhr sie bald, war der Durchbruch durch den Belagerungsring auf Anhieb gelungen, vor der Nordmauer jedoch rannte Starians Kampfschar sich in den feindlichen Stellungen fest. Erst im dritten Anlauf und mit Unterstützung des Katapultes hinter dem Nordtor gelang es dem Reichsritter, seine Kämpfer hinter die tarkanischen Reihen zu führen und die feindlichen Katapulte anzugreifen.

Am späten Nachmittag dann stieg Rauch über den Stellungen der Tarkaner auf. Lauka und alle, die bei ihr in den Höhlen der Blauphirwand Zuflucht gesucht hatten, drängten sich am Geländer des Felssimses und spähten über die Stadt hinweg zum feindlichen Belagerungsring.

»Flammen!«, rief der junge Rotschopf Hector irgendwann. »Ich kann zwei Brandherde unter dem Rauch erkennen!« Er deutete nach Norden, und seine Augen leuchteten. »Seht doch!« Jetzt erkannten auch die anderen den Flammenschein, und Jubel brach aus – um Lauka herum, auf den Felssimsen unter ihr, auf den Mauern und Türmen der Burg.

Kurz darauf hörten die Einschläge der Katapultgeschosse auf. Kein Pfeilhagel ging mehr auf die Stadtmauer und Wehranlagen nieder; auch ihre Sturmangriffe auf das Westtor und die beschädigten Mauerabschnitte stellten die Tarkaner ein. Ein Zeichen der Verhandlungsbereitschaft ihres obersten Kriegers? Oder waren seine Sturmtruppen zu sehr mit der Abwehr von Starians Kampfscharen beschäftigt?

Lauka musste bis zum frühen Abend auf Gewissheit warten. Drei

Stunden nachdem der letzte Felsbrocken in den Straßen von Blauen eingeschlagen hatte, schickte die Herzogin Wilmis einen Boten vom Nordtor mit neuen Nachrichten zu ihr in die Steilwand über Burg und Stadt. Wilmis kommandierte die Verteidigung der Nordmauer. Den Oberbefehl über die Kampfscharen auf der Westmauer führte die alte Kriegsmeisterin von Blauen.

Wilmis' Bote, ein halbwüchsiger Weihritter, berichtete von drei brennenden Katapulten hinter den Schanzen der Tarkaner. Außerdem seien Starians Kampfscharen in die Stadt zurückgekehrt. »Unsere Ritter haben hohe Verluste erlitten«, schloss er seinen Bericht. »Ein Unterhändler der Blutsäufer hat die Ankunft seines Heerführers am Nordtor noch vor Sonnenuntergang angekündigt.«

Lauka betrachtete den Burschen. Sein rechtes Auge war zugeschwollen. »Keine Nachricht von Starian selbst?« Sie stellte die Frage mit fester und lauter Stimme. Innerlich jedoch bebte sie.

Der Halbwüchsige – er steckte in einem viel zu großen Harnisch – senkte den Blick. »Der Reichsritter Starian ist verwundet worden, meine Königin.«

Lauka ließ sich ihren Schrecken nicht anmerken. »Und Mauritz, der ehemalige Harlekin – ist er endlich in der Stadt aufgetaucht?«

»Nein, meine Königin.«

Lauka glaubte zu spüren, wie der Fels unter ihr erzitterte. Ein Gefühl der Ohnmacht beschlich sie. Starian verwundet – vielleicht tödlich! – und immer noch kein Lebenszeichen von ihrem Vater; ihr wurde übel. Sie hielt sich am Geländer fest und blinzelte über die Dächer und Türme Blauens. Wie sollte sie denn ohne ihre engsten Vertrauten diese bedrohliche Lage meistern? Ganz allein und in einer Stadt, in der sie ihre gefährlichsten Feinde zwar ausgemerzt hatte, deren Bevölkerung sie jedoch nur widerwillig und unter dem Kriegsdruck der Belagerer als neue Königin anerkannte.

Sie ballte die Linke, umfasste die Faust mit der Rechten und spürte die Hitze des Ringes. Ganz allein? Immerhin begleitete das Geschenk ihres Vaters sie auf Schritt: der Ring, das magische Licht, die magische Kraft, die bis vor kurzem tief in ihr geschlummert und die Mauritz geweckt hatte. *Beherrschst du diese Kraft, dann be-*

herrschst du dein Reich, hatte er gesagt. *Und weit mehr als nur dein Reich*. Doch noch hatte sie nicht gelernt, diese unheimlichen Kräfte vollständig zu bändigen und zu nutzen. Noch war sie weiter nichts als die wissbegierige Schülerin eines Magiers, den sie bis vor kurzem für einen Harlekin gehalten und der sich so unverhofft als ihr leiblicher Vater entpuppt hatte.

Ihre Blicke suchten Boras. »Begleite mich zum Nordtor, Reichsritter.«

Sie stiegen aus der Wand. »Was ist mit deinem Auge, Weihritter?«, hörte sie Boras fragen.

»Die Herzogin«, antwortete der Bote kleinlaut. »Weil ich ihre Botschaft nicht auf Anhieb wiederholen konnte.« Gelächter erklang über Lauka auf der Leiter und unter ihr auf dem unteren Felssims. Wilmis war bekannt für ihre Wutausbrüche und dafür, dass sie gern einmal einen Ritter verprügelte. Lauka fand das nicht lustig.

Boras befahl Hector, die Tiere satteln zu lassen. Stille lag über Blauen, eine Stille, die Lauka beunruhigte. Die Abendsonne machte bereits die Schatten der Häuser und Türme lang. An vier Speeren hielten ihre Thronritter später ein Schutzdach aus zusammengenagelten Schilden über sie, während sie auf ihrer großen schwarzen Bergziege durch die Straßen und Gassen ritt. Boras und ein kleiner Teil seiner Grenzritter und Schwertdamen begleiteten ihren Tross zu Fuß. Auch den gefangenen Trochauer nahmen sie mit zur Stadtmauer, den Dolmetscher. Aus einigen Häusern drang Gejammer und Wehklagen, auf manchen Hinterhöfen und dem Marktplatz verbrannten die Menschen von Blauen ihre Toten. Auf den Dächern flimmerte das goldene Licht der Abendsonne; die schickte sich an, hinter dem Gipfel des Blauphirs zu versinken.

Auf halbem Weg zwischen Burg und Nordtor begegnete Laukas Tross einer Kolonne aus Reitern und Fuhrwerken. Die Reiter, ausschließlich Ritter, wirkten erschöpft. Viele trugen Verbände an Kopf und Gliedern. Auf den Wagen lagen Tote und Verwundete. Gestöhne und Schmerzensschreie erfüllten die Luft. Vielen Verwundeten ragten Pfeile aus Leib und Gliedern, einigen schienen wilde Tiere die Beine zerfleischt zu haben.

»Starians Kampfschar!«, rief Boras und winkte einen Reiter zu sich. Er wechselte ein paar Worte mit ihm, wandte sich dann nach Lauka um. »Sie haben ihre Wölfe auf unsere Ritter gehetzt!« Er deutete auf einen Eselskarren an der Kolonnenspitze. »In ihm findest du Starian!« Lauka lenkte ihre Reitziege herum und trieb sie zurück zum Anfang des Zuges. Ihre Thronritter hielten sich neben ihr.

Sie befahl dem Fuhrmann des Eselskarrens zu halten, stieg ab und kletterte auf die Ladefläche. Eine Frau in fortgeschrittenem Alter kniete neben Starian; eine Hochdame, wie Lauka aus den seidenen Kleidern und ihrem Goldschmuck schloss. Ein Pfeil ragte aus Starians Stirn. Lauka schlug erschrocken die Hände vor den Mund.

»Der Pfeil ist nicht das Schlimmste«, sagte die Hochdame, eine Ärztin aus Garonada; Lauka kannte sie flüchtig. Sie deutete auf den Kopf des Reichsritters. »Sein Aussehen macht mir mehr Sorgen, meine Königin.«

Lauka ging neben ihr in die Hocke, und als sie begriff, was die Ärztin meinte, hielt sie den Atem an: Starians schönes langes Blondhaar war spröde und grau, beinahe weiß. Seine blutverkrusteten Hände sahen runzlig aus, seine Hals- und Gesichtshaut faltig und fahl, seine Augen müde und matt.

Am Nachmittag, oben auf dem Felssims, hatte sie zum Abschied einen Mann Ende zwanzig geküsst; nun, am Abend, lag ein Ritter vor ihr, der aussah, als hätte er bereits mehr als sechzig Winter gesehen.

»Mein Geliebter …« Sie beugte sich über ihn, küsste seine Augen. »Bei der Großen Mutter, mein Geliebter, was ist nur geschehen?«

»Eine blutige Schlacht, meine Königin.« Trotz des Pfeils in seiner Stirn war Starian bei Bewusstsein und konnte flüstern. »Drei Katapulte vermochten wir zu zerstören, auf der Schanze des vierten wartete ihr Anführer auf uns. Der trägt den gleichen Ring wie du und dein Vater. Er richtete ihn auf uns, und dann war es, als würden die Blitze einer ganzen Gewitternacht auf uns niedergehen.« Stockend berichtete er von der mörderischen Lichterscheinung, die beinahe hundert Ritter schwächte oder tötete oder gleich zu Staub zerfallen ließ. Ihn selbst hatte das bläuliche Licht nur von fern gestreift.

»Sie nennen ihn Tarbullo Zlatan«, flüsterte Starian. Seine zitternde Hand tastete nach ihrer Wange. »Hüte dich vor ihm, meine Königin, ich bitte dich …« Seine kraftlose Stimme erstarb endgültig, und er schloss die Augen. Lauka küsste ihn noch einmal auf den Mund und richtete sich auf. Entsetzen zerwühlte ihre Brust. Wie ein im Stich gelassenes Kind kam sie sich vor. Das Gefühl der Ohnmacht wollte ihr die Glieder lähmen.

»Lass ihm alle Pflege zukommen, die nur irgend möglich ist«, befahl sie der Ärztin mit schroffer Stimme. »Wenn deine Heilkünste es vermögen, meinem Reichsritter das Leben zu retten, werde ich dich großzügig belohnen.«

Bevor die Hochdame eine knappe Verneigung andeutete, glaubte Lauka einen halb bitteren, halb spöttischen Zug über ihre glatte Miene huschen zu sehen. Wahrscheinlich fragte die Frau sich, was sie in einer demnächst von blutrünstigen Kriegern überrannten Stadt mit einer Belohnung anfangen sollte.

Lauka beugte sich noch einmal zu Starian hinab und küsste ihn auf die Lider. »Du wirst leben, mein Ritter.« Er öffnete die Augen, blinzelte müde zu ihr herauf. Ein zuversichtliches Lächeln gelang ihr. Das dämpfte sogar ihr eigenes Entsetzen ein wenig. »Du musst leben, ich befehle es dir.«

Sie erhob sich und stieg vom Wagen. Benommen vor Erschütterung, stand sie still. Warum war es so düster auf einmal? Sie blickte zurück zum Blauphir. Nur der obere Rand der Abendsonne flimmerte noch hinter seinem zerklüfteten Gipfelmassiv. Die Steilwand und der Großteil der Gartenterrassen lagen längst im Dunkeln. Hier und da in den Hängen strahlten noch letzte Reflexe des Abendlichts in einigen der vielen Bergspiegel auf, mit denen man hier in Blauen Licht und Wärme in die Terrassengärten leitete.

Das gealterte Gesicht ihres Geliebten stand Lauka vor Augen wie eine tödliche Drohung. Sie biss sich auf die Unterlippe. In diesem Moment verlor sie jeden Mut. Sie kletterte auf ihre Ziege und ritt weiter dem Nordtor entgegen.

»Wie geht es unserem Reichsritter?« Der junge Hector bedrängte sie mit Fragen, und die gespannten Blicke aller hingen an Lauka. Jeder hatte ja den Pfeil aus Starians Stirn ragen sehen, jeder fürchtete um sein Leben. »Hat es ihn schlimm erwischt? Starian wird doch bald wieder auf die Beine kommen, oder?«

»Er ist bei Bewusstsein.« Lauka verkniff sich eine schroffe Antwort. Die Ritter liebten und verehrten Starian. Sie durfte die Männer nicht entmutigen. »Die Ärztin glaubt, dass er es schaffen wird.«

»Starians Kampfschar jedenfalls hat einen hohen Preis bezahlt«, berichtete Boras, der neben ihrer Ziege herschritt. »Von tausend Rittern hat es nicht einmal die Hälfte zurück hinter die Stadtmauer geschafft. Und nicht wenige davon werden noch ihren Wunden erliegen.«

»Doch der hohe Preis hat sich gelohnt!«, rief der junge Thronritter Hector. »Drei Katapulte brennen! Möge uns die Große Mutter nur unseren Reichsritter Starian erhalten!«

Lauka sprach kein Wort mehr. Steif und gerade wie ein Langschwert saß sie auf ihrer massigen Ziege. Sie versuchte Starians gealtertes Gesicht aus ihrem Bewusstsein zu verdrängen, versuchte an ihren Vater und seinen Mondsteinring an ihrer Linken zu denken. Die Worte der Ritter um sie herum rauschten an ihr vorbei wie Windböen und Blätterrascheln.

Sie beschwor andere Worte herauf. Worte, die sie von Mauritz gehört hatte, seit er so unverhofft in ihrem Kerker aufgetaucht war und sie aus den Ketten befreite, in die Ayrin sie gelegt hatte. Lauka wiederholte sie im Stillen, richtete ihre ganze Aufmerksamkeit auf sie und betastete dabei den Ring. An Mauritz' Worte zu denken und den warmen Mondstein zu spüren dämpfte das lähmende Gefühl der Ohnmacht, betäubte ihre Angst und linderte ihren Schmerz über Starians Zustand.

Beherrschst du diese Kraft, dann beherrschst du dein Reich.

An diesen Satz ihres Vaters dachte sie, während sie am Tor aus dem Sattel kletterte und im Halbdunkeln des Torturms Stufe um Stufe zum Wehrgang hinaufstieg. *Beherrschst du diese Kraft, dann beherrschst du dein Reich, und weit mehr als nur dein Reich.* Sie klammerte sich daran, wie an ein Geländer vor dem Abgrund, wie an ein Kletterseil im Steilhang.

Eine hünenhafte Hochdame wartete in der Tür zum Wehrgang auf sie, rotgesichtig, aschblond und sehr beleibt. Wilmis, die ehemalige Herzogin von Rothern – sie deutete eine Verneigung an.

»Gibt es Nachrichten von meinem Vater?«, entfuhr es Lauka.

»Nein«, sagte Wilmis, »doch der Anführer der verfluchten Blutsäufer, dieser Tarbullo Zlatan, wartet unten vor der Mauer auf dich.« Der blutige Griff ihres Langschwertes ragte hinter Wilmis' Schulter auf, in die breite Hüfte stemmte sie eine Armbrust. »Ein verfluchtes Großmaul, der Kerl! Zehn Bogenschützen mit schussbereiten Pfeilen und eine Menge Schildträger umgeben ihn.«

An der massigen Hochdame vorbei spähte Lauka zum Wehrgang hinaus. Schwertdamen und Stadtritter lehnten gegen die Zinnen und verschlossen die breiten Schießscharten dazwischen mit Langschilden. Armbrustschützen knieten mit schussbereiten Waffen darunter. Das düstere Blau des Abendhimmels tauchte sie in ein gespenstisches Zwielicht.

Umgeben von ihren Thronrittern, bückte sich Lauka aus dem Turm. »Weg mit dem Schild«, herrschte sie zwei Ritter an. »Ich will diesen Tarbullo Zlatan sehen und sprechen.« Sie drehte sich um und winkte den Dolmetscher zu sich.

»Bloß das nicht, meine Königin!« Boras stellte sich ihr in den Weg. »Starians Kampfschar hat gerade drei seiner Katapulte vernichtet und Hunderte seiner Krieger getötet. Was glaubst du denn, warum er hierher ans Tor gekommen ist? Er wird den Ring und das Zauberlicht auf dich richten, sobald du dich zeigst! Er weiß doch, dass du unsere gefährlichste Waffe bist!«

»Gefährlichste Waffe?« Lauka lauschte dem Klang dieser beiden Wörter. »Gefährlichste Waffe …«

»Nun ja, der Scheißkerl hat natürlich Angst.« Wilmis schob ihre hünenhafte Gestalt neben den Kahlkopf. Sie trug einen Kupferhelm. Lauka entdeckte Blutspritzer in der aschblonden Mähne darunter. »Und mit Recht – denn du könntest ja deinen magischen Ring auch auf ihn richten, meine Königin. Ich an seiner Stelle hätte ebenfalls Schützen und Schildträger mitgenommen.«

Lauka betrachtete das breite, großporige und stark gerötete Gesicht der Hochdame aus Rothern. Konnte sie ihr trauen? Nach der Eroberung ihrer Stadt hatte Wilmis durch Unterhändler zu verstehen gegeben, dass ihr das Reich wichtiger sei als die Frage, wer es regierte. Lauka hatte sie daraufhin zur Herzogin von Blauen gemacht, um sie enger an sich zu binden. Doch wusste man, wie es hinter der breiten Stirn dieser Hochdame aussah? Vielleicht würde es Wilmis ja gefallen, wenn der oberste Tarkaner vor dem Tor sie, die Königin, in eine Greisin oder gleich ein Häuflein Staub verwandelte.

»Was schlägst du vor, Herzogin?«, fragte sie.

»Schwer zu sagen.« Wilmis zuckte mit den breiten Schultern; ihr Doppelkinn schwabbelte. Vor dem Krieg hieß es, die Priesterin Runja sei die schwerste und dickste Frau im Reich. Seit Runjas Tod gebührte dieser Titel nun der neuen Herzogin von Blauen. »Ich würde es erst einmal für ein gutes Zeichen halten, dass dieses verfluchte Großmaul dein Verhandlungsangebot angenommen hat. Immerhin hat der Kerl sich die Mühe gemacht, hierher ans Tor zu kommen.«

Lauka sah Boras an und zog fragend die Brauen hoch. »Sprich mit ihm, meine Königin, doch zeig dich ihm nicht!« An der Aufrichtigkeit seiner Worte musste Lauka nicht zweifeln: Boras' Sorge um ihre Haut hatte sehr persönliche Gründe. »Ein Pfeilhagel wird dich empfangen, wenn du ungeschützt zwischen den Zinnen auftauchst. Das Hexenlicht wird dich vernichten!«

»Nenne es nicht Hexenlicht!«, sagte Lauka scharf. Sie strich über den Ring.

Hector drängte sich zwischen Boras und Wilmis. »Lass mich zuerst zwischen die Zinnen treten, meine Königin! Lass mich dich ankündigen. Ich will mich diesem Zlatan zeigen – wenn er nicht auf mich schießen lässt und nicht sein magisches Licht auf mich richtet, kannst du eher davon ausgehen, dass er zum Verhandeln gekommen ist und nicht zum Töten.«

»Blödsinn!« Boras stieß den jungen Rotschopf zur Seite. »Was soll ihn ein unbedeutender Bursche wie du kümmern! Auf die Königin hat er es abgesehen, nicht auf vorlaute Jungfüchse!«

»Was fällt dir ein, Reichsritter!«, blaffte Lauka. »Selbst du hast meine Thronritter mit Respekt zu behandeln!« Und dann an Hector gewandt: »Ich danke dir für dein Angebot, junger Ritter. Ich nehme es an und gestatte dir, in meinem Namen zu reden. Falls er dir die Zeit lässt, danke ihm zunächst dafür, dass er ans Tor gekommen ist.«

Der junge Thronritter neigte den Kopf, wandte sich um und schritt zwischen der Herzogin und Boras auf den Wehrgang hinaus. Am graublauen Himmel leuchtete der Abendstern. »Schilde runter, Schützen bereithalten!« Wilmis' tiefe Stimme hallte zwischen Fassaden und Stadtmauer wider.

Schwertdamen und Ritter nahmen die Langschilde von den Schießscharten und duckten sich hinter die Zinnen. Unter den Schießscharten kauerten die Armbrustschützen, meist junge Schwertdamen und Ritter, und spannten Pfeilbolzen in ihre Waffen. Bleich zwar, doch mit hocherhobenen Haupt ging Hector zu einer Schießscharte. Die Schützin darunter machte ihm Platz.

»Und nenne ihn Tarbullo Zlatan!«, rief Lauka dem Rotschopf hinterher. Mit herrischer Geste bedeutete sie Pradosco, dem Thronritter zu folgen. In gebückter Haltung schlich der Dolmetscher aus dem Turm an die Mauer und zu Hector.

Lauka entging es nicht, wie tief ihr mutiger Thronritter durchatmen musste und wie seine hagere Gestalt sich schließlich straffte. Wie alt mochte er sein? Höchstens zwanzig Sommer, schätzte sie, nicht viel älter als sie. Jedenfalls schien er aus genau jenem Holz geschnitzt, wie Männer ihres Geschmacks es zu sein hatten, und jedenfalls würde er nicht bereuen, was er hier für sie wagte. Falls er es überlebte.

Hector schob sich in die anderthalb Fuß breite Lücke zwischen zwei Zinnen. Unten knurrten und kläfften irgendwelche Tiere, wahrscheinlich die Wölfe der Blutsäufer. Lauka sah Hectors Adamsapfel auf und ab tanzen. »Meine Königin schickt mich, Tarbullo Zlatan!« Seine Stimme klang ein wenig belegt. »Sie lässt dir ...«

»Meinen Namen kennst du, Garonese?«, tönte es rau und kehlig von unten herauf, bevor Pradosco auch nur ein Wort übersetzt hatte. »Wie das? Und wo steckt sie, deine Königin?«

Lauka staunte: Dieser Zlatan sprach Trochauisch, einen Dialekt des Garonesischen. Jeder hier auf dem Wehrgang konnte den Heerführer verstehen. Wilmis und Boras zogen verwundert die Brauen hoch. Lauka winkte den Trochauer zurück in den Turm.

»Sie wird sich doch nicht etwa vor mir fürchten?«, rief der Eroberer von den Tausend Inseln. »Oder hat sie sich schon in die Hosen gemacht vor lauter Angst?« Gelächter aus vielen Männerkehlen ertönte unten an der Mauer. Es klang höhnisch, es klang böse und dreckig. Lauka spürte, wie ihre Nackenhaare sich aufrichteten. Sie schloss die Rechte um die Faust mit dem Ring.

»Sie lässt dir danken, weil du gekommen bist, Tarbullo Zlatan.« Hector ließ sich nicht beirren und wechselte in den Dialekt der Trochauer. »Und sie wird mit dir verhandeln, wenn deine Schützen die Kriegsbogen absetzen und du bereit bist, die Hand zu senken, an der du den Ring trägst.« Kein Wort von dem, was er da sagte, hatte Lauka dem Rotschopf aufgetragen. Sie schwankte zwischen Zorn und Bewunderung. »Meine Königin wird dann dasselbe tun, und keiner unserer Schützen wird seine Waffe auf dich oder deine Begleiter richten.«

»Ihr stellt Forderungen?!« Der Tarkaner schrie seine Wut hinaus. »Eben noch haut ihr meine Krieger nieder und zerstört drei meiner Katapulte und jetzt stellt ihr Forderungen und wollt verhandeln? Hat euch denn die Hirnfäule erwischt, Garonese?!«

»Ist das nicht üblich so im Krieg, Tarbullo Zlatan?« Hector blieb unbeeindruckt. »Man schwächt seinen Gegner, um ihn an den Verhandlungstisch zu bringen.« Keine Spur von Ärger hegte Lauka jetzt noch gegen ihren jungen Thronritter. Nichts als Respekt verdienten sein Mut und seine Geistesgegenwart!

»Wer bist du, dass du mich einer Schwäche bezichtigen darfst?«

Der Rotschopf zuckte zusammen, wich aber nicht zurück. »Ich bin Hector, Thronritter der Königin von Garona. Und magst du jetzt auch deinen magischen Ring auf mich richten, so hast du doch drei Katapulte verloren und wirst uns doppelt solange belagern müssen, bis es dir gelingen könnte …«

»Es reicht!«, zischte Lauka. Sie riss ihre Armbrust von der Schulter, ließ Mauritz' schwarzen Wildmantel zu Boden gleiten und winkte Hector zur Seite. Während der drei Schritte zu den Zinnen löste sie die Schnüre ihres Kragens und öffnete ihr Kleid bis zu den Ansätzen ihres Busens. Aus dem Augenwinkel sah sie ihre Ritter und Schwertdamen erstarren vor Schreck. Boras rief ihr eine Warnung hinterher, doch sie achtete nicht darauf.

»Königin Lauka von Garona!«, rief sie, griff nach den Zinnenkronen und zog sich hinauf in die Schießscharte zwischen zwei Zinnen. »Du willst in die Stadt, Tarbullo Zlatan von den Tausend Inseln?« Sie sprach Trochauisch, richtete sich vollständig auf und stand jetzt ohne jeden Halt in der Schießscharte. Zögerlich, doch mit angelegten Armbrüsten tauchten rechts und links ihre Schützen zwischen den Zinnen auf. »Dann lass uns über die Bedingungen verhandeln!« Sie stützte ihre Armbrust in die Hüfte und reckte die linke Faust mit dem Ring über den Kopf.

Den Mund weit offen, stierte der tarkanische Heerführer zu ihr herauf. Er trug einen langen Mantel aus hellem Kurzhaarfell auf bloßer, brauner Haut. Ein ehemals weißes Tuch bändigte die zahllosen Zöpfe seiner verfilzten schwarzen Mähne. Er schien sprachlos vor Staunen. Auch die Schildträger und Bogenschützen, die ihn umgaben, wirkten verblüfft. Sie waren klein und drahtig, ihr oberster Krieger überragte sie alle um Haupteslänge. Dicht hinter ihm streckten zwei ihre Fackeln über seinen Kopf. Drei Wölfe mit stumpfen Schnauzen und braunem Kurzfell stemmten neben dem Heerführer von den Tausend Inseln die Vorderläufe in den Boden und kläfften zu Lauka herauf. Hässliche Biester.

»Was für eine hübsche Überraschung!« Mit einem knappen Befehl brachte der feindliche Feldherr die Tiere zum Schweigen. »Na gut, ich will dir entgegenkommen, schöne Königin!« Von ihrer Zinne aus erschien es fast, als lächelte er. Bis auf eine Lanze war er unbewaffnet. Deren Klinge schimmerte wie Gold. »Zwei Schützen auf jeder Seite bleiben kampfbereit, doch keiner zielt auf dich und mich.« Er stieß die rechte Faust in die Luft, Lauka erkannte den Ring an ihr und erschauerte. »Und wir beide legen die Hand mit dem Ring ganz friedlich auf den Rücken. Was sagst du, schöne Königin?«

»Geht in Ordnung, sag' ich.« Sie nickte nach links und rechts. Die meisten Armbrustschützen zogen sich zurück, nur die beiden direkt neben ihr blieben schussbereit. Unten fuchtelte der feindliche Heerführer mit seiner goldenen Lanze; bis auf zwei Krieger setzten auch seine Männer ihre Kriegsbogen ab. Zeitgleich ließen Lauka und er die Fäuste mit den Ringen sinken und steckten sie hinter den Rücken. »Was forderst du, Tarbullo?«

Er warf den Kopf in den Nacken und lachte laut. Im Schein der Fackeln sah sie seine weißen Zähne aufstrahlen. »Was für eine Frage, meine schöne Königin!« Auch einige seiner Krieger lachten. Es klang gehässig. »Sperr die Tore dieser Stadt auf und lass mich und mein Heer hinein! Das fordere ich!«

»Damit ihr unsere jungen Leute auf eure Galeeren und unsere Kinder zu den Sklavenmärkten von Kalmul verschleppt? Damit ihr unsere Männer tötet und über unsere Frauen herfallt?«

»So geht das im Krieg, meine Schöne.«

»Ich verlange Milde für alle, die hinter diesen Mauern leben.«

»Kann es sein, dass du deine Lage verkennst, schöne Lauka?« Der Heerführer der Tarkaner feixte zu ihr herauf. »Du hast nichts zu verlangen! Doch aus purem Zeitvertreib will ich einmal so tun, als könnte ich mir einen Handel mit dir vorstellen.« Beifallheischend blickte er in die Runde seiner grinsenden Männer. »Was also gibst du mir, wenn ich dein Volk schone? Ich persönlich wüsste da schon etwas.« Und wieder dieses höhnische, dreckige Gelächter.

»Euer Kriegszug ist noch nicht zu Ende, wie ich höre«, antwortete Lauka. Von zwei Fackeln beleuchtet, warf der Tarkaner zwei Schatten. »Du willst Schiffe nach Baldor schicken, Tarbullo Zlatan, du brauchst Waffen, Proviant. Das alles könnte ich dir geben, dazu Gold und Silber aus dem Schatz dieser Stadt.«

»Klingt nicht schlecht, klingt gar nicht schlecht.« Er lehnte die Lanze gegen seine Schulter und rieb sich das Kinn. Dachte er nach? »Nun, vielleicht sollten wir doch einmal in Ruhe miteinander reden, nur wir zwei. Doch auf gleicher Höhe sozusagen – ich verrenke mir ja den Hals, wenn ich ständig zu dir hinaufstarre, meine Schöne.«

»Einverstanden.« Lauka dachte nicht lange nach, ihr Instinkt diktierte ihr diese Antwort. »Hier in der Stadt?«

Unten brach Zlatan in schallendes Gelächter aus. »Damit du hinterher meinen edlen Schädel aufspießen und aus dem Turm hängen kannst? Nein, nein, schönes Weib. Ich lasse ein Zelt auf halbem Weg zwischen Mauer und Belagerungsring aufbauen. Dort treffen wir uns. Ganz allein. Und reden in Ruhe, reden über alles und ganz in Ruhe.«

Sie lauerte zu ihm hinunter. Weil die Fackelträger hinter ihm standen, konnte sie sein Gesicht in der Dunkelheit kaum noch erkennen. Sie versuchte, Zlatans Geist zu ertasten. An der Faust hinter ihrem Rücken spürte sie die Wärme des Mondsteinringes. Durfte sie diesem grausamen Krieger dort unten vertrauen? Natürlich nicht. »Und keiner von uns beiden wird seinen Mondsteinring tragen?«

»Und keiner von uns wird seinen Ring tragen.« Die Rechte auf dem Rücken, die Linke am Schaft seiner goldenen Lanze, verbeugte er sich. »Abgemacht, schöne Königin Lauka.«

Das Herz schlug ihr bis zur Kehle. »Gib mir Bedenkzeit bis morgen Abend, Tarbullo Zlatan.« Auf einmal spürte sie etwas Hitziges und zugleich Eisenhartes – seinen Geist. »Ich will mich mit meinen Edlen beraten. Wenn die Sonne sich anschickt, hinter den Blauphir zu sinken, gebe ich dir Nachricht.«

»Allzu lange Zeit zum Nachdenken verwirrt nur den Verstand, schöne Königin.« Mit brennendem Blick spähte er zu ihr herauf. Im Geist riss er ihr schon die Kleider vom Leib, Lauka spürte doch seine Gier! »Triff deine Entscheidung bis morgen Früh. Spätestens eine Stunde nach Sonnenaufgang erwarte ich deinen Boten!« Ein letztes Feixen, eine letzte Verneigung, dann wandte er sich ab und ging. Sofort umgaben ihn seine Krieger und deckten seinen Rücken mit ihren Schilden. Seine Fackelträger leuchteten ihm voran. Seine Bogenschützen bewegten sich rückwärts hinter ihm her; fast alle zielten sie schon wieder zur Wehrmauer herauf.

Zorn und Ekel erfüllten Lauka. Spuren dessen, was sie in seinem Geist ertastet hatte, schienen wie Unrat in ihrem Hirn zu kleben:

die Gier und den unbedingten Willen zu peinigen, zu erniedrigen, zu vernichten.

Sie kämpfte gegen die Versuchung an, den Ring auf den abziehenden Zlatan und seine Krieger zu richten; zu unerfahren war sie noch, um den Tarbullo unter so vielen Männern und auf diese Entfernung allein durch ihre Willenskraft und das ERSTE MORGENLICHT töten zu können. Wäre doch ihr Vater schon in der Stadt!

Zlatan und seine Begleiter verschwanden im Dämmerlicht zwischen den ersten Stellungen ihres Belagerungsringes. Lauka sprang von der Zinne. Sie machte sich nichts vor: Dieser grausame Feldherr wollte sie besitzen, weiter nichts. Und danach, wenn er seine Gier gestillt hatte, würde er sie als Geisel verwenden. Oder gleich töten.

Ihr Blick fiel auf den Rotschopf. Todernst war dessen Miene. Jemand reichte ihm eine Fackel. »Danke«, sagte sie leise. »Das hast du nicht umsonst getan.« Sie winkte ihn zu sich. »Du sollst mein Erster Thronritter sein, bis Starian von seiner Verletzung genesen ist. Danach sehen wir weiter.«

»Meine Königin …« Hector errötete, blickte erschrocken nach allen Seiten und verneigte sich schließlich. »Danke für die Ehre, meine Königin. Danke für dein Vertrauen.«

»Du hast es dir verdient. Gehen wir.«

Hector und ihre Thronritter begleiteten sie zurück in den Turm. Auch dort brannten jetzt Fackeln an den Wänden. Boras ging neben ihr die Treppe hinunter. »Um keinen Preis darfst du dich mit diesem Barbaren treffen, meine Königin. Und schon gar nicht ohne Eskorte.«

»Ich weiß selbst, was ich zu tun habe, Reichsritter.«

Unten, bei den Ziegen und Eseln, schritt im Schein vieler Fackeln eine junge Schwertdame in gelbem Harnisch auf und ab – Tigrit, die Botin Rabans. Sie wirkte ungeduldig. Kaum entdeckte sie Lauka auf der Schwelle der Turmtür, eilte sie zu ihr und verneigte sich.

»Neue Nachrichten?«, fragte Lauka. Sie fühlte sich ausgelaugt und hoffnungslos.

»Raban lässt dir ausrichten, dass die Majordame Wolfrun die …«

Tigrit stockte, aber nur kurz. »… die Verräterin Tanjassin gefangen genommen hat. Drei ihrer Getreuen überlebten den Kampf.«

»Ist der Baumeister Joscun unter ihnen?«

»Nein, meine Königin.«

Laukas Miene verdüsterte sich. »Reite zurück zur Burg!« Sie deutete auf die scheckige Reitziege der jungen Schwertdame. »Meine Botschaft an den Erzritter Raban: ›Lass Tanjassin in den Folterkeller der Herzoginnenburg bringen. Dort erwarte mich morgen kurz nach Sonnenaufgang.‹«

6

Die Morgensonne stand glutrot über den Gipfeln im Osten. Zehn Priester in blutigen Gewändern schritten aus dem zerbrochenen Tempelportal. Sie stellten sich an der Treppe über dem Tempelplatz auf und setzten ihre Instrumente an die Lippen. Fanfarenklänge tönten über die kniende Menge auf dem Platz hinweg. Gellend und dröhnend hallte der metallene Lärm zwischen der Burg, den niedergerissenen Mauern Garonadas und dem Tempel hin und her. Die Menge der Krieger erhob sich und brach in Jubel aus.

Catolis hatte den Abschlusssegen gesprochen. Das Geschrei der Sterbenden war verklungen, das Dankopferfest vorüber. Die Magierin von den Tausend Inseln raffte ihr blaues Gewand und stieg von ihrem Bernsteinthron.

Der Geruch verbrannten Fleisches lag in der Morgenluft. Sie versuchte, ausschließlich durch den Mund zu atmen. An der Spitze von Dutzenden Kapitänen und Hauptleuten drängte sich Kaikan durch die Menge zu ihrem Thron. Die Gewissheit, sich noch lange nicht in ihren Burgturm zurückziehen zu können, erfüllte sie mit Bitterkeit und Ungeduld.

Die Sonne stieg in den Himmel über der eroberten Stadt. Aus dem zerbrochenen Portal des Tempels quoll Rauch und floss Blut. Alle Stufen der breiten Vortreppe glänzten bereits von seinem hellen Rot. Auf dem großen Platz vor dem Bernsteinthron und der Treppe sammelte es sich in zwei ausgedehnten Lachen. Dunkle Schwärme von Fliegen schwirrten darüber. Priester in von Blut triefenden, ehemals weißen Gewändern trugen die Hingeschlachteten aus dem Tempel.

Auf der mittleren Stufe ihres Bernsteinthrones konnte Catolis nicht anders, als stehen zu bleiben und die entsetzliche Szenerie zu betrachten. Ihre Priester luden die Toten auf bereitstehende Eselskarren. Sieben Gespanne warteten vor der Südkuppel des Tempels an dem gepflasterten Weg, der in die Stadt hinunterführte. Hände und Arme der Priester waren blutig. Achtlos, als wären sie Unrat, warfen sie die Leichen auf die Karren.

Catolis stockte der Atem. Einen Wimpernschlag lang glaubte sie fühlen zu können, was diese gefangenen Frauen und Männer gefühlt hatten, als man sie vor dem Altar ihrer Göttin festhielt, um ihnen das Herz herauszuschneiden und es in den qualmenden Rachen des tarkanischen Götterbildes zu werfen. Wie verlassen von ihrer Göttin, der Großen Mutter, sie sich gefühlt haben mussten und wie ausgeliefert dem bocksartigen Gotte Tarkartos und seinen grausamen Verehrern von den Tausend Inseln.

Catolis schüttelte sich. *Es muss so geschehen*, mahnte sie sich. Sie schluckte den Kloß im Hals hinunter. *Es geschieht für das Zweite Kalyptische Reich!* Sie verscheuchte die beklemmenden Bilder aus ihrem Kopf, die fremden Gefühle, die viel zu vielen Todesschreie, die sie auch an diesem Tag wieder hatte hören müssen. *Nur weg damit!* Sie nahm die letzten Stufen ihres Thrones. *Nur so schnell wie möglich weg von diesem blutigen Ort!*

Doch da waren ja noch Kaikan und seine Obersten. Wenige Schritte vor dem Thron fielen sie schon auf die Knie. So jung und kraftvoll die sehnige Gestalt des Ersten Hauptmannes wirken mochte, so verwittert und alt schien sein Gesicht. Mit einer Geste gewährte Catolis ihm die Ehre, ihr die Füße zu küssen. Kaikan rutschte auf den Knien heran und beugte sich zum silbernen Saum ihres dunkelblauen, mit silbernen Stickereien durchwirkten Gewandes. Sie spürte den Hauch seines Atems auf ihrem nackten Fußrücken. Die Art, wie er ihn küsste, hatte etwas tief Versunkenes, geradezu Andächtiges.

Catolis ließ ihren Blick über die am Boden knienden Männer wandern. Lauter Kapitäne und Hauptleute, die ihre Schiffe und Krieger morgen Richtung Osten auf den Großen Ozean hinausführen würden. Tarkun entdeckte sie nicht unter ihnen. Gut so. Sie hatte sich vorgenommen, Zlatan zu befehlen, seinen jüngeren Bruder an Kaikans Stelle zum Statthalter über die Hauptstadt zu machen.

Ihn, Zlatan, entdeckte sie leider auch nicht unter den Männern. Schon während des Dankopferfestes hatten ihre Blicke den Tarbullo vergeblich in der vordersten Reihe der Festteilnehmer gesucht. Das beunruhigte sie. So eine Siegesfeier – und für nichts anderes hatte dieses Dankopferfest ja gestanden – sollte nicht ohne die Anwesenheit des Feldherrn und Reichsführers stattfinden. Und schließlich marschierte man nur neun Stunden von Blauen hierher nach Garonada. Auf einem Mustang oder Steinbock hätte Zlatan sogar nur fünf, höchstens sechs Stunden bis zur Hauptstadt gebraucht.

Mit knapper Geste bedeutete die Magierin Kaikan und seinen Anführern, sich zu erheben. »Für unseren nächsten Kriegszug erbitten wir noch ein Wort des Tarkartos' aus deinem Munde, Herrin«, sagte Kaikan. Er trug einen gesäuberten und frisch eingefetteten, schwarzen Ledermantel über einer ärmellosen Weste und Pluderhosen aus ungefärbtem Leinen. Sein hellgraues Haar hatte er sich mit einem roten Stirntuch aus dem Gesicht gebunden.

»Wann brecht ihr auf?« Etwas abseits entdeckte Catolis die beiden Waffenträger des Ersten Hauptmanns. Kaikans weißer Wolf hockte zwischen ihnen. Die Magierin sah es mit Erleichterung und Dankbarkeit. Sie verabscheute die Wölfe der tarkanischen Krieger und verbat sich ihre Nähe.

»Im Laufe des Vormittags«, sagte der Erste Hauptmann von Tarkatan. »Unsere Mustangs und Steinböcke werden schon gesattelt und aufgezäumt, Herrin. Bis Sonnenuntergang werden sich die Krieger aus sämtlichen eroberten Städten auf der Hochebene unterhalb von Violadum sammeln.« Kaikans Gesicht sah aus wie aus braunem, verwittertem Sandstein gemeißelt. Vor vielen Sonnenwenden hatten Vernichtungsstrahlen des ERSTEN MORGENLICHTS ihn gestreift. »Danach ziehen wir an den Troch und zur Küste. In sieben Tagen spätestens soll der erste Teil meiner Kriegsflotte die Anker lichten und in See stechen.«

»Ist denn auch für ausreichend Besatzung in den eroberten Städten gesorgt?«

»Fünfhundert bis tausend Krieger werden jede garonesische Stadt besetzt halten, Herrin, je nach Einwohnerzahl. Auch Trochau-Stadt und seine Umgebung. Für Notbesatzungen auf den zurückbleibenden Schiffen ist ebenfalls gesorgt. Sobald unsere Rotten Blauen genommen haben, will Zlatan mir mit noch einmal zehntausend Mann nach Baldor und ins Land der Waldmänner folgen.«

»Ich weiß.« Catolis nickte und gewährte den Männern einen anerkennenden Blick. »Seid guten Mutes!«, rief sie ihnen zu. Einem nach dem anderen schaute sie ins Gesicht. »Der Gott geht euch voran – Baldor wird euch zufallen wie eine überreife Frucht! Und lasst euch nicht beirren, wenn der Gott eure Treue prüft und ihr einmal einen Kampf verlieren solltet. Das mag geschehen, wenn ihr fern im Osten auf die Waldstämme an den Ufern des Stomms trefft. Dann steht wieder auf und greift erneut an. Der Sieg muss euch am Ende dennoch gehören, denn die Herren der Wälder sind ohne jene Ordnung, die man für einen erfolgreichen Krieg braucht, und ihre Siedlungen liegen weit verstreut über die Sümpfe und wilden Wälder des Ostens!« Sie wandte sich an Kaikan. »Du weißt ja aus eigener Erfahrung, wie verwegen sie kämpfen können, Erster Hauptmann, und wie schlau sie sind.«

»Einmal sah ich sie von fern gegen unsere Krieger kämpfen, da war ich noch sehr jung.« Kaikan nickte. »Und einmal habe ich selbst gegen sie gekämpft. Etliche konnte ich besiegen und töten, das mag mich damals unvorsichtig und allzu sicher gemacht haben.« Ein Schatten flog über sein verwittertes Gesicht. »Ein Schweinereiter nämlich hat mich und meine Rotte schließlich besiegt.« Seine Gestalt straffte sich, seine Faust umschloss den Griff seines Krummschwertes. »Doch diesmal werde ich *ihn* bezwingen.«

»Er sei geflohen, heißt es«, sagte Catolis. »An der Seite der gestürzten Königin und ihrer Getreuen. Ich bin sicher, dass er versuchen wird, sich über den alten Küstenweg und Baldor in seine Heimat durchzuschlagen. Der Gott wird dafür sorgen, dass seine und deine Wege sich kreuzen.«

»Bete für mich, Herrin, ich bitte dich. Bete, dass Tarkartos den verfluchten Schweinereiter in meine Hand gibt.« Kaikan drehte sich zu seinen Kriegern um und erhob seine Stimme. »Mögen die Herren der Wälder auch noch so listig und kühn sein, wir werden ihre Siedlungen vernichten und ihre Stämme vom Angesicht dieser Erde tilgen!« Vielstimmiger Jubel antwortete ihm. Seine Hauptleute stießen ihre Schwerter und Lanzen in die Luft und schüttelten sie.

»So ist es«, bekräftigte auch Catolis, »und so lautet der Beschluss des Gottes Tarkartos. Doch denke an dein Versprechen, Kaikan.« Der Erste Hauptmann drehte sich wieder zu ihr um und sah ihr in die Augen. »Diesen Waldmann, der den wilden Eber bändigte und deine Rotte niedergeritten und besiegt hat …«

»… er hat Lasnic geheißen.«

»Diesen Lasnic – du wirst ihn mir lebend bringen.«

»Das schwöre ich, Herrin. Bei meinem Leben – das schwöre ich!«

Catolis spendete den Kapitänen und Hauptleuten noch einen letzten Kriegssegen und verabschiedete sie dann; Kaikan bedeutete sie, einen Moment bei ihr zurückzubleiben.

»Er ist auch vor seiner Flucht gesehen worden«, sagte sie, als die anderen sich unter die auseinanderlaufende Menge gemischt hatten. »Zuletzt auf der Bergstraße zwischen Violadum und Garonada. Ich habe Gefangene nach ihm befragen lassen. In der Festung von Violadum soll er sogar das göttliche Licht eingesetzt haben.«

»Du sprichst von dem Waldmann Lasnic, Herrin?« Catolis nickte. »Dann trägt er also tatsächlich den gleichen Ring wie der Tarbullo und du.« Für einen Augenblick nur flog sein Blick zu ihren Händen, doch sie sah es dennoch genau. Zwei Mondsteinringe trug sie an der Rechten – jenen, den sie Mauritz abgenommen hatte, und ihren eigenen.

»Du fragst dich, wann ich dir meinen zweiten Ring überlasse, ich weiß, Kaikan.« In der Frühe hatte sie ihm den Ring schon einmal angesteckt und Kaikan in den ersten Schritten seines Gebrauches unterwiesen. Es gab keinen Zweifel daran: Er war geeignet, das ERSTE MORGENLICHT zu gebrauchen; wenigstens als Waffe. »Ich weiß auch, dass du würdig bist, ihn zu tragen, doch habe noch ein wenig Geduld. In Baldor gibt es keinen Ringträger, du wirst das Reich ohne das magische Licht niederwerfen. Sobald Blauen gefallen ist, werden ich und Zlatan mit mindestens zwölftausend Mann in See stechen und zu dir stoßen. Gewiss wirst du die beiden große Städte Baldors erobern, bevor wir die Halbinsel erreichen. In diesem Fall warte an der Ostküste in der Hafenstadt Baal auf uns. Dort werde ich dich mit einem magischen Ring für den Kampf gegen die Waldmänner ausrüsten.«

»Danke, Herrin.« Kaikan verneigte sich tief. »Dein unwürdiger Diener wird dich erwarten.«

»Ich weiß, Erster Hauptmann.«

So viel Anerkennung gönnte Catolis selten einem der obersten Tarkaner. Sie kannte Zlatan durch und durch – er war ein Hitzkopf, und sein unbändiger Siegeswille und seine Grausamkeit hatten ihn an die Spitze seines Volkes gebracht und inzwischen fast ganz Garona unterworfen. Er war stark, skrupellos und ihr mit Haut und Haaren ergeben. Kaikan mochte weniger machtbewusst und brutal sein, dafür war er klüger und vorsichtiger als der Tarbullo. Und er hatte eine Treue und Hartnäckigkeit bewiesen, die sogar ihr, der Großmeisterin der Zeit, Bewunderung abnötigte.

»Vergiss nicht, wen du mir lebend zu bringen hast, und nun geh.« Mit einigen Verneigungen zog Kaikan sich zurück. Sein weißer Wolf trottete ihm entgegen. Bei seinen Waffenträgern angekommen, umringten ihn sofort etliche Hauptleute, die seine Befehle erwarteten. Catolis wandte sich ab. Sie war zufrieden mit ihrer Wahl.

Wie aus dem Nichts tauchten vier Priester mit sauberen Gewändern bei ihr auf. Zusammen mit Tarkuns Garde eskortierten sie die Frau, die sie für ihre Hohepriesterin hielten, hinunter in die Stadt.

*

Wenig später, vom Fenster ihres Turmzimmers aus, sah sie Kaikan noch einmal von fern an der Spitze seiner abziehenden Kriegerkolonnen. Catolis erkannte ihn an seinem roten Stirntuch und dem schwarzen Mantel. Sein Wolf tänzelte vor seinem schwarzen Mustang her.

Die tarkanischen Kriegsrotten führten den letzten Gefangenenzug aus der Hauptstadt. Vorwiegend junge Männer für die Ruderbänke der Galeeren, doch auch einige Frauen und Kinder für die

Sklavenmärkte in Kalmul und auf den Inseln im fernen Westen, wo der Kontinent Athaluna die Landzungen seiner zerklüfteten Küste weit in den Großen Ozean hineinstreckte.

Catolis wandte sich ab, schritt zu ihrem Kuppelzelt in der Mitte des Raumes und bückte sich hinein. Tausend Gefangene hatte sie Tarkun angewiesen zurückzubehalten – als Geiseln. Die Hälfte aus Garonada, den Rest aus Schluchternburg, Weihschroff und Violadum. Sollten die Stadtobersten von Blauen ihre Königin ausliefern, würden diese Garonesen Leben und Freiheit gewinnen. Sollten sie sich weigern, war Catolis entschlossen, sie töten zu lassen.

Die Magierin von den Tausend Inseln streckte sich auf ihrem Ruhelager im Kuppelzelt aus und schloss die Augen. Sie wachte erst wieder auf, als jemand von unten gegen die Falltür klopfte. Catolis blinzelte ins Licht der Mittagssonne, das durch den Zelteingang flimmerte. Wie viele Stunden hatte sie denn geschlafen? Sie stand auf, kroch aus dem Zelt. »Was gibt es?«

»Botschaft von Zlatan.«

Tarkuns Stimme. Catolis öffnete die Bodenklappe und stieg ins Turmzimmer darunter hinab. Drei Tarkaner warteten mit den Priestern auf sie. Sie wirkten erschöpft – als hätten sie einen anstrengenden Ritt hinter sich. Alle drei fielen vor ihr auf die Knie. »Sprich«, forderte sie den jungen Hauptmann Tarkun auf.

»Wir sind bei Sonnenaufgang in Blauen aufgebrochen«, sagte Tarkun.

»Dann wart ihr schnell.«

»Keine sechs Stunden haben wir gebraucht.« Die drei braunhäutigen Männer erhoben sich wieder. »Das ist Luppok, ein Vertrauter Zlatans.« Tarkun wies auf einen Krieger, den Catolis nicht kannte. »Er hat sich im Kampf um Garonada besonders ausgezeichnet und den Tross angeführt, der den Sarg mit dem toten Hexer ins Heerlager vor Blauen gebracht hat.«

Catolis musterte den Mann. Er war sehnig und auffallend dürr und hatte sein von silbernen Fäden durchzogenes Kraushaar zu einem großen Knoten auf dem Hinterkopf gebunden. Narben und schlecht verheilte Wunden bedeckten sein Gesicht und seinen weitgehend nackten Körper. Seine Stiefel waren schmutzig, Schweiß glänzte auf seinem staubigen Körper.

»Sprich, Luppok. Wie lautet die Botschaft des Tarbullos an mich?«

»Höre die Worte Zlatans, des Tarbullos der Tausend Inseln, Herrin: ›Tarkartos schenkt mir die Möglichkeit, die Königin Lauka gefangen zu nehmen. Sie hat heute Morgen eingewilligt, mich zu Verhandlungen zu treffen, und zwar allein in einem Zelt zwischen Stadtmauer und Heerlager. Noch heute Abend, kurz vor Sonnenuntergang, gehört sie mir. Dem Gott sei Preis und Dank! Um dieses Weib nicht scheu zu machen, habe ich mit der Übergabe des Sarges noch gewartet.‹«

Scharf sog Catolis die Luft durch die Nase ein. Deswegen also war Zlatan dem Opferfest ferngeblieben. Hatte Mauritz' Bastard den Tarbullo etwa schon verhext? Sie wandte sich ab, schritt zum Turmfenster. Die Mittagssonne glitzerte auf den Dächern der eroberten Stadt, warme Luft flirrte in den Straßen, die Häuser warfen kaum Schatten. Mit der Übergabe des Sarges noch gewartet? Noch nie hatte Zlatan einen ihrer Befehle ignoriert. Zorn und Unruhe wühlten sie auf.

Die letzten Abteilungen von Kaikans Kampfrotten zogen eben durch das zerstörte Südtor zur Stadt hinaus. Jammernde Angehörige von Gefangenen liefen den Reitern hinterher, rangen die Hände, rauften sich die Haare. Bis zum Burgturm herauf trug der Wind ihr Geschrei.

Je länger Catolis über die Botschaft Zlatans nachdachte, desto unruhiger wurde sie. Gefangen nehmen wollte er die Tochter Mauritz'? Noch heute Abend? Zlatan und der Bastard allein in einem Zelt? Das durfte niemals geschehen!

Sie fuhr herum. »Zurück zum Tarbullo mit dir, Luppok!«, herrschte sie den Boten an. »Sofort und so schnell du kannst! Und diese Botschaft überbringe ihm: ›Gehe nicht allein zur Königin ins Verhandlungszelt. Übergib den Leichnam ihres Vaters sofort der Kriegsmeisterin und der Herzogin von Blauen und lass ihnen mein Ultimatum ausrichten. Sollten sie ihre Königin tatsächlich ausliefern, darf sie das Heerlager nicht lebendig betreten. Du hast sie zu töten, und du musst es tun, sobald sich dir Gelegenheit dazu bietet. Und wenn es dich Hunderte Krieger kostet – töte sie! Triff keine weiteren Entscheidungen, sondern warte auf mich. Noch am heutigen Abend werde ich bei dir im Heerlager sein.‹ Wiederhole!«

Der Bote namens Luppok wiederholte die Botschaft an Zlatan Wort für Wort. Catolis wies zur Treppe. »Und nun geh und eile! Nimm den schnellsten Mustang, den du findest.« Der dürre Krieger verneigte sich, sprang zur Treppe und kletterte nach unten.

»Sattle die Reittiere, Tarkun«, wandte Catolis sich an Zlatans Bruder. »Und lass einen Wagen anspannen. Du wirst mich mit einer Kampfrotte nach Blauen begleiten. Es eilt. Vorher aber sorge dafür, dass noch heute eine große Eskorte mit den letzten tausend Gefangenen nach Blauen aufbrechen kann.«

7

Ayrin lief schnell wie ein Reh. Hinter ihr her hetzte Lasnic dem Seeufer entgegen. Das Gemecker des Steinbockes war verstummt, das wilde Geschrei eher noch lauter geworden. Und die Kolks krähten inzwischen so panisch, als zappelten sie in einem Jagdnetz.

Eine Wolkenbank hatte sich vor den Mond geschoben, es war dunkel. Dass der kämpfende Mann im Schilf Romboc sein musste, erkannte Lasnic an den Umrissen seiner bulligen Gestalt, an der wuchtigen Art, wie er die Langklinge führte, und an den dicken Zöpfen, die ihm bei jedem Schwerthieb um den Kopf peitschten. Wen oder was auch immer Romboc dort bekämpfte, er tat es schweigend. Die grässlichen Schreie, das Fauchen und Röhren und die klagenden Hilferufe kamen aus dem Nachtlager.

Auf den ersten Blick sah es so aus, als würde der Erzritter mit seinem Langschwert auf das Ufergras zu seinen Füßen eindreschen. Doch dann erkannte Lasnic, dass der Ufergrund vor Romboc sich heftig bewegte, dass er sich sogar aufblähte und wie zur Abwehr der Schwerthiebe Gliedmaßen nach oben streckte. Etwas, das Lasnic zunächst an eine Lanze denken ließ, schoss aus dem bebenden und strampelnden Ding. Doch blieb die vermeintliche Lanze an Rombocs Hals hängen, zerrte an ihm, wollte ihn umreißen.

»Marderscheiße!«, entfuhr es Lasnic. Er ließ den Bogen fallen, zog sein Kurzschwert.

»Lauf zu ihm!«, zischte Ayrin. »Steh ihm bei! Ich renn' ins Nachtlager!« Ehe Lasnic widersprechen konnte, verschwand sie schon in der Dunkelheit. Ihm blieb kaum Zeit, sich über ihren Kommandoton zu ärgern, denn in diesem Moment gab die Wolkenbank den Halbmond wieder frei, und sein matter Lichtschein fiel auf See, Schilf und den kämpfenden Ritter am Ufer – keine Lanze, eine Zunge hing dem Erzritter am Hals, eine unglaublich lange Zunge! Der Fluch blieb Lasnic im Hals stecken.

»Halt aus, Romboc!«, schrie er. »Ich komme zu dir!« Er sprang durch Schilf und Ufergras. Dick wie der Rüssel eines jungen Waldelefanten erschien ihm die Zunge. Sie hatte sich um Rombocs Hals geschlungen, zog sich zusammen und würgte ihn. Die Hälften ihrer gespaltenen Spitze peitschten Rombocs Augen, bohrten sich ihm in Mund und Nase. Der Erzritter schwankte, sank in die Knie. Gut zwanzig Schritte trennten Lasnic noch von ihm. »Halt aus, mein Erzritter!« Er schrie irgendwas, wusste nicht, was er sagte.

Romboc hob die Rechte, seine lange Klinge funkelte im Mondlicht. Er holte aus und schlug zu. Sein Schwert fuhr in die Zunge und durchtrennte sie. Blutfontänen ergossen sich aus beiden Teilen des würgenden Muskels. Das aufgeblähte Etwas zu Rombocs Füßen sackte zusammen, brodelndes Fauchen tönte durch die Nacht. Der Erzritter fasste sein Schwert mit beiden Händen und stieß es in das waidwunde Tier zu seinen Füßen.

Zwei Schritte vor der verendenden Kreatur und dem Erzritter blieb Lasnic stehen. Was da zuckte und blutete und röchelte unter Rombocs Knien, erinnerte den Waldmann an eine jener immer hungrigen Mammutkröten, wie sie am Stomm von Zeit zu Zeit Fischer und Wäscherinnen anfielen und ins Wasser zerrten.

Der Erzritter riss sich die leblose Krötenzunge vom Hals. Er stützte sich auf sein Schwert, stemmte sich hoch und gab den Blick auf den gesamten Körper des Wassertieres frei. Es ähnelte nicht nur einer dieser mehr als mannsgroßen Raubkröten, es war eine – breit und massig, mit langen Gliedern, flachem, dreieckigem Schädel und knotiger, grünbrauner Haut.

»Beim gütigen Wolkengott, Romboc! Diese Biester fressen jeden und alles, was ihnen vor die Zunge kommt!«

Lasnic wollte zu ihm gehen und sich die Bestie genauer anschauen, doch Romboc fuhr herum und funkelte ihn zornig an. »Nett, dass mir das endlich mal einer erklärt! Bist ein ganz schlauer Bursche. Und jetzt weg hier und zum Nachtlager! Hörst du nicht das Geschrei?«

Hinter dem Erzritter schoss etwas aus dem See. »Vorsicht!« Diesmal erkannte Lasnic das Biest sofort: wieder eine Mammutkröte.

Sie riss eine Fontäne aus Wasser, Seegras und Schlamm hinter sich her. Romboc wich vom Kadaver zurück, geriet ins Straucheln und stürzte ins hohe Ufergras. Die schwere Raubkröte landete auf ihm, spreizte die langen Glieder über ihm, bedeckte ihn ganz und gar. Drohend richtete sie sich über ihrer Beute auf.

»Runter von ihm!«, zischte Lasnic. »Zurück in den See mit dir!« Er richtete die Klingenspitze auf den Schädel der Mammutkröte, versuchte, Gewalt über ihren Willen zu gewinnen, wie es ihm schon bei wilden Schweinen, Flusspardern, Kormoranen und so vielen anderen Geschöpfen gelungen war. »Weg mit dir! Du gehorchst oder du stirbst!« Sinnlos, zu fremdartig war das Wesen der Kröte; stur blieb sie auf ihrer Beute hocken.

Lasnic nahm sein Kurzschwert in die Linke und riss die Lanze aus der Rückenschlaufe. »Hol dich der Schartan, du Miststück!« Er brüllte wie von Sinnen. »Weg mit dir! Weg von Romboc!« Der Waldmann hob die Lanze zum Stoß, doch die Zunge der Mammutkröte traf ihn mit Wucht und mitten im Gesicht. Der jähe Schmerz raubte ihm schier das Bewusstsein. Er taumelte, drohte zu stürzen und spürte zugleich, wie etwas Warmes, Glitschiges sich um seine Kehle wickelte. Panik brauste durch sein Blut.

Er spürte sein linkes Auge zucken; die Narbe darunter krampfte sich schmerzhaft zusammen, und der Drang zu pissen quälte ihn plötzlich. Todesangst flutete sein Hirn und drohte jeden klaren Gedanken zu ersticken. Die Silhouette eines Vogels stieß auf den Krötenschädel herab. Die Bestie schlug mit der Vorderpranke danach, krächzend verschwand der Kolk in der Dunkelheit.

Auf einmal glaubte Lasnic, zwei Gesichter in der Dunkelheit über dem See zu erkennen: seine Lehrer. Sein Vater Vogler und sein Waldfürst Gundloch standen ihm vor Augen. *Vergiss die Zunge einer Mammutkröte, wenn sie dich am Wickel hat,* hörte er Vogler sagen, *kämpfe, bis einer von euch beiden ins Vorjahrslaub fällt.*

Lasnic rammte die Lanze mitten hinein in die verschwimmenden Konturen der Raubkröte, nahm das Schwert in die Rechte und stürzte sich auf sie. *Um dir die verfluchte Zungenschlinge einer Mammutkröte vom Hals zu reißen, brauchst du dreimal so viel Zeit, wie nötig ist, um einen Sumpfbären zu töten und zu häuten*, hörte er seinen Waldfürsten sagen und schlug zu. *Versuche es, und du bist erledigt. Lass es bleiben und du kannst es schaffen.* Wieder und wieder schlug Lasnic zu. Etwas Helles, Schleimiges glänzte vor ihm im Mondlicht. Vergeblich rang der Waldmann nach Luft. Er packte Voglers baldorisches Kurzschwert mit beiden Fäusten und stieß mit letzter Kraft zu.

Er fühlte genau, wie seine Klinge in etwas Weiches eindrang, riss sie wieder zu sich, spürte warmes Blut in sein Gesicht spritzen, stieß erneut zu. Angst und Luftnot machten ihn schwindlig – er achtete nicht darauf, lauschte lieber den Stimmen der Toten: *Vergiss die Zunge, kämpfe, bis einer von euch beiden ins Vorjahrslaub fällt.*

Lasnic riss seine Lanze aus dem Auge der Raubkröte. Wasser, Hirn und Blut quollen heraus. Die Schädelhaut der Kröte sonderte einen Schwall von Schleim ab, der im Mondlicht schimmerte wie flüssiges Silber. Blutiger Schaum gurgelte aus dem weit geöffneten Rachen der Bestie. Und wieder, wie ein Katapultgeschoss, Schrats Schatten über der Mammutkröte. Ausgebreitete Flügel, böses Gurgeln, Trommeln und Schnalzen und Geräusche, als würden Kieselsteine in Morast einschlagen – Schnabelhiebe.

Lasnic spürte, wie der würgende Griff um seinen Hals nachließ. Er schnappte nach Luft, bekam aber immer noch keine. Noch einmal hob er beide Arme und stieß dem Tier die Lanze in den Schlund. Die Zunge erschlaffte, fiel endlich, endlich von ihm ab. Die Mammutkröte sackte zusammen. Schrat flatterte in die Dunkelheit.

Lasnic ließ das Schwert fallen, ging in die Knie, saugte keuchend die Luft in die Lungen. *Romboc!*, wollte er schreien, brachte aber nur ein jämmerliches Röcheln zustande. Er packte den Lanzenschaft, der aus dem Krötenmaul ragte, mit beiden Händen und riss die verblutende Bestie von ihrer Beute. Sie kippte auf den Rücken, spreizte Schwimmflossen und Glieder und verendete zuckend.

Lasnic keuchte, sog röchelnd die kühle Nachtluft ein, atmete, atmete, atmete. Er warf sich neben Romboc ins schleimig-blutige Gras auf die Knie, beugte sich über ihn. »Romboc …« Er konnte wieder krächzen, ein Glück! »Mein Erzritter …« Er wusste kaum, was er sagte, krächzte einfach die angestaute Panik heraus. »Lebst du?« Ein Schrei gelang ihm. »Verdammte Marderscheiße! Lebst du noch, Romboc!?« Er wälzte den bulligen Mann auf den Rücken, schüttelte ihn, hämmerte mit der Faust auf Rombocs breiter Brust herum. »So sag doch was!«, schrie er.

Der Erzritter schlug Lasnics Arm zur Seite, hob seinen Schädel, atmete schwer. »Endlich …« Er röchelte und keuchte. »Wie lang brauchst du denn, um einen lächerlichen Frosch zu erledigen, Waldmann?« Wie halb betäubt tastete er im Gras herum. »Wo ist mein Schwert? Wir müssen zum Nachtlager.« Er fand seine Klinge, stemmte sich hoch und taumelte in die Dunkelheit.

Jetzt erst drangen die Schreie und der Kampflärm aus dem Lager wieder in Lasnics Bewusstsein. Er riss seine Lanze aus dem Kadaver, langte erst seinen Bogen, dann Voglers Schwert aus dem Gras und rannte hinter der schwankenden Gestalt des Erzritters her. Romboc lebte! Wahrhaftig, er lebte!

Nichts zuckte mehr in seinem Gesicht, der Drang zu pissen hatte sich in Nichts aufgelöst. Grimmige Freude erfüllte den Waldmann auf einmal. Nach und nach erst wurde ihm klar, was geschehen war. Sie hätten beide ins Vorjahrslaub stürzen können! Beim Wolkengott! Aus und vorbei hätte es sein können! Doch er lebte und hatte den Erzritter gerettet.

Vor Erleichterung stieg ihm das Wasser in die Augen. Zum ersten Mal spürte er, wie sehr er an dem vernarbten Bullen hing. Wilde Freude trieb ihn voran – die Freude, am Leben zu sein und den anderen am Leben zu wissen. Dicht über und neben sich spürte er den Luftzug von Schrats Schwingenschlägen.

Er überholte den entkräfteten und nur noch schwerfällig stapfenden Erzritter, brach durch die Büsche, sprang auf den Platz, wo sie das Nachtlager errichtet hatten. Im Mondschein und Licht vieler Fackeln erkannte er reglose Leiber im Gras, sah er zwei mächtige Echsen, sah Ritter und Schwertdamen, die sie umzingelten. Irgendwo im Dunkeln über dem Nachtlager kreiste und krächzte das Kolkpaar.

Pirol Gumpen hockte einer der schwarz glänzenden Echsen im

Nacken, hielt sie mit der Linken am Gehörn fest, das aus ihren Stirnplatten ragte, und stach mit seinem Dreizack nach ihren Augen und ihrem Hals. Hoch wie ein Elchbulle war die schwarze Sumpfechse, dreimal so lang und mindestens fünfmal so schwer.

Schwertweiber umzingelten die Bestie, stachen und hieben mit ihren Klingen nach ihr. Lasnic erkannte den Blondschopf der Kriegsmeisterin Loryane unter ihnen. Sie hatte ihren schwarzen Ziegenpelzmantel abgeworfen, Fackelschein spiegelte sich in ihrem Kettenhemd.

Neben ihr und seine Armbrust gegen die Schulter gestemmt kniete Lord Frix und schrie sein Entsetzen und seine Wut heraus. Einen Pfeilbolzen nach dem anderen jagte er dem Raubtier in Flanke und Hals. Der junge Wigard stand breitbeinig mit erhobenen Schwert und lauerte auf eine Gelegenheit zum Angriff.

Die Sumpfechse warf den Schädel hin und her, versuchte den massigen Gumpen mit dem Schwanz von ihrem Rücken zu schlagen. Wigard sprang die Bestie von der Seite an, schlug zu und trennte ihr mit einem einzigen Hieb mehr als die Hälfte ihres gefährlichen Schwanzes ab. Der hatte jetzt kaum noch die Länge einer Lanze, und bei jedem Schlag spritzte das Blut aus dem Stumpf in alle Richtungen.

Der Hüne aus dem Norden aber – Lasnic traute seinen Ohren nicht –, Pirol Gumpen schmetterte ein Kampflied, presste wie ein Reiter seine säulenartigen Schenkel gegen die Schultern der Echse, rammte ihr den Dreizack gegen den Hals und zerrte an ihrem Schädel, als wollte er ihn abreißen.

Der Schwanz der zweiten Sumpfechse peitschte Erde und Grasnaben durch die Dunkelheit, schlug Schwertdamen nieder, holte Joscun und einen Ritter von den Beinen. Länger als drei Lanzen kam Lasnic dieser verdammte Echsenschwanz vor, eine wahre Mordwaffe!

Das Reptil glänzte feucht und grün in Mondlicht und Fackelschein, seine langen Reißzähne waren blutig, das Gelbe in seinen breiten Schlitzaugen leuchtete wie böses Licht. Blitzartig wand sich die Echse zu den beiden Männern im Gras und riss ihren blutigen

Rachen auf. Lasnic versuchte erst gar nicht, der Bestie seinen Willen aufzuzwingen, dachte nicht einmal nach, schleuderte nur seine Lanze – und traf die linke Nüster. Die Echse zuckte zurück, grollte, schnaubte und fauchte. Sie warf den Kopf hin und her, um die Lanze abzuschütteln.

Von rechts ging Ayrin mit hocherhobenem Langschwert auf die Sumpfbestie los, von links die Herzogin Petrona. Deren Klinge traf die Hornplatten über den Augen der Echse. Die schnappte vergeblich nach der zurückweichenden Ayrin, erwischte jedoch mit ihrem langen Stachelschwanz Petrona. Die Wucht des Treffers schleuderte die Herzogin zu Boden. Sie überschlug sich ein paar Mal, blieb reglos liegen.

Lasnic ließ den Jagdbogen fallen, stürmte los, wollte sich zwischen Petrona und die Echse werfen, doch zu spät: Blitzschnell warf die Bestie sich erneut herum, landete mit einem einzigen Sprung auf der Herzogin und schlug ihr die spitzen Reißzähne in die Brust.

Ayrin schrie auf, rannte los und rammte der Sumpfechse das Langschwert mit solcher Wucht in den Augapfel, dass die Klinge bis zur Hälfte in ihren Schädel eindrang. Es zischte, spritzte, rasselte und dampfte, als die Echse die letzte Atemluft ausstieß.

Lasnic sprang zu ihr, stieß ihr das Schwert in den Hals und riss ihr seine Lanze aus der Nüster. Dann wandte er sich nach der anderen Bestie um. Verfolgt von Joscun, Loryane und ihren Schwertweibern, stapfte das schwere Tier zum See. Bei jedem Schritt bogen sich sein Schwanz und sein langer Körper wie eine Riesenschlange. Zwei Speere und zahllose Pfeilbolzen ragten aus Flanken und Schwanz. Pirol Gumpen hielt sich noch immer auf dem Nacken der Echse, bearbeitete die Bestie unablässig mit dem Dreizack. Und noch immer sang er.

Der Waldmann rannte dem Tier und den Gefährten hinterher. Rücken- und Schädelkämme zweier toter Echsen ragten links und rechts aus Schilf und Gras. Doch auch mindesten vier leblose menschliche Körper sah er verkrümmt am Rande des Nachtlagers liegen. Ein Kolk flatterte dicht über seinen Kopf hinweg, krähte und schnalzte – Tekla.

Kurz vor dem Ufer gelang es einem jungen Schwertweib, der schwarzen Echse die Klinge tief in den Rachen zu treiben. Das Tier stimmte ein erbärmliches Gebrüll an. Gumpen rammte ihm seinen Dreizack ins linke Auge. Ein Beben ging durch den Körper der Sumpfechse, ihre Vorderläufe knickten ein. Träge und mit letzter Kraft kroch sie ins Uferwasser. Dort fauchte sie gurgelnd.

Pirol Gumpen hörte auf zu singen, ließ das Gehörn los und sprang ab. Er hielt die Schwertweiber davon ab, die Echse weiter zu verfolgen und endgültig zu töten. »Gut gemacht!« Er zog die junge Kriegerin an sich, die den entscheidenden Stoß geführt hatte. Sie hieß Thora. »Sehr gut.« Das Tier tauchte ab. »Lasst sie fliehen«, sagte der Hüne. »Dann wird bald sämtliches Viehzeug in den Sümpfen wissen, dass Zweibeiner unterwegs sind, die man besser nicht jagt.«

»Das ist schlau, Bruder!« Lasnic lachte laut, wie im Rausch fühlte er sich. »Und ihr Blut wird alle Mammutkröten im See anlocken, die es bisher auf uns abgesehen hatten.« Er klatschte dem Eiswilden auf den Rücken und nickte auch Loryane und ihren Kriegerinnen anerkennend zu. »Ihr könnt gewaltig zuschlagen, ihr Schwertweiber von Garona. Der Große Waldgeist möge verhüten, dass ich jemals einer wie euch näher komme als unbedingt nötig.«

Die Frauen sahen ihn verständnislos an, denn ohne dass es ihm bewusst war, hatte er in seiner Begeisterung die Sprache der Waldleute benutzt. Pirol Gumpen aber, der jedes Wort verstand, lachte schallend.

Loryane legte Lasnic die Hand auf die Schulter und sagte leise: »Gut gekämpft, Waldmann. Danke.« Selbst im Mondlicht leuchteten ihre großen hellblauen Augen, und etwas lag in ihrem Lächeln, das Lasnic nicht recht deuten konnte. Bewunderung?

Die Heiterkeit verging ihnen, als sie zum Nachtlager zurückkehrten. Bedrückendes Schweigen herrschte dort. Nur ein Kolk schnalzte und quorkte irgendwo in der Krone einer Weide. Züngelnde Fackeln lagen herrenlos im Gras und zwischen Decken und Mänteln. An vielen Stellen knieten Frauen und Männer vor Toten und Verwundeten. Lord Frix hielt eine Tote im Arm und heulte laut; der junge Wigard murmelte, als spräche er mit sich selbst; eine

Schwertdame rief die Große Mutter an. Kaum ein Dutzend Gefährten zählte Lasnic, die noch auf eigenen Beinen standen.

Zwei Thronrittern Ayrins hatten die Schwanzschläge einer Sumpfechse die Brustkörbe zerschmettert. Sie atmeten noch, doch sehr schnell und nur oberflächlich – den Sonnenaufgang würden diese Männer nicht mehr erleben.

Anderen hatten Schwanzschläge und Bisse die Oberschenkel gequetscht und gebrochen, die Leiber aufgerissen, die Schädel eingeschlagen oder die Rippen eingedrückt. Der Burgmeisterin von Schluchternburg und zwei von Petronas Gardistinnen hatten Schwanzschläge sogar das Genick gebrochen.

Petrona selbst pulsierte das Blut aus dem aufgerissenen Brustkorb. Ayrin und Loryane knieten bei der Freundin. Keine der beiden gab sich trügerischen Hoffnungen hin. Die blonde Kriegsmeisterin weinte laut, Ayrins Miene glänzte feucht und schneeweiß im Mondlicht.

Lasnic ging neben ihr in die Hocke. Petrona sank bereits ins Vorjahrslaub, das sah er auf den ersten Blick. Ihre Lippen waren grau, sie atmete gurgelnd und hustete Blut. Gras und Dreck hingen in ihrem Haar, dicke Schweißperlen funkelten auf ihrem breiten, violetten Gesicht, und ihr Blut versickerte im Grasboden. Das Grauen schnürte Lasnic die Kehle zu.

Petrona stöhnte, hob noch einmal ihren kräftigen Arm und griff Ayrin ins Haar. Ihre blutigen Lippen bewegten sich. Ayrin wischte ihr den roten Schaum und das Blut aus dem Mund und ließ es zu, dass die Freundin ihren Kopf bis über ihre Lippen zog. »Geh bloß nicht zurück«, flüsterte Petrona, und Lasnic verstand jedes Wort. »Geh nach Baldor, Schwester, geh zu den Verbündeten …«

Petrona hustete, spuckte Blut. Dann, mit rasselnder Stimme, stammelte sie ihre letzten Worte so leise und verwaschen, dass Ayrin sich das Haar im Nacken festhielt und ihr Ohr dicht an Petronas Mund beugte. Lasnic konnte die Sterbende flüstern hören, doch was sie sagte, verstand er diesmal nicht.

*

Zwölf Gefährten starben in jener Nacht oder blieben spurlos verschwunden. Elf weitere erlitten meist schwere Verletzungen. Nur zwei von ihnen erlebten den Sonnenaufgang. Wie eine bleierne, schwarze Decke legten sich Schrecken und Trauer über die dreizehn Davongekommenen. Keine Ritter außer Romboc und Wigard überlebten, und von den Schwertweibern nur fünf. Darunter die junge Thora und ein Zwillingspaar; die Schwestern auseinanderzuhalten, gelang Lasnic nie.

Zwischen Schilf und Uferwäldchen errichteten sie drei Tage später einen großen Scheiterhaufen. Romboc hatte davor gewarnt; der Rauch könnte sie möglichen Verfolgern verraten, wandte er ein. Ayrin und Loryane aber blieben bei ihrem Beschluss – besser von Verfolgern entdeckt werden, als die Toten den Schlangen, Echsen, Geiern und Mammutkröten zum Fraß überlassen.

Lasnic konnte das kaum glauben. Sicher – auch in den Wäldern am Stomm hing man an seinen Sitten und Gebräuchen. Doch unter den Waldstämmen galt es als abwegig und verwerflich, einen, der noch atmen und jagen konnte, in Gefahr zu bringen, nur um einen, der bereits ins Vorjahrslaub gefallen war, vor Aasfressern zu bewahren.

Richtig wütend wurde Lasnic, als Romboc selbst am Ende nach einer Fackel griff und mithalf, den Scheiterhaufen mit den mehr als zwanzig Leichen zu entzünden. Er konnte nicht verstehen, dass ein kluger Ritter wie Romboc – ein starker Mann, ein ganzer Kerl, ein Erzritter gar – dass so einer seine vernünftigen Einwände einfach vergaß und sich der Entscheidung von Weibern beugte; niemals würde Lasnic so etwas verstehen!

Am liebsten hätte er seine Wut hinausgeschrien, doch der Anblick der vielen Toten und die traurigen Gesichter der anderen löschten seinen Jähzorn gleich wieder und halfen ihm, sich zusammenzureißen.

Bald schlugen die Flammen in den Himmel, schwarzer Rauch stieg auf, und der Geruch nach Fettholz und verbranntem Fleisch sättigte die Luft. Ayrin und Loryane reichten einander die Hände und stimmten ein Lied an. Romboc, Joscun, der junge Wigard und die fünf überlebenden Schwertweiber fielen mit ein. Die Zwillinge stützten zwei ihrer Gefährtinnen, denen Joscun und Lord Frix die gebrochenen Beine mit den Klingen der Toten hatten schienen müssen.

Irgendein garonesisches Totenlied sangen sie da, vermutete der Waldmann, oder ein Bittgebet an ihre Göttin, die Große Mutter. Er ließ es geschehen, dass von rechts Ayrin und von links Lord Frix nach seinen Händen griffen, blieb jedoch stumm. Anders als Pirol Gumpen – der vermochte jede Melodie und jeden Text sofort nachzusingen. Sicher: Lasnic kannte ein paar Jagdlieder, auch das eine oder andere Trinklied, doch er hielt sich nicht für den großen Sänger vor den Wolkengöttern und galt auch zu Hause in Strömenholz nicht als solcher.

Als spürte er Ayrins Blick, lugte er nach rechts, und tatsächlich: Aus großen, glänzenden Augen sah sie ihn an – und wandte sofort den Blick ab. So hatte sie ihn oft angesehen in den drei Tagen seit dem Überfall der Sumpfechsen – verstohlen, ein wenig ungläubig und irgendwie widerwillig. Und kaum drei Worte mit ihm gesprochen. Der große Schrecken durch den Überfall, vermutete er, und die Trauer um die Toten. Oder mochte sie ihn nicht mehr?

Lasnic fragte sich manchmal, ob er zu weit gegangen war in jener Nacht im Unterholz, als er sie nehmen wollte und das Geschrei aus dem Nachtlager ihren Zärtlichkeiten ein so jähes Ende bereitete. So sehnsüchtig unberührte Weiber sich manchmal gebärdeten, so empfindlich konnten sie sein.

Irgendwann hielten sich alle bei den Händen, und fast alle sangen. Nur Lord Frix und Lasnic nicht. Der kleine Dieb aus Baldor heulte laut. Um drei der toten Schwertweiber, schätzte Lasnic. Die drei nämlich, an die Lasnic dachte, hatte Frix besonders fest in sein großes Herz geschlossen. Und die drei Schönen ihn. Einer hatte er in der vergangenen Nacht noch die Hand gehalten; bis sie ihren letzten Atemzug tat. Und jetzt heulte er wie ein kranker Fuchs.

Lasnic selbst dachte an die Menschen, die er in seinem nun bald 27 Sommer währenden Leben ins Vorjahrslaub hatte fallen sehen – an seinen geliebten Vater Vogler, seinen Waldfürsten Gundloch, sein

Weib Arga oder den alten Harlekin Junosch, den er im Kerker von Garonada kennengelernt hatte. Eine gewaltige Nervensäge, weiß der Wolkengott! Und dennoch hatte Lasnic den Alten gemocht.

Auch an seine Mutter dachte der Waldmann, während dichter Rauch in den Spätsommerhimmel stieg und in den Flammen sich die Toten krümmten; an seine Mutter, deren Stimme er niemals gehört, in deren Gesicht er niemals geblickt hatte.

Der Gestank wurde Lasnic bald unerträglich. Er ließ Ayrins und Lord Frix' Hände los und wandte sich ab. Am Lagerplatz packte er seine Sachen zusammen, band Joscuns Luftsegler auf einem Gestell aus Ästen zusammen und lud Proviant und Waffen auf Lord Frix' Steinbock. Ritter Braun, wie das Tier hieß, war vor dem mörderischen Kampf geflohen und erst am Morgen danach zum Lagerplatz zurückgekehrt.

»So wie du hätten es alle machen sollen, Ritter Braun.« Lasnic packte den Steinbock bei den Hornstangen und sah ihm in die gelblichen Augen. »Einfach abhauen. Den verfluchten Bestien die drei Wachen als Mahlzeit überlassen und abhauen. Dann wären jetzt nur drei tot und nicht einundzwanzig.« Der Steinbock brummte und leckte ihm den Schweiß aus dem Bart.

Joscun und Romboc stapften durch die Büsche am Rande des Lagerplatzes. »Mit wem redest du da, Waldmann?«, fragte Joscun von Blauen.

»Mit dem Bock. Oder siehst du sonst jemanden hier?«

»Es gibt komische Leute, Waldmann, habe ich recht? Leute, die reden mit sich selbst.« Joscun beäugte die Schlaufen und Knoten, mit denen sein Luftsegler verschnürt war. »Und du bist komisch, Waldmann, das ist dir schon klar, nicht wahr? Du bist komisch und hast komische Freunde.« Sein Grinsen hatte etwas Herablassendes, und Lasnic, der sich nicht sicher war, wie ernst er Joscun nehmen sollte, schwankte zwischen Wut und Verwunderung.

»Und du redest Eulenscheiße, Baumeisterchen.« Lasnic hatte keine Lust auf Scherze. Er überprüfte lieber die drei Tragen, die er und Gumpen aus Birkenästen und Weideruten geflochten hatten. Auf den beiden kleineren wollten sie die zwei verwundeten Schwertweiber durch die Sümpfe tragen. Auf der dritten, doppelt so großen, befestigte Lasnic die in zwei Lagen gefaltete Schuppenhaut der Sumpfechse, die er und Ayrin getötet hatten.

Ayrin hatte Lasnic und Gumpen gebeten, das Tier, das Petrona erschlagen hatte, zu häuten und die Haut zu entfleischen. Irgendwann wollte sie Mäntel aus dem Balg machen lassen. Ein Gedanke, der den Waldmann verblüffte, sprach er doch für die Zuversicht der Königin, in absehbarer Zeit einen Gerber zu treffen, der sich auf die Behandlung derartig harter und seltener Häute verstand.

Lasnic rechnete eher damit, dass die Echsenhaut verfaulte, bevor sie Baldor erreichten. Dennoch hatte er für die erste Gerbung Rinde von Eichen und Weiden abgeschält und zusammen mit Mimosen- und Löwenzahnwurzeln auskochen lassen. Aus Liebe zu Ayrin. Die mit dem Sud getränkten und dem Brei bestrichenen Häute verströmten einen bitteren Geruch. Der Waldmann rümpfte die Nase.

»Eines muss ich dir noch sagen, Erzritter«, wandte er sich an Romboc, als Joscun etwas abseits seine Kleider und Decken zusammenrollte. »Dass du dieses Riesenfeuer mit der Rauchsäule bis zur Sonne hinauf zugelassen hast, halte ich für einen großen Schwachsinn …«

»Das hast du bereits angedeutet, Lasnic von Strömenholz.« Romboc musterte ihn aufmerksam und mit vor der Brust verschränkten Armen.

»… dass du aber auch noch geholfen hast, es zu entzünden, nenne ich eine zum Himmel stinkende Marderscheiße und eines Kriegsmannes und Jägers unwürdig!«

Romboc nickte langsam. »Dann hätten wir das also auch geklärt. Sonst noch was?«

»Ja, das noch: Wenn demnächst die Bräunlinge oder weiß der Schartan wer hier aufkreuzen, um den Rest von uns ins Vorjahrslaub zu dreschen, dann sind nicht die Weiber schuld, sondern du, der es besser gewusst hat. So, das war es.«

»Weißt du nicht, mit wem du sprichst, Waldmann?« Joscun hatte wohl doch mitgehört und mischte sich nun ein. Er baute sich vor Lasnic auf und stemmte die Fäuste in die Hüften. »Vor dir steht

Romboc von Garonada, der angesehenste Erzritter von Garona! Hüte also deine Zunge!« Sein Blick sprühte Zorn, eine steile Falte hatte sich zwischen seinen Brauen eingegraben.

»Was ich zu sagen habe, sage ich, Baumeister. Ganz gleich, wer vor mir steht. Besser, du gewöhnst dich dran.« Lasnic wandte sich wieder Steinbock und Gepäck zu.

»Lass ihn nur, Joscun«, hörte er hinter seinem Rücken Romboc murmeln. »Ist schon in Ordnung.«

Nach und nach fanden sich auch die anderen wieder am Lagerplatz ein. Schweigend packte jeder zusammen, was er tragen konnte an Decken, Kleidern und Waffen aus dem Besitz der Toten. Das meiste mussten sie zurücklassen.

»Dass es gefährlich ist, durch die Sümpfe zu wandern, haben die meisten von uns schon als Kinder gelernt«, erklärte Romboc in der Stunde des Aufbruchs. »*Wie* gefährlich es ist, haben wir nun am eigenen Leib erfahren.« Er warf seinen grauen Wollmantel ab und ließ sich darauf nieder. »Wir müssen diese Landschaft so schnell wie möglich hinter uns lassen. Sie ist von Tod und Raubzeug verseucht.« Einer nach dem anderen setzte sich zu ihm.

»Es gibt einen Nordostweg, auf dem wir einigermaßen sicher durch die Sümpfe und nach Baldor gelangen könnten«, sagte Joscun. »Doch der führt nach einer Woche in die Große Wüste und an den Siedlungen der wilden Wüstenstämme vorbei.«

»Zu trocken, zu heiß.« Romboc schüttelte den Kopf. »Die Wüste wäre unser Tod.«

»Dann bleibt nur die Möglichkeit, auf kürzestem Wege zum Unterlauf des Schluchterns zu marschieren«, sagte Loryane. Sie hatte sich ihr Blondhaar zu einem Dutt hochgebunden und zog den schwarzen Pelzmantel um ihre Schultern zusammen, als würde sie frieren. »Der Strom kreuzt irgendwann die Alte Karawanenstraße, und die führt außerhalb der Wüste nach Baldor.« Sorgenfalten türmten sich auf ihrer hohen Stirn. »Doch mit ein bisschen Pech laufen wir dort tarkanischen Verfolgern in die Arme.«

»Lieber gegen Menschen kämpfen müssen als gegen Sumpfechsen und Mammutkröten«, entgegnete Romboc, und weil weder die

Königin noch die Kriegsmeisterin Einspruch erhoben, war die Sache damit entschieden.

Ayrin rammte ihr altes Langschwert ins Gras, holte eine zusammengefaltete, dünne Tierhaut aus ihrem Gepäck und breitete sie im niedergetretenen Gras aus. Davor kniete sie nieder. Romboc und Joscun beugten sich über das mit vielen Zeichen bedeckte Leder. Lasnic sah dem Erzritter über die Schulter.

»Landkarte« nannten die Garonesen die Tierhaut; und das dünne Leder selbst hieß »Pergament« bei ihnen. Berge, Städte, Flüsse und Seen waren darin eingezeichnet. Dazu Landmarken wie alte Bäume, Steinbrüche oder Ruinen. Neugierig beobachtete der Waldmann, wie Rombocs schmutziger Finger über die Linien, Bilder und Zeichen auf der Tierhaut fuhr. Zu Hause in Strömenholz kannten sie keine solche Landkarten. Die Lage von Bäumen, Felstürmen oder Flussläufen trug ein Waldmann in seinem eigenen Schädel mit sich herum.

Nur eine einzige solche Karte hatte Lasnic in seinem Leben bereits gesehen – den Plan, den sein Vater Vogler ihm einmal vom Mündungsdelta des Stomms gezeichnet hatte und den Lasnic seit seiner Flucht aus den Wäldern immer bei sich trug. Seit jener Sturmnacht, in der er den verdammten Ring aus seinem Versteck in der umgestürzten Kiefer geborgen und auch seine anderen Schätze in sein Reisegepäck gestopft hatte – seine Milchzähne, die Haarsträhne seines Weibes Arga, ihr Haartuch, den Mutterzopf, die Ohrringe der Mutter, Voglers Gürtelschnalle. Vielleicht war es unnötiger Ballast, den er seitdem mit sich herumtrug, doch er brachte es einfach nicht über sich, auch nur eines der geliebten Dinge irgendwo zurückzulassen.

»Versuchen wir also, auf schnellstem Wege die Alte Karawanenstraße zu erreichen.« Rombocs raue Stimme riss den Waldmann aus seinen Gedanken. »Auf ihr könnten wir es noch vor dem Wintereinbruch bis nach Eldora schaffen.« Eldora hieß die Hauptstadt von Baldor. »Hier verläuft ein alter Handelspfad nach Süden bis an die Küste.« Rombocs Finger fuhr von einem eingezeichneten See zu einer Schlangenlinie. »Auf ihm brauchen wir nicht länger als zwei

Tage bis an den Strom.« Er tippte auf eine Stelle, an der die Schlangenlinie einen Strich aus lauter Punkten kreuzte. »Und hier führt die Alte Karawanenstraße auf einer Brücke über den Schluchtern. Entlang des Ufers brauchen wir mindestens vier bis fünf Tage bis zur Brücke. Wenn keine Blutsäufer auf dem Strom patrouillieren, könnten wir Flöße bauen. Dann schaffen wir es in zwei Tagen.«

Aller Augen hingen jetzt an Ayrin. Die hockte mit gesenktem Kopf vor der Landkarte und starrte ihre vom Kampf schwieligen und zerschundenen Hände an. Lasnic ahnte, was in ihr vorging. »Gut«, entschied sie endlich. »Eldora in Baldor. Versuchen wir es.« Ihr Blick suchte Loryane. Durch ein knappes Nicken bedeutete ihr die blonde Kriegsmeisterin, dass sie einverstanden war. Kurz darauf brachen sie auf.

*

Am ersten Tag kamen sie nur langsam voran. In der Nacht lag Lasnic wach und starrte in den Nachthimmel. Der Gestank nach verbranntem Fleisch hatte sich ihm in Nase und Mund eingeätzt. Zu viele waren ins Vorjahrslaub gefallen; zu viele auf einmal, als dass er es fassen konnte. Noch nie hatte Lasnic erlebt, dass der Wilde Axtmann so viele Menschen, die er kannte, auf einmal ins Vorjahrslaub hieb.

Die Gesichter der Toten umzingelten ihn. Die 21 Garonesen und die aus den Wäldern: Vogler, Gundloch, Arga, sogar seine Mutter. Vogler hatte sie oft und so lebendig beschrieben, dass ein klares Bild von ihr in Lasnics Fantasie gewachsen war. Wenn er an sie dachte, sah er eine große dunkelhaarige Frau, hager und sehnig und mit feinen, warmen Gesichtszügen und dunkelblauen Augen.

Auch die Lebenden raubten ihm den Schlaf. Birk, Ulmer, Tajosch, das Mädchen, von dessen Schoß weg sie ihn aufs Dach gerufen und zum Großen Waldfürsten gemacht hatten. Und vor allem Kauzer, der Wettermann von Strömenholz. *Warum hast du uns im Stich gelassen?*, raunte der. *Habe ich dich nicht geliebt, wie ein Vater seinen Sohn liebt? Komm zurück, wir brauchen dich.* Überdeutlich sah Lasnic das verwelkte Kindergesicht vor sich. Er musste seine Jagdbrüder warnen, so schnell wie möglich! Und er musste wissen, wie es stand in den Wäldern am Stomm.

Im ersten Morgengrauen stand er auf, schlich aus dem Lager, spähte in die Bäume. Zweimal pfiff er, dann flatterte Tekla herbei. Sie setzte sich auf seinen Unterarm, Lasnic liebkoste sie mit Nase und Stirn. Zugleich flüsterte er, raunte, schnalzte, quorkte, pfiff. Ein letztes Streicheln über Rücken und Schwingen, dann hob er sie hoch. »Der Große Waldgeist beschütze dich! Der Wolkengott bringe dich zurück zu mir, deinem Freund Lasnic, Voglers Sohn.«

Als alle erwacht waren und nach einem kargen, schweigsamen Frühstück brachen sie das Lager ab. Auch am zweiten Tag ging es nur langsam voran. Versumpfte Seen, Echsenspuren und Flussläufe zwangen sie zu Umwegen. Dazu kamen die beiden Verwundeten, die sie abwechselnd trugen. Lasnic glaubte nicht daran, schon am nächsten Abend am Ufer des Schluchtern zu stehen.

Wann immer er konnte, hielt er sich in Ayrins Nähe auf. Die sprach nur das Nötigste mit ihm. In der Nacht rollte sie sich einen halben Lanzenwurf entfernt von ihm in ihre Decke. Etwas stimmte nicht, und sein verliebtes Herz fühlte sich wund an.

Gegen Mittag des zweiten Tages schlug Romboc vor, Späher vorauszuschicken, um den Schluchtern und sein Ufer auszukundschaften. Der Erzritter wollte wissen, ob Kähne oder Schiffe mit Bräunlingen auf dem Strom unterwegs waren. Lasnic und Lord Frix meldeten sich freiwillig. Eines der beiden Zwillingsweiber begleitete sie – ein aschblondes Schwertweib namens Feline, eine kleine, knochige Kriegerin von nicht ganz vierzig Sommern. Sie kannte sich aus am Schluchtern und in den Sümpfen. Ihre Schwester Garonja blieb beim Lager, und Lasnic war froh, sich einige tausend Atemzüge lang nicht fragen zu müssen, mit welchem der beiden Weiber er es gerade zu tun hatte.

Er schnallte sich den Rucksack mit seinen Habseligkeiten auf den Rücken und legte seine Waffen an. Im Laufschritt machten sie sich auf den Weg nach Süden. Der alte Schrat begleitete Lasnic, flog voraus und von Baum zu Baum.

Im Morgengrauen des nächsten Tages erreichten sie den Strom. Versteckt im Schilf, beobachteten sie den Lauf. Weiden, Ulmen und Silberpappeln säumten ihn. Das andere Ufer lag mehr als drei Lanzenwürfe entfernt. Toste der Schluchtern im Hochgebirge von Garona als reißender Fluss durch enge Schluchten und über Wasserfälle, verlief das Strombett hier beinahe völlig gerade.

Lord Frix und Feline hatten sich eine Menge zu erzählen. Das Geflüster, Gekicher und Geraune neben Lasnic wollte gar nicht mehr verstummen. Der Waldmann hatte nichts anderes erwartet: Die Weiber flogen auf den schnurrbärtigen kleinen Kerl mit der langen Nase, dem spitzen Kinn und dem glatten, blauschwarzen Langhaar. Seit er dem seiner Bande entflohenen Räuber an der Südküste von Baldor begegnet war, kannte Lasnic es nicht anders.

Vielleicht lag es an der Art, wie Frix guckte, vielleicht an seinen Schmeichelkünsten, vielleicht auch an dem komischen aber irgendwie drolligen Dialekt, den er sprach. Lasnic hatte aufgehört, über das Geheimnis von Lord Frix' Anziehungskraft nachzudenken.

»Du bisch wirklich a schöne Frau«, hörte er ihn irgendwann flüstern und verdrehte die Augen. »Die schönschte von allene.« Feline kicherte, als hätte sie einen guten Witz gehört, doch Lasnic zweifelte keinen Augenblick daran, dass sie es ihm glaubte, glauben wollte. Wenn nicht jetzt, dann später irgendwann.

Sie warteten zwei Stunden, dann segelte Schrat stromabwärts heran, landete hinter ihnen in einer Weide und schnalzte und klopfte. »Der Kolk hat ein Schiff gesehen«, sagte Lasnic. Das Getuschel und Gekicher des Schwertweibes und des Baldoren verstummte.

Kein Schiff, ein großes Floß kam kurz darauf in Sicht. Zwei Dutzend Menschen trieben auf ihm vorüber, Greise und Kinder vor allem. Sie wirkten krank und bedrückt.

»Leute aus Garona«, flüsterte Feline, »Flüchtlinge. Die wollen auch zur Alten Karawanenstraße.«

Drei Stunden später näherte sich ein kleines Segelschiff, ein Einmaster. »Hat mächtig Tiefgang«, flüsterte Lasnic. »Muss eine Menge geladen haben.« Vor allem Menschen, wie sich zeigte, als das Schiff auf ihrer Höhe segelte: Dicht gedrängt lagen oder hockten sie auf dem Außendeck, hingen über der Reling oder in der Takelage. Zerlumpt und elend sahen die Leute aus.

Und wieder erkannte das Schwertweib Flüchtlinge aus dem besiegten Königreich Garona. »Dass unsere Leute auf dem Strom zur Küste flüchten, spricht dafür, dass er einigermaßen sicher ist«, erklärte Feline. »Die Blutsäufer benutzen ihn wohl nicht.«

Lasnic und Lord Frix stimmten ihr zu. Am frühen Nachmittag machten sie sich auf den Rückweg. Bei Anbruch der Dunkelheit erreichten sie das Lager, das Romboc nach diesem Tag hatte aufschlagen lassen. Lord Frix und seine neue Eroberung hatten es eilig, sich zurückzuziehen. Der Kolk verschwand zwischen den Wipfeln.

Am Rande des Nachtlagers hatten sie die Echsenhaut zwischen Bäumen ausgespannt. Ihr bitterer und leicht säuerlicher Gestank sättigte die kühle Luft. Die Gefährten schliefen schon. Lasnic weckte Romboc. Er schilderte ihm den Verlauf des Weges und berichtete, was sie gesehen hatten auf dem Strom. Der Erzritter nickte, brummte mehr oder weniger zufrieden und schlief weiter.

Sechs Schläfer zählte Lasnic auf der kleinen Lichtung zwischen alten Eichen und Birken. Außer Lord Frix und Feline fehlten also weitere vier. Die Wachen. Der Waldmann schlich von einem zum anderen, erkannte weder Ayrin noch Loryane unter ihnen.

Er lauschte in die Dunkelheit, sah die wuchtigen Umrisse eines Menschen zwischen einem Baumstamm und der zum Trocknen aufgespannten Echsenhaut. Pirol Gumpen. Lasnic ging zu ihm und fragte nach Ayrins Wachposten. Der Hüne aus dem Norden wies ihm den Weg.

Der Waldmann schritt am Ufer eines Tümpels entlang und lauschte in die Nacht. Bald hörte er Flüsterstimmen. Sein scharfer Blick durchdrang die Dunkelheit, und er entdeckte die Silhouetten der beiden Frauen in der Krone einer entwurzelten Eiche. Lautlos, wie es die Art eines Jägers der Waldstämme war, pirschte er sich an sie heran.

Ayrin hatte sich die Kapuze ihres roten Wollmantels über den Kopf gezogen, Loryane trug den Helm einer ihrer toten Schwertweiber. Sie tuschelten und waren ganz vertieft in ihr Gespräch. Noch bevor Lasnic sich ihnen zu erkennen gab, schnappte er den Namen Petrona auf. Loryane und Ayrin schienen über ihre Freundin zu sprechen, die tote Herzogin von Schluchternburg.

»Was hat sie dir ins Ohr geflüstert?« Er erkannte Loryanes leise Stimme. »Verrate es mir doch endlich. Ich spüre doch, wie etwas dich bedrückt.«

»Sie hat mich davor gewarnt, allzu schnell nach Garona zurückzukehren«, flüsterte Ayrin. Lasnic wurde warm ums Herz, als er ihre Stimme hörte. »Nur von Baldor aus könne ich das Reich zurückerobern. Das hat sie gesagt.«

»Da hat sie recht gehabt.« Wieder Loryane. Lasnic lauschte gespannt. Doch beide blieben lange still. »Und das ist es, was dich in den letzten Tagen so wortkarg macht?«, brach endlich die Flüsterstimme der Kriegsmeisterin das Schweigen. »Nur das?«

Ayrin schüttelte den Kopf. »Diese grässlichen Echsen und der Tod so vieler Menschen, die wir kannten, Loryane. Hat denn das nicht auch dir die Sprache verschlagen?«

»Gewiss. Aber da ist noch mehr. Das spüre ich. Ich sehe doch, wie du den Waldmann beobachtest.« Lasnic schlich noch näher heran, kein Wort wollte er verpassen. »Hast du ihn tatsächlich als Liebesgefährten erwählt?«

»Wer weiß? Jedenfalls habe ich ihn gebeten, mein Thronritter zu werden. Ich warte noch auf seine Antwort.«

»Darauf wartest du doch schon viel zu lange, und glaube mir: Darauf wirst du noch länger warten können. Vergiss ihn. Er taugt nicht zum Ritter – zu wild, zu eigensinnig.« Lasnic erkannte, wie Loryane den Arm ausstreckte und um Ayrins Schultern legte. »Aber da ist noch mehr«, hörte er die Kriegsmeisterin flüstern. »Du sagst mir nicht alles, was dich bedrückt, habe ich recht? Hat es mit Petronas letzten Worten zu tun? Hat sie etwas über den Waldmann gesagt?«

Langes Schweigen folgte. »Ja«, gab Ayrin endlich zu. »Ich solle mich an ihn halten, hat sie gesagt, und solle mit ihm gehen. Nur an seiner Seite habe ich eine Zukunft, hat sie gesagt!«

»Was für ein Unsinn!« Loryane zischte und ließ die andere los. »Worte einer Sterbenden, die schon nicht mehr ganz bei Bewusstsein war! Vergiss sie, Ayrin.«

8

Zwei junge Ritter hoben Starian aus seinem Fellkissen und hielten ihn fest. Die Ärztin redete ihm gut zu, wischte ihm den Schweiß von der Stirn, flößte ihm mit einem großen Kupferlöffel eine Tinktur ein. Die Fackeln, die überall an den Grottenwänden flackerten, warfen die Schatten aller vier auf das Tuch, das die Ärztin neben dem Krankenlager hatte aufspannen lassen. Starians Schatten, so kam es Lauka vor, wirkte am kleinsten.

An der Stelle, an der sie vor vier Stunden noch den Pfeil in seiner Stirn hatte stecken sehen, sickerte jetzt Blut in einen Kopfverband. Starian war bei Bewusstsein. Über die Schulter der Ärztin hinweg sah Lauka ihm in die Augen. Trübe Augen waren das, traurig und von verschwimmendem Blau. Das Feuer darin war erloschen; das Feuer, von dem sie sich so gern hatte erhitzen lassen. Lauka ballte die Fäuste, bezwang die aufsteigende Angst und lächelte Starian zu. In seiner fahlen Altmännermiene regte sich – nichts.

Die jungen Ritter legten ihn zurück in sein Fellkissen. Die Ärztin, eine große kräftige Frau mit weißem Stoppelhaar und dunkelrot gefärbten Lippen und Nägeln, stand auf und kam zu ihr.

»Hast du noch Hoffnung für ihn?«, raunte Lauka, dicht an das Ohr der Ärztin gebeugt.

»Nicht viel.« Die Hochdame drückte den Korken in eine Amphore. Plötzlich fiel Lauka ihr Name ein: Valena. »Ich versuche, das Fieber zu bekämpfen.« Flüsternd deutete die Ärztin auf das kleine Gefäß. »Mit diesem Extrakt hier: Weißbaumrinde, Wildzwiebel, Bienenharz und Meerrettich.«

Lauka nickte. »Du hast den Pfeil aus seiner Stirn gezogen, wie ich sehe.« Allein die Vorstellung verursachte ihr ein Grausen.

»Nein. Zu gefährlich.« Valena schüttelte den Kopf. »Abgeschnitten. Wer weiß, wie viel Schaden ich sonst seinem Hirn noch hinzugefügt hätte.« Sie drehte sich nach dem Verwundeten um. »Ich wundere mich sowieso, dass er bei Bewusstsein ist und sprechen kann.«

»Er spricht?« Jähe Hoffnung flammte durch Laukas Brust.

»Noch.« Die Ärztin zuckte mit den Schultern. »Wenn das Fieber weiterhin steigt, wird er wieder in Ohnmacht versinken. Und sollte sich sein ganzes Gehirn entzünden, wird er daraus wohl nicht mehr erwachen.«

Lauka presste die Lippen zusammen. Eine Mischung aus Wut und Angst presste ihr die Eingeweide zusammen. Sie schob Valena zur Seite, ging zu Starians Lager. »Lasst uns allein!«, herrschte sie die beiden Weihritter an. »Und spannt einen Sichtschutz hinter mir und dem Lager des Reichsritters aus.« Die Männer huschten davon, und Lauka kniete neben dem Strohsack des Fiebernden nieder.

»Lauka …« Starian sah zu ihr herauf und tastete nach ihrer Hand. »Meine Königin …«

Seine Hand glühte, dicke Schweißperlen glänzten schon wieder auf seiner Stirn. Graue Haarsträhnen klebten an seinen hohlen Wangen; sein fahles und ganz und gar zerfurchtes Gesicht sah zum Erbarmen aus.

Wie eine Faust schloss das Grauen sich um Laukas Herz. »Du musst leben«, sagte sie mit fester Stimme. »Hörst du, was ich dir sage, Starian? Du musst leben.« Sie beugte sich über ihn und fügte leiser hinzu: »Du darfst mich nicht allein lassen.«

»Wie steht es …?«, flüsterte Starian. »Wie steht der Kampf an den Mauern …?«

»Alles wird gut.« Lauka zog einen Lappen aus einer Schüssel mit kaltem Wasser und wrang ihn aus.

»Wie steht es denn?« Er röchelte mehr, als dass er flüsterte.

»Die Nacht ist ruhig geblieben bisher.« Sie wischte ihm den Schweiß von der Stirn. »Bei Sonnenuntergang war ich am Nordtor, habe mit ihm gesprochen. Wir werden verhandeln.«

»›Mit ihm gesprochen‹?« Starian riss die Augen auf. »›Verhandeln‹? Bei der Großen Mutter – mit wem?«

»Ganz ruhig, mein Reichsritter.« Sie beugte sich über ihn, ballte die linke Faust und berührte seine vernarbte Schläfe mit dem Ring.

»Du musst gesund werden, einfach nur gesund werden. Alles andere ist jetzt unwichtig.«

Vergeblich versuchte er den Kopf zu heben. »Mit wem willst du verhandeln?«, keuchte er. »Doch nicht mit ihrem Anführer?« Sein Körper erbebte wie unter Schauern.

Hinter sich hörte Lauka Leder knarzen und knirschen. Sie sah über die Schulter – die beiden jungen Ritter entfalteten einen ledernen Vorhang. Die weißhaarige Ärztin stand bei ihnen, beobachtete Lauka, hob mahnend den Zeigefinger und legte die Stirn in Falten. Offenbar war sie nicht einverstanden, dass Lauka so lange mit Starian sprach. Lauka zischte einen Fluch in ihre Richtung. Sollten doch die Dämonen der Tiefe sie holen!

»Tu das nicht, meine Königin …« Der Reichsritter stöhnte, kraftlos hielt er ihr Handgelenk fest. Schrecken flackerte in seinem müden Blick. »Tu das bloß nicht, hörst du, meine Geliebte …?«

»Still.« Sie richtete sich auf. Mit der Rechten drückte sie den feuchten Lappen gegen seine Stirn und hielt seinen Kopf fest, mit der Linken führte sie den Ring an ihre Lippen und küsste ihn. Er fühlte sich warm an und leuchtete auf. »Schließ die Augen.« Ein Zittern bebte wieder durch Starians fiebernden Körper. Das blaue Leuchten des Ringes spiegelte sich in seinen feuchten und plötzlich weit aufgerissenen Augen. Lauka spürte, wie er zurückzucken wollte. Sie drückte seinen Kopf tiefer in das Kissen. »Schließ die Augen, sage ich.« Er gehorchte.

Sie setzte den Ring an seine Schläfe und richtete ihre Aufmerksamkeit ganz auf Starians fahles Gesicht. Und jetzt? Im Grunde hatte sie keine Ahnung, was sie tun musste, um ihre noch so unvertrauten magischen Kräfte zu entfalten. Ihre Gedanken irgendwie mit den Kräften im Ring verbinden? Den eigenen starken Geist mit Starians geschwächtem, entfliehendem Geist vereinigen? Zu vernichten hatte sie schon gelernt, ja, zerstören und töten konnte sie. Aber heilen?

Ihr Schatten auf dem weißen Tuch verblasste, es wurde düsterer um sie herum. Erneut sah Lauka hinter sich – sie hatten drei schwere Bronzesäulen zwischen den Grottenwänden aufgestellt und den ledernen Sichtschutz dazwischen ausgespannt. Gut so. Nur matter Lichtschein drang jetzt noch zu ihr und dem Fiebernden durch.

Ihr Blick wanderte zurück zu Starians schweißnassem Gesicht. Der leuchtende Ring warf einen blauen Schimmer auf die so schrecklich gealterten Züge. Das magische Licht machte ihr Angst. Was würde geschehen, wenn sie ihre noch ungeübten Kräfte erneut mit ihm verband? Würde es die Zeit verlangsamen oder beschleunigen? Würde es Starians Lebenskraft stärken oder sie endgültig versiegen lassen? Sie presste Lippen und Lider zusammen. Wäre doch bloß Mauritz schon in der Stadt! Wenn einer einen Zauber kannte, der die Vergreisung rückgängig machen konnte, dann ihr Vater. Oder etwa nicht?

Sie rief sich den entschlossenen Blick seiner bernsteinfarbenen Augen in Erinnerung, beschwor seine Stimme herauf, glaubte auf einmal, ihn sprechen zu hören: *Die Zeit vergeht schneller oder hält inne, ganz wie wir wollen. Die Kraft des Lebens strömt oder versiegt, ganz wie wir wollen.*

Von der Macht, die Zeit zurückzudrehen, von der Fähigkeit, ungeschehen zu machen, was schon geschehen war – davon hatte er nichts gesagt.

»Wo bist du, mein geliebter Vater?«, murmelte sie. »Warum lässt du mich so lange warten? Ich brauche deine Hilfe, ich brauche sie jetzt.«

Sie erinnerte sich an die verzweifelten Stunden im Kerker, an die Kälte, den Hunger, die Feuchtigkeit und an die schweren Ketten, in die Ayrin sie hatte legen lassen. Kaum zwei Monde war das her.

Sie dachte an den Augenblick, als im Kerkergewölbe draußen bläuliches Licht aufstrahlte, Ayrins Wächterinnen vor dem Gitter zusammenbrachen und plötzlich Mauritz die Zelle betrat. Wie hell es auf einmal geworden und wie sehr sie erschrocken war, als sie ihn seinen Ring auf sie richten sah. Im ersten Augenblick hatte sie geglaubt, das magische Licht würde sie in eine Greisin verwandeln, gar in Staub. Denn sie hatte ja noch nicht gewusst, dass der Magier ihr Vater war.

Und dann, von einem Atemzug auf den anderen, war alle Verzweiflung wie weggeblasen gewesen, und eine nie gekannte Kraft hatte sie durchströmt. Wie neugeboren hatte sie sich gefühlt, Lauka erinnerte sich genau. *Jung sollst du bleiben*, hatte ihr Vater gerufen, *Für immer jung! Für immer stark und schön!*

Sie öffnete die Augen, wischte dem Fiebernden abermals den Schweiß von der Stirn, warf den Lappen zurück in die Schüssel. Sie betrachtete den Ring. Der große Mondstein leuchtete an Starians vernarbter Schädelhälfte. Wie hatte Mauritz diese Verwandlung in ihr zustande gebracht? Wie schaffte man so etwas bloß?

Sie grübelte weiter, kaute auf ihrer Unterlippe herum, legte die Rechte auf Starians Brust. Wie schnell er atmete, wie sein Herzschlag raste! Valenas Einschätzung ging ihr durch den Kopf: *Wenn das Fieber steigt, wird er wieder in Ohnmacht versinken, wird wohl nicht mehr erwachen.* Wut packte sie. Sollten doch die Dämonen der Tiefe den grauen Stoppelkopf holen, jawohl! Und vorher die Blutsäufer ihr die Haut abziehen!

Der Mondsteinring leuchtete intensiver. Heiß wie eine Flamme brannte er an ihrer linken Faust; fast schien es, als pulsiere die ungeheure Kraft in ihm und warte darauf, befreit zu werden. Wie gebannt starrte Lauka den Mondstein an, drückte ihn tiefer in Starians Narbengewebe – und richtete ihre ganze Aufmerksamkeit auf Mauritz' raunende Stimme in ihrem Kopf. »Hilf mir.« Hitze strömte aus ihrer Faust, durch ihre Glieder, in ihre Brust und in ihren Schädel. »Hilf mir, mein Vater.« Lauka vergaß ihre Grübeleien, ihre Wut, ihre Hoffnungslosigkeit. Türkisfarbenes Licht und Mauritz' bernsteinfarbene Augen leuchteten plötzlich in ihrem Hirn auf. Wie ein starker Muskel spannte ihr Wille sich an.

»Es muss gelingen«, murmelte sie. »Ich will es, ich will.«

Sie richtete sich auf. Das magische Licht hüllte sie ein, die Kraft, die ihr Vater ERSTES MORGENLICHT nannte, sie pulsierte auf dem weißen Tuch und an der Grottendecke. Lauka legte sich über Starians Brust, streckte sich über ihm aus. »Ich brauche dich, mein Geliebter«, flüsterte sie.

Die Hitze seines fiebernden Körpers drang in sie ein. Sie presste ihm die Faust und den Ring in die Kehle, spürte unter den Fingern seinen Adamsapfel tanzen. »Ich will, dass du lebst, mein Ritter. Ich will, dass du wieder der bist, der du warst. Ich will es, ich will …«

*

Stunden später flimmerte das rötliche Licht der Morgensonne auf der Burgfassade. Ein kühler Wind blies aus Nordost. Lauka fror. Eine schlaflose Nacht lag hinter ihr. Erst im Morgengrauen hatte sie sich zu einer endgültigen Entscheidung durchringen können und Hector wecken lassen, damit er, begleitet von zwei Thronrittern, ihre Botschaft ins Heerlager der Blutsäufer brachte. Sie raffte den weißen Pelzmantel um ihren zierlichen Körper zusammen.

Auch auf der Felswand, die hinter den Türmen und Burgdächern aufstieg, flimmerte Morgenlicht. Lauka fand es weder schön noch freundlich an diesem Morgen. Mit Macht zog es sie in hinauf zum obersten Felssims und in die Lazarettgrotte, wo sie Stunden zuvor Starian zurückgelassen hatte. Doch noch wagte sie es nicht, noch hielt die Angst vor der Enttäuschung sie zurück.

Ein hochgewachsener Ritter mit lang über breite Schultern wallendem Grauhaar erwartete sie auf der Vortreppe zur Innenburg. Der Erzritter Raban von Garonada. Sieben blonde Schwertdamen umgaben ihn.

»Meine Königin!« Leichtfüßiger, als sie es seinem schweren und wahrhaftig nicht mehr jungen Körper zugetraut hätte, sprang er die Stufen herunter, kam ihr entgegen und verneigte sich. Raban trug einen silbrig glänzenden Harnisch und einen dunkelroten Leinenmantel. »Eine lange Suche, ein schwerer Kampf!« Raban gehörte zu den wenigen, denen Lauka es nachsah, wenn sie ohne Aufforderung sprachen. »Doch gestern bei Sonnenuntergang war es vollbracht.« Er geleitete sie zur Treppe und zum Portal. »Und jetzt liegt deine letzte, wirklich mächtige Feindin in Ketten.« Er senkte die Stimme ein wenig und fügte hinzu: »Die Große Mutter meint es wahrhaft gut mit dir, meine junge Königin.« Zwei seiner Schwertdamen öffneten das Portal zur Empfangshalle.

Lauka gab sich kühl. »Du vergisst die Blutsäufer vor Blauens

Mauern.« An Rabans Seite trat sie in die Halle; Schwertdamen und Ritter erhoben sich dort von Stühlen und Treppenstufen. »Ihr Heerführer Zlatan ist im Moment leider noch mächtiger, als Tanjassin es jemals gewesen ist. Gestern Abend habe ich mit diesem grässlichen Kerl gesprochen.«

»Ich weiß, meine Königin, man hat mir berichtet. Der oberste Blutsäufer will dich allein in einem Zelt treffen.«

Hatte es sich also schon herumgesprochen? Das junge Ding mit dem blauschwarzen Zopfgestrüpp? Wer sonst.

Raban schob seinen großen, breiten Körper vor Lauka und blickte flehend auf sie herunter. »Ich beschwöre dich, meine Königin: Niemals darfst du diesem Ungeheuer Auge in Auge gegenübertreten!«

Sie musterte ihn kühl. Dass sie Hector und zwei Thronritter mit einer Botschaft zu Zlatan von Tarkatan geschickt hatte, wusste Raban offenbar noch nicht.

Der Erzritter hatte kleine wässrige Augen, wahrscheinlich grau. Bereits unter Laukas Großmutter Selena hatte er es bis zum Ersten Thronritter gebracht. Die Königin Selena starb im Jahre 991 nach der Reichsgründung, vor dreiunddreißig Wintern also. Raban musste demnach weit über sechzig Winter gesehen haben. Manche schätzten ihn sogar auf über siebzig Winter.

»Ich tue, was ich für richtig halte, Erzritter Raban«, sagte Lauka, wandte sich ab und betrachtete die jungen Schwertdamen seiner Garde. Schon als er noch Reichsritter gewesen war, hatte Raban von Garonada sehr junge und sehr blonde Frauen als Leibgardistinnen bevorzugt. Allerdings nur drei. Seit jeher unzufrieden mit Ayrins Herrschaft und versessen auf den Rang eines Erzritters, war es ihm gelungen, große Teile der Ritterschaft auf Laukas Seite zu ziehen. Ohne Raban hätte Ayrins Sturz sich noch über viele Monde hingezogen. Als Lohn für seine Unterstützung hatten Mauritz und Lauka ihn in den Rang eines Erzritters erhoben.

Mindestens neun der vierzehn Erzritter im Reich waren während der Kämpfe gefallen, da war es nicht schwer gewesen, Rabans Berufung bei den überlebenden Hochdamen durchzusetzen. Seit er sich

Erzritter nennen durfte, hatte er die Anzahl der Blondinen in seiner Garde deutlich aufgestockt, wie es schien.

Lauka sah ihm wieder in die Augen. »Und wie kommst du darauf, dass ich diesen Zlatan zu fürchten hätte, mein Erzritter?« Nicht einmal ein spöttisches Lächeln gestattete sie sich. »Hältst du mich für weniger mächtig als ihn?« Sie glaubte spüren zu können, wie die in der Eingangshalle versammelten Ritter und Schwertdamen den Atem anhielten.

»Mitnichten, meine Königin, mitnichten!« Übertrieben eifrig verneigte Raban sich ein paar Mal. »Möge die Große Mutter in ihrer unendlichen Weisheit dir die klügste aller möglichen Entscheidungen eingeben.« Gemessen an seinem großen und kräftigen Körper, klang Rabans Stimme hoch und dünn. Schon manch einer, der ihn zum ersten Mal sah und hörte, hatte sich ein Lächeln nicht verkneifen können. Und es später bereut – Raban galt völlig zu Recht als leicht kränkbar und nachtragend.

»Die Große Mutter hat ihre Entscheidung bereits getroffen«, sagte Lauka. »Heute Nacht hat sie mich ihren Willen wissen lassen.« Lauka hob die Stimme, jeder in der Eingangshalle sollte sie verstehen. »Mein Erster Thronritter Hector ist im Morgengrauen ins Lager unserer Feinde geritten, um ihrem Anführer, den sie Tarbullo nennen, meine Antwort auf dessen Verhandlungsangebot zu überbringen. Sie lautet: ›In einem Zelt zwischen Stadtmauer und Belagerungsring will ich allein mit dir über das Schicksal meiner Stadt Blauen verhandeln.‹« Ihre Sorge um den hübschen Rotschopf, der noch immer nicht aus Zlatans Lager zurückgekehrt war, deutete sie mit keinem Wort an.

Einen Atemzug lang herrschte Stille in der Empfangshalle. Lauter bleiche und erschrockene Gesichter entdeckte Lauka unter den Rittern und Schwertdamen. Auch Raban blieb stumm, vergaß sogar sich zu verneigen vor lauter Schreck. Abrupt wandte er sich ab; wahrscheinlich, um die Furcht in seinen Gesichtszügen vor seiner Königin zu verbergen. Doch Lauka sah, wie sein Körper sich anspannte, hörte genau, wie scharf er die Luft durch die Nase einsog.

Schließlich hob er seine Unterarmprothese. »Das ist sie«, sagte er mit seiner seltsamen Kopfstimme und deutete mit der Lanzenklinge und dem Haken seiner Prothese auf eine Schwertdame. »Dieser Majordame aus Seebergen verdanken wir den Sieg über Tanjassin.«

Neugierig musterte Lauka die Frau. Sie trug einen schwarzen Harnisch über Weste und Hose aus blutrotem Leder und war nicht viel größer als Lauka selbst, hatte sogar ähnlich rotes Haar und war ähnlich schön wie sie. Mit einer Mischung aus Verwunderung und Ärger nahm Lauka das wahr. »Wolfrun von Seebergen?« Sie ging auf die Frau zu.

»Meine Königin.« Die Majordame verneigte sich; alle Ritter und Schwertdamen ihrer Kampfschar verneigten sich. Die meisten wirkten müde, einige waren verwundet und trugen durchgeblutete Verbände an Köpfen und Gliedern. Auch das junge Ding mit den hunderttausend Zöpfen entdeckte Lauka in der Menge. Wie hieß es gleich?

»Nicht ich allein habe den Kampf bestritten«, sagte Wolfrun. »Ohne meine Ritter und Schwertdamen wäre Tanjassin …«

»Ist die Verräterin bei dem Kampf verletzt worden?« Lauka betrachtete die Majordame aufmerksam. Unter den Armschienen trug sie rote Lederbänder auf nackter Haut, unter den Beinschienen hoch über die Waden geschnürte Sandalen, ebenfalls aus rotem Leder.

»Nicht schwerwiegend.« Wolfrun hatte schöne weiße Haut und dunkelblaue, sehr schmale Augen. Wenige Sommersprossen verliehen ihrem Gesicht etwas Liebreizendes, dabei sorgten ihre scharf geschnittene Nase und ihr großer, schmaler Mund für einen durchaus herben, ja sogar harten Zug. »Ihre Getreuen haben sie mit ihren Körpern gedeckt, deswegen überlebten nur drei von ihnen den Kampf.«

»Der Baumeister war leider nicht darunter«, sagte Lauka spitz.

»Nein, meine Königin.« Wolfruns kurze Locken waren doch von deutlich anderem Rot als ihre, stellte Lauka erleichtert fest, heller, fast kupfern. »Joscun fanden wir tatsächlich nicht unter Tanjassins Gefolge.« Und sie war älter, mindestens fünf Winter. Auch das entdeckte Lauka mit Genugtuung. Und sie würde Winter für Winter älter werden, während sie selbst, die Königin, jung bleiben würde.

Für immer jung! Für immer stark und schön! So hatte ihr Vater, der Magier, es ihr zugesprochen, als er sie im Kerker mit dem ERSTEN MORGENLICHT segnete. Die Erinnerung daran flößte ihr Kraft und Zuversicht ein heute Morgen. Doch sogleich dachte sie wieder an den fiebernden Starian, und Zweifel und Angst mischten sich in ihre Hoffnung.

Sie atmete tief durch, machte ihre Miene hart. »Das bedrängte Reich braucht tapfere und kluge Kämpferinnen wie dich und deine Schar.« Lauka sprach laut und mit fester Stimme. »Als Dank für deinen Sieg über die Verräterin und ihre Bande erhebe ich dich, Wolfrun von Seebergen, hiermit in den Stand einer Obristdame. Und du erhebe deine Schwertdamen und Ritter in Ränge, die dir klug und angemessen erscheinen.«

Der Rang einer Obristdame war nach dem der Burgmeisterin und Kriegsmeisterin der höchste, den eine Hochdame im Königreich Garona erreichen konnte. Abgesehen vom Stand der Königin und einer Herzogin natürlich. Eine Obristdame hatte die Befehlsgewalt über sämtliche Ritterränge außer dem des Erzritters.

»Ich danke dir für diese Ehre, meine Königin.« Wolfrun neigte den Kopf. Ihr Gesicht glühte. So unverhofft in den Stand einer Hochdame versetzt zu werden, überraschte sie sichtlich. »Dein Vertrauen in mich und meine Kampfschar soll nicht enttäuscht werden.«

»Mehr noch als eine Ehre ist es eine Verpflichtung«, sagte Lauka, »denn die bösen Zeiten, die das Reich getroffen haben, sind noch lange nicht vorüber. Nicht alle, die hier stehen, werden ihr Ende erleben. Das weißt du genauso gut wie ich.« Wolfrun zuckte mit keiner Wimper; nur ein Nicken deutete sie an. »Und nun wähle zwei Begleiter aus und führt mich zu der gefangenen Verräterin.«

Nach kurzem Blickwechsel lösten sich ein alter Ritter und eine muskulöse Schwertdame mit kahlem, rot gefärbtem Schädel aus der Kampfschar. Sie schritten zur Wand unter dem Treppenbogen und entriegelten eine Tür, die kaum auffiel im dunklen Gemäuer.

Die Türangeln quietschten. Mit Raban und vier Thronrittern folgte Lauka der frisch gekürten Obristdame und ihren beiden Gardisten eine breite Wendeltreppe in die Dunkelheit hinunter. Fackeln flammten auf, erst zwei, dann drei und mehr. Mit jeder Stufe, die sie nahmen, roch es modriger.

Das Kerkergewölbe von Blauen lag unter der Herzoginnenburg, und der Folterkeller im hinteren Teil des Gewölbes, das man tief in den Fels des Blauphirs hineingehauen hatte. Hier mochte einer noch so laut und noch so lange seine Qualen hinausbrüllen – von keinem Punkt der Burg aus konnte man ihn hören. Und außerhalb ihrer Mauern zweimal nicht.

Lauka ging neben Raban. Der schnaufte, als kostete ihn der Gang hinunter ins hinterste Gewölbe die letzte Kraft. Doch seine geräuschvollen Atemzüge beruhigten sie; Lauka hasste dunkle Räume und unterirdische Gewölbe.

Fackelschein huschte über feuchten Fels, das Echo vieler Schritte hallte von allen Seiten an ihr Ohr. Immer wieder spiegelte sich das flackernde Licht der Flammen in gefrorenen Rinnsalen, die sich wie gebrochene Vogelklauen von der Decke aus die Wände hinunterstreckten; oder es verfing sich glitzernd in riesigen Spinnennetzen, an deren Rändern daumengroße Spinnen schwarz-blau schimmerten.

Ekel würgte Lauka; sie hasste Spinnen.

Gittertüren glitten vorüber, da und dort sah sie hohlwangige und weiße Gesichter zwischen den Eisenstäben. Aus manchen Zellen wehte unerträglicher Gestank sie an, und manchmal stöhnte oder kicherte jemand in der Dunkelheit hinter den Kerkertüren. Aus einer Zelle drang Geschrei wie von vielen Flüchen, als sie vorübergingen. Gefangene Tarkaner lagen dort in Ketten.

»Vielleicht nutzen sie uns als Geiseln, die man gegen Gefangene austauschen kann«, sagte Raban. »Nur deswegen leben sie noch.«

Lauka nickte knapp. Warum um alles in der Welt musste sie als Königin derart Abscheuliches ertragen? Sie wünschte, sie hätte die verfluchte Verräterin zu sich herauf in die Empfangshalle schleppen lassen. Zu spät. Mit bewusst tiefen Atemzügen und Gedanken an ihren Vater versuchte sie, ihrer aufgewühlten Empfindungen Herr zu werden.

Würdest doch du neben mir gehen, mein Vater!

Sie dachte an Starian und fürchtete sich vor der nächsten Begegnung mit dem Verwundeten. Sie dachte an den widerlichen Zlatan – kurz vor Sonnenuntergang würde sie zu ihm ins Verhandlungszelt treten. Die Entscheidung stand fest. Woher sonst sollte Rettung für Blauen kommen?

Wärst du doch bei mir, mein Vater!

Nicht mehr lange, dann würde Mauritz in der Stadt auftauchen, Lauka zweifelte nicht daran. Vielleicht würde sie ihn sogar noch in die Arme schließen können, bevor sie den schweren Gang ins Verhandlungszelt antreten musste. Wenn einer es schaffte, sich von Garonada bis nach Blauen durchzuschlagen, dann doch er, der Magier!

Der Grauschopf vor ihr furzte. Laukas Hand fuhr zu dem Schulterriemen ihrer Armbrust. Doch zu nahe vor ihr schritt Wolfruns schamloser Gardist, um die Waffe auf ihn richten zu können. Lauka schielte nach Rabans Schwert – am liebsten hätte sie ihm die Klinge aus der Scheide gerissen, um sie dem alten Gardisten in den Rücken zu rammen.

Bevor jedoch ihr Zorn sich Luft machen konnte, klirrte ein Schlüsselbund, quietschten Türangeln, fiel Fackelschein in einen großen grottenartigen Raum. Vier verkrümmte Gestalten hingen in Ketten an den Wänden, zwei Männer und zwei Frauen. Lauka trat über die Schwelle, blieb stehen. Es stank nach Schweiß und Urin. Die Folterkammer füllte sich mit Schrittlärm, Menschen und Licht. Lauka erkannte Tanjassin und deutete auf sie. »Her zu mir mit ihr!«

Zwei ihrer Thronritter lösten die Ketten der ehemaligen Herzogin von Blauen aus den Wandschellen und zerrten sie daran vor Lauka. Tanjassin richtete sich auf, sah ihr ins Gesicht. Eine stolze Frau von nicht ganz fünfzig Wintern stand vor ihr. Tanjassins Blick wirkte gleichmütig, ihr roter Mantel war zerrissen, ihr Kettenhemd zerschlagen, ihre Haut von verkrusteten Wunden bedeckt.

»Auf die Knie mit dir!«, zischte Lauka.

»Ich knie nur vor dem Altar der Großen Mutter nieder. Oder

vor der Königin.« Tanjassins dunkle Stimme zitterte nicht einmal; sie klang, als wollte sie den Sonnenaufgang beschreiben oder einen Gast an die Tafel bitten.

»Ich bin deine Königin.«

Tanjassin schüttelte langsam den Kopf. »Ayrin von Garonada ist meine Königin, die Tochter Belices. Du bist eine Thronräuberin.«

»Auf den Boden mit ihr!«, zischte Lauka. An den Ketten rissen die Thronritter die Gefangene von den Beinen. Lauka trat Tanjassin ins Gesicht. »Wo hält dein Vater Romboc sich versteckt?«

Die Herzogin hob den Kopf, spuckte Blut und einen Zahn gegen Laukas Stiefel. Aus von Hass und Schmerz verzerrter Miene blickte sie zu ihr herauf. »Romboc pflegt mir nicht zu sagen, wohin er geht.«

Lauka wich zurück, starrte auf ihre blutigen Stiefelspitzen. Ganz bleich vor Wut war sie jetzt. Sie reichte Raban die Armbrust und schlüpfte aus ihrem weißen Pelz. »Hinauf mit ihr!« Lauka deutete an die Decke, wo ein Haken an einem Flaschenzug aus dem Gewölbe hing. »Und vorher runter mit ihren Kleidern!« Sie warf Wolfrun den Mantel zu; nicht der kleinste Blutfleck sollte den blütenweißen Pelz beschmutzen.

Die beiden Thronritter schälten Tanjassin aus Mantel, Hosen, Kettenhemd und Wäsche. Der Grauschopf aus Wolfruns Garde löste die Seile des Flaschenzuges aus der Halterung neben der Kerkertür, ließ den Haken herunter und befestigte ihn an Tanjassins Ketten. Die anderen beiden Thronritter halfen ihm, die nackte Gefangene so weit zur Decke zu ziehen, bis ihre Füße zwei Handbreit über dem Zellenboden schwebten.

»Wo steckt dein Vater Romboc?« Lauka trat zwei Schritte zurück und streckte die Rechte zu Raban hin aus. Der gab ihr die Armbrust zurück. Sie spannte einen Pfeilbolzen in den Bogen, zielte auf die ehemalige Herzogin. Die nackte Frau presste nur die Lippen zusammen und blickte voller Verachtung auf Lauka herab. Die schoss – der Pfeilbolzen fuhr in Tanjassins rechte Brust. Die Gefangene zuckte kurz; ihr Blick sprühte Hass, doch sie schwieg.

»Wo ist er?!«, schrie Lauka. Sie stampfte mit dem Fuß auf, spannte den nächsten Pfeilbolzen ein, richtete die Waffe diesmal aber auf einen der angeketteten Gefährten Tanjassins, einen jungen Ritter.

»Soll ich dich anlügen, um meine Getreuen zu retten?« Voller Sorge lugte Tanjassin über die Schulter zu ihren verwundeten Kämpfern hinunter. »Ich weiß es doch nicht. Lass diese am Leben, sie haben Garona immer treu gedient. Mach mit mir, was du willst, doch verschone sie, bitte – ich weiß es wirklich nicht.«

Lauka schoss, traf einen gefangenen Ritter ins Herz, und während der Angekettete sich aufbäumte, jagte sie schon einen Pfeilbolzen in Tanjassins Knie. »Wo finde ich den Baumeister Joscun, deinen Sohn?« Jetzt zielte Lauka auf die überlebende Schwertdame der ehemaligen Herzogin.

Tanjassin krümmte sich vor Schmerzen, biss sich auf die Unterlippe, stöhnte seufzend. Hinter ihr an der Wand zuckte der tödlich getroffene Ritter in seinen Ketten. Die Schwertdame starrte mit brennendem Blick auf Laukas gespannte Armbrust.

»Auch Joscun geht, wohin er will«, presste die Herzogin hinter blutigen Zähnen hervor. »Schon seit beinahe zwanzig Wintern. Weiß ich es denn?«

Lauka schoss und traf die Schwertdame in den Hals. Die bäumte sich auf, warf den Kopf hin und her, würgte, rang nach Luft. »Du widerliches Biest, du!« Tanjassin spuckte auf Lauka herunter. »Ich verfluche dich, Thronräuberin!« Hinter ihr verröchelte die Schwertdame ihr Leben.

»Nimm die Fackel!«, fuhr Lauka den Grauschopf an; sie selbst zielte auf den letzten von Tanjassins Gefährten. »Joscun ist zuletzt in deiner Burg gesehen worden!«, zischte sie. »Erst vor wenigen Tagen. Erzähl mir also nicht, du wüsstest nicht, wo er sei!«

»Er wollte mir seine Dienste anbieten«, antwortete Tanjassin mit brüchiger Stimme. Drohend baute sich Wolfruns grauhaariger Ritter mit der Fackel vor ihr auf.

»Seine Dienste? Wofür?«

»Für den Kampf«, sagte die geschundene Frau über ihr. »Für den Kampf gegen dich und die Blutsäufer vor Blauens Wehrmauer.«

»Du lügst! Joscun ist ein Schwertloser!«

»Er ist klug und ein guter Armbrustschütze.«

»Wo ist er jetzt?« Lauka schrie. »Ich bin es, der er seine Dienste anzubieten hat!«

»Wir wissen und wir sehen, wie du mit denen zu verfahren pflegst, die unserer Königin die Treue halten. Also habe ich ihm zur Flucht geraten.«

»Er ist geflohen?« Lauka ließ die Armbrust sinken. »Ausgeschlossen, die Stadt ist umzingelt. Jedes Tor von unseren Rittern und Schwertdamen bewacht, jeder Weg ins Gebirge von den Blutsäufern aus Tarkatan blockiert. Wie hätte er fliehen sollen?«

»Hörst du nicht, was ich sage, verfluchtes Miststück?« Jedes Wort spuckte Tanjassin gleichsam aus. Ihr nackter Körper schwang hin und her. Der Flaschenzug klirrte. »Joscun ist klug! Einer wie er findet immer einen Weg!«

»Wenn du wirklich wüsstest, wie ich mit denen verfahre, die Ayrin die Treue halten, dann wüsstest du auch, wie ich mit denen verfahre, die meine Fragen nicht beantworten.« Lauka hob die Armbrust und jagte dem letzten noch lebenden Gefährten der Herzogin einen Pfeilbolzen ins Herz. Der Mann bäumte sich seufzend auf und stürzte in seine Ketten. »Wie ist dein Sohn geflohen?« Lauka ließ die Waffe sinken. »Und wohin?« Tanjassin schwieg. »Ich werde dich zu den gefangenen Blutsäufern in die Zelle stecken lassen, wenn du nicht redest!« Tanjassin schwieg. »Halte die Flamme unter ihre Fußsohlen«, befahl Lauka dem alten Ritter. Der tat, was sie verlangte.

Tanjassin versuchte, ihre Füße und Beine aus dem Bereich der Flamme zu schwingen und zu beugen. Sie fluchte, spuckte und stöhnte, denn der Pfeilbolzen in ihrem Knie machte jede Bewegung zur Qual. Als Lauka auch der Schwertdame mit der roten Glatze eine Fackel in die Hand drückte und sie damit hinter Tanjassin schickte, gab es kaum noch ein Ausweichen für die Nackte am Flaschenzughaken. Ihre Kräfte erlahmten bald, und der Kerker füllte sich mit dem Gestank nach versengtem Haar und verbranntem Fleisch. Die Schmerzensschreie der Herzogin klangen zornig und qualvoll zugleich.

»Wann ist er geflohen?«, blaffte Lauka. »Wie? Und wohin?« Raban hinter ihr trat von einem Fuß auf den anderen und betrachtete seine Stiefelspitzen. Die Thronritter hielten sich am Flaschenzug fest oder waren an die Wände ins Halbdunkel zurückgewichen. Die frisch gekürte Obristdame Wolfrun verharrte wie festgefroren zwischen den Toten und der Gefolterten und presste den königlichen Pelzmantel gegen die Brust. Ihre kantige Miene wirkte wie aus Stein gemeißelt.

Lauka ballte die linke Faust. Die Hitze des Ringes strömte ihr durch Hand, Arm und Schädel. »Wann? Rede!« Sie richtete die Kraft ihres Willens auf die Frau, die ganz in Rauch und Gestank gehüllt vor ihr unter der Decke hin und her pendelte. Verzweiflung, Hass und das Gefühl grenzenloser Ohnmacht sprangen sie aus dem schon ermatteten Geist der Gequälten an. Um diesem Ansturm standzuhalten, musste Lauka all ihre Kraft aufbringen. Ein Wust von Empfindungen, Gedanken und Bildern flutete schließlich ihr Hirn – darunter auch Erinnerungen an Joscun und wenige Bilder, die ihre Frage beantworteten: Sie sah nämlich eine Gartenterrasse voller Apfelbäume mit bereits roten Früchten; sie sah hinter Weinlaub das Holz eines Torflügels; sie sah eine Grotte jenseits des offenen Tores und darin sah sie viele seltsame Gestelle, für die ihr keine Bezeichnung einfallen wollte.

»Lasst gut sein!« Sie wusste sofort, wo sie so ein Gestell schon gesehen hatte. »Es reicht.« Sie deutete auf Tanjassin.

Die Herzogin hing schlaff an Kette und Haken und pendelte langsam aus. Ihre feuchten Augen waren halb aus den Höhlen getreten, Speichel troff blutig von ihren bleichen Lippen. Weiße und schwarze Hautfetzen bedeckten ihre Beine, Ruß ihre Hüften, ihr versengtes Schamhaar rauchte. Blut sickerte aus ihrem Knie, strömte aus ihrer Brust. Keuchend und ächzend flog ihr Atem.

»Macht sie los«, befahl Lauka, »und werft sie in den Kerker der Blutsäufer. Sollen die sich an ihr austoben, bis der letzte Funken Leben in ihr erlischt!«

Die Thronritter bedienten den Flaschenzug, der Grauschopf und die Rotglatze nahmen Tanjassin vom Haken. Lauka reichte dem

Erzritter die Armbrust. »Begleitet mich zu den Terrassengärten hinauf«, wandte sie sich an ihn und Wolfrun. »Ich will in die Apfelplantagen. Sofort.«

Auf den Stiefelabsätzen wirbelte sie herum und streckte die Arme aus. Wolfrun half ihr in den Pelzmantel. Im selben Moment begegnete Laukas Blick dem der jungen Schwertdame, deren Name sie sich nicht merken konnte. Es war ihr nicht bewusst gewesen, dass Wilmis' Kriegerin mit hinunter in den Kerker gestiegen war. Zum ersten Mal bemerkte Lauka, dass ihre großen Augen vom gleichen dunklen Blau waren wie das Stirntuch, mit dem sie sich ihr Zopfgestrüpp aus dem Gesicht gebunden hatte. Eine maßlose Traurigkeit lag in diesen Augen. Lauka raffte den Pelz um ihre Schultern und riss Raban die Armbrust aus der Hand.

»Ich verfluche dich, du Ausgeburt des Abgrunds«, hörte sie Tanjassin hinter sich krächzen. »Ich verfluche dich …« An der Schwertdame mit den hunderttausend Zöpfen vorbei rauschte sie aus der Folterkammer. *Tigrit* – plötzlich fiel ihr der Name ein.

Entlang der Kerkertüren hastete Lauka durch das Kellergewölbe. Noch immer glommen die Empfindungen aus Tanjassins Geist in ihrem Hirn nach, noch immer sah sie die Bilder der fremden Erinnerung vor sich. *Das also vermag meine Magie?* Sie konnte es kaum glauben. *Das vermag ich in Verbindung mit dem* ERSTEN MORGENLICHT*?* Genugtuung trieb sie voran, eine beinahe euphorische Siegesgewissheit.

Die anderen schwiegen, ihre Mienen waren verschlossen; es fiel ihr kaum auf. Sie stürmte die Treppe hinauf und aus der Empfangshalle in den Burghof hinaus. Als hätte sie das Tor in den Terrassen der Apfelplantage mit eigenen Augen gesehen, so deutlich sah sie alles vor sich; als hätte sie die Grotte auf eigenen Beinen betreten.

Im äußeren Burghof, kurz vor Tor und Zugbrücke, entdeckte sie Reiter und ein Fuhrwerk. Der Anblick Hectors und der fetten Herzogin riss Lauka aus ihren aufgewühlten Gedanken zurück in die Gegenwart. Wilmis trieb ihre riesige Reitziege auf sie zu und riss an den Zügeln, als sie bei ihr angekommen war. »Sie wollen dein Leben.« Sie schnaufte und keuchte. »Sie fordern dich, meine

Königin.« Zwei Ritter halfen ihr aus dem Sattel. »Um keinen Preis darfst du die Stadt verlassen, um keinen Preis diesem Oberblutsäufer unter die Augen treten.« Wilmis Hängebacken und Doppelkinn bebten vor Erregung, ihre Stimme brach schier, und ihr Gesicht war hochrot.

»Sie wollen mich?« Laukas Knie fühlten sich mit einem Mal heiß und weich an. Aus irgendeinem Grund musste sie plötzlich an die Magierin denken, an jene Catolis. »Was redest du? Wie kommst du darauf?«

»Hundert unserer jungen Menschen haben sie in Garonada ihrem Gott geopfert«, keuchte Wilmis. »Flüchtlinge haben es uns geschildert. Tausend unserer jungen Menschen sollen angeblich aus Garonada in ihr Heerlager vor die Tore von Blauen geschleppt werden. Schon morgen. Sie wollen sie töten – wenn die Stadt nicht ihre Königin ausliefert.« Sie blinzelte und schluckte. »Dich, meine Königin. Erfüllt Blauen die Forderung, sollen die Gefangenen leben. Und mit ihnen die ganze Stadt.«

Laukas Mund wurde trocken. Blut und Atem schienen sich in ihrem Brustkorb in Raureif zu verwandeln. An Wilmis vorbei spähte sie zu Hector. Flankiert von zwei Thronrittern und gefolgt von dem Fuhrwerk, ritt der Rotschopf zu ihr. Warum nur hatte sie den Eindruck, dass sein Ziegenbock kaum von der Stelle kam?

Sie schob die schnaufende Wilmis zur Seite und eilte Hector entgegen. »Was ist geschehen, Erster Thronritter?« Ihr Blick fiel auf den Wagen, eine Kiste stand auf der Ladefläche. »Was bringt ihr da?«

»Tarbullo Zlatan lässt ausrichten: ›Ich bin erfreut über die Entscheidung der …‹« Hector stockte, holte Luft. »›… der schönen Königin von Blauen. Eine Stunde vor Sonnenaufgang erwarte ich sie im Verhandlungszelt.‹« Hectors Stimme klang verdächtig brüchig. Er räusperte sich. »Sie bauen das Zelt bereits auf.«

»Was bringt ihr da, habe ich dich gefragt!« Laukas ausgestreckter Arm deutete auf den Wagen.

»Deinen Vater, meine Königin.« Der Rotschopf flüsterte fast.

Sie starrte ihn an – erst fragend, als hätte sie ihn nicht verstanden, dann, als er nickte und ihrem Blick auswich, aus zu Schlitzen verengten Lidern. Schließlich raffte sie ihr Kleid hoch und stelzte zum Wagen. Jemand half ihr auf den Bock und auf die Ladefläche, jemand schob den Deckel von der Kiste.

»Mein Vater!« Obwohl man ihm Hand und Schädel abgeschlagen hatte, erkannte sie Mauritz sofort. »Mein Vater! Mein Vater!« Sie sackte in die Knie, schrie, riss sich an den Haaren.

9

Zwei Tage später, in der ersten Abenddämmerung, erreichten sie den Schluchtern. Einen Steinwurf abseits des Ufers schlugen sie in der Deckung von Buschwerk und jungen Bäumen ihr Lager auf. Schrat hockte in einer Birkengruppe, äugte auf Lasnic und die Gefährten herunter, quorkte und schnalzte. Lasnic, der mit Lord Frix die schuppige Echsenhaut von der Trage zerrte, rief ihm ein paar Worte in der Sprache der Waldstämme zu. Der Kolk schwang sich in die Abendluft und flatterte stromaufwärts nach Osten ins letzte Tageslicht hinein.

Joscun runzelte die Stirn. »Was war das denn?« Er spähte erst dem Vogel hinterher und beäugte dann den Waldmann. »Du sprichst ja schon wieder mit einem Tier.«

»Aba g'wiss schwätzt de Lord Lasnic mit de Viecha«, antwortete Lord Frix; er half Lasnic, die Echsenhaut auszubreiten. »Merksch des jetz erschd, Baumeischda?«

Joscun von Blauen richtete den forschenden Blick seiner grauen Augen auf den kleinen Baldoren. »So?« Ein aus Schilfrohr geflochtener Sonnenschutz bedeckte seinen Kahlkopf wie ein flacher Helm; ein dunkelblauer Mantel über einer hellblauen Tunika hüllte seinen drahtigen Körper ein. »Was du nicht sagst, Fridóllusac Rutten Ivúsan Xundóris.« Joscun war der Einzige, der sich die Mühe gemacht hatte, Lord Frix' vollen Namen auswendig zu lernen. Doch jedes Mal, wenn er den Meisterdieb damit ansprach, klang es irgendwie spöttisch. Lasnic gefiel das nicht.

»›Lord‹, Baumeischda«, verbesserte Frix. »›Lord‹ Fridóllusac Rutten Ivúsan Xundóris.«

»Und hat der Waldmann seinen gefiederten Freund denn beleidigt, dass er so flugs das Weite gesucht hat?«

»Blöd's G'schwädz!« Lord Frix bedachte Joscun mit einem zornigen Blick. »En Uffdrag hadda ihm gebbe.« Gemeinsam mit Feline und ihrer Zwillingsschwester Garonja straffte Frix die Echsenhaut, während Lasnic deren Oberkante in der Birkenkrone festband. »En Uffdrag, vastehsch?« Joscun verstand kein Wort, das stand ihm ins Gesicht geschrieben. »Obba boim Fluss dronne net Ausschau nach dene Scheißkerl' aus Tarkatan halde däd, had da Lord Lasnic ihn g'fragd.«

»Ist ja interessant.« Joscun rümpfte die Nase; vielleicht wegen Frix' Abfuhr, vielleicht wegen seines drolligen Dialektes, vielleicht auch nur, weil Echsenhaut und Gerbstoffe einen faulig-bitteren Gestank verströmten. »Und du glaubst tatsächlich, der Vogel ist nun aufgebrochen, um seinen Auftrag zu erfüllen, ja?« Jetzt feixte der Mann aus Blauen ganz offen.

»Hasch net g'sehe wo ea na'gfloge isch? Stromuffwärds, zur nächschde Flussbiegung! Do na also, wo ma Schiff un Flöß als Erschdes sehe ka.« Lord Frix verknotete den unteren Rand der Hautdecke mit dem Birken. »Dädsch e bissl nachdenke, Baumeischda, dädsch von selba druffkomme.«

Joscun zog die Brauen hoch. Nicht die Spur eines Lächelns lag noch auf seinen Zügen. »Kein Mensch kann mit Tieren sprechen, Lord Fridóllusac Rutten Ivúsan Xundóris.«

»Glaab doch du, was'd willsch.« Der Baldore winkte ab und prüfte die Spannung der Echsenhaut.

»Hör zu, Joscun.« Lasnic kletterte in die gegenüberstehende Birke, um dort die andere Seite der Schuppenhaut straff zu ziehen. »Bloß weil du Brücken und Fluggeräte bauen kannst, musst du nicht meinen, alles begriffen zu haben, was es so gibt zwischen Himmel und Erde.«

Joscun musterte den Waldmann aus schmalen Augen und mit schief gelegtem Kopf. Seine Kaumuskeln wöbten sich unter der Wangenhaut, und man sah ihm an, dass es in ihm arbeitete. Doch für dieses Mal verzichtete er auf eine Antwort. Er wandte sich ab, um Feuerholz für das Abendessen zu suchen. Der junge Wigard schloss sich ihm an. Feline und Garonja grinsten einander zu. Ayrin und Loryane betrachteten Lasnic verstohlen und mit nachdenklichen Mienen.

Bei Anbruch der Dunkelheit kehrten Romboc und Gumpen mit einem Netz voller Fische vom Schluchtern zurück. Das Feuer brannte längst. Bald verbreitete sich der Duft von gebratenem Fisch rund um das Nachtlager.

Nach dem Essen übertrug Pirol Gumpen ein Gedicht aus seiner Heimat in ein paar garonesische Verse und goss diese in eine einfache Melodie. Erst sang er vor, dann brachte er das Lied den Gefährten bei. Alle lernten es schnell und sangen es schließlich dreistimmig:

»Mögen lauter gute Mächte
treu um unser Lager schreiten.
Mögen ihre starken Rechten
gnädig über uns verbreiten
Ruhe, Frieden, sich're Wacht,
bis der neue Tag uns lacht.«

Lasnic staunte über die hohen Singstimmen der beiden Zwillingsschwestern aus Schluchternburg. Die klangen reiner und klarer als die Töne aus einer jener Schilfflöten, wie die Waldleute in Düsterholz sie schnitzen konnten. So rein und klar beinahe wie ein Nachtschaller. So nannte man am Stomm einen Vogel, der nicht größer war als eine Kinderfaust und dessen zauberhaften Gesang man dennoch über viele Lanzenwürfe hinweg hören konnte, wenn er nach dem Hochwasser sein nächtliches Lied anstimmte.

Lasnic war ganz hingerissen vom Gesang der Zwillinge; Lord Frix auch, wie er merkte. Lasnic fragte sich, wie lange es dauern würde, bis der Baldore die beiden zum ersten Mal verwechselte. Und wie Feline dann reagieren würde.

Bis auf die Zwillingsschwestern, Wigard und Lord Frix rollten sich nach dem Nachtgesang alle in ihre Decken und Felle. Zu Lasnics Überraschung legte Ayrin sich nur einen Schritt von ihm entfernt schlafen. Schon tagsüber, während des Marsches durch den letzten Sumpf, hatte sie sich oft an seiner Seite gehalten und zum ersten Mal seit längerem wieder mehr als das Nötigste mit ihm gesprochen. Sogar die wilden Pflaumen, die er ihr gepflückt hatte, nahm sie an.

Ihre Nähe erfüllte ihn mit Sehnsucht; lange tat er kein Auge zu. Irgendwann streckte sie den Arm in seine Richtung aus, und er griff nach ihrer Hand. Und irgendwann lag sie dann neben ihm, und er küsste und umarmte sie.

Viel mehr geschah nicht, denn Wigard tapste ins Lager und kroch in seine Decken. Lasnic musste aufstehen und den jungen Weihritter als Wächter ablösen.

Vier Wachen wechselten sich alle drei Stunden ab. Immer zwei wachten an der Sumpfseite des Lagers, immer zwei am Stromufer. Dort bezog auch Lasnic seinen Posten in dieser Nacht. Die Sehnsucht nach Ayrin erhitzte jede Faser seines Körpers. Es fiel ihm schwer, seine Gedanken von ihr zu lösen und ganz auf seine Umgebung zu richten. Doch er hatte Wachdienst, also riss er sich zusammen. So hockte er unter den Weiden, spähte und lauschte nach allen Seiten in die Nacht und glaubte doch, überall ihr Gesicht zu erkennen und ihren Duft zu riechen.

Sterne funkelten am wolkenlosen Himmel. Die Sichel des Mondes strahlte im Südwesten. Der Strom gurgelte leise, und es klang, als würde er murmeln oder knurren. Hin und wieder plätscherte es weit draußen, weil ein Fisch sprang. Irgendwo quakte ein Wasservogel.

Der feuchte Boden war noch warm, doch im Nachtwind spürte Lasnic bereits die erste Herbstkühle. Wieder und wieder kehrten seine Gedanken zu Ayrin zurück, und als Schritte hinter ihm im Ufergras raschelten, griff er nicht einmal zur Lanze – so sicher glaubte er zu wissen, wer zu ihm kam.

Sie. Wer denn sonst?

Eine Frauengestalt schälte sich aus den dunklen Umrissen von Stämmen und Buschwerk. Dicht neben ihm ging sie in die Hocke und lehnte sich sofort an ihn. Sie roch gut, süßlicher als Ayrin. Ein wenig nach wilden Kirschblüten.

»Du gefällst mir, Lasnic von Strömenholz.« Loryanes sonst so klare Stimme klang belegt. »Ich hab dich sehr gern.« Das spärliche

Licht des Nachthimmels glänzte auf ihrem blonden Haar. »Ich will dich.«

Lasnic wusste nicht, wie ihm geschah. Die Kriegsmeisterin von Garonada galt als Ayrins beste Freundin und – neben Romboc – als ihre engste Vertraute. Dass sie so unverhofft seine Nähe suchte, verwirrte ihn mächtig. Was beim Schartan hatte das zu bedeuten? Er witterte Ärger und wäre gern ein wenig abgerückt von ihr; andererseits wollte er Loryane nicht vor den Kopf stoßen.

»Hast du mich auch gern, Waldmann?« Sie war barfuß und trug weder Mantel noch Kettenhemd, nur ihr hellblaues Wollkleid. Ihre dunkle, heisere Stimme ging ihm durch und durch.

»Sicher doch, aber …« Die Schnüre ihres Kleides waren weit geöffnet, der Anblick ihres Busens brachte ihn durcheinander.

»Und findest du mich schön?« Sie rieb ihre Wange an seiner Schulter, fasste seinen Arm und strich mit der anderen Hand über seinen Rücken.

»Weiß der Wolkengott, bin schließlich ein Kerl und hab' Augen im Kopf.« Das zu sagen, fiel ihm leicht; doch nun suchte Lasnic nach Worten. »Aber du weißt sicher, dass ich und Ayrin … dass die Königin und ich …«

»Still.« Sie legte ihm den Finger auf den Mund. »Und du weißt sicher, dass wir Frauen in Garona unsere eigene Art zu lieben haben.« Loryane flüsterte ihm ins Ohr. »Wir Frauen von Garona schauen uns die Männer genau an, die als Väter unserer Kinder in Frage kommen könnten. Und wir wählen den sehr sorgfältig aus, dem wir uns hingeben wollen. Ich habe dich ausgewählt, Lasnic von Strömenholz. Du sollst mein Liebhaber sein.«

Lasnics Ohr wurde ganz heiß von ihrem Atem – und sein Gesicht wurde heiß wegen ihrer Worte. Was geschah hier?

»Du bist zäh, Waldmann, du bist klug und stark. Klüger und stärker als die Ritter, denen ich bisher den Platz in meinem Bett gewährt habe. Du sollst der Vater meiner ersten Tochter sein.«

Lasnic verschlug es endgültig die Sprache. Platz in Loryanes Bett? Vater ihrer ersten Tochter? Hatte ihm denn ein Waldkobold ins Hirn gerotzt? Und als sie dann seine Linke nahm und auf ihre längst entblößte Brust legte, pochte es in seinen Lenden, und sein Mund wurde trocken.

»Komm, du starker Mann.« Sie streifte ihm den Eulenfedermantel von den Schultern. »Sei mein Geliebter.« Sie gab seine Hand frei und zog ihm die Dachsfellweste aus. »Dich habe ich erwählt, komm zu mir.«

Ehe Lasnic sich versah, zog sie sich das Kleid über den Kopf und schlang die Arme um ihn. Sie trug nichts darunter, gar nichts. Ihre Lippen und ihre Haut fühlten sich heiß an, ihr Mund öffnete sich weit, und ihre heiße Zunge forderte seine zum Tanz auf.

Er schüttelte sich. »Warte.« Er löste sein Gesicht von ihrem, schob Loryane ein Stück weg von sich. »Ich muss an Ayrin denken, weißt du? Sie ist doch deine Freundin, und ich …«

»Sie ist eine garonesische Frau wie ich.« Loryane drückte ihn auf seinen Mantel hinunter. »Ayrin erwählt, wen sie will, und ich erwähle, wen ich will.« Sie setzte sich mit gespreizten Schenkeln auf ihn. »Und wenn einer Ayrins Wahl nicht annimmt, wird sie damit umgehen müssen. Und umgehen können.« Loryanes Hände fuhren unter Lasnics Hirschlederhemd und begannen, seinen Bauch zu streicheln. »Sie ist schließlich eine Königin.« Die Kriegsmeisterin beugte sich über ihn. Ihr duftendes Blondhaar fiel auf sein Gesicht.

»Und ich bin der Große Waldfürst.« Lasnic packte ihre Handgelenke und setzte sich auf. »Ich bin Lasnic, der Sohn Voglers – nicht ein einziges Mal bin ich meinem Weib Arga untreu geworden. Solange es lebte nicht!« Der Waldmann langte ihr Kleid aus dem Gras, verdeckte notdürftig ihre Blöße; er begriff selbst kaum, was er da tat. »Versteh mich doch, schöne Kriegsmeisterin!« Er nahm ihr Gesicht in die Hände und sah ihr in die Augen. »Ich wäre kein verfluchter Kerl, wenn ich dich nicht lecker fände und nichts lieber täte, als dich hier und jetzt mit Haut und Haaren zu verschlingen.« Lasnic vermied es, auf ihre Schenkel hinabzuschauen. »Doch da ist Ayrin, verstehst du? Ich liebe sie doch.«

»Liebe kommt und geht, Waldmann.« Im Mondschein erkannte Lasnic, dass sie lächelte. Doch das Lächeln kam ihm kühl und hart vor; ganz so als würde es jeden Moment gefrieren wollen. »Und liebtest du sie wirklich, hättest du ihre Wahl zum Geliebten und Ritter längst angenommen.« Sie nahm ihm das Kleid aus der Hand, entblößte sich wieder.

»Sei nicht böse, aber du redest Eulenscheiße.« Wut regte sich in Lasnics Bauch. »Kein Jagdkerl lässt sich einfach so zum Ritter wählen! Ich jedenfalls nicht, und der Schartan soll mich holen, wenn ich Ayrin nicht dennoch will.«

»Vergiss sie, Waldmann, vergiss sie doch. Wer weiß denn, wie viele Tage dir noch bleiben? Jetzt haben wir Zeit, jetzt sind wir allein, und jetzt schenke ich dir die Gelegenheit, mich zu lieben.« Ihre Hartnäckigkeit raubte dem Waldmann den Atem. »Du kannst in dieser Stunde die Tochter einer garonesischen Hochdame zeugen, Lasnic von Strömenholz – was glaubst du denn, wie viele Ritter in Garona davon träumen?« Sie bewegte ihr Becken auf seinen Lenden hin und her. »Ich spüre doch, wie sehr du das willst«, flüsterte sie lächelnd, »ich spüre doch die harte Kraft deiner Lust an meinen Schenkeln. Komm zu mir, Waldmann.«

Lasnic hockte halb betäubt. Das Verlangen tobte wie Waldfeuer durch sein Blut. Ihre lockende Stimme, ihre Brüste direkt vor seinen Augen, die Wärme ihrer Schenkel – er fühlte sich, als hätte ein Sumpfbär ihm einen Tatzenhieb verpasst. Loryane spürte wohl, dass sie so gut wie gewonnen hatte: Sie lächelte voller Vorfreude, legte ihre weichen Lippen wieder auf seinen Mund und machte Anstalten, Lasnic zurück auf den Mantel zu drücken.

Alles in seinem Körper schrie: *Nimm sie dir! Schon viel zu lange her, dass du ein Weib gehabt hast!* Doch eine andere, noch eindringlichere Stimme in ihm rief den Namen der Geliebten: *Ayrin!* Und ihr schönes Gesicht leuchtete inmitten seiner aufgewühlten Empfindungen auf.

»Ich kann nicht.« Er drehte sich zur Seite, schob die liebeshungrige Nackte von sich. »Beim Großen Waldgeist, ich kann das nicht, schöne Kriegsmeisterin.« Er sprang auf. »Es würde Ayrin wehtun, es würde eure Freundschaft zerstören!« Er raffte seine Sachen zusammen. »Und überhaupt: Es wäre falsch, so grundfalsch! Der Schartan soll mich holen, wenn ich's nicht genau spüre!« Ohne Loryane noch einmal anzusehen, lief er los.

Weg hier! Lasnic lief ein Stück stromaufwärts. *Weg hier, nur weg!* Drei, vier Lanzenwürfe weiter warf er Mantel und Waffen unter eine Weide. Er trat sich die Stiefel von den Füßen, zog sich Hemd, Hosen und Lendenschurz aus. Nackt stieg er in den Strom.

Je weiter er hinausschwamm, je tiefer die Kälte des Wassers ihm in Glieder und Knochen drang, desto klarere Gedanken gelangen ihm wieder. »Gut gemacht, Waldkerl«, keuchte er. »Alles richtig gemacht, dem Großen Waldgeist sei Dank!«

*

Schrat schlug nicht an. Kein einziges Schiff aus Garona fuhr vorüber. Kein Boot, kein Floß, kein Kanu. Während der ganzen Nacht nicht. Lasnic aber tat kein Auge zu. Im ersten Morgengrauen stand er auf, machte Feuer, ging an den Fluss und spießte mit seiner Lanze einen Hecht und vier große Barsche aus dem Schluchtern. Die geschlachteten Fische legte er auf die Steine in der Glut. Aus dem Augenwinkel spähte er zu Loryanes Schlafplatz; ihm war nicht wohl in seiner Waldmannhaut, überhaupt nicht wohl.

Das Prasseln der Flammen und der Bratenduft weckte die anderen. Nacheinander schälten sie sich aus Decken und Mänteln. Graues Licht lag über der Flusslandschaft, die Sonne zeigte sich nicht. Dunst verhüllte den Himmel, Dunstschwaden stiegen aus Gras und Uferböschung. Kaum sah man den Schluchtern noch vor lauter Nebel. Von der letzten Wachschicht brachten Ayrin und ein hinkendes Schwertweib zwei Lederbeutel mit Wasser aus dem Strom mit.

Die meisten nahmen ihr Essen schweigend ein. Lord Frix und die Zwillingsschwestern natürlich nicht. Sie scherzten, die Glücklichen. Joscun studierte die Karte. Pirol Gumpen summte leise vor sich hin. Auch so ein Glückspilz. Lasnic hatte keinen Appetit. Er mühte sich redlich, nicht zu Loryane hinüberzuschauen. Die hockte auf der anderen Seite des Feuers, neben dem Eishünen.

Nach dem Frühstück durchsuchte Lasnic seinen Rucksack nach einem Feuerstein und leerte ihn aus. Seine Habseligkeiten fielen ins feuchte Gras: seine Schatulle, ein kleines Beil, ein Hanfseil, ein paar Nägel, Werkzeug, Stäbe und Scheiben, um »Turm von Garonada« zu spielen, ein paar Kapseln, die man in den Wäldern benutzte, um Kolks oder Kormorane mit Botschaften wegzuschicken.

Lasnics Blick fiel auf seine alte Schatulle, und augenblicklich stieg ihm das Heimweh in die Brust. Er öffnete das Kästchen, alles noch da: seine Milchzähne, die Haarsträhnen von Arga, ihr Haartuch, der Mutterzopf, die kupfernen Ohrringe seiner Mutter, Voglers Gürtelschnalle und der Plan vom Mündungsdelta des Stomms, den sein Vater ihm vor so vielen Sommern gezeichnet hatte.

Er schärfte sein Messer an einem Feuerstein und stutzte Bart und Haar. Lord Frix hielt ihm dabei den Harnisch vors Gesicht, den er den Tarkanern gestohlen hatte. Mit Fischfett hatte er ihn so blank gerieben, dass der Waldmann sein Spiegelbild darin erkennen konnte. Es gefiel ihm nicht an diesem Morgen.

Ayrin blieb still am Feuer sitzen. Lasnic merkte, dass sie ihn beobachtete. Und dass sie lächelte, merkte er auch. Das wiederum gefiel ihm. Lange her, dass er so viel Zufriedenheit in ihren schönen Zügen gesehen hatte. Der Anblick heiterte ihn ein wenig auf.

Er zeigte ihr, Thora und dem blonden Wigard, wie man den übrig gebliebenen Fisch über dem Feuer aufhängen musste, um ihn zu räuchern. In Garona konnten das nur Schwertlose, die für den Fischfang zuständig waren. Die junge Schwertdame aus Seebergen und der Weihritter verschlangen einander mit verliebten Blicken. Lasnic hatte seinen Spaß daran.

Romboc verteilte die Arbeit, die bis zum Sonnenuntergang erledigt werden musste: jagen, fischen, geeignete Bäume ausspähen, Stämme fällen und entasten, Lianen und Schilfgras suchen und Seile daraus flechten. Es gab viel zu tun.

Die Kriegsmeisterin zeterte mit den Schwertweibern herum. Nichts konnte man ihr recht machen an diesem Morgen. Sogar Lord Frix und Pirol Gumpen fuhr sie an. Gewaltig schlechte Laune hatte sie, keinem entging es. Lasnic vermied es, sie anzuschauen.

Als ihre Blicke sich doch einmal trafen, blitzte sie ihn zornig an. Loryane war beleidigt, keine Frage. Der Waldmann konnte sie schon verstehen.

Später, in der von Dunst verschleierten Uferböschung, suchten Lasnic und Joscun nach Stämmen für den Floßbau. Vor allem Ulmen und Birken wählten sie aus – nicht zu alt, nicht zu stark und möglichst gerade. Die Männer fällten sie und schlugen die Äste ab. Lord Frix hielt sich an die Weiber. Typisch. Mit den Zwillingsschwestern sammelte er Beeren und wilde Früchte. Ayrin, die Kriegsmeisterin, Thora und die anderen beiden Schwertweiber, deren Beinverletzungen sich langsam, aber stetig besserten, kümmerten sich um Lianen und Schilfgras für die Seile.

Nach und nach löste die Sonne die Dunstschwaden auf. Gegen Mittag waren die Stämme für die Flöße gefällt und von Geäst befreit. Joscun ließ sie zu vier Flößen zusammenlegen. Am frühen Nachmittag zog der Himmel sich zu. Um diese Zeit gab es bereits genug geflochtene Stricke, um die ersten Stämme aneinanderzubinden. Ein Floß nach dem anderen entstand. Auch diese Arbeit beaufsichtigte Joscun.

Gegen Abend gingen Lasnic und Lord Frix auf die Jagd. Sie schossen ein paar Tauben und zwei junge Wildschweine. Regentropfen klatschten in die Baumkronen, als sie in der Dämmerung mit geschulterter Beute den Rückweg antraten. Irgendwo im Geäst hörte Lasnic Schrat krächzen. Er dachte an Ayrin. Und an den nächtlichen Besuch der schönen Kriegsmeisterin unten am Strom. Ein schlechter Geschmack kroch ihm auf die Zunge.

Schwierig, diese eigensinnigen Weiber von Garona. Kommandierten sich einfach einen Kerl ihrer Wahl in die Arme; und wenn ihnen danach war, auch gleich zwischen die Beine. Wirklich schwierig. Und nichts für einen Waldmann. Gnädig erwählter Vater der ersten Tochter einer Hochdame? Ritter einer Königin? Nichts für einen Waldmann, weiß der Wolkengott. Andererseits verlangte jede Faser seines Leibes nach Ayrin, dachte jede seiner Hirnwindungen an sie.

»Was isch los mit dir, o Lord?« Lord Frix ließ seinen Frischling ins

Unterholz fallen und verschnaufte. »Warum schwädzsch nix? Hasch Müh mit de Weiba?«

»Rede keine Eulenscheiße.« Mit unwilliger Geste deutete Lasnic auf den Frischling. »Schaffst du diese Handvoll Fleisch allein, oder soll ich deine Beute auch noch ins Lager schleppen.« Lasnic trug schon die Tauben und das größere der beiden Wildschweine.

»Habse doch heud Nacht außem Lager schlaiche g'sehe, die fesche Kriegsmeischderin. Mit nackde Füß' unnem Klaid mit nix drunna.« Frix bückte sich nach seinem toten Schwein. »Un wie schnell se z'rückkomme isch, und wie finschder se glodzd hat! Ganz närrisch warse noch heud Morge.« Er grinste und machte eine obszöne Geste. »Hat ned kriegt, wasse g'wolld hat, isch so, odda?« Feixend schüttelte er den Kopf.

»Schon möglich.« Der Regen wurde stärker. »Gehen wir weiter.« Lasnic wandte sich ab und stapfte dem Strom entgegen.

»Du bisch mer vielloicht oiner, Lord Lasnic.« Lord Frix hinter ihm kicherte. »Un mit de annere laaft's au ned, wie's laafe müssd, was?« Lasnic schwieg. »Nimms mer ned grumm, wenn ich's frei rausschwädze du: Du kummsch mer bissl vor wie'n Afänger.«

»Halt's Maul, Frix.« Lasnic brummte missmutig. Schweigend näherten sie sich dem Lager. Trotz des Regens stieg dort Rauch von zwei Feuern auf. Lasnic dachte an die vielen Liebhaberinnen, die der baldorische Dieb genossen hatte, seit er ihn kannte. Verrückter Kerl! Aber hatte ihm das jemals Ärger mit den Weibern eingebrockt? Lasnic konnte sich nicht daran erinnern. »Wie müsste es denn laufen deiner Meinung nach?«, fragte er zerknirscht.

»Gucksch hald mi an, Kerl. Müh mit de Weiba? Des gibt's gar ned beim Lord Fridóllusac Rutten Ivúsan Xundóris. I fackel ned lang, woisch? I mach Näggel mit Köpf, un gud isch.«

Der Regen perlte von Lasnics Eulenfedermantel und vom grauen Gefieder der erbeuteten Tauben ab. Es wurde dunkel. Im Feuerschein des Lagers konnte Lasnic schon den Blondschopf der Kriegsmeisterin erkennen. Und Ayrins roten Wollmantel; ihr schwarzes Haar war ganz lockig vom Regen. *Nägel mit Köpfen.* Was beim Schartan bedeutete das?

Gumpen und zwei Schwertdamen stemmten ein Floß hoch. Bauten sie einen Unterstand? Der Waldmann versuchte zu verstehen, was Frix ihm gesagt hatte. Gar nicht so einfach. Und als er es dann doch verstanden hatte, dachte er darüber nach. Er kam zu dem Schluss, dass der Baldore in Liebesdingen aus ganz anderem Holz geschnitzt war als er. Doch wo er recht hatte, hatte er recht.

Was für eigenartige Redensarten sie pflegten in Baldor: *Nägel mit Köpfen.* Ob er es einfach machen sollte wie zu Hause im Wald? Sich das geliebte Weib nehmen und Schluss? Dann würde ihm so etwas wie in der vergangenen Nacht nicht mehr passieren; dann würde ein für alle Mal klar sein, wie es stand zwischen ihm und Ayrin. Und für sie und ihn selbst auch.

Doch es wollte ja nicht mit ihm an den Stomm, dieses eigensinnige Geschöpf! Wollte ja um jeden Preis Königin spielen und zurück nach Garona gehen! Dem Volk beistehen, das Reich zurückgewinnen, den Heldentod sterben. Marderscheiße!

Pirol Gumpen klatschte in die Hände, als er die Schweine und Tauben sah. Er selbst hatte mit seinem Dreizack vier große Fische aufgespießt. Im letzten Tageslicht schlachteten sie und bereiteten das Essen zu. Joscun, Gumpen und Wigard hatten bereits ein paar dünne Stämme geschlagen und rund um eine Buche in den Boden gerammt. Nun setzten sie ein Dach aus vier Flößen darauf und verstrebten und befestigten den Unterstand.

Ayrin ließ die Schuppenhaut der Sumpfechse darauf ausbreiten. So wurde sie zwar wieder nass, doch das Dach dafür dicht. Die Schwertdamen schlugen Geäst mit dichtem Laub und häuften sie zusätzlich auf dem Unterstand an. Die dreizehn Gefährten mussten sich eng um die beiden Feuer drängen, damit sie im Trockenen essen konnten.

Gumpen stimmte sein Nachtlied an, die meisten sangen mit. Loryane nicht. Mit harter Miene starrte sie in die Glut. Manchmal hob sie den Kopf, und der kühle Blick ihrer hellblauen Augen traf Lasnic wie ein Lanzenwurf. Das machte ihn jedes Mal ganz ratlos.

Die Glut erlosch nach und nach. Nur das Feuer unter den Fischen schürten Wigard und Thora weiterhin. Starkregen prasselte auf den Unterstand. Im Liegen zu schlafen war ausgeschlossen, entweder wären die Beine nass geworden oder der Kopf. Selbst als die erste Wachschicht ihre Posten bezogen hatte und die Schläfer sich den knappen Platz rund um die Buche nur noch zu neunt teilen mussten, selbst dann konnte keiner sich ausstrecken, ohne nass zu werden. Also schliefen sie im Sitzen und an den Baum gelehnt. Ayrin schmiegte sich an Lasnic, Lord Frix an die Zwillinge, Wigard an eine Schwertdame und Loryane an Pirol Gumpen. Bei jedem Wachwechsel fuhren alle aus dem Schlaf hoch.

Lasnic übernahm die letzte Wache; Wigard löste ihn ab. Widerwillig legte der Waldmann die schlafende Königin in die Arme des jungen Ritters, stand auf und ging zum Strom hinunter. Der Regen hatte aufgehört, der Mond schien durch die Lücken der aufreißenden Wolkendecke.

Auf halbem Weg ragte ein großes Tier aus Gras und Gebüsch. An den leicht gebogenen und kräftigen Hörnern erkannte Lasnic Ritter Braun. Eine Lederdecke spannte sich von Gehörn und Sattelknopf drei Schritte weit bis zu zwei dicht zusammenstehenden Birken. Darunter kicherte und keuchte es. Lord Frix natürlich, wer sonst? Die Stimme der Frau klang nach Feline. Oder nach Garonja? Die Töne, die sie von sich gab, ließen an Deutlichkeit nichts zu wünschen übrig. Lord Frix machte mal wieder Nägel mit Köpfen.

Lasnic vermied den Platz am Ufer, wo Loryane ihn in der vergangenen Nacht um ein Haar verführt hätte; er traute der hartnäckigen Kriegsmeisterin durchaus zu, ihr Glück noch einmal zu versuchen. Erst ein paar hundert Schritte weiter ließ er sich nieder; unter der Weide, wo er in den Strom gestiegen war.

Er saß noch nicht lange, da hörte er schon wieder Gras unter Stiefeln rascheln. Lasnic verdrehte die Augen. Gütiger Wolkengott – sie gab einfach nicht auf. Und diesmal würde sie ihm wahrscheinlich das Messer an die Kehle drücken, damit er ihr die Tochter machte. Wie viele Generationen von Schlappschwänzen hatten bloß das arme Reich von Garona geschwächt, bevor es sich Sachen wie »Hochdamen« und »Kriegsmeisterinnen« gefallen ließ? Der

Waldmann packte Lanze und Bogen, sah sich nach einer Deckung um.

»Lasnic?« Die Schritte kamen rasch näher. Der Waldmann, schon auf dem Weg unter den dichten Kronenschleier der nächsten Weide, blieb stehen und spähte hinter sich. »Wo bist du, Lasnic?« Eine Frau trat aus Geäst und Laub. So geschmeidig und anmutig bewegte sich nur eine der Gefährtinnen. Ayrin.

Nein, kein Phantom narrte ihn – das war sie. In ihrem dunkelroten Mantel stand sie im Laub der Weide und blickte sich suchend um. »Ich weiß, dass du hier bist.«

»Stimmt.« Er machte kehrt, ging zu ihr.

»Wolltest du dich vor mir verstecken?« Sie schlang die Arme um ihn, drückte sich an ihn. Beim Wolkengott, wie gut sich das anfühlte! »Warum denn?«

»Ich wollte erst einmal sehen, wer da kommt.« Er zog sie neben sich ins Gras, legte den Arm um sie. »Hätte ich mich verstecken wollen, hätte ich mich dir kaum gezeigt.« Kein Wort über Loryane, bloß nicht!

»Ich musste einfach zu dir.« Sie löste sich aus seinem Arm, nahm sein Gesicht zwischen die Hände und küsste ihn. »Ich musste.« Und wieder küsste sie ihn. »Endlich allein mit dir.« Der dritte Kuss, und diesmal ein schier unendlicher. Nicht einmal unter der Sommersonne im Bärensee zu treiben war so schön.

Atemlos ließ sie irgendwann doch von ihm ab. »Verzeih, dass ich so fern war die ganze Zeit, so wortkarg. Böse Tagen liegen hinter mir, weißt du?«

»Hinter uns allen.« Er küsste ihren Hals, strich ihr das Haar aus dem Gesicht, versuchte ihre Augen zu erkennen. »Gut, dass du gestern Nacht deine Hand nach mir ausgestreckt hast.« Ob er der Kriegsmeisterin sonst widerstanden hätte? »Gut dass du zu mir gekommen bist.«

»Der Überfall der Bestien, der Tod von so vielen guten Frauen und Männern.« Ayrin streifte sich den Mantel ab. »Und dann meine Freundin, die Herzogin von Schluchternburg …« Sie schüttelte sich. »Ich kann es immer noch nicht glauben.«

»Das kapier' ich doch.« Kein Wort von den letzten Sätzen der verstorbenen Freundin. Die Weiber von Garona waren Geheimniskrämerinnen, er würde sich dran gewöhnen müssen. »Bin ja auch nicht aus Eichenholz.«

»Ich weiß, Lasnic. Lass uns in die Zukunft blicken.« Jetzt konnte er deutlich erkennen, dass sie lächelte. »Wer weiß denn, wie viel Zeit und noch bleibt.« Hatte Loryane nicht etwas Ähnliches gesagt? »Lass uns dort anknüpfen, wo uns der Angriff der Echsen unterbrochen hat. Komm zu mir. Sei mein Geliebter.« Sie schmiegte sich an ihn.

Heiß fuhr es ihm in alle Glieder. »Kein Jagdkerl tut zwei Dinge gleichzeitig. Für die Liebe braucht es einen ganzen Mann mit wachen Sinnen«, sagte er. »Für die Wache leider auch.«

»Nicht wenn man einen geflügelten Wächter hat, der stromaufwärts wacht und schneller ist als ein Mensch.« Sie ließ sich ins feuchte Gras fallen und zog ihn mit sich. Und Lasnic machte sich so leicht, dass sie nicht die geringste Kraft dazu brauchte. »Das ist schön«, flüsterte sie. Er umarmte sie, küsste sie wieder auf den Mund. Und als wollte sie in ihn hineinkriechen, schlang Ayrin sämtliche Glieder um ihn. Das fühlte sich an wie nach Hause kommen.

»Komm zu mir«, sagte sie irgendwann. »Zieh mich aus, halt mich fest, komm zu mir.« Er streifte ihr die Kleider ab, und Ayrin half ihm aus seinen. Schon drängte ihr warmer Körper sich an ihn. Lasnic schlang seine Arme um sie und hielt sie eine Zeitlang fest, ganz fest.

»Endlich«, seufzte sie. »Endlich bei dir…« Ihre Lippen tastete sich über seinen Hals zu seinem Gesicht hinauf, fanden wieder seinen Mund. Sie küssten sich zaghaft und behutsam, sie küssten sich sehnsüchtig und wild, sie küssten sich, bis ihre Gesichter nass und ihre Lippen taub waren.

Mit Lippen und Händen erkundete Lasnic ihren Körper. Ihre Haut schmeckte nach Holunderöl und wildem Honig. Wie feuchtes Wildleder fühlte sie sich an. Ayrin fuhr dem Spiel seiner Brustmuskeln nach, suchte tastend seine Hüften, und er spürte ihre Schulterblätter unter ihrer Haut auf und ab tanzen.

»Mein Herz brennt nach dir, Waldmann«, flüsterte sie. »Nimm es ganz fest in deine Hände und lösche es, bevor es verglüht.« Er hörte ihren Atem fliegen und fühlte, wie sie bebte und sich unter ihm bog.

»Ich bin hier«, flüsterte Lasnic. »Ich nehm' dein Herz, du süßes Weib, und glaub bloß nicht, dass ich es je wieder loslasse.«

Er küsste und streichelte sie, küsste und streichelte sie überall. Mit zärtlichen Fingern streichelte und dehnte er die noch ungebrochene Blüte ihres Schoßes, bis sie bereit war, ihn aufzunehmen. Kurz straffte sich ihr Leib in seinen Armen, als er sie nahm, und sie seufzte tief, doch gleich verlangte ihre Zunge wieder nach ihm, ihr Flüstern, ihre anmutigen Bewegungen. Lasnic gab sich ihrem Liebestanz hin und brachte sie dazu, sich ganz und gar seiner Kraft zu überlassen. Ihr Seufzen und Stöhnen und Flüstern und Lachen verschmolz zu einem einzigen großen Atemzug.

*

Sie hatten lange, dünne Birkenstämme geschlagen. Mit ihnen stakten sie die Flöße und hielten sie in der Mitte des Stromes. Viel mehr war nicht nötig, denn die Strömung trug sie schneller stromabwärts, als sie es erwartet hatten. Es regnete beinahe ununterbrochen, schon den zweiten Tag. Wer nicht gerade mit Staken an der Reihe war, verkroch sich unter Mänteln, Decken oder der Echsenhaut. Doch Schutz vor dem Regen bot auf die Dauer weder das eine noch das andere.

Lasnic und Gumpen stakten von Sonnenaufgang bis Sonnenuntergang. Nachts, während des Schlafs, dem Regen ausgesetzt zu sein machte ihnen nichts aus. Der Nordhüne, auf dem letzten Floß der Kolonne, sang sogar.

Vor allem Lasnic war feuchtes Wetter gewohnt – von vielen Jagdzügen am Stomm. Auch Romboc sah man nicht an, dass er unter dem Regen litt; die anderen zehn jedoch sprachen kaum noch ein Wort, und einer machte eine trübsinnigere Miene als der andere.

Ritter Braun hatte sich neben Lord Frix und den Zwillingsschwestern auf deren Floß ausgestreckt. Von Zeit zu Zeit tauchte er die bärtige Schnauze ins Wasser und soff. Schrat hockte meistens reglos auf seinem Rücken oder seinem Gehörn. Den Tieren machte der Regen genauso wenig aus wie dem Waldmann.

Am Abend des zweiten Tages stieg der Schluchtern über die Ufer, riss Laub und Geäst mit. Die Strömung wurde stärker und wühlte den Uferschlamm auf. Als der dritte Tag heraufdämmerte, regnete es zwar nicht mehr, doch die Gefährten fanden sich auf einer gurgelnden und brodelnden und an manchen Stellen vier Lanzenwürfe breiten Trasse aus braunem Wasser voller Treibgut wieder. Auf ihr trieben sie schneller und schneller nach Süden.

Romboc ließ die restlichen Seile mit Gürteln, Bändern und Lanzen verknüpfen und so die fünf Flöße miteinander verbinden. Stromschnellen und Strudel hätten die Kolonne sonst auseinandergerissen. Zum Glück griffen weder Echsen noch Mammutkröten sie an. Daran erinnerte Lasnic von Zeit zu Zeit, um den Mut der Gefährten ein wenig zu heben.

Schließlich bäumte der Spätsommer sich noch einmal auf: Der Südwind, der den Regen gebracht hatte, wehte mit ihm auch warme Luft an die Küste und in die Sümpfe. Am frühen Nachmittag riss endlich der Grauhimmel auf, und die Sonne strahlte auf die dreizehn nassen Gestalten und ihre Flöße herab. Loryane, auf dem vordersten Floß, entdeckte gegen Abend endlich die Brücke. Sie hatten die Alte Karawanenstraße erreicht.

Lasnic verstand sich darauf, auch aus feuchtem Holz Feuer zu machen. In der Uferböschung versammelten sie sich um Flammen und Glut, trockneten Kleider und Decken, wärmten den Rest des Wildschweins auf, fuhren fort, Fisch zu räuchern. Unter der Brücke legten sie sich schlafen.

Früh am nächsten Morgen brachen sie auf. Die Alte Karawanenstraße erkannte man nur daran, dass Büsche und Sträucher statt Bäume auf ihr wuchsen. Es gab kaum Unterholz auf dem etwa zwei Lanzenlängen breiten Weg, und das Gras stand nicht ganz so hoch wie an seinem Rand. Dreimal stießen sie auf Tiergerippe am Wegrand: Knochen eines Elchbullen, einer Reitziege und eines großen, gehörnten Tieres, das Lasnic nicht kannte. Lord Frix nannte es »Wakudo«.

Zwei Tage lang zogen die Gefährten der alten Handelsroute entlang nach Nordosten. Lasnic hatte nicht den Eindruck, dass sie besonders schnell vorankamen. Am dritten Tag, gleich in den Morgenstunden, entdeckte er Spuren von Menschen – zuerst Fußabdrücke, dann menschlichen Kot, gegen Mittag eine Feuerstelle mit abgenagten Tierknochen. Ein paar Schritte neben der Feuerstelle, zwischen Steinen, fanden Wigard und Garonja einen zerbrochenen Krummsäbel.

Sofort versiegte jedes Gespräch. Stumm standen sie um die Steine herum und betrachteten die beiden Klingenteile. Keine Spur von Rost, und die Blutspuren am Griffkorb sahen aus, als wären sie nicht älter als höchstens drei Tage.

»Schauen wir den Tatsachen ins Auge«, brach Joscun irgendwann das Schweigen. »Dann können wir uns am besten dagegen wehren: Blutsäufer sind in der Nähe.«

»Die Stoi sehet aus, als hätt' oiner uff ihne rum'drosche wie uff'm Amboss«, sagte Lord Frix. Die anderen nickten.

Sorgfältig suchten sie die Feuerstelle ab. Sie entdeckten eine dutzendfach zerkerbte Speerspitze und zerschlagene Kettenglieder. Lasnic fand zwei Fährten, eine führte nach Norden in Gras, Unterholz und Laubwald hinein, die andere nach Süden, zur Küste. Der Waldmann prüfte sie genau. »Nach Norden in den Wald sind neun Menschen gelaufen, der leichteste etwa von Thoras Gestalt, der schwerste ungefähr von Rombocs. Zur Küste hin führen die Spuren von fünf kleineren und leichteren Menschen.«

»Woran kannst du das erkennen, Waldmann?«, wollte Joscun wissen.

»Der Bode isch noch weich vom Rege«, antwortete Lord Frix an Lasnics Stelle, »je schwerer du bisch, desto tiefer sinksch halt oi.«

»Dann haben wir es mit ziemlich großen Blutsäufern zu tun«, sagte Ayrin.

»Oder mit Garonesen, die vor ihnen geflohen sind.«

»Finden wir es heraus«, schlug Romboc vor. »Nicht, dass uns jemand in den Rücken fällt. Eine Hälfte folgt der Fährte in den Wald, die andere der zur Küste. Spätestens eine Stunde vor Sonnenaufgang treffen wir uns wieder hier.«

Ayrin und Loryane waren einverstanden, die Gefährten trennten sich. Gumpen und die Weiber marschierten ins Unterholz, Romboc und Lasnic führten die Männer nach Süden. Ritter Braun und das Gepäck samt Echsenhaut ließen sie an der Feuerstelle zurück. Schrat blieb beim Steinbock und dem Gepäck.

Nach zwei garonesischen Meilen etwa blieb Lord Frix stehen und schnüffelte. »Es schmackd nach Meer.«

»Was sagt er?« Joscun runzelte die Stirn.

»Er riecht das Meer.« Lasnic deutete nach Süden. Dort zeichneten sich Umrisse von Dünen vor dem Blauen Himmel ab. »Die Küste.«

Von nun an schlichen sie in geduckter Haltung und mit Lanzen, Schwertern oder Armbrüsten in den Händen weiter und nutzten die Deckung jedes Strauches, jeder Bodenkuhle aus. So dauerte es eine Zeitlang, bis sie die Kuppe der Dünenkette erreicht hatten. Dahinter erstreckte sich ein breiter Sandstrand. In der Brandung, an einen tief in den Boden getriebenen Speer befestigt, schaukelte ein Ruderboot. Draußen auf dem Meer, höchstens vier Lanzenwürfe entfernt, lag ein Schiff vor Anker. Der Südwind wehte Lärm wie von lauten Schlägen zu ihnen auf die Dünen herauf.

»Seht ihr die Fahne am Hauptmast?«, fragte Wigard, und seine Stimme klang ungewöhnlich heiser.

»Verfluchte Marderscheiße!«, zischte Lasnic. »Ein Bocksschädel. Und dahinter kreuzen sich Axt und Säbel.«

»Blutsäufer.« Joscun sog scharf die Luft durch die Nase ein. »Dachte ich's mir. Hoffentlich laufen der Eiswilde und unsere Damen ihnen nicht in die Arme.« Hundert Falten türmten sich auf seiner Stirn.

»Sie sind zu acht«, sagte Romboc, »und sie kämpfen für achtzig, wenn es drauf ankommt.«

Lasnic konnte sich seine Überraschung nicht verkneifen. Der abgebrühte Erzritter war sonst nicht der Mann für Übertreibungen.

Aufmerksam musterte er seine bullige Gestalt und seine verwitterte Miene. Oder meinte er das etwa ernst?

»Un jedzat?« Lord Frix kaute an seinem linken Daumennagel herum. »Was isch jedzat, wie gehe ma voa?«

»Flüchten oder kämpfen.« Man hörte dem jungen Weihritter an, dass er die Flucht für vernünftiger hielt. Lasnic sah das im Grunde genauso.

Nicht so Romboc. »Wir müssen der Königin und den Schwertdamen den Rücken freihalten. Also werden wir kämpfen.«

»Zu fünft?« Joscun machte kein Geheimnis aus seinen Zweifeln.

»Zu fünft.« Romboc deutete auf den Baumeister. »Du und ich, wir nehmen das Boot.« Nacheinander sah er Lasnic, Wigard und Lord Frix in die Gesichter. »Und eure Kleider und Schwerter. Ihr schwimmt. Packt eure Köcher, Armbrüste und Jagdbogen auf größere Stücke Treibgut. Ihr entert das Schiff, Joscun und ich lenken ihre Aufmerksamkeit auf uns.«

Wigard wurde bleich. Lord Frix kaute nun auch am rechten Daumennagel. Lasnic zog den Rotz hoch und spuckte aus. »Wie du meinst, mein Erzritter.« Er versuchte zu grinsen, dabei zuckte sein Auge, und er musste elend dringend pissen auf einmal. »Schwachsinn, aber wenn du unbedingt willst, entern wir ihr Schiff, klar. Ist ja ganz einfach.«

»Spiel nicht den Zauderer, Waldmann. Steht dir nicht.« Romboc drückte seinen Zeigefinger auf eine Ausbeulung unter Lasnics Hirschlederhemd. »Du weißt, welche Waffe du hier auf der Brust trägst, und ich weiß es auch.«

Lord Frix, Wigard und Joscun guckten Lasnic fragend an, doch der antworte nicht, zog nur die Brauen hoch und staunte: Woher wusste Romboc, dass er den Ring um den Hals trug?

Sie schlichen zum Ruderboot. Bis vor kurzem hatte ein zweites neben ihm gelegen. Sie warfen ihre Kleider und ihre Schwerter hinein. Der Waldmann trennte sich nur ungern von seiner Lanze und vom baldorischen Kurzschwert seines Vaters. Und von seinem Rucksack mit der alten Schatulle erst nach einem Stoßgebet zum Wolkengott. Wigard und Lord Frix huschten nach links in die

Brandung, Lasnic nach rechts. Die Lederkapsel mit dem Ring hatte er nicht abgelegt.

Er schwamm zunächst ein Stück am Strand entlang. Schließlich fand er ein Brett und legte Jagdbogen und Köcher darauf; sein Messer klemmte er sich zwischen die Zähne. Bäuchlings schob er Brett und Jagdbogen in die Brandung und sich selbst hinterher.

Bald schwamm er durch die Wogen in einem weiten Bogen der Galeere von den Tausend Inseln entgegen. Lord Frix und Wigard würden es genauso machen. Von zwei Seiten wollten sie das Schiff anschwimmen.

Einen Atemzug lang irrten seine Gedanken ab an den Stomm, in die heimatlichen Wälder. Nicht mehr lange, und er würde zu Hause gegen die Bräunlinge kämpfen – falls nicht der Wilde Axtmann ihn dort auf der Galeere erwartet; und falls Kauzer Gnade walten ließ und ihn wieder in die Gemeinschaft der Jäger aufnahm. »Halt mich heute noch fern vom Vorjahrslaub, Wolkengott«, murmelte er, und sein Auge zuckte heftiger. »Damit ich mich bald an der Seite meiner Jagdbrüder mit diesen Drecksäcken da prügeln kann.«

Die Schläge von Bord tönten lauter. Flüche und Geschrei mischten sich in den Lärm. Das alles klang bedrohlich. Hinter der Reling oder im Ausguck konnte Lasnic allerdings niemanden erkennen. Unbemerkt gelangte er bis zu Ankerkette. Er pulte den Ring aus der Lederkapsel und steckte ihn an die Linke.

Noch ein Stoßgebet, an den Großen Waldgeist diesmal, danach an der Ankerkette die Bordwand hinauf und über die Relingbalustrade. Niemand zu sehen. Er winkte ans Ufer – Romboc und Joscun schoben bereits das Boot in die Brandung.

Lasnic zog den Bogen von den Schultern. Das Messer zwischen den Zähnen und triefend nass huschte er zum Heck. Lord Frix und Wigard warteten schon unten an der Bordwand. Auf und ab schaukelten sie, Wellen schlugen über ihren Köpfen zusammen. Beiden klemmten Klingen zwischen den Zähnen. Ein toter Fisch, fast so groß wie der Baldore, schaukelte zwischen ihnen. Auf dem lagen ihre Köcher und Armbrüste.

Der Waldmann suchte ein Seil und ließ es zu den beiden Schwimmern hinunter. In gleichen Moment tönte eine Stimme vorn am Bug.

»Sie kommen!«, schrie jemand. »Sie kommen schon zurück!« Dann polternde Schritte auf der Treppe zum Unterdeck. Lasnic spannte einen Pfeil in den Bogen und warf sich hinter eine Kiste in Deckung.

10

Überall Menschen. Unter den Brombeerhecken, auf den Dächern der Gewächshäuser, zwischen den Bäumen der Obstplantagen, unter den Sonnenspiegeln, an den Ufern der Bewässerungskanäle – überall saßen oder standen sie und reckten die Hälse, um einen Blick auf ihre neue Königin zu erhaschen. Wenn Lauka sich näherte, verstummte die Menge in den Terrassen, wenn sie sich entfernte, hoben hinter ihr Getuschel und Palaver von neuem an, und vor ihr, rechts und links der Schiefertreppe, wurde es auf einmal still.

Laukas Gedanken waren ein schwarzer Wirbel aus Trauer und Angst. Sie kreisten um Starian, um die bevorstehende Begegnung mit dem Tarbullo Zlatan, um den Schädel ihres Vaters und um seine verdorrte Hand. Vor allem um sie. Ein Büschel Schwarzhaar hatte zwischen den toten Fingern gehangen. Das ging ihr nicht aus dem Kopf.

Sie vermied den Blick in die Menge, starrte die meiste Zeit Wolfruns und Hectors Rücken an; beide stiegen vor ihr die breite Treppe in die Terrassengärten hinauf. Laukas Glieder waren schwer, ihre Knie weich, unter ihrer Schädeldecke schien ein Helm aus Gusseisen auf ihr Hirn zu drücken, ihre Brust fühlte sich an wie ein mit Geröll gefülltes Loch. Trauer und Schmerz betäubten sie und scheuerten zugleich ihr Herz wund.

Mein Vater. Warum hast du mich verlassen? Wer wird mir jetzt beistehen? Wer wird mir helfen, meine Macht zu festigen, die Blutsäufer zu besiegen und das Reich zurückzugewinnen? Mein Vater, mein Vater!

Sie dachte an Wilmis und an Raban, der neben ihr schritt; sie dachte an Boras, Hector und wieder an Starian. Zu fett, zu dumm, zu unzuverlässig, zu jung, zu krank. Wahrscheinlich erlag Starian gerade seinem Fieber, während sie hier einem Ort entgegenstieg, von dem sie nicht wusste, ob es ihn wirklich gab.

Warum?, schrie es in ihr. *Warum widerfährt mir so viel Unglück?* Im Geist rief sie die Große Mutter an. *Gibst mir einen Vater, nur um ihn mir gleich wieder zu nehmen? Gibst mir das Reich, nur um es mir wieder zu entreißen? Gibst mir die Zauberkraft einer Magierin, nur um sie mir wieder aus der Hand zu schlagen? Was bist du für eine grausame Göttin!*

Manchmal, mit einem gefrorenen Lächeln auf den bleichen Zügen, manchmal wagte sie es und schaute auf die Menge rechts und links der Treppe. Sie spähte dann immer über die Scheitel der Menschen hinweg, denn von Mauritz wusste sie, dass einer, über dessen Scheitel man lugte, sich dennoch angeschaut fühlte.

In der Stadt unten – abgesehen von der Wehrmauer, den Lazaretten und den Kriegsküchen – unten in Blauen sah man überwiegend menschenleere Gassen, verlassene Plätze und stumme Straßen. Und das, obwohl die Blutsäufer weder die Mauern stürmten noch Felsbrocken in die Stadt schleuderten, seit Lauka mit dem Tarbullo gesprochen hatte. Doch die Menschen trauten der Ruhe nicht und drängten sich hier oben in den Terrassengärten und außerhalb der Reichweite der tarkanischen Katapulte. Die meisten waren Flüchtlinge aus Garonada, Violadum, Rothern und Seebergen. Kaum einer aus Weihschroff und Schluchternburg, den beiden Städten im Osten. Warum nur wurden die Leute so still, sobald sie sich ihnen näherte?

Wenigstens grüßten sie. Wenn auch nicht gerade euphorisch. Vermutlich hatte die Masse der Garonesen sich noch immer nicht an den Gedanken gewöhnt, dass nun nicht mehr Ayrin, sondern sie, Lauka, Königin von Garona war. Oder vermissten sie Ayrin etwa? Lehnten sie ihre neue Königin womöglich ab? Lauka versuchte, nicht an diese Möglichkeit zu denken.

»Sie will dich töten«, raunte Raban neben ihr. Er schnaufte wie ein alter Bergesel, der zum ersten Mal den Hohen Grat über dem Gletscher des Garonits erstieg.

»Wer?« Ihre Gedanken kreisten noch immer um die Stimmung in ihrem Volk; sie begriff nicht gleich, worauf der Erzritter hinauswollte. »Wer will mich töten?«

»Die Hohepriesterin der Blutsäufer.«

»Wie kommst du darauf, Erzritter?« Lauka musste an die Scheu in Mauritz' Miene und die Heiserkeit in seiner Stimme denken, wenn er von der Magierin gesprochen hatte.

»Boras hat es mir vorhin erzählt und mich gebeten, es dir auszurichten. Neue Flüchtlinge aus Garonada sind über einen südlichen Kamin auf den Blauphir gestiegen; Boras selbst hat sie hinunter nach Blauen geführt. Eine Majordame darunter will gehört haben, wie dein Vater und die Priesterin miteinander stritten. Es ging um dich und deinen Tod.«

»Wo haben sie gestritten? Wann?«

»In der Königinnenburg, kurz bevor die Blutsäufer Garonadas Südtor erstürmten.«

»Wo ist diese Majordame jetzt?«

»Sie liegt verwundet im Lazarett am Nordtor.«

»Schicke zwei Schwertdamen zu ihr. Die sollen sie bewachen, damit sie nicht flieht!«

»Warum sollte sie fliehen, meine Königin?«

»Tu, was ich dir sage, Erzritter! Nachher, auf dem Weg zum Tor, will ich sie sehen und sprechen.«

Raban drehte sich nach seinen Gardistinnen um und gab den Befehl weiter. Zwei blonde Schwertdamen machten kehrt und stiegen wieder in die Stadt hinunter.

Laukas Gedanken kreisten um die Haare in der toten Hand ihres toten Vaters. Ayrins Haare? Lauka hatte keinen Beweis dafür und war sich dennoch sicher: Ayrins Haare. War es etwa ihre Schwester gewesen, die Mauritz den Kopf abgeschlagen hatte? Wie siedende Hitze stieg ihr der Hass aus den Eingeweiden in Brust und Schädel.

»Da!« Ihr Blick fiel auf eine Felswand und auf Weinranken. »Da muss es sein.« Genau so hatten Gras, Weinlaub, Felsmaserung und Apfelbäume vor dem Tor in den Gedanken Tanjassins ausgesehen. Lauka beschleunigte ihren Schritt, drängte sich zwischen Hector und Wolfrun hindurch und lief in die Obstplantage hinein. Die Menschenmenge dort machte ihr Platz.

Lauka triumphierte. Hatte ihre magische Kraft sie also nicht im Stich gelassen! Der Ort, den sie durch diese Kraft im Geist der Gefolterten entdeckt hatte, er existierte tatsächlich! Siegesgewissheit und das Gefühl eigener Stärke verdrängten Verzweiflung und Trauer.

An der Felswand angekommen, schob sie die Weinranken ein Stück zur Seite – das verwitterte Holz eines großen Torflügels wurde sichtbar. Hector und seine Thronritter machten Anstalten, die Ranken mit Schwertern wegzuhauen und gleich das gesamte Tor freizulegen. »Wartet!« Lauka drehte sich nach der neugierig gaffenden Menge um. »Schickt erst die Leute weg. Und haltet sie fern von dieser Plantage.« Hector und die Thronritter gehorchten – sie trieben die Menge auseinander und scheuchten die Flüchtlinge in die benachbarten Kiwiplantagen.

Wolfruns Ritter und Schwertdamen und Rabans blonde Gardistinnen legten beide Torflügel frei. Ein Hängeschloss und ein Riegel sicherten sie. »Aufmachen«, befahl Lauka.

Raban trat vor das Schloss, holte aus und schlug erst den Haken seiner Armprothese oberhalb des Riegels ins Holz, riss daran herum und rammte schließlich die Speerklinge seiner künstlichen Hand in die Kerbe. Mit ihr hebelte er den Riegel samt Armierung und Nägeln aus dem Holz. Hector und seine Thronritter zerrten die schweren Torflügel auseinander.

Jemand entzündete Fackeln. Wolfrun reichte Lauka eine Flamme. An der Seite ihrer Königin betrat sie die Höhle hinter dem Tor. Der Fackelschein fiel auf Gestelle aus Latten, Seilen, Leder und Tuch, auf genau jene Gestelle, die Lauka im von Schmerzen zerrütteten Geist Tanjassins gesehen hatte. Etwa zwanzig lehnten an den Wänden der Grotte, die meisten sorgfältig verschnürt.

Lauka winkte Wolfrun näher zu sich. Beide hielten ihre Fackeln über eines der Gestelle. Lauka betrachtete den Holzrahmen, die Lederschlaufen und die Lederdecke unterhalb der langen, schwingenartigen Fläche. »Ein Fluggestell«, murmelte sie. Hector und Raban traten heran. Mit der Rechten strich Lauka über den im Holzrahmen ausgespannten Stoff. »Trochauer Seide«, murmelte sie, »mit Wachs getränkt. In so einem Fluggestell ist Starian vor ein paar

Wintern von den Felsen über dem Glacis gesprungen und über die Schlucht geflogen.«

»Ich erinnere mich gut, meine Königin«, sagte Raban. »Ganz Garonada geriet in Aufruhr damals. Joscun hat seine künstlichen Flügel ›Luftsegler‹ genannt.«

Lauka hörte nicht zu. Sie dachte an Starian. Wie jung und schön er damals noch gewesen war. Für den halsbrecherischen Flug hatte Ayrin ihn damals in den Kerker werfen lassen. Von dort hatte Lauka ihn zu sich ins Bett geholt.

Scharf sog sie die Luft durch die Nase ein. »Mit so einem Luftsegler also ist er geflohen. Verfluchter Verräter!«

*

In Begleitung Rabans und ihrer Thronritter kehrte Lauka am frühen Nachmittag in die Burg zurück. Einer Kampfschar aus Schwertdamen unter der Obristdame Wolfrun hatte sie die Bewachung der Grotte und die Durchsicht der Gestelle anvertraut.

Im Burghof begegneten sie den beiden Gardisten Wolfruns und der Schwertdame mit den hunderttausend Zöpfen. »Wie geht es der Verräterin?«, wollte Lauka wissen. »Hat sie ihren Besuch in der Blutsäuferzelle genossen?«

»Sie genießt nichts mehr, meine Königin«, sagte Tigrit, »sie ist tot.« Wieder musterte sie Lauka mit diesem traurigen Blick. Der Grauschopf nickte, die Schwertdame mit der rot gefärbten Glatze senkte den Blick.

Etwas stimmte nicht, Lauka spürte es sofort. »Habt ihr ihre Leiche schon aus dem Kerker der Kriegsgefangenen geholt?«

»Sie hat den Kerker der Blutsäufer nie betreten, meine Königin«, erklärte Tigrit. Aus irgendeinem Grund klang sie heiser und musste schlucken. »Kurz vor der Zellentür gelang es ihr, einem Ritter das Schwert aus der Scheide zu reißen und sich in die Klinge zu stürzen. Sie war sofort tot. Wir haben ihren Leichnam außerhalb der Burg verbrannt.«

Laukas Augen wurden schmal. »Wie hieß der, dem sie das

Schwert aus der Scheide reißen konnte?«, fragte sie gefährlich leise. Die Schwertdamen richteten ihre Blicke auf den Grauschopf. »Du?« Lauka belauerte ihn.

»Ich hatte alle Hände voll zu tun, die Verräterin zu bändigen, meine Königin.« Der alte Ritter breitete bedauernd die Arme aus. »Und stützen musste ich sie ja auch irgendwie. Wegen ihres zerschossenen Knies, du weißt schon. Und *schwupps!*, greift sie sich mein Schwert. Nichts zu machen.«

Lauka blickte Hector ins Gesicht. »Töte ihn.« Ihr erster Thronritter zögerte keinen Augenblick – er zog seine Klinge und ging auf den Grauschopf zu.

»Nicht doch, meine Königin!« Der alte Ritter streckte abwehrend die Hände aus. »Ich hab' doch gelogen! Wirklich! Nicht ich, sondern die da hat …«

Er wollte in die Richtung der beiden Schwertdamen deuten, doch schon trafen ihn Hectors Hiebe. Der erste fuhr ihm tief in den Hals, der zweite spaltete ihm den Schädel. Er stürzte zu Boden, eine Blutlache breitete sich rings um ihn aus.

»Er hat gelogen?« Misstrauisch musterte Lauka die beiden Schwertdamen. »Stimmt das?«

»Mit seinen letzten Worten hat er ganz sicher gelogen, meine Königin«, sagte die mit dem rot gefärbten Schädel. »Um seine Haut zu retten, ist doch klar.«

»Wie heißt du?«

»Kyranja, meine Königin.«

»Kyranja und Tigrit also. Habt ihr der Verräterin den Gnadenstoß gegeben?«

»Niemals würden sie es wagen, deinen Befehl zu missachten, meine Königin!«, mischte Raban sich ein.

»Niemals, meine Königin«, bestätigte Kyranja. Tigrit nickte stumm.

Lauka musterte sie lange. Sollte sie ihnen glauben? Diese Tigrit kam ihr merkwürdig fahl vor. Und kein Ton wollte mehr über ihre Lippen. Lauka sah sich um – die Augen aller hingen an ihr. Hector, das blutige Schwert in der Hand, wartete auf ihren nächsten Befehl.

Der Tote zu seinen Füßen gab schließlich den Ausschlag. »Ich vertraue euch.« Die beiden zu beschuldigen hieße ja in den Augen der anderen, dass sie den alten Ritter grundlos hatte hinrichten lassen. »Geht hinauf in die Apfelplantagen. Dort haben wir ein Versteck des Baumeisters gefunden. Helft Wolfrun, es zu bewachen.« Die beiden Schwertdamen bestätigten den Befehl und eilten dem Burgtor entgegen.

In der Burg verabschiedete sie Raban und seine Schwertdamen. Sie ließ nach Wilmis' Dienern rufen – eigene hatte sie noch nicht erwählt – und zählte ihnen auf, was sie brauchte, um sich für das Treffen mit dem feindlichen Kriegsherrn vorzubereiten. Schließlich befahl sie ihnen, ihr ein Bad zu richten. Nur Hector und zwei Thronritter durften sie ins Badehaus begleiten.

Dort streckte sie sich später in einem Zuber mit heißem Wasser aus. Nach ihrem Willen hatten ihr Wilmis' Diener Wildrosenöl ins Badewasser gegossen. Betörender Duft erfüllte das Badegewölbe, und der Schaum reichte Lauka bis unter das Kinn. Aus einem dampfenden Kübel füllte ein alter Diener heißes Wasser nach. Das tat gut – die Anspannung in Laukas Gliedern löste sich nach und nach. Sogar von ihrem toten Vater und dem sterbenden Starian vermochten ihre Gedanken sich loszureißen.

Zwei Thronritter bewachten den Eingang zum Badehaus von außen, Hector stand an der Innentür des Gewölbes und wusste nicht recht, wohin er gucken sollte. Die Diener brachten Wäsche aus Trochauer Seide, einen schwarz-gelben Umhang und ein moosgrünes Kleid aus baldorischem Leinen. Auch eine Haarbürste und eine Amphore mit Duftöl stellten sie auf die Bank neben Laukas Zuber. Dazu eine Schatulle mit Perlen von den Vogelinseln und goldene Ohrringe aus Eldora, der baldorischen Hauptstadt.

»Ich lasse euch rufen, wenn ich so weit bin.« Mit einer Kopfbewegung deutete Lauka zur Tür. Die drei Diener huschten aus dem Badegewölbe, und Hector hatte es eilig, sich ihnen anzuschließen. »Du bleibst«, rief Lauka ihm zu. Der Rotschopf warf ihr einen scheuen Blick zu und machte ein Gesicht, als zweifelte er daran, sie richtig verstanden zu haben. Schließlich zog er die Tür hinter den

Dienern zu, verschränkte die Arme auf dem Rücken und stellte sich breitbeinig in den Türrahmen.

»Schließ ab«, befahl Lauka. Hector gehorchte. Er wirkte unsicher und verkrampft. Lauka häufte den Schaum auf ihre kastanienroten Locken. »Gibt es einen Dolch, dessen Klinge man in seinem Griff versenken kann?«, fragte sie.

»Ja. Solche Dolche gibt es, meine Königin.«

»Kannst du mir so einen besorgen?«

»Aber natürlich, meine Königin.« Offenbar beflügelte Hector das Gefühl, sich wieder auf vertrautem Terrain zu bewegen, denn seine Gestalt wirkte nicht mehr ganz so steif.

»Die Klinge muss schmal und sehr scharf sein, hörst du?«

»Ja, meine Königin. Ich habe schon eine Idee, wo ich diese Waffen finde.« Er griff nach der Klinke und machte sich am Schlüssel zu schaffen.

»Jetzt noch nicht!«, rief Lauka. »Erst nach dem Bad.« Sie hob den Arm aus dem Wasser und winkte ihn heran. »Komm zu mir.« Zögernd näherte Hector sich ihrem Zuber. »Noch näher.« Einen halben Schritt vor dem Zuber blieb er stehen. Er trat von einem Fuß auf den anderen und wagte nicht, sie anzuschauen.

Lauka dagegen betrachtete ihn aufmerksam und mit unverhohlenem Wohlgefallen. Er hatte schmale Hüften, breite Schultern und sehnige Hände mit langen Fingern. Seine grauen Augen und sein schmaler Mund gefielen ihr. Die Lust pochte unter ihrer Zunge und brannte in ihrem Schoß. »Ich finde dich schön, Hector.« Er schluckte, antwortete nichts. Lauka erhob sich aus dem Schaum und strich ihn sich von Brüsten, Hüften und Schenkeln. »Und du? Findest du mich auch schön?«

Jetzt konnte er nicht anders, jetzt musste er sie anschauen. Und nun er legte seinen Augen keine Zügel mehr an – er ließ seine Blicke über ihre weiße Haut wandern, über ihre Schenkel und Hüften, über ihren Bauch und ihre kleinen, runden Brüste. »Ja, meine Königin, du bist sehr schön.«

Sein Atem flog längst, Lauka merkte es genau. »Dann zieh dich aus und steig zu mir in den Zuber. Wir haben Zeit.«

»Aber meine Königin …« Hector wirkte völlig überrumpelt.

»Ich habe dich erkannt, Hector: Du bist mutig und stark.« Lauka legte ihm die Hände auf die Schultern. »Solche wie dich trifft man nicht oft.« Sie zog ihn heran und hauchte ihm einen schaumigen Kuss auf die Lippen. »Deswegen habe ich dich zu meinem Ersten Thronritter erwählt. Und deswegen erwähle ich dich nun zu meinem Geliebten. Komm schon – ich brauche Trost. Und ich will noch einmal die Liebe genießen. Nur die Große Mutter weiß ja, ob ich das Verhandlungszelt heute Abend lebend verlassen werde.«

*

Im Lazarett beim Nordtor stank es nach Eiter, Schweiß, Urin und Blut. Lauka trug ihre Perlenkette, ihre goldenen Kreolen, ihr moosgrünes Kleid unter einem schwarz-gelben Umhang. Ihre kastanienroten Locken hatte sie im Nacken zu einem Dutt geflochten. So kamen ihr schlanker Hals und die halb entblößten Schultern besser zur Geltung.

Die Hochdame mit dem grauen Stoppelhaar, die Ärztin namens Valena, führte sie zum Krankenlager der verletzten Majordame. Starian gehe es besser, erzählte sie beiläufig. Lauka wollte nachfragen, doch plötzlich entdeckte sie einen kahlköpfigen Ritter in schwarzem Harnisch und rotem Mantel: Boras. Er saß bei einer Verwundeten.

»Sie spricht«, sagte er und stand auf, als er Lauka erkannte. Was hatte er hier zu suchen? Warum war er nicht auf seinen Posten im Gipfelmassiv zurückgekehrt? »Sie spricht von der Hohepriesterin der Blutsäufer.« Lauka und die Ärztin gingen zu ihm.

Die verwundete Majordame stammelte mehr, als dass sie sprach. »Sie übt … schreckliche Macht aus …« Die Frau bohrte den Hinterkopf ins Strohkissen, blonde Haarsträhnen klebten ihr feucht im Gesicht; das hatte die Farbe alten Schnees. »Macht über den Willen … Macht über die Gedanken …« Tarkanische Pfeile hatten sie getroffen. Während des Aufstiegs im Blauphir war sie auch noch abgestürzt und hatte sich ein Bein gebrochen. »Sie ist keine Priesterin … sie ist eine Magierin … die Magierin der Tausend Inseln …«

»Was redest du da?« Lauka runzelte die Stirn.

»Sie hat Fieber, hohes Fieber sogar,« sagte Valena. Von ihr wusste Lauka, dass Boras die blonde Majordame auf seinen Schultern vom Gipfel herab bis hierher geschleppt hatte. So viel Menschenfreundlichkeit legte er sonst nicht an den Tag. Ob er etwas mit ihr hatte?

Mit knapper Geste bedeutete Lauka der Ärztin zu schweigen. »›Macht über den Willen, die Gedanken‹ – wie kommst du darauf?«

»Du kannst nicht mehr das tun, was du tun willst ... wenn diese schreckliche Magierin deinen Geist besitzt ... du kannst nicht mehr gehen, wohin du willst ...« Die Verletzte riss die trüben Augen auf, Entsetzen flackerte ihn ihnen. »Nicht einmal denken, was du denken willst, kannst du dann noch.«

»Wohin bist du denn gegangen, obwohl du nicht wolltest?«, fragte Lauka. »Und was hast du getan, was du nicht tun wolltest?«

»In Gefangenschaft der Blutsäufer bin ich geraten ... bei der Verteidigung von Violadum ... mit einigen meiner Schwertdamen ... Sie schleppten uns den Hang hinunter, wollten uns in ihrem Lager schänden ... unterwegs kamen wir am Quartier ihres Kriegsmeisters vorbei ... ein schrecklicher Mann ... und bei ihm traf ich sie ... sie starrte mich an, aus Augen wie flüssiges Kupfer ... an ihrer Hand leuchtete dieser unheimliche Ring ... und dann war es, als würde eine schwarze Wolke meinen Kopf und meine Brust ausfüllen ... wie taub war alles in mir drin ... als hätten Schläge mich betäubt oder ein Gift oder schlechter Trochauer Wein ... und plötzlich beherrschte ein fremder Wille mich ...« Sie verstummte, schluckte, biss sich auf die rissigen Lippen.

»Und dann? Was dann?« Lauka wurde laut. »So erzähl doch weiter!« Valena fasste ihren Arm, zog sie zur Seite, flüsterte irgendetwas von Schmerzen und Fieber. Lauka schob sie unwirsch von sich und kniete neben dem Lager der Majordame nieder. »Erzähl weiter.« Sie stützte sich auf die Strohmatratze, beugte sich über die Blonde.

»Hinter den stürmenden Kampfrotten ihrer Blutsäufer her musste ich sie nach Violadum hineinführen ... vieles habe ich vergessen, doch ...« Immer stockender kamen die geflüsterten Worte über die trockenen Lippen der Fiebernden. »... doch ich weiß noch ... wie wir vor dem sterbenden Lorban von Seebergen standen … er erzählte noch … dass Mauritz deine Schwester gestürzt hat und … und du nun die Königin von Garona bist …«

Das Sprechen fiel ihr zunehmend schwerer, und Lauka musste ihr Ohr nahe an den Mund der schwer Verwundeten beugen, um alles zu verstehen. In Halbsätzen und hingehauchten Worten schilderte die Majordame, wie sie mit der Magierin nach Garonada reiten und ihr Zugang in die Königinnenburg verschaffen musste. Dort habe sie an der Tür zum Thronsaal gewacht, wo die Magierin mit Mauritz gesprochen habe. »Sie … sie war außer sich …«, stammelte sie. »Ich verstand jedes Wort … sie war außer sich, als sie erfuhr, dass du, meine Königin … dass du die Tochter des Harlekins bist …«

Sie verstummte wieder, atmete schwerer, murmelte unverständliches Zeug. Lauka drehte sich nach Valena um. »Gib ihr zu trinken!« Die Ärztin ging auf der anderen Seite des Krankenlagers in die Hocke und kam Laukas Aufforderung nach. Erst tränkte sie die fiebernde Verwundete, dann wischte sie ihr den Schweiß aus dem fahlen Gesicht. Beides tat sie mit strenger und abweisender Miene.

»Weiter.« Mit einer Handbewegung scheuchte Lauka die Ärztin fort vom Lager. »Sie erfuhr also, dass Mauritz mein Vater ist, sagst du.« Tief beugte sie sich über das bleiche, schweißnasse Gesicht. »Und dann?«

»Sie nannte … nannte dich einen ›Bastard‹, meine Königin, und sie sagte, dass … dass du sterben musst.«

Lauka fuhr erschrocken hoch. »Das hat sie gesagt?« Ihr Herz krampfte sich zusammen.

»Der Harlekin aber … er hat um dein Leben gefleht … er sagte …«

»Nenne ihn nicht ›Harlekin‹! Er ist mein Vater! Sie hat wirklich gesagt, ich müsse sterben?«

»Ja, meine Königin … ihre Stimme … sie klang so unerbittlich, jedes Wort prägte sich mir ein in diesem Moment … und dein Vater hat gefleht … ›Lass sie eine von uns werden‹, hat er gesagt … ›Lauka ist stark … sie wird uns nützen … wir brauchen sie, um das Zweite Reich von Kalypto erstehen zu lassen‹ …« Lauka starrte sie an, konnte kaum fassen, was sie da hörte. »Doch die Priesterin … die Magierin der Tausend Inseln … sie blieb hart. ›Sie muss sterben‹, genau das sagte sie. Und: ›Gib mir den Mondsteinring … Er gehört jetzt wieder dem Wächter des Schlafes.‹«

Lauka belauerte die Majordame aus harter, misstrauischer Miene. Wie eine Schauergeschichte hörte sich an, was sie da von sich gab, als würde sie einen Fiebertraum schildern. Lauka blickte hoch und über die Schultern: Boras Augen waren Schlitze, seine Lippen fahl; Valena verschränkte die Arme vor der Brust, ihre Miene wirkte wie gemeißelt.

»Sie hat hohes Fieber, nicht wahr?«, fragte Lauka. Die Ärztin nickte. »Sie redet im Fieber, oder?«

Valena zog zweifelnd die linke Braue hoch. »Nein, meine Königin.«

Die Verwundete legte Lauka die heiße, schweißige Rechte auf den Unterarm. »Nein, nein … ich erinnere mich genau – an jedes Wort erinnere ich mich … wie kalt sie klang … die Stimme jener entsetzlichen Frau … wie hart sie klang … und dein Vater … er widersprach ihr … er wurde zornig … und dann kämpften sie …«

»Sie kämpften? Mit Messern? Mit Fäusten?« Lauka versuchte vergeblich, sich diesen Kampf vorzustellen. »Wie bei der Großen Mutter kämpften sie denn?«

Die Verwundete wusste es nicht, hatte ja draußen vor der Tür gewartet. Nur von großem Lärm wusste sie zu berichten, von zersplitterndem Glas, von brechendem Holz, von Schreien und bösem Licht, das durch die Türfugen drang. Sie selbst sei die ganze Zeit auf den Knien gelegen, habe gezittert vor Angst, habe zur Großen Mutter gefleht. Auf einmal hörte ich Geräusche hinter der Wand … ich schlich weg vom Thronsaal, lauschte und spähte durch den Spalt einer geheimen Luke in einen verborgenen Gang, wie es viele gibt in unseren Burgen … da sah ich deine Schwester … und ich sah den Waldwilden … den Mann vom Stomm … der auch so einen Ring trägt.«

Laukas Gedanken überschlugen sich: Ayrin hatte im Geheimgang hinter der Wand gelauscht! Ayrin hatte erfahren, dass Mauritz ihre gemeinsame Mutter getötet hatte! Ayrin wusste, dass Mauritz ihr Vater war! »Und dann?«, fragte sie, als die Schwerkranke aufs Neue verstummte. »Was geschah dann?« Lauka schüttelte sie. »Rede!«

Das spitze Gesicht der Fiebernden verzerrte sich vor Schmerz, doch sie sprach weiter: »Der Kampflärm … er verstummte … die Magierin rief nach mir … ich ging in den Thronsaal … ich sah die rußige Hand deines Vaters … in der Luke eines Geheimganges klemmte sie … ihn selbst sah ich nicht … der Ring an seiner versengten Hand aber leuchtete blau, violett und türkis …«

»Und dann?«

»Dann … dann befahl sie mir … dann befahl mir die Magierin, die Hand mit dem Ring abzuschlagen.«

Lauka erstarrte. »Was sagst du da?«, flüsterte sie. »Und du hast es getan?«

»Die Magierin … sie war erschöpft … ließ mich stehen … fiel auf einen Stuhl …«

»Du hast es wirklich getan?«

»Ich spürte es genau … ich spürte, wie ihre Kraft in meinem Kopf auf einmal schwächer wurde … immer schwächer … ich spürte wieder eine Ahnung von meinem … meinem eigenen Willen …«

»Hast du ihren Befehl befolgt oder nicht?« Lauka schrie. »Hast du meinem Vater die Hand abgeschlagen oder nicht?«

»Doch … ich musste ja … «

Lauka sprang auf und blickte in die Gesichter von Boras und Valena. »Sie hat meinen Vater verstümmelt, habt ihr das gehört? Sie hat dem stärksten Kämpfer des Reiches die Hand abgeschlagen und mit ihr den Ring!«

»Weil eine Hexe sie dazu gezwungen hat«, sagte Boras. »Bedenke doch, meine Königin, welche Macht dieses Priesterweib über Gudrun ausgeübt hat. Sie konnte nicht anders, sie musste es tun, sie war nicht mehr Herrscherin ihres Willens!«

Gudrun also hieß sie. Und warum verteidigte Boras sie? Hatte sie es nicht gleich gespürt, und war das nicht der Beweis? Er hatte etwas mit ihr!

»Ermordet jedenfalls hat sie ihn nicht.« Valena deutete auf den

Kopf der Verwundeten. »Die Majordame ist blond, die Haare in den Fingern des Toten sind schwarz. Lang und schwarz wie das Haar deiner Schwester, meine Königin.«

»In den Kerker mit ihr!«, befahl Lauka.

»Ich bitte dich, meine Königin …« Boras schon wieder. Spätestens jetzt hatte er sich verraten.

»Ihr Bein ist gebrochen«, sagte Valena, »ein Pfeil hat ihre Lunge durchbohrt und das Wundfieber steigt mit jeder Stunde. Im Kerker wird sie keine zwei Tage überleben.«

»In den Kerker mit ihr, sage ich!« Lauka fuhr herum, rauschte aus dem Lazarett.

Draußen warteten Hector und die Thronritter. Sie hatten Mühe, ihrer Königin zu folgen. Lauka lief in die abendliche Nordtorstraße hinein. Fuhrwerke mit Nachschub und eine große Kampfschar ausgeruhter Schwertdamen nutzten die lange Kampfpause und waren zum Tor unterwegs. Bis zum kleinen Gerichtsplatz kurz vor dem Tor folgte Lauka ihnen. Dort setzte sie sich an den Rand des Brunnens. Ihr Herz raste, ihr Atem flog.

Ein langer Schatten fiel auf sie. »Brauchst du irgendetwas, meine Königin?« Hector. Seine Thronritter warteten am Rand des Platzes. »Kann ich dir irgendwie helfen, Lauka?«, fügte er leise hinzu.

»Schöpf mir Wasser.« Er war zärtlich gewesen im Badehaus. Etwas unbeholfen, aber zärtlich und stark. »Und dann lass mich ein Weilchen allein. Ich muss nachdenken.« Hector ließ einen Ledereimer in den Brunnen hinab. Lauka sah zurück zum Blauphir. Die Abendsonne stand zwei Handbreiten über dem Gipfel. Noch war ein wenig Zeit, noch erwartete der oberste Blutsäufer sie nicht im Verhandlungszelt. Aber bald. Mit einer Kelle gab Hector ihr Wasser zu trinken und zog sich dann zu seinen Männern zurück.

»Sie will mich also töten«, murmelte Lauka und starrte in die halbleere Kelle. »Catolis, die Magierin der Tausend Inseln, die Großmeisterin der Zeit aus Kalypto – sie will mich also tatsächlich töten.«

Sie rief sich in Erinnerung, was Mauritz über seinen Clan, über Kalypto und über Catolis erzählt hatte. Gefährlich sei sie und die mächtigste der vier Magier, die Kalypto vor bald zweihundert Wintern verlassen hatten; und die nun schon über vier Generationen hinweg die mächtigsten Völker der Welt zum Krieg gegeneinanderhetzten: die Horden auf den Tausend Inseln, die Waldstämme am Stomm, die Ritter und Schwertdamen von Garona und das Volk der Eiswilden im hohen Norden.

»Und jetzt sind nur noch drei Magier übrig«, murmelte sie, »und die mächtigste von ihnen will mich töten.« Lauka trank die Kelle leer, warf sie in den Eimer, stand auf. »Nicht die Blutsäufer, nicht ihr verdammter Tarbullo, sondern die Magierin der Tausend Inseln ist mein Todfeind, wer hätte das gedacht. Sie ist natürlich stärker als ich, ist ja auch stärker als Vater gewesen.« Sie begann, um den Brunnen herumzulaufen. »Mein Vater, mein Vater! Wärst du da, wärst du da …«

Runde um Runde drehte sie um die gemauerte Brunnenfassung, nestelte an ihrer Perlenkette herum, grübelte. Schlimm genug schon, dass sie dem Obersten der Blutsäufer allein unter die Augen treten musste. Wie sollte sie denn gegen eine Magierin bestehen? Gegen eine verfluchte Hexe, die sogar ihren Vater besiegt hatte? Wie bei der Großen Mutter sollte sie diesen Kampf bestehen können?

Obwohl die Angst ihr im Nacken saß, schlug ihr Herz wieder langsamer; auch ihr Atem beruhigte sich. Ganz kühl war ihr Kopf, sorgfältig dachte sie nach. *Eines nach dem anderen*, sagte sie sich. *Erst einmal nur an den Tarbullo Zlatan denken.*

Und was die Majordame betraf: Die Ärztin hatte recht – sie war blond, von ihr also konnte das Schwarzhaar in der Hand des Leichnams nicht stammen. Und Boras? »Scheißkerl!«, zischte sie. »Er hat sie gefickt.«

Aber war das wirklich eine Überraschung? Auch sie nahm sich ja Liebhaber, wie sie wollte. Zuletzt den jungen Rotschopf. Der Unterschied: Sie war die Königin. Ein entscheidender Unterschied.

»Das Miststück wird ihn verführt haben«, murmelte Lauka. »Oder sie hat ihn in ihr Bett kommandiert. Er hätte nein sagen können. Er hat es nicht getan, also muss er sterben.« Doch konnte man einen Reichsritter so ohne weiteres töten lassen? »Eines nach dem anderen, Königin Lauka«, murmelte sie. »Vorerst brauchst du ihn noch. Vorerst reicht es, wenn seine Schlampe im Kerker verreckt.«

Sie blieb stehen, blickte nach Westen und in den Himmel: Die Sonne schwamm in roten Wolken wie in Blut. Nur noch eine Handbreit über dem Blauphir flimmerte sie.

»Es ist Zeit!«, rief sie Hector und den Thronrittern zu. »Begleitet mich bis zum Tor!«

*

Umringt von Ritter stand ein alter Mann vor dem verbarrikadierten Tor. Er stützte sich auf sein Schwert, hielt den Grauschopf leicht gesenkt und schien sie zu erwarten. Lauka fragte sich, wo sie ihn schon einmal gesehen hatte. An Hectors Seite schritt sie ihm entgegen. Kaum hundert Schritte trennten sie noch von Tor und Barrikaden.

Von der Wehrmauer drangen Flüche und Schmerzensschreie. Wilmis raste, die Herzogin. Die Wachen unten am Turm feixten. Hector sprach sie an. »Gibt es Ärger?«

»Nicht für uns«, antwortete ein alter Grenzritter. »Und für Blauen auch nicht im Moment. Der Großen Mutter sei Dank!« Mit einer Kopfbewegung deutete er nach oben. »Nur die Ritter auf dem Wehrgang haben ein paar Probleme – mit der Herzogin. Sie ist ein wenig nervös, weil der Scheißkerl sich schon dem Verhandlungszelt nähert.«

»Tarbullo Zlatan?«, fragte Lauka.

»Tarbullo Zlatan, meine Königin.«

Sie gingen weiter. Ein Kloß schwoll ihr im Hals. *Eines nach dem anderen*, sagte sie sich im Stillen. Zwei Stadtritter mittleren Alters bückten sich aus dem rechten Torturm. Einem glühte die Wange und schwoll das Auge zu, dem anderen blutete die aufgeplatzte Lippe.

»Prügel von der Herzogin?«, fragte Hector.

Beide blinzelten aus betretenen Mienen zu ihrer Königin. »Sie tobt«, sagte der mit der aufgeplatzten Lippe. »Mal passt ihr unsere Rüstung nicht, mal sind ihr nicht genug Schwertdamen auf der Wehrmauer. Jetzt glaubt sie, wir hätten zu wenige Armbrüste und Pfeilbolzen.«

»Dann beeilt euch gefälligst und besorgt genügend«, sagte Lauka kühl und ging weiter. Die Kampfschar der Ritter vor den Torbarrikaden nahm Haltung an und grüßte. Und jetzt erst erkannte sie ihren grauhaarigen Anführer.

»Starian!« Sie eilte zu ihm, legte ihm Rechte auf die Brust. »Du hier, mein Reichsritter?« Eine ungeheure Erleichterung erfüllte sie.

Starian nickte. »Kein Fieber mehr.« Er fuhr sich über die Stirn. »Die Wunde vernarbt, meine Schwäche wie weggeblasen. Das habe ich dir zu verdanken, Lauka.« Er deutete an sich herunter. »Der ich gewesen bin, werde ich wohl dennoch nie wieder sein.«

Seine Haut wirkte runzelig, seine Gestalt leicht gebeugt, sein Gesicht immer noch stark gealtert. Die Lebensuhr also hatte sie ihm nicht zurückstellen können. Doch in seinen Augen entdeckte Lauka wieder ein wenig von dem gewohnten Feuer.

»Du bist fieberfrei, du kommst mir kräftig vor, du bist gesund.« Ungläubig schüttelte sie den Kopf. Hatte sie ihn also wenigstens heilen können? Auch wenn sie Starian kaum wiedererkannte in dem alten Mann, wuchs doch ihre Zuversicht. »Ich bin so froh!« Sie umarmte ihn, kümmerte sich nicht um seine Kampfschar und Hectors Thronritter, hielt ihn einfach fest. »Der Großen Mutter sei Dank!« Nur mit Mühe unterdrückte sie die Freudentränen.

»Geh nicht hinaus zu ihm«, sagte er.

»Ich muss.« Oben auf der Wehrmauer hörte Wilmis auf zu schreien, beugte sich über die Brüstung, winkte ihr zu. »Ich hab keine Wahl.« Lauka winkte zurück und zwang sich zu einem Lächeln.

»Dann gib mir den Befehl über Tor und Mauer, damit ich für dich kämpfen kann, wenn er dich gefangen nehmen will. Und das wird er, ich weiß es genau.«

»Nein, Starian.« Sie löste sich aus seiner Umarmung, schüttelte den Kopf. »Wilmis ist fett und eigenartig – aber eine gute Kämpferin. Für dich habe ich eine wichtigere Aufgabe: Steige hinauf in die Plantagen. Nimm Hector mit und zwei seiner Thronritter. Und ein paar Schreiner. Wir haben Joscuns Luftsegler gefunden, beinahe zwanzig. Schau sie dir an, bessere aus, was auszubessern ist. Und weise Hector, Wolfrun und ihre Ritter und Damen in den Gebrauch der künstlichen Schwingen ein.«

»Was sagst du da?« Starian deutete auf Hector. »Ich soll ihn fliegen lehren? Besser wäre es, wenn er und ich hier am Tor alles für einen Ausfall vorbereiten. Zlatan wird versuchen, dich gefangen zu nehmen!« Sein Blick glitt von ihren geschminkten Lippen zur Perlenkette auf der weißen Haut ihres tiefen Dekolletees hinab. »Dich gefangen zu nehmen und Schlimmeres. Glaub mir!«

»Genug jetzt!« Lauka wurde schroff. Sie wandte sich an Hector. »Wähle zwei Ritter aus und gehe mit Starian. Tu, was er dir sagt.« Sie drückte seine Hand, und Hector nickte stumm.

Lauka ließ die Männer stehen. »Lasst mich durch!« Die Ritter von Starians Kampfschar bildeten eine Gasse. »Öffnet mir das Tor. Ich gehe allein hinaus.« Vier rückten eine Barrikade zur Seite, Wilmis' Turmwächter zogen das Tor ein Stück hoch. Lauka raffte den Umhang zusammen und das Kleid über die Knie und bückte sich darunter hindurch. Mit weichen Knien schritt sie aus der Stadt.

Das Verhandlungszelt war eine große Kuppel aus roten Teppichen, vielleicht acht Fuß hoch und 20 Fuß im Durchmesser. Ein Speer steckte vor dem Eingang mit dem Schaft in der Erde. Die goldene Spitze leuchtete im letzten Tageslicht.

Lauka biss die Lippen zusammen, atmete tief. Sie streifte den schwarz-gelben Umhang von ihren Brüsten und Armen, schüttelte ihre kastanienrote Lockenpracht, breitete sie über ihren halb entblößten Schultern aus. Den Ring hatte sie sich unter dem Deckhaar ins Nackenhaar geflochten.

Eine knappe Streifbewegung mit den Händen noch, um das enge Kleid um Hüften und Schenkel zu straffen, ein flüchtiger Blick hinunter noch auf die Ansätze ihres Busens – alles bestens. Seine Gier würde brennen, seine Lust seinen Verstand vernebeln. Alles gut. Sie zwang sich zu langsameren Schritten und zu einer entspannteren Miene.

Und dann sah sie ihn. Er trat aus dem Zelt, hob die Hände und spreizte die Finger, um ihr zu zeigen, dass er keinen Ring trug. Sie antwortete mit gleicher Geste. »Wo hast du ihn versteckt?«, murmelte sie. »In deinen schmutzigen, stinkenden Zöpfen?«

Sie ging auf ihn zu. Ein langer Mantel aus hellem Fell hüllte seine nicht besonders große, aber kräftige Gestalt ein. Mit einem weißen Seidentuch hatte er sich die fettigen blauschwarzen Zöpfe aus der Stirn gebunden.

Ich bin die Tochter von Mauritz, dem Meister des Lichts. Ich bin die Tochter eines Magiers aus Kalypto.

Zehn Schritte höchstens trennten sie noch von ihm. Er grinste. Seine schwarzen Augen glitzerten, seine Zähne waren grau.

Ich bin eine Magierin und werde dich besiegen.

»Willkommen, schöne Königin!«

Erst dich, und dann sehen wir weiter.

»Ich liebe mutige Frauen.« Er riss die Eingangsplane zur Seite, wies mit einer Kopfbewegung ins Zelt. Sie nickte ihm zu. Keine 500 Fuß hinter dem Zelt entdeckte sie etwa hundert Krieger. Die lungerten im Gras und lugten herüber. *Eines nach dem anderen.* Sie bückte sich ins Zelt.

Drei Fackeln brannten an einem dreiarmigen Standleuchter. Zwei Sitzkissen lagen nebeneinander vor einem niedrigen Tisch. Darauf standen zwei Weinbecher und eine Glaskaraffe voller Rotwein. Hinter den Sitzkissen entdeckte Lauka ausgebreitete Felle. Ein Krummsäbel hing an einer Zeltstange neben dem Felllager.

Vor den Sitzkissen blieb sie stehen, ließ den Umhang von ihren Schultern gleiten, sah ihn an. Der Blick seiner glitzernden Augen wanderte bereits unruhig über ihre Gestalt, verharrte immer wieder auf den Ansätzen ihrer Brüste. In Gedanken hatte er sie längst aus ihrem moosgrünen Kleid geschält.

Er ließ sich auf einem Sitzkissen nieder, packte ihre Hand, zog sie auf das Sitzkissen rechts neben sich. »Sag du mir zuerst, was du von mir erbittest, schöne Königin«, forderte der Tarbullo sie in Trochauer Dialekt auf, während er die Weinkelche mit Rotwein füllte. »Dann sage ich dir, welchen Preis ich dafür fordere.« Er reichte ihr einen vollen Becher.

»Ich will, dass du Blauen verschonst.« Sie stießen an. Lauka wartete, bis er trank, dann nippte auch sie an ihrem Kelch. Trochauer Wein. »Ich will, dass niemand aus Blauen auf deine Galeeren muss. Und ich will, dass du deinen Kriegern verbietest, auch nur einer Blauener Frau Gewalt anzutun.« Behutsam tastete sie nach seinem Geist.

»So so.« Er nahm noch einen kräftigen Schluck und knallte den halb leeren Becher dann auf den Tisch. Wieder stierte er ihre Brüste an. »Und was gibst du mir dafür?« Tarbullo Zlatan grinste breit.

Auch Lauka stellte ihren Wein ab. In seinem Geist spürte sie Gier und Mordlust. »Etwas, was du um jeden Preis haben willst.« Auch seine Priesterin glaubte sie, in einem Winkel seiner Gedanken zu entdecken, die Magierin. »Mich.«

»Dich?« Er riss die Augen auf, lachte breit, konnte es offenbar nicht glauben. In diesem Moment erfasste sie, dass die Priesterin ihn vor ihr gewarnt und ihm befohlen hatte, sie zu töten. Ein Eiszapfen bohrte sich in ihr Herz. »Mir brauchst du dich nicht zu geben«, sagte er heiser und bedrohlich leise. »Ich bin der Tarbullo von Tarkatan und nehme mir selbst, was ich will.« Er griff in ihr Haar und riss sie an sich. »Und ich will dich!« Schon drang seine Zunge in ihren Mund ein.

Lauka ließ sich in seine groben Arme sinken, unterdrückte das Zittern, das ihre Glieder durchbeben wollte, mimte die Hingebungsvolle. Er steckte seine Zunge tief in ihren Schlund, streifte ihr das Kleid von den Schultern, riss an ihrem Haar.

Hoffentlich tastet er den Ring nicht, dachte sie und versuchte ihre ganze Willenskraft in seinen Geist zu bohren. Beinahe im gleichen Moment rammte er seine Faust in ihren Bauch. Sie stürzte auf die Felle hinter den Sitzkissen. Sein nächster Schlag traf sie an der Schläfe und betäubte sie halb.

Wie durch warme Dampfschwaden hindurch spürte Lauka, wie er ihr das Kleid vom Leib riss. Als sie wieder einen klaren Gedanken denken konnte, lag er schon auf ihr, bog sich und rieb sich an ihr. Sie spürte, wie seine Hand sich gegen den Ring in ihrem Nackenhaar presste, spürte den Dolchgriff im Hüftgurt über dem Steißbein. Er drückte ihr schmerzhaft in die Wirbelsäule.

Sie erschauerte vor seinem sauren, keuchenden Atem, sie spürte sein stoppelbärtiges Gesicht zwischen den Brüsten, an ihrem Hals an ihrer Kehle; sie spürte seine rauen Lippen auf ihrem Mund. Tief musste sie atmen, um ihren Ekel zu überwinden, schließlich öffnete sie ihm Lippen und Schenkel, zog zugleich das rechte Bein an und bog sich ein wenig zur Seite, so dass sie die Hand unter ihren Rücken schieben konnte. Ihre Finger schlossen sich um den Griff des Dolches, ihre Zunge kreiste um seine, ihre Beine verschränkten sich um seine Taille.

Zlatan, der oberste Blutsäufer, richtete sich über ihr auf. Er grunzte und stöhnte. »Du hast ernsthaft geglaubt, den Tarbullo von Tarkatan überlisten zu können?« Feixend hob er die linke Faust – ein kastanienrotes Haarbüschel hing zwischen seinen Fingern. Er öffnete die Faust – ihr Mondsteinring leuchtete darin. Lauka stockte der Atem.

Er schlug ihr ins Gesicht. »Ich nehme mir, was ich will, kapiert? Deine Stadt, deine Jungen und Mädchen, dein Gold, deine Frauen! Aber zuerst nehme ich mir dich!«

Er warf seinen Pelz ab und riss seine lederne Hose auf. So hart sie nur konnte, machte Lauka ihren Geist, und ihr Wille fuhr in seinen wie eine diamantene Pfeilspitze in Kalkstein.

11

Auf Zlatans Zelt wehte die Flagge von Tarkatan: ein Bocksschädel vor einem mit Schlachtbeil gekreuzten Krummschwert. Weithin sichtbar ragte sie aus der Mitte des Heerlagers. Catolis löste sich aus dem Tross und trieb ihren Mustang zwischen die Zelte. Nur ein haarfeiner Glutrand der untergehenden Sonne wölbte sich noch über der Gipfelsilhouette. Die Stadt am Nordhang des Blauphirs lag schon im Dunkeln. Dass sie keinen Kampflärm hörte, beunruhigte die Großmeisterin der Zeit. Hinter sich hörte sie Hufschlag, flatternde Schöße eines Ledermantels und Tarkuns Stimme. Zlatans Bruder folgte ihr, der junge Hauptmann.

Die Krieger aus Tarkatan hockten an Feuern vor ihren Zelten, spielten, kochten, besserten Waffen und Kleider aus, tranken. Wer immer die Hohepriesterin von Tarkatan erkannte, sprang auf und verneigte sich. »Schafft mir Luppok zum Tarbullozelt!«, rief Catolis. Ihr schwarzer Mustang galoppierte durch Feuerstellen hindurch und über Spielbretter hinweg. »Ich will mit Luppok sprechen!« Sie rechnete mit dem Schlimmsten – nämlich damit, Zlatan nicht mehr in seinem Zelt anzutreffen.

Der Mustang preschte an Verschlägen, Zelten und Plätzen vorbei, an Feuer- und Kochstellen, an Koppeln voller Steinböcke und Mustangs. Immer mehr Krieger sprangen auf, schoben ihre Würfel, Weinbecher und Kleider aus dem Weg, verneigten sich, machten ehrfürchtige Gesichter.

Tarkuns Mustang galoppierte bereits dicht hinter ihr. »Da ist er!«, rief der junge Hauptmann plötzlich. »Da beim großen Feuer steht Luppok!« Catolis riss an den Zügeln ihres Mustangs, spähte über einen kreisrunden, von Hütten, Holzstapeln und Unterständen gesäumten Platz. Die Glut eines niedergebrannten Feuers rauchte dort. Darüber drehten sich an Spießen zwei geschlachtete Tiere. Erbeutete Bergziegen der Garonesen wahrscheinlich.

Catolis legte die Hand über die Augen, um sie vor dem letzten Abendlicht zu schützen; ihre Blicke suchten die Menschenmenge auf dem Platz nach der dürren Gestalt Luppoks ab. Neben dem Feuer ragte eine Reihe von Marterpfählen auf; an einigen hingen nackte weißhäutige Menschen. Gefangene, vermutete Catolis. Lachende Krieger quälten sie. Unter ihnen erkannte nun auch sie Zlatans sehnigen Boten.

»Luppok!«, rief Tarkun. »Hierher!« Die Krieger bei den Marterpfählen hielten inne, fuhren herum. »Zur Herrin mit dir, Luppok!«, brüllte Tarkun.

Der Gerufene löste sich aus der Kriegerrotte, lief an den Bratspießen vorbei und quer über den Platz zu seinem Hauptmann und seiner Hohepriesterin. Er hinkte und ging leicht gebeugt. Vor Catolis' Mustang fiel er nieder.

»Steh auf und berichte!«, befahl sie.

Ächzend erhob er sich. Strähnen seines Kraushaares hatten sich aus seinem Haarknoten gelöst und klebten ihm schweißnass im Gesicht. »Wir haben Gefangene gemacht und zum Reden gebracht«, keuchte er. Er war bleich und sah noch dreckiger aus als bei seinem Aufbruch aus Garonada. »Die haben bestätigt, dass die gestürzte Königin mit zwei Dutzend Getreuen über einen unterirdischen See fliehen konnte. Auch dass dieser Waldmann bei ihr ist, wussten sie, dieser Kerl, der Kaikan so übel mitgespielt hat. Offenbar will das Pack nach Baldor fliehen.« Nichts wirklich Neues für die Magierin von den Tausend Inseln. Bisher allerdings hatte sie nur aus dem Geschwätz auf dem Marktplatz und in den Gassen von Garonada davon gehört. Jetzt wusste sie es sicher. »Hast du dem Tarbullo meine Botschaft ausgerichtet?«, fragte sie ihn streng.

»Jawohl, Herrin. Jedes Wort.«

»Finde ich ihn in seinem Tarbullozelt?«

»Nein, Herrin. Gleich nachdem ich ihm deine Botschaft ausgerichtet hatte, ist er ins Verhandlungszelt zwischen Heerlager und Stadt gegangen. Dort tötet er gerade die neue Königin von Garona. Wie du es befohlen hast, Herrin.«

»Er ist allein zu ihr ins Zelt gegangen!?« Catolis schrie es heraus.

»Ins Zelt hinein schon, Herrin. Jedenfalls erzählt man sich das. Doch zwei Kampfrotten sind bei ihm. Bald werden sie die Leiche des frechen Weibes zu uns ins Heerlager bringen.«

Catolis fuhr zu Tarkun herum. »Zehn Kampfrotten sollen mich zum Verhandlungszelt begleiten! Sofort!«

Sie verharrte reglos im Sattel, während Tarkun von Zelt zu Zelt ritt, von Rotte zu Rotte und die Krieger zusammentrieb. Welcher Dämon hatte Zlatan geritten, dass er auf eigene Faust den Bastard getroffen hatte? Sein Übermut? Die Sucht, ihr zu gefallen? Oder die pure Gier nach Frauenfleisch? Wahrscheinlich alles auf einmal.

Nach und nach strömten an die 600 Krieger zusammen, ein Drittel auf Mustangs und Steinböcken. Viele Fackeln flammten auf, Rottenführer brüllten Befehle. An Tarkuns Seite ritt Catolis an die Spitze der Berittenen. Die Kolonne setzte sich in Bewegung. Dämmerung lag bereits über dem Gebirge, die Gipfel warfen kalte Schatten. Das Heerlager mit seinen vielen Feuern blieb hinter ihnen zurück.

Große Unruhe hatte Catolis ergriffen. Sie drehte am Mondsteinring an ihrem Finger herum. Der Stein pulsierte bereits in hellem Blau. Vielleicht übertrieb sie es ja mit ihrer Furcht und ihrem Misstrauen. Doch sie konnte den Bastard nicht einschätzen, wusste nicht, wie gut Mauritz seine Tochter in den Gebrauch des ERSTEN MORGENLICHTES eingeführt hatte und wie viel magische Kräfte er vor seinem Tod schon in ihr hatte wecken können. Ihre innere Stimme jedoch warnte sie; ihre beinahe untrügliche magische Eingebung sagte ihr, dass gar nicht genug Krieger sie zum Verhandlungszelt begleiten konnten. Was nützten zwei Kampfrotten – an die 120 Krieger – gegen das ERSTE MORGENLICHT?

Der Himmel über dem Blauphir strahlte in düsterrotem Dämmerlicht. Unterhalb des schwarzen Bergmassivs leuchteten Lichter – Signalfeuer auf den Türmen von Blauen. Die Stadt selbst konnte Catolis nur in Umrissen erkennen. Hinter ihr, in den Felshängen des Berges, brannten zahllose Feuer und leuchteten Tausende Fackeln.

Die Kuppelsilhouette des Verhandlungszeltes erkannte sie sofort.

Keine hundert Schritte davor stießen sie auf die beiden Kampfrotten, die Zlatan eskortiert hatten. »Wie lange ist der Tarbullo schon bei dem Hexenweib im Zelt?«, fragte Tarkun die Rottenführer. Fackelschein schimmerte auf seinem blank gewienerten Erzharnisch. Seine hellen Pluderhosen waren schmutzig vom stundenlangen Ritt, sein schwarzer Ledermantel staubig.

»Noch nicht lange«, antwortete der Ältere. »Wir wollten gerade das Zelt umzingeln.«

»Wie lange?!«, fuhr Tarkun ihn an.

»Als man den oberen Sonnenrand noch hinter dem Gipfel leuchten sah, ist der Tarbullo hinter dem Weib ins Zelt getreten«, sagte der Jüngere.

Erst vor kurzem also – Catolis schöpfte Hoffnung. »Fackelträger sollen vor uns herreiten und das Zelt stürmen«, sagte sie zu Tarkun. »Die Krieger zu Fuß sollen das Zelt großräumig umzingeln. »Die Königin darf uns nicht entkommen.«

»›Entkommen‹?« Der Ältere der beiden Rottenführer stierte sie fassungslos an. »Sie ist so gut wie tot, Herrin!«

»Bitte den Gott, dass du recht haben und deinen Kopf behalten mögest!«, zischte Catolis. »Los jetzt!«

Das Fußvolk verteilte sich und verschwand in der Dämmerung. Über hundert Mustang- und Steinbockreiter mit Fackeln trieben ihre Tiere an und an Catolis und Tarkun vorbei. In einer vierfach gestaffelten Angriffsformation trabten sie vor ihrer Hohenpriesterin und ihrem Hauptmann her auf das Verhandlungszelt zu. Dessen Wand leuchtete blutrot auf im Licht der vielen Fackeln. Die Magierin sah, wie die Eingangsplane sich im Abendwind bewegte. Von den Mauern der nahen Stadt ertönte eine Fanfare.

Etwa zehn Pferdelängen vor dem Zelt hielt die vordere Reihe der Berittenen plötzlich ihre Tiere an. Die drei Reihen dahinter schlossen dicht auf, bevor auch sie stehen blieben. Mustangs und Reiter verdeckten Catolis jetzt die Sicht auf den Zelteingang. Doch die Erstarrung und die unheimliche Stille, die auf einmal über Menschen und Tieren lag, verrieten ihr, dass am Zelt etwas Ungeheuerliches geschah.

»Verflucht!«, rief Tarkun neben ihr. »Nennt ihr das etwa das Zelt ›stürmen‹!?« Er trieb sein Tier in die reglos verharrenden Reihen, schlug mit der Faust nach rechts und links, fluchte und spuckte – und verstummte jäh.

Weil die Reiter zu beiden Seiten vor ihm zurückgewichen waren, hatte Catolis nun wieder freien Blick auf das Zelt. Eine Frau mit einer Fackel in der Linken stand vor dem Eingang. Ein schwarz-gelber Umhang fiel über ihren nackten Körper. Ein Gurt mit einer Messerscheide hing um ihre Taille. Fackelschein brach sich in ihren goldenen Kreolen und den schneeweißen Perlen auf ihrer Brust. Sie blutete aus Nase und Mund. Ihr Haar schimmerte rötlich.

Sie war es, Catolis erfasste es sofort: Dort stand Mauritz' Bastard. »Tötet sie!«, rief sie.

Die Reiter trieben ihre Pferde an, rissen ihre Säbel aus den Rückenscheiden, hoben Keulen und Speere, spannten ihre Kriegsbogen. Doch so unverhofft die Angriffsreiten in Bewegung geraten waren, so schnell kamen sie sofort wieder zum Stehen.

Die Frau vor dem Zelt hob ihre Rechte – und mit ihr einen Schädel. An einem Gestrüpp aus Zöpfen hielt sie ihn über ihren Kopf. Blut tropfte aus dem Halsstumpf. Einige Krieger schrien auf.

Catolis traute ihren Augen nicht: Der Bastard hatte dem Tarbullo den Kopf abgeschnitten! Konnte das denn wahr sein? Selbst sie erstarrte jetzt. Über den Brüsten der Nackten entdeckte sie einen breiten Gurt, und über ihrer Schulter ragte der Knauf von Zlatans Säbel auf.

Einen Atemzug lang herrschte Totenstille. Dann warf der Bastard die Fackel ins Zelt, ballte die Linke zur Faust und richtete sie auf den rechten Flügel der tarkanischen Reiterei.

Blauer Schein leuchtete an der Frauenfaust.

Und dann strahlte mörderisches Licht auf – türkisfarben, violett und blau. Wie ein einziger Schrei tönte es aus Hunderten Männerkehlen durch die Dämmerung.

Wer irgend konnte, riss seinen Mustang oder seinen Steinbock herum, die hintere Reihe beinahe geschlossen. Links und rechts von Catolis preschten sie in kopfloser Flucht an ihr vorbei.

»Ihr sollt sie töten!«, schrie die Magierin. Ihr Tier brach zusammen, sie stürzte neben den Mustang ins Gras. Jemand warf sich auf sie, um sie mit seinem Körper zu schützen. »Zurück mit euch!« Unter der Last von Tarkuns Gewicht hob Catolis die Faust mit dem eigenen, schon aufstrahlenden ERSTEN MORGENLICHT. »Wer sie tötet, soll der neue Tarbullo von Tarkatan sein!«

12

Sie kauerten im Farnfeld unter einer alten Birke. Irgendwo im Wald raschelte Laub und brachen Äste unter Stiefeln. Jetzt hörte man auch Stimmen. Näher und näher rückten Geraschel und Palaver. Ayrin duckte sich in den Farn und band sich das vom langen Regen zerzauste Schwarzhaar mit einem roten Stirntuch aus dem Gesicht, einem Tuch aus feinster Trochauer Seide; die Burgmeisterin Hildrun hatte es ihr zur Thronbesteigung geschenkt. Bald zwölf Winter her.

Spröde Hildrun, strenge Hildrun – Ayrin vermisste sie.

Loryane, neben ihr, spähte in die Krone der alten Birke hinauf. Eine ihrer Schwertdamen hockte im Geäst, die kaum zwanzig Winter alte Thora. Sie deutete in die Richtung, aus der Schritte und Stimmen sich näherten. Sie deutete und nickte dabei. Sah sie die ersten Blutsäufer bereits? Ayrin zog ihr Schwert aus der Rückenscheide.

Bis zum späten Nachmittag hatten sie die Fährte von der Feuerstelle aus durchs Unterholz und tief in den Wald hinein verfolgt. Bis zu einem kleinen See. Am anderen Ufer war plötzlich eine Herde Elche aus dem Wald gebrochen und in panischer Flucht ins Wasser gesprungen. Die Tiere durchschwammen den See, kletterten am anderen Ufer in die Böschung und hetzten in den Wald.

Weder Kälber noch einen Bullen hatte Ayrin unter den flüchtenden Tieren erkennen können. Ohne Zweifel hatten Jäger die Herde angegriffen und dezimiert. Tarkaner? Wer sonst. Und nun lauerte Ayrin mit ihrer Kampfschar an dem Wildpfad, den die Jäger genommen und auf dem sie die Fährte der Tiere verfolgt hatten. Auf ihm kehrten sie auch zurück. Und marschierten auf geradem Weg in ihren Untergang. Gut so.

Thora über ihnen zeigte mit den Fingern zwei Zahlen an. Ihre Zeichen waren eindeutig: Nicht ganz zehn Blutsäufer hatte sie gezählt. Wie Lasnic schon aus den Spuren an der Feuerstelle gelesen hatte. Ayrins Herz wurde weit, als sie an den Waldmann dachte. Hoffentlich stießen er und die anderen nicht auf eine allzu große Übermacht der Blutsäufer. Angst um den Geliebten schnürte ihr Herz zusammen.

Den Blick immer noch auf die Späherin in der Birkenkrone gerichtet, deutete Loryane erst nach links und dann nach rechts. Thora nickte, lugte zu beiden Seiten in den Birkenwald, winkte und gestikulierte erst nach links und dann nach rechts. So gab sie Loryanes Befehl an die anderen weiter. Feline, Garonja und eine dritte Schwertdame würden sich nun von Osten her an die feindlichen Jäger heranpirschen, Pirol Gumpen und eine weitere Schwertdame von Westen her. Loryanes Plan, die Blutsäufer in die Zange zu nehmen, schien aufzugehen.

Auch die blonde Kriegsmeisterin zog nun ihr Langschwert. Ayrin nahm den Knauf ihrer eigenen Klinge in beide Hände und duckte sich wie zum Sprung. Bei der Großen Mutter, welch erregende Augenblicke waren das so kurz vor dem Kampf! Über ihnen, in der Birkenkrone, spannte Thora den ersten Pfeilbolzen in die Armbrust. Schrittlärm und Stimmen konnten höchstens noch hundert Schritte entfernt sein. Loryane streifte ihren schwarzen Ziegenfellmantel von den Schultern. Sie warteten.

Ayrin blickte zur Seite. Einen Wimpernschlag lang nur begegnete ihr Blick dem der Kriegsmeisterin. Deren Miene war kantig, ihre sonst so strahlenden hellblauen Augen glanzlos und traurig. Sofort wandte Loryane sich wieder ab.

Das geschah öfter in den letzten Tagen: Ayrin bemerkte, wie die andere sie beobachtete, doch wenn sie sich ihr zuwenden wollte, wich Loryane ihrem Blick aus. Überhaupt gab sie sich verschlossen und hart seit einiger Zeit. Was ging nur vor in der Freundin?

Eine Bewegung zwischen den Bäumen, höchstens vierzig Schritte entfernt – Ayrin bog den Farn auseinander. Eine Gestalt mit schwarzem Haar tauchte halb zwischen Sträuchern und Geäst auf. Dahinter eine zweite, größere, mit einem Elchkalb über den Schultern. Und dahinter sieben weitere Gestalten. Ayrin streifte ihren roten

Wollmantel ab und äugte zur Buche hinauf – Thora hatte die Armbrust angelegt und zielte.

Plötzlich ein spitzer Schrei. Feline? Loryane und Ayrin sahen einander an, beider Augen waren Schlitze, beider Lippen ein farbloser Strich.

»Sie haben die Zwillinge erwischt!«, zischte die Kriegsmeisterin. Ohne ein weiteres Wort zu verlieren, sprangen beide auf und stürmten los, stürmten durch Farn, Buschwerk und Unterholz den Jägern der Blutsäufer entgegen.

Ayrin schlug Zweige und Sträucher zur Seite. All ihre Aufmerksamkeit richtete sich auf die Gestalten dort vorn zwischen Büschen und Birkenstämmen. Alle? Nein: Irgendwo in einem Winkel ihres Hirns leuchtete ein Bild auf, ein Gesicht: der Waldmann.

Ich will ihn wiedersehen, ich will leben.

Wieder ein Schrei, wieder Feline. Oder Garonja? Es klang wie ein gellendes Lachen.

»Bleib auf dem Pfad!«, zischte Loryane. »Ich greif sie von der Seite an.« Sie bog ab, sprang nach links in den Wald, ließ Ayrin allein. Was ging ihr denn durch den Sinn? Das war so nicht abgesprochen. Zwanzig Schritte weiter riss jemand ein Schwert aus der Rückenscheide und schlug das Geäst einer Birke zur Seite. Ayrin hob ihre schwere Klinge, wollte auf den Gegner losgehen.

Seit wann hatten Blutsäufer derart helle Haut? Warum sah sie ein Langschwert statt eines Säbels? Und wartete da nicht eine Frau auf ihren Angriff?

Plötzlich Pirol Gumpens dröhnende Stimme. Was rief er denn da? Nach einem Kampfschrei klang das nicht. Und hinter Ayrin brüllte auf einmal Thora: »Nicht schießen! Freunde! Es sind Freunde!«

Ayrin begriff nicht gleich. Doch dann sah sie das Frauengesicht – herb, kantig, dunkeläugig und von kurzen schwarzen Locken gerahmt – und im selben Moment erkannte sie es.

Konnte das denn wahr sein?

Ayrin blieb stehen, ließ das Schwert sinken. Grenzenlose Verblüffung vertrieb allen Kampfgeist aus ihren Gliedern, alle Angriffslust aus ihrer Brust.

Und der Frau ging es ähnlich: Sie runzelte erst die Stirn, riss schließlich Mund und Augen auf, schüttelte dann ungläubig den Kopf. »Du, Ayrin? Meine Königin?«

Sie war von knochiger, nicht besonders großer Gestalt, hatte schmale Schultern, kleine Brüste unter einem zerlumpten Hemd und breite Hüften. Selbst die Hosen hingen ihr in Fetzen von den Schenkeln.

»Sigrun?«, murmelte Ayrin. »Du lebst?« Sie starrte die andere an, blinzelte, doch es blieb dabei: Vor ihr stand Sigrun, die jüngste Tochter Rombocs, die Herzogin von Violadum, der ersten Stadt, die den Blutsäufern in die Hände gefallen war. Ayrin stürzte zu ihr und riss sie in ihre Arme. »Bei der Güte der Großen Mutter – dass ich dich lebend wiedersehen darf!«

»Die Königin!«, rief die hünenhafte Schwertdame mit dem Elchkalb auf den Schultern, und jäh ging es durch die kleine Jagdkolonne. »Die Königin lebt! Die Königin ist da!«

Ritter und Schwertdamen umringten Ayrin schließlich, neun insgesamt. Außer Sigrun kannte sie nur wenige und nur flüchtig, dennoch umarmte sie alle. Das taten auch Loryane, die Zwillingsschwestern, Thora und die anderen beiden. Die Garonesen lachten und weinten zugleich, auch die Ritter. So unverhofft Entkommenen aus Garona zu begegnen, überwältigte alle.

Nur der Nordmann stand ein wenig unbeteiligt und sah dem gefühlsseligen Treiben zu. Umarmen wollte ihn niemand. Dennoch lächelte er versonnen in sich hinein und wischte sich hin und wieder die Augen aus. Ayrin nahm es beiläufig wahr, während sie von Ritter zu Ritter, von Schwertdame zu Schwertdame taumelte. *Er fühlt sich allein*, ging es ihr durch den Kopf, *er stellt sich vor, wie es wäre, wenn er Menschen aus seiner Heimat träfe.* Ob es sich wirklich so verhielt, wusste sie natürlich nicht, und weil die eigenen Gefühle sie fortrissen, ging der flüchtige Eindruck schnell unter.

»Glück unserer Königin!«, rief Sigrun in den Überschwang der Wiedersehensfreude hinein. »Frieden unseren Städten, Segen dem Reich!« Und alle legten die Hand auf ihr Herz riefen es im Chor: »Glück unserer Königin, Frieden unseren Städten, Segen dem

Reich!« So ging es ein paar Mal, und danach löste sich der Chor in Palaver und Gelächter auf, und einer bestürmte den anderen mit Fragen.

Der Tag neigte sich schon. Loryane drängte, zurück zur Feuerstelle zu gehen. Dort war man schließlich verabredet. Nicht, dass die Männer eine Stunde vor Sonnenuntergang vergeblich warteten. Gumpen hievte eine erlegte Elchkuh ganz allein auf seine breiten Schultern. Feline und Garonja packten bei dem Birkenstamm mit an, an dem drei Ritter und drei Schwertdamen einen getöteten Elchbullen schleppten. Die Kolonne formierte sich neu, siebzehn Männer und Frauen setzten sich in Bewegung.

»Wie ist euch die Flucht gelungen? Wie kommt ihr hierher?« Ayrin lief mit Loryane und Sigrun an der Spitze und überschüttete die Herzogin mit Fragen. »Wer sind die anderen, deren Spuren wir gefunden haben? Was bei der Großen Mutter bedeutet denn der zerbrochene tarkanische Säbel an der Feuerstelle?«

Sigrun erzählte. »Nach dem Fall Violadums bin ich mit einigen Getreuen nach Rothern geflüchtet. Die Blutsäufer nahmen Seebergen im Sturm. Wilmis, ich und unsere Kampfscharen versuchten vergeblich, den Staudamm zu halten.« Die Worte stürzten nur so über ihre Lippen. »Sie überrannten uns einfach, ohne Rücksicht auf eigene Verluste. Während des Kampfes stürzte ich über die Dammmauer in den See.«

Die Herzogin von Violadum erzählte, wie es ihr, nur leicht verletzt, gelang, sich schwimmend und tauchend ans Ufer zu retten. Nach vielen Tagen und Nächten in den Löwenbergen sammelte sie einige Dutzend versprengte Ritter und Schwertdamen um sich. Mit ihnen schlug sie sich durch bis zum Trochauer Hügelland und dann durch liebliche Weidelandschaft bis zur Küste.

»Wir hatten nämlich gehört, dass ein Teil der tarkanischen Flotte dort vor Anker liegt und nur wenige Blutsäufer die Schiffe bewachen«, schloss sie ihren Bericht. »In einer stürmischen Nacht enterten wir eine feindliche Galeere. Auf ihr fanden wir fünfzig Weihritter aus Violadum. Sie waren völlig entkräft und an Ruderbänke gekettet. Seit wir das offene Meer erreicht haben, versuchen wir die Männer von den Ketten zu befreien. Mit Steinen, Speeren und Säbeln. Daher die zerbrochene Klinge an der Feuerstelle.«

Mit über siebzig Garonesen und zwei tarkanischen Gefangenen an Bord war Sigrun nicht weit von der Feuerstelle entfernt vor Anker gegangen. Ayrin hörte das mit großer Erleichterung – Romboc, Lasnic und die anderen Männer würden also eine ähnlich erfreuliche Überraschung erleben wie sie und die Frauen.

»Und jetzt ihr«, sagte Sigrun. »Auf welchem Weg habt ihr euch bis zur Alten Karawanenstraße durchgeschlagen?« Ayrin überließ es Loryane, von den schweren Tagen zu berichten, die hinter ihnen lagen. Sigrun weinte, als die Kriegsmeisterin den mörderischen Angriff der Sumpfechsen schilderte. Und sie weinte, als sie hörte, dass ihr Vater zu den Flüchtlingen um die Königin gehörte. Diesmal vor Freude.

An der Feuerstelle begrüßte sie Schrat und flatterte ihnen krächzend entgegen. Keine Spur von den Männern, dabei berührte die Abendsonne schon den Horizont. Gumpen band Ritter Braun los und legte ihm die erlegte Hirschkuh auf den Rücken. Am Strand später winkten die Männer und Frauen, bis drei Ruderboote von der Galeere ablegten und sie abholten.

An Strickleitern kletterten sie an Bord. Dunkelheit lag schon über Meer und Strand. Fackeln und Öllampen flammten auf. Die schwere Jagdbeute und Lord Frix' Steinbock kurbelten Lasnic und Romboc mit einem Flaschenzug aus dem Ruderboot und über die Reling. Romboc schrie laut auf, als er seine Jüngste erkannte. Er umarmte sie, als wollte er sie nie wieder loslassen.

Kaum hatte Ayrin die Deckplanken unter den Sohlen, stand schon der Waldmann vor ihr und schloss sie in die Arme. »Dem Wolkengott sei Dank«, seufzte er. »Ich dachte erst, wir müssen uns mit hundert Bräunlingen prügeln, und auf einmal stehen da Schwertweiber aus Garona. Ich bin vom Strand zum Schiff geschwommen und splitternackt gewesen.« Er feixte.

Ayrin merkte, wie um sie herum das Stimmengewirr sich legte, und erschrak erst, weil alle sie beobachteten. Doch dann ließ sie sich an Lasnics Brust sinken und gab ihre Scham auf. Sollte doch jeder sehen, dass der Waldmann jetzt ihr gehörte. Die Stunde würde schon noch kommen, in der sie ihren Getreuen offiziell verkünden konnte, dass Lasnic von Strömenholz ihr fortan als Thronritter diente.

»Ich habe Angst um dich gehabt«, flüsterte sie. »Künftig wirst du dich nicht mehr von mir trennen. Hörst du? Ich bin deine Königin, ich kann dir das befehlen.«

»Ich bin ein freier Waldmann«, flüsterte er. »Ich befehle mir selbst und was ich will. Und ich habe entschieden, mich nie mehr von dir zu trennen.«

Sie drückte ihm einen Kuss auf die haarige Brust, machte sich los von ihm und sah ihm in die Augen, und das mit strenger und zugleich ernster Miene. »Es wird nicht einfach mit dir«, sagte sie und wandte sich von ihm ab.

Loryanes brennender Blick traf sie. Sofort wandte die Kriegsmeisterin sich der Menge zu. Sie winkte Pirol Gumpen hinter sich her und stieg mit ihm ins Unterdeck hinunter. Was war nur los mit der Freundin?

Auf dem Schiff sprach sich schnell herum, dass die Königin an Bord war. Ayrin wurde gefeiert, und bis zu den Ruderbänken hinunter hallte es von Segensrufen wider: »Glück unserer Königin, Frieden unseren Städten, Segen dem Reich!« Viele weinten, während sie auf diese Weise mit ihrer Königin auch ihre Hoffnung hochleben ließen. Die Ritter und Schwertdamen waren außer sich vor Erleichterung.

Ayrin stieg zum Ruderdeck hinunter. Und wieder stießen die Angeketteten Segensrufe aus, als sie an den Bänken vorbeiging. Ayrin hob die Arme und brachte die jungen Ritter zum Schweigen. »Wir segeln nach Baldor!«, rief sie. »Dort sammeln wir unsere Kräfte und stellen mit unseren Verbündeten ein Heer auf. Wir werden die Städte Garonas von der Knute der Blutsäufer befreien!«

Die Männer auf den Ruderbänken brachen in Jubel aus. Aus einem Verschlag stierten zwei braunhäutige Gefangene feindselig durch die Gitterwand. Und aus dem Augenwinkel nahm Ayrin wahr, wie Lasnic sie von der Seite musterte. Seine Miene war auf einmal düster, sein Blick traurig.

Erst sieben Ritter hatten Sigruns Krieger bislang von ihren Ketten befreien können. Diese Sieben halfen Gumpen dabei, die anderen Männer von ihren eisernen Fesseln zu befreien. Noch über vierzig Ritter hingen erschöpft über den Holmen. Die tarkanischen Schmiede hatten ganze Arbeit geleistet, um ihre Sklaven für den Rest ihres Lebens an die Ruderbänke zu fesseln.

Sorgfältig untersuchte der Hüne aus dem hohen Norden Ketten und Schellen nach dem schwächsten Eisenglied ab. Glaubte er es gefunden zu haben, hielten vier Männer Arme und Ketten der noch Gefesselten auf einem großen Stein oder einem kleinen Fass fest, während Gumpen eine Spitze seines Dreizacks ansetzte, um das Kettenglied aufzuhebeln.

Lord Frix schob sich an Ayrin heran. »Sei Gabbelkling isch aus 'nem b'sonnere Ärz g'schmiedet«, flüsterte er ihr zu und schnitt eine ehrfürchtige Miene. »Härda als alles, was es uff dere Welt gebbe dut, hatta mal g'sagt: Eiseärz aus de Große Wildnis.«

Ayrin zog zweifelnd die Brauen hoch. Die Nordleute unterhielten Handelsbeziehungen mit den monströsen Bewohnern der Großen Wildnis? Noch nie hatte sie davon gehört. Sie glaubte es auch jetzt nicht.

Am nächsten Morgen ruderten dreißig Ritter und Schwertdamen an Land, um Proviant, Trinkwasser und Feuerholz zu beschaffen. Pirol Gumpen befreite die restlichen Männer von ihren Ketten.

Am Tag darauf ließ Ayrin die Anker lichten. Sie stachen Richtung Osten in See.

*

Im ersten Morgengrauen stieg Ayrin zum Außendeck hinauf. Westwind blähte die Segel. Vier junge Weihritter kletterten in der Takelage des Hauptmastes, am Bug stand eine Hochdame. Loryane. Mit ihr wollte Ayrin sprechen. Sie setzte sich in Bewegung.

In Höhe des Ruderhauses hörte sie Stimmen. Sie blieb stehen und lauschte. Jemand weinte. Eine Frauenstimme mischte sich in kehliges Schluchzen und Schnäuzen. Beides kam aus dem Ruderhaus. Ayrin stieg die Treppe hinauf. Joscun am Steuerruder grüßte stumm, zog die Brauen hoch, deutete mit einer Kopfbewegung zur Ruderhaustür. Ayrin trat ein.

Auf den Planken neben einem Tisch mit Karten und Instrumenten, die Ayrin nicht kannte, hockten Sigrun und ihr Vater Romboc. Romboc barg seinen struppigen Grauschopf an ihrer Schulter und schluchzte. Auch Sigrun hatte nasse Augen.

Vater und Tochter hatten einander wohl berichtet, wie es ihnen ergangen war im Laufe des vergangenen Mondes; wahrscheinlich sprachen sie auch über Tanjassin, die Tochter und Halbschwester. Ayrin wollte sich zurückziehen und die Tür wieder schließen, doch Sigrun gab ihr mit einer Geste zu verstehen, sie möge bleiben. Ayrin setzte sich an Rombocs andere Seite, nahm seine Hand und streichelte sie.

So saßen sie, hielten einander fest und erzählten einander mit leisen Stimmen von Tanjassin – von ihren Taten, von ihrem Wesen, von ihrer klugen Herrschaft über Blauen, die nördlichste Stadt des Reiches. Keiner hegte noch die Hoffnung, sie lebend wiederzusehen.

Später ließen sie Romboc allein im Ruderhaus zurück und gingen die Treppe zum Außendeck hinunter. »Tanjassins Mutter war die erste große Liebe meines Vaters«, sagte Sigrun leise.

»Er hat es mir erzählt.« Ayrin nickte. »Nur zweimal habe er geliebt, sagte er. War die zweite große Liebe deine Mutter?«

»Nein.« Sigrun setzte sich auf die Stufen. »Eine Frau aus Kalmul. Er hat sie aus der Sklaverei befreit.«

»Wann?«

»Vor beinahe zwanzig Wintern, während einer Expedition in den Süden des Großen Ozeans. Damals hat mein Vater eine Burg der Kalmulen erobert. Dort traf er sie.«

»Eine schwarze Frau also?« Noch nie hatte Ayrin eine gesehen.

»Er hat mit einer Bewunderung und Zärtlichkeit von ihr gesprochen wie sonst nur von Tanjassins Mutter. Er hat einen Sohn mit ihr.«

»Sie lebt also noch?«

»Vielleicht.« Sigrun zuckte mit den Schultern. »Ein Fürst der Großen Wildnis hat sie ihm geraubt. Sie und ihren Sohn. Weil er so viele Winter ausblieb, hatte man meinen Vater in Garona schon verloren gegeben. Dann kam er doch zurück, mit nur sechs von achtzig Rittern. Alle krank. Allein Romboc überlebte.«

Davon hatte Ayrin schon gehört. Sie legte Sigrun den Arm um die Schulter, zog sie an sich und küsste sie. »Ich bin der Großen Mutter so dankbar, dass du lebst und bei uns bist. Dass du wieder an meiner Seite stehst.«

Die andere nickte. Ayrin stand auf und ging zum Bug, wo Loryane noch immer stand. Sie trat neben die Freundin. Ein strammer Westwind wehte, straffte die Segel, riss an ihren Haaren, ließ ihre Mäntel flattern. Der Große Ozean umgab sie wie eine tiefblaue Wüste aus Wogen und Schaumkronen. Möwen kreisten, Seeschwalben schwirrten. In keiner Himmelsrichtung sah man mehr Land, schon seit drei Tagen nicht mehr.

»Was für eine Ödnis«, sagte Ayrin. »Ich vermisse die Berge. Du nicht?« Loryane blickte zum Horizont – oder in eine Ferne, von der Ayrin nichts ahnte? – und antwortete nicht, zuckte nicht einmal mit der Wimper. Hörte sie überhaupt zu?

Hinter ihnen, im Ruderhaus, beugte Romboc sich inzwischen über Aufzeichnungen, Karten und einen Apparat, den er Kompass nannte. Ein Geschenk des baldorischen Königs an Belice, die Mutter Ayrins. Aus irgendeinem Grund hatte es den Weg in Ayrins Fluchtgepäck gefunden. Genau wie die Landkarte des Grenzritters Lorban.

Hin und wieder rief Romboc dem Baumeister am Steuerruder etwas zu, und Joscun kurbelte am Ruder herum. Von Zeit zu Zeit löste Pirol Gumpen den Baumeister ab. Dem rief Romboc nur selten etwas zu.

Ayrin wusste, dass der Erzritter nur wenig schlief; die halbe Nacht über beobachtete und vermaß er die Sterne. Dafür benutzte er einen Apparat, den er im Ruderhaus gefunden hatte und dessen Gebrauch ihn Pirol Gumpen gelehrt hatte. Ayrin schämte sich ein wenig, einen Mann im Kerker von Garonada gefangen gehalten zu haben, der ihr inzwischen mindestens so klug erschien wie Romboc, der erfahrenste Ritter des Reiches. Oder wie der Waldmann. Pirol Gumpen erschien ihr immer rätselhafter.

Romboc hatte den Großen Ozean schon mehr als einmal überquert. Sogar den für die Garonesen legendären Strom Stomm hatte er schon bereist. Von dessen Mündungsdelta war er einmal mitten durch die ausgedehnten Siedlungsgebiete der Waldstämme und bis zur großen Wildnis hinaufgerudert; wo er Frau und Sohn verloren hatte und fast seine gesamte Besatzung. Er wusste also in etwa, wie man ein Schiff steuerte. Nebenbei lehrte er Joscun eine Kunst, die er von baldorischen und Trochauer Kapitänen gelernt hatte und die er »Navigation« nannte.

»Du redest wenig in letzter Zeit«, sagte Ayrin.

»Wundert's dich?« Loryane zuckte mit den Schultern. »Der Untergang des Reiches, die vielen Toten durch die Raubechsen, die kräftezehrende Flucht. Wem verschlüge es da nicht irgendwann die Sprache?«

»Es wundert mich, ja. Denn mit anderen sehe ich dich öfter im Gespräch. Mit deinen Schwertdamen zum Beispiel oder mit Sigrun, mit Lord Frix und vor allem mit Gumpen. Nur mich scheinst du zu meiden.« Prüfend musterte Ayrin das Profil der Freundin. Noch immer nicht wollte Loryane sie anschauen. »Woran liegt das?«

»Du täuscht dich, Ayrin, meine Liebe. Wahrscheinlich kommt es dir nur so vor. Warum, weißt nur du.«

»Sollte ich mich wirklich täuschen?« Das hatte Ayrin sich schon viel zu oft gefragt. »Ich glaube, nicht. Hat es womöglich mit dem Waldmann zu tun?«

»So ein Unsinn!« Jetzt fuhr Loryane herum und sah ihr ins Gesicht. »Wie kommst du denn darauf?«

»Du freust dich also für mich, deine beste Freundin, dass ich ihn als Geliebten und zum Vater meines ersten Kindes erwählt habe?« Ayrin hielt dem Blick der hellblauen Augen stand. »Ist das wirklich so?«

»Was denkst du denn?«

»Verzeih mir, Loryane.« Ayrin tastete nach der Hand der Freundin. »Ich bin froh, dass du das sagst. Bis jetzt hattest du geschwiegen zu meinem Glück mit dem Waldmann.«

*

Am Tag darauf blies ein Wal seine Atemfontäne in die Luft, nur eine knappe Garonesische Meile von der Galeere entfernt. Weil die Langeweile viele an Bord ergriffen hatte, versammelten sich Ritter und Schwertdamen an der Reling und beobachteten das Tier.

Einmal sprang es aus den Wogen und beschrieb einen weiten Bogen, bevor es wieder in den Ozean eintauchte. Der Wal war ungeheuer massig, länger als die Galeere und hatte eine große, segelförmige Rückenflosse, die leicht nach hinten gekrümmt war, fast wie ein Säbel. Trotz der Entfernung konnte jeder an Bord die großen weißen Flecken auf der ansonsten schwarzen Haut des Wales erkennen.

Am nächsten Tag begleitete der Gigant das Schiff über viele Stunden hinweg und in weit geringerer Entfernung als noch am Vortag. Die Nachricht von dem Meeresriesen hatte sich inzwischen herumgesprochen, und wer gerade nichts zu tun hatte an Bord, lehnte backbord über der Reling und beobachtete ihn.

Auch Lasnic und Pirol Gumpen fanden sich unter der Menge am Außendeck ein. Bislang hatten sie zwischen dem Ruderhaus und dem Großsegel an einem niedrigen Tisch gesessen und über Holzstäben und verschieden großen Holzscheiben gebrütet. Sie versuchten sich an einem Rätselspiel, das sie im Kerker kennengelernt hatten und »Turm von Garonada« nannten. Keiner sonst an Bord kannte es, außer Ayrin. Sie hatte Lasnic von dem Rätsel erzählen hören und sich selbst schon daran versucht. Sonst verstand niemand genau, worum es dabei ging.

Die Nachricht von dem weiß getüpfelten Wal hatte Pirol Gumpen von seinem Spielzeug an die Reling gelockt. Lasnic spielte noch zwei Stunden lang allein weiter, bevor auch ihn die Neugier packte und er sich unter die Ritter und Schwertdamen mischte. Mit Ayrin, Pirol Gumpen und allen anderen beobachtete er, wie das gewaltige

Meerestier auftauchte, seine Atemfontäne in den Himmel blies und wieder im Wasser verschwand.

»Wir müssen ihn töten«, hörte Ayrin den Nordmann zu Lasnic sagen.

»Bist du bescheuert?«, hörte sie den Waldmann antworten. »Kein vernünftiger Jagdkerl tötet ein Tier, das schöner ist als er selbst und womöglich auch klüger.«

»Es ist wirklich klüger als du«, sagte Gumpen, und seine Miene wirkte so düster dabei, wie Ayrin sie nie zuvor gesehen hatte. »Verlass dich darauf.« Sprach's, wandte sich ab und ging wieder zu seinem »Turm von Garonada«. Doch er grübelte nicht mehr über dem Rätsel, sondern starrte durch die Holzscheiben und -stäbe hindurch, so als wären sie gar nicht da.

»Er kommt mir vor wie ein Mann, dem die Schlammwelse Weib und Grünspross gefressen haben«, flüsterte Lasnic, als er Ayrin in der Nacht in die Arme schloss. Sie hatten eine kleine Kammer im Unterdeck gefunden, die man abschließen konnte. Hier liebten sie sich jeden Tag. »Er guckt dich nicht mehr an, wenn er dich anguckt, er guckt …« Lasnic wedelte mit der Hand, als suchte er Worte. »Er guckt ins Leere. So kenne ich ihn nicht. Und er singt auch nicht mehr.« Dieser Satz vor allem war es, der Ayrin wie ein scharfer Schmerz in die Knochen fuhr.

Am nächsten Tag lehnte sie zwischen Romboc und Joscun an der Reling und beobachtete den weiß gefleckten Wal. Wie hoch und weit er springen konnte, wie riesig er war! Kaum eine halbe Meile neben der Galeere tauchte er auf, blies er seine Fontäne in den Himmel, tauchte er unter. Der Hüne aus dem Norden drängte sich zwischen sie und reichte Joscun ein Pergament voller Ziffern und Zeichnungen. »Damit könnten wir ihn töten«, sagte er. Zum ersten Mal sah Ayrin, dass der Nordmann Garonesisch genauso fehlerlos schrieb, wie er es sprach.

Joscun betrachtete die Linien und Zeichen auf dem Pergament. »Ein Katapult, mit dem man übergroße Speere verschießen kann.« Anerkennend zog er die Brauen hoch. »Perfekt.« Er staunte Pirol Gumpen an. »Bist du ein Baumeister dort, wo du herkommst?«

»Wir könnten die Katapultspeere aus einem der Anker schmieden und an einem Ruder befestigen.« So lautete Gumpens Antwort.

»Kommt nicht in Frage«, sagte Romboc knapp. »Die Stunde naht, da brauchen wir jedes Ruder und jeden Anker.«

Am Abend darauf, kurz vor Sonnenuntergang, wechselte der Wind. Kühle Luft wehte unerwartet aus dem Norden. Sie roch nach Winter, und sie wehte von Stunde zu Stunde stärker. Der schwarzweiße Wal schwamm inzwischen so dicht neben der Galeere, dass man ihn mit einem Pfeil hätte treffen können.

Ayrin hockte bei Lasnic und grübelte mit ihm über seinen Holzringen und -stäben. Es ging darum, eine Pyramide aus neun unterschiedlich großen und in der Mitte durchlöcherten Holzscheiben auf einen leeren Stab eines leeren Sockels so umzuschichten, dass wieder eine Pyramide aus neun Scheiben entstand. Dabei durfte immer nur eine Scheibe bewegt werden, und niemals durfte man eine größere auf eine kleinere Scheibe legen. Dafür erlaubte die Regel, einen dritten Sockel mit einem dritten leeren Stab als Ablagefläche zu benutzen.

Mit drei Scheiben gelang Ayrin das Kunststück auf Anhieb, mit vieren auch noch. Doch als sie fünf Scheiben nach den Regeln umschichten wollte, geriet sie in Stocken. Gumpen und Lasnic beherrschten schon die Umschichtung von acht Scheiben. Der Ehrgeiz packte Ayrin.

Pirol Gumpen trat zu ihnen. Er setzte sich nicht, er machte auch keine Anstalten, sich mit den Stäben und Holzscheiben zu beschäftigen. »Du musst deinen Ring einsetzen, Lasnic von Strömenholz.«

»Wassis?« Lasnic fuhr hoch und stierte ihn an wie einer, der überhaupt nichts mehr verstand. Ayrin dagegen begriff sofort, worauf der Hüne aus dem Eis hinauswollte.

»Der Wal.« Gumpen deutete über die Menschenmenge an der Reling hinaus aufs offene Meer, wo der Gigant aus den Wogen schoss wie ein gigantischer Pfeil, den ein Titan von der Sehne gelassen hatte; wie er einen hohen und weiten Bogen beschrieb und wieder in den Großen Ozean eintauchte. »Du musst ihn töten. Mit deinem magischen Licht. Es ist sehr wichtig. Glaube mir, mein Freund.«

»Schwachsinn!« Lasnic brauste auf. »Was für eine Eulenscheiße du redest, seit dieser verdammte Koloss aufgetaucht ist! Wer beim Schartan hat dir bloß ins Hirn geschissen?« Er winkte ab und konzentrierte sich wieder auf sein Rätsel. »Lass mich in Ruhe.«

Einen Atemzug lag blieb Pirol Gumpen noch stehen. Ayrin kam es vor, als würde er schrumpfen und sein Rücken sich krümmen. Schließlich macht er kehrt und stieg ins Unterdeck hinunter.

»Etwas stimmt nicht mit ihm«, sagte Lasnic. »Ich hab eine verfluchte Angst, dass er überschnappt.«

»Vielleicht stimmt auch etwas mit dem Wal nicht«, entgegnete Ayrin.

»Fang du nicht auch noch an.« Lasnic griff nach einer Scheibe und steckte sie über den Stab einer schon mit vier Scheiben gefüllten Plattform. Ayrin aber konnte sich nicht mehr auf den rätselhaften »Turm von Garonada« konzentrieren. Das »Ah« und »Oh« der Ritter und Schwertdamen jedes Mal, wenn der Wal sprang oder seinen nassen Atem ausstieß, es gellte ihr in den Ohren. Und die auf einmal so krumme Gestalt des Eishünen wollte ihr gar nicht mehr aus dem Kopf gehen. Sie warf einen Blick auf die schwarzen Wolken am Himmel, und nicht nur, weil der starke Nordwind ihr unter den Mantel und die Lammweste blies, stand sie auf und stieg unter Deck.

Bis auf eine waren alle Ruderbänke leer, denn noch konnte man mit geblähten Segeln nach Osten fahren. Ganz allein hockte Pirol Gumpen steuerbords auf einer Ruderbank, stützte die klobigen Ellenbogen auf die breiten Knie und rieb sich die großen Hände. Beinahe verzweifelt kam er Ayrin vor.

Sie hockte sich ihm gegenüber auf die leere Ruderbank an der Backbordseite. Aufmerksam musterte sie sein breites Gesicht, und plötzlich nagten Sorgen und Angst an ihr, denn Gumpens Miene kam ihr bleich und bitter vor.

»Woher kennst du diesen Wal, Gumpen?« Der Hüne aus dem Norden antwortete nicht. »Du kennst ihn doch, nicht wahr? Du siehst ihn nicht zum ersten Mal.« Er nickte, und sein schwerer Schädel wollte gar nicht mehr aufhören, auf und ab zu schaukeln.

Obwohl Ayrin mit dieser Antwort gerechnet hatte, graute ihr auf einmal. »Du glaubst, dass er gefährlich für uns ist?« Gumpen hob die breiten Schultern. »Gefährlich für dich?« Er reagierte nicht. »Nur, wenn du sprichst, können wir eine sinnvolle Entscheidung treffen.« Ayrin stand auf, ging hinüber zu ihm, setzte sich rittlings auf seine Ruderbank und legte ihm die Hände auf die Schultern. »Also: Warum willst du dieses Tier töten?«

Er schwieg lange. Endlich hob er den Blick. Angst flackerte darin, und Ayrin erschrak zutiefst: In vielen Gesichtern hatte sie Angst gesehen während der letzten Monde, niemals jedoch in Pirol Gumpens Miene. »Warum sollten wir dieses wunderbare Tier töten, Gumpen? So sprich doch!«

»Es ist mehr als nur ein Tier«, sagte er so leise, dass es Ayrin angst und bange wurde. »Es bringt den Tod, und es könnte schon den Tod bringen, darüber auch nur zu reden.« Er senkte den Schädel und fuhr fort, die Hände zu ringen. Ayrin suchte nach Worten. Sie spürte genau, dass in dem Hünen aus dem Norden etwas vorging, das sie ernst nehmen musste. Sehr ernst sogar. Und genau das machte sie so ratlos.

Über ihnen, auf dem Oberdeck wurden Stimmen laut. Schritte polterten über die Planken. »Ayrin!« Es wurde dunkler, denn jemand beugte sich in die Luke, die zum Ruderdeck herunterführte. »Komm hoch, Ayrin, schnell!« Loryanes Stimme.

Bevor Ayrin reagieren konnte, sprang Pirol Gumpen auf, setzte über die Ruderbänke und Ruderholme und nahm die schmale Treppe mit drei Schritten. Ayrin hatte Mühe, ihm zu folgen.

Oben an der Reling bildete sich sofort eine Gasse in der Menge der Ritter und Schwertdamen. An Gumpens Seite schritt Ayrin zur Balustrade über dem Meer. Es war kalt, und eisiger Wind riss an ihrem Haar und ihrem Mantelschoß. Sie blickte nach Westen.

Vor dem flammenden Rot der untergehenden Sonne, zwischen dem dunklen Meer und dem inzwischen schwarzen Himmel, entdeckte sie Schiffe. Viele. Hunderte.

Sie stand schweigend und starrte zum Horizont und in den brennenden Himmel. Wie weggeblasen jede Zuversicht, wie jäh in einen schwarzen Strudel gerissen jede Hoffnung. Alle standen sie schweigend und starrten. Die Schiffe rückten mit großer Geschwindigkeit näher.

»Seht ihr die Flaggen an den Hauptmasten?« Lasnics Stimme gellte über das Außendeck. »Der Bocksschädel, die Axt, der Säbel – die Tarkaner sind hinter uns. Sie segeln an den Stomm. Beim Schwanz des Schartans, die Drecksäcke segeln schon an den Stomm.« Selten hatte Ayrin den Waldmann so erschrocken erlebt.

»Oder nach Baldor«, rief Loryane.

»Viele Wege führen an den Stomm und in die Wälder«, sagte Lasnic. »Auch über Baldor kommt man dorthin.«

ZWEITES BUCH

DIE KÖNIGIN

I

Der Holzstoß reichte Lauka bis zur Schulter. Reisig, Kienholz, Stämme, Äste, Zweige, wieder Kienholz und Reisig und ganz oben Mauritz' Leiche. Lauka wankte um den Scheiterhaufen und stieß wieder und wieder mit einer ihrer beiden Fackeln in die Reisigschichten. Immer, wenn ihr Blick auf den verkohlten Armstumpf ihres Vaters fiel oder auf seinen schwarzrot verkrusteten Halsstumpf, schluchzte sie laut auf. Wenn sie dann wieder die Fackel laut weinend in den Scheiterhaufen stieß, dachte sie an Ayrin und stellte sich vor, sie würde die Flamme in den Leib der verhassten Schwester rammen.

Jenseits der Burgmauern lärmten noch immer die Einschläge der schweren Geschosse. Dabei konnten die Belagerer nur noch einen einzigen Katapult benutzen. Manchmal hörte man von fern sogar die Schlachtrufe der Blutsäufer. Wilde Aufregung herrschte in deren Kriegslager, seit Lauka sich den Kopf ihres Anführers geholt hatte. Zwei- bis dreimal am Tag stürmten sie seitdem gegen Tore und Wehrmauer.

Lauka reichte Tigrit die Fackeln. Sie ging zu Starian, der allein und zwanzig Schritte vom Scheiterhaufen entfernt stand; sie mühte sich um aufrechte Haltung und festen Schritt. Bei ihm angekommen, tastete sie nach seiner Hand. Durch ihren Tränenschleier hindurch sah sie den brennenden Scheiterhaufen verschwimmen.

Der Himmel über Blauen war bedeckt, milder Westwind hatte Wolken gebracht. Der Rauch wollte nicht recht aufsteigen, breitete sich im Burghof aus, schwebte bald als dunkelgrauer Baldachin über Scheiterhaufen und Menschen. Die Flammen griffen dennoch um sich, fraßen Zunder, Kienholz und Geäst, hüllten schließlich die Holzscheite und Mauritz' Torso ein wie ein großes Kleid aus Licht und Feuer.

»Der Meister des Lichts«, murmelte Lauka. »Mein Vater, mein

Vater – meine Katapulte, meine Kampfscharen, meine Wehrmauern …« Und im Stillen fügte sie hinzu: *Wer kann mich jetzt noch retten?* Und dann wieder murmelnd: »Meine Katapulte, mein Heer, meine Mauern – mein Vater, mein Vater …«

»Dass niemals jemand darauf kam, nicht wahr?«, sagte Starian leise. Begriff er denn gar nicht, was sie sagen wollte? Er hielt ihre Hand fest. Ein Wunder, dass er wieder aus eigener Kraft laufen konnte. Oder nein: kein Wunder, Magie. »Ein erstaunlicher Mann«, raunte er. »Du musst sehr stolz auf ihn sein.« Seine Hand fühlte sich kräftig und warm an – und zugleich alt und knochig. Die Lebensuhr hatte ihm auch Laukas Magie nicht zurückdrehen können.

Außer Starian duldete Lauka niemanden an ihrer Seite. Alle anderen standen abseits an Mauer und Fassade in weitem Kreis um den Scheiterhaufen herum.

Stolz? Lauka lauschte in sich hinein. Nein, sie empfand keinen Stolz. Nur Trauer und Wut. War ihr Vater nicht ein Magier gewesen? Hätte er nicht dafür sorgen können, dass niemand ihm schadete? Erschlagen lassen hatte er sich stattdessen! Von Ayrin, dieser Schlange! Allein gelassen hatte er sie, Lauka, seine einzige Tochter! Kaum einen Mond lang hatte sie einen Vater gehabt. Die zwanzig Winter davor lebte er als Harlekin ganz in ihrer Nähe und ohne sich ihr jemals zu offenbaren. Und jetzt hatte er sie verlassen.

Stolz? Nein, Lauka empfand nur Trauer und Wut.

Außerhalb der Burgmauern krachte, donnerte und dröhnte es. Das Burghofpflaster bebte. Wieder war irgendwo in der Nähe ein Katapultgeschoss eingeschlagen. Sie wollte nichts davon wissen, starrte das Geflimmer und den Rauch über dem Scheiterhaufen an. In den Flammen zischte es. Der kopflose Leichnam verkohlte nach und nach; jetzt krümmte er sich; jetzt richtete er sich auf. Laukas Unterlippe zitterte.

Doch, eines empfand sie noch außer Trauer und Wut: Durst nach Rache. Ayrin musste büßen für diesen Mord. Und der Waldwilde ebenfalls. Genau wie Joscun. Sie waren bei ihr gewesen, als es geschah; das wusste Lauka inzwischen von Flüchtlingen aus Garonada. Hatten sie ihr vielleicht sogar geholfen? Wie auch immer – ohne den Waldwilden und den Baumeister hätte Ayrin einen Mann wie Mauritz nicht töten können, ganz gewiss nicht.

Sie ließ Starians Hand los, trat näher an den Scheiterhaufen heran – so nahe, dass ihr die Hitze auf Wangen und Stirn brannte und ihr der Atem in der Kehle glühte. »Ich werde deine Mörderin jagen!«, rief sie. »Ich werde nicht ruhen, bis ich ihr Fleisch den wilden Tieren zum Fraß vorwerfen kann!« Ihre schrille Stimme hallte zwischen Fassaden und Mauern. »Ich werde deine Asche über dem Glacis verstreuen, sobald ich das tarkanische Raubgesindel aus dem Reich vertrieben habe!« Sie breitete die Arme zum rauchverhangenen Himmel aus. »Das schwöre ich! Bei der Großen Mutter, ich schwöre es – ich, Lauka, die Königin von Garona!«

Ihre Stimme brach, Rauch und Hitze reizten ihre Kehle, Husten schüttelte sie. Sie wich zurück, griff wieder nach Starians Hand, versuchte das Zittern ihrer Glieder zu beherrschen. Tränen liefen ihr über die Wangen, sie verfluchte Ayrin. Nacht für Nacht lag Lauka wach und dachte sich ein Meer von Leiden für ihre Schwester aus. Und für den Waldwilden. Und für Joscun. Schwindel packte sie. Sie lehnte gegen Starian.

»Geht es denn?«, fragte der. Sie nickte.

Doch erst einmal musste sie dieses Pack in ihre Gewalt bekommen. Hier, in Blauen, war das ausgeschlossen. Hier würde sie allenfalls noch sterben können, weiter nichts mehr. Die Magierin ließ die Stadt beschießen, Tag für Tag, Nacht für Nacht. Da! Es donnerte und krachte schon wieder. Lauka zuckte zusammen. Die Einschläge rissen nicht ab! Die verfluchte Magierin ließ die Mauern berennen, Tag für Tag, Nacht für Nacht. Diese Hexe würde nicht ruhen, bis man sie, Lauka, die Königin, vor sie brachte. In Ketten oder tot.

Catolis. Lauka verfluchte sie im Stillen. *Catolis.* Wie Galle stieg ihr der Hass auf die Zunge. Der aufgerichtete Leichnam in den Flammen streckte sich, fiel zusammen, lag reglos und schrumpfte zusammen. *Catolis.* Um ihren Durst nach Rache stillen zu können, musste sie erst einmal dieser gefährlichen Hexe entkommen.

Sie war zu stark. Was sollte denn eine Schülerin der Magie gegen eine Großmeisterin ausrichten? Als sie mit Zlatans Schädel aus dem

Verhandlungszelt getreten war, hatte sie Catolis hinter den Reitern gesehen. Ganz kurz nur, doch der Schrecken war ihr in alle Glieder gefahren, und ohne nachzudenken, hatte sie sofort das ERSTE MORGENLICHT entfesselt. In seinem Schutz war ihr die Flucht gelungen.

Es war knapp gewesen, lebensgefährlich knapp. Und es hatte ihr noch einmal bestätigt, was sie schon wusste: Die Großmeisterin der Zeit jagte sie.

Und wahrhaftig – Lauka fürchtete die Hexe. Zwar besaß sie jetzt zwei dieser magischen Ringe. Doch was nützte ihr das? Sie konnte ja noch nicht einmal die magische Kraft ihres eigenen vollständig ausschöpfen. Der zweite Mondsteinring war ihr in jeder Hinsicht zu groß. Sie trug ihn dort, wo sie ihn an Zlatans Schädel gefunden hatte: an einem blutigen Zopf im Nacken unter dem Deckhaar. Dass jetzt sie ihn besaß, wusste niemand.

Hinter ihr knallten Schritte über das Burghofpflaster, näherten sich rasch, verstummten schließlich. Irgendjemand flüsterte. Boten von der Stadtmauer? Wahrscheinlich. Was suchten die hier? Lauka wollte nichts wissen. Bloß keine schlechten Nachrichten mehr! Und sollte sich ja niemand einfallen lassen, sie zu stören in ihrer Trauer. Nicht jetzt! Aus dem Augenwinkel sah sie, wie Starian sich nach den Neuankömmlingen umwandte. Zum Glück schwieg er.

Dankbar drückte sie seine Hand. In den Flammen zerfiel der Rest von Mauritz' Leichnam. Ein Windstoß fuhr in den dunkelgrauen Baldachin aus Rauch, zerriss ihn, trieb große Fetzen davon gegen die Fassade der Innenburg. Es stank nach verbranntem Fleisch. Ekel und Brechreiz würgten Lauka. Ekel, Brechreiz, Trauer und Hass.

Von fern drang wieder Geschrei über die Zinnen des Burghofs. Kein Kriegsgeschrei diesmal. Abscheulich klang es – qualvoll, gellend, viehisch. Junge Männer und Frauen aus Garonada. Jeden Tag quälten die Tarkaner hundert zu Tode. An Pfählen nicht weit vor dem Nordtor. Niemand mochte mehr seinen Dienst tun auf der Wehrmauer. Die Ritter und Schwertdamen, die das Los dennoch auf den Posten zwischen die Zinnen rief, wurden von Stunde zu Stunde bleicher und hohlwangiger.

Das Feuer brannte herunter. Lauka fror. Selbst tief drinnen in Brust und Eingeweiden fror sie. Was für ein entsetzlicher Tag! Welch grauenhafte Stunde!

Starian sah erneut hinter sich. Sie hielt seine schweißige Hand fest. »Boras ist gekommen«, flüsterte er. »Er scheint dringende Botschaft zu bringen.«

Dringende Botschaft? Die Stadt war verloren, Mauritz nur noch ein Haufen Asche – was konnte jetzt noch dringend genannt werden? Weg von hier! So schnell wie möglich und so weit wie möglich! Sonst gab es nichts wirklich Dringendes mehr. Nicht für Lauka.

Das Geschrei der Gequälten hallte noch immer in der Luft. Lauka konnte es kaum ertragen, hätte sich am liebsten die Ohren zugehalten. Ein letzter Blick auf das verglimmende Feuer. Keinerlei menschliche Konturen erkannte sie mehr an dem schwarzen Klumpen, der eben noch der Leichnam ihres Vater gewesen war.

Sie ließ Starians Hand los, atmete tief durch, reckte das Kinn nach vorn und straffte ihre Gestalt. *Sei stark*, ermahnte sie sich im Geist, *lass dir nichts anmerken – sie müssen wissen, dass nichts dich brechen kann*. Sogar ein Lächeln gelang ihr. *Dass nichts dich brechen* wird. Sie ging los, zuerst zu Hector und seinen Thronrittern.

Die Blicke der anderen hingen an ihr. Sie spürte jeden einzelnen: Die Herzogin Wilmis erforschte ihre Miene nach Zeichen der Schwäche und der Angst, Raban nach Zeichen von Stärke; die frisch gekürte Obristdame Wolfrun schien sie zu bewundern, Tigrit bemitleidete sie. Hectors Blick glühte vor Leidenschaft – gut so! –, der von Kyranja, der Schwertdame mit dem rot gefärbten Kahlkopf, war kalt und hart. Vollkommen ausdruckslos auch Valenas Miene, die Ärztin mit dem weißen Stoppelhaar.

Mochten ihre Gesichter verschlossenen Steintoren gleichen oder aufgeschlagenen Büchern – sie fürchteten ihre Königin. Alle. Lauka wusste es. Seit sie Zlatans Schädel durch das Osttor getragen hatte, fürchtete man sie in Blauen. Gut so.

Boras sowieso. Da stand er in seinem roten Mantel, beglotzte sie unter zuckenden Lidern hervor. Bebten seine Kaumuskeln? Kam er etwa, um Gnade für seine sterbende Majordame zu erflehen? Er schluckte, er äugte nach links und rechts. Irgendetwas sorgte dafür, dass seine Nerven flatterten. Warum war er noch fahler als eine gerupfte Gans? Der Trochauer Pradosco und vier Grenzritter umstanden ihn. Irgendetwas stimmte nicht.

»Füllt die Asche in die Goldurne«, wandte Lauka sich an Hector. »Bringt sie hinauf in die Grotte. Und denkt auch an Mauritz' Schädel.« Hector nickte stumm. Der Rotschopf würde alles für sie tun – daran hegte sie nicht den geringsten Zweifel mehr.

Lauka nickte Raban, seinen Blondinen und Wilmis zu. Boras gönnte sie nicht einmal einen flüchtigen Blick. »Steigen wir hinauf.« Mit einer Kopfbewegung deutete sie zur Steilwand, die an der Rückseite der Burg aufragte. Wie ein Windstoß ging es durch die bisher so reglose Menge. Lauka drehte sich um und machte Anstalten, allen anderen voran zur Freitreppe vor der Empfangshalle zu gehen; außerhalb der Burg in die Grotten hinaufzusteigen, wäre viel zu gefährlich gewesen. Starian schritt schon wieder an ihrer Seite. Das beruhigte sie.

»Die Hohepriesterin hat ihre Krieger den ganzen Tag stürmen lassen«, sagte hinter ihr Boras. »Gegen alle Tore. Sie haben den Schädel ihres Tarbullos erobert. Das nächste Mal könnten sie eines der Tore einnehmen.«

Lauka tat, als hörte sie es nicht, ging einfach weiter. Was bedeutete schon der verdammte Schädel eines verdammten Blutsäufers? Sie hatte Zlatans Kopf vor dem Osttor aufpflanzen lassen; damit ihre Ritter und Schwertdamen es immer vor Augen hatten: Die Blutsäufer waren zu besiegen.

»Warte!«, rief Boras hinter ihr. »Das Geschrei der Gequälten ist verstummt. Höre doch, meine Königin!« Jetzt blieb sie doch stehen, lauschte. Irgendwo prasselte ein Pfeilhagel nieder, irgendwo schlugen Felsbrocken auf den Straßen von Blauen ein. Schreien hörte Lauka jedoch niemanden mehr.

Sie drehte sich nach Boras um. »Und?«

»Das sechste Hundert«, sagte der Kahlkopf. »Alle tot. Morgen früh werden sie das siebte Hundert an die Pfähle binden. Gegen Abend, um diese Zeit, wird auch ihr Geschrei verstummen.« Er ließ seinen Blick über die anderen schweifen, als würde er zu ihnen sprechen statt mit ihr, seiner Königin. »Dann sind siebenhundert tot. Und übermorgen beginnt der achte Tag.«

»Wer hat dich gebeten, Dinge zu erzählen, die jeder hier längst weiß?« Lauka musterte ihn kühl. »Würden wir die restlichen vierhundert retten wollen, müssten wir den Blutsäufern die Tore öffnen. Dann würden weitaus mehr sterben als nur tausend.«

»Nicht, wenn einer sich opfert, meine Königin.«

»Was redest du, Reichsritter?« Lauka bereute, stehen geblieben zu sein.

»Nicht, wenn eine sich opfert.« Boras spähte schon wieder nach allen Seiten. Suchte er denn tatsächlich den Beistand der anderen?

Unsicherheit und Wut stritten in Laukas Brust. Die Wut siegte. »Was ist in dich gefahren, Reichsritter? Warum bist du nicht bei deiner Kampfschar oben auf dem Gipfel?«

»Fähige Ritter und Schwertdamen bewachen die Südflanke des Blauphirs«, sagte Boras. »Keine Sorge also, meine Königin. Die wirkliche Gefahr droht uns von den Kampfrotten, die seit sechs Tagen und Nächten unsere Mauern berennen. Seit du den Tarbullo getötet hast, meine Königin. Ich bin hier, weil die Kriegsmeisterin von Blauen mich mit einer Botschaft für dich gesandt hat.«

»Botschaft? An mich?« Lauka kniff die Augen zusammen. Was mochte die Alte ihr zu sagen haben? »Sie will doch nicht etwa kapitulieren?«

»Nein. Die Hochdamen und Schwertlosen von Blauen haben sie bedrängt, dir eine wichtige Botschaft auszurichten. Und mich haben sie ausgesucht, sie dir zu überbringen.« Boras trat von einem Fuß auf den anderen. Sein Adamsapfel tanzte geradezu auf und ab.

»Sprich, Reichsritter Boras.«

»Mit der Leiche des Magiers hat die Hohepriesterin der Blutsäufer uns ein Angebot gesandt, meine Königin, das weißt du.« Er räusperte sich mehrmals, streckte Brust und Kinn heraus. »Und du weißt auch, wie dieses Angebot lautet: Die Königin selbst möge vor das Tor kommen und sich in die Hände des Feindes begeben.« Seine Stimme brach fast vor Heiserkeit. »Sollte das geschehen, werden nicht nur die Vierhundert gerettet, sondern die ganze Stadt.«

»Bei allen bösen Mächten des Universums!« Sie wurde laut. »Was redest du denn da für einen Unsinn, Reichsritter?«

»Verstehst du diese Botschaft wirklich nicht, meine Königin?« Boras trat ein Stück auf sie zu und machte eine flehende Geste. »Sie lautet kurz gesagt: ›Rette Blauen, Königin Lauka, und geh allein vor das Tor. Opfere dich für die Stadt, damit die jämmerlichen Überreste deines Volkes am Leben bleiben.‹«

Lauka stand starr und rang um Fassung. »Ausgerechnet du gibst dich her, mir so eine Nachricht zu überbringen?« Ihre Stimme zitterte vor Zorn. »Wie dumm muss man denn sein, um den Blutsäufern auch nur ein Wort zu glauben? Ja, sie würden mich töten und Schlimmeres! Doch danach würden sie keinen Stein in der Stadt auf dem anderen lassen. Niemand käme durch meinen Tod mit dem Leben davon, du Narr! Kein Säugling, kein Greis, keine Frau, kein Mann!«

»Gestatte mir, meine Königin, dich auf das hohe Alter und die große Erfahrung unserer Kriegsmeisterin hinzuweisen.« Boras deutete eine Verneigung an, seine Stimme klang wieder fester. »Keine Hochdame in der Stadt nimmt es an Klugheit mit ihr auf, meine Königin. Sie steht in Kontakt mit der Hohepriesterin der Tarkaner. Die hat ihr schriftliche Garantien gegeben.«

»Waas …?« Lauka traute ihren Ohren nicht. »Verrat also.« Sie nickte langsam. »Gehen wir, Starian.« Sie ließ Boras stehen, schritt an Starians Seite zur Treppe, winkte den anderen.

Doch statt nach Starians Hand, griff sie nach ihrer Armbrust und nach einem Pfeilbolzen. Ein Atemzug nur, und sie hatte ihn in die Sehne gespannt. Blitzschnell fuhr sie herum. Mit einem blechernen Knall durchschlug der Bolzen den schwarzen Harnisch des Reichsritters. Boras stand wie gelähmt. In seiner starren Miene las Lauka, dass er es nicht glauben wollte. Auch dann noch nicht, als er den Blick senkte und schon den Schaft des Pfeilbolzens aus dem Harnisch über seinem Bauch ragen sah. Ächzend sackte er in die Knie.

»Verdammter Narr!« Lauka zischte, spannte den nächsten Pfeil ein. Doch ehe sie die Armbrust zum Schuss heben konnte, umgaben Boras' Grenzritter ihren Reichsritter – zwei rissen ihre Klingen aus den Scheiden, einer zielte mit der Armbrust auf Lauka, der vierte hob seinen Speer zum Wurf und schleuderte ihn auf die junge Königin.

Jemand warf sich auf sie, riss sie zu Boden, stemmte einen Langschild über sie und sich selbst. Lauka hörte es sirren und rauschen, sie hörte etwas Hartes in Holz einschlagen. Sie spürte, wie ein schwerer Körper über sie fiel. Ritter und Schwertdamen scharten sich auf einmal um sie, Raban brüllte Befehle. Klingen klirrten, ein Mann schrie auf, etwas prallte dumpf aufs Burghofpflaster.

Tigrit und Kyranja halfen ihr auf die Beine. »Alles gut, meine Königin?« Raban befingerte sie. »Ist alles in Ordnung mit dir?« Lauka blickte in das fette, todernste Gesicht der Herzogin Wilmis. Tigrit reichte ihr die Armbrust, die Rotglatze Kyranja den Köcher. Um den angeschossenen Boras herum hatten die letzten beiden seiner Ritter den Schwerthieben Wolfruns und Hectors nichts mehr entgegenzusetzen. Mit gespaltenen Schädeln sanken sie neben die anderen beiden. Breitbeinig stand Wolfrun über Boras und hob ihr Langschwert zum letzten, tödlichen Schlag.

»Nein!«, rief Lauka. »Nein, nicht!« Wolfrun ließ ihre Klinge sinken. »Ich begnadige ihn!« Ein Raunen ging durch die Menge, Hector runzelte fragend die Stirn. »Ich begnadige ihn und schenke ihm ein paar weitere Stunden Leben. Steckt ihn in die Kerkerzelle zu seiner Majordame.« Mit der Armbrust deutete Lauka zur Freitreppe vor der Innenburg. »Schleppt ihn in Gudruns Kerker hinunter. Soll er ihren Eiter riechen müssen, soll sie angewidert sein Gedärm anstarren müssen, sollen sie gemeinsam verrecken.«

Kyranja und drei Blondinen Rabans packten den Schwerverletzten, zerrten ihn über das Pflaster zur Treppe. Er brüllte vor Schmerzen. Lauka aber wandte sich um, wollte sehen, wer sie zu Boden gerissen und mit seinem Körper geschützt hatte. Sie blickte in ein rundes, bärtiges Gesicht und in sehr dunkle Augen. Pradoscos Augen.

Der Trochauer kauerte am Boden und blickte zu ihr herauf.

Nichts Widerspenstiges mehr in seiner Miene, nichts Lauerndes, nur noch Schmerz. Neben seiner gedrungenen Gestalt lag ein Langschild – ein Wurfspeer steckte in seinem Körper. Sein buntes Leinengewand triefte von Blut, auch in seinen dunklen Locken schimmerte es feucht und rot. Ein Pfeilbolzen ragte seitlich aus seinem Hals. Valena kniete bereits neben ihm, schnitt die Wunde rund um den Pfeil auf.

»Du?« Lauka schüttelte ungläubig den Kopf. »Pradosco also …« Sie suchte nach Worten. Dem eigensinnigen Rebellen hätte sie eine Tat wie diese zuletzt zugetraut. »Du bist frei.«

*

Später, auf dem Plateau vor der Grotte, traten Lauka und Starian noch einmal ans Geländer und blickten in die Stadt hinunter. Der Schatten des Blauphirs lag schon über Blauen. Rauchschwaden und Rauchwolken verhüllten die Hälfte der Häuser und Straßen. Überall Feuersbrünste, überall Trümmer, überall Bürger von Blauen und Flüchtlinge, die zu retten versuchten, was noch zu retten war. Überall Geschrei von Verletzten und Sterbenden.

Von der Nordmauer warnten Fanfaren vor dem nächsten Ansturm der Blutsäufer, durch das offene Osttor hetzte eine kleine Kampfschar nach einem Ausfall zurück in die Stadt. Kommandogebrüll war zu hören, Armbrustschützen schossen von der Wehrmauer auf tarkanische Verfolger der Kampfschar hinab, krachend fielen die Torflügel zu. Aus dem Abendhimmel stürzte nach steiler Flugbahn ein Katapultgeschoss und schlug nur knapp hinter der Wehrmauer in ein Hausdach ein. Eine Fontäne aus Ziegeln, Balken, Mörtel und Staub stieg auf. Menschen schrien. Kaum einen Atemzug später traf ein Felsbrocken die Mauerzinnen.

»Es ist vorbei, nicht wahr?«, flüsterte Lauka.

»Ja.« Starian neben ihr nickte. »Zwei Tage, höchstens drei, dann ist es vorbei. Du musst dich retten. Schnell. Sonst wirst du mit dieser Stadt untergehen.«

»Und der Wind? Was ist mit dem Wind?«

»Er frischt auf.« Starian fasste ihren Arm, zog sie weg von der Brüstung. »Doch nachts können wir nicht aufbrechen. Hoffen wir, dass der Wind auch morgen Früh noch so günstig steht.« Hinter ihm her schritt Lauka in die Grotte. Viele Fackeln brannten. Die anderen drängten sich schon um die kleine Wandnische, die Hectors Thronritter auf Augenhöhe in den Fels gehauen hatten. Der Rotschopf selbst wartete mit einem goldenen Gefäß in den Händen – der Urne mit Mauritz' Asche. Valena, neben ihm, hielt einen menschlichen Schädel.

Raban trat zu Lauka und wies auf die Stoppelhaarige. »Alles ist so geschehen, wie du es befohlen hast, meine Königin.« Er sprach von Mauritz' Totenschädel. »Die Ärztin hat ihn enthaart, entfleischt und gereinigt. Alles nach deinen Wünschen.«

Dem Erzritter war nicht ganz wohl, Lauka hörte es seiner zögernden Stimme an. Sie nickte, ging zu Hector und nahm ihm die Urne mit Mauritz' Asche ab.

»Hätte feiger Mord ihm nicht das Leben geraubt, würden wir noch heute die Hälfte der Blutsäufer töten und die andere Hälfte in die Flucht schlagen. So aber müssen wir zurückweichen und den Sieg aufschieben, denn ich kann nichts tun gegen die Hexerei ihrer Hohepriesterin.«

Sie hielt die Goldurne hoch und wiederholte den Schwur, Mauritz' Asche über dem Glacis zu verstreuen und seine Mörder zu töten. Dann reichte sie die Urne ihrem Ersten Thronritter. Der Rotschopf schob sie in die Felsnische.

Kyranja, die Schwertdame mit dem rot gefärbtem Kahlkopf, trat neben Lauka, hob die Arme und rief die Große Mutter an. Ein dunkelblauer Mantel hüllte sie ein. Kurz nach ihrer Mutterweihe hatte sie drei Winter lang bei der Priesterin Runja im Mutterhaus am Altar gedient. Runja war tot, und keine ihrer möglichen Nachfolgerinnen schien den Sturm der Blutsäufer überlebt zu haben, also hatte Lauka kurzerhand Kyranja zur neuen Priesterin erklärt.

Die betete mit rauer, kehliger Stimme und befahl der Großen Mutter die Seelen der Verstorbenen an. Danach intonierte sie die Totenhymne von Garona. Nach und nach stimmten alle ein, mit heiserer Stimme auch Lauka. Während sie die Hymne sangen, mauerten zwei Thronritter die Felsnische zu.

Die Hymne verklang, Stille herrschte. Unten in der Stadt hörte Lauka ein Geschoss einschlagen. Sie nahm Valena den Totenschädel ab, hielt ihn vor der Brust fest und sagte in die Stille hinein: »Sobald ich den Mord an dir, meinem Vater, gerächt habe, werde ich zurückkehren. Ich werde neue Kraft gewinnen und die Blutsäufer aus dem Reich vertreiben. Und dann werde ich deinen Schädel in der Eiswand über dem Gletscher bestatten, zwischen dem meiner Mutter Belice und jener Felsnische, in der in vielen Jahren einmal auch mein Schädel ruhen wird. Das schwöre ich – ich, Lauka, Königin von Garona.«

Sie küsste den Schädel und reichte ihn Kyranja. »Bewahre ihn auf und hüte ihn wie deinen Augapfel. Verlierst du ihn, bist du mir dein Leben schuldig.«

Kyranjas kantiger Miene war nicht anzusehen, ob sie dankbar für diesen Auftrag oder ob sie darüber erschrocken war. Sie zog ein dunkelblaues Säckchen aus ihrem neuen Priestermantel und steckte den Schädel des Magiers hinein. Der blaue Samt des Säckchens war mit goldenen Mondsicheln bestickt.

»Gehen wir«, sagte Lauka. Ihr Gefolge formierte sich zu einer Eskorte, Raban und die Thronritter gingen voran. Draußen war es längst dunkel. Feuerschein erhellte die Stadt am Fuß der Blauphirnordwand. Kriegsgeschrei hörte Lauka keines mehr. Auch der Katapultbeschuss ruhte. Mit ein bisschen Glück würden die Blutsäufer erst nach Sonnenaufgang wieder angreifen.

Die Fackelträger an der Spitze des Zuges wandten sich nach Westen. An der ersten Felsleiter verabschiedete Lauka sich von Wilmis und ihren Gardisten. »Die Große Mutter segne dich«, sagte Lauka, »und verleihe dir genügend Kraft, um mir Blauen bei meiner Rückkehr unversehrt übergeben zu können.«

»Ich werde tun, was in meiner Macht steht.« Die Herzogin verneigte sich und stieg in die Leiter.

Bald erreichte der Tross die Felstreppe, die zu den Terrassengärten von Blauen hinüberführte. Plötzlich tauchte Tigrit vor Lauka auf.

Ihr Zopfgestrüpp schimmerte blauschwarz im Schein ihrer Fackel. Sie deutete eine Verneigung an.

»Was gibt es?«, fragte Lauka.

»Der Trochauer bittet darum, von dir gehört zu werden, meine Königin.« Sie verschwand wieder in der Kolonne, und aus dem Halbdunkeln trat Pradosco. Er verbeugte sich.

»Was willst du? Sprich.«

»Nimm mich mit, meine Königin«, sagte der Trochauer. »Ich will in deinen Diensten bleiben.« Pradoscos Stimme klang dunkel und rau, als wäre er erkältet. Der Verband an seinem Hals war von Blut getränkt. »Bedenke, dass sie uns verfolgen werden«, fuhr er fort, als Lauka zögerte. »Bedenke, wohin die Hauptmacht ihrer Flotte unterwegs ist. Nach Baldor und zum Stomm. Du wirst noch einen Dolmetscher brauchen können, meine Königin.«

Lauka musterte seine stämmige Gestalt, seinen Lockenkopf, sein stoppelbärtiges Gesicht, seine harten und entschlossenen Züge. Ein Feuer schien in seinen dunklen Augen zu brennen. Das gefiel ihr. »Hast du denn geübt?«

»Nein, meine Königin.«

»Selbst Geübten kann die Flucht das Leben kosten.«

»Ich weiß, meine Königin.«

Sein Mut beeindruckte sie, doch Lauka begriff natürlich: In Blauen zu bleiben würde Pradosco mit Sicherheit das Leben kosten, denn für die Blutsäufer galt er als Verräter. Ihr zu folgen gewährte ihm wenigstens eine kleine Überlebenschance. Und seine Rettungstat würde sie ihm so schnell nicht vergessen. »Dann geh mit mir.« Sie nickte. »Überlebst du die Flucht, sollst du mein Dolmetscher sein.«

2

Warum musste das verdammte Schiff schwanken wie eine Baumschaukel für Grünspross? Lasnic stemmte sich auf die Reling, blinzelte in die schäumenden Wogen. Ihm war schlecht, und er sehnte sich nach festem Boden unter den Füßen. Ayrin musterte ihn von der Seite; klar, merkte er das. Nur nichts anmerken lassen, gerade stehen, tief durchatmen. *Entspann dich, Waldkerl, alles halb so wild.* Er hob den Blick, drückte Brust und Kinn raus, atmete tief durch. *Na also, es geht doch.* Er blinzelte zu Ayrin, verzog Lippen und Lider zu einem gleichmütigen Lächeln.

Mit einer Kopfbewegung deutete Ayrin zum Westhorizont. Das rote Leuchten dort verblasste nach und nach. Doch noch immer konnte Lasnic die winzigen Umrisse der Galeeren zwischen dem Nachtblau des Meeres und der Grabesschwärze des Himmels sehen. Wieder und wieder versuchte er die Schiffe zu zählen, gab aber jedes Mal auf, wenn er glaubte, zweihundert Rümpfe und Hauptmasten einigermaßen auseinandergehalten zu haben. Wie Unrat, ausgespien aus den höllischen Schlünden des Schartans, so kam ihm die Ansammlung der dunklen Schemen am Horizont vor.

»Wenigstens kommen sie nicht näher«, sagte er. »Fallen sie nicht sogar zurück? Ich kann die verfluchten Bocksfahnen kaum noch erkennen.«

»Unser Vorsprung wächst, es ist wahr.« Ayrin zog ihr rotes Stirntuch aus dem Mantel und band sich das im Wind flatternde Haar aus dem Gesicht. »Wahrscheinlich rudern sie nicht halb so schnell wie wir.« Romboc hatte jeden freien Platz auf den Ruderbänken besetzen lassen. Fünfzig Ruderer zogen die Riemen durch die aufgewühlten Wogen, seit die Galeeren am Horizont aufgetaucht waren. Auch die beiden Gefangenen mussten schuften.

Pirol Gumpen, neben der Königin, starrte schweigend aufs Meer hinaus. Der Wal hatte sich schon länger nicht mehr gezeigt. Im

Stillen dankte Lasnic dem Wolkengott dafür. Ganz irre hatte der schwarz-weiße Koloss den armen Gumpen gemacht. Dort, wo er herkam, schien man Wale zu fürchten wie Waldfeuer oder zu hassen wie Schlammwelse. Oder beides. Unbegreiflich – Lasnic fand den Wal bewundernswürdig wie einen Flussparder oder einen stolzen Waldelefanten.

»Der Wal ist weg, Pirol Gumpen«, sagte er, »los, sing ein Danklied.« Der Hüne blieb stumm. »Mach schon!« Der Mann aus dem hohen Norden schüttelte den Kopf.

Unter Deck stieß jemand in ein Signalhorn, aus allen Winkeln des Oberdecks lärmten danach Schritte. Viel zu schnell drehte Lasnic sich nach den Schwertweibern um, die sich hinter ihm vor der Luke zum Ruderdeck drängten. Für knapp die Hälfte der erschöpften Männer wurde jetzt die Ablösung fällig. Sogar Loryanes Blondschopf entdeckte er unter den Kriegerinnen. Und ihm stieg schon wieder der Geschmack nach Kotze in die Kehle. *Eulenscheiße, verdammte*, dachte er.

Seine Worte klangen anders: »Wahrscheinlich haben die verfluchten Bräunlinge unsere Galeere noch gar nicht entdeckt«, sagte er. »Nur vor dem Hintergrund des Abendrots konnten wir ihre Flotte ja so leicht erkennen.« Er spähte wieder zum Horizont, rieb sich mit der flachen Hand über den grummelnden Bauch. »Oder sie halten unseren Kahn für einen der ihren.«

»Die Große Mutter sei uns gnädig und möge es so geschehen sein lassen.« Ayrin nahm seine Hand und zog ihn mit sich zur Luke ins Ruderdeck. »Komm mit, wir lösen zwei Ruderer ab.«

Lasnic stieg mit ihr hinunter. Er hielt sich am Geländer der schmalen Stiege fest und ließ sich nicht anmerken, wie schlecht ihm war. Zahllose Fackeln brannten auf dem Ruderdeck. Sie nahmen die Plätze von Lord Frix und Wigard ein; die beiden wankten erschöpft ins Halbdunkel. Auf dem leeren Verschlag hockte Schrat und begrüßte den Waldmann gackernd und schnalzend. Später folgte Pirol Gumpen. Er schickte zwei Ritter zum Schlafen, nahm ihre Bank hinter den Gefangenen ein und griff allein nach dem Riemen.

Schnell wurde es dunkel. Romboc ließ dennoch weiterrudern. Der Nordwind blies von Stunde zu Stunde stärker, er rüttelte an den Masten, zerrte an den Segeln. Trotzdem ließ Romboc sie nicht einholen. Alle zwei Stunden übergab er die Steuerung der Galeere an Joscun und das Ruder an das junge Schwertweib Thora. Dann stieg auch der bullige Erzritter hinunter aufs Ruderdeck, um sich eine Schicht lang selbst in die Riemen zu stemmen und so die anderen anzuspornen. Lasnic bewunderte ihn, wie ein Jäger sonst nur seinen Waldfürsten bewunderte; falls der etwas taugte.

In der sechsten Nachtstunde schließlich war jeder Kerl und jedes Weib an Bord so erschöpft, dass an Rudern nicht mehr zu denken war. Viele schliefen auf den Bänken über den Holmen ein, andere kauerten sich in den Laderäumen oder im Zwischendeck zum Schlaf zusammen, wo sie gerade standen oder hockten.

Nur eine Handvoll Unverwüstlicher arbeitete noch auf dem Oberdeck. Männer, die Romboc ausgesucht hatte, weil sie Schiffserfahrung hatten. Der Sturm blies inzwischen so heftig und die Wellen schlugen so oft über die Reling, dass der Erzritter keine Anfänger auf dem Außendeck duldete. Er selbst hielt den Rest der Nacht im Ruderhaus die Stellung, spähte nach Sternen in den Wolkenlücken und versuchte die Galeere auf Ostkurs zu halten. Ayrin wechselte sich mit Joscun am Steuer ab.

Lasnic hatte sich am Heck an die Reling binden lassen – Übelkeit und Schwindel raubten ihm mittlerweile jede Kraft; wenn er nicht fluchte, dann kotzte er. Die Wellen spülten von Bord, was er von sich gab. *Würde doch nur jeder Dreck dieser Welt auf diese Weise verschwinden*, dachte er, *die Bräunlinge zuerst, und danach gleich die verdammten Magier.*

Im ersten Morgengrauen tobten Sturm und Meer mit solcher Wucht, dass Romboc nun doch die Segel einholen ließ. Alle erwarteten das Schlimmste – einen Orkan, baumhohe Wellen, den Untergang der Galeere –, doch kaum tränkte das Tageslicht die schwarze Wolkendecke mit schmutzigem Grau, ließ der Sturm nach, und die See wurde ruhiger. Gegen Mittag rissen die Wolken auf, und die Sonne strahlte auf das Schiff herunter.

Lasnic, nass bis auf die Haut, lehnte gegen die Relingholme, blinzelte ins Licht und schöpfte Hoffnung. Er hatte mehr gekotzt als geschlafen in dieser Nacht. Nach und nach versammelten sich erschöpfte Ritter und Schwertweiber rechts und links von ihm an der Reling. Sie blickten zurück nach Osten und suchten den Horizont nach der tarkanischen Flotte ab – und entdeckten keine einzige Galeere mehr. Die gute Nachricht verbreitete sich rasch auf dem ganzen Schiff, und Zuversicht machte sich breit.

»Hoffentlich hat der Große Ozean sie verschlungen«, krächzte Lasnic. *Vielleicht sind die Bräunlinge auch nach Südosten abgedreht*, schoss es ihm sofort durch den Kopf, *vielleicht segeln sie längst zum Mündungsdelta des Stomms hinunter*. Ihm wurde noch übler, als ihm sowieso schon war, und Kauzers verwelktes Grünsprossgesicht stand ihm auf einmal vor Augen. Vorwurfsvoll war der Blick des Wettermanns, bitter enttäuscht seine Miene. Lasnic warf sich zur Seite und kotzte auf die nassen Planken.

Ayrin und Lord Frix kamen, brachten ihm Wasser, schälten ihn aus den nassen Kleidern und wickelten ihn in Ayrins roten Wollmantel. Auf die Schultern der Geliebten und des Freundes gestützt, schleppte er sich zur Luke zu den Unterdecks. Das Schiff, das Ruderhaus, die Rettungsboote – alles um ihn herum schwankte.

Auch Pirol Gumpen schien zu schwanken. Backbords sah Lasnic ihn an der Reling entlangschleichen. Den Dreizack über die Schulter gewuchtet, spähte er schon wieder aufs Meer hinaus. »Was ist los mit dem Großkerl?« Lasnic blinzelte und schüttelte sich. »Was treibt er da?«

»Nach'm Wal duuta gugge«, raunte Lord Frix. »Hat'n Mordsschiss.«

»Warum denn das?«

»De Gumpe glaabd halt, des Riesevieh dääd z'rückkomme.«

Lasnic schüttelte den Kopf. »Was, beim Schwanz des Schartans, ist nur in den Eiskerl gefahren?«

Sie brachten Lasnic in die winzige Kajüte, die er mit der Königin teilte. Lord Frix zog sich zurück, während Ayrin Lasnic in trockene Wäsche und trockene Kleider aus dem Besitz eines Ritters half, den die Sumpfechsen verschleppt hatten. »Ich werde deine Kleider nach oben bringen und in der Takelage zum Trocknen aufhängen.« Sie stützte ihn, während er umständlich in seine Hängematte kletterte, schlüpfte dann in ihren Mantel.

Er hielt sie fest, zog sie zu sich und küsste ihre Hand. »Danke.« Ayrin lächelte flüchtig. Ihre Gedanken kreisten wohl längst wieder um die tarkanische Flotte. Oder um Pirol Gumpen? »Hat der Eiskerl dir eigentlich verraten, was er gegen den Wal hat?« Lasnic ließ ihre Hand nicht los.

»Nein. Er behauptet aber, ihn zu kennen.« Ayrin zog die Brauen hoch, und zwei Atemzüge lang schien sie durch Lasnic hindurchzuschauen. »Und so absurd das klingt – ich glaube ihm.«

»Die Wälder am Stomm kommen dir unendlich vor, wenn du sie durchstreifst.« Lasnic schüttelte den Kopf, ließ es wegen der aufsteigenden Übelkeit aber sofort wieder bleiben. »Von Düsterholz unten bis hinauf nach Wildan brauchst du zu Fuß drei Monde. Und doch ist mir in den Sümpfen von Wildan mal ein wilder Waldelefant über den Weg gelaufen, auf dem ich drei Sommer zuvor in Düsterholz geritten bin. Und einmal habe ich im Osten von Blutbuch einen prächtigen Mammutkeiler aus einem Erdloch befreit, der mir zwei Sommer später im Norden von Strömenholz das Leben gerettet hat.«

Ayrin musterte ihn ein wenig ungläubig. »Ist das wirklich wahr?«

»Glaubst du, ich erzähl' dir Ammenmärchen?«

»Dann hältst du es also auch für möglich, dass man auf dem Ozean den Weg eines Wales kreuzt, der einem früher schon begegnet ist?«

»Nur wenn der Wolkengott seine Finger im Spiel hat.« Lasnic atmete gegen einen Brechreiz an. »Oder ein verdammter Dämon. Der Flusswald zwischen Düsterholz und Wildan ist schier unendlich. Das verdammte Meer aber ist noch tausendmal größer.«

»Warum sollte ein Gott dafür sorgen wollen, dass Gumpen hier, im Osten des Großen Ozeans, einen Wal trifft, dem er im fernen Eismeer schon einmal begegnet ist?«

»Eben. Hat der Eiskerl sonst noch was rausgelassen?«

»Der Wal sei mehr als nur ein Tier, hat er gesagt.« Ayrins Miene verdüsterte sich. »Und er bringe den Tod. Es könne sogar den Tod bringen, darüber auch nur zu reden.«

»Schwachsinn!« Lasnic fuhr in seiner Hängematte hoch. »Was für einen Schwachsinn redet der Großkerl denn plötzlich? Ist er denn krank? Dreht er durch? Wie meint er das bloß?«

»Frag ihn selbst.« Ayrin zuckte mit den Schultern. »Du bist bleich wie alter Schnee.« Sie drückte ihn zurück in die Koje, beugte sich über ihn, küsste ihn auf die Stirn. »Ruh dich aus.« Diesmal lächelte sie wie eine Frau, deren Herz nah an seinem schlug; so als gäbe es nur sie und ihn auf der Welt. Er hätte sie gern zu sich in die Koje gezogen, doch ihm war einfach zu schlecht. Und Ayrin schien anderes im Kopf zu haben. Sie ging zur Kajütenluke.

»Königin!«, rief er ihr nach. Sie drehte sich um. »Bleib bei mir.« Sie zog fragend die Brauen hoch. »Später, meine ich. Wenn ich von Eldora nach Strömenholz wandere. Verlass mich nicht.«

»Das geht nicht, mein Waldmann.« Sehr ernst guckte sie jetzt. »Ich bin die rechtmäßige Königin von Garona. Ich gehöre nicht mir selbst, ich gehöre der Großen Mutter und dem Reich. Sobald wir in Baldor ein Heer aufgestellt haben, muss ich zurück.« Sie drehte sich um und ging.

Lasnic starrte auf die geschlossene Luke. In der Holzmaserung glaubte er, noch ihr Gesicht flimmern zu sehen. Ganz warm wurde ihm hinter dem Brustbein. Wann hatte ihm seit Voglers Tod jemals einer aus nassen Kleidern geholfen? Die Weiber am Stomm waren von eher schroffer Art und taten so etwas höchstens bei ihrem Grünspross. Wann hatte ihm zuletzt jemand gesagt, er solle sich ausruhen? Sein Herz schwoll an, und trotz der Übelkeit stieg es ihm wie ein Lachen in die Kehle.

Wenn sie bloß nicht so stur wäre! Wenn sie bloß endlich begreifen würde, dass Garona verloren und sie keine Königin mehr war! Nur noch die seines Herzens.

Eine Zeitlang lag er so, betrachtete die Holzmaserung der Luke, dachte an Ayrin und genoss die Leichtigkeit und Weite, die auf einmal seine Brust erfüllte. Sogar Übelkeit und Brechreiz vergingen ihm. Vor dem kleinen Fenster im Schiffsrumpf wurde es heller. Die Wellen kräuselten sich nur noch wenig, beinahe glatt funkelte die See unter der Nachmittagssonne. Irgendwann döste Lasnic ein.

*

Ein gewaltiges Krachen weckte ihn. Er fuhr in der Koje hoch; sofort würgte ihn die Übelkeit. Und wieder krachte es dumpf, irgendwo vorn am Bug – als würde ein Titan mit einem gigantischen Hammer gegen den Schiffsrumpf schlagen. »Beim Großen Waldgeist!«

Er stieg aus der Koje, hielt sich fest, weil plötzlich die Kajüte um ihn kreiste. Geschrei auf dem Außendeck ließ ihn aufhorchen – viele Stimmen schrien durcheinander dort oben. Was beim Schartan geschah da? Lasnic bekam es mit der Angst.

Er tastete sich zur Luke, zog sich am Geländer die Stiege hinauf. Aus dem Ruderdeck drängten sich Schwertkerle und Schwertweiber vor ihm auf die Stufen. Der alte Schrat flatterte über ihre Köpfe hinweg nach oben, die verzweifelten Schreie der beiden Gefangenen gellten hinter ihnen her. »Was ist los?«, krächzte der Waldmann.

Irgendjemand wandte sich nach ihm um und öffnete den Mund, doch die Antwort ging in donnerndem Lärm unter. Diesmal schien der wütende Titan gleich dreimal hintereinander auf den Schiffsrumpf einzudreschen. Stiege und Wände vibrierten, Lasnic knallte mit dem Schädel gegen das Geländer, stürzte auf die Stufen, drückte die Hand auf den Mund, um nicht zu kotzen.

Jemand half ihm auf, zog ihn mit sich aufs Außendeck. Oben angekommen, stürzte Lasnic sofort an die Steuerbordreling, hängte sich über die Balustrade und kotzte schwallartig ins Meer. Und schon wieder krachte und donnerte es, schon wieder bebte eine gewaltige Erschütterung durch den Schiffsrumpf. Lasnic klammerte sich an der Reling fest. Konnte man einen Kahn denn fünfmal hintereinander auf ein Riff setzen? Schwachsinn – irgendetwas anderes lief da mächtig schief.

Er stemmte sich hoch, blinzelte durch einen Tränenschleier nach rechts und links – kein Mensch zu sehen. Vorsichtig drehte er sich um, blickte zur Backbordseite. Dort drängten sich Dutzende Schwertweiber und Ritter an der Reling und am Bug.

Lasnic stieß sich ab, streckte die Arme nach dem Hauptmast aus, torkelte zu ihm hinüber, hielt sich daran fest. Über ihm ließ der Wind die Segel knallen. Hatte Romboc sie also wieder setzen lassen. Lasnic schwankte zum Ruderhaus hinüber, tastete sich entlang der Decksaufbauten und der Treppe zum Ruderhaus ein Stück weiter an die Backbordreling heran. Das nächste Krachen ging im Geschrei der Garonesen unter; die Galeere schien sich aufzubäumen. Der Waldmann stürzte auf die Planken.

Auf allen vieren robbte er zur Reling, entdeckte säulenartige Beine, fasste nach einem ehemals weißen Pelz und nach dem armdicken Holzschaft eines Dreizacks. Daran zog er sich hoch oder versuchte es wenigstens. Gumpen sah auf ihn herunter, packte ihn unter der Achsel, hob ihn zwischen sich und Lord Frix an die Reling und drückte ihn über die Balustrade.

Und dann sah der Waldmann endlich, was hier geschah: Wale. Sie kreisten um das Schiff, eine ganze Herde. Zwei schossen auf die Galeere zu, tauchten im letzten Moment ab und krachten unter Wasser gegen den Kiel. Alle schrien, das Schiff schwankte, Lasnic klammerte sich an der Reling fest.

»Der Deibel selbschd isch hinner uns her!«, schrie Lord Frix.

Zehn weiß gefleckte schwarze Walleiber zählte Lasnic, zehn riesige und säbelartig nach hinten gebogene Rückenflossen. Alle schwammen sie um die Galeere herum. Pirol Gumpen deutete auf das größte der Tiere – ein wenig außerhalb des Belagerungsringes tauchte es in diesem Moment auf und blies seine Atemfontäne in den Mittagshimmel.

»Er ist es!«, schrie Gumpen. »Nur er! Er hat die anderen geholt, er hetzt sie auf unser Schiff!« Lasnic versuchte zu fassen, was er da hörte; es kam ihm vor wie eine jener Geschichten, mit denen morsche Großmütter dem Grünspross der Siedlung manchmal Angst einjagen wollen. Pirol Gumpen aber deutete auf den Riesen und rief: »Wir hätten ihn töten sollen! Jetzt ist es zu spät, jetzt tötet er uns!«

»Hör auf mit der Eulenscheiße!« Lasnic blickte sich um – überall eingefrorener Schrecken in den Gesichtern. »Hör endlich auf!«

Ayrin starrte den Eiskerl mit weit aufgerissenen Augen und bebenden Lippen an. Vielleicht suchte sie nach Worten, vielleicht begriff sie endlich, dass er wahnsinnig geworden war. Loryane spähte aus schmalen Augen zur Walherde hinüber; ihr Gesicht wirkte kantig und hart, ihre Lippen hatten die Farbe alten Hirschkäses. Und als Lasnic sich umdrehte, sah er Romboc oben hinter der Balustrade vor dem Ruderhaus – sein brennender Blick flog zwischen den Walen und Pirol Gumpen hin und her. In diesem Augenblick hoffte Lasnic zu träumen. Ein Albtraum, jawohl, und gleich war er ausgestanden, gleich wachte er auf.

Plötzlich ein einziger Aufschrei links und rechts und Lärm wie von einem Wasserfall: Zwei Wale schossen jäh aus den Wogen, flogen in steilem Bogen auf die Galeere zu und warfen sich gegen ihren Rumpf. Der Aufprall warf das Schiff zur Seite, es neigte sich gefährlich nach Steuerbord, und kein Ritter und kein Schwertweib stand jetzt mehr an der Reling. Lasnic lag unter Gumpen und Loryane und schnappte nach Luft. Alle warteten auf die nächste Erschütterung, doch nichts geschah mehr – die Galeere schaukelte aus, einer half dem anderen auf die Beine.

Nach und nach drängten die Männer und Frauen sich wieder an die Reling. Bleiche Gesichter überall, schreckensstarre Blicke, hier und da riefen sie ihre Große Mutter an, und manch einer kotzte ins Meer. Erst als er die würgenden Laute hörte, wurde Lasnic bewusst, dass ihm Übelkeit und Schwindel vollständig vergangen waren. Dafür zuckte sein linkes Auge.

Die Wale waren verschwunden – bis auf den schwarz-weißen Riesen. Zwei Lanzenwürfe entfernt schwamm er neben dem Schiff her. Seine mächtige Rückenflosse zerteilte die Wellen wie eine säbelförmige Axtklinge. Niemand sprach ein Wort, viele Atemzüge lang nicht, und Lasnic gellten Pirol Gumpens Worte durch den schmerzenden Schädel: *Jetzt ist es zu spät, jetzt tötet er uns!*

Und wenn er nun doch nicht wahnsinnig geworden war?

Nacheinander tauchten sieben Wale auf und bliesen Atemfontänen aus den Wellenfurchen. Sie umkreisten ihren Anführer, den Koloss, als warteten sie auf seinen nächsten Befehl.

»Sie sammeln sich zum nächsten Angriff«, sagte Gumpen. »Sie wollen mich.« Der Riese riss den spitzen Rachen auf und stimmte ein schrilles Pfeifen an; lauter und schriller als die Pfiffe des Großen Waldgreifen, wenn er sich auf seine Beute stürzte. Es ging Lasnic durch und durch.

»Seht ihr die Lanzenzähne?«, fragte Gumpen. »Sie wird nicht ruhen, bevor sie mich damit zerrissen hat.« Niemand antwortete, auch Lasnic wagte es kein zweites Mal, dem Großen aus dem Norden zu widersprechen.

Und dann schrien sie wieder auf wie aus einer einzigen Kehle, die Weiber und Kerle, und diesmal schossen zwei Walleiber keine vier Lanzenlängen neben der Galeere aus den Wogen und stiegen in die Höhe wie auf fliegende Vögel abgeschossene Pfeile. Wer konnte, wich von der Reling zurück und brachte sich zwischen den Decksaufbauten in Sicherheit. Lasnic riss Ayrin und Gumpen mit sich zwischen Hauptmast und Ruderhaustreppe.

Holz splitterte, die Reling zerbarst unter dem Aufprall des ersten Wals, der Koloss rutschte zurück ins Meer. Der zweite begrub eines der Rettungsboote unter sich, sein riesiger Leib zuckte und bog sich, seine Schwanzflosse fegte über das Außendeck, wischte Schwertweiber und Ritter von Bord, wie man zu Hause mit dem Schilfbesen Mäuse und Laub von der Baumhausveranda fegte.

Die Galeere schaukelte von Steuerbord nach Backbord, von Backbord nach Steuerbord. Ein Fass rollte durch die lange Lücke in der zertrümmerten Reling ins Meer. Die Klappenluke des Laderaums und ein paar Körbe mit Seilen folgten ihm. Der Wal krümmte und bog sich und schlug mit der Schwanzflosse gegen den Vordermast, bis er samt den Resten des vorderen Rettungsbootes über das Vorderschiff schlidderte und zurück in den Ozean rutschte. Ein paar Pfeilbolzen begleiteten ihn.

Danach herrschte erst einmal Stille. Eine schier unerträgliche Stille. Oben, vor dem Ruderhaus, ließ Romboc seine Armbrust sinken, hinter dem Hauptmast setzte Loryane die Waffe ab, und in der

Nähe des Hecks zielte Lord Frix noch immer auf die eingerissene Reling. Pirol Gumpen klammerte sich am Achtermast fest.

Lasnic dröhnten Schädel und Ohren. Es stank, wahrscheinlich hatten sich einige in die Hosen geschissen. Das Erste, was er wieder hörte, war das Stöhnen der Verwundeten und das Beten der Entsetzten. Schließlich fielen Namen, manche flüsterten sie, andere heulten sie heraus. Die Namen der Schwertkerle und -weiber, die der Wal mit wenigen Flossenschlägen vom Außendeck über Bord gewischt hatte. Mindestens sieben Garonesen hatte es erwischt.

Der Waldmann stemmte sich auf die Knie, lauschte zum Meer hin. Nirgendwo ein Hilferuf. Waren sie denn ertrunken? Er zog sich an der Ruderhaustreppe hoch, wankte zur Reling, stützte sich auf deren Reste. Die Walherde kreiste noch immer um ihren Anführer, den Koloss. »Scheißvieh!« Der Waldmann schüttelte die Faust. »Spielst hier den Wilden Axtmann? Reißt unsere Gefährten ins Vorjahrslaub? Der Schartan soll dich holen, du Drecksvieh!« Er schimpfte, fuchtelte mit beiden Fäusten, packte Reste der zertrümmerten Reling, schleuderte sie in Richtung der Wale. »Zu Schartans Feuerhölle schicke ich dich!« Lasnic fummelte an seiner Halskette und der Lederkapsel mit dem Ring herum. »Nichts als deine Knochen sollen von dir bleiben!« Er pulte den Ring aus der Kapsel. »Als ein Haufen Staub sollst du auf dem Wasser treiben!«

»Nicht!«, zischte es neben ihm. »Zu spät.« Gumpens Faust schloss sich um sein Handgelenk. »Gestern hättest du sie noch überraschen können mit dem magischen Feuer. Jetzt ist es zu spät.«

Lasnic stierte zu ihm hoch. »Was redest du, Eiskerl?« Gumpen sah aus wie ein Mann, der dem Wilden Axtmann in die Augen blickte. »Lass mich.«

»Sie wird abtauchen und ihren Walen befehlen, solange unser Schiff zu bespringen, bis es zerbricht und versinkt.« Pirol Gumpen gab Lasnics Handgelenk nicht frei. »Vielleicht kannst du die Hälfte der Herde mit dem magischen Feuer töten, doch es werden genug übrig bleiben, um uns zu vernichten. Lass es, Waldmann.« Gumpen warf seinen Dreizack auf die Planken. »Er gehört dir, nimm ihn als Andenken. Und jetzt wirf mich ins Meer.«

»Was is?« An dem Hünen vorbei, stierte Lasnic aufs Meer hinaus. Mehr als ein Dutzend weiß gefleckte Wale umkreisten den Riesenwal inzwischen.

»Sie will nur mich.« Gumpen trat in die Trümmer der Reling und dicht an die Bordwand, doch sofort wich er wieder einen halben Schritt zurück. »Stoß mich von Bord, Waldmann, mach schon.«

»Schnappst du jetzt endgültig über?« Lasnic packte Gumpen an seinem schmutzigen Pelzmantel und drängte ihn weg vom Bordrand zum Hauptmast. »Habt ihr das gehört?« Romboc stieg die Treppe vom Ruderhaus herunter, Loryane hastete heran, Ayrin und ein paar Schwertweiber kamen näher. »Der verdammte Schwachkopf sagt, ich soll ihn ins Meer werfen!«

Pirol Gumpen packte die Knopfleisten von Lasnics Dachsfellweste, schob ihn zur Seite, wollte sich vorbeidrängen. Schneller, als irgendjemand gucken konnte, holte der Waldmann aus und rammte dem Hünen die Faust gegen die Kinnspitze.

Die Wucht des Treffers schleuderte Gumpens Kopf in den Nacken. Rückwärts taumelte er zum Hauptmast, prallte dagegen, rutschte an ihm auf die Decksplanken. Er schüttelte sich kurz und tastete nach seinem Dreizack. »Zur Seite, Lasnic von Strömenholz!« Er rammte den Dreizack ins Plankenholz, zog sich daran auf die Beine. »Zur Seite mit euch allen!« Drohend ob er seine wuchtige Waffe. »Nur auf mich hat es die Bestie abgesehen! Wenn ich nicht über Bord springe, tötet sie uns alle!« Er richtete die drei Klingen seines Dreizacks auf Lasnic und ging auf ihn los. »Zur Seite, Waldmann! Oder willst du mit mir sterben?«

3

Leuchtendes Nachtblau, Blitze flimmernden Weißblaus, ruhiges und kaltes Kobaltblau, alles durchdrungen von türkisfarbenen und meerblauen Schlieren. Und mittendrin ein violetter Lichtwirbel, so dunkel und zugleich so gleißend, dass Catolis fror. Noch nie hatte sie gefroren im ERSTEN MORGENLICHT. Lag es an ihrer Enttäuschung über die Niederlage, an ihrer Bitterkeit wegen Zlatans Tod? Lag es am violetten Lichtwirbel, am Wächter des Schlafes? Als wenn sein Lichtwirbel einen eisigen Lufthauch verströmte, so kam er ihr vor.

»Der Bastard hat es geschafft«, wiederholte sie. »Er hat den von mir erwählten Ringträger getötet und ist samt dessen Schädel und Ring zurück in die Stadt geflohen. Er hat es tatsächlich geschafft.« Es tat weh, die Wahrheit auszusprechen.

»Das hätte niemals geschehen dürfen«, raunte es aus den mattgelb leuchtenden menschlichen Konturen unterhalb des violetten Lichtwirbels. Der Meister des Willens schimmerte beinahe ockerfarben und so schwach, dass Catolis ihn zuerst gar nicht wahrgenommen hatte. »Niemals!«

»Ein wirkliches Unglück ist das.« Der violette Lichtwirbel blieb undurchdringlich, hatte noch nicht einmal menschliche Gestalt. »Gut, dass du gleich nach mir und dem Meister des Willens gerufen hast. Hält sich der Bastard noch in der belagerten Stadt auf?«

»Ja. Ich spüre seine Ringe. Und aus der Stadt kann er unmöglich entkommen. Selbst den Berg, in dessen Hang sie liegt, haben die Krieger des von mir erwählten Volkes umzingelt.«

»Ist es denn wirklich wahr, dass der Meister des Lichts die Frucht seiner Sünde nach der Großen Erzmeisterin genannt hat?« Der Meister des Willens musste das vom Wächter des Schlafes erfahren haben. Oder hatte er etwa Catolis' erschöpften Geist erforschen können? »Was für eine Schande!«

»Kein Krieger des von mir erwählten Volkes darf ihn aussprechen!« Catolis' Lichtwirbel strahlte auf; sie konnte ihren Zorn nicht länger zurückhalten. »Ich habe ein entsprechendes Verbot erlassen. Um die Würde und das Andenken der Erhabenen zu schützen.«

»Zu viel Ehre für einen Bastard.« Der Wächter des Schlafes machte kein Geheimnis aus seinem Missmut. »Doch wahrscheinlich hätte ich genauso gehandelt.«

»Jetzt geht es nicht mehr darum, die Stärke der beiden Völker gegeneinander abzuwägen, jetzt musst du den Kampf führen, Großmeisterin!« Der Meister des Willens, sonst eher gleichmütig und kühl, eiferte heute geradezu. »Du musst dich einmischen! Du musst!«

»Was fällt dir ein?« Catolis brauste auf. »Ich bin die Großmeisterin der Zeit, ich weiß selbst, was ich zu tun habe!«

»Es ist die Sorge um Kalypto, Catolis.« Der violette Lichtwirbel nahm menschliche Gestalt an und rückte näher; als wollte er Catolis beruhigen. »Nimm es dem Meister des Willens also nicht übel. Du weißt, dass er recht hat. Unternimm alles, was in deiner Macht steht, um die Stadt einzunehmen und den Bastard zu töten.«

»Die Krieger des von mir erwählten Volkes bestürmen und beschießen sie seit nunmehr sechs Tagen.«

»Du hast es angedeutet. Höre dennoch, was ich sage: Sollte der Bastard trotzdem entkommen, setze ihm nach. Immer. So lange, bis du ihn hast. So lange, bis er erloschen ist.«

»Du rechnest damit, dass er entkommen könnte?« Catolis vermochte es nicht, ihr Erstaunen zu verbergen.

»Du etwa nicht?« Wieder mischte sich die Stimme aus der ockerfarbenen Lichtgestalt ein. »Nichts ist gefährlicher als ein Bastard! Das weißt du selbst.«

»Du solltest die Möglichkeit ihrer Flucht zumindest in deine Pläne mit einbeziehen«, sagte der Wächter des Schlafes. »Diese Frau besitzt zwei Ringe, sie hat den kalyptischen Segen und den Unterricht ihres Vaters über Grundkenntnisse im Umgang mit dem ERSTEN MORGENLICHT genossen. Ihre magische Kraft ist unberechenbar.«

»Wahrhaftig!«, rief schon wieder der Meister des Willens. »Wilde Magie – mörderisch und unberechenbar!«

»Unnötig, es auszusprechen! Doch wieder hast du recht: Wilde Magie wuchert im Bastard wie ein Geschwür.« Hoch besorgt klang der Wächter des Schlafes auf einmal. »Und jedes Mal, wenn er seine illegitime Kraft einsetzt, wird sie weiterwachsen. Der Bastard muss um jeden Preis ausgeschaltet werden.«

»Und wann darf ich mit den Kriegern des von dir erwählten Volkes rechnen, Großmeisterin der Zeit?«, wollte der Meister des Willens wissen.

»Sie sind längst unterwegs zu den Wäldern am Stomm.«

»Aber du bist nicht unterwegs zu mir, musst dich ja um den Bastard kümmern.«

»Ich werde zwei Magier zur Verstärkung zu schicken«, ergriff der Wächter des Schlafes wieder das Wort. »Damit du, Catolis, frei bist für deine Aufgaben bei dem von dir erwählten Volk und in den Wäldern. Einen Großmeister des Willens und eine Meisterin des Lichtes.«

*

Später trat sie vor das Zelt. Ein Ring weiß gewandeter kleiner Männer umlagerte es, ihre Priester. Jeder zweite schlief, jeder zweite wachte. Natürlich, die Nacht war ja längst angebrochen.

Sie zog sich die Wachspfropfen aus den Ohren, an ihrer rechten Hand glühten die Ringe nach. Niemand schrie mehr. Welche Erleichterung! Sie blickte in den Nachthimmel hinauf. Überraschend milder Südwestwind trieb Wolken unter dem Sternenmeer vorüber. Dort, wo die Stadt liegen musste, schien der Himmel heller, die Sterne blasser. Die Brandherde des vergangenen Tages – die Bewohner von Blauen kamen nicht mehr hinterher mit den Löscharbeiten.

Anders als sonst, wenn sie aus dem ERSTEN MORGENLICHT auftauchte, fühlte Catolis sich müde und erschöpft. Erst der anstrengende Ritt von Garonada hier herauf nach Blauen, dann Zlatans Tod und danach die Rufe ins ERSTE MORGENLICHT. Der Verlust ihres Ringträgers hatte sie tief erschüttert; das Entsetzen darüber zerwühlte ihr noch immer die Brust. Jetzt wussten sie Bescheid in Kalypto. Und jetzt wollte sie schlafen. Nur noch schlafen.

Zu beiden Seiten des Zeltes trabten Krieger auf Mustangs und Steinböcken vorüber, manche nur wenige Schritte von der Priesterwache entfernt. Sie schleiften irgendwelche Lasten hinter sich her durch Gras und Staub. Es stank nach Blut, Urin und Menschenkot. Vier Schritte, dann stand sie hinter einem der Männer in Weiß. »Wie spät ist es?«

»Die vierte Nachtstunde neigt sich, Herrin, noch zwei Stunden bis Mitternacht.«

»Sende einen Boten zu Tarkun und Luppok. Morgen muss Blauen fallen. Tarkun soll dafür sorgen, dass alle Hauptleute es erfahren: Morgen muss Blauen fallen!« Die Reihe der vorbeireitenden Krieger riss nicht ab, der Gestank ließ nicht nach. Manche Reiter tauchten kaum zehn Schritte entfernt aus der Dunkelheit zwischen den Zelten auf. »Weckt mich zwei Stunden vor Sonnenaufgang. Dann will ich Tarkun hier sehen. Und seinen Plan hören.«

Wort für Wort wiederholte der Priester die Botschaft. Catolis bestätigte ihre Richtigkeit durch ein knappes Nicken. Sie wollte sich schon abwenden, um ins Zelt zurückzukehren, da fiel ihr Blick auf den Steinbock des nächsten Reiters. Der trabte besonders nahe an ihrem Zelt und dem Wachring vorüber. Was schleifte das Tier da an einem Seil hinter sich her? Sie sah genauer hin – einen Menschen. Blutig, zerfleischt, verstümmelt. Einer der hundert Garonesen, die heute an den Marterpfählen gestorben waren.

»Weg mit euch!« Catolis verlor die Beherrschung und schrie den Priester an. »Sie sollen die Leichen auf einem anderen Weg zur Schlucht schaffen! Und Tarkun soll den Hauptmann dieser Reiter in Ketten legen lassen!« Sprach's, fuhr herum, hastete in ihr Zelt. Der Gestank begleitete sie, das Bild des zerfetzten Leibes ebenfalls.

Eine Zeitlang lag sie wach und starrte in die Dunkelheit. Der Hauptmann der Reiter musste bestraft werden, hart bestraft. Das stand fest. Auch der Bastard musste bestraft werden. Sterben musste er, und das so schnell wie nur irgend möglich. Zlatan stand ihr vor Augen, der starke Tarbullo, der furchtlose Krieger, der Tornado, wie seine Krieger ihn nannten. Wie hatte es nur geschehen können, dass der Bastard, diese zierliche Frau, ihm den Kopf abschlagen konnte? Catolis' Herz krampfte sich zusammen, sie stöhnte leise auf. »Wie konntest du nur, Mauritz?«, murmelte sie. Und wie vermessen, seinem Bastard den Namen der ehrwürdigen Erzmeisterin Laukaris zu geben! Die Erhabene war die Erste gewesen, der es vor Zehntausenden von Sonnenwenden gelungen war, die Zeit zu beherrschen; die Erste auch, die das ERSTE MORGENLICHT gebändigt hatte. Ohne Laukaris wäre Kalypto niemals das geworden, was es gewesen war. Und was es bald wieder sein würde.

Was hatte den Meister des Lichtes nur getrieben, seinem Bastard diesen hochgeachteten Namen zu geben? Hatte er denn geglaubt, der große Name könnte seine Tochter schützen? Oder wollte er mit der Wahl des erhabenen Namens womöglich einen Machtanspruch zum Ausdruck bringen? Ein ungeheuerlicher Gedanke!

Über solchen Grübeleien schlief Catolis dann doch irgendwann ein. Im Traum schwebte sie hoch über dem Großen Ozean. Sie schmeckte das Salz in der Luft, sie spürte den Wind im Haar, sie spürte die Sonne auf der Haut, sie hörte das Rauschen der Wellen unter sich. Ein kleines Eiland zog vorüber, schon tauchte das nächste am Horizont auf und gleich darauf wieder eines. Sie erkannte sofort, wo sie war: im Reich der Tausend Inseln.

War das ein Schiff dort tief unter ihr? Allein, weil sie es wollte, sank sie tiefer. Tatsächlich ein Schiff – an Bord erkannte sie Menschen. Und dort hinten noch ein Schiff, und da drüben eine ganze Flotte! Unzählige Schiffe nahm sie auf einmal wahr. Aus allen Himmelsrichtungen fuhren sie zu den Inseln, in alle Himmelsrichtungen verließen sie das Reich der Tausend Inseln. Schiffe ohne Segel und Ruder waren das; eine unsichtbare Kraft trieb sie an. Das ERSTE MORGENLICHT?

Beim nächsten Atemzug schwebte sie bereits tief über einer Insel. War es nicht jene Dschungelinsel, auf der sie vor so vielen Sonnenwenden an Land gegangen war? Die erste Insel des Tausendinselreiches, die sie damals in Besitz genommen hatte? Lauter Wäldchen und Parks sah sie, jeder wie mit Zirkel und Lot in die Landschaft gesetzt, lauter Gärten unter gläsernen Dächern. Da und dort zwischen Wäldchen, Parks und Glasgärten erhoben sich mächtige weiße Kuppeln und ragten weiße Türme auf. Die Zenite der Kuppeln und die Ringe ihrer Fundamente waren aus Gold; auch die Spitzen der Türme funkelten golden im Sonnenlicht.

Die Insel glitt vorüber, schon schwebte Catolis über der nächsten. Und wieder: Wäldchen, Parks, Glasgärten, Kuppeln, Türme, Goldglanz. Dazwischen Springbrunnen, Zierteiche, befestigte Flussläufe unter Prachtbrücken und überall Skulpturen aus Marmor und Gold. Und da! Diese überlebensgroße Goldstatue dort – das war doch Violis' Gesicht! Und daneben, die Gestalt in Gold – das war doch der Meister des Willens, oder etwa nicht?

Sie glitt über die Statuen hinweg, erkannte die Züge des alten und des neuen Wächters des Schlafes, sah vertraute Gesichter hier, vertraute Gesichter dort. Eine Statue, die ihre eigenen Züge trug, entdeckte sie nirgends. Darüber erschrak sie, vergaß den Schrecken aber sofort wieder.

Das gleiche Bild auf der nächsten Insel und der übernächsten: Wäldchen, Parks, Glasgärten, Kuppeln, Türme, Springbrunnen, Zierteiche, Flussläufe, Prachtbrücken, Obstplantagen. Und jetzt sah Catolis auch Menschen in dieser so friedlichen und herrlichen Landschaft flanieren: Männer und Frauen in blauen, roten, gelben oder braunen Gewändern.

Magier!, erkannte sie plötzlich, *das sind Meister und Meisterinnen Kalyptos!* Wahrhaftig: Sie wandelten entlang der Flussläufe und Waldränder, durch Parkanlagen und über die Prachtbrücken, vorbei an Mamorstatuen und zwischen Obstbäumen und Beerensträuchern. Wie schön das alles aussah, wie prächtig, wie friedlich, wie erhaben.

Insel um Insel überflog sie, und bald schwebte sie so tief, dass ihr Wagen – ja, sie saß in einem elliptischen Wagen, offen und aus Bernstein –, dass die Unterseite ihres Himmelswagens manchmal die Baumwipfel streifte. Deutlich hörte sie Geäst und Laub rascheln. So tief schwebte sie, dass sie die Magierschulen beobachten konnte.

Zwischen Säulen wandelten die jungen Magier neben ihren Meistern und lauschten ihren Worten. Auf den Stufen von Steinterrassen saßen sie, reckten die Köpfe und beobachteten ihre Meisterin, die unten in der Arena das ERSTE MORGENLICHT entfesselte und die Zeit beschleunigte oder verlangsamte, ein frisch gepflanztes Bäumchen wachsen und aufblühen und gleich darauf zu Staub zerfallen ließ.

Oder sie sah Meisterschüler und Meisterschülerinnen auf Hügelkuppen stehen und erste Versuche unternehmen, Tore in die anderen Welten zu erschaffen oder kleine, braun gebrannte Menschen gegen deren Willen zu zwingen, mit Äxten und Schwertern aufeinander einzuhauen, oder Tiere oder Pflanzen in Flammen aufgehen zu lassen.

Sie sah Kinder, die Meistern und Meisterinnen lauschten. Sie hörte ausgelassenes Gelächter aus den Wäldern und Kuppeln und von den Türmen. Sie sah Pracht, Reichtum und Überfluss, und alles strahlte von Freude, Erhabenheit, Zauber und Glück.

Auf jeder Insel, die sie in ihrem Himmelswagen überflog, entdeckte sie die vertrauten kleinen Gestalten: dunkelhäutige Männer und Frauen. Sie bauten Straßen und Kuppeln, Arenen und Säulenhallen, Glasgärten und Türme. Tarkaner. Sie wirkten emsig, hatten glückliche Gesichter und schienen voller Freude über das, was sie schaffen durften.

Auf manchen größeren Inseln konnte sie Meister und Meisterinnen beobachten, die standen um Glaskuppen gewaltigen Ausmaßes herum. Sie beobachteten ihrerseits, was im Inneren der gläsernen Hügel geschah, schrieben es in Bücher oder riefen einander ihre Beobachtungen zu. Unter den Glaskuppeln sah Catolis Tiere, kleine Wälder, Gärten, Bachläufe, Teiche und Menschliche unterschiedlicher Hautfarbe und Größe, die dort lebten und arbeiteten.

Mit der Zeit nahm sie auch andere Himmelswagen wahr und unvertraute Gefährte, die dicht über der Erde schwebten. Beide,

Himmelswagen und Erdwagen, wurden von unsichtbaren Kräften bewegt. Vom ERSTEN MORGENLICHT, nahm Catolis an. Die Himmelswagen erinnerten sie an künstliche Vögel, an Vögel aus Glas oder Bernstein oder Kristall.

Das Zweite Reich von Kalypto, dachte Catolis im Traum – auf einmal wusste sie, dass sie träumte –, *ich darf den Beginn des Zweiten Reiches sehen.* Eine Woge des Glücks perlte durch ihren Körper.

Und dann die größte aller Inseln – Catolis erkannte sofort, dass sie Tarka erreicht hatte, die Hauptinsel. Doch Tarka und die Inselhauptstadt Taruk waren nicht wiederzuerkennen: Taruk ragte weit in den Himmel hinauf mit all seinen Türmen und Kuppeln und blauen Lichtstrahlen, und die Insel selbst, westlich von Strom und Stadt, war ein einziges großes Feld, glatt und schimmernd, als bestünde es aus purem Silber. Zahllose Lichtbalken flirrten zwischen dem Silberfeld und dem Himmel, blau, türkisfarben und violett.

Ihr Himmelswagen schwebte über den Hafen. Eine turmhohe, goldene Statue ragte an der Hafeneinfahrt auf. Ihre kräftige Gestalt und ihre energischen Gesichtszüge waren seit Generationen jedem Kalyptiker vertraut: die Erzmeisterin Laukaris, die Erhabene.

Dicht neben ihrem goldenen Kopf vorbei schwebte Catolis in den Hafen. Viel größer, als sie ihn kannte, war der. Zahllose Schiffe lagen an den Kais vor Anker. Magier gingen von Bord, Magier gingen an Bord. Völkerscharen Menschlicher sah sie, in langen Kolonnen trieb man sie in die himmelhohe Stadt hinein oder in die Hänge des Vorgebirges. Fast alle trugen Fesseln aus Seilen oder Ketten. Catolis sah stolze Frauen, die sie an die Hochdamen von Garona erinnerten; sie sah wilde, bärtige Männer mit struppigem Haar und in Lederfetzen und Lendenschurzen; diese Gefangenen ließen sie an Kaikans Berichte von den Waldstämmen am Stomm denken.

Ihr künstlicher Vogel trug sie über den Hafen hinweg zum Silberfeld und zwischen all die schillernden Lichtbalken dort. Die meisten hingen schräg zwischen Himmel und Erde, manche auch steil und so gerade wie schmale Türme aus Licht. Riesige künstliche Vögel aus Mondstein oder Bernstein stiegen entlang der blau und türkis leuchtenden Lichtbalken auf, manche so groß wie der

Tempel von Taruk. Sie schwebten entlang der Lichtbalken in den Himmel, wurden kleiner und kleiner, verschwammen schließlich mit der Bläue und dem Dunst und verschwanden.

Andere Himmelsvögel sanken entlang der Lichtbalken auf das Silberfeld herunter. Einige unter ihnen sahen so fremdartig aus, dass Catolis der Atem stockte. Und die Wesen, die aus ihren Toren ins Freie traten, erinnerten kaum an Menschliche oder irdische Tiere. Meister und Meisterinnen von Kalypto begrüßten die erschreckend fremdartigen Gestalten.

Ein Sog erfasste ihren Himmelsvogel auf einmal und zog ihn weg von dem Silberfeld, saugte ihn über den Stadtrand und den Hafen hinweg und an der Statue der Erhabenen vorbei aufs offene Meer hinaus. Catolis klammerte sich an den Haltebügeln ihres Sitzes fest. Plötzlich fürchtete sie sich, plötzlich wünschte sie sich zu erwachen.

Doch der Himmelsvogel flog schneller und schneller. Jemand rief ihren Namen. Die Spitze des Himmelsvogels neigte sich – er fiel dem Meer entgegen. »Herrin!«, rief irgendjemand sehr laut. Catolis riss den Mund auf, wollte schreien, doch nicht einmal Luft zu holen gelang ihr noch. Der Himmelsvogel stürzte ins Meer, bohrte sich durch die schäumenden Wogen in die blaue Tiefe hinunter.

Eine große, schwarze Gestalt lag am Meeresgrund. Catolis war wie gelähmt vor Furcht und Entsetzen; ihr Herz raste und drohte ihren Brustkorb zu zersprengen. Aus dem weit aufgerissenen Rachen des Wesens am Meeresgrund drang Rauch. Und es stank nach verbranntem Fleisch. Der Gott! Sie stürzte auf den Tarkartos zu!

Ihr Himmelsvogel raste durch den klaffenden Schlund des Gottes mitten hinein in Brand und Rauch. Gleißende Flammen erhellten das Innere des Gottes, und in den Flammen zerschmolzen zwei Statuen aus Gold. Schmerz verzerrte die Gesichtszüge beider Statuen, und das auf eine derart entsetzliche Weise, dass Catolis in Tränen und Geschrei ausbrach. Sie erkannte die schmelzende Fratze von Mauritz, dem gescheiterten Meister des Lichtes. Die zweite vom Feuer umloderte Statue starrte ihr mit ihren eigenen Gesichtszügen entgegen. Ungeheurer Schmerz entstellte das so vertraute Gesicht und unsagbare Trauer.

Schreiend fuhr Catolis aus dem Traum hoch. Ihr Herz raste, ihr Schädel drohte zu zerspringen, ihre Brust zu platzen. Sie war schweißnass. Im Zelteingang stand ein Priester. »Herrin!«, rief er. »Bei Tarkartos, Herrin – ist dir nicht wohl?«

»Alles gut, alles gut …« Sie atmete schwer, sie keuchte, sie zitterte. »So geht das, wenn man mit dem Gott redet, alles gut.« War das hier die Wirklichkeit, oder war sie gerade aus der Wirklichkeit in einen Traum gestürzt? Nach und nach fing sie sich. »Was willst du?«

»In zwei Stunden geht die Sonne auf, Herrin. Tarkun, Luppok und seine Garde warten vor dem Zelt auf dich. Der Hauptmann der Reiterei ist bei ihnen. In Ketten.«

»Ich komme.« Mit einer Handbewegung scheuchte Catolis den Priester aus dem Zelt. Sie drehte den Docht einer Talglampe hoch, rieb sich Schläfen und Nasenrücken. Ihre und Mauritz' Statue Seite an Seite im mörderischen Bauch des Gottes? Was hatte das zu bedeuten? Angst vor dem eigenen Scheitern?

Eisige Schauer durchbebten ihren Körper, sie legte den Kopf in den Nacken, riss den Mund auf, atmete tief, atmete, atmete. Weg mit den Angstbildern, weg mit den nutzlosen Empfindungen! Sie presste die rechte Faust gegen die Stirn, bohrte sich die Mondsteine ihrer Ringe in die Haut. Hell und kühl perlte es durch ihren erhitzten Schädel. Nichts hatte das zu bedeuten. Ein Traum, weiter nichts, einfach nur ein Traum war das gewesen.

Endlich spürte Catolis wieder ein wenig Kraft. Sie stand auf, streifte die nassgeschwitzte Wäsche ab, zog frische an, hüllte sich in ihren tiefblauen Mantel. Die silbernen Säume, Knöpfe und Rüschen, die kunstvollen Stickereien und die silbernen Fäden, die den Stoff durchwirkten, schimmerten im Schein des Talglichtes. Catolis richtete sich auf. Das Gewand einer Großmeisterin der Zeit zu tragen flößte ihr Mut und Selbstvertrauen ein. Weg mit den Angstbildern, nur ein Traum. *Vergiss ihn*, mahnte sie sich, *obwohl er zum größten Teil doch so schön war – vergiss ihn.*

Sie streifte sich ihre Fingerhandschuhe aus feinem, schwarzem Bocksleder bis über die Ellenbogen. Sie warf ihre Stola aus schwarzer Seide über ihr dunkelrotes Haar und ihre Schultern. So schön war der erste Teil des Traumes gewesen, so gewaltig die Vision vom Zweiten Reich von Kalypto – zu gewaltig selbst für den starken Geist einer Großmeisterin der Zeit. Catolis atmete noch einmal tief durch, dann trat sie aus dem Zelt.

Da standen sie – der junge Tarkun in seinen hellen Pluderhosen, seinem Bronzeharnisch und seinem schwarzen Ledermantel; in braunem Pelzmantel der dürre Luppok mit seinem von silbernen Fäden durchzogenem Kraushaar und bei ihnen lauter übermüdete Krieger in langen grauen Lederjacken. Etwa zwanzig Mann alles in allem. Unter ihnen auch ein Hauptmann in schwarzem Ledermantel und mit rotem Tuch um den Kahlkopf. Seine Haut kam Catolis dunkler vor als die der anderen. Er trug Ketten an Händen und Füßen.

»Ihr wisst, dass Blauen genommen werden muss.« Catolis trat auf sie zu. »Heute.« Die Krieger fielen auf die Knie, ihre Stirnen berührten den Boden. »Steh auf, Tarkun. Ich will deinen Schlachtplan hören.«

Tarkun erhob sich. Seine gedrungene Gestalt kam ihr kraftlos vor heute Morgen, seine glanzlosen, schwarzen Augen wirkten krank. Der Mann war erschöpft, ohne Zweifel. Alle waren sie erschöpft inzwischen, kein Wunder. Doch gleichgültig: Blauen musste fallen, der Bastard sterben. Heute.

»Ist das der Hauptmann der Krieger, die mir die Leichen der Garonesen bis vor das Zelt schafften?« Sie deutete auf den Kahlkopf, der bohrte die Stirn ins nasse Gras.

Tarkun nickte. »Es tut mir sehr leid, Herrin. Verzeih …«

»Schaff ihn mir aus den Augen und lass ihn auspeitschen. Und nun sprich. Wie gedenkst du Blauen heute zu erobern?«

Tarkun bückte sich nach dem Hauptmann in Ketten, fasste seinen Arm und zog ihn hoch. »Texanto hat einen Plan, Herrin. Der ist gut. Darf er sprechen?«

Aus schmalen Augen musterte Catolis den Reiterhauptmann. Mit gesenktem Kopf und hängenden Schultern stand er neben Tarkun und wagte nicht, sich zu rühren. Er war sehr hager und noch kleiner als die meisten anderen Tarkaner. Catolis überwand ihre Überraschung und nickte. »Also gut. Sprich, Texanto.«

Der Krieger in Ketten hob den Blick ein wenig, beäugte sie scheu, schluckte. »Mein Plan ist einfach, Herrin. Ich brauche für ihn nur die restlichen vierhundert Gefangenen. Und mich selbst. Und dich.« Catolis ließ sich ihr Erstaunen nicht anmerken. Sie bedeutete ihm weiterzusprechen, und er fuhr fort. Sein Plan hörte sich so einfach wie genial an.

*

Im ersten Morgengrauen ließ Catolis das Heerlager abbrechen und die vierhundert gefangenen Garonesen zu den Marterpfählen bringen. Die Hände hatte Tarkun ihnen auf den Rücken fesseln lassen. Alle trugen Knebel. Viele jammerten und stöhnten auf angesichts der blutigen Pfähle.

Im Rücken der Vierhundert und durch ihre durchweg größeren Gestalten gedeckt, pirschten Tarkun und Luppok sich mit zwei Kampfrotten an die Linie der Pfähle heran. Als sie die Marterpfähle erreichten, warfen sie sich ins Gras und Gebüsch des leicht abschüssigen Geländes. Etliche Krieger hatten sich Grasbüschel auf die Helme oder Gestrüpp auf die Rückenharnische gebunden.

Mitten unter den gefesselten und geknebelten Vierhundert liefen Catolis und Texanto. Beide trugen Lederharnische, die sie kleinen und zierlichen Garonesinnen abgenommen hatten. Texantos Säbel steckte in einer Rückenscheide und war von vorn nicht zu sehen. Catolis hatte sich den kleinen Kriegsbogen über die Schulter gehängt, den Kaikan ihr gebaut hatte, bevor sie knapp sechs Monde zuvor von Tarka aus in See gestochen waren. Sie trug ihre Reitstiefel, ihren kurzen Krummdolch hatte sie sich in den Brustgurt unter den Harnisch gesteckt. Ihre und Texantos Fesseln und Knebel waren lose gebunden und ließen sich mit einer einzigen Bewegung abstreifen.

Wie vereinbart schickte Tarkun zwei Reiter auf Steinböcken zum Osttor der Stadt. Die verkündeten den verblüfften Verteidigern auf der Wehrmauer, dass sie ihre überlebenden Gefangenen in Empfang nehmen mochten und dass Tarkatan die Belagerung abbreche.

Catolis beobachtete, wie sie vorbei an den vierhundert Gefangenen zurück ins Heerlager trabten, wo ein Zelt nach dem anderen abgeschlagen wurde.

Auf der Wehrmauer brach hektisches Treiben aus, die garonesischen Verteidiger rannten hin und her, Geschrei wurde laut. Manche Krieger verschwanden zwischen den Zinnen oder in den Tortürmen. Wohl um ihren Hauptleuten vom Ende der Belagerung zu berichten. Catolis rechnete nicht damit, die Kriegsmeisterin und ihre Befehlshaber durch Texantos List täuschen zu können; vorerst jedoch sorgten die Neuigkeit und das plötzliche Auftauchen der vierhundert Gefangenen für große Verwirrung unter den Garonesen. Gut so.

Die Schar der vierhundert Gefangenen setzte sich in Bewegung. Catolis und Texanto liefen in der dritten Reihe. Hinter ihnen ging die Sonne auf und warf ihre langen Schatten in taufeuchtes und vom Kampf zertretenes Gras. Die Gefangenen begannen nach und nach an ihre Freilassung zu glauben, und je näher sie der Stadtmauer kamen, desto eiliger hatten sie es.

Nur wenige unter ihnen wussten von den beiden Tarkanern in ihrer Mitte, nur die in der direkten Umgebung von Catolis und Texanto. Die stöhnten, brummten hinter ihren Knebeln und wiesen mit heftigen Kopfbewegungen auf die beiden Geharnischten und Bewaffneten hin. Doch kaum einer der anderen achtete auf sie, und tat es doch einer, dann überwog die Erleichterung über die bevorstehende Freilassung sein Misstrauen.

Anders auf der Wehrmauer. Dort palaverten sie immer noch. Manch einen Armbrustschützen sah Catolis auf die anrückenden Gefesselten zielen. Eine große, fettleibige Kriegerin fiel ihr auf, die gestikulierte wild nach allen Seiten. Ein Armbrustschütze senkte daraufhin seine Waffe, andere jedoch blieben schussbereit. Die fettleibige Kriegerin fuhr mit dem Knauf ihres Schwertes unter sie, drosch auf Helme und Harnische ein.

Als nur noch etwa neunzig Fuß die Gefangenen von der Wehrmauer trennten und sich Blauens Osttor noch immer nicht geöffnet hatte, brach Panik unter den Gefesselten aus. Viele rannten los wie eine wilde Mustangherde auf der Flucht, manche warfen sich auf den Boden und wanden sich stöhnend hin und her, um ihre Fesseln irgendwie zu lösen. Andere brüllten dumpf unter ihren Knebeln. Catolis sah etliche stürzen und die Nachfolgenden über sie hinwegtreten. Die Ersten erreichten eben das Tor, polterten dagegen, von hinten drückten die nächsten nach. Keiner blickte nach rechts oder links, jeder wollte weiter nichts mehr, als dem bis eben noch sicher geglaubten Tod zu entfliehen.

Als sie auf der Wehrmauer begriffen, dass sich unter ihnen die eigenen Leute zu Tode trampeln und erdrücken würden, gaben die Verteidiger endlich ihr Misstrauen auf und öffneten das Tor. Die vordersten Gefesselten stolperten in die Stadt hinein, einige stürzten, die dahinter trampelten über sie hinweg.

Catolis gelang es, auf den Beinen zu bleiben. An ihrer Hand glühten die Mondsteine. Neben ihr zog Texanto seinen Säbel. Kurz bevor sie durch das Tor geschoben wurden, blickte sie hinter sich – Tarkun und seine Kampfrotten hatten ihre Deckung verlassen und stürmten bereits heran. Da sprang Catolis inmitten von Gefangenen schon über die Schwelle des Tores.

Sie warf sich gegen den rechten Torflügel, Texanto sah sie hinter dem linken in Deckung gehen. Noch immer rannten, wankten und stolperten Gefangene vorüber. Über sich hörte Catolis das Gebrüll einer Frau – die Verteidiger auf der Mauer hatten Tarkuns Krieger entdeckt, und ihre Herzogin drängte darauf, die Torflügel zu schließen. Krieger und Kriegerinnen sprangen aus den Tortürmen, bedeuteten den Gefangenen, sich zu sputen, drängten sich durch deren Menge hindurch zu den Torflügeln.

Catolis richtete ihre rechte Faust auf die feindlichen Kriegerinnen, die auf ihrer Seite den Torflügel schließen wollten. Sie entfesselte das magische Licht, und ein Inferno aus weißblauem, violettem und türkisfarbenem Feuer schlug den Garonesen entgegen. Es erfasste auch viele der Gefangenen. Wieder brach Panik aus.

Catolis sah Dutzende Leiber zu Boden gehen und sich im magischen Feuer krümmen. Sie sah zerfallende und vergreisende Menschen. Staubwolken stiegen auf. Drüben, am linken Torflügel, hieb

Texanto auf garonesische Krieger ein. Die waren viel zu erschrocken, um sich ernsthaft zu wehren. Die meisten wichen zurück, um dem magischen Feuer zu entkommen.

Catolis richtete ihre Faust nach oben, schickte violette und grellblaue Blitze zu den Türmen und der Wehrmauer hinauf, von wo Armbrustschützen auf sie und Texanto herabschossen. Dann huschte sie am rechten Turm vorbei und entfesselte das ERSTE MORGENLICHT gegen die Schützen auf der Wehrmauer, um Tarkun und seinen heranstürmenden Kriegern Feuerschutz zu geben. Schon hörte sie deren Kampfgeschrei. Das fuhr in Mark und Bein.

Zwei Atemzüge später rannten Tarkun und seine Rotten durch das Tor. Sie hieben die letzten Gefangenen und die wenigen Verteidiger auf der Straße nieder, besetzten Türme, Tor und die Wehrmauer rechts und links davon. Hinter Tarkun und Luppok her stieg Catolis die Wendeltreppe des rechten Torturms hinauf. Auf dem Wehrgang krümmten sich sterbende Greise und Greisinnen. Zwischen zertrümmerten Zinnen spähte Catolis nach Osten.

Rot glühend löste sich der Sonnenball vom Horizont. Hunderte Reiter auf Steinböcken und Mustangs preschten der Stadt entgegen, die ersten erreichten eben das offene Tor. Tausende Krieger zu Fuß folgten ihnen.

Geschafft! Blauen war gefallen!

Gezeter und Flüche einer Frauenstimme erregten Catolis' Aufmerksamkeit – aus dem Torturm zerrten sie eine aschblonde Kriegerin. Sie war ungewöhnlich fett und überragte alle Tarkaner um ein bis zwei Köpfe. Es war die Frau, die Catolis schon von weitem beobachtet hatte. Man schleifte sie zu der Magierin.

»Scheint mir eine Anführerin zu sein«, sagte ein Hauptmann. »Brüllte Befehle, hat sich im Turm vor dem göttlichen Licht versteckt.«

»Wie heißt du?« Catolis sprach sie im Trochauer Dialekt an.

»Der Abgrund soll dich verschlingen, Hexe!« Hass verzerrte das runde und dicke Frauengesicht.

Sie hieß Wilmis, Catolis hatte es längst ihrem Geist entrissen.

»Wo finde ich deine Königin?« Wilmis spuckte ihr ins Gesicht. Tarkun rammte ihr den Knauf seines Säbels in den Bauch – sie krümmte sich und stöhnte auf. Und Catolis sah in ihrem Geist, was sie wissen wollte.

»Geht mit mir, Tarkun und Luppok!« Sie deutete zum Nordhang des Blauphirs und zu den Gartenterrassen über Burg und Stadt. »Nehmt vier Kampfrotten mit und begleitet mich dorthin!«

Wenige Atemzüge später ritt sie auf ihrem Mustang an brennenden Häusern vorüber. Wie eine Flut der Vernichtung strömten die Tarkaner in die Stadt, fielen über jeden her, den sie fanden. Das Geschrei von Kindern und Frauen gellte Catolis in den Ohren. Sie konnte nichts dagegen tun. Zu groß war die Wut ihrer Krieger nach der langen Belagerung und den verlustreichen Kämpfen, und viel wichtiger als das Leben der Garonesen war für sie jetzt das des Bastards. Es musste erlöschen, so schnell wie möglich.

Überall in den Gassen und Gärten schlugen die Tarkaner auf Männer und Knaben ein, schleppten Frauen in die Ställe oder trieben sie auf den Plätzen zusammen. Kriegslärm, das Knistern von Flammen und das Geschrei der Verängstigten und Geschändeten erfüllte die Stadt.

Sie bogen aus einer Gasse, und Catolis sah die schwarzen Silhouetten der Burg vor sich aufragen. »Schaut nur!«, schrie Luppok in diesem Moment. »Die Geier wittern schon ihre letzte fette Mahlzeit vor dem Winter.« Er deutete in den Himmel.

Catolis legte den Kopf in den Nacken. Riesige Vögel segelten über Burg und Stadt hinweg, fünfzehn zählte sie. Einer nach dem anderen überquerte das Heerlager und verschwand Richtung Südosten.

»Ziemlich große Geier haben die hier«, hörte Catolis einen Reiter sagen.

»Das sind keine Geier!« Auch Tarkun blickte in den Morgenhimmel. »Das sind Leute! Verdammte Garonesen sind das!«

Catolis war es, als zöge sich eine Frostschicht über ihr Hirn. »Der Bastard!«, schrie sie. »Das ist der Bastard, er flieht!«

Ihre Krieger begriffen nicht, wen sie meinte, glotzten sie fragend an. »Die Königin von Garona fliegt dort oben! Ich will sie um jeden

Preis!« Ihre Stimme überschlug sich, der Zorn trieb ihr das Blut ins Gesicht. »Nimm die besten Reiter, Luppok! Verfolgt die fliegenden Flüchtlinge, solange ihr könnt!«

»Die müssen verrückt sein!«, rief Tarkun. »Das können die unmöglich schaffen!«

»Hast du Augen im Schädel oder nicht?«, herrschte Catolis ihn an. »Hinterher! Bildet eine Botenkette! Und wenn einer abstürzt, her zu mir mit ihm. Nur die Königin, die tötet sofort! Wenn ihr könnt.«

4

Gumpen gebärdete sich wie ein Wahnsinniger. Ayrin traute ihm alles zu in diesem Moment. Der Waldmann wich ihm nicht aus, keine Handbreite. Wie ein Baum stand er da, sah dem viel Größeren ins verzerrte Gesicht, zuckte auch dann nicht mit der Wimper, als der losstürmte und seinen Dreizack zum Stoß erhob. Sie griff über die Schulter, fasste den Knauf ihres Schwertes. Keine Fingerbreite wich der Waldmann zur Seite, rührte sich einfach nicht. Ayrin schrie auf, riss ihr Schwert aus der Rückenscheide, sprang aus ihrer Deckung, um dazwischenzugehen.

Doch jäh das Peitschen einer Sehne, das hohe Sirren eines Pfeils, das trockene Klatschen eines Treffers – im nächsten Augenblick warf der Eiswilde beide Arme hoch, brüllte und brach zusammen. Romboc sprang von der letzten Stufe und riss ihm den Dreizack aus der Faust. Gumpen wälzte sich in Blut, griff hinter sich, tastete nach dem Pfeilbolzen in der Rückseite seines Oberschenkels.

Ayrin stand schon vor Lasnic; vor Erleichterung knickten ihre Knie ein. Sie hielt die Klinge in beiden Fäusten, schoss bitterböse Blicke auf den Hünen ab. Über dem Eismann stand Loryane – breitbeinig und rot vor Zorn – und spannte den nächsten Pfeilbolzen in ihre Armbrust. »Jammer hier nicht rum!«, schrie sie. »Danke deinen Göttern, dass ich nur auf deinen Oberschenkel gezielt habe! Hättest du den Waldmann angerührt, hätte ich dich getötet, das schwör' ich dir!« Die Unbedingtheit ihrer Worte und ihrer Haltung erstaunte Ayrin.

»Werft mich von Bord!« Der Hüne aus dem Eis meckerte wie ein Bergzicklein, das ein Bergadler von der Seite seiner Mutter fortriss. »Sie greifen wieder an! Gleich!« Er riss sich den Pfeilbolzen aus dem Schenkel, schleuderte ihn auf Loryane, fluchte dabei in seiner Sprache.

»Was fällt dir ein, dummer Riese, du!«, fuhr ihn die Kriegsmeisterin an. »Hätt'st in Garonadas Kerker verrecken können, ziehst stattdessen mit der Königin von Garona und lebst!« Sie drückte die gespannte Armbrust an ihre Schulter, richtete sie auf seine Brust. »Du tust, was die Königin dir gebietet! Sonst gar nichts! Begriffen?«

»Der da hat mich aus dem Kerker gerettet!« Mit der Rechten zeigte Pirol Gumpen auf Lasnic, die Linke drückte er auf die Rückseite seines getroffenen Oberschenkels. Die Wunde blutete stark. »An seiner Seite kämpfe ich, nicht an eurer.« Ächzend stemmte er sich auf die Knie. »Werft mich von Bord, sonst zertrümmern sie unser Schiff, und ihr werdet alle sterben!«

»Halt's Maul, Eiskerl.« Lasnic drängte sich an Ayrins Seite. Sie hörte, wie sein Atem flog. »Halt's Maul, du Schwachkopf, oder du fängst dir die nächste.«

»Bitte, Lasnic!« Wie ein Kind faltete der Nordmann die riesigen Hände und streckte sie flehend zum Waldmann herauf. »Ich will doch nur verhindern, dass ihr um meinetwillen sterben müsst! Meine Stunde hat geschlagen, doch ihr sollt leben! Werft mich einfach über Bord, bitte!«

Jedes Wort meinte er ernst, Ayrin spürte es. Sie trat zu ihm. »Du bleibst.« Sie setzte ihm die Klinge an die Kehle. »Ich will es.« Und dann an Romboc und Loryane gewandt: »Schnell, ins Ruderdeck! Holt die Gefangenen herauf.« Pirol Gumpen zitterte. Vor Schmerzen? Vor Schrecken? Vor Verzweiflung?

Ayrin trat einen Schritt zurück von ihm und spähte über die zersplitterte Reling. Die mörderischen Wale kreisten noch immer um den weiß gefleckten Koloss. Der seinerseits trieb nahezu reglos in den Wogen. Nur seine mächtige Schwanzflosse verwischte träge Wellen und Schaumkronen; und jetzt warf er den spitzen Schädel in den Nacken, als wollte er ihr etwas zurufen. Tatsächlich glaubte Ayrin, eine Art Pfiff zu hören.

Bei der Großen Mutter – der Mörderwal spricht mit mir! Sie zog die Schultern hoch, ihr Nackenhaar richtete sich auf. *Guckt er mich nicht sogar an?* Sie konnte sein linkes Auge erkennen. Funkelte es nicht rötlich? Je länger Ayrin das Tier beobachtete, desto gewisser wurde sie: Es äugte zu ihr herüber.

»Eine Pause vor dem nächsten Angriff.« Mit weit aufgerissenen Augen stierte auch der Hüne aus dem Norden zur Walherde hinüber. »Sie holen Atem für den nächsten Schlag. Wir sind verloren …«

»Auf die Steuerbordseite mit ihm«, befahl Ayrin.« Vier Schwertdamen zerrten Gumpen am Hauptmast vorbei zur anderen Seite des Schiffes hinter das Ruderhaus und aus dem Blickfeld der Wale. Er zog eine Blutspur hinter sich her. »Zieh dich aus.« Ayrin fuchtelte mit der Klinge. »Beeil dich!« Sie blickte zur Seite, winkte Lord Frix und Garonja mit einer Kopfbewegung heran. »Helft ihm.«

Sie schälten ihn erst aus dem Pelzmantel, dann aus den zerschlissenen Hosen. Jemand brachte Binden und versorgte seine Wunde.

Gezeter wurde laut, Romboc und ein paar Ritter zerrten die beiden Gefangenen aus der Luke zum Ruderdeck. »Hierher!«, verlangte Ayrin. Kühle und Klarheit beherrschten ihre Gedanken, kühl und klar gab sie ihre Befehle. »Hier können die Wale sie nicht sehen! Fesselt den Kleineren auf die Schultern des Größeren, beeilt euch – sie greifen jeden Moment wieder an. Macht schon!«

Romboc, Joscun und zwei Ritter banden den kleineren Blutsäufer mit Gurten und Hanfseilen auf die Schulter des andern. Weil beide strampelten und um sich schlugen, hieb Romboc ihnen den Knauf seines Schwertes gegen die Schläfen; nacheinander sanken sie auf die Planken.

Loryane begriff sofort, was Ayrin vorhatte – sie wickelte Decken und alte Kleider um die Körper der Blutsäufer, damit sie massiger wirkten. Dann griff sie sich Gumpens Hose und Mantel und kniete vor den halb betäubten Gefangenen nieder. Die Zwillinge und Sigrun sprangen hinzu, und gemeinsam streiften sie den Blutsäufern die Hosen des Eishünen über die schlaffen Beine des unteren bis zu den Knien des oberen und hüllten beide in seinen Mantel.

Jemand schüttete den Todgeweihten Wasser in die Gesichter, damit sie zu sich kamen. Romboc und Lasnic rissen sie auf die Beine des Größeren und schnürten ihm den Mantel zu. Loryane schnallte Gumpens Brustgurt um die Schultern des Kleineren, Feline steckte ihm Gumpens Dreizack so in die Lederschlaufe, dass die Gabelklingen ein Stück über seine Kapuze ragten.

An Hauptmast und Ruderhaus vorbei zerrten Romboc und Lasnic die Gefangenen zur Backbordseite und an den Bordrand. Wie ein einziger großer Mann sahen sie jetzt aus. Sigrun und Ayrin bohrten dem Unteren ihre Schwertspitzen in den Rücken, schoben ihn vorwärts, bis er in den Trümmern der Reling stand. Auf dem Meer zogen die Wale Runde um Runde um ihren Herdenführer; der Koloss äugte zur Galeere herüber, regte sich kaum noch, schien genau zu beobachten, was sich an der zertrümmerten Reling abspielte.

Grauen schüttelte Ayrin. *Das ist nicht irgendein Wal*, dachte sie. *Doch was ist es dann? Ein Monstrum aus der Großen Wildnis? Eine blutdurstige Bestie mit Willen und Verstand? Doch wann hat man je von so einer Bestie gehört?*

»Sieh her, verfluchter Wal!«, brüllte Lasnic plötzlich, und Ayrin zuckte zusammen. »Hier hast du, was du willst!« Lasnic schrie es in der Sprache der Waldstämme, und sie hatte Mühe, seinen zornigen Worten zu folgen. »Hier hast du unseren Freund Gumpen!« Seine letzten Worte verstand sie gut. »Er opfert sich für uns! Kapierst du das, du verdammtes Riesenstück Sauscheiße!?«

Er und Romboc stießen die in Gumpens Pelzmantel gehüllten Blutsäufer über Bord. Schreiend und kopfüber stürzten sie in die Wogen. Ayrin empfand nicht das geringste Erbarmen.

»Und jetzt verschwinde, du Bestie Schartans!« Der Waldmann brüllte wie ein Wahnsinniger; er schüttelte die Fäuste, stampfte mit den Füßen auf den Planken auf, riss sogar die Lanze aus der Rückenschlaufe und holte aus, wieder und wieder, als wollte er sie auf den Koloss schleudern. »Und kreuze nie wieder meine Wege, hörst du?! Nie wieder, sonst verwandele ich dich in Knochen und Staub! Ich, Lasnic, der Sohn Voglers!«

Der gewaltige Mörderwal zeigte mit keiner Flossenbewegung, dass er auch nur ein Wort verstand. Und wie sollte er auch, war er doch ein Tier ohne Vernunft und Sprache. Er rührte sich nicht, pfiff nur kurz wie ein Greif. Sofort tauchten zwei seiner Wale ab und schossen unter Wasser in Richtung Galeere.

Ayrin dachte nicht nach, stürzte augenblicklich zu einem Abschnitt der Reling, der noch fest stand, umklammerte dort die Balustrade. Der nächste Angriff der Meeresriesen, die nächste Erschütterung, der nächste Sprung auf die Deckaufbauten – was sonst sollte bevorstehen? Alle erwarteten das, alle wichen zurück oder warfen sich hinter Ruderhaus und Hauptmast in Deckung. Allein Lasnic rannte zu ihr, presste sich von hinten gegen sie, streckte die Arme rechts und links an ihr vorbei, packte die Reling. So hielt er sich selbst und sie fest.

Doch kein Aufprall schüttelte das Schiff durch, kein Wal schoss aus den Wellen und prallte auf die Galeere, nichts. Dafür stiegen ein paar Schritte neben der Bordwand erst Blasen aus der Tiefe, dann blutiger Schaum. Das Wasser begann zu kreisen, färbte sich rot. Das Meer schien zu kochen an der Stelle, es schäumte und brodelte. Kleiderfetzen wirbelten in einem blutigen Strudel, Gedärm mischte sich darunter, ein Knochen, ein alter Pelzmantel, ein paar Fleischfetzen.

Angewidert wandte Ayrin sich ab.

»Die Riesendrecksau schwimmt davon«, sagte Lasnic hinter ihr. »Die Wale geben auf. Sie haben sich täuschen lassen.«

Ayrin wollte nicht mehr darüber nachdenken, sie blaffte Befehle nach links und rechts, legte selbst Hand an beim Aufräumen der Trümmer und bei der Versorgung der Verletzten. Pirol Gumpen schafften sie aufs Ruderdeck hinunter. Große Schweißperlen glänzten in seinem breiten Gesicht, er zitterte am ganzen Körper, klapperte sogar mit den Zähnen. Ayrin sah es, und ein kalter Schauer nach dem anderen rieselte ihr über Nacken und Rücken.

Was, bei der Großen Mutter, war hier geschehen?

Grauen machte sich breit unter den Rittern und Schwertdamen, kaum einer redete noch während der Arbeiten; während der Trauerfeier für die sieben Getöteten später sowieso nicht. Der Wind legte sich endgültig, die See blieb merkwürdig ruhig. Die Wale kehrten nicht zurück. Jedenfalls nicht mehr an diesem Tag.

Als die untergehende Sonne den Himmel im Westen glühend rot färbte, stieg Ayrin mit Romboc und Loryane ins Ruderdeck hinunter. Lasnic hockte bei Gumpen und brütete über dem Turm von

Garonada. Wie konnte er sich jetzt nur mit diesem Rätsel beschäftigen? Unbegreiflich!

Gumpen stierte ins Leere; die Stäbe und Scheiben schienen ihm vollkommen gleichgültig zu sein. Seine schlaffe, aschenfarbene Miene erschreckte Ayrin. Wie ein Schwerkranker kam er ihr vor, wie ein Fiebernder.

»Woher glaubst du diesen Mörderwal zu kennen, Pirol Gumpen?«, stellte sie ihn zur Rede. »Sag es uns.« Er senkte den schweren Schädel und schwieg.

»So rede doch, dummer Nordriese du!«, fuhr Loryane ihn an. »Wie kommst du bloß darauf, dass er ausgerechnet dich, nur dich, und sonst niemanden wollte?«

Aus feuchten Augen lugte er zu ihnen herauf. »Habe ich denn nicht recht gehabt?« Seine tiefe Stimme klang heiser und erschöpft. »Haben sie nicht von uns abgelassen, gleich nachdem ihr die beiden Bräunlinge in meinen Kleidern und mit meinem Dreizack auf dem Rücken über Bord gestürzt habt? Sie haben sich täuschen lassen und das Schiff sofort in Ruhe gelassen. Ist das nicht Beweis genug dafür, dass ich recht hatte?«

Ayrin blieb ungerührt. »Angenommen es stimmt, und dieser Koloss will dich töten – dann fragen wir dich jetzt: warum? Warum hasst er dich, Pirol Gumpen?« Plötzlich erinnerte sie sich, dass der Hüne manchmal wie von einer weiblichen Kreatur von dem Mörderwal gesprochen hatte. »Warum verfolgt sie dich? Warum hasst sie dich so sehr, dass sie eine ganze Walherde auf unser Schiff hetzt?«

Wieder senkte der Pirol den Blick, wieder schwieg er. Eine Zeitlang warteten sie, doch Ayrin ließ schon bald die Hoffnung fahren, jemals eine Antwort auf all die Fragen zu hören. Gumpen hatte beschlossen zu schweigen. Und wenn er sich etwas in seinen großen und harten Schädel gesetzt hatte, dann würde ihn niemand davon abbringen. So gut kannte Ayrin den ehemaligen Gefangenen Garonas inzwischen.

»Hast du je von einem Tier gehört, das hasst, Lasnic von Strömenholz?«, wandte Romboc sich an den Waldmann. »Ein Tier, das gezielt einen bestimmten Menschen verfolgt?« Aller Augen hingen nun an dem Waldmann, und Ayrin glaubte zu wissen, was er antworten würde. Und wirklich: Lasnic nickte. Und schnitt eine finstere Miene.

Wieder Schweigen. Viele Atemzüge lang. Bis Pirol Gumpen tief seufzte, seine Arme nach Lasnic ausstreckte und ihn an seine breite Brust zog. »Ich wusste, dass du es bist, den ich suche. Ich wusste es immer.« Er drückte und herzte den anderen, und seine brüchige Stimme klang, als wollte er jeden Moment in Tränen ausbrechen. »Danke, Waldmann, danke für deine Hilfe.«

Lasnic wusste wohl nicht, wie ihm geschah, denn er stand wie festgewachsen und wirkte so verblüfft wie einer, dem ein Unbekannter soeben Namen und Lebensgeschichte erraten hatte. Ayrin versuchte zu verstehen, was der Hüne aus dem Norden da redete – *Ich wusste, dass du es bist, den ich suche?* –, doch ehe sie einen klaren Gedanken fassen konnte, hatte Gumpen sich schon erhoben, hinkte zu ihr und Loryane, schloss sie miteinander in seine riesigen Arme und drückte auch sie an sich: »Ihr habt mir das Leben gerettet. Ihr alle. Das werde ich euch nie vergessen.«

Mehr erfuhren sie nicht von ihm, weder Ayrin noch sonst einer. An diesem Tag nicht, am nächsten und übernächsten nicht und während des ganzen Herbstes nicht.

*

Viel zu viele Tage auf See folgten. Die Nachtstunden krochen zäh dahin, und sobald die Sonne endlich aufgegangen war, schien sie am Himmel festzuwachsen. Wenn sie nach viel zu langen Stunden dann doch irgendwann dem Westhorizont entgegenkroch, fürchtete jeder sich vor der endlosen Nacht. Zu Angst und Trauer gesellte sich die Langeweile.

Jeden Morgen rief Ayrin sämtliche Ritter und Schwertdamen vor dem Ruderhaus zusammen, damit Lord Frix ihnen die Sprache der Baldoren beibrachte. Loryane veranstaltete tägliche Schwert- und Schießübungen. Und der Erzritter Romboc bekämpfte die Langeweile, indem er jeden noch so kleinen Schaden an Bord ausspähte und reparieren ließ; als Erstes natürlich die zertrümmerte Reling auf der Backbordseite.

Ein kühler Nordostwind wehte beinahe ununterbrochen. Der Sommer war endgültig vorbei. Wer konnte, zog einen Mantel über Harnisch und Jacke, wenn er aufs Außendeck musste. Ayrin warf sich jedes Mal den schwarzen Ziegenpelz ihrer toten Freundin Petrona über den roten Wollmantel, bevor sie hinauf zu Romboc und Joscun ins Ruderhaus stieg.

Den Waldmann, immer noch in seinen alten muffigen Eulenfedermantel gehüllt, sah sie außerhalb ihrer gemeinsamen Kajüte nur noch mit einem um den Kopf gewickelten grauen Wolltuch. Zum Glück ertappte sie ihn nur noch selten über der Reling hängend und sich übergebend. Lasnic hatte seine Seekrankheit überwunden, dafür dankte sie der Großen Mutter.

Nur dem Hünen aus dem Norden schien der Wetterumschwung nichts anzuhaben. Die Weste, der weite Lederrock aus Mustangdecken, die sie im Laderaum gefunden hatten, und ein Hemd aus zwei hellen Leinenjacken genügten ihm gegen die Kälte. Loryane und ihre Schwertdamen hatten ihm die Kleidung zusammengenäht. Gewöhnungsbedürftig sah er aus, fand Ayrin. Doch er beklagte sich nicht. Seit er den großen Mörderwal zum ersten Mal gesehen hatte, sang er nicht mehr. Das bedrückte Ayrin. Und nicht nur sie.

Überhaupt blieb es merkwürdig still an Bord nach dem Angriff der Walherde. Selbst Schrat und Ritter Braun waren kaum einmal zu hören. Nicht allein dem armen Gumpen – allen war die mörderische Begegnung tief in Glieder und Gemüt gefahren. Und niemand wollte sich darauf verlassen, dass die weiß gefleckten schwarzen Kolosse nicht doch noch einmal zurückkehrten. So blieb ein leises Grauen heimlicher Gast an Bord der Galeere.

Und so wollte auch niemand in Jubel ausbrechen, als Joscun einen knappen Mond später die Hafentürme von Eldora entdeckte. »Land!«, rief er vom Steuerrad aus. »Die baldorische Küste liegt vor uns! Ich kann schon die Leuchttürme der Hauptstadt ausmachen!«

Die Nachricht sprach sich schnell herum an Bord, und bald drängten sich alle, die nichts Wichtigeres zu tun hatten, am Bug zusammen. Ayrin tastete verstohlen nach Lasnics Hand. Sie spürte die Erleichterung, die sich unter den Rittern und Schwertdamen breitmachte. Doch von ausgelassenem Jubel keine Spur.

Romboc ließ die tarkanische Flagge vom Hauptmast holen und hisste stattdessen die Fahne des Königreichs Garona: eine nackte Frauengestalt in blutroter Farbe und vor weißem Hintergrund – das Bildnis der Großen Mutter. Bei der Flucht aus der Burg hatte Ayrin mit ihren wichtigsten Habseligkeiten auch die Flagge der Königin zusammengerafft.

Die Leuchttürme rückten näher. Das Abendlicht glitzerte auf ihren weißen Rundfassaden. Bald konnte Ayrin ihre rot gefärbten Zinnen von den großen Bronzeschalen darüber unterscheiden, in denen bei Dunkelheit oder Nebel die Signalfeuer loderten. Auch die berühmten bronzenen Wakudobullen mit den geflügelten Reitern erkannte sie bereits. Die wuchtigen Statuen standen neben den Türmen rechts und links auf der Dammmauer und neigten ihr mächtiges Gehörn drohend der Hafeneinfahrt zu. Der linke Reiter zupfte die Saiten einer Harfe, der rechte hob einen Speer wie zum Wurf.

Ayrins Mutter, die Königin Belice, und Romboc hatten ihr die Statuen und die Feuertürme oft beschrieben. Mit eigenen Augen sah Ayrin sie zum ersten Mal. Sie staunte die näher und näher rückenden Bildnisse an, und schlagartig wurde ihr bewusst, wie weit sie sich von den heimatlichen Bergstädten entfernt hatte. Wie ein Stich ging es ihr durch das Herz.

»Warum zum Schartan stellen die Baldoren Wasserkühe am Eingang ihres Reiches auf?« Lasnic runzelte die Stirn.

»Wahrscheinlich gibt es bei ihnen kein gefährlicheres Viehzeug«, spottete Joscun.

»Blöds G'schwätz!« Lord Frix schnitt eine beleidigte Miene. Er hatte sich nach Frauenweise geschminkt, glatt rasiert und sein Haar zu vielen Zöpfen geflochten. Ayrin musste sich ein Lächeln verkneifen, denn er sah durchaus witzig aus. Der Helm der toten Schwertdame, den er sich eben erst übergestülpt hatte, verdeckte mit dem Nasen- und Kinnschutz sein spitzes Gesicht beinahe zur Hälfte.

Noch lieber hätte er sich wahrscheinlich unsichtbar gemacht. Ayrin wusste ja, dass er in Baldor als Ausgestoßener galt.

»Des sin koi Küh, Mann, des sin Wakudos!«, grollte er. »Und die druff reide dun, des sind die zwoi mächdigschde Gödda von Baldor – da Kudo midda Harf un da Waku middem Speea. Sin Zwilling, wie'd Felin' un'd Garonja. Nur halt Kerl.« Gekicher erhob sich rings um unter den Schwertdamen. »Was gibs'n do zu lache?« Lord Frix verschoss böse Blicke nach allen Seiten.

Im Herzen schien er Ayrin doch mehr Baldore als Garonese zu sein. Sein Vater stammte ja aus Baldor, und wenn man dem ehemaligen Räuber glauben konnte, saß der im königlichen Kerker von Eldora; Frix' Mutter dagegen war in Garona groß geworden, in der Seestadt Rothern. All das wusste Ayrin von Lasnic. Beide Sprachen beherrschte der kleine Dieb perfekt. Warum er dennoch meistens den drolligen Dialekt der nördlichen Waldstämme benutzte, den er bei den Räubern gelernt hatte, blieb sein Geheimnis. Wahrscheinlich weil die meisten Schwertdamen darauf flogen.

Als keine dreitausend Fuß mehr die Galeere von der Hafeneinfahrt trennten, brach plötzlich Schrat in krächzendes Gezeter aus und flatterte aus der Takelage. Er flog einem farbigen Vogelschwarm entgegen, der vom Hafen her heranschwirrte. Wie ein bunter Schleier wehte er näher.

»Seht ihr das?« Lasnic deutete auf den Schwarm. »Lauter gelbe und rote Vögel!«

»Botenvögel!«, sagte Romboc. »Du solltest eine Botschaft an den König schreiben, meine Königin!« Er beobachtete die Vögel vom Ruderhaus aus.

Beschimpft und umflattert vom alten Schrat, näherte sich der Schwarm und ließ sich auf der Balustrade vor dem Ruderhaus nieder. Alle bestaunten die farbenprächtigen Vögel mit den langen Schwänzen, den bunten Kämmen und den krummen Schnäbeln. Die meisten waren mindestens so groß wie der alte Schrat, zwei sogar noch erheblich größer und schwerer. Viele stießen knarzende und raunzende Krächzlaute aus. In Ayrins Ohren klang das, als würden sie sich über den Kolk beschweren.

Einer der beiden großen Botenvögel, ein grellrotes Tier mit flammend orangefarbenem Kamm, ließ sich von Romboc willig eine Lederkapsel vom Bein lösen. »Her zu mir, wer das Baldorische besser liest und schreibt als ich!«, rief der Erzritter.

Lord Frix eilte zum Ruderhaus und sprang die Stiege hinauf. Romboc reichte ihm die winzige Schriftrolle. Frix las laut vor, verzichtete dabei sogar auf seinen Räuberdialekt. »Welche garonesische Hochdame gibt Rasman Súlfork Ivúsan Kalamantis, dem König von Baldor, die Ehre, sie empfangen zu dürfen?« Der als garonesische Schwertdame getarnte Baldore blickte fragend auf Ayrin herunter.

Die Fäuste in die Hüften gestützt, schlenderte Ayrin zur Ruderhausstiege. »Schreibe folgende Botschaft, Lord Frix.« Sie dachte nicht lange nach. »An unseren Verbündeten, den ruhmreichen König von Baldor: Die Königin von Garona selbst und ihre letzten Getreuen bitten in großer Bedrängnis und im Vertrauen auf deine Bündnistreue um Zuflucht hinter deinen berühmten Mauern, verehrter König Rasman und so weiter von Baldor.«

Joscun besorgte Tinte und Feder, der Baldore schrieb die Botschaft auf die Rückseite des kleinen Pergaments, und Romboc befestigte die Schriftkapsel an der Klaue des zweiten großen Botenvogels; der hatte leuchtend gelbes Gefieder und einen tiefblauen Kamm. Wie Frix erklärte, pflegte man in dieser Weltgegend die Antwort auf eine Botschaft mit dem gelben Vogel zu senden.

Der Schwarm erhob sich von Dach und Balustrade des Ruderhauses und flog Richtung Hafen und Stadt davon. Schrat verfolgte ihn krächzend bis hinter die Hafeneinfahrt. Dort machte er kehrt und setzte sich auf die gesenkten Hörner einer Wakudostatue.

Ayrin versuchte die bunten Vögel im Auge zu behalten, doch ihr Schwarm verschwamm bald mit den Dächern und Türmen der Stadt. Zuletzt sah sie den orangefarbenen Kamm des großen Roten im Abendlicht aufleuchten, als der sich im Stadtzentrum über die Mauern der Königsburg von Eldora schwang. Die Burgfassaden strahlten weiß im Licht der untergehenden Sonne.

»Bist du in deinen Wanderungen jemals bis hierher vorgedrungen, Lasnic?« Zurück am Bug, drängte Ayrin sich an den Waldmann.

»Nein.« Aufmerksam beobachtete Lasnic die Hafeneinfahrt, die Masten der Schiffe an den Anlegestellen und die Zinnen und Erker der Stadthäuser und der Burg. Kuppeln und Pagoden drängten sich neben Flachdächern und sattelartigen Firsten. »Bei mir zu Hause ist keiner scharf auf Gemäuer und Gestein. Wir meiden Orte, wo allzu viele Leute sich tummeln, und Türme und Burgen sind keinem Waldmann so recht geheuer. Und dann – versuch mal, dir vorzustellen, wie viele Bäume gefällt werden mussten, um Platz für all diese Mauern und Steinkisten zu schaffen.«

»Ihr lebt in Baumhäusern, habe ich gehört.«

Lasnic nickte. »Wir haben auch ein paar Hütten am Boden, doch da wohnt niemand drin. Da treffen wir uns nur, wenn's was zu feiern oder zu besprechen gibt.« Er deutete zum Hafen. »Sieh an – sie schicken uns eine Geleitflotte.«

»A feschdliche hoffendlich.« Auch Lord Frix hatte sich wieder unter die Menge am Bug gemischt.

»Einmaster«, sagte Joscun. »Schmal gebaut. Liegen ziemlich tief im Wasser. Und was ich höre, klingt tatsächlich eher festlich als kriegerisch.«

Jetzt vernahm auch Ayrin die Musik. Mit den kleinen Schiffen rückte sie näher und näher. Bald konnte die Königin den Klang der Trompeten von dem der Flöten und Saiteninstrumente unterscheiden.

»E kloine Bitt hätt' ich noch.« Irgendwo hinter ihr räusperte sich Lord Frix und erhob seine Stimme. »Koina am Hof von sellem Rasman Súlfork isch gud zu spreche uff'n Lord aussem Haus Xundóris. De König had mein Vadder in Kette lege lasse. Wenn ihr also so nedd sei dädet, moin Name ned zu erwähne. Die Leut von Eldora müsset ned ubedingt wisse, dass de Lord Fridollusac Rutten Ivúsan Xundóris in ihrene Stadt isch.«

Die Einmaster segelten jetzt dicht an ihnen vorbei. Gesang erhob sich, Männer und Frauen an der Reling winkten zu ihnen herauf. »Dann bleib am besten an Bord.« Ayrin und alle am Bug winkten zurück.

»Des geht ned. I will doch bei meinere Mudda voabeigugge.«

»Dann sollen Feline und Garonja dich begleiten.« Ayrin schaute zu Lasnic hinauf. »Und auch du solltest nicht von seiner Seite weichen, Waldmann.«

»Kein Weib muss mir erklären, was ich meinen Jagdbrüdern schuldig bin.« Lasnic schnallte sich seinen alten Rucksack auf den Rücken und bedachte sie mit einem mürrischen Blick. Innerlich verdrehte Ayrin die Augen.

Die Einmaster drehten bei und segelten bald links und rechts der Galeere der Hafeneinfahrt entgegen; an jeder Seite vier, und zwei übernahmen die Spitze der Schiffskolonne. Vielstimmiger Gesang stieg zu den Flüchtlingen aus Garona herauf. Ayrin fühlte sich geschmeichelt. Lange her, dass man sie wie eine Königin empfangen hatte. Ganze Chöre drängten sich dort unten an Bord der kleinen baldorischen Schiffe.

Lord Frix schob sich zwischen Ayrin und den Waldmann, um ihnen die Gesänge zu übersetzen. Vor allem wegen der Trompeten verstand Ayrin nur die Hälfte, doch sie sangen dort unten wohl Dankeshymnen für das glückliche Ende einer langen Reise, priesen die Großzügigkeit des baldorischen Königs, die Schönheit baldorischer Frauen und die Schmackhaftigkeit baldorischen Weins.

Der Lobpreis auf »die Schönheit baldorischer Frauen« machte Ayrin misstrauisch. Wo man die Schönheit von Frauen pries, hatten sie nach ihrer Erfahrung keine anderen Fähigkeiten zu bieten; oder man schätzte diese anderen Fähigkeiten nicht besonders hoch. Gleichzeitig mit ihrer Neugier auf den König wuchs auch ihre Anspannung.

Geleitet von der einheimischen Eskorte und unter Musik und Gesängen passierten sie endlich die knapp hundertfünfzig Fuß breite Hafeneinfahrt. Die Schatten der Bullenstatuen und ihrer Reiter fielen schon weit und lang ins Hafenbecken hinein, die der Türme sogar auf die Kais und die dort ankernden Schiffe. Etliche Viermaster und Fünfmaster schaukelten an den Anlegestellen, daneben kleinere Karavellen mit hohem Heck und sogar ein paar Galeeren.

»Seht euch nur diese schweren Schiffe an!« Joscun deutete auf

Vier- und Fünfmaster. »Hochseetaugliche Kähne sind das, das sehe ich auf den ersten Blick. Noch der kleinste fasst Tausende von Fässern. Die Baldoren treiben Handel an beinahe jeder Küste des Großen Ozeans.« Bewunderung schwang in seiner tiefen Stimme mit.

Thora hatte den Baumeister am Steuerruder abgelöst, damit er sich auf den Landgang und den erwarteten Ehrenempfang vorbereiten konnte. Er hatte sich frisch rasiert, und sein Kahlkopf glänzte von duftendem Öl. Köcher und Armbrust hingen auf seinem Rücken. Außerdem hatte er die blaue Tracht eines Schwertlosen aus seinem Gepäck geholt – einen eng anliegenden Anzug aus hellblau gefärbtem Leder und einen dunkelblauen Langmantel aus engmaschig gewebter Wolle. Beides war fleckenlos, und Ayrin fragte sich, wie er seine Kleidung gereinigt haben mochte nach dem dreckigen Kampf gegen die Sumpfechsen.

An einer freien Anlegestelle bemerkte sie hektische Emsigkeit. Bewaffnete Wakudoreiter stiegen dort von ihren zottelpelzigen dunkelbraunen Tieren, Wakudogespanne zogen zwei große Kutschen mit zeltartigen Aufbauten über den Kai. Ein Bewaffneter mit Prunkhelm und rotem Mantel brüllte Befehle. Um Reiter und Fuhrwerke drängte sich eine große Menschenmenge, weit über hundert Männer und Frauen, schätzte Ayrin.

Die Menge teilte sich plötzlich, und von irgendwoher zerrten Männer in Braun Podeste und schoben sie zu einer Art Bühne zusammen. Ayrin fühlte sich an den Altar im Mutterhaus von Garonada erinnert. Der Gedanke machte sie traurig.

»Was geschieht da?«, wollte Joscun wissen. »Jetzt breiten sie auch noch einen roten Teppich auf dem Podest aus. Was soll das? Und wer sind die Leute, die da auf den Altar steigen?«

»Hörsch du des ned?« Lord Frix wirkte ergriffen. »Sänger und Musikande sin des. Für dich un mich dun die singe, Baumeischter, für ihre Gäscht. Die wisset, was sich g'hört.« Und wirklich – Ayrin hörte Harfenklänge, die weichen Töne einer Viola und das vielstimmige Flöten einer Sackpfeife. Ein Männerchor aus kräftigen Stimmen ertönte. »Baldors Künschdler. Am beschde, ihr g'wöhnet euch an die. Man wird se so schnell nämlich ned los, scho gar ned, wenn ma a Fraa isch.« Er schielte zu Ayrin und den Zwillingen. »Koi schlechte Kerl' an sich, hald meischdens b'soffe.«

Joscun pfiff durch die Zähne, Lasnic lachte laut – Musik und Gesang machten ihm eine beinahe kindliche Freude, das hatte Ayrin längst gemerkt –, und ein Stück abseits an der Steuerbordreling hörte sie leise den Hünen aus dem Norden mitsummen. Verstohlene Blicke aus der Schar der Schwertdamen und Ritter flogen ihm zu, auf allen Gesichtern entdeckte Ayrin Erleichterung. Auch ihr Herz wurde warm und leicht: Pirol Gumpen sang wieder.

Und in einem Augenwinkel von Lord Frix entdeckte sie tatsächlich eine Träne. Die Freude, seine Heimat wiederzusehen, und die Angst, erkannt und bestraft zu werden, schienen sich in seiner Brust die Waage zu halten.

Gesang und Musik auf der Schiffseskorte verstummten nach und nach, dafür tönte das Konzert auf dem Podest umso lauter. Vier prachtvoll gekleidete Frauen hatten sich dort vor den Musikern und Sängern aufgestellt. Einen Mann allerdings, den man für einen König hätte halten können, entdeckte Ayrin nicht.

Die meisten Einmaster entfernten sich Richtung Norden, wo Ayrin jetzt auch die Mündung des Baldens erkennen konnte. Der Strom floss durch Eldora und ergoss sich innerhalb der Hafenbefestigung ins Hafenbecken. Nur zwei der kleinen Schiffe blieben bei der Galeere und führten sie zur vorgesehenen Anlegestelle. Die lag direkt vor der Empfangsbühne. Die Segel hatte Romboc bereits raffen lassen, nun schickte er Ritter aufs Ruderdeck hinunter, die das Schiff abbremsen und sicher zur Kaimauer gleiten lassen sollten. Der Erzritter selbst übernahm das Steuerruder.

Ayrin winkte vier Schwertdamen heran. »Morgen, wenn Lord Frix mit Lasnic und den Zwillingen in die Stadt geht, um seine Mutter zu besuchen, begleitet ihr sie und nehmt die Echsenhaut mit. Haltet nach einem Kürschner Ausschau und übergebt sie ihm. Vielleicht schafft er es noch, vor dem Winter Leder für zwei Mäntel daraus zu machen. Über den Preis habe er mit der Königin von Garona zu verhandeln, sagt ihm das.«

»Und ich gehe auch mit«, erklärte Pirol Gumpen. Er stand auf einmal hinter Ayrin bei Loryane. »Ich brauche einen guten Schmied.«

»Lass mich und meine Schwertdamen an Bord bleiben«, sagte Sigrun von Violadum. »Und Romboc soll mir ein paar seiner Ritter abkommandieren. Wir müssen das Schiff hüten wie unser Augenlicht.« Ayrin war mit allem einverstanden.

Ein Ruck ging durch die Galeere, als sie anlegte. Gumpen und Wigard kurbelten die Anker ins Wasser, Lasnic und Joscun warfen die Haltetaue auf den Kai hinüber, wo baldorische Männer sie auffingen und an abgewetzten hölzernen Pollern festmachten. Thora und einige Ritter schoben die Landungsbrücke von Bord und auf den Kai. Romboc, Joscun und Wigard betraten sie als Erste. Ihnen folgten Ayrin und Loryane mit dem Waldmann, dann Gumpen, die Zwillinge, Lord Frix, Thora und zwei weitere Schwertdamen. Sigrun von Violadum blieb mit ihren Kriegerinnen und den Rittern an Bord zurück. Mit den Augen eines Schneegreifes würde die Herzogin jeden Mann und jede Frau auf dem Kai beobachten; dessen konnte Ayrin sich sicher sein.

»Ich sehe nirgends einen Mann, der wie ein König aussieht«, raunte sie dem Erzritter zu, während sie hinter ihm über den schwankenden Steg schritt. »Ist das ein schlechtes Zeichen?«

»Dafür siehst du vier Königinnen«, sagte Romboc. »Rasman hat ein paar seiner Frauen geschickt, um dich zu begrüßen, meine Königin. Nimm es als gutes Zeichen.«

»Scho meglich, dassa dich begrüße will«, wisperte hinter ihr Lord Frix. »In erschta Linia aba willa Oidruck schinde. Du sollsch denke, d'Weiber in Baldor däte au ebbes zu sage habbe.«

Ayrin spitzte spöttisch die Lippen, und Loryane zischte: »So ungefähr habe ich mir dieses Männlein von König vorgestellt!«

Sie gingen an Land, die Leute von Baldor winkten und jubelten ihnen zu. Viele Hundert waren inzwischen im Hafen zusammengeströmt. Ayrin und Loryane winkten zurück und lächelten kühl. Joscun dagegen streckte der Menge zur Begrüßung Arme und Handflächen entgegen – ein garonesischer Friedensgruß Fremden gegenüber.

Romboc spähte aufmerksam nach allen Seiten, seine Linke ruhte auf dem Knauf seines Schwertes. Nicht gerade eine friedliche Geste. Sie beunruhigte Ayrin ein wenig – ihr Erzritter schien der ausgelassenen Stimmung nicht recht zu trauen.

Ein Mann mit langem blondem Haar lenkte die Sänger und Musikanten auf dem Podest mit energischen Handbewegungen. Mit der Rechten schwang er einen dünnen, goldenen Stab im Rhythmus der Musik, mit der Linken fuchtelte er wie von Sinnen. Er trug einen roten, ziemlich weiten Anzug mit goldenem Gürtel und darüber einen schneeweißen Umhang, der ihm bei jeder Geste um den Körper wehte, genau wie sein Haar. Jetzt ruderte er immer wilder mit den Armen, fuchtelte mit dem Stab wie mit einer Axt, und das Haar peitschte ihm um den Kopf und das schweißnasse Gesicht. Gesang und Musik schwollen zu einem pathetischen Finale an und verebbten dann jäh. Die Menge brach in lauten Jubel aus.

Der blonde Fuchtler verbeugte sich erst und richtete dann Stab und Hand gegen die Menge. Ruhe kehrte ein. Die älteste der vier Frauen am Bühnenrand entrollte eine Art Briefbogen, räusperte sich ein paar Mal und ergriff endlich das Wort. »Die Königinnen und der König von Baldor heißen die Königin und den König von Garona willkommen in Eldora!«, rief sie mit gezierter Stimme. Sie war ganz in Dunkelrot gekleidet und las die Worte von ihrem Briefbogen ab. »Ein dreifaches Hoch auf Garona! Ein dreifaches Hoch auf Baldors engsten Verbündeten!«

Die Menge brach erneut in Jubel aus und ließ wohl Garona hochleben – falls Ayrin alles richtig verstand. Joscun drehte sich nach ihr um und zog zweifelnd die Brauen hoch. Von der Seite traf sie der erzürnte Blick ihrer Kriegsmeisterin. Nie in seiner über tausendjährigen Geschichte hatte Garona jemals einen König gehabt. Ayrin selbst fand den Versprecher der edlen Frau mit dem langen Grauhaar eher amüsant; sie zog es vor, gar nicht zu reagieren.

»Wir fühlen uns unendlich hochgeehrt, den ebenso ruhmreichen wie siegreichen Rittern von Garona Zuflucht gewähren zu dürfen, jetzt wo so schlimmer, schlimmer Krieg und so wilde, wilde Barbaren ihr berühmtes Bergreich heimgesucht und ihre unvergleichliche

Kultur verwüstet haben.« Die älteste Gattin des Königs kam ins Stocken, hob den Briefbogen ein Stück näher an die Augen, runzelte die Stirn. Eine junge, weißblonde Frau in schwarzem, langem Kleid und mit ähnlich edlen Zügen beugte sich zu ihr und flüsterte mit ihr. »Den ruhmreichen Rittern und natürlich ihren Damen«, fügte die Grauhaarige errötend und stammelnd hinzu. Langsam wurde es peinlich.

»Unerträglich«, flüsterte neben Ayrin ihre Kriegsmeisterin. »Soll ich einen Schrei loslassen, damit sie zum Ende kommt?« Und hinter sich hörte Ayrin die raue Stimme des Waldmanns über »baldorische Schwachköpfe« lästern. Auch in ihr regte sich Ärger.

»Unsere Bündnistreue steht unverbrüchlich, edle Königinnen von Garona.« Die Rednerin hob den Kopf, ihr Blick irrte zwischen Ayrin und Loryane hin und her. »Für immer und alle Zeiten …« Offenbar war sie nicht sicher, welche von beiden nun eigentlich die Königin war. Romboc trat zur Seite und deute auf Ayrin. Die Grauhaarige lächelte, wirkte erleichtert, und ihr dankbarer Blick blieb an dem Erzritter hängen. »Wir sind überaus glücklich, sie euch heute erweisen zu können, lieber König, unsere Bündnistreue, meine ich …«

Erneut Geflüster von der schönen Weißblonden neben der Rednerin. Loryane scharrte mit den Füßen, Wigard schüttelte den Blondschopf, Romboc wirkte plötzlich verzweifelt, Joscun räusperte sich lautstark, und der Waldmann stieß ein trockenes Gelächter aus, das durchaus hämisch klang. Die Zornesröte stieg Ayrin ins Gesicht; Lasnics Spott fand sie ebenso unangemessen wie das peinliche Geschwätz der Grauhaarigen; sie presste die Lippen zusammen.

Die Rednerin aber starrte tapfer auf ihren Bogen und tat, als merkte sie von alldem nichts. »Und nun gestattet uns, den Königinnen von Baldor, euch in die Burg von Eldora zu führen, wo unser Gatte, König Rasman Súlfork Ivúsan Kalamantis von Baldor, euch alle freudig erwartet.« Sie blickte auf, richtete ihren Blick fest auf Ayrin und sagte erleichtert: »Vor allem natürlich dich, hochverehrte Königin Lauka von Garona.« Sie rollte ihr Blatt zusammen, schaute triumphierend in die jubelnde Menge, winkte ein wenig mit der

Schriftrolle herum und raffte endlich ihr rotes Kleid über die Knöchel, um das Podest zu verlassen.

Durch die Ritter und Schwertdamen jedoch ging ein Scharren, Zischen und Raunen. Ayrins Körper straffte sich, ihre Augen verengten sich zu Schlitzen, ihr Gesicht wurde kantig und hart.

»Eine bodenlose Schamlosigkeit ist das!«, schrie Loryane. »Ayrin, die Tochter Belices, ist die Königin von Garona!« Schwer zu sagen, ob irgendjemand sie hörte bei all dem Jubel.

Romboc knurrte Unverständliches, und sämtliche Schwertdamen und Ritter um sich herum hörte Ayrin nun ihren Namen ausrufen. Joscun aber eilte zum Podest, stieg hinauf, beugte sich zu der weißblonden Schönen, die der Rednerin voranging, und redete auf sie ein. Er gestikulierte ausladend, deutete auf Ayrin und verbeugte sich in ihre Richtung. Die junge Frau erstarrte. Ihr schwarzes Kleid ließ ihr schönes Gesicht und ihr Haar weiß wie Schnee erscheinen. Abrupt fuhr sie herum und zog die Rednerin energisch an sich, flüsterte ihr ins Ohr.

Jemand blies in eine Trompete, der Stabfuchtler brachte die Leute zur Ruhe, und die grauhaarige Rednerin rief: »Verzeihung! Tausendmal Verzeihung, edle Königin Ayrin! Die allerneusten Nachrichten aus dem Westen sind noch nicht zu uns durchgedrungen, müsst ihr wissen. Tausendmal Verzeihung! Gestatte mir, dich zu meinem Gatten, dem König Rasman Súlfork Ivúsan Kalamantis von Baldor, zu geleiten, edelste Königin Ayrin …!«

Was immer sie sonst noch vorbringen wollte – es ging unter im Gebrüll eines Bewaffneten in brauner Lederkluft und rotem Mantel. »Greift ihn!«, schrie er, ein hochrangiger Ritter offenbar. »Diesmal darf er nicht entkommen!« Mit einer schmalen Klinge deutete er zu Ayrin und Loryane.

Die Menge teilte sich, Waffenträger in Braun drängten sich an der Bühne vorbei und zur Landungsbrücke. »Erkennt ihr ihn nicht, den verfluchten Räuber? Den Verräter? Den Rebellen?«, brüllte der Rotmantel. »Da steht Fridollusac Rutten aus dem Hause Xundóris! Ergreift ihn!«

Die Waffenknechte in Braun rissen ihre Degen aus den Scheiden und stürmten Romboc, Ayrin und Loryane entgegen. »Zur Seite, Garonesen! Damit sie den elenden Dieb und Weiberjäger packen können!«, brüllte der Rotmantel. »In den Kerker mit Fridollusac Rutten Ivúsan Xundóris!«

5

Sie flogen! Wahrhaftig, sie flogen! Hin- und hergerissen zwischen Angst und Faszination blinzelte Lauka über Starians Grauschopf hinweg in die Tiefe: Tarkanische Reiterei und Kampfrotten zu Fuß glitten unter ihnen hinweg wie zuvor schon Rauchsäulen, Dächer, Flammen, Türme, die vom Feind eroberte Wehrmauer und das weit geöffnete Osttor von Blauen. Lauka hätte schreien mögen vor Wut und Enttäuschung, als sie all das sehen musste.

Dann, wie Flecken schmutzigen Schnees und Haufen alten Geästs, breitete das schon halb aufgelöste Heerlager der Blutsäufer sich unter ihnen aus. Ein schrecklicher Anblick. Lauka hätte am liebsten hinuntergespuckt, doch steif und verkrampft hing sie im Flugsack und wagte nicht, sich zu rühren. Würde nicht die geringste Bewegung den Luftsegler zum Trudeln und zum Absturz bringen?

Schon blieb auch das feindliche Heerlager zurück, und sie überquerten die Schlucht und gleich darauf den Reitweg nach Garonada. Das von Abfall übersäte und von Tausenden Kriegern und Reittieren zertretene und zerwühlte Gelände unter ihnen stieg jetzt steil an.

Lauka stand Todesängste aus. Das Herz galoppierte ihr durch den Brustkorb wie ein junger Ziegenbock, dem ein Schneeadler an die Gurgel will. Sie hatte Mühe, ihren Harndrang zu unterdrücken. Und als ihr Blick in Flugrichtung auf den noch nachtdunklen Bergrücken fiel, der jetzt fast den gesamten Osthorizont ausfüllte, da glaubte sie ganz sicher zu wissen, dass ihre Flucht scheitern würde – dass sie scheitern musste.

Dabei hatte Starian alles im Griff. Lauka lag halb auf dem Reichsritter, der im eigenen Flugsack unter ihr hing und den Luftsegler lenkte. Hin und wieder rief er den Fliegern rechts und links knappe Anweisungen zu. Er verstand es zu fliegen, wirkte vollkommen ruhig, und dennoch lähmte diese entsetzliche Angst Lauka so sehr, dass sie kaum zu atmen wagte. Murmelnd begann sie, zur Großen Mutter zu beten. Die Ränder der Bergflanke, der Felsgrate und des Gipfels leuchteten rötlich vom Licht der hinter dem Bergmassiv aufgehenden Sonne.

Sie waren die Einzigen, die als Paar flogen. Starian hatte darauf bestanden, dass sie ihre Flugsäcke unter ein und demselben Schwingengestell befestigten. »Du bist die Kleinste und Leichteste«, hatte er gesagt, »und wir benutzen den größten der fünfzehn noch brauchbaren Luftsegler. Glaub mir, es geht.«

Er hatte Angst um sie, Lauka durchschaute ihn sofort. Nur zweimal hatte sie an den Übungsflügen am Südwesthang des Blauphirs teilgenommen, wo keine Blutsäufer sie beobachteten und wo sie von niedrigen Terrassenstufen aus Anlauf nehmen und starten und auf sanften Wiesenhängen landen konnten. Schon während der Übungsflüge hatte Lauka ihre Furcht und ihren Widerwillen kaum beherrschen, geschweige denn verbergen können.

Sie dankte der Großen Mutter, mit Starian fliegen zu können. Niemals hätte der es ertragen, sie abstürzen zu sehen. Lieber wollte er mit ihr sterben. Gut so. Gut, einmal mehr zu merken, wie sehr ihr vergreister Reichsritter und Liebhaber an ihr hing.

Sie hätte sich gern umgesehen, wollte wissen, wie weit der Gipfel des Blauphirs schon hinter ihnen lag und ob die anderen sich in der Luft halten konnten, doch wagte sie noch immer nicht, sich zu rühren. Sie zwang sich zu tieferen Atemzügen, versuchte ihr wild pochendes Herz zu beruhigen, betete, beschwor das Bild ihres toten Vaters herauf.

Starian dagegen wandte sich regelmäßig nach rechts und links. »Halte den Steuerbügel still!«, schrie er in diesem Augenblick nach links. Dort, beinahe auf gleicher Höhe, glitt Pradosco dahin. »Du brauchst gar nichts weiter tun – auf diesem Kurs wird der Wind uns über die Bergflanke hinwegtragen! Hörst du, was ich sage?« Und nach rechts, wo knapp unter ihnen der Erzritter Raban schwebte: »Du machst das gut, Eisenfinger! Halt still, lass dich einfach tragen!«

Lauka hörte auf zu murmeln, sie erschrak: Der Luftsegler stieg höher und höher, obwohl Starian den Steuerbügel nicht bewegte.

»Wie kommt das?«, rief sie. »Warum fliegt das Gestell immer weiter nach oben?«

»Der Wind staut sich am Berghang!«, rief Starian. »Dadurch wird er nach oben gepresst. Und wir mit ihm. Besser geht es gar nicht!«

Lauka entspannte sich etwas. Ihr Herz schlug ruhiger, ihr Atem ging langsamer. Jetzt wagte sie es endlich, den Kopf nach links zu drehen. Als wäre er selbst ein Gestell, so starr hing Pradosco in seinem Flugsack. Seine bärtige Miene war eine grimmige Maske. An seiner Seite und knapp über und unter ihm flogen vier weitere Luftsegler mit Schwertdamen und Rittern. Zwei Thronritter erkannte Lauka, und Tigrit und Valena. Tigrit von Rothern, nur wenig größer als Lauka und ähnlich schlank wie sie, hatte sich Zlatans Prachtsäbel auf den Flugsack gebunden.

Langsam und vorsichtig drehte Lauka den Kopf nach rechts. Raban lag sichtbar entspannter in seinem Gestell als der Dolmetscher. Keinerlei Angst konnte sie auf den Zügen des Erzritters erkennen, im Gegenteil: Er lächelte, das Fliegen schien im Spaß zu machen. Ganz anders Kyranja, die Jungpriesterin, die etwa zehn Fuß über ihm dahinglitt – ihre Kaumuskeln bebten, ihre Augen waren Schlitze, und sie kaute auf ihrer Unterlippe herum. Die Gesichter der drei blonden Schwertdamen aus Rabans Garde konnte Lauka nicht erkennen. Die flogen tiefer und mindestens dreißig Fuß vor ihnen. Den Rotschopf und die Obristdame konnte Lauka nirgends entdecken.

Sie hob den Kopf, wagte nun doch den Blick zurück. Erleichtert erkannte sie Hector und Wolfrun in ihren Fluggestellen knapp 60 Fuß hinter dem eigenen Luftsegler. Hatten also beide den gefährlichen Start überlebt.

Zwei Fluchtgefährten nämlich waren gleich nach dem Absprung über die Felswand unterhalb der Gartenterrassen gestürzt; vielleicht weil sie nicht genügend Anlauf genommen, vielleicht weil sie das Lenkgestell verzogen hatten. Lauka hatte befürchtet, die Obristdame oder ihr Erster Thronritter und Geliebter könnten unter den Abgestürzten sein. Beide wollte sie unter keinen Umständen entbehren.

Der Blauphir ragte ganz ins rötliche Licht der Morgensonne über Blauen auf, nicht viel größer mehr als die Nachbargipfel auch. Die Stadt an seinem Nordhang war ein einziges Flammenmeer. Rauch verdunkelte den Himmel über ihr. Lauka biss sich auf die Unterlippe.

Sie wandte sich wieder nach vorn und nach Osten – geblendet von der Morgensonne, schloss sie die Augen. Ein paar Atemzüge lang kniff sie die Lider zusammen, rotes Licht flimmerte auf ihren Netzhäuten. Als sie die Lider wieder öffnete, stand rot und strahlend die Morgensonne zwischen den Gipfeln der nächsten Bergkette. Tief unter Lauka und ihrem Reichsritter glitten Baumwipfel und Geröllhänge dahin. Etwa auf gleicher Höhe wie die Luftsegler schob sich im Süden des Gipfels die Schneegrenze vorbei.

»Nach rechts!«, hörte sie Starian rufen. »Einfach den Steuerbügel festhalten und dich ein wenig nach rechts bewegen, dann fliegt auch dein Segler nach rechts!« Pradosco nickte hastig. Dem einarmigen Erzritter rief Starian ebenfalls die Anweisung zu. »Nach rechts, hast du gehört?« Der bestätigte und gab den Befehl an die Flieger links von sich weiter. Der kleine Luftseglerschwarm beschrieb eine weite Kurve und ging auf Südkurs. Lauka blickte zurück – Hectors und Wolfruns Fluggestelle folgten.

Lauka fasste Zuversicht. Das gelungene Manöver hatte ihr Mut gemacht. Ruhig und gleichmäßig atmete sie jetzt, mit der Angst wich nach und nach auch die Verkrampfung aus ihren Gliedern. Als sie nach der nächsten Bergkette im Süden das mächtige Massiv des Garonits erkannte, erlaubte sie sich zum ersten Mal seit dem Start den Gedanken, dass die Flucht vielleicht doch gelingen könnte. »Beschütze mich, Große Mutter«, fuhr sie fort zu beten, »gib uns günstige Winde und beschütze mich.«

Eine Zeitlang folgten sie einem breiten Flusstal. Vom Flusslauf stieg warme Luft auf, und Starian sorgte mit Gesten und knappen Anweisungen dafür, dass der Schwarm sich zu einer weit auseinander gezogenen Kolonne formte. Als jeder Luftsegler mit mehr als hundert Fuß Abstand zum nächsten dahinglitt, legte er sich seitlich in den Steuerbügel und machte Pradosco vor, wie er den Auftrieb zum Steigen ausnutzen konnte. Nach zwei Anläufen gelang das dem Trochauer ebenfalls, und bald stieg die kleine Luftflotte in immer eisigere Höhen hinauf.

Nach dem Aufstieg fror Lauka. Unter ihrem Luftsegler sah sie Wälder, Geröllhänge, Schneefelder, Serpentinen, Außenburgen und Berggrate dahin gleiten. Am späten Vormittag kam Garonada in Sicht. Die heimatlichen Mauern und Türme glitten im Osten vorüber und blieben schnell zurück. Schmerz und Bitterkeit schnürten Lauka das Herz zusammen. »Ich werde zurückkommen, Garonada!«, schrie sie. »Ich werde dich vom Joch der Blutsäufer befreien! Das schwöre ich bei der Großen Mutter!« Eine starke Westböe riss ihr die Worte von den Lippen und trug sie nach Osten davon. Der Luftsegler erbebte unter dem Anprall der Böe. Lauka zuckte zusammen.

Sie folgten dem Lauf des Glacis nach Süden. Aufwinde erlaubten ihnen, die Flughöhe einigermaßen zu halten; gegen Mittag schwebten sie über dem Stausee. Wie ein tiefgrüner Smaragd lag er unter ihnen, gesäumt von den Städten Seebergen und Rothern. Wie schon über Garonada konnte Lauka wohl einzelne Gebäude und Türme unterscheiden, jedoch keine Menschen erkennen. Dazu flogen sie inzwischen zu hoch. Die Staumauer zwischen den beiden Seestädten war deutlich zu sehen. Auch sie blieb nach und nach zurück.

Der Wind drehte, kam mal aus dem Norden, mal aus Südwest. Im Süden wuchs eine schwarze Wolkenbank, und das beängstigend schnell. Starian wechselte den Kurs, führte den Seglerschwarm nach Südost. Das Vorgebirge in der Gegend der Trochmündung war eine der möglichen Regionen, die sie für die Landung ins Auge gefasst hatten.

Die Richtungsänderung kostete Höhe. Starian folgte den Bergflanken, die in südöstlicher Richtung verliefen, und nutzte den Auftrieb, der durch den Aufprall der Windböen gegen die Hänge entstand. Dadurch gewannen die Luftsegler wieder wertvolle Fußlängen.

Der vergreiste Reichsritter hatte lange vor dem Start schon angekündigt, man könnte kaum länger als acht Stunden in der Luft bleiben, und auch das nur bei allergünstigsten Windverhältnissen. Garona und mit dem Reich auch die Blutsäuferrotten werde man in dieser Zeit kaum ganz hinter sich lassen können. Seine Warnung gellte Lauka jetzt in den Ohren.

Der Wind wurde stärker, immer wieder rüttelten Turbulenzen an den nach oben gewölbten Schwingen des Luftseglers. Erschrocken blickte Lauka nach Süden – pechschwarz war der Himmel dort über dem Horizont. Und täuschte sie sich, oder zuckten Blitze aus der düsteren Wolkenfront?

»Keine Sorge, meine Königin!« Starian blickte über die Schulter zurück und herauf zu ihr. »Noch haben wir gute Chancen, dem Gewittersturm zu entkommen.« Das Wort »Gewittersturm« drang in ihr Gemüt ein wie plötzlicher Schmerz. Seit gut sechs Stunden hatte Lauka sich keine Sorgen mehr gemacht, jetzt bekam sie es wieder mit der Angst zu tun.

Im Nordosten entdeckte sie den Turm der Zitadelle von Violadum; langsam glitt er vorüber. Ein paar Mauern, einige Türme, eine Außenburg – viel mehr bekamen sie nicht zu sehen von der größten und südlichsten Stadt des Reiches.

Lauka dachte zurück an jenen Tag, an dem sie neben ihrem Vater auf dem Balkon über dem Zitadelleninnenhof gestanden und zum Sturz Ayrins aufgerufen hatte. Der Griff nach Thron und Krone gelang zwar, nicht aber die Verteidigung der Stadt: Violadum fiel als erste Stadt des Reiches. Ausgerechnet das stark befestigte Violadum!

Der Wind kühlte ab, fuhr unter die Schwingen, riss an Laukas Haar. Sie versuchte sich abzulenken, dachte an ihren Vater. Was er über ihren Namen gesagt hatte, fiel ihr wieder ein – »Laukaris«, so lautete seine Langform. Die berühmteste Magierin von Kalypto hatte so geheißen, eine Großmeisterin, von der Mauritz voller Ehrfurcht als der »erhabenen Erzmagierin« gesprochen hatte.

Allein die Erinnerung an ihre große Namenspatronin wirkte wie ein Kraftzauber. Stolz und Entschlossenheit glätteten Laukas verbissene Züge. Was sollte denn jemandem schaden können, der nach Kalyptos Erzmeisterin getauft worden war? Nicht einmal mit einem

Luftsegler abstürzen konnte doch eine Magierin, die den gleichen Namen trug, wie die Erzmeisterin Laukaris, die Erhabene.

Gedanken wie dieser halfen ihr, die Angst zu verdrängen. Der plötzlich kühle und zunehmend böige Wind mochte am Luftsegler zerren, wie er wollte, Lauka war auf einmal sicher, diese halsbrecherische Flucht zu überleben.

Starian, unter ihr, brüllte Anweisungen und Ermutigungen nach allen Seiten, und die ihn hören und verstehen konnten, gaben sie an ihren nächsten Nachbarn in der Luft weiter. Lauka hörte das Geschrei kaum – sie dachte an Mauritz, an die Erzmagierin, an Kalypto.

Und wenn sie nun dazu auserkoren war, ähnlich Großartiges für das Zweite Reich von Kalypto zu leisten, wie es einst ihre Namenspatronin für das Erste Reich getan hatte? Der Einfall machte sie schwindlig. Aus Versehen würde doch ein mächtiger Magier wie ihr Vater nicht auf einen Namen wie ihren verfallen? *Laukaris!* Nein, so zu heißen, konnte kein Zufall sein, das hatte höhere Bedeutung, ganz gewiss!

»Mir ist schlecht!«, rief Starian unter ihr. »Die Luft ist zu dünn hier oben! Ich kann nicht mehr richtig denken!« Er brüllte es nach allen Seiten. »Geht runter! Geht tiefer, wenn ihr könnt!«

Und wenn ich nun nach Kalypto ginge? Plötzlich stand er vor ihr, dieser ungeheuerliche Gedanke. *Wenn es mir gelänge, den Wächter des Schlafes von mir zu überzeugen und auf meine Seite zu ziehen?* Hellwach fühlte Lauka sich mit einem Mal, als würden ungeahnte Kräfte sie von irgendwoher durchströmen. *Wenn einer mich vor dieser Hexe Catolis retten kann, dann doch der Magier, den Vater »Wächter des Schlafes« nannte!*

Der Gedanke erregte sie, erschien ihr plötzlich so einleuchtend, dass sie sich fragte, warum sie nicht eher auf diese Idee gekommen war.

Doch wo lag dieses Kalypto?

Auf einer Insel, unter einem erloschenen Vulkan, so viel wusste sie. Mauritz hatte ihr mehr erzählen wollen, gleich nach seiner gelungenen Flucht aus Garonada. Doch Ayrin, dieses Miststück, hatte ihn getötet, bevor er überhaupt nach Blauen aufbrechen konnte. Lauka zischte einen Fluch in den Gewitterwind. Nicht einmal die Himmelsrichtung hatte Mauritz ihr noch verraten können.

»Schieb dich nach hinten!« Starians Geschrei riss sie aus ihren Grübeleien. »Stoß den Bügel nach vorn, damit du langsamer wirst!« Sie spähte nach allen Seiten, sah einen der Ritter ins Trudeln geraten. Eine Sturmböe hatte ihn erfasst. Zu spät erreichte Starians Anweisung ihn – sein Luftsegler kippte zur Seite weg und nach vorn. Um sich selbst rotierend wie der Samenflügel eines Ahorns um seinen Samen stürzte der Ritter dem Berghang entgegen. Zwei Atemzüge später hörte Lauka den Aufprall und das Splittern zerbrechenden Holzes. Sie biss sich auf die Unterlippe.

Donner grollte nicht mehr weit entfernt, Blitze zuckten. Und schon fuhr die nächste Sturmböe unter den Luftseglerschwarm. Sämtliche Fluggestelle in Laukas Blickfeld schaukelten. Einige drehten sich, kippten zur Seite weg, gerieten ins Strudeln. Über Lauka knallte der Seidenschirm gegen den Holzrahmen; wie Trommelwirbel hörte sich das an. »Tu was!«, brüllte sie.

Eine Böe riss Pradoscos Luftsegler mit der Spitze nach oben, plötzlich flog der Trochauer verkehrt herum, prallte mit der Rückseite seines Luftsackes in das Schwingengestell hinein. Der Steuerbügel glitt ihm aus den Händen.

»Du musst etwas tun, mein Starian!«, schrie Lauka. Sie selbst wurde hin und her gestoßen. »Tu etwas, oder wir sind verloren!«

»Was soll ich denn tun?« Aus dem Augenwinkel sah Lauka den nächsten Segler in die Tiefe trudeln. Regentropfen klatschten ihr ins Gesicht. »Bin ich denn die Große Mutter, dass ich etwas gegen Wind und Wetter ausrichten könnte?« Vergeblich versuchte Starian, den Luftsegler nach unten zu drücken, wo ein flacher Wiesenhang in Laukas Blickfeld geriet. »Betet!«, schrie Starian. »Betet alle, oder wir sind verloren!«

6

Lasnics Narbe zuckte; er konnte nichts dagegen machen, gar nichts. Die Visagen der baldorischen Kampfkerle gefielen ihm nicht. Lauter harte Gesichter, lauter eiskalte Blicke. Und dazu lauter schmale Klingen, die im Abendlicht funkelten, scharf und spitz. Der Rotmantel brüllte Befehle, die Menge grölte, garonesische Schwertweiber und Ritter zogen blank oder spannten Armbrüste. Schrat kreiste krächzend über dem Kai. Was beim Schartan geschah hier eigentlich? Die Narbe des Waldmanns zuckte und zuckte.

Lasnic äugte hinter sich – Lord Frix guckte wie ein kranker Jäger, der zum zehnten Mal danebengeschossen hatte; wie klein er sich machte, wie aschfahl er war unter seiner Schminke! Feline und Garonja rissen ihre Langschwerter aus den Rückenscheiden und schoben sich vor ihn. Lasnic fuhr herum, hörte den Rotmantel vom Sattel aus noch immer Befehle brüllen, blickte in die harten Gesichter seiner Kampfkerle. Die rückten näher, begannen zu stürmen.

Im nächsten Moment lag der Jagdbogen in der Hand des Waldmanns, und er spannte einen Pfeil in die Sehne. Romboc, Ayrin und die blonde Kriegsmeisterin hatten ihre Klingen längst gezogen. Der junge Wigard kniete auf dem Boden und zielte mit seiner Armbrust auf die heranstürmenden Kampfkerle. Die trugen gewienertes Braunleder. Alle richteten sie ihre dünnen Klingen auf Wigard, Ayrin und Loryane. Lasnic fluchte leise – eine Prügelei war das Letzte, womit er hier gerechnet hatte.

Die Luft sirrte und pfiff auf einmal, und ein Schwarm von weiß der Schartan was sauste über die Köpfe aller hinweg und schlug prasselnd in der Vorderseite des Podestes ein. Dort wichen sie schreiend zurück. Pfeilbolzen.

»Die nächste Salve trifft!«, hörte der Waldmann hinter sich die Herzogin Sigrun an der Reling rufen. Ein Luftzug ließ sein Haar flattern, Schrat landete auf seiner Schulter.

Die Lederkerle standen still, als hätte eine Rotte unsichtbarer Waldgeister sich ihnen entgegengeworfen. Einige äugten hilflos zurück zu ihrem Rotmantel. Der zügelte seinen Bullen, blies die Backen auf, fuchtelte mit seiner Schmalklinge herum und schien noch allerhand brüllen zu wollen. Doch dann äugte er nur ratlos zu den Weibern des Königs. Samt Musikern und Sängern schienen die auf den Holzplanken festgewachsen zu sein. Joscun spähte nach allen Seiten; er wirkte gehetzt und ein wenig verloren dort oben.

»Wie könnt ihr es wagen, die Königin von Garona derart zu beschämen!«, schrie Loryane in die plötzlich eingetretene Stille hinein. Sie sprang an Wigard vorbei nach vorn und hieb ihr Schwert durch die Luft. »Ich verlange, dass dieser ungehobelte Rüpel streng bestraft wird!« Den Knauf in beiden Fäusten streckte sie ihre Klinge nach dem Rotmantel aus.

»Wie kommst du mir vor, Weib?!« Der breite Mund des Rotmantels wurde eckig vor Wut, sein Gesicht dunkelrot. »Ich bin der Stadtgraf von Eldora!« Seine Stimme überschlug sich vor Erregung.

»Ich bin Loryane, die Kriegsmeisterin von Garonada! Und ich verlange, dass du deine Schwertknechte zurückpfeifst. Und dann stellst du dich mir gefälligst zum Kampf, damit ich dich lehre, wie man garonesische Hochdamen behandelt!«

»Nur der König gebietet über mich!« Der Rotmantel fuchtelte mit dem Degen und trieb seinen Wakudo an. »Packt das freche Weib und Xundóris, den Räuber!«

Seine Kampfkerle stürmten wieder los. Wenige Schritte nur trennten sie noch von Loryane und Romboc, der jetzt neben der blonden Kriegsmeisterin stand. Lasnic zielte sorgfältig und schoss seinen Pfeil ab. Er traf den Kampfkerl an der Spitze der Angreifer in den Oberschenkel. Wie ein junger Mammuteber quiekte der Braunlederne und stürzte vor Loryane aufs Pflaster. Die drosch auf den nächsten Angreifer ein und schlug ihn nieder, und Rombocs erster Hieb zersplitterte die dünne Klinge eines Kampfkerls in gleich drei Teile. Lasnic verscheuchte den Kolk und spannte den nächsten Pfeil in die Sehne.

»Halt!«, schrien die Edelweiber auf dem Podest wie aus einer

Kehle. Die Angriffswelle der Kampfkerle geriet ins Stocken. »Sie sind doch unsere Gäste!« Die junge Weißblonde neben Joscun ruderte mit beiden Armen. »Sie sind unsere Verbündete! Hören wir sie an!«

»Aber …« Der Rotmantel wurde blass, wusste nicht recht, was sagen, was tun. Immerhin hielt er seinen Bullen an. »Aber hast du nicht gehört, wie sie mit mir redet? Mit mir, dem Stadtgrafen! Und wir suchen Fridollusac aus der Xundóris-Sippe schon seit so vielen Sommern, Prinzessin! Er ist doch ein verurteilter Räuber, ein Strauchdieb, ein …«

»Verzeiht, edle Damen!«, fiel Joscun ihm ins Wort. Er verneigte sich vor der Rednerin und den Weibern bei ihr. Vor allem der Weißblonden gönnte er ein Lächeln, das es in sich hatte. »Das Königreich Garona hat Lord Fridollusac Rutten Ivúsan Xundóris viel zu verdanken. Er ist ein Ritter der Königin von Garona.« Lasnic traute seinen Ohren kaum.

»Er ist ein gerissener Halunke!« Aus der Menge der Leute und der Waffenkerle heraus wurden Rufe und Flüche laut. »Ein Weiberheld ist er, ein gemeiner Dieb! Ein Räuberhauptmann ohne Respekt vor den Göttern!«

Alles Mögliche kotzten sie an Flüchen und Anklagen heraus, behaupteten, dass Frix' Räuberbande die Südküste unsicher gemacht, dass sie Fischerdörfer und Schiffe überfallen habe. Und dass sein Vater den König habe stürzen wollen und deswegen ganz zu Recht von den königlichen Sumpfechsen zerrissen worden sei.

»Und seine kranke Mutter siecht im Armenhaus dahin«, keifte ein altes Weib aus der Menge. »Hat der Galgenstrick sich jemals um sie gekümmert? Nein! Nie!« Kampfkerle und Bürger von Eldora bekräftigten das mit lauten Rufen und wütenden Gesten.

Beim gütigen Wolkengott – was bekam man denn hier alles zu hören über den kleinen Dieb! Lasnic staunte nicht schlecht. Er ließ den Bogen jedoch nicht sinken und die Sehne nicht einen Wimpernschlag lang locker. Über die Schulter spähte er zu Lord Frix zurück. Der schluckte und lauerte nach allen Seiten wie gefangenes Wild. Mächtig betreten und hilflos wirkte er. So hatte Lasnic ihn nur einmal erlebt: bei ihrer ersten Begegnung vor zwei Sommern, als er Frix einen Pfeil in den Hintern geschossen und ihn danach kopfüber an einem Baum aufgehängt hatte.

»Was ist nun?«, rief der Rotmantel von seinem Sattel herab. »Liefert ihr uns den Halunken aus oder nicht?«

»Nein«, sagte Ayrin. »Lord Frix ist mein Thronritter. Wer ihn anrührt, tastet den Thron von Garona an.«

Lasnic verschluckte sich beinahe. Der Stadtgraf lugte noch einmal zu den Weibern des Königs, handelte sich einen strengen Blick ein und zuckte anschließend nur noch mit den Schultern. »Dann eben nicht.« Er lenkte seinen Bullen herum und winkte seine Kampfkerle hinter sich her.

Er gab tatsächlich schon auf? Lasnic konnte es nicht glauben.

»So einfach kommst du mir nicht davon, Bursche!« Loryane hob die Klinge und stürmte ihm hinterher. »Stadtgraf oder Fischer – ich verlange die Bestrafung dieses unsäglichen Rüpels!« Die Kampfkerle wichen zur Seite, um sie durchzulassen, ihr Rotmantel jedoch hieb seinem Wakudo die Absätze mit den Sporen in die Flanken und trieb ihn zum Galopp.

Lasnic staunte mit offenem Mund: Der Kerl flüchtete vor Loryane! Doch wenn er sich die wutschnaubende Kriegsmeisterin so ansah, schien ihm die Flucht der erste und bisher einzige Beweis für wenigstens einen Funken Verstand dieses Stadtgrafen zu sein.

»Selbstverständlich werden wir über euern Wunsch beraten!« Die Weißblonde auf dem Podest beeilte sich, beschwichtigend die Arme hochzureißen. »Wir werden meinem Vater das schreckliche Missverständnis schildern, das sich hier zu unserem allergrößten Bedauern ereignet hat.«

Sie lächelte Joscun an, und ihr Blick triefte vor Honig. War sie nicht viel zu schön, um wahr zu sein? Lasnic entschied augenblicklich, dass man diesem Weib lieber nicht trauen sollte. Log es nicht mit jeder Geste?

»Das verspreche ich, edle Kriegsmeistern Loryane und hochverehrte Königin Ayrin«, fuhr die Prinzessin fort. Sie hob die Schwurhand. »Lasst uns zu meinem Vater in die Burg gehen.« Sie berührte

Joscun am Arm, und der Schwachkopf ließ es auch noch geschehen. »Mein Vater, der König, soll über alles entscheiden. Nicht wahr, edler Ritter?«

Joscun verzichtete darauf, ihr zu gestehen, dass er gar kein Ritter war. Dafür erwiderte er ihr honigsüßes Lächeln, nickte galant und bot ihr sogar den Arm, um sie vom Podest zu führen. Irgendein Dämon musste ihm einen Furz ins Hirn geblasen haben.

Loryane dagegen wollte sich kaum beruhigen und schickte dem abziehenden Stadtgrafen allerhand Beschimpfungen und giftige Bemerkungen hinterher. Sogar einige baldorische Flüche gelangen ihr. Das gefiel dem Waldmann weitaus besser als Joscuns weichliches Gehabe. Endlich setzte die Kriegsmeisterin das Schwert ab. Während der Rotmantel zwischen Häusern und Lagerhallen verschwand, zeterte sie noch ein wenig herum.

Ayrin wandte sich an Lasnic und die anderen. »Gehen wir.« Sie winkte noch einmal in Richtung Schiff, zu Sigrun und ihren Schwertweibern. »Lasst Lord Frix nicht einen Atemzug lang aus den Augen«, raunte sie Gumpen und den Zwillingen zu. Und an ihn, den Waldmann, gewandt, flüsterte sie: »Weiche nicht von seiner Seite. Bitte, Lasnic.«

Sieh an: Allmählich gewöhnte sich die stolze Königin doch noch an waldmännische Sitten: *Bitte, Lasnic;* der Waldmann schmunzelte in sich hinein und hängte den Jagdbogen auf den Rücken. Sein linkes Auge und die Narbe darunter hörten endlich auf zu zucken. Schrat landete wieder auf seiner Schulter.

An Loryanes Seite schritt Ayrin zum Podest. Alle anderen folgten. Die Weiber des Königs und die Königin von Garona wechselten ein paar Worte.

Lasnic war nicht mehr wohl in seiner Haut. Den Empfang bei den Baldoren hatte er sich anders vorgestellt. Was würden diese baldorischen Witzbolde sich noch alles an Schwachsinn einfallen lassen?

Er stieg mit Lord Frix zu Ayrin, Joscun und den baldorischen Königsweibern in einen der bereitstehenden Wagen. Gumpen zog es vor zu laufen; er verabscheute enge Räume, seit Lasnic ihn aus dem Kerker von Garonada befreit hatte. Der junge Wigard begleitete ihn.

Die große Kutsche rollte über eine breite, gepflasterte Straße ins Stadtinnere. Sie überquerte weiträumige Plätze; auch die Einmündungen der Querstraßen waren breit und führten in breite Straßen hinein. Nirgendwo sah Lasnic enge Gassen wie in Garonada oder Violadum. Die Leute von Eldora bauten großzügiger als die Bergstädter, wie es schien. Offenbar schätzen sie es, viel Platz zu haben. Das gefiel dem Waldmann.

Grün gekleidete Männer fielen ihm hier und da auf, die mit Fackeln an langen, dünnen Schäften durch die Straßen schritten. Auf kleinen Karren zogen sie Fässer und Leitern hinter sich her. »Was sind das für grüne Kerle?«, wollte Lasnic wissen.

»Des sin die Lichtmeischta von Eldora«, erklärte Lord Frix. Was genau er meinte, begriff Lasnic erst, als er einen der Grünen vor einem Pfahl halten und seine Leiter dagegenlehnen sah. Aus seinem Fass zapfte er eine trübe, ölige Flüssigkeit in einen Blechkrug, kletterte danach die Leiter hinauf, lüpfte den Glaszylinder von der Pfahlspitze und leerte seinen Krug in den offenbar hohlen Pfahl. Mit der Fackel entzündete er anschließend eine Flamme unter dem Glaszylinder.

Undenkbar, solche Leuchtpfähle in den Wäldern! Lasnic schüttelte den Kopf. Die würden ja die schöne Abendstimmung auf den Lichtungen und in den Baumhäusern verderben. Und würden nicht auch Mond und Sterne verblassen über ihrem Lichtschein? Außerdem kamen sie Lasnic gefährlich vor – wie leicht könnten solche Leuchtpfähle ein Waldfeuer entfachen!

Der Gedanke an die heimatlichen Waldsiedlungen fachte das Heimweh in seiner Brust an. Und die Sorge. Wenn nun genügend Schiffe der Bräunlinge den Seesturm überstanden hatten? Und wenn die Galeeren nun nicht nach Baldor, sondern zum Stomm unterwegs gewesen waren? Lasnic ballte die Rechte zur Faust. So schnell wie möglich musste er diese Stadt wieder hinter sich lassen, so schnell wie möglich zurück in die Wälder wandern, um sein Volk vor den Rotten der Bräunlinge zu warnen. Und vor dem verfluchten Magier, der schon viel zu lange unerkannt sein böses Spiel am Stomm trieb.

Doch noch wollte der Waldmann sich nicht von seiner geliebten Königin trennen; noch hatte er die Hoffnung nicht aufgegeben, dass sie ihn in die Wälder begleiten könnte. Und zwar nicht als zickige garonesische Hochdame, die sich nicht mit dem Verlust von Thron und Krone abfinden wollte, sondern als sein Weib.

Vermessen? Schon möglich. Aber Lasnic hatte schon wilde Waldelefanten jungen Weibern aus der Hand fressen sehen.

Die Dämmerung setzte ein, und der Waldmann beobachtete immer mehr Grünkerle. Überall an den Straßenrändern und auf allen Plätzen brannten jetzt Pfahllichter. In ihrem Lichtschein versammelten sich Männer und Frauen, musizierten, ließen Krüge und Becher kreisen, tanzten und schwatzten. Das gefiel dem Waldmann richtig gut.

Lichtpfähle flankierten auch die Zugbrücke und das Tor der Königsburg. Im Inneren des Hofes flackerten gut und gern fünfzig Flammen auf Pfählen unter Glaszylindern. Ein hochgewachsener Mann in gelben und roten Kleidern stieg eine breite Freitreppe herunter. Kampfkerle in braunem Lederharnisch und roten Mänteln, Kerle in Weiß und Weiber in Schwarz umgaben ihn; etwa fünfzig an der Zahl, schätzte Lasnic.

»Mein Vater, der König«, erklärte die Weißblonde. Lasnic nahm an, dass sie den Großen im roten Anzug und gelben Mantel meinte. Die Kutsche hielt an. »Begrüßen wir ihn.« Als wäre es das Selbstverständlichste der Welt, ließ die Prinzessin sich von Joscun aus dem Wagen helfen. Sie hieß Hanulin, wie sie Joscun und der Königin während der Fahrt verraten hatte. Bescheuerter Name!

Lord Frix reichte der Rednerin – Hanulins Mutter offenbar – den Arm, um ihr beim Ausstieg behilflich zu sein. Doch die zuckte erschrocken zurück und guckte, als hätte Frix sie begrapschen wollen. Sie wandte sich ab und kletterte allein aus dem Wagen.

Pirol Gumpen stand mit Wigard schon zwischen der Kutsche und dem königlichen Hofstaat. Die bewaffneten Rotmäntel beäugten ihn misstrauisch. Die Weiber rund um den König klimperten mit ihren nach Lasnics Geschmack viel zu schwarzen und viel zu langen Wimpern und lächelten mehr oder weniger verschämt zum Nordmann hinüber. Drei Kerle in roten Anzügen und weißen Umhängen jedoch schienen keinerlei Scheu zu empfinden – sie tänzelten um ihn herum und redeten auf ihn ein. Einer zupfte auf seiner kleinen Harfe, der zweite zog eine Flöte heraus, der dritte stimmte ein Lied an. Gumpen musterte sie gleichmütig, fast ein wenig grimmig. Die Beinahe-Prügelei am Hafen hatte seine endlich wieder bessere Stimmung erneut getrübt.

Prinzessin Hanulin und die Königsweiber eilten ihrem König entgegen und hatten einiges mit ihm zu besprechen; Lasnic nahm an, dass sie ähnlichem Durcheinander wie am Hafen vorbeugen und dem Gelbroten seine Gäste aus Garona sortieren wollten.

Der König war nicht nur groß, sondern auch auffallend hager. Fast ein wenig dürr kam er Lasnic vor. Langes, hellgraues Haar rahmte sein hohlwangiges Gesicht ein. Seine Augen wölbten sich weit aus den Höhlen; sie kamen Lasnic sehr grau und sehr kalt vor. Auf seiner rechten Schulter saß ein großer roter Vogel, auf seiner linken ein gelber.

»Wie froh, dich zu empfangen, wie froh, wie froh!« Mit ausgebreiteten Armen eilte er auf Ayrin zu, und das ziemlich zielsicher. »Meine hochverehrte Königin von Garona!« Schrat auf Lasnics Schulter schnalzte und wetzte. Die Vögel auf den Schultern des baldorischen Königs krähten und stellten ihre knallbunten Kämme auf. Der König ergriff Ayrins Hände, neigte sich darüber und deutete eine ganze Salve von Handküssen an.

Lasnic hörte es schmatzen, konnte jedoch nicht erkennen, dass die königlichen Lippen Ayrins wunderschöne Hände berührten – was ihn beruhigte. Sie hatten schon eigenartige Sitten, diese Baldoren.

»So viel schon gehört von dir, so viel, so viel!«, flötete der König, und wieder Verbeugungen, wieder Geschmatze. »Wie froh, dich endlich von Angesicht zu Angesicht kennenzulernen, wie froh, wie froh!«

Ayrin entzog ihm die Hände – endlich! –, bedankte sich höflich, ließ sich sogar ein paar freundliche Worte einfallen. Dann stellte sie ihre Kriegsmeisterin und ihren Erzritter vor. Und danach nannte sie die Namen sämtlicher Garonesen und Ausländer, die sie hierher in den Burghof begleitet hatten. Auch den von Lord Frix.

Der schien zu schrumpfen. Armer Kerl. Die Zwillinge dagegen, so kam es Lasnic vor, streckten sich um mindestens einen halben Kopf in diesem Moment, in dem jeder, aber wirklich jeder auf dem Burghof den geschminkten Baldoren anstarrte. Feline und Garonja schoben sich vor ihren Geliebten, und ihre breitbeinige Haltung ließ keinerlei Zweifel an ihrer Kampfbereitschaft. Feline zog sogar ihr langes Schwert aus der Rückenscheide, stieß es zwischen zwei Pflastersteine und tat so, als wolle sie sich nur ein wenig auf den Knauf stützen. Der kleine Baldore hinter den Zwillingen wirkte arg betreten und kleinlaut. Ein ganz neuer Zug an ihm.

Auf einen Wink Loryanes hin schilderte Romboc die Ereignisse an der Anlegestelle. Lasnic trat näher zu Ayrin und spitzte die Ohren. Der bullige Erzritter fasste sich kurz, wie es nun einmal seine Art war, doch er ließ keine einzige Peinlichkeit aus, die sich des Königs Weiber und sein vorlauter Stadtgraf geleistet hatten.

»Ich weiß doch, ich weiß!« Der König schlug die Hände über dem Kopf zusammen und verdrehte die Glubschaugen. »Höchst unangenehme Vorfälle! Sind mir bereits zu Ohren gekommen.« Die Vögel auf seinen Schultern äugten in jede Himmelsrichtung; als ginge sie das alles nichts an. Schrat quorkte verdrossen vor sich hin. Und der König von Baldor beteuerte, wie unendlich leid ihm alles tue. »So leid, so leid. Ich verspreche dir, hochverehrte Königin, meine Gattin zu züchtigen, meinen Stadtgrafen zu ermahnen und den Lord als Zeichen meiner Scham und Umkehr zu begnadigen. Darüber hinaus werde ich …«

»Wir wünschen, dass du statt der Königin den Stadtgrafen züchtigst«, fiel Loryane ihm ins Wort. Lasnic staunte aufs Neue, wie viele baldorische Worte ihr gelangen, wenn sie wütend genug war.

»Aber ja doch, auch darüber lässt sich reden, natürlich.« Der König überschlug sich vor Freundlichkeit. »Natürlich, natürlich! Und als Beweis meines guten Willens erlasse ich hiermit ein Gesetz, hochverehrte und schöne Königin Ayrin, nach welchem dein Thronritter Fridollusac Rutten Ivúsan Xundóris künftig als begnadigt zu betrachten ist.« Er drehte sich um und winkte einige Weißmäntel zu sich. »Sänger und Dichter! Herbei, herbei!«

Die Kerle mit den Instrumenten scharten sich um ihren König, hörten ihm zu, stimmten ihre Harfen, Flöten und Lauten, summten eine Melodie. Einige schwankten, einige stützten einander. Lasnic runzelte die Stirn, fragte sich, was das nun wieder werden sollte.

Der König erklärte noch einmal lautstark und für alle, welches Gesetz er nun zu erlassen gedachte, und dann begannen die Kerle in Weiß zu singen und zu spielen. Vielleicht war es ja in Baldor üblich, dass der König Gesetze aus dem Stand machte und dass seine Dichter und Sänger ihnen durch Musik und Gesang Geltung verschafften. Einen anderen Schluss vermochte Lasnic aus dem ganzen Spektakel nicht zu ziehen.

»Ganz schön bescheuert, was?«, raunte der Waldmann Pirol Gumpen zu, der plötzlich neben ihm aufragte.

»Leute, die singen, können nicht ganz verkehrt sein«, flüsterte Gumpen zurück. »Ich finde die Baldoren schon in Ordnung.«

»Ich finde sie bescheuert und komisch.«

Seine Begnadigung schien Frix nicht zu erheitern, denn Spuren von Tränen zogen sich durch seine Schminke, und er schnäuzte sich in seine Zöpfe hinein. Wer hätte ihn besser verstanden als der Waldmann? Im gleichen Atemzug nämlich, wie die Sangeskerle seine Begnadigung verkündeten, besangen sie auch den Tod seines Vaters und erzählten singend davon, wie ihr unglaublich gerechter König den alten Lord Maniok Rutten Ivúsan Xundóris während einer der üblichen Volksvergnügungen des vergangenen Neujahrsfestes an seine königlichen Sumpfechsen verfüttert hatte.

Lasnic hätte schreien mögen vor Zorn. Er ließ es bleiben, ging stattdessen zu Frix, legte den Arm um ihn. »Tut mir verflucht leid, Kleiner.« Er zog Frix an seine Brust. »Weiß selbst, wie's einem das Herz zerfetzt. Irgendwann kommt die Stunde, da werden wir den Gelbarsch für diese Mammutsauerei verprügeln. Ich schwör's dir.«

Lord Frix riss sich den Helm vom Schädel, drückte sein spitzes

Gesicht in Lasnics Halsbeuge und heulte wie ein Flussparderweibchen, dem Schlammwelse die Jungen weggefressen hatten.

Ayrin, Loryane und Romboc lugten hinter sich, sie konnten Frix' Geheule nicht recht einordnen; der Baldorenkönig schien es gar nicht zu bemerken. »Wir müssen zusammenhalten, wir auf immer und ewig Verbündeten«, hörte Lasnic ihn feierlich erklären. »Zusammen, zusammen, hochverehrte Königin. Hörte ich recht, und jener dort ist ein Baumeister?« Er deutete auf den verblüfften Joscun. Zum ersten Mal, seit er an Land gegangen war, löste er sich vom Honiglächeln der Prinzessin.

»Warum fragst du danach, König Rasman Súlfork Ivúsan Kalamantis?« Lasnic bewunderte Ayrin, weil sie sich dieses Monstrum von einem Namen eingeprägt hatte.

»Nichts braucht Eldora dringender als einen guten Baumeister«, erklärte der dürre Kerl mit den bunten Vögeln auf den Schultern. »Einen sehr, sehr guten. Die Mauern meiner Hauptstadt nämlich sind alt und brüchig, die Wehranlagen eine Wohnstatt der Füchse und Ratten. Außerdem von Disteln und Brennnesseln zugewuchert. Schlimmer, schlimmer Zustand!« Er verzog sein langes Gesicht zu einer leidenden Miene, und seine Höflinge um ihn herum schienen sich auf einmal unter heftigsten Zahnschmerzen zu winden.

Bescheuert, dachte Lasnic. Mit einer Kopfbewegung deutete Ayrin auf seine Brust. Der Waldmann blickte an sich herunter – alles verschmiert von Lord Frix' Lippenstift und Schminke. Er zog einen Tuch aus seinem Eulenfedermantel und rieb die Schmiere ab, so gut er konnte.

»Was ist los, König Rasman?«, fragte Loryane. »Erwartest du denn Krieg in Baldor?« Lasnic stutzte und spitzte die Ohren.

»Es tobt bereits Krieg in Baldor, verehrte Kriegsmeisterin Loryane«, sagte der Gelbrote bekümmert. »Schlimme Nachrichten aus Baal, meiner großen Hafenstadt an meiner Südküste, haben mich gestern erreicht. Schlimm, schlimm, sehr schlimm.« Seine Frauen seufzten, seine Kampfkerle guckten grimmig, einer seiner Musiker zupfte einen traurigen Dreiklang. Lasnic wunderte sich über nichts mehr.

»Bei der Großen Mutter!«, zischte Loryane auf Garonesisch und verdrehte entnervt die Augen. »So rede doch weiter, König Rasman!« Kaum konnte die Kriegsmeisterin ihre Ungeduld zügeln. »Wie genau lauten die Nachrichten von der Südküste?«

»Fremde bestürmen Baal seit einigen Tagen«, fuhr der König endlich fort. »Kleine, braunhäutige Krieger. Sie sind auf Galeeren gekommen.«

Lasnic konnte zuschauen, wie die Gesichter seiner Gefährten erbleichten. Er selbst empfand eher Erleichterung als Schrecken – war die Flotte der Bräunlinge also nicht an den Stomm unterwegs gewesen; Baldors Südostküste hatten sie angegriffen. Das verschaffte ihm Zeit. Immerhin.

»Viele, viele fremde Krieger auf vielen, vielen Galeeren«, jammerte der König von Baldor. »Auf ihren Flaggen kreuzen sich ein Schlachtbeil und ein Säbel hinter dem Schädel eines Bockes.«

7

Sie sahen erbärmlich aus, beide. So erbärmlich, dass Catolis das Mitleid packte. Und beide hatten Fieber, der Mann höheres als die Frau.

»Es sind hochgestellte Garonesen«, sagte Texanto. »Der Krieger hat den zweithöchsten Ritterrang inne, das Weib immerhin den einer Kampfrottenführerin.« Er hatte das Paar im Kerker unter der Burg entdeckt. »Die Kerkerwächter behaupten, der Krieger hätte die Königin überreden wollen, sich im Austausch gegen die Stadt vor das Tor zu begeben. Daraufhin hat sie ihm den Pfeil in den Bauch gejagt.«

Catolis zog die Brauen hoch. »Die Königin selbst hat auf ihn geschossen?« Texanto nickte.

Genau so hatte Catolis den Bastard eingeschätzt. Sie betrachtete den Mann. Er war groß und bleich, sein Gesicht spitz, seine Lippen fahl. In gesundem Zustand musste er einmal gut ausgesehen haben mit seinem kahlen Schädel und seinen scharf geschnittenen Zügen. Jetzt lag er im Sterben. Was Texanto da erzählte, klang so interessant, dass sie gern mehr über ihn erfahren hätte. »Kennen die Kerkerwächter auch die Namen dieser beiden Gefangenen?«

»Boras von Violadum.« Texanto zeigte auf den Mann. Über seinem Bauch steckte ein Pfeilbolzen in seinem Harnisch. Als hätte er seinen Namen gehört, riss er die Augen auf, schloss sie aber sofort wieder. »Angeblich ein Bettgefährte der Königin«, sagte Texanto. »Und angeblich war die Königin eifersüchtig auf das blonde Weib da. Das heißt Gudrun. Oder so ähnlich. Ein paar Pfeile haben es erwischt, und sein Unterschenkel ist gebrochen.«

»Gudrun also.« Catolis hatte die Frau sofort wiedererkannt. Sie ging vor dem Paar in die Hocke. Gegner der Königin also. Wussten sie womöglich, wohin der Bastard geflohen war? Kannten sie seine Pläne? Der Ritter ganz gewiss, wenn er mit ihm geschlafen hatte.

»Gudrun?« Die Frau reagierte nicht. »Majordame Gudrun?« Keine Regung.

Catolis erinnerte sich gut an die Frau. Zlatans Kampfrotten hatten sie bei der Schlacht um Violadum gefangen genommen. Catolis beschlagnahmte damals ihren Willen und gelangte an ihrer Seite und als Schwertdame verkleidet in die belagerte Stadt. Später hatte die blonde Majordame sie quer durch Garona zur Königinnenburg von Garonada geführt – bis in den Thronsaal, wo der Meister des Lichts auf sie wartete, Mauritz.

»Gudrun?« Catolis hielt den Handteller über die trockenen, leicht geöffneten Lippen der Gefangenen. Sie atmete. Doch flach und viel zu schnell. Und wie viel Hitze sie ausstrahlte! Lag sie ebenfalls im Sterben? Catolis tastete nach ihrem Geist – ein Wirrwarr aus Fieberträumen, Schmerzempfindungen und Angst.

Sie erhob sich, schritt um das aneinandergekauerte Paar herum, blieb vor dem Ritter stehen, tastete nach seinem Geist. Das gleiche Bild: hohes Fieber, Verwirrung, schlimme Träume, Schmerzen, Angst. Diesem erlöschenden Geist würde sie keinen brauchbaren Hinweis auf das Fluchtziel des Bastards entreißen können.

Catolis dachte nach. Sie besah sich den Pfeil im blutverschmierten schwarzen Harnisch des Fiebernden. Der Bolzen hatte die Brustwehr durchschlagen und war tief in den Bauch eingedrungen. Wie viel Blut mochte er verloren haben?

Ihre Entscheidung fiel schnell. »Lasst mich allein mit ihnen.« Sie wandte sich nach Texanto und seinen Kriegern um. »Schließt die Kerkertür, wartet davor auf mich. Und zwei Wachen laufen sofort los, holen einen erfahrenen Wundbader, Tücher, Verbandszeug und heißes Wasser.« Die Männer warfen einander verstohlene Blicke zu, doch sie gehorchten. Ihre Schritte scharrten über den feuchten Boden, hinter dem Letzten fiel die Kerkertür zu.

Vor dem Ritter ging Catolis wieder in die Hocke. Sie ballte die Rechte. Den Ring, den sie von Mauritz' abgeschlagener Hand gezogen hatte, trug sie am Mittelfinger. Die Mondsteine beider Ringe leuchteten auf. Catolis streckte Arm und Faust aus und richtete das ERSTE MORGENLICHT auf den schwarzen Harnisch des Ritters.

Der gefiederte Schaft des Pfeilbolzens schimmerte plötzlich in allen Blautönen. Es war, als würde das magische Licht die Federn und den Holzstift durchdringen, beides in Licht verwandeln und auflösen. Violette, türkisfarbene und grelle, hellblaue Lichtwogen strömten vom Schaft aus über den Harnisch des Ritters. Der leuchtete auf einmal nachtblau, als hätte sich die dunkle Bronze mit Licht vollgesaugt.

Das ERSTE MORGENLICHT floss schillernd die verkrümmten Beine des Ritters hinunter und hinauf über seine Brust bis über sein stoppelbärtiges Gesicht. Schichten blauen, violetten, türkisfarbenen und weißblauen Lichtes hüllten den Körper des Garonesen ein wie viele Lagen eines leuchtenden Tuches. Der Sterbende verschwand beinahe in all dem Leuchten, Schillern und Gleißen.

Catolis schloss die Augen, tastete sich hinein in den bereits tödlich geschwächten Körper, berührte im Geist die Bauchwunde, das entzündete Gedärm, die Muskeln, das Blut, die Lungen, das Herz und erneut das Hirn des Mannes. So ließ sie das ERSTE MORGENLICHT durch jede Faser des sterbenden Leibes strömen.

Für eine Großmeisterin der Zeit war das keine besonders schwierige Magie, mit der sie den Ritter behandelte. Sie kostete nicht übermäßig viel Kraft, zumal das magische Licht aus den Mondsteinringen ihr den Zugriff auf die Quelle des Lebens erleichterte und ihre eigene magische Stärke vervielfältigte. Dennoch wagte Catolis keine Voraussage – es stand schlecht um den Ritter; gut möglich, dass er trotz ihrer Bemühungen starb.

Sie öffnete die Augen, richtete Faust und ERSTES MORGENLICHT auf den bleichen Schädel des Mannes. Annähernd durchsichtig wurde er, seine Hirnwindungen leuchteten in allen Farbschattierungen des magischen Lichtes. Catolis konnte die großen Blutgefäße pulsieren sehen.

Sie schloss die Augen wieder, richtete ihre gesamte Aufmerksamkeit auf den zerrütteten Geist und den ersterbenden Willen des Ritters. Lange saß sie so, lange ließ sie das ERSTE MORGENLICHT durch das verwirrte und betäubte Hirn des Menschlichen strömen.

Irgendwann – wie meist, wenn sie ihren Geist mit dem ERSTEN

MORGENLICHT verband, hatte sie jedes Gefühl für irdische Zeit verloren – irgendwann erhob sie sich, ging um den Ritter herum und kniete vor der Frau in seinen Armen nieder, vor Gudrun, die man in diesem Bergreich »Majordame« nannte.

Wieder richtete sie die Ringe auf den kranken Leib, wieder verband sie ihre eigene magische Kraft mit dem ERSTEN MORGENLICHT aus den Mondsteinen. Die Garonesin erschien ihr nicht ganz so geschwächt wie der Ritter, ihre Wunden weniger tief. Der gebrochene Unterschenkel wuchs bereits wieder zusammen. Ihre Bewusstlosigkeit mochte von der tiefen Erschöpfung herrühren, in die langes und hohes Fieber sie gestoßen hatte. Bei ihr legte Catolis sich fest – sie würde sie heilen können. Doch sie bezweifelte, dass diese Majordame über die Ziele ihrer Königin Bescheid wusste.

Plötzlich stieß sie auf etwas Heißes, Pulsierendes in Gudruns Leib. Ein zweites Herz, winzig und schwach. Es raste tief in ihrem Bauch. Catolis zuckte zurück und musste schlucken, als sie begriff: Diese Menschliche würde Mutter werden. Aus irgendeinem Grund erschreckte sie das.

Als sie die Augen aufschlug, begegnete sie Gudruns Blick – ein tief erschrockener Blick. Erkannte diese Garonesin sie denn wieder?

»Fürchte dich nicht«, sagte Catolis in Trochauer Dialekt. »Du sollst gesund werden und leben.« Die Garonesin wich ihrem Blick aus und nickte, als spürte sie es selbst schon.

Neben ihr stöhnte der Ritter. Er riss die Augen auf und warf sich hin und her. Catolis erhob sich, ging zur Kerkertür, öffnete. Texanto flüsterte mit dem Wundbader.

»Versorge ihre Wunden.« Mit dem Daumen deutete sie über die Schulter. »Vor allem gebt ihnen zu trinken.«

Texanto und die Männer runzelten die Stirn und warfen einander ungläubige Blicke zu. Seit Stunden tobten sie ihren Hass auf die Königin von Garona an den Bewohnern von Blauen aus; der Bastard hatte schließlich ihren Tarbullo getötet. Diese Demütigung steckte den stolzen Kriegern tief in den Knochen. Catolis' Befehl musste sie verblüffen.

»Ich brauche sie noch«, erklärte die Magierin. »Außerdem seht ihr doch selbst, dass sie Feinde der Königin sind. Bringt sie also in saubere Gemächer. Wascht sie, gebt ihnen frische Kleider und auch sonst alles, was sie brauchen.«

*

Am nächsten Morgen besuchte Catolis das gefangene Paar in einem großes Burgzimmer. Tarkun, Texanto und vier weiß gewandete Priester begleiteten sie. Catolis trug das dunkelblaue Gewand einer Großmeisterin der Zeit; in den Augen der Tarkaner war es das Kleid einer Hohepriesterin. Die silbernen Säume, Knöpfe, Rüschen und Stickereien glänzten im Licht der Morgensonne auf, das durch ein großes Fenster fiel. Das gesamte Gewand strahlte, als würde es von innen heraus leuchten. Die Fingerhandschuhe aus schwarzem Bocksleder verdeckten Catolis' Mondsteinringe.

Beide Gefangene waren wach und ansprechbar. Sie teilten ein breites Schlaflager. Die Morgensonne strahlte sie an. Catolis bedeutete zwei Priestern, ihr einen der schweren Sessel im Raum ans Fußende des Lagers zu schieben. Darin ließ sie sich nieder. Das Paar setzte sich auf, blinzelte, weil die Sonne es blendete, und die blonde Frau suchte den Blick ihres Ritters.

»Ich bin die Hohepriesterin der Tausend Inseln«, sprach Catolis die beiden im Trochauer Dialekt an; weder Tarkun noch Texanto noch die Priester beherrschten den. »Ihr habt nichts zu befürchten von mir. Ich besitze Heilkräfte, die euch unbekannt sind.« Sie streifte sich ihre schwarze Seidenstola vom dunkelroten, zu einem Dutt geflochtenem Haar. »Mit dieser Heilkraft habe ich euch gestern behandelt. Euch beide, gleich als ich euch im Kerker fand.«

Sie richtete den Blick ihrer kupferfarbenen Augen auf den Ritter. »Du, Reichsritter Boras von Violadum, wärst heute Morgen bereits tot, wenn ich dich nicht geheilt hätte.« Er runzelte die Stirn; seinen Rang und Namen aus ihrem Mund zu hören befremdete ihn wohl.

»Du bist eine Magierin.« Angst macht die Stimme der Frau heiser. »Ich kenn' dich.«

»Schweig!«, herrschte Catolis sie an. »Kein Wort darüber.«

»Was willst du von uns, Priesterin?« Der Ritter gab sich schroff; vermutlich seine Art, die Angst zu verbergen. »Wir sollen bezahlen für die Heilung, oder wie? Was verlangst du von uns?«

»Bezahlen?« Catolis musterte ihn neugierig, berührte sogar seinen Geist ein wenig. »Ich will euch Gelegenheit geben, euer Leben zu retten. Und eure Freiheit.« Sie schaute der Frau ins bleiche Gesicht. »Und euer Kind.«

»Was?« Die Frau saß plötzlich pfeilgerade auf ihrem Lager. Ihre Hände fuhren zu ihrem Bauch hinunter, etwas wie Freude huschte über ihre ausgemergelten Züge und vertrieb die Angst daraus. »Woher weißt du das?«

»Du ahnst nicht, wem du gegenübersitzt, Majordame Gudrun.« Catolis sagte das ganz kühl und ohne die Miene zu verziehen. »In kürzester Zeit könnte ich genauso wissen, was ich von euch erfahren will. Gegen euren Willen. Doch ich werde euch weder in Freiheit noch am Leben lassen, wenn ihr nicht ohne Zwang Rede und Antwort steht.«

Wieder sahen sie einander an. »Blauen ist gefallen, das Reich verloren«, sagte die Frau schließlich leise. »Was zählen jetzt noch Geheimnisse? Frage, und ich werde dir antworten, wenn ich kann.« Wieder spähte sie zu ihrem Ritter. »Und du auch, Boras, nicht wahr?«

»Gut.« Zufrieden lehnte Catolis sich zurück. »Ich will wissen, wohin eure Königin geflohen ist, wer sie begleitet und welche Pläne sie geschmiedet hat.« Catolis richtete ihren Blick wieder auf den Ritter. »Du, Boras von Violadum, bist ein Reichsritter und hast deiner Königin nahegestanden, wie wir wissen. Sehr nahe.«

Catolis schwieg eine Zeitlang, um ihre Worte wirken zu lassen. Sie hatte den Ritter überschätzt – in seinem Geist spürte sie keineswegs den starken Willen und scharfen Verstand, den sie bei ihm vermutet hatte. Das enttäuschte sie. Genauso wenig spürte sie eine geringste Spur von Dankbarkeit dafür, dass er gesund und am Leben war.

»Ich glaube, dass du meine Fragen eher beantworten kannst als dein Weib, Boras. Also rede.«

Er schluckte erst, ballte dann die Fäuste und beugte sich ein wenig vor. »Sie ist eine Hexe, hätte die Stadt retten können, hat es verweigert.« Er sprach durch beinahe geschlossene Zähne und mit gepresster Stimme. Eine leichte Röte stieg ihm ins Gesicht. Hass zu empfinden, war er offenbar imstande. »Sie ist undankbar und voller Rachsucht und Machtgier!«

Dann bist du dem Bastard ja ähnlicher, als du zu wissen scheinst, dachte Catolis.

»Lauka ist eine Mörderin, sie wird alles dransetzen, ihre Schwester zu töten.«

Catolis zuckte zusammen beim Klang dieses Namens. »Sie will ihre Schwester töten? Warum?«

»Weil die ihren Vater, den Hexer Mauritz, enthauptet hat.«

»So ist das also.« Die ehemalige Königin von Garona selbst hatte das Todesurteil vollstreckt! Catolis ließ sich ihre Überraschung nicht anmerken. »Und wo ist ihre Schwester jetzt?«

»Mit einer Handvoll Getreuen konnte sie aus Garona fliehen. An der Seite des Waldwilden aus Übersee. Lasnic von Strömenholz. Sie hat etwas mit ihm.«

Kaikans Erzfeind? Catolis staunte. Er und die ehemalige Königin waren ein Paar? Vorsichtshalber drang sie in Boras' Geist ein – behutsam und sacht – und vergewisserte sich, dass der Ritter die Wahrheit sprach.

»Und eure Königin Lauka verfolgt nun ihre Schwester und den Waldwilden?«

Der Kahlkopf nickte. »Sie gibt ihm eine Mitschuld am Tod ihres Vaters. Ihm und dem Baumeister Joscun.«

»Woher soll die Königin wissen, wohin ihre Schwester mit ihrem Tross geflohen ist?«

»Das liegt sehr nahe, Priesterin«, sagte der Reichsritter Boras. »Wie die meisten Flüchtlinge, die deinen Kriegern entkommen konnten, wird sie zu den Verbündeten nach Baldor geflohen sein. Der Waldmann wollte allerdings in die Wälder an der Ostküste zurückkehren. Möglicherweise werden die anderen ihn begleiten, vor allem dann, wenn der Krieg das Königreich Baldor erreicht. Die

Baldoren sind nämlich nicht die allermutigsten Kriegsleute vor der Großen Mutter.«

Catolis nickte wieder, ließ Boras nicht aus den Augen. Der Ritter sprach die Wahrheit, und er wusste mehr zu erzählen, als sie hatte hoffen können. Sie rief sich die Karte Baldors und der Ostküste des Großen Ozeans ins Gedächtnis. »Von Baldor aus führen viele Wege in die Wälder«, sagte sie.

»Aber nur einer direkt zum Mündungsdelta des Stomms und nach Strömenholz, wo der Waldwilde herkommt.« Ein selbstgewisser Unterton schwang in den Worten des Reichritters Boras; der missfiel Catolis. »Und er führt an einer Bucht in die Wälder, die ich gut kenne.«

*

Die Magierin von den Tausend Inseln stellte das Paar unter ihren persönlichen Schutz. Zwei Tage Zeit zur vollständigen Genesung gab sie ihm noch. Danach nahm sie die Gefangenen mit nach Garonada. Texanto, Luppok und zwei Kampfrotten der tarkanischen Reiterei begleiteten sie. Zwanzig Krieger auf Steinböcken, hundert auf Mustangs. Die meisten hatte Catolis persönlich ausgewählt.

Tarkun ernannte sie zum Ersten Hauptmann. Sie befahl ihm, die Besatzung Garonas zu befestigen und ihr dann mit zehntausend Kriegern und 160 Galeeren nach Baldor zu folgen und die Hauptstadt anzugreifen. Knapp viertausend Krieger sollten in Garona zurückbleiben. Etwas mehr als fünftausend Tarkanern hatte der Feldzug bisher das Leben gekostet.

Kaikan sollte künftig der Tarbullo der Tausend Inseln sein, das hatte Catolis längst beschlossen. Zwar galt er vielen als Zauderer, doch ihn trotzdem bei den Hauptleuten durchzusetzen, sollte keine Schwierigkeiten machen. Notfalls würde sie sich auf einen Spruch des Gottes berufen. Nur einer wie Kaikan konnte die Tarkaner zum Sieg über die Waldstämme führen – einer, der zugleich mutig und vorsichtig, zugleich besonnen und entschlossen sein konnte.

Auf dem Glacis und dem Stausee fuhren sie mit einem Kahn

bis nach Seebergen. Von dort ging es am nächsten Tag auf Reittieren und Wagen hinunter zur Hochebene. Für das garonesische Paar hatte Catolis eine kleine gepolsterte Karosse besorgen lassen. Dem Ritter und seiner blonden Majordame sollte es so gut wie möglich gehen. Beide hassten ihre Königin. Vor allem Boras von Violadum brannte auf Rache. Catolis hätte sich eine Närrin schelten müssen, wenn sie das nicht auszunutzen gewusst hätte.

Vor allem aber kannte der Reichsritter den Weg, den der Waldmann nehmen würde, um in seine Heimat zurückzukehren. Und den auch die ehemalige Königin und ihre Getreuen nehmen würden, sollte Baldor fallen. Den Weg, über den folglich auch deren Jägerin, der Bastard, marschieren musste, wollte er Waldmann und Königin töten.

Daran, dass Baldor in Kaikans und Tarkuns Hände fallen würde, zweifelte Catolis nicht einen Augenblick.

Im Hügelland von Trochau angekommen, stiegen sie auf eine Galeere. Auf dem Troch reisten sie innerhalb von zwei Tagen und einer Nacht bis nach Trochau-Stadt. Dort gingen Catolis, ihre Hauptleute und ihre beiden Kampfrotten an Bord der seetüchtigsten Galeere, die Texanto ausfindig machen konnte. Fünfzig junge Garonesen, zusammengefangen aus dem ganzen Reich, saßen angekettet auf den Ruderbänken unter Deck. Catolis wies Texanto an, dafür zu sorgen, dass Boras und Gudrun keinen Rudersklaven zu Gesicht bekamen. Ihnen teilte sie eine Kajüte auf dem Oberdeck zu.

In der Nacht bevor sie in See stachen, meldete Luppok einen Boten Tarkuns. Catolis ließ ihn ins Ruderhaus bringen und die Tür hinter ihm schließen. »Sprich.«

»Botschaft vom Ersten Hauptmann Tarkun«, sagte der Bote. »So spricht Tarkun, mein Erster Hauptmann: ›Die Flüchtlinge sind mit ihren Fluggestellen in einen Gewittersturm geraten, irgendwo zwischen Seebergen und Violadum. Viele sind abgestürzt und haben sich den Hals gebrochen.‹«

8

Noch am selben Abend gab der König von Baldor einen Empfang zu Ehren der Königin von Garona. Dazu lud er die Edlen der Hauptstadt und die Mitglieder seines Reichsrates ein, die in Eldora lebten oder sich zufällig gerade in der Stadt aufhielten: Stadtgrafen, Landgrafen, Lords, Kaufleute und vor allem Dichter, Sänger, Mimen, Bildhauer, Musikanten, Maler und Tänzer. Die meisten Ratsmänner brachten eine Menge Volk ihrer Sippe mit. Bis zum Morgengrauen tummelten sich weit über tausend Gäste im Burghof und in den Hallen und Gängen der weißen Burg.

Früchte, Brot und Braten wurden aufgetragen, unzählige Fische, Büffelkälber und Großgeflügel. Lasnic hatte lange nicht mehr so geschlemmt. Von all den ungewohnten Leckereien schmeckte ihm der Geflügelbraten am besten. »Was ist das für ein Tier?«, fragte er Lord Frix. Für einen Waldtorn – den Laufvogel, den Lasnic schon in den Küstenwäldern nördlich des Stomms gejagt hatte – erschien ihm der Braten zu klein, für Gänse und Schwäne entschieden zu groß.

»Mir nenned'n ›Truda‹«, erklärte Frix in seinem Wildaner Räuberdialekt.

»›Truter‹«, übersetzte lächelnd eine schöne Baldorin an seiner Seite. Und an Lasnic gewandt: »Die Vögel leben im baldorischen Grasland am Oberlauf des Baldens. Es gibt inzwischen aber auch einen Züchter am Stadtrand von Eldora.« Täuschte Lasnic sich, oder tastete das Weib nach Frix' Hand?

»Die Hähn' sin Riesekerl', des glaubsch net. Wenn'd net Obachd gibsch, brechet se dia mit oim Flügelschlag da Haxe.«

Die Schöne schnitt eine entzückte Miene. »Wie süß er redet, nicht wahr?« Sie strich Frix übers zerzauste Haar. Lasnic wusste Bescheid. Er ließ die beiden allein und mischte sich unter die Gäste.

Man trank, man schlemmte, man lauschte Reden, Versen, Musik und Gesängen. Ein Getränk, das sie ›Wein‹ nannten, floss in Strömen, und in jedem Stockwerk, in jeder Halle der Burg lief Lasnic Leuten über den Weg, die lachten, tanzten oder sangen. In dämmrigen Kammern, verschwiegenen Ecken und im abgedunkelten Bühnenraum sah er Paare, die sich liebten. Auch Sigrun, die Herzogin von Violadum, entdeckte er in einer dieser stillen Liebeswinkel. Sie hockte auf dem Schoß des blonden Weißmantels, der bei der Ankunft den goldenen Stab über den Musikern geschwungen hatte, und verschlang ihn schier mit ihren Küssen.

All das festliche Treiben erheiterte den Waldmann einerseits, andererseits besorgte es ihn. Immer weniger kam er sich vor wie in der Hauptstadt eines Landes, das gerade Krieg führte.

Maskierte Baldoren, meist in bunten Anzügen, führten irgendwelche Spiele auf, bei denen sie gestelzt daherredeten oder übertrieben heftig kämpften, sich liebten oder starben. Oder alles auf einmal. Mimen nannte man diese maskierten Spieler, ließ Lasnic sich erklären. Offenbar pflegte man in Baldor, sich auf diese Weise Geschichten zu erzählen. Dem Waldmann gefiel das.

Die Künstler genossen hohes Ansehen in ganz Baldor. Ständig stieß Lasnic auf eine Menschentraube, die sich um einen dieser Kerle mit den bunten Anzügen und den weißen Umhängen drängte. Einem sah der Waldmann zu, der zeichnete mit einem Stift Gesichter von Baldoren auf weiße Tierhaut. Kaum hatten die Leute vor ihm Platz genommen, präsentierte er ihnen auch schon das Bild. Lasnic staunte nicht schlecht.

Mit einigen dieser Sänger und Verseschmiede wechselte er ein paar Worte; so viele eben, wie sein Baldorisch und deren Garonesisch es zuließ. Die meisten dieser Kerle behagten ihm nicht – Labermäuler und versoffene Wichtigtuer. Nur zwei Weißmäntel traf er, mit denen er auf die Jagd gegangen wäre.

Einer verstand es, auf derart aufregende Weise seine Laute zu schlagen und dazu mit dem Fuß auf seine Pauke zu hämmern, dass Lasnic gar nicht anders konnte, als zu tanzen. Er tanzte allein und unter vielen Paaren. Die Baldoren begafften ihn und hatten ihren Spaß, denn er bog, drehte und schüttelte sich wie ein Wettermann, der heiligen Trank gesoffen hatte und tanzend versuchte, dem Wolkengott und dem Großen Waldgeist die Geheimnisse künftiger Zeiten zu entlocken.

Der Zweite, den Lasnic sich als Jagdbruder hätte vorstellen können, stürmte mitten in einem Geschichtenstück die Bühne, schlug mit einer Art Keule auf ein blechernes Waschbrett und beschimpfte Zuschauer und Spieler.

Richtig schlau wurde Lasnic nicht aus seinem zornigen Geschrei, doch soviel verstand er schon: Der wütende Kerl verlangte, dass man aufhören sollte, Wein zu saufen, herumzuvögeln und Witze zu reißen, wo doch gerade die zweitgrößte baldorische Stadt belagert wurde. Man solle lieber heulen und zu den Göttern flehen. Und vor allem solle man sich auf einen harten Kampf vorbereiten.

Das gefiel dem Waldmann richtig gut.

Den Baldoren nicht. Die zerrten den Kerl in Weiß von der Bühne, schlugen ihn und wollten ihn ins Kellerverlies der Burg schaffen, um ungestört feiern zu können. Der Waldmann ging dazwischen, verprügelte ein paar Bühnenspieler und Zuschauer und führte den Wutredner aus Burg und Burghof auf die Zugbrücke hinaus.

Der Kerl wischte sich das Blut aus dem Gesicht, nickte ihm zu, nuschelte einen Dank. Dann deutete er auf das nächtliche Eldora. »Nicht mehr lange, und diese Stadt wird brennen«, sagte er mit heiserer Stimme. Er sprach Garonesisch. An Lasnic vorbei zeigte er auf die Burg. »Nicht mehr lange, und Wehgeschrei statt Gesang wird diese weißen Mauern erfüllen. Wenn du noch ein wenig leben willst, Waldmann, dann sieh zu, dass du hier wegkommst. So schnell du kannst.«

Sprach's, drehte sich um und humpelte in die Nacht.

Lasnic starrte in die Dunkelheit. Plötzlich glaubte er, Flammen über der Stadt zu sehen. Er fuhr herum, lauschte dem Gelächter und dem Palaver aus den Gebäuden der weißen Burg. Er glaubte, Angstgeschrei und Gejammer zu hören, und kniff die Lider zusammen, schlug sich auf die Ohren, fluchte. Nach ein paar Atemzügen war alles vorbei. Kein Feuer, kein Geschrei mehr. Nur Gelächter, Palaver, Musik und die Türme und Fassaden einer weißen Königsburg. Alles gut.

Er schüttelte sich, machte sich auf den Weg zurück. Konnte es wahr sein, dass die Worte des Wutredners ihm derart unter die Haut gegangen waren, dass er Dinge hörte und sah, die es gar nicht gab? Eine Frostschicht zog sich über sein Hirn, seine Nackenhaare stellten sich auf. »Die es noch nicht gibt«, murmelte er.

Er überquerte den Hof, ging zurück in die Burg. Warum, beim Schartan, war sein Mund so trocken? Er dachte an Stommfurt, an Strömenholz und an seine Leute dort. Und er dachte an das verfluchte Waldfeuer, das Ayrin im Traum gesehen hatte. »Ich muss weg hier«, murmelte er. »Ich muss nach Hause.«

Er tauchte ein in die ausgelassene Gesellschaft. Baldorische Weiber packten ihn, zerrten ihn in einen Saal und vor eine Bühne, auf der ein paar Künstlerkerle laute Musik machten. »Tanz, Waldmann!«, riefen sie und klatschten in die Hände. »Tanz uns den wilden Waldmanntanz!« Doch Lasnic hatte genug vom Tanzen und Lachen. *Weg hier, Jagdkerl, raus aus dem Getümmel, ab in die Stille mit dir. Du musst nachdenken.*

In dem großen Gemach, das man Ayrin zugewiesen hatte, stand er lange am offenen Fenster und lauschte dem Rauschen des Meeres. Die Leuchtfeuer der Hafentürme loderten, Abertausende Sterne funkelten am Nachthimmel; mindestens so viele, wie Blätter an sämtlichen Bäumen von Stommfurt hingen. Ach was – hundertmal mehr!

Er konnte sich nicht sattsehen, und je länger er in die Sternenpracht guckte, desto schwindliger wurde ihm. Winzig und bedeutungslos kam der Waldmann sich vor angesichts dieses kalten Gefunkels. Geradezu lächerlich. Er fragte sich, was der Wolkengott an ihm finden mochte, dass er ihn einigermaßen sicher bis hierher gebracht und auf dem Weg vor allzu großem Kummer beschützt hatte. So viele andere hatte Lasnic ins Vorjahrslaub stürzen sehen seit seiner Flucht aus Strömenholz. »Warum atme ich noch?«, rief er in den Nachthimmel hinauf. »Warum gibt's mich noch?« Niemand antwortete ihm, und Lasnic selbst fiel auch keine Antwort ein.

Dafür krächzte irgendwo ein Vogel. Einer dieser bunten Krummschnäbel? Nein, die hörten sich anders an. Ein Kolk? Lasnic blickte hinter sich – Schrat hockte auf dem Arm eines großen Kerzenleuchters und schlief. Der schied also aus. Wieder krächzte, flötete und pfiff es aus der Dunkelheit über den weißen Gemäuern. Lasnic wollte es nicht glauben, traute seinen Ohren kaum. Das Krächzen aber riss nicht ab, hallte von den Fassaden wider.

Wo kam es bloß her? Lasnic lauschte in die Nacht. Von den Turmzinnen der Weißen Burg?

Der Waldmann sperrte den Mund auf und hielte den Atem an. Tekla! So krächzte und pfiff nur sie. Sie war zurück, sie suchte ihn!

»Gütiger Wolkengott!« Lasnic schnalzte, klackte, flötete, quorkte. Da! Ein Schatten über den Türmen, jetzt segelte er an den hell erleuchteten Fenstern der Festsäle vorbei. Es sirrte, es rauschte, Flügelschlag flatterte – und dann landete sie auf dem Fenstersims. Sie war es, kein Traum – ihr Gefieder schillerte ölig und schwarzblau wie siedendes Pech.

»Bei der Weisheit des Großen Waldgeistes – du bist zurück?« Sie sprang auf seine Schulter, rieb ihren Kopf an seiner stoppelbärtigen Wange. »Beim Haar meiner geliebten Mutter – du hast es tatsächlich bis hierher zu mir geschafft? Wie ist das denn möglich?« Lasnic geriet schier außer sich.

Sicher galten Kolks als wahre Meister darin, über große Entfernungen hinweg einen einmal geflogenen Weg wiederzufinden. Doch als er Tekla in den Sümpfen auf die lange Reise über den Großen Ozean geschickt hatte, glaubte er noch, sie würden über die Alte Karawanenstraße nach Baldor fliehen. Auf ihr hätten sie jetzt gerade einmal die Hälfte des Weges hinter sich. »Wie hast du mich denn gefunden?«, flüsterte er. »Was bist du denn für ein verflucht schlauer Vogel?«

Tekla maunzte, gurrte, schmatzte, ließ sich herzen und mit Lob überschütten. Die Waldfurie fiel Lasnic ein, dieses wilde Dämonenweib, das ihn damals, zu Beginn seiner Reise, becirct, nein, regelrecht besprungen hatte. Am Morgen danach hatte es allerhand wirres Zeug über die Magier erzählt. An einen Satz der Waldfurie musste Lasnic oft denken: *Der Wald weiß alles, man muss ihm nur gut zuhören.*

»Der Wald selbst hat dich hierhergelotst, stimmt's? Oder hast du etwa dieses fette Riesenweib mit Kürbistitten getroffen? Diese vorwitzige Waldschlampe weiß ja alles. Fast alles.« Er setzte Tekla auf seinen Arm, hob sie vor seine Augen. »Hast du es wirklich bis nach Hause geschafft?« Er sah ihr ins Vogelgesicht. »Hast du meine Botschaften ausgerichtet?« Er runzelte die Stirn; seine Augen verengten sich zu Schlitzen. »Bringst du Antwort?«

Tekla neigte den Kopf zur Seite, blinzelte zu ihm herauf, fing an zu schnalzen, zu krächzen, zu murmeln. Er lauschte, hörte zu, begriff endlich, dass sie Waldleute getroffen hatte. Nur welche? Nach und nach konnte er sich einen Reim aus ihrem Kolkgeraunze und -gekrächze machen. Sie hatten ihm geantwortet in Strömenholz, nur wer genau? Gleichgültig: Tekla brachte eine Botschaft, verdammt noch mal! Eine Botschaft vom Stomm, eine Botschaft von zu Hause, eine Botschaft an ihn, Lasnic, Voglers Sohn!

Den Anfang dieser Botschaft hörte er noch mit Rührung und Heimweh – seinen Namen, die üblichen Grüße, den Dank für seine Nachrichten. Wie schön! Wie wohl das tat! Eine Träne rann ihm über die Wange.

Doch dann fiel dem Waldmann das verzückte Lächeln schnell aus dem Gesicht. *Wir kommen schon klar*, hieß es kurz und knapp, *uns spuckt so schnell keiner in die Fischsuppe.* Murmelnd übersetzte er sich selbst das Quorken, Flöten und Schnalzen des Kolks in seine Menschensprache: »Du bleib, wo du bist, Lasnic, und verkriech dich für den beschissenen Rest deiner beschissenen Tage. Wir brauchen hier keine verdammten Jagdkerle, die sich in die Hosen scheißen, wenn es ein bisschen was zu tun gibt. Die einfach abhauen, wenn ernsthafte Prügel angesagt sind.«

Als hätte einer ihm den Ellenbogen in den Nacken gerammt, so fühlte Lasnic sich. Er starrte noch immer auf die Stelle seines Unterarmes, an der Tekla gesessen hatte, dabei hatte sie längst Schrat geweckt und hockte über Lasnic auf einem Leuchterarm. Die Vögel begrüßten einander mit schepperndem und krächzendem Kolklärm.

Lasnic aber kroch die Enttäuschung durch die Knochen wie Gift.

Kein Wort zu seiner Warnung vor den Bräunlingen; kein Wort darüber, wer an seiner Stelle zum Großen Waldfürsten gewählt worden war; keine Bitte um Hilfe, keine guten Wünsche, nichts. Stattdessen ein Tritt in den Hintern. Ach was – ein Tritt in die Eier!

Aber hatte er denn wirklich etwas anderes erwarten können? Liebesgrüße und Schmeicheleien womöglich? Wo er doch weggelaufen war, sie alle im Stich gelassen hatte? Beim Großen Waldgeist, wie schwachsinnig von ihm!

»Marderscheiße, verfluchte …« Er seufzte tief, blickte zu den Sternen hinauf und schüttelte seinen Schädel. Der fühlte sich auf einmal so schwer an wie die Klinge einer Baumaxt. »Was für eine elende Marderscheiße!« Er riss das Fenster herunter, löschte die Öllampe und warf sich aufs Bett.

Lange lag er wach. Die Abfuhr aus Strömenholz steckte ihm wie Distelstacheln im Herzen. Konnten sie also auf ihn verzichten, war er ihnen also egal. Die Wut packte ihn. Wer wagte es, so mit ihm zu reden? Kauzer? Nein. Der liebte ihn viel zu sehr, hielt außerdem das Andenken seines Vaters Vogler hoch; Kauzer würde ihn niemals dermaßen demütigen.

Eher erinnerte der Tonfall ihn an den Weißschopf, an Birk. *Scheißkerl!* Hatte seine Niederlage bei der Wahl zum Großen Waldfürsten wohl noch nicht verkraftet, das Jagdkerlchen, das Eichgräflein aus Blutbuch. »Der Schartan soll dich holen, Birk!«, zischte Lasnic.

Oder Tajosch, der Eichgraf von Stommbösch? Auch möglich. Spielte gern mal den Oberbärentöter und Weiberfresser. »Scheißkerl!« Die Wut gewann Oberhand über seine Enttäuschung.

Irgendwann gingen ihm die Flüche aus, und die Sorge um seine Leute vertrieb den Zorn. Die Worte des Weißmantels krochen ihm durch den Schädel. Wenigstens die, die er verstanden hatte: *Nicht mehr lange, und diese Stadt wird brennen.* Und wenn seine Prophezeiung nun auch für die Wälder galt? *Wenn du noch ein wenig leben willst, Waldmann, dann sieh zu, dass du hier wegkommst.* Recht hatte der Dichterkerl! Lasnic dachte an die heimatlichen Wälder. Niemals durften sie brennen! Er warf sich auf den Bauch; doch an Schlaf war nicht zu denken.

Ayrin kam erst im Morgengrauen. Sie wusch sich im Dunkeln, wickelte sich in ein Fell und schob sich neben ihn aufs Lager. Er spürte, dass sie wach war. Kein Wort sprach sie, lag nur auf dem Rücken und starrte in die Dunkelheit. Dass zwei Kolks auf dem Leuchter hockten, hatte sie gar nicht bemerkt. Besser so.

»Was ist mit dir?« Lasnic stützte sich auf, versuchte ihr Gesicht zu erkennen. »Hast du zu viel Wein getrunken?«

»Ich habe nur Wasser getrunken.« Ihre Stimme klang dunkel und rau.

Mit dem Handrücken strich er ihr über die Wangen. »Bist du traurig, Ayrin?«

»Ich mache mir Sorgen um Baldor. Große Sorgen.«

*

Erst am Abend des übernächsten Tages ließ König Rasman Súlfork Ivúsan Kalamantis wieder von sich hören. Er schickte einen Boten, einen Mann in buntem Anzug und weißem Umhang; der trug in Versen eine königliche Einladung vor: Königin Ayrin und ihr Gefolge mochten so gnädig sein und an einer außerordentlichen Ratssitzung teilnehmen.

Man versammelte sich in einem großen Saal im Erdgeschoss der weißen Burg – Grafen, Lords, Kaufleute, Künstler. Lasnic sah weit und breit kein Weib unter den Ratsmitgliedern. Er hoffte, Ayrin und ihren Hochweibern würde das auch auffallen.

Vier von sechs Stadtgrafen und sieben von zwölf Landgrafen waren inzwischen in Eldora eingetroffen und nahmen an der Ratsversammlung teil. Stadtgrafen verwalteten die Städte Baldors, Landgrafen größere Ansammlungen von Dörfern und Gehöften draußen im Grasland und in den Bergen, sogenannte Provinzen.

Der König begrüßte die Flüchtlinge aus Garona mit ausgesuchter Höflichkeit und forderte sie auf, von den Ereignissen im fernen Bergreich zu berichten – vom Angriff der Tarkaner, von der Rebellion der Prinzessin Lauka, vom Kriegsschicksal der Städte, von der Flucht.

Loryane und Romboc übernahmen das. Sie wechselten sich ab, ersparten den Baldoren nichts. Jedes Kriegsgräuel der Bräunlinge schilderten sie, jedes Leiden der Bevölkerung – Hunger, Tod, Schändung und Verschleppung. Zwischen ihren knappen Sätzen herrschte vollkommene Stille im Versammlungssaal.

Romboc schloss seinen Bericht mit einer Vermutung: »Nach meiner Einschätzung planen die Tarkaner, Eldora und Baal als Stützpunkte für ihre eigenen Truppen einzunehmen und zu befestigen. Von euren Städten aus werden sie ihren Eroberungskrieg dann in die Wälder hinein- und bis an den Stomm tragen.«

Lasnic biss die Zähne zusammen und schluckte. Eiskalt rieselte es ihm den Rücken herunter. Er versuchte, es nicht zu beachten, guckte lieber die aschfahlen Mienen in den Sitzreihen der Baldoren an. Die meisten Ratsmitglieder hockten wie erstarrt. Viele schlugen die Hände vor ihre Gesichter; vielleicht, um ihr Entsetzen zu verbergen, vielleicht weil sie heulen mussten – schwer zu sagen für den Waldmann. Auch der König selbst hockte irgendwann mit bedecktem Gesicht in seinem Thronsessel. Etliche Ratsmänner krümmten sich, als hätten sie Bauchschmerzen oder als müssten sie jeden Augenblick kotzen. So ähnlich ging es Lasnic auch.

Viel zu lange dauerte die Ratssitzung, viel zu viele Worte machten sie, all die Landgrafen und Stadtgrafen und Lords und Kaufleute und Künstler. Beim Schwanz des Wolkengottes – wie viele Wichtigtuer gab es denn in dieser komischen Stadt? Und alle hatten sie so viel zu erzählen und sagten dennoch nichts!

Nach der Ratssitzung, gegen Mitternacht, lief Lasnic im Hafen grübelnd an den Kais entlang. Eine Entscheidung musste her; was sollte er tun? Ohne Ayrin von hier abhauen und in die Wälder zurückkehren? Kam nicht in Frage. Tagelang, mondelang warten, bis die stolze und ach so königliche Geliebte endlich wusste, was sie wollte? Kam erst recht nicht in Frage. Je länger er grübelte, desto zerrissener fühlte er sich. Beim Wolkengott – wie einfach war das Leben ohne Weiber gewesen!

An der Anlegestelle der Galeere blieb er stehen und blickte an den Schwertweibern, die ihre Wachschicht schoben, vorbei zum

Außendeck hinüber. An der Treppe zum Ruderhaus brannte eine Öllampe; sonst war es vollkommen dunkel an Bord.

Auf einmal tauchte ein Paar vor ihm auf. Ein Schwertweib und ein blonder Kerl mit weißem Umhang und einer Fackel. Das Schwertweib kam ganz nah und musterte ihn. Lasnic schaute in dunkle Augen und in ein hartes, kantiges und dennoch irgendwie schönes Gesicht. »Was ist los, Waldmann?«, fragte eine raue Stimme. »Kannst du nicht schlafen?«

»Nein.«

Es war Rombocs Tochter, die Herzogin Sigrun. Unwillkürlich wich Lasnic einen halben Schritt zurück. Aus irgendeinem Grund hatte er großen Respekt vor dieser Kriegerin. Mehr noch als vor Loryane, der Kriegsmeisterin.

»Du grübelst zu viel.« Sigrun lächelte. »Tut nicht gut.« Sie setzte ihm einen Finger auf das Brustbein. »Da drin ist längst alles klar. Hör auf die Stimme da drin und mach, was sie sagt.«

*

Am nächsten Tag holten zwei hochrangige Kampfkerle des Stadtgrafen von Eldora Joscun ab. Der Rotmantel wollte den Baumeister durch die Hafen- und Wehranlagen und entlang der Stadtmauer führen. Er sollte sich ein Bild von der baulichen Wehrhaftigkeit Eldoras machen. Einen ganzen Tag hatte der Stadtgraf dafür eingeplant.

Ayrin bat Loryane und Romboc, den Baumeister zu begleiten. Wigard, Thora und zwei Schwertdamen gab sie ihnen als Eskorte mit. Lasnic fand das ganz und gar nicht übertrieben. Die Stadt machte ihn unruhig, das Verhalten ihrer Bewohner erschien ihm widernatürlich; er traute dem Frieden keinen Atemzug lang.

Er selbst und Ayrin schlossen sich den Zwillingen, Gumpen und Lord Frix an; der wollte endlich seine Mutter besuchen. Ein schwerer Gang für ihn, wie es schien, denn er sprach kaum ein Wort auf dem Weg ins Armenhaus.

Vielleicht lag seine wortkarge Art auch an Feline und Garonja.

Die Zwillinge hatten Streit mit ihm. Lasnic wusste nichts Genaues; nur dass die Schwestern eine junge Baldorin aus dem königlichen Hofstaat verdroschen hatten. Angeblich hatten sie das Weib in Frix' Bett gefunden, als sie selbst zu ihm kriechen wollten. Und angeblich hatten sie nicht nur das junge Weib verdroschen.

Lasnic hielt das für keineswegs abwegig: Der Lord wirkte seltsam verquollen und hatte eine aufgeplatzte Lippe.

Er selbst blieb ebenfalls wortkarg an diesem Morgen. Rombocs Worte wollten ihm nicht aus dem Kopf gehen: *Von euren Städten aus werden die Tarkaner ihren Eroberungskrieg in die Wälder hinein- und bis an den Stomm tragen.* So ähnlich hatte er es doch gesagt, oder?

Auch Teklas Botschaft aus Strömenholz nagte in seiner Brust wie eine entzündete Wunde. Immer wieder kreisten Lasnics Gedanken um seine Leute zu Hause, um Birk, Kauzer, Tajosch, Uschom, Hirscher und all die anderen. Die Sorge um sie und das schlechte Gewissen bedrückten ihn arg. Was trieben sie wohl, die Jagdkerle? Wer mochte ihr Großer Waldfürst sein? Birk, vermutete er. Ob er die Jagdkerle ordentlich auf einen Krieg gegen die Bräunlinge vorbereitete, der Scheißkerl? Lasnic hoffte es inbrünstig. Manchmal ertappte er sich dabei, wie er im Stillen den Wolkengott darum bat.

Sie gingen zu Fuß, die Königin bestand darauf. So viele Eindrücke wie nur möglich wollte Ayrin von der Stadt und ihrer Verteidigungsbereitschaft gewinnen. So ungefähr drückte sie sich aus. Zeitverschwendung. Hätte sie ihn gefragt, hätte sie keine weiteren Eindrücke gebraucht. *Lass uns so schnell wie möglich verschwinden*, hätte er ihr gesagt. *Baldor wird untergehen*, hätte er gesagt, *und ich habe keine Lust, in dieser bescheuerten Stadt ins Vorjahrslaub zu fallen. Lass uns an den Stomm segeln. Am besten gleich.*

Auf jeder Straße, an der sie entlanggingen, auf jedem Platz, den sie überquerten – wo immer sie auftauchten, überall erregte Gumpen Aufsehen. Die Baldoren begafften ihn hemmungslos, blieben sogar stehen, um seine hünenhafte Gestalt ganz genau betrachten zu können – seine haarigen, muskelbepackten Arme, sein dickes, blauschwarzes Haupthaar, das seinen massigen Rundschädel wie ein polierter Helm bis über die Ohren bedeckte. Sein breites, teigiges Gesicht mit dem eigenartig glatten Schwarzbart, seine großen, nachtblauen Augen, seine haarigen, keulenartigen Waden, die unter dem Rock aus Lederdecken hervorlugten.

Auf halbem Weg löste er sich von Lasnic und den anderen, um sich in die Schmiede zu bücken, in der er tags zuvor einen neuen Dreizack und einen Schild in Auftrag gegeben hatte. Feline und Garonja folgten ihm. Von allen Seiten strömten die Leute zusammen. Sie drängten sich vor dem Eingang der Schmiede und warteten, bis Pirol Gumpen wieder in der Tür auftauchte.

Der Nordmann trug gleich zwei Dreizacke auf den Schultern, als er sich wieder zur Straße herausbückte, einen großen und einen kleineren. Die Leute begrapschten ihn, Erwachsene genauso neugierig wie Kinder. Lasnic konnte es nicht fassen.

»Ein komisches Volk, diese Baldoren«, murmelte er.

Hinter Gumpen tauchten die Zwillinge auf. Beide Schwertdamen trugen nagelneue Streitäxte auf den Schultern, Waffen, die in Garona eher unüblich waren. Der Waldmann fragte sich, ob die nicht gerade kräftig gebauten Schwestern so ein schweres Ding überhaupt zum Schlag erheben konnten.

Auf halbem Weg kamen sie beim Kürschner vorbei, bei dem Feline und Garonja noch am Tag der Ankunft die Haut der Sumpfechse abgeliefert hatten. Die Zwillinge machten erneut einen Abstecher, um sich nach dem Stand der Arbeit zu erkundigen. Sie schienen gute Nachrichten mitzubringen, denn Ayrin wirkte zufrieden, als sie ihr berichteten.

»Der Kürschner hat deine Gerbmittel gelobt, Lasnic«, sagte sie im Weitergehen. »Die Haut kann schon verarbeitet werden. Der Gerber hat sich bereits mit einem Lederschneider zusammengetan. Er will unsere Maße nehmen. Und eine Anzahlung sehen.«

Unsere Maße nehmen? Lasnic stutzte. *Unsere?* Ayrin wollte ihm einen Mantel machen lassen? Den gleichen wie sich selbst womöglich?

Er strich über seinen Eulenfedermantel. Ein Geschenk von Gundlochs Weib und ihren Töchtern zur Aufnahme unter die Jungjäger.

Nur ein paar Tage zuvor hatte er damals sein sechzehntes Namensfest gefeiert. Schon möglich, dass es nicht mehr ganz frisch roch, das gute Stück. Doch zehn Sommer waren keine Zeit für einen gut gemachten Eulenfedermantel. Und das hier war ein besonders gut gemachter. Nicht einen Riss hatte das feine Netz aus Spinnenseide, das sich über das Eulengefieder spannte. Sollte er sich wirklich davon trennen? Nur weil er ein wenig streng roch? Der Gedanke gefiel dem Waldmann nicht.

Kurz vor dem Armenhaus verschwanden die Zwillinge in einem großen, blauen Haus. Lasnic ließ sich die Aufschrift auf dem Schild über dem Eingang übersetzen. »›Alles, was das Weiberherz begehrt‹«, las Lord Frix mit müder Stimme. Nur kurze Zeit später kamen Garonja und Feline zurück, jede trug ein großes Bündel hinter der Klinge ihrer über die Schulter gewuchteten Streitaxt. Und weiter ging es.

Lasnic runzelte die Stirn und betrachtete die Bündel der Zwillinge. »Lippenstifte, Augentusche, Schminke und Färbemittel für die Haare«, sagte Feline. »Haben wir gestern bestellt. Für alle.« Garonja trug Wäsche in ihrem Bündel. Auch am Vortag bestellt, auch für alle.

Endlich erreichten sie ihr Ziel. Das Armenhaus von Eldora war ein großer, einstöckiger Rundbau mit heller, schmutziggrauer Fassade. Ein Bach floss in einem gemauerten Kanal mitten hindurch. Viehtränken, ein Brunnen, eine Weide mit einer Wakudoherde und ein Gemüsegarten umgaben das Gebäude. Vom Flachdach ragten Zelte und Holzverschläge auf. Gestank und Gejammer schlugen ihnen entgegen, als Gumpen die Vorhänge des Einganges zur Seite zog. Ein Kerl mit weitem, schwarzem Anzug und einem Weißmantel darüber und ein altes Weib in Schwarz begrüßten sie.

Lord Frix erklärte, warum er gekommen war, und nannte den Namen seiner Mutter. Die Gattin des berüchtigten Rebellen Lord Maniok Rutten Ivúsan Xundóris war dem Weißmantel und der Alten natürlich bekannt. Sie machten Lord Frix mit einem zweiten Weißmantel bekannt. Ein Dichter, der für die Pflege und die Unterhaltung der Armen und Kranken zuständig war. Sein Mantel war fleckig. Blut? Lasnic sah ihm ins Gesicht und erkannte ihn schließlich an der grimmigen Miene, den Schürfwunden und dem zugeschwollenen Auge. Es war der Wutdichter, den die Baldoren zwei Abende zuvor verprügelt hatten. Die Lücke zwischen den oberen Schneidezähnen war Lasnic in der Dunkelheit gar nicht aufgefallen.

Der Mann lächelte nicht, als er Lasnic sah. »Du bist immer noch in dieser Eiterbeule von Stadt?«, sagte er mürrisch. »Du musst verrückt sein.« Sonst sagte er nichts. Lasnic hätte ihn gern gefragt, warum er selbst denn noch in Eldora blieb. Doch schon drehte der Weißmantel sich um, winkte Lord Frix hinter sich her und führte die Gruppe zu dessen Mutter.

Sie lag auf einem schmutzigen Strohsack. Ihr Haar war weiß, ihr knochiges Gesicht eingefallen, ihre Haut von Furunkeln und Schorf bedeckt. Sie mochte achtzig Sommer gesehen haben, vielleicht auch nur fünfzig, Lasnic legte sich lieber nicht fest. Wirklich schwer zu sagen, so krank und schmutzig, wie sie aussah.

Sie blinzelte zu Lord Frix herauf, streckte die Arme nach ihrem Sohn aus und begann sofort laut zu weinen. Frix sackte vor ihrem Lager in die Knie, beugte sich über sie und umarmte sie. Und heulte wie eine Sumpfeule.

Lasnic schluckte. Wann hatte er den kleinen Baldoren jemals so viel heulen sehen wie in den letzten drei Tagen? Noch nie. Nicht einmal bei ihrer ersten Begegnung, als er dem frechen Räuber den Pfeil aus dem Hintern gerissen, ihn kopfüber an einen Baum geknüpft und seinem Schicksal überlassen hatte. Tränen versickerten in Lasnics Stoppelbart. Er wusste selbst nicht, warum auch er weinte. Vielleicht wegen seiner Mutter, die er nie auf einem Sterbebett umarmen würde. Glücklicher Lord Frix!

»Du bist auferstanden, Maniok Rutten«, jammerte Frix' Mutter, »du bist wahrhaft von den Toten auferstanden!« Sie löste sich aus der Umarmung, drückte ihren Sohn weg von sich und starrte ihn an wie eine Erscheinung. »Und bei den Göttern – so siehst du auch aus! Als hätten die Sumpfechsen des Königs dich wieder ausgekotzt. Warum kommst du jetzt erst?«

»Ich bin nicht Maniok Rutten«, sagte Frix auf Garonesisch, »ich bin Fridollusac Rutten, sein und dein Sohn.«

Sie schlug ihm ins Gesicht. »Auch noch lügen!« Noch einmal schlug sie zu. »Warum hast du mich so lange allein gelassen, Maniok, du verdammter Büffelarsch!?« Sie war wahnsinnig, für Lasnic gab es gar keinen Zweifel.

»Ich bin nicht dein Mann, ich bin dein Sohn.« Frix rieb sich die Wangen.

Der mürrische Weißmantel beugte sich zu ihm herunter. »Nimm es ihr nicht krumm, Lord. Sie kann nichts dafür, die Götter besuchen sie einfach zu oft.« Er drehte sich nach Lasnic und den anderen um. »Die Götter. Lästige Sache. Gucken fast jede Nacht vorbei. Schlimme Sache. Hält keiner aus.« Und dann an die Weißhaarige gewandt: »Nicht dein Gatte, dein Sohn besucht dich, gute Frau!«

So nannte man Wahnsinn also in Baldor – »Besuch von den Göttern«. Lasnic musste grinsen; verstohlen wischte er sich die Tränen aus den Augen.

»Was für ein Sohn?« Das arme Weib packte Frix beim Kettenhemd und riss ihn hin und her. »Habe ich denn einen Sohn?« Sie trommelte mit den Fäusten gegen seine Brust, in sein Gesicht. »Ausreden, alles Ausreden!« Sie schüttelte ihn. »Rebellion statt Geschäfte machen! Dir werde ich helfen! Im Kerker herumlungern, statt deine Gattin zu verwöhnen! Schäm dich, Maniok Rutten!«

»Ich bin nicht mein Vater Maniok!« Frix jammerte. »Ich bin sein Sohn Fridollusac. Ganz ehrlich.« Er war schon wieder den Tränen nahe.

»Das könnte dir so passen!« Sie schlug auf ihn ein, schüttelte ihn, spuckte nach ihm. »Einfach ein anderer sein wollen – das könnte dir so passen!« Vergeblich versuchte Frix, sich aus ihrer Umklammerung zu befreien. »›Fridollusac‹ – dass ich nicht lache!«

Plötzlich hielt sie inne und blinzelte an ihrem Sohn vorbei zu Lasnic herauf. Ihre Augen weiteten sich, ihr Mund stand weit offen auf einmal. Ein paar Atemzüge lang verharrte sie so, und ihre Augen wurden immer größer. »Da steht er ja«, flüsterte sie. »Da steht er ja leibhaftig – der Große Waldfürst!« Richtig laut rief sie das und sie lachte dabei. »Der Große Waldfürst – ich werd' verrückt!«

»Wie gesagt, die Götter schauen fast jede Nacht bei ihr vorbei.« Dem Weißmantel schien das alles ziemlich peinlich zu sein. »Armes Weib.« Seufzend schüttelte der Wutdichter den Kopf.

Das Lachen in den Zügen der Weißhaarigen erlosch übergangslos. Sie ließ Lord Frix los, deutete zu Lasnic hinauf. »Was willst du hier, Großer Waldfürst? Was hast du hier verloren, frag ich dich? Warum bist du nicht bei deinem Volk?«

Das Blut rauschte in Lasnics Kopf, sein Gesicht wurde heiß.

»Der Waldmann gehört zum Gefolge der Königin Ayrin von Garona und ist wie sie ein Gast des Königs, gute Frau.« Der Weißmantel bemühte sich redlich, Frix' Mutter zu beschwichtigen. »Du solltest ihn auch so behandeln.«

»Und du?« Frix' Mutter beachtete den Wutdichter gar nicht, ihr ausgestreckter Arm schwenkte zu Ayrin, die neben Lasnic stand. »Und du bist auch hier? Ich kenn dich doch! Du warst einmal die Königin von Garona!« Sie fuchtelte mit dem Arm. »Und jetzt bist du die Frau des Großen Waldfürsten! Was tust du hier? Geht denn die Welt schon unter? Warum seid ihr nicht dort, wo die Götter euch hingeschickt haben? Warum wartet ihr nicht in den Wäldern des Stomms auf den Feind aller Menschen?«

9

Düsternis fiel auf die Bergwelt. Starian brüllte noch immer, doch Lauka konnte ihn nicht mehr verstehen: Das Heulen des Sturmes verschlang seine Worte. Donner grollte, Blitze zuckten. Wieder raste ein trudelnder Luftsegler in die Tiefe. Die Schreie der abstürzenden Schwertdame fuhren Lauka in alle Glieder, der Gebetsruf an die Große Mutter blieb ihr im Hals stecken. Sie kniff die Lider zu, um nicht sehen zu müssen, wie die blonde Kriegerin und ihr Fluggestell aufschlugen. Doch sie hörte das Krachen und Splittern. Das Geschrei der Schwertdame verstummte jäh.

Lauka riss die Augen auf, eine Felswand raste auf sie zu. »Starian!« Sie kreischte. »Tu etwas, Starian!« Der Reichsritter warf sich nach links in den Steuerbügel, der Luftsegler kippte zur Seite weg, stürzte dem Berghang entgegen. »Tu doch was!«

Die nächste Schwertdame mit ihrem Fluggestell schlug dort unten im Geröll auf. Zertrümmertes Holzrohr wirbelte nach allen Seiten davon, Angstgeschrei verstummte. Lauka sah den zerschlagenen Frauenkörper in Seidentuch und Schnüre verwickelt den Steilhang hinunterstürzen. Er überschlug sich unzählige Male. Die Angst schnürte ihr die Kehle zu.

»Bin ich denn die Große Mutter?« Starian klang verzweifelt. Über Lauka drehte sich der Luftsegler des Trochauers um sich selbst. Keinen Laut gab Pradosco von sich. Doch jedes Mal, wenn sie sein Gesicht erkennen konnte, leuchtete es inmitten der Düsternis wie frisch gefallener Schnee. »Bin ich denn ein Magier?!«, schrie Starian. »Tu doch du etwas!«

»Wie denn?« Tränen stürzten Lauka aus den Augen. »Was soll ich denn tun?« Sämtliche Luftsegler waren zu Spielbällen des Gewittersturms geworden. Dreihundert Fuß rechts von ihnen sah Lauka ein weiteres Schwingengestell gegen die Felswand krachen. Vierhundert Fuß links von ihr stürzte ein Ritter schreiend vorbei; sein Luftsegler trudelte in die Tiefe. »Was soll ich tun?!« Sie heulte, sie kreischte, sie konnte den Blick nicht abwenden vom kreiselnden Fluggestell des Trochauers. Ein Wunder, dass er noch nicht abgestürzt war! »Sag es mir doch, mein Geliebter, mein Ritter, mein Starian!«

»Dein magisches Licht!« Starian drehte den Kopf, wandte seinen entsetzten Blick zu ihr herauf. »Hast du mich damit nicht auch dem Tod entrissen?«

Lauka hörte auf zu schreien und zu heulen, biss sich auf die Unterlippe. Ihre Arme steckten im Flugsack. Sie spürte die Hitze des Ringes an ihrer Rechten. »Doch konnte ich dir die Jugend zurückgeben?«, schrie sie. »Nein und nochmals nein!« Wie finster es war, wie viele Schreie um sie herum gellten! Wieder stürzte einer. Grässlich, diese Todesschreie! War es der Trochauer diesmal? Sie konnte ihn nirgends mehr entdecken.

»Du kannst aufbauen und einreißen mit diesem Zauberfeuer!« Starian klammerte sich am Steuerbügel fest. »Du kannst heilen und vernichten! Warum solltest du dann keinem Sturm gebieten, keinen Donner zum Schweigen bringen können?«

»Dem Sturm gebieten?« Lauka begriff nicht oder wollte nicht begreifen. Grelle Blitze zuckten durch die Düsternis. Der Holzrahmen des Luftseglers knarrte, als würde er jeden Moment zerbrechen, die Schwingenseide knatterte wie gespanntes Trommelfell unter einem Trommelwirbel. »Dem Donner gebieten?« Was bei der Großen Mutter meinte Starian?

»Tu etwas, oder wir sterben, meine Königin!« Der Sturzflug ging abrupt in rasendes Gleiten über; Lauka wurde durchgeschüttelt, die Luft blieb ihr weg. Der Luftsegler kippte hin und her, gewann aber wieder an Höhe. »Erweise dich als Magierkönigin«, schrie Starian. »Erweise dich als wahre Magierkönigin, oder wir sterben alle!«

Lauka erschrak, rang um Atem, jammerte. Die hin und her geworfenen Luftsegler mit der Kraft des ERSTEN MORGENLICHTES bändigen? Dem Gewittersturm mit Magie entgegentreten? Sie zog den Arm aus dem Flugsack, ballte die Rechte zur Faust, betrachtete den Ring, den Mauritz ihr hinterlassen hatte. »Mein Vater, mein Vater – was würdest du tun?«

Der Ring leuchtete auf, der Luftsegler bebte, Starian brüllte, Lauka biss sich die Unterlippe blutig. »Mein Vater …« Sie hatte nicht die geringste Ahnung, wie sie ihre unreife magische Kraft gegen einen Gewittersturm einsetzen sollte. »Ich weiß es doch nicht, mein Vater! Ich weiß es doch nicht …!« Sie schrie ihre Verzweiflung in das Heulen des Sturmes hinein. Sie schrie und schrie und reckte die Faust in die Düsternis ringsum und den Blitzen entgegen, die überall zuckten und knisterten.

Ein Luftsegler trudelte in höchstens hundert Fuß Entfernung vorbei und stürzte dem Steilhang vor der Felswand entgegen. Der Trochauer! Ein Gewirr aus Schilfrohr, Holzlatten, wachsgetränkter Seide und Lederschlaufen. Der Sturm jagte es durch die Luft, es fiel und fiel und fiel. Der Trochauer schrie nicht.

»Pradosco!« In Gedanken griff Lauka nach ihm, in Gedanken hielt sie ihn fest. »Mein Diener Pradosco!« Blitze erhellten die Düsternis, blau, türkisfarben und violett. »Mein Dolmetscher Pradosco!« Blitze schossen nun zugleich aus der schwarzen Wolkenwand und aus Laukas Ring und vermischten sich zu grellblauem Geglitzer und Geflimmer. »Du stürzt nicht länger! Du bleibst bei mir!« Das magische Licht hüllte den trudelnden Luftsegler ein – er fiel langsamer. »Du bleibst!« Pradoscos Fluggestell hob Schwingenspitzen und Steuerbügel, flog auf einmal eine flache Kurve und gewann wieder an Höhe. Nie empfundenes Triumphgefühl berauschte Lauka, sprengte ihr schier die Brust. »Du kommst mit mir, Trochauer!«, kreischte sie. »Du bleibst am Leben, das gebiete ich dir!«

Sie sah sich um, entdeckte andere Luftsegler in Not, richtete das magische Licht auf sie. »Ihr bleibt bei mir, ihr alle!« Eine ungeahnte wilde Kraft schoss heiß durch jeder Faser ihre Leibes. »Ich gebiete es euch!« Allgegenwärtig leuchtete es nun, das magische Licht, und die Finsternis strahlte auf, schillerte violett, türkisfarben und blau. »Ihr verlasst mich nicht!« Weißblaue Blitze zuckten, Luftschichten leuchteten in allen Schattierungen der Farbe Blau. »Ihr lebt! Ihr alle!« Gipfel, Grate und Bergflanken flimmerten in gespenstischem Licht – weißblau, rötlich und violett. »Ich gebiete es euch! Ich, Laukaris, die Tochter des Meisters des Lichtes!«

Eine Orkanböe schüttelte Lauka und Starian durch, das Haar peitschte ihr ins Gesicht, ihr Flugsack blähte sich auf. Regentropfen klatschten über ihr auf das vom Sturm gestraffte Schwingengestell. Sie schrie, und es klang eher zornig als ängstlich. Sie machte es wie zuvor mit dem Trochauer: Im Geist stemmte sie sich gegen den Sturm, im Geist brüllte sie den Donner nieder, im Geist spie sie ihre Flüche in die Blitze.

Viele Atemzüge lang schrie sie und kämpfte ihren unsichtbaren Kampf. Siegesgewissheit riss sie mit sich, wilde Genugtuung, der Rausch wachsender Macht.

Wie viel Zeit verging? Lauka wusste es nicht. Wie viele Luftsegler noch abstürzten? Lauka nahm es nicht wahr. Vollkommen erschöpft hing sie irgendwann in ihrem Flugsack. Unter sich hörte sie Starian rufen. Sie verstand nicht, was er da rief – es klang nach Gebet, es klang nach Jubel. Sie begriff gar nichts mehr, fühlte sich ausgelaugt und wie erschlagen.

Dass der Sturm nachgelassen hatte, das allerdings merkte sie. Dass es heller war um sie herum, dass kein Donner mehr grollte und keine Blitze mehr zuckten – all das erfasste ein abgelegener Winkel ihres Bewusstseins noch. Sie war schweißnass, die Augen fielen ihr zu. Sie glaubte zu träumen, sie glaubte zu fiebern, sie glaubte, sterben zu müssen. Etwas Dunkles griff nach ihr – ein Wirbel, ein Strudel, ein Sog –, riss ihr die letzten Reste Kraft aus Körper und Geist und löschte ihr Bewusstsein aus.

*

Etwas rauschte, als sie wieder zu sich kam. Stimmen flüsterten, sonst war es still. Sie schlug die Augen auf – ein Gesicht schwebte über ihr: kantig, bleich, erschöpft, dunkelrot gefärbte Lippen. »Meine Königin«, flüsterten die Lippen. »Endlich.« Die Ärztin, Valena. »Alles ist gut.« Das Gesicht verschwand. »Zieht sie an.«

Zwei Frauen beugten sich über sie: Kyranja, die Jungpriesterin, und die Obristdame Wolfrun. »Ihr lebt?« Lauka flüsterte. »Und ich lebe auch?«

Kyranja nickte. »Wir haben deine Kleider getrocknet.« Sie wickelten Lauka aus einer Decke, zogen ihr Wäsche und ein Kleid an. »Du bist unverletzt, die Große Mutter sei gepriesen.« Sagte das Kyranja oder die Ärztin? Lauka wusste es nicht.

»Was ist geschehen?«

»Sechs haben wir verloren«, erklärte Wolfrun. »Abgestürzt. Neun Luftsegler konnten landen, einige in der Brandung – dank deiner Kraft, meine Königin.« Täuschte Lauka sich oder schwang etwas wie Ehrfurcht in der Stimme der Obristdame?

»Ein paar Schrammen, meine Königin«, sagte Valena. »Zwei Knochenbrüche, doch die meisten sind unverletzt. Dank deiner Kraft, meine Königin.«

Irgendetwas ging vor in Wolfrun, in Valena, in allen. Lauka spürte es, konnte es jedoch nicht in Worte fassen. Die Erschöpfung lastete wie Blei in ihren Gliedern. Dass es so viel Kraft kosten konnte, das ERSTE MORGENLICHT zu benutzen? Das hatte sie nicht einmal geahnt.

Die Frauen halfen ihr auf die Beine, stützten sie. Lauka blickte sich um, Schwindel packte sie. Brandung warf sich auf einen Strand, Abendlicht flirrte über den Wogen. »Wo sind wir?«

»Irgendwo nordöstlich der Trochmündung«, sagte Tigrit. Man hatte ihr den linken Arm verbunden und mit dem Stück einer gebrochenen Holzlatte geschient. »Trochau-Stadt kann nicht weit sein. Von den Dünen aus sieht man den Feuerturm an der Hafeneinfahrt.«

Tigrit hängte Lauka den erbeuteten Tarbullo-Säbel über die Schulter, Kyranja reichte ihr das Säckchen mit Mauritz' Schädel. Dann führten die Frauen sie ein Stück über den Strand.

Drei Männer und eine Frau hockten im Sand. Einer stand. Der Trochauer. Sie wirkten erschöpft, alle. Einer hielt eine blonde Schwertdame umschlungen. Raban. Schluchzte er? Lauka blinzelte, die Gestalten drohten, vor ihren Augen zu verschwimmen.

Nach und nach erhoben sich die Ritter. Raban zog die Blonde aus dem Sand. Lauka erkannte Hector und Starian. Wie ein Stein fiel die dumpfe Last der Sorge von ihrer Brust.

Der Trochauer stützte sich auf einen Lenkbügel; jemand hatte ihm sein linkes Bein mit einem Schwert geschient. Hector trug einen Kopfverband. Hinter ihnen, über den ganzen Strand verstreut, lagen neun Fluggestelle wie große, tote Vögel. Auf den Gesichtern der Männer lagen Schrecken und Ehrfurcht. Das verwirrte Lauka.

Die Frauen ließen sie los, traten zurück, sanken auf die Knie. Verwundert blickte Lauka sich nach ihnen um. Jetzt warfen sie sich mit dem Gesicht voran in den Sand – Wolfrun, Tigrit, Kyranja und sogar die hochmütige Ärztin. Lauka wusste nicht, wie ihr geschah. »Es lebe unsere Königin«, murmelte Wolfrun. Die anderen stimmten mit ein. »Hoch lebe unsere Königin Lauka.«

Auch die Männer und Rabans Gardistin warfen sich nun in den Sand, zuletzt Pradosco, dem sein gebrochenes Bein zu schaffen machte. »Glück unserer Königin!«, rief Starian. Wieder stimmten alle mit ein, lauter diesmal. »Frieden unseren Städten, Segen dem Reich!« Sie riefen es im Chor, wieder und wieder, und veränderten den Segensgruß dabei nach und nach. »Glück und Herrschaft unserer großen Magierkönigin«, tönte es bald. »Frieden unseren Städten, Segen dem Reich.«

*

Die Galeere lag zwei Wegstunden weiter nördlich vor Anker. Schier endloser Strand dehnte sich nach Norden und Süden hin aus, doch ein Landungsboot war weit und breit nicht zu sehen. Also hielt die Besatzung sich an Bord auf. Ein Patrouillenschiff auf der Jagd nach garonesischen Flüchtlingen?

Hector und Kyranja sichteten Masten und Flagge gleich nach Sonnenaufgang. Im ersten Morgengrauen hatte Starian beide als Späher nach Norden geschickt. Trochau-Stadt und die Mündung des Trochs lagen keine zwei Wegstunden entfernt.

Die Frauen stapften die Dünen hinunter und über den Strand. Lauka mittendrin. Die Ärztin stützte Tigrit, Kyranja und Wolfrun schleppten die blonde Schwertdame zwischen sich; sie war die einzige Gardistin Rabans, die den Flug durch den Gewittersturm überlebt hatte. Keine der Frauen trug eine sichtbare Waffe; nur Dolchklingen steckten in ihren Stiefeln oder in den Gurten unter ihren Jacken. Und an Laukas linker Hand der Mondsteinring.

Die Frauen ließen sich Zeit. Die drei Ritter und der Trochauer blieben hinter dem Dünenkamm liegen.

Die Frauen wateten durch die Brandung. Flut hatte eingesetzt. Die Galeere mit der Flagge des Bocksschädels schaukelte ungefähr tausend Fuß vor der Küste im starken Wellengang. Die Frauen wankten und stolperten, riefen und winkten. Sie gaben sich verzweifelt und erschöpft. Letzteres fiel ihnen nicht schwer.

Tigrit, Lauka und die blonde Schwertdame ließen sich in die Brandung sinken. Die anderen fuhren fort, zum Blutsäuferschiff hinüberzuwinken und zu rufen. »Hilfe!«, schrien sie. »Wasser! Wir verhungern! So helft uns doch!«

Es dauerte nicht lange, da ließen sie dort ein Landungsboot zu Wasser. Acht Tarkaner stiegen ein. Lauka zählte sorgfältig. Die Blutsäufer ruderten das Boot herüber zum Strand. Noch einmal acht blieben zurück; so viele Krieger jedenfalls zählte Lauka an der Reling. Sie gafften neugierig herüber.

Hector und Raban hatten sich den Plan ausgedacht. Gewagt, gefährlich, verwegen; doch niemand zweifelte daran, dass er gelingen würde. Auch nicht die Köder dieser Falle, die Frauen. Die Blutsäufer waren berüchtigt dafür, dass ihr Verstand aussetzte, wenn sie weibliche Kriegsbeute erspähten.

Zwei Dutzend Schritte vor den Frauen ließen die Ruderer auf den hinteren Bänken die Holme ihrer Ruderblätter los, sprangen über Bord, stemmten das Boot durch die Brandung zum Strand. Die Frauen wichen zurück, als hätten sie gerade erst erkannt, wer sich ihnen da näherte. »Langsam.« Lauka erhob sich betont schwerfällig. »Ganz langsam.« Das Herz klopfte ihr in der Kehle. Sie ballte die Linke zur Faust.

Nacheinander schwangen sich nun auch die anderen Blutsäufer aus dem Boot. Die meisten trugen lange braune Wildlederwesten über ihren Lendenschurzen, einer eine schmutziggraue Lederjacke über dunklen Pumphosen. Der schrie einen Befehl. Die kleinen, braunen Krieger stießen das Ruderboot durch die Wogen, bis es im Sand festsaß. Dann brachen sie in wildes Kriegsgeschrei aus, sprangen durch die Brandung und stürmten den Frauen entgegen.

Die wichen längst zurück, und als der schreckliche Kriegsruf der Tarkaner durch die Morgenluft gellte, rannten sie los und zurück zu den Dünen.

Bis auf eine – Lauka.

»Verrecken sollt ihr, verfluchte Blutsäufer!« Sie wandte sich um, mimte die Flüchtende, Taumelnde, ließ sich ins Wasser fallen, um möglichen Speeren oder Pfeilen möglichst wenig Angriffsfläche zu bieten. Dann hob sie den Kopf aus den Wogen und zugleich die Faust mit dem glühenden Ring. Vier oder fünf Schritte trennten sie noch von den siegesgewissen Tarkanern.

Lauka dachte an den Augenblick zurück, als Zlatan sie im Verhandlungszelt packte und ihr die Kleider vom Leib riss. »Verrecken sollt ihr!« Sie schrie sich Angst und Hass aus dem Leib. »Verrecken und zu Dreck zerfallen!«

Wie eine Feuerwand aus blauen, violetten und türkisfarbenen Flammen fiel das magische Licht über die kleine Kampfrotte her. Das Kriegsgebrüll der tarkanischen Krieger verwandelte sich augenblicklich in Angstgeschrei. Beinahe gleichzeitig brachen die Männer zusammen, stürzten in die Brandung, ruderten hilflos mit den Armen. Nur den beiden letzten gelang es noch, sich umzudrehen und zum Boot zurückzuwaten. Doch sie kamen nicht weit – das mörderische Licht brannte auch ihnen alle Lebenskraft aus den Gliedern. Sie knickten einfach in den Knien ein und wurden von den Wogen überspült.

Zwei Greise trieben plötzlich in der Brandung, versuchten die hohlwangigen Schädel über Wasser zu halten, winkten kraftlos, krächzten um Hilfe. Von zwei anderen Blutsäufern entdeckte Lauka nur noch leblose Knochengestelle, bespannt mit ledriger Haut. Die ersten beiden Angreifer spülten die Wellen bereits als Staub an den Strand; dort bildete er verwaschene Linien und vermischte sich mit dem nassen Sand.

Jetzt waren es die Frauen, die in Triumphgeheul ausbrachen. Längst hatten sie kehrtgemacht und rannten nun zurück in die Brandung und zum Landungsboot. Die drei Ritter jubelten, setzten in weiten Schritten über den Strand; Pradosco hinkte hinterher und ließ sich neben der ebenfalls kampfunfähigen Tigrit in den Sand sinken. Da kniete Lauka längst im Boot.

Auf der Galeere herrschte einige Atemzüge lang stummes Entsetzen. Erst als die Ritter, die Schwertdamen und die Ärztin das Landungsboot gewendet hatten und auf die Ruderbänke kletterten, kam Bewegung in die acht Blutsäufer an der Galeerenreling. Vier rannten zum Bug, vier verschwanden unter Deck. Die entscheidende Phase der Kriegslist begann.

Die Segel zu setzen würde den Tarkanern nicht mehr gelingen; das sah auch Lauka jetzt. Doch schafften sie es, die Anker zu lichten und zugleich die Rudersklaven zur Arbeit zu peitschen, würde ihnen die Flucht vielleicht noch gelingen. Raban und Hector aber hatten geschworen, dass die Rudersklaven – garonesische Kriegsgefangene, wie sie annahmen – den Kampf am Strand beobachten und den Ruderdienst verweigern würden. Und sollten sie das magische Licht dennoch nicht bemerkt haben, würden sie spätestens jetzt aufmerksam werden: Ritter und Schwertdamen brüllten aus Leibeskräften, während sie die Ruderblätter durch die Wellen zogen.

Am Bug kurbelten die Tarkaner die Ankerkette aus der Tiefe. Doch die Ruderblätter der Galeere, je dreißig auf jeder Rumpfseite, ruhten noch immer eingezogen in den Luken des Ruderdecks. Aus dem Inneren des Schiffes allerdings hörte Lauka bereits Befehlsgeschrei und Paukenschläge.

»Zwei Armbrustschützen her zu mir!«, rief sie. Rabans Gardistin und Hector kauerten sich rechts und links von ihr in den Bug und spannten ihre Waffen. Noch knapp sechshundert Fuß entfernt schaukelte die Galeere in den Wogen. Der Thronritter und die blonde Schwertdame schossen ihre Pfeilbolzen ab. Ein Tarkaner ließ die Ankerkurbel los, sank getroffen in die Knie. Schreiend riss er sich das Geschoss aus dem Oberarm.

In diesem Augenblick sah Lauka den Ankerkopf aus dem Wasser

auftauchen. Sie richtete die linke Faust auf den Galeerenbug und entfesselte das magische Licht. Eine blauviolett schillernde Kaskade des Todeslichtes loderte hinüber zum Schiff. Die Wirkung schien Lauka auf die Entfernung zu schwach, um genügend Schaden anzurichten, doch der Krieger an der Ankerkurbel ließ vor Schreck die Holme los, packte seinen Gefährten und wollte ihn hinüber nach Steuerbord zerren. Ankerkette und Anker sausten rasselnd zurück in die Tiefe. Lauka stieß einen Triumphschrei aus.

Hector und die Blonde schossen ihre nächsten Pfeile ab, diesmal trafen beide. Die Krieger neben der Ankerkurbel krümmten sich, entfernten sich robbend. »Sehr gut, Honig!«, freute sich Raban keuchend. Er schuftete auf der hinteren Ruderbank.

Noch knapp dreihundert Fuß bis zur Bordwand. Im Rumpf des Schiffes brüllten Tarkaner, dröhnte die Rudertaktpauke, pfiffen und klatschten Peitschenhiebe. Jetzt erst schoben sich die ersten Ruderriemen aus den Luken. Und das nur langsam, ganz langsam. Wussten sie, was die Stunde geschlagen hatte, die armen Kerle auf den Ruderbänken?

Die linke Faust gegen das Schiff gereckt, kniete Lauka am Bug des Bootes. Hector und die Blonde arbeiteten schon wieder auf der Ruderbank hinter ihr. Die Bordwand der Galeere rückte näher und näher. Die Ruderriemen ragten inzwischen in voller Länge aus den Ruderluken. Hinter diesen Öffnungen in der Bordwand erkannte Lauka da und dort bärtige Gesichter. Die Gefangenen lugten hinaus! Hoffnung auf Rettung hatte sie gepackt! Sehr gut – so hatten Raban und Hector sich das vorgestellt!

Ein Rudersklave, der sich wohl von seinen Peinigern unbeobachtet wähnte, streckte eine Faust aus der Luke, reckte den Daumen in die Höhe. Lauka konnte die Eisenschelle und die Kette am Handgelenk erkennen. Nach Qual sah das aus, nach zerbrochener Zukunft und Tod. Sie zischte, sie biss die Zähne zusammen, sie ließ Arm und Kette nicht aus den Augen. »Verflucht sollt ihr sein, ihr Blutsäufer!« Unverwandt richtete sie den Ring auf die Reling.

Doch dort ließ kein Tarkaner sich mehr blicken. Das mörderische Licht hatte seine Wirkung getan – Entsetzen und Angst schienen den braunhäutigen Kriegern von den Tausend Inseln jede Spur von Mordlust ausgetrieben zu haben. »Jawohl!«, zischte Lauka und stieß die rechte Faust in die Luft. Der Sieg schien zum Greifen nahe.

Der Bug des Ruderbootes stieß gegen die Bordwand der Galeere. Endlich! Lauka winkte die Ritter zu sich. Raban und Hector kletterten an der Ankerkette zur Reling hinauf, schwangen sich über die Balustrade an Bord. Die Blonde und Starian hielten ihre Armbrüste bereit, um Flankenschutz zu geben. Raban nutzte seine Prothese als Widerhaken. Lauka staunte über die Geschmeidigkeit des betagten Erzritters.

Wolfrun und Kyranja kletterten als Nächste an Bord. Kyranja ließ ein Seil über die Reling hinab. An ihm zogen die anderen sich an der Bordwand hinauf. Zuletzt Lauka und Valena.

Flankiert von den Armbrustschützen, schlich Lauka zur Steuerbordseite. Die beiden angeschossenen Krieger wälzten sich neben der aufgegebenen Ankerkurbel in ihrem Blut. Kyranja und Starian spalteten ihnen den Schädel.

Die beiden anderen Tarkaner waren ins Meer gesprungen, keine zweihundert Fuß entfernt entdeckte Lauka ihre Köpfe zwischen den Wellenfurchen auf- und abtauchen. »Erschießt sie!«, befahl sie. Hector und die Blonde spannten Pfeilbolzen in ihre Waffen.

Die anderen eskortierten ihre Königin hinunter ins Ruderdeck. Jubelgeschrei der angeketteten Sklaven empfing sie. Lauter garonesische Ritter erkannte Lauka, wenige nur über zwanzig Winter alt, und die Freude der Männer schien grenzenlos. Einer, der älteste, jubelte besonders laut. »Hoch lebe unsere Königin Lauka!« Sie erkannte ihn erst auf den zweiten Blick: Lutar, der Grenzritter, den in der Arena beinahe dieser Eiswilde erschlagen hatte. War es zwei Winter her oder schon drei? »Glück unserer Königin!«, rief er und feuerte die anderen an. Die klatschten in die Hände, stampften mit den Füßen auf, rasselten mit ihren Ketten. »Glück unserer Königin!«, brüllten nun alle. »Frieden unseren Städten und Segen dem Reich!«

Lauka taumelte von Bank zu Bank, klatschte in sechzig erhobene Hände. Halb betäubt von Erleichterung und Genugtuung, drehte sie sich an der letzten Ruderbank um, winkte und rief: »Ihr seid frei! So frei, wie Garona bald wieder sein wird!«

Vier Tarkaner hatten sich zwischen den Ruderbänken versteckt. Kyranja, Wolfrun und Raban zerrten sie in den Zwischengang. Fußtritte und Fausthiebe trafen sie von allen Seiten. Zwei starben lautlos unter Starians und Kyranjas Klingen. Die anderen beiden ließ Lauka am Leben. Wusste sie denn, wozu zwei tarkanische Gefangene noch gut sein würden?

Dann erst glaubten es alle: Rabans und Hectors Plan war aufgegangen, der Sieg errungen, das Schiff geentert. Hector, Wolfrun, Kyranja und Starian stolperten von Ruderbank zu Ruderbank, schlossen jeden einzelnen der sechzig Angeketteten in die Arme, küssten sie, ließen sich küssen und priesen mit ihnen die Große Mutter.

Valena saß neben Lauka auf der Bank, auf der sonst der Rudertaktpauker hockte. Die Ärztin fühlte ihr den Puls und träufelte ihr einen nervenstärkenden Pflanzenextrakt in den offenen Mund. Der schmeckte bitter. Lauka war am Ende ihrer Kraft.

Nur verschwommen sah sie Raban und seine Gardistin im Gang zwischen den Ruderbänken. Der Erzritter schloss die blonde Schwertdame in die Arme und heulte wie ein Kind. »Wir haben überlebt, Honig!«, rief er mit weinerlicher Stimme. »Wir haben tatsächlich überlebt!«

Honig. Lauka konnte es kaum fassen – der alte Eisenfinger nannte seine blutjunge Gardistin tatsächlich »Honig«. Dümmer und empörender noch als diesen Namen fand Lauka das Verhalten der Blondine: Sie ließ ihn sich bieten.

Starian kümmerte sich um alles Nötige. Der vergreiste Reichsritter sorgte dafür, dass die Verletzten vom Strand abgeholt wurden – Pradosco und Tigrit – und mit ihnen die Luftseglerwracks; er ließ den Trinkwasserstand in den Fässern des Laderaums überprüfen und den vorrätigen Proviant auflisten. Danach erst befahl er, die Anker zu lichten und die Segel zu hissen.

Gleich danach, als die Galeere Richtung Osten durch die Wogen des Großen Ozeans pflügte, teilte er die Arbeiten ein, die nötig waren, um die Ketten der jungen Ritter auf den Ruderbänken zu lösen.

Dankbarkeit rührte Lauka zu Tränen – kluger Starian, tapferer Starian. Was, bei der Großen Mutter, würde sie denn tun ohne ihn?

Drei Tage später beugte sie sich neben ihm im Ruderhaus über eine Karte, die sie dort gefunden hatten, und sie studierten den Verlauf der Ostküste des Großen Ozeans. Draußen am Steuerruder stand jener Weihritter Lutar von Weihschroff, der vor zwei oder drei Wintern so tollkühn gewesen war, an Starians Stelle in der Arena gegen den Eiswilden anzutreten. Ayrin hatte ihn dafür zu zwei Wintern Bergwerksarbeit verurteilt. Mit seinen knapp dreißig Wintern war er der älteste unter den befreiten Rittern, außerdem der ranghöchste und ihr Rädelsführer. Vor allem aber: Er hasste Ayrin. Solche Ritter brauchte Lauka an ihrer Seite.

Wieder und wieder blickte sie von der Karte auf und in alle Himmelsrichtungen – überall berührte der Himmel das Meer. Sie hatte das Gefühl zu schweben, so erleichtert fühlte sie sich.

»Und du bist sicher, dass es diese Bucht war?« Starian deutete auf eine südlich von Baldor gelegene Stelle der Ostküste.

Lauka betrachtete die Bucht, den skizzierten Wald an ihrer Südseite und den dort eingezeichneten Weg; er führte nach Süden und zum Mündungsdelta des Stomms. »Fast sicher«, sagte sie. Deswegen hatte sie Boras mitnehmen wollen; er war damals mit an Bord der KÖNIGIN BELICE gewesen, als sie an jener Bucht dem Waldwilden begegnet waren und diesem kleinen Räuber aus Baldor. »Wir versuchen sie anzusteuern und schauen sie uns an. Dann kann ich mehr sagen.«

»Es wird nicht einfach, die Ostküste zu erreichen.« Tausend Sorgenfalten zerfurchten Starians greisenhafte Miene. »Wir werden in die ersten Winterstürme geraten, und wir haben niemanden an Bord, der Erfahrung mit langen Seereisen hat. Es wird schwer.«

»Was ist schon leicht im Leben, mein Reichsritter?«

Lauka dachte an ihre Mutter, die sie nie kennengelernt, und an ihre Schwester, die sie nie lieben gelernt hatte. Sie dachte an ihren Vater, den sie nur wenige Monde als solchen gekannt und geliebt hatte, sie dachte an die belagerte Stadt, aus der sie entkommen war. Und sie dachte an den Säbel des Tarbullos auf ihrem Rücken. Und wieder blickte sie nach Norden, Süden, Westen und Osten – Himmel und Meer, sonst nichts. Weite und Freiheit – mehr konnte sie an diesem Morgen nicht von der Großen Mutter verlangen.

»Das Leichte lässt man auch leicht wieder los, Starian, ist es nicht so?« Das Gefühl, ihr wären Schwingen gewachsen, berauschte Lauka seit Tagen. »Und nur das Schwere und schwer Erkämpfte schmeckt wirklich süß.«

10

»Was habt ihr hier zu suchen?« Die Wahnsinnige richtete ihren brennenden Blick abwechselnd auf Lasnic und Ayrin; sie wollte gar nicht mehr aufhören zu zetern und zu schimpfen. »Warum kämpft ihr nicht in den Wäldern gegen den Feind aller Menschen? Was habt ihr in dieser verkommenen Stadt zu suchen, frage ich euch?«

Lasnic fühlte sich, als hätte ein Elchbulle ihn vor die Brust getreten. Am liebsten wäre er im Boden versunken.

»Mudda!« Frix riss die Wahnsinnige an sich, presste ihr Gesicht an seine Brust. »Dädsch jedzat endlich amol uffhöre mit sellem Blödsinn!« In seiner Bestürzung fiel Lord Frix wieder in seinen Räuberdialekt. »I bin hia! Dai Sohn! Dai Kloina! De Fridollusac! Mudda! I bitt dich dausend Mal!« Er küsste sie, heulte, küsste sie, heulte.

Sie ließ es über sich ergehen, verstand ihn wohl gar nicht, sank erschöpft zurück auf ihren Strohsack. Dort lag sie, schlagartig verstummt, und rührte sich nicht. Statt für ihren Sohn hatte sie nur Augen für den Waldmann und die Königin. Sie starrte die beiden an, wie man einen nächtlichen Alb anstarrt.

»Nimm's ihr nicht übel, Waldmann«, raunte der Weißmantel mit der Zahnlücke Lasnic zu. »Besuch von den Göttern, wie gesagt. Jede Nacht. Allerdings frage ich mich auch, warum du noch hier in diesem Rattenstall von Stadt bist. Doch ich wiederhole mich nicht gern.«

Lasnic hörte nicht zu. Er versuchte zu begreifen. Besuch von den Göttern? Neben ihm drehte Ayrin sich um und ging. Er stelzte hinter ihr her an zerlumpten Lagerstätten Hunderter armer Kerle und Weiber vorbei, durch Dutzende Kammern und Säle. Träumte er? Hatte er Prügel bezogen? *Besuch von den Göttern*. Er wusste kaum noch, wo er war.

Was hatte das alte Weib da eben geschwafelt? *Du bist die Frau des Großen Waldfürsten?* An Ayrins Seite stelzte er aus dem Armenhaus.

Täuschte er sich, oder zitterte sie? *Warum wartet ihr nicht in den Wäldern des Stomms auf den Feind aller Menschen?* Warum sausten ihm die Ohren? Warum fühlten seine Beine sich plötzlich so schwer an?

Auf dem Vorplatz kniete er neben einer Viehtränke nieder, legte Bogen und Lanze ab, tauchte seinen Kopf in das kalte Wasser. War Frix' Mutter wahnsinnig oder hellsichtig? Hatten die baldorischen Götter sie besucht oder der Große Waldgeist? Der Waldmann riss den Kopf aus dem Wasser, atmete prustend. »Hast du das gehört, ehemalige Königin von Garona?«

»Ich bin nicht taub.« Ayrin hockte auf der Kante der Viehtränke, starrte ins Leere. Tief erschrocken wirkte sie.

Auf dem Platz vor dem Armenhaus rotteten sich Baldoren zusammen, gestikulierten, riefen einander Neuigkeiten zu, plapperten aufeinander ein. Lasnic sah einen Blondschopf sich aus der Menge lösen. Wigard.

Der junge Blondschopf hatte sie an der Tränke entdeckt und rannte auf sie zu. »Botschaft von Joscun!«, rief er schon von weitem. Als er bei ihnen anlangte, wandte er sich leise an Ayrin: »›Vergiss die Mauern und die Wehranlagen, meine Königin‹, spricht Joscun. ›Die sind alle marode, taugen alle nichts. Man bräuchte zehn Monde, um sie instand zu setzen.‹« Wigard räusperte sich, guckte plötzlich betreten aus seinem flaumbärtigen Jungengesicht. »Außerdem erzählt man sich in der Stadt, dass ein Botenvogel aus dem Süden in der Burg gelandet sei.«

»Und?« Lasnic sah zu dem jungen Ritter hinauf; er ahnte, was jetzt kommen würde.

»Baal ist gefallen, heißt es.« Die sonst so klare Stimme Wigards klang auf einmal brüchig. »Der Stadtgraf hat sich mit seiner Garde in der Burg verschanzt.«

*

Den Rest des Tages stritten sie. »Stütz dich auf Baldor, und du stützt dich auf ein Schilfrohr«, sagte Romboc. »Es sticht dir in die Hand, und du blutest. Das ist alles.«

»Wir müssen es wenigstens versuchen!« Loryanes fuchtelnde Arme zerschnitten die Luft. »Wir brauchen die baldorischen Kampfscharen! Was für eine Möglichkeit haben wir denn sonst?«

»Wir könnten Zlatan unsere Kapitulation anbieten.« Joscun grinste sein bitterstes Grinsen. »Das hätte die gleiche Wirkung, wie an der Seite eines baldorischen Heeres zu kämpfen. Würde nur weniger Blut kosten.« Loryane schoss giftige Blicke auf ihn ab, Sigrun verächtliche. Lasnic glaubte, die Gedanken der beiden Hochweiber lesen zu können: *Ein Schwertloser ohne Eier halt.*

Ayrin hatte die führenden Köpfe der Flüchtlinge auf den Balkon ihres Gemaches geladen. Dazu Gumpen und Lord Frix. Doch der Baldore war nicht erschienen, trauerte wohl noch am Lager seiner wahnsinnigen Mutter. Armer Kerl. Lasnic stützte sich auf die Balkonbalustrade und sah auf den Hafen und das Meer hinunter. Unten am Kai hatte Sigrun vier Kriegerinnen vor der Landungsbrücke postiert. Eine ständig wechselnde Menschenmenge begaffte sie – waffenstarrende Weiber bekam der durchschnittliche Baldore höchstens einmal im Leben zu sehen.

Der Besuch bei Frix' Mutter steckte dem Waldmann noch in allen Knochen. Die Worte der Wahnsinnigen krochen ihm durch die Hirnwindungen, drehten Runde um Runde. Besuch von den Göttern? Was beim Schartan bedeutete das? An dem kleinen Tisch hinter ihm redeten sie sich die Köpfe heiß. Lasnic selbst hielt sich zurück. Wahnsinn oder Götterbesuch: Seine Entscheidung stand fest.

»Wollen wir die Tarkaner aus Garona vertreiben, brauchen wir mutige Kämpfer«, erklärte Sigrun. »Sehr mutige. Ich habe nicht gesehen, was ihr gesehen habt, doch ich misstraue dem Mut und der Kampfkraft dieser Leute. Andererseits hat Loryane recht. Was bleibt uns anderes übrig? Wir sollten dem König helfen, Eldora zu befestigen und zu verteidigen. Danach muss er uns ein Heer zur Verfügung stellen. Und Schiffe. Das verlangt der Bündnisvertrag.«

Lasnic drehte sich nach Gumpen um. Der stützte sich auf seinen neuen Dreizack und schwieg. Neben seinem Sessel lehnte der Bronzeschild, den er sich hatte schmieden lassen. Ein baldorischer

Künstler hatte ihm einen Bocksschädel daraufgemalt. In dessen gespaltenem Schädel steckte eine Axt mit zerbrochenem Stiel. Das gefiel dem Waldmann.

»Dieser Stadtgraf ist ein eitler Wichtigtuer!« Mit dem Zeigefinger stach Joscun nach Loryane. »Das weißt du genauso gut wie ich. Traust du dem etwa eine Strategie zur Verteidigung Eldoras zu? Und ich fürchte, die anderen Rotmäntel haben nicht wesentlich mehr zu bieten.«

»Was weißt denn du von Strategie, Baumeister!« Loryane winkte ab. »Ich werde ihn schon zu beraten wissen, diesen Einfaltspinsel.« Die blonde Kriegsmeisterin stieß ihren Dreizack auf den Boden; der war kleiner und leichter als der Gumpens. Der Eishüne hatte ihr die Waffe geschenkt.

»Er wird sich nicht beraten lassen«, sagte Romboc.

»Dann übernehmen wir das Kommando über die Verteidigung der Stadt«, erklärte Sigrun.

»Das Kommando über brüchige Mauern und einen Trümmerhaufen von Wehranlagen?« Joscun schürzte die Lippen und schüttelte den Kopf. »Ich wüsste nicht, wem gedient sein soll, wenn auch nur einer von uns mit diesem Rotmantel und seinen Kampfzwergen stirbt.«

»Wir müssen Eldora verlassen«, erklärte Romboc wieder.

»Wir müssen Eldora verteidigen und werden nach der nächsten Schneeschmelze mit einem kampferprobten Heer nach Garona segeln!« Loryane schlug mit der Faust auf den Tisch. Ein Apfel kippte aus einer Obstschale, rollte über den Tischrand und fiel auf die Balkonfliesen.

»Mag schon sein, dass hier Schnee fällt, der im nächsten Frühling schmelzen kann.« Lasnic fand Joscuns spöttische Miene nur schwer zu ertragen. »Doch dann werden kaum noch genug Männer in Eldora übrig sein, um ein Heer aufzustellen.«

»Es gibt sechs Städte in Baldor und ein Dutzend Provinzen«, sagte Sigrun. Im Gegensatz zur Kriegsmeisterin vertrat die Herzogin von Violadum ihren Standpunkt ruhig, jedoch nicht weniger entschieden. Ähnlich wie ihr wortkarger Vater Romboc. »Aus allen

Himmelsrichtungen strömen sie in diesen Stunden nach Eldora. Es werden genug übrig bleiben für ein großes Einsatzheer zur Befreiung Garonas.«

»Sie strömen hierher, weil sie Angst haben«, sagte Romboc.

»Außerdem gibt es nur noch fünf Städte.« Joscun zeigte Loryane die fünf Finger seiner Rechten. »Fünf. Und vielleicht erinnerst du dich dunkel, wie die Blutsäufer nach der Einnahme Violadums im Umland gewütet haben. Wenn der Winter einbricht, wird es auch keine zwölf Provinzen in Baldor mehr geben.«

»Was für ein mutloses Gerede!«, zischte Loryane. »Habt ihr Männer denn überhaupt kein Vertrauen in die Große Mutter?« Sie hob den Dreizack und spießte den Apfel auf.

»Vielleicht begnügt Tarkatan sich ja mit Baal«, sagte Sigrun. Lasnic mochte sie und sah ihre dunkle Schönheit gern. »Hätten sie es auf Eldora abgesehen, hätten sie die Hauptstadt zuerst angegriffen«, fügte sie hinzu.

»Sie haben Baal zuerst genommen, um den Fluchtweg über den Golf von Baal nach Süden und hinunter in die Wälder zu versperren«, sagte Romboc. »Wir sollten diese Stadt verlassen.«

Gumpen langte nach Loryanes Dreizack, zog den Apfel von der Klinge und biss hinein. »Was ist mit dir, Waldmann?«, wandte er sich mit vollem Mund an Lasnic. »Was denkst du?«

Lasnic drehte sich um, lehnte gegen die Balustrade und verschränkte die Arme vor der Brust. Einem nach dem anderem schaute er ins Gesicht. Zuletzt blieb sein Blick an Ayrin hängen. Noch kein einziges Wort hatte sie seit dem Besuch im Armenhaus mit ihm gesprochen. »Ich gehe nach Strömenholz«, sagte er.

»Das wirst du nicht tun, Waldmann!« Loryane wurde noch lauter. »Du teilst das Lager mit der Königin! Du bist jetzt ein Ritter von Garona, du kannst nicht mehr einfach gehen, wohin du willst! Was bildest du dir denn ein?«

Lasnic stieß sich von der Brüstung ab. »Ich weiß nicht, welcher Spaßvogel von Dämon dir ins Hirn gefurzt hat, so mit mir zu reden, Weib!« Breitbeinig stellte er sich vor Loryane auf und stemmte die Fäuste in die Hüften. »Tu so etwas nie wieder!« Er schrie, sein

Gesicht war rot, seine Schläfenadern geschwollen. »Ich gehe an den Stomm! Morgen nach Sonnenaufgang breche ich auf!«

Bleich vor Zorn sprang Loryane auf, stemmte ebenfalls die Fäuste in die Hüften. »Was fällt dir ein, Barbar!« Ihre Stirnen und Nasen berührten sich beinahe. »Du hast ein Mittel, dieser Stadt zu helfen! Ausgerechnet du!« Mit dem Handballen klopfte sie wieder und wieder auf die Lederkapsel, die sich unter Lasnics Hirschlederhemd hervorwölbte. »Du hast den verfluchten Ring! Setze ihn ein, und wir werden Eldora retten! Kämpfe mit uns, und der König wird uns ein Heer geben, um Garona zu retten!«

Lasnic schlug ihre Hand von seiner Brust weg. »Nie wieder rührst du mich an, wenn ich es dir nicht ausdrücklich gestatte!«

»Du schlägst mich?« Aus Schlitzaugen belauerte die blonde Kriegsmeisterin ihn. Nur sie verstand ja die doppelte Bedeutung seiner Worte. »Du wagst es tatsächlich, mich zu schlagen, Barbar? Hast du vergessen, wer vor dir steht?«

»Willst du das wirklich wissen!?« Lasnics Stimme war gefährlich leise geworden. »Willst du wirklich, dass ich hier und jetzt verrate, wen ich vor mir stehen sehe?«

Mit dem Handrücken schlug Loryane zu, blitzschnell. Und genauso schnell schlug Lasnic zurück. Sie taumelte zurück, ihre Wange glühte. Stumm riss sie den Dreizack hoch und ging auf den Waldmann los. Der duckte sich weg, der Dreizack traf die Balkonbrüstung. Lasnic zog sein baldorisches Kurzschwert, wehrte den zweiten Stoß mit der Klinge ab und trat seiner Gegnerin die Beine weg.

Die Kriegsmeisterin schlug lang hin, schrie voller Wut und sprang auf. Doch da gingen Ayrin und Romboc zwischen die beiden. »Seid ihr denn wahnsinnig geworden!« Ayrin streckte der rasenden Loryane die Handflächen entgegen. »Schluss damit! Sofort Schluss!«

Romboc hatte sich vor Lasnic aufgebaut und sein Schwert halb gezogen.

»Wenn sie zulangen kann wie ein Kerl, muss sie auch Prügel einstecken können wie ein Kerl!«, zischte Lasnic. »Willst du immer noch wissen, wen ich vor mir sehe, wenn ich dich anschaue, Kriegsmeisterin?«

Loryane spuckte nach ihm, doch sie verfehlte Lasnic, weil Ayrin sie zur Seite riss. Romboc hielt Lasnic fest, der auf die Kriegsmeisterin losgehen wollte.

»Nein!« Ayrin fuhr herum. »Niemand will das wissen! Was ihr jedoch alle wissen müsst, ist meine Entscheidung: Morgen bei Sonnenaufgang lichten wir die Anker. Sigrun und Romboc – ihr sorgt bitte dafür, dass die Galeere bis dahin seetüchtig ist und genug Trinkwasser und Proviant an Bord hat.«

Loryane starrte sie an, aus schmalen Augen und zusammengepressten Lippen. Ihr hatte es endgültig die Sprache verschlagen.

»Und wohin segeln wir?«, wollte der Hüne aus dem Norden wissen.

»Nach Osten. Zum Mündungsdelta des Stomms.«

*

Diese Nacht sollte Lasnic niemals vergessen.

Bis lange nach Mitternacht fand er keinen Schlaf und war auch noch glücklich darüber: Ayrin konnte nicht genug von seinen Küssen bekommen – von seinen Küssen, seinen Händen, seiner Haut, seinem Männerleib. Sie liebte ihn so heftig wie noch nie zuvor. Manchmal schrie sie, wenn er in ihr tobte, manchmal weinte sie, wenn sie kam. Wie eine Verdurstende klammerte sie sich an ihn, umschlang ihn mit allen Gliedern, wollte mehr und immer mehr.

Später lag er hinter ihr, drückte sich an ihren von der Liebe erhitzten und feuchten Körper und hielt sie fest. »Meine süße Königin«, flüsterte er immer wieder und küsste ihren Nacken. »Mein süßes, süßes Weib. Ich lass dich nie mehr los. Du gehörst jetzt für immer mir.«

Seltsamerweise widersprach sie nicht. Im Gegenteil – jedes Mal, wenn Lasnic es sagte und sie dabei in den Nacken küsste, räkelte sie sich in seinen Armen, seufzte und drückte sich noch enger an ihn. Als wollte sie in ihn hineinkriechen. Ayrin schien völlig einverstanden mit seinen Worten.

Allzu viel gab der Waldmann allerdings nicht darauf. Er kannte ja ihren Eigensinn und ihren Stolz. Morgen, auf dem Schiff, würde sie womöglich ganz anders reden. Manchmal, an Tagen nach solchen Liebesstunden, hatte ihn das Gefühl beschlichen, sie wollte ihn für die Nähe bestrafen, die sie ihm geschenkt hatte; dafür, dass sie sich ihm nicht nur mit nacktem Leib, sondern auch mit nackter Seele gezeigt hatte – weich, sehnsüchtig, verletzlich, liebesbedürftig. Warum sollte es morgen anders sein?

»Ich muss dir etwas sagen, Waldmann«, flüsterte Ayrin irgendwann. »Und danach muss ich schlafen.«

»Ich höre, meine süße Königin.«

»Ich blute nicht mehr.«

»Wassis?« Er hatte nicht gewusst, dass Ayrin sich verletzt hatte.

»Ich gehe mit dir in die Wälder zu deinem Volk. Kehrst du mit mir nach Garona zurück, wenn alles vorbei ist?«

»Wenn der Wolkengott es will und wir leben.« Er fühlte sich auf einmal ein wenig verwirrt, grübelte, versuchte sich zu erinnern. »Wo hast du denn geblutet?«

Ayrin antwortete nicht. Bald hörte er ihre tiefen Atemzüge. Sie schlief. Und er versuchte Ordnung in seine verwirrten Gedanken zu bringen. Auf einmal fiel ihm Arga ein, sein erstes Weib, das die Frühjahrsflut ihm geraubt hatte. Mond um Mond hatte sie ihn tagelang mir ihrer schlechten Laune gequält. »Ich blute schon wieder«, hatte sie dann gesagt und manchmal geheult. »Werde ich denn niemals Mutter?«

Schlagartig begriff der Waldmann: Grünspross keimte in Ayrins Leib.

Er würde Vater werden!

Der Atem stockte ihm. Er hätte seine Freude gern laut hinausgeschrien. Er hätte gern getanzt und zum Fenster aufs Meer hinausgeschrien: *Ich werde Vater!*

Doch er blieb ganz still, wollte die erschöpfte Geliebte nicht wecken. Sie brauchte doch den Schlaf. Und das Kind doch auch. Ganz still blieb er, hielt Ayrin ganz fest, tastete nur behutsam nach ihrem Bauch.

Er dachte an Vogler, sprach in Gedanken mit ihm – *Jetzt werde ich auch Vater, hörst du mich? Ich, dein Sohn Lasnic, werde Vater! Glaubst du das?* Er weinte leise, lachte leise, und irgendwann gegen Morgen schlief er dann doch ein.

Erstes graues Licht tränkte bereits den Himmel, als der Waldmann die Augen öffnete. Er blinzelte zum Fenster. Dort stand Ayrin, nackt, nur in ihren roten Mantel gewickelt. Sie blickte aufs Meer hinaus. Etwas gefiel ihm nicht an ihrer Haltung. Hatte sie schlecht geträumt? War sie krank?

»Ayrin?« Sie antwortete nicht, blieb reglos, blickte unverwandt auf den Hafen und den Großen Ozean hinaus.

Plötzlich hörte Lasnic Fanfarenklänge. Klang gar nicht gut. Irgendjemand brüllte unten im Burghof, irgendjemand oben auf dem Burgturm. Lasnic sprang aus dem Bett, rannte nackt zum Fenster.

Segel. Hunderte. Wie zugeschissen von Segeln war das Meer, bis zum Horizont. »Verfluchte Marderscheiße«, entfuhr es ihm. Galeeren. Die ersten schon kurz vor der Hafeneinfahrt. Ihre Flaggen kannte Lasnic. Viel zu gut.

Ein Bocksschädel vor Schlachtbeil und Säbel.

*

Die Wände zitterten, der Boden bebte, irgendwo klirrte zerbrechendes Glas. Die Katapultgeschosse flogen jetzt schon bis zum Mittelturm der weißen Burg. Lasnic spähte in den Burghof hinunter – schreiende Menschen liefen hin und her. Von den Mauern gossen baldorische Kampfkerle siedendes Öl auf die stürmenden Rotten der Bräunlinge, schossen mit Armbrüsten oder warfen Steine hinab. Jenseits der Mauern loderten Flammen und stieg Rauch auf.

Sieben Tage war es jetzt her, seit sie die Galeeren im Hafen gesichtet hatten. Und die Worte des Wutdichters hämmerten in Lasnics Schädel, seit die ersten Häuser Eldoras brannten. Jeden Tag bereute er, Ayrin nicht einfach gefesselt und geknebelt und entführt zu haben. Die Stadt läge längst hinter ihnen. In manchen Siedlungen unten in Düsterholz machten junge Jagdkerle es heute noch so, wenn ein angebetetes Weib sich nicht entscheiden konnte. Oder wollte.

»Wir müssen aufbrechen.« Er wandte sich um. Sie saß vor dem Waschtischspiegel und bürstete ihr Haar. »Die anderen warten sicher schon.« Lasnic kapierte nicht, wie sie so ruhig bleiben konnte – seit sieben Tagen schlossen die Bräunlinge Eldora ein, und jede Stunde zogen sie den Belagerungsring enger. Die Burg war so gut wie verloren.

»Ohne mich werden sie nicht in den Kampf ziehen, meinst du nicht auch, mein Waldmann?« Ayrin legte die Bürste weg und flocht ihr Haar. Lasnic betrachtete ihre schönen Züge. Sie kamen ihm weicher vor als noch vor einem halben Mond, als sie im Hafen unten vor Anker gegangen waren. Machte das die Liebe? Lord Frix behauptete, dass man es den Weibern ansähe, wenn sie richtig geliebt wurden. Oder machte es die Mutterschaft? Ja, die Mutterschaft, vielleicht. Doch so früh schon?

Ayrin band ihren Zopf zu einem Dutt zusammen, knotete sich ihr rotes Spitzentuch um Stirn und Nacken und zog noch einmal ihre Lippen nach. Im Aufstehen hob sie ihre alte Lammfellweste vom Boden auf und schlüpfte hinein. Darunter trug sie ein weißes Leinenhemd und schwarze Ziegenlederhosen. Lasnic half ihr in ihren roten Wollmantel und reichte ihr das alte Langschwert.

»Die Klinge meiner Mutter Belice.« Nachdenklich betrachtete Ayrin die Waffe ein paar Atemzüge lang. Lasnic sog scharf die Luft durch die Nase ein. Konnte ein Mensch denn so gelassen sein kurz vor einer großen Prügelei, oder machte sie sich selbst etwas vor? Beim Wolkengott – wie wenig er sie noch kannte. Endlich lächelte sie und schnallte sich das Schwert auf den Rücken. Lasnic hätte gern gewusst, was in ihr vorging.

Den schmalen Langdolch mit dem Elfenbeingriff steckte sie in die leere Scheide ihres Hüftgurts. »Ein Schmied aus Kalmul hat ihn gemacht.« Wieder lächelte sie, als hätte sie keine Sorgen. »Die Priesterin Runja hat ihn mir zur Thronbesteigung geschenkt. Du hast sie noch kennengelernt vor ihrem Tod.«

Lasnic nickte. Der Waldmann dachte nicht gern an jenen Tag im vergangenen Frühling zurück, an dem er der fetten Priesterin von Garona begegnet war. Damals musste er sich unter ihrem prüfenden Blick mit dem blonden Kerl Starian an einer Steilwand messen. Bitterkeit kroch ihm auf die Zunge. Und jetzt ging es wieder gegen die Bräunlinge. Verfluchtes Mörderpack!

»Komm endlich.« Er selbst hatte sich Rucksack, Bogen und Lanze längst über den Eulenfedermantel gestreift. Das baldorische Kurzschwert seines Vaters hing an seiner linken Seite. Ayrin ließ sich Zeit. »Komm schon, meine Königin!« Ihre Ruhe erschien ihm völlig unerklärlich. Seit Tagen ging das schon so.

Ayrin langte nach ihrer Armbrust und schritt zur Tür. Noch einmal drehte sie sich um und ließ ihren Blick durch das königliche Gastgemach gleiten. »Schöne Tage hatten wir hier.« Lächelnd betrachtete sie das Bett. »Ob wir jemals wieder solch schöne Tage erleben werden?« Sie legte die Hand auf den Bauch. »Und jetzt werden wir kämpfen.« In ihrer Miene las Lasnic nicht den geringsten Hinweis darauf, dass dieser Gedanke sie beunruhigte. »Für unser gemeinsames Leben. Für unser Kind.« Sie nickte langsam. Grimmige Entschlossenheit vertrieb schlagartig alles Weiche aus ihren Zügen. Sie drehte sich um und schritt in den Gang hinaus.

Lasnic folgte ihr. Schrat flatterte auf seine Schulter. Sicher – auch der Waldmann war entschlossen, Ayrins und seine eigene Haut so teuer wie möglich zu verkaufen. Doch etwas in seiner Brust sagte ihm, dass es schwer werden würde diesmal. Wahrscheinlich sein verdammter Jagdinstinkt; der trog ihn selten. Eigentlich nie. Er zog die Kapsel mit dem Ring aus dem Hirschlederhemd. Neben Ayrin lief er die Treppe hinunter; Tekla war schon durchs Fenster in den Burghof hinuntergeflogen.

Dort warteten sie. Alle. Auch die Herzogin Sigrun und ihre Ritter und Schwertdamen von der Galeere. Sigrun hatte das Schiff aufgegeben, als die Bräunlinge in den Hafen ruderten. Auf ihr Schwert gestützt, stand sie zwischen ihrem Vater und dem blonden Weißmantel, jenem Musikanten, der so prächtig mit seinem goldenen Stab fuchteln konnte. Statt des teuren Stücks hing die schmale Klinge eines Degens in seinem Brustgurt. Angeblich kannte er einen unterirdischen Gang, der unter der Nordmauer hindurch aus der Stadt führte. Lasnic traute ihm nicht.

Auf der Burgmauer erhob sich Geschrei. Ein Katapultgeschoss schlug ein, keine zweihundert Schritte entfernt in den königlichen Wakudostallungen. Die meisten Schwertdamen und Ritter zuckten zusammen oder duckten sich oder hielten wenigstens die Arme schützend über den Kopf. Lasnic riss Ayrin an sich und barg ihren Kopf in seiner Achsel. Sie ließ es geschehen. Vor all ihren Rittern und Schwertweibern. Noch wenige Tage zuvor hätte sie ihn stolz zurückgewiesen.

Ganz in der Nähe prasselten Trümmer auf den Burghof. Pirol Gumpen hielt sich seinen neuen Schild über den Schädel. Tiere blökten, Männer schrien, von den Mauern gellten Befehle. Lasnic ließ Ayrin los, hob den Blick und schaute in lauter ernste Gesichter.

Joscun war bleich und kaute auf seiner Unterlippe herum. Schweißperlen glänzten auf seinem Schädel. Dabei war es kühl. Loryane taxierte den Waldmann feindselig, bevor sie woanders hinschaute. Thora, die Zwillinge und die meisten Schwertweiber schnitten harte und undurchdringliche Mienen. Diese Kriegerinnen gingen so schnell keinem Kampf aus dem Weg; manchmal machten sie Lasnic Angst.

Wigards Gesicht glühte; Lasnic wusste, dass der Blondschopf es kaum erwarten konnte, es den Bräunlingen heimzuzahlen. So viel Eifer war Lasnic nicht geheuer; er machte sich Sorgen um den jungen Ritter. Lord Frix tänzelte von einem Fuß auf den anderen. Die offene Schlacht Mann gegen Mann lag ihm nicht, das wusste Lasnic genau. Anschleichen, tricksen, aus dem Hinterhalt ein Bein stellen und zugreifen – das war eher sein Ding.

Ein Schwarm Brandpfeile sirrte über die Mauer und prallte vierzig Schritte weiter gegen eine rußgeschwärzte Fassade. Die Pfeile prasselten auf das Hofpflaster und erloschen nach und nach. Auf der Burgmauer brüllten die Kampfkerle immer lauter. Es hörte sich ganz danach an, als würden die Bräunlinge sich zu einem Sturmangriff sammeln. Genau darauf war Lasnic vorbereitet; alle hier waren darauf vorbereitet.

Romboc und Sigrun wirkten ähnlich ruhig wie Ayrin. Ihre Gegenwart beruhigte Lasnic. Die Gumpens sowieso. Der blonde Liebling Sigruns hingegen machte ihn nervös mit seinem gebürsteten Haar, seinem gestärkten weißen Mantel, seinen gefärbten Nägeln und seiner wichtigen Miene. Wie hoch er die spitze Nase trug und wie er mit den Fingerbeeren gegen den silbernen Griffkorb seines Degens trommelte! Er hieß Martínos und fraß der Herzogin aus der Hand; jedenfalls erzählten Thora und die Zwillinge das. Lasnic gönnte es Sigrun, mochte den Stabfuchtler aber trotzdem nicht.

Zwei mächtige Felsbrocken rasten über sie hinweg und schlugen im Dach der Innenburg ein. Ohrenbetäubender Lärm hallte über den Burghof. Der Boden bebte, ein Raunen ging durch die Menge der Ritter und Schwertweiber. Ein Schwarm Brandpfeile folgte; einige Flammenträger flogen durch das zertrümmerte Dach ins Gebälk, Gumpen hielt schon wieder seinen Schild über dem Schädel. »Worauf warten wir?«, rief er.

Aus dem Augenwinkel sah Lasnic seine Geliebte nicken. Ayrin setzte sich in Bewegung, alle setzten sich in Bewegung. Die Königin, Romboc, Lasnic, Gumpen, Sigrun und die Kriegsmeisterin schritten an der Spitze der garonesischen Kampfschar. Etwas mehr als siebzig Köpfe zählte die. Lasnic spürte die Narbe unter seinem linken Auge zucken.

Das Haupttor kam in Sicht. Dort warteten drei Rotmäntel mit etwa vierhundert Kampfkerlen, die Hälfte beritten. Sie wollten die Katapulte stürmen und zerstören. Unter den Rotmänteln erkannte Lasnic auch den Stadtgrafen von Eldora. Der würde den Ausfall kommandieren. Seine Schultern kamen dem Waldmann verkrampft vor, seine Miene verkniffen, und ständig tanzte sein Adamsapfel auf und ab. Ein zuversichtlicher Mann sah anders aus.

Zwei Dutzend gesattelte Wakudos trugen keine Reiter. Lasnic schwang sich auf den schwarzen, den er sich zwei Tage zuvor ausgesucht und vertraut gemacht hatte. Ein Stallknecht hatte ihm seinen neuen Echsenledermantel zusammengerollt hinter den Sattel gebunden. Der Waldmann schnallte seinen Rucksack dazu. Schrat breitete die Schwingen aus und flatterte zum Torturm hinauf.

Er blickte sich um: Flammen schlugen aus dem Dach der Innenburg. Der Plan mit dem unterirdischen Gang hatte einen Haken:

Der Eingang des Fluchttunnels lag im Gebäude der königlichen Bäckerei. Und die befand sich mehr als fünf Lanzenwürfe weit entfernt von der Zugbrücke des Haupttors.

Lasnic machte sich nichts vor: Von den knapp siebzig Garonesen um ihn herum würde es höchstens die Hälfte in den unterirdischen Gang schaffen. Und auch das nur, wenn der Wolkengott seine Sache verdammt gut machte.

Ein Weib heulte plötzlich, alle Köpfe fuhren herum, auch Lasnics. Die Tochter des Königs hing an Joscuns Hals, diese Hanulin. Sie klammerte sich an ihm fest und jammerte ihm allerhand in die Ohren. Lasnic wandte sich ab und schaute der Reiterin neben sich ins Gesicht – wie weggeblasen jedes Lächeln, jedes Zeichen von Gelassenheit: Ayrins Miene war jetzt hart und kantig, ihre Augen und Lippen schmal. So sah sie immer aus, kurz bevor es ernst wurde, und es beruhigte ihn irgendwie.

Auch ihr neuer Mantel hing zusammengerollt mit dem anderen Gepäck hinter ihrem Sattel. Der Kürschner hatte die neuen Mäntel am Vortag in die Burg gebracht. Der König von Baldor hatte sie bezahlt. Zum Glück hatte der sich bereits gestern Abend von ihnen verabschiedet. Einen Weißmantel, der Abschiedsverse vortrug, womöglich noch singend, hätte Lasnic jetzt nicht ertragen. König Rasman übrigens hatte tagelang versucht, Ayrin von ihrem Ausbruchsplan abzubringen, hatte ihr gedroht, sie bekniet, um Waffenhilfe gebettelt. Hätte er die Zeit lieber mit Schwertübungen zugebracht.

Sigrun und Romboc saßen nebeneinander auf zwei Büffeln, rechts von Lasnic, an der Außenflanke der kleinen garonesischen Reiterei. Auch Lord Frix und die Zwillinge hockten bereits in Sätteln, Frix auf seinem Steinbock, Ritter Braun. Tekla saß auf seinem Helm. Loryane dagegen hatte es abgelehnt, einen Wakudo zu besteigen. Viele Schritte entfernt stand sie zwischen Wigard und Gumpen. Seit der Prügelei auf dem Balkon mied sie die Nähe des Waldmanns. Jetzt belauerte sie ihn mit stechendem Blick. Lasnic wusste, was sie dachte. *Wenn du deinen Ring nicht benutzt, soll dich der Schartan holen.* Doch wie sollte er das tun in dem Gewimmel von Baldoren, Bräunlingen und Garonesen, das gleich auf dem Schlachtfeld herrschen würde?

Von der Wehrmauer brüllte jemand einen Befehl. Es folgte ein ohrenbetäubendes Rasseln und Krachen – sie hatten die Zugbrücke im freien Fall auf die andere Seite des Burggrabens kippen lassen. Das Tor wurde aufgerissen. Joscun löste sich aus der Umklammerung der Prinzessin, rannte zu seinem Büffel und schwang sich in den Sattel. Baldorisches Kampfgeschrei erhob sich, die Reiter trieben ihre Wakudos durch das Tor, Hufschlag trommelte über die Brücke. Es ging los.

Lasnic riss sein Kurzschwert aus der Scheide, Ayrin ihre lange Klinge. Romboc stimmte den garonesischen Kriegsruf an. Schreiend galoppierten und rannten die Ritter und Schwertdamen hinter den Baldoren her. Lasnic vergaß seine zuckende Gesichtshälfte. Jetzt gab es keinen Weg zurück mehr, jetzt ging es nur noch nach vorn, nur noch gegen die Sturmwellen der verfluchten Bräunlinge.

Die griffen zu Fuß an und schienen mächtig überrascht, denn die Spitze der baldorischen Reiterei galoppierte ihre vordersten Reihen einfach nieder. Genau so hatten Romboc und Loryane sich das vorgestellt; der Erzritter und die Kriegsmeisterin nämlich hatten den Angriffsplan ausgetüftelt.

Wakudos nahmen strauchelnde Krieger auf die Hörner oder zermalmten sie mit den Hufen. Armbrustschützen jagten eine Salve Pfeilbolzen nach der anderen auf die hinteren Sturmreihen der Bräunlinge.

Die Flanken der dicht gestaffelten tarkanischen Angriffswelle versuchten nach rechts und links auszuweichen. Doch die Reiterei der baldorischen Rotmäntel tat genau das, was Loryane und Romboc ihr eingeschärft hatten: Ihre Mitte teilte sich in zwei Kampfscharen zu je fünfzig Reitern und setzte den ausweichenden Bräunlingen nach. Die hundert Wakudoreiter der Nachhut schlossen sofort die entstandene Lücke, während die ausgescherten Kampfkerle jeden Bräunling niedermachten, der ihnen vor den Degen geriet.

Die baldorischen Fußkämpfer setzten den beiden Reiterscharen nach, verfolgten die Bräunlinge zu beiden Seiten. Dadurch wurden die Reiterscharen frei, in zwei Bögen seitlich gegen die Katapulte vorzustoßen, die in der Burg so viel Schaden anrichteten. Die Hauptschar der baldorischen Reiterei preschte inzwischen auf geradem Wege und von vorn auf die drei Katapulte los.

Alles lief genauso ab, wie Romboc und Loryane es den Rotmänteln und ihren Hauptleuten aufgezeichnet hatten. Lasnic staunte: So viel Disziplin hätte er den Kampfkerlen von Eldora niemals zugetraut.

Durch den massiven Angriff zerfiel die zentrale Angriffswelle der Bräunlinge. Schließlich gaben sie diese sogar endgültig auf, um ihre Kampfrotten um die wertvollen Katapulte zusammenzuziehen. Die Krieger von den Tausend Inseln merkten natürlich schnell, dass der baldorische Vorstoß ihrem schweren Kriegsgerät galt. Dadurch lichtete sich die Mitte des Schlachtfeldes erheblich, und der Weg zwischen den beiden rechten Katapulten hindurch wurde frei – der Weg in die brennende Stadt.

»Vorwärts!«, schrie Ayrin neben Lasnic. Sofort bildete die garonesische Kampfschar ihre eigene Formation – Stoßspitze, Flanken, Nachhut aus Armbrustschützen und Sicherungsflügel aus den übrigen Reitern und schnellsten Läufern.

Romboc und Sigrun setzten sich sofort mit zehn Reitern und zwanzig Schwertweibern zu Fuß an die Spitze. Ayrin und Lasnic ritten mittendrin. Wie einen scharfen Keil trieben sie ihren Angriff durch die gelichteten Reihen der Bräunlinge. Die Wakudos und Schwertdamen trampelten über verwundete und sterbende Bräunlinge hinweg. Lasnic brüllte seinen Triumph heraus.

Er spähte nach vorn – Ayrin schwang inzwischen in der ersten Reihe ihre Klinge. Lord Frix ritt zwischen Feline und Garonja und schoss einen Pfeilbolzen nach dem anderen ab. Er schlug sich gut, der kleine Räuber; Lasnic war beruhigt.

Zwischen den Brandruinen, nur noch etwa zweihundert Schritte entfernt, erkannte er sogar schon die Gebäude der königlichen Bäckerei. Und keines brannte – die Späher hatten recht behalten.

Lasnic riss am Zügel seines Büffels und blickte hinter sich. Hundert Schritte entfernt ließ Pirol Gumpen seinen Dreizack wirbeln, neben ihm kämpften Thora, Wigard und einige Ritter. Ein gutes Dutzend Bräunlinge drang auf sie ein, und es wurden immer mehr. Lasnic fluchte. Die kleinen braunen Krieger strömten von der Westseite der Burgmauer herbei, einige auf Steinböcken und Mustangs. Ihre Hauptleute schickten also bereits Verstärkung für die bedrängten Rotten am Haupttor.

Den Blondschopf der Kriegsmeisterin entdeckte Lasnic nirgends. Sie lag doch nicht etwa verwundet bei der Gruppe um Gumpen und Thora? Lasnic riss seinen Büffel herum, galoppierte zu den eingekesselten Gefährten. Er steckte sein Schwert weg, riss sich den Bogen von der Schulter, griff hinter sich in den Köcher. Pfeil um Pfeil jagte er in den Ring der Bräunlinge vor Gumpen, Thora und Wigard. Lasnic war es nicht gewohnt, im Reiten zu schießen, dennoch traf beinahe jeder zweite Pfeil.

Plötzlich erhob sich Geschrei von der linken Flanke der Baldoren. Lasnic spähte hinüber zu ihrem Kampfplatz und sah mit Schrecken, dass nicht nur die Kampfkerle zu Fuß, sondern auch die Reiter und ihr Rotmantel zurückwichen. Stimmen mischten sich in das Geschrei, die unmöglich von Menschen stammen konnten. Gekläff und Gejaule! Die Bräunlinge hetzten ihre verfluchten Zahmwölfe auf die Baldoren! »Marderscheiße, verdammte!« Und jetzt sah er sie – die Wölfe hingen im langen Fellhaar einiger Wakudos und hatten sich in den Kehlen der fliehenden Tiere verbissen. Hässliches Viehzeug mit sehr kurzem, braunem Fell und dunklen Schnauzen. Einige Büffel und Reiter stürzten bereits aufs Schlachtfeld.

Lasnic trieb seinen Wakudo an. Vier Reiter auf schwarzen Tieren preschten heran: Bräunlinge auf Mustangs! Sie stellten sich ihm in den Weg, gingen mit Säbeln auf ihn los. Einem konnte der Waldmann noch einen Pfeil in die Brust schießen, die anderen drei waren schon zu nah. Lasnic riss ein Schwert heraus, wehrte ihre Säbelhiebe ab, schlug einen sogar aus dem Sattel. An den Ring dachte er nicht ein einziges Mal, der Kampf forderte seine gesamte Aufmerksamkeit. Die beiden verbliebenen Bräunlinge nämlich schäumten vor Wut wegen ihrer gefallenen Gefährten, bedrängten den Waldmann von zwei Seiten. Lasnic brüllte sämtlich Flüche heraus, die er jemals gehört hatte, kämpfte mit Lanze und Schwert, rief abwechselnd den Großen Waldgeist und den Wolkengott an.

Einer seiner Gegner riss plötzlich die Arme hoch und kippte nach hinten weg von seinem Mustang. Ein Pfeilbolzen hatte ihn getroffen. Ohne nachzudenken, nutzte Lasnic den einen Wimpernschlag aus, den der andere zögerte, weil er erschrocken war, und rammte ihm die Lanzenspitze in die Kehle.

Wigard hatte den Pfeilbolzen abgeschossen, Lasnic sah, wie der junge Weihritter seine Armbrust über die Schulter hängte. Die Reihen der Angreifer um ihn, Gumpen und Thora hatten sich gelichtet. Sie konnten es allein schaffen. Dennoch hieb Lasnic seinem schwarzen Büffel die Fersen in die Flanken. Der junge Blondschopf neben dem Nordmann drosch schon wieder auf die Bräunlinge ein wie ein Besessener. Tapferer Bursche! Und Loryane? Nirgends zu sehen. Lasnic trieb seinen Wakudo an, packte seine Lanze.

Gekläff, Angstschreie und Wolfsgeheule rückten schnell näher. Der baldorische Angriff auf den linken Katapult war vollkommen zusammengebrochen. Und dadurch auch die Flankendeckung der garonesischen Nachhut. Lasnic fluchte. Wie sah es am rechten Katapult aus? Er spähte nach dem Kriegsgerät – und dann entdeckte er sie: Loryane. Einen Lanzenwurf entfernt; ihr Blondschopf war nicht zu übersehen. Sechs Bräunlinge schleppten sie weg.

Der Waldmann trieb seinen Büffel an, lenkte ihn an Gumpen und den Gefährten vorbei und preschte der Rotte hinterher, die Loryane besiegt hatte und nun verschleppen wollte. Die Kriegsmeisterin schlug kraftlos um sich, schien verwundet zu sein. Einer hieb ihr die flache Seite seiner Axtklinge auf den Kopf.

Lasnic holte aus und schleuderte seine Lanze – nur noch fünf Krieger zerrten Loryane über das Schlachtfeld. Jetzt erst fiel ihm der Mondsteinring ein; er fummelte ihn aus der Lederkapsel, klemmte ihn zwischen die Zähne, steckte den Ringfinger der Linken hindurch. Der Stein glühte auf. »Scheißkerle!«, brüllte er und richtete den Ring ein paar Lanzenlängen rechts der fünf Weiberräuber auf heranreitende Bräunlinge. Eine Lichtwoge fegte über das Schlachtfeld und unter die Mustangreiter, grellblau, violett und türkisfarben.

»Der Schartan soll euch rösten!« Greise und halb skelettierte Tierkadaver und Leichen lagen auf einmal im verdorrten Gras zwischen verkohlten Trümmern. Dutzende Bräunlinge suchten zwischen den Brandruinen Deckung oder flüchteten schreiend. Auch drei derer, die Loryane überwältigt hatten.

Zwei jedoch verschanzten sich hinter ihr, benutzten sie als Schutzschild. Einer hob die Axt und drohte, ihr den Schädel zu spalten. Schlaff hing sie in den Armen der beiden Krieger, ihre Rechte baumelte blutüberströmt und wie leblos herab, ein Pfeil steckte in ihrer Brust. Sie blinzelte, als würde sie jeden Moment das Bewusstsein verlieren.

»Lasst sie los!«, zischte Lasnic in holprigem Trochauer Dialekt. Er hatte gehört, dass etliche Krieger von den Tausend Inseln diese Sprache verstanden. »Lasst sie los und tragt dafür eure verfluchte Haut ohne Löcher nach Hause.« Er sprang aus dem Sattel. »Mehr biete ich euch nicht.« Er spannte den Bogen, zog einen Pfeil aus dem Köcher. »Was ist?!«, brüllte er. »Seid ihr taub?«

Plötzlich trat ein junger Kerl aus dem Schatten einer verrußten Mauer. Wigard. Seine Klinge triefte von frischem Blut.

»Zum Schartan mit euch!«, brüllte Lasnic und schoss. Sein Pfeil fuhr dem mit der Axt ins Auge. So durchdringend und viehisch gellte sein Schmerzensschrei, dass Lasnic die Haare zu Berge standen. Dem anderen stieß Wigard die Klinge in die Nieren. Beide Bräunlinge gingen zu Boden. »Gut gemacht, Bruder!« Der Waldmann schüttelte den jungen Ritter. Grimmige Zufriedenheit erfüllte ihn.

Er rannte ein paar Schritte zurück und riss seine Lanze aus dem toten Bräunling. Zurück bei Wigard, warf er sich neben ihn und Loryane auf die Knie. Ihre fahlgrauen Lippen bewegten sich, ihr Flüstern war nicht zu verstehen. »Ins Haus mit ihr, schnell!«

Sie zogen die Kriegsmeisterin in die Brandruine und dort hinter eine Fensteröffnung. Lasnic lugte hinaus. Schrat saß auf dem Sattelhorn seines schwarzen Büffels. Keine Spur mehr von Garonas Stoßspitze, von Ayrin, Romboc und Sigrun. Auch Ritter und Schwertdamen beider Flanken konnte er nirgends erkennen. Hatten sie tatsächlich zur königlichen Bäckerei durchbrechen können? Gut so!

Nur die kläglichen Überreste der Sicherungsflügel rannten von rechts heran, kaum zehn Schwertweiber und Ritter mehr alles in allem. Gumpen schaukelte hinter ihnen. Kleine Kampfrotten der Bräunlinge und einige Zahmwölfe hetzten ihnen nach.

»Sie blutet stark«, flüsterte Wigard neben ihm. »Sie wird doch nicht sterben?« Der Waldmann beugte sich über Loryane. Eine große und sehr hässliche Schnittwunde klaffte in ihrem rechten Oberarm, ein Axthieb; Lasnic konnte das Weiß der Knochen und Sehnen erkennen. Noch schlimmer sah die Pfeilwunde aus. Lasnic schnitt Loryanes Hemd auf. Der Pfeil war zwischen linkem Schlüsselbein und dem Herzen in die Brust eingedrungen. Ein dünner Blutstrahl spritzte stoßartig neben dem Schaft heraus. Eine wichtige Ader? »Leg ihr die Beine hoch, schnell!«

Lasnic nahm ihr Gesicht in beide Hände. »Loryane.« Sie schlug die Augen auf, bewegte die Lippen, Lasnic verstand nicht, was sie da flüsterte. »Du musst atmen, hörst du, Loryane? Tief atmen.« Er löste den Wasserbeutel von ihrem Brustgurt. »Und trinken musst du, viel trinken.«

Schritte polterten in die Brandruine. Lasnic fuhr herum. Eine Kampfrotte der Bräunlinge drängte herein, sieben oder acht Krieger mit Jagdnetzen, Speeren und Schlachtäxten. Einer in grauer Lederjacke und Pumphosen hob seinen Speer und stieß ihn nach Lasnic. Wigard sprang auf und riss sein Schwert aus der Scheide.

*

Sie lehnten gegen die Tunnelwände oder stützten sich auf ihre Schwerter. Fast alle atmeten schwer, manche keuchten. Jemand hatte eine Fackel entzündet, Sigrun eine Talglampe, die sie auf einem Tisch vor dem Einstieg in den unterirdischen Gang gefunden hatte. Niemand sprach ein Wort, alle warteten. Ayrin lauschte zum Schacht hinauf. Sie hatte vier Späher hinaufgeschickt, um nach den anderen Ausschau zu halten. Oder nach Blutsäufern.

Eine Schwertdame stieß einen halb unterdrückten Schrei aus, als Joscun ihr im Fackelschein einen Pfeil aus dem Oberschenkel drehte. Martínos, der baldorische Musiker, betete halblaut zu irgendeinem Gott. Ein Ritter stöhnte auf, weil Romboc ihm eine lange und heftig blutende Wunde im Gesicht zunähte. Den Faden hatte der Erzritter aus dem umgenähten Saum seines Wollmantels gezogen; Ayrin fragte sich, woher er die Nadel hatte.

Ihr Blick wanderte durchs Halbdunkle, zählte zum dritten Mal Köpfe und Gestalten durch. Es blieb dabei: 32. Sie konnte nicht glauben, dass nicht einmal die Hälfte ihrer Kampfschar den Durchbruch zur königlichen Bäckerei geschafft hatte.

Oberhalb des Schachts krächzte ein Vogel. Tekla. Inzwischen konnte Ayrin die Stimmen der beiden Kolks unterscheiden. »Hole ihn herunter!«, zischte sie in Lord Frix' Richtung. Der kniete neben der lang hingestreckten Garonja. Er und Feline verbanden ihr eine Kopfwunde; ein Speer hatte ihr ein Stück Schädelschwarte über dem rechten Ohr weggeledert.

Der Baldore erhob sich, hinkte zu Ayrin und zum Schacht. Mitgenommen sah er aus mit seinen vielen Schürfwunden, seinem zugeschwollenen Auge und seiner geplatzten Unterlippe. Die Blutsäufer hatten ihn aus dem Sattel geprügelt und hätten ihn wohl erschlagen, wenn Feline und Garonja nicht dazwischen gegangen wären. Ritter Braun hatten sie ihm trotzdem geraubt. Niemand hatte mehr daran gedacht, dass der Bock ja ursprünglich ein tarkanisches Reittier gewesen war, das natürlich die Aufmerksamkeit der Blutsäufer erregt hatte.

Neben Ayrin verharrte Lord Frix kurz und rümpfte die Nase. »Ned bös' sei, Königin, aba dei noier Mandel dut stinke wie Parderschiss.« Sprach's und stieg die Schachtleiter hinauf.

Ayrin antwortete nicht. Jeder hatte so viel Gepäck wie möglich von den Rücken der Büffel gerissen, bevor sie ins Haus geflüchtet waren. Den neuen Echsenledermantel hatte Ayrin sich über ihren roten Wollmantel geworfen. Und wirklich, er stank nach Gerbmittel. Doch das würde sich legen mit der Zeit. Es gab Schlimmeres, viel Schlimmeres: Lasnic hatte es nicht geschafft.

Lord Frix kam zurück. Tekla hockte auf seiner Schulter. »Unsere Kerl hen die Wakudos uff da annere Seit vom Hof in'd Stadt noi getriebe.« Ayrin nickte nur, brachte kein Wort heraus, kämpfte mit den Tränen. Auch Loryane, Wigard, Thora, Pirol Gumpen und mehr als zwei Dutzend andere waren nicht bis zur Bäckerei gekommen. Sie konnte es nicht glauben, sie wollte es nicht glauben.

»Lange sollten wir nicht mehr warten.« Rombocs raue und tiefe Stimme hallte aus dem Halbdunkel. »Die Tarkaner werden die reiterlosen Büffel entdecken und dann die Ruinen durchkämmen.« Ayrin nickte, blieb stumm.

Bald darauf hörten sie Schritte im Haus oberhalb des Schachtes. Nacheinander kletterten die vier Späher herunter. Aller Augen richteten sich auf sie. Sigrun hob das Talglicht. »Und?«

Der Älteste, ein Grenzritter aus Seebergen, zuckte mit den Schultern. »Gumpen haben wir lebend gesehen. Sehr gut möglich, dass die Kämpfer bei ihm Garonesen waren. Thora jedenfalls habe ich erkannt auf die Ferne. Sie sind in einer Brandruine verschwunden, vor der ein Büffel stand, der vielleicht Lasnic gehörte.« Er schluckte und räusperte sich. »Ich hab magisches Licht aufleuchten sehen.«

»Und Loryane? Und Wigard?« Ein Name nach dem anderen tönte aus dem Halbdunkeln.

Der Grenzritter schüttelte den Kopf. »Berittene Blutsäufer umzingeln die Brandruine jetzt, vielleicht zwanzig, vielleicht dreißig. Und über hundert Blutsäufer marschieren auf die Bäckerei zu. Wahrscheinlich haben sie die Wakudos gesehen.«

Ayrin atmete tief, atmete die Tränen weg. Alle schauten sie jetzt an, sie spürte ihre Blicke genau. Nur sie konnte den Befehl geben, der jetzt nötig war. Dennoch suchte sie Rombocs Blick.

»Sie sind stark«, sagte Romboc. Seine Stimme klang brüchig. »Kämpfer wie Lasnic, Gumpen und Loryane? Wer sollte die schlagen?« Jedes Wort fiel ihm schwer. »Außerdem hat Lasnic den Ring.«

Ayrin senkte den Blick und nickte. Niemand sollte ihre Tränen sehen. »Gehen wir«, flüsterte sie. Romboc und Sigrun ordneten die Marschkolonne. »Schicke ihn mir, Große Mutter«, betete Ayrin flüsternd. »Bitte schicke den Waldmann zurück zu mir.«

In langer Marschkolonne pirschten sie durch den unterirdischen Gang, der Fackelträger mit Sigruns Auserwähltem an der Spitze. Der Mann in dem weißen Mantel und dem bunten Anzug hatte sich vor vielen Wintern hier unten versteckt, als sie ihn oben verdächtigten, einer von Lord Maniok Ruttens Rebellen zu sein. Von Zeit zu Zeit blieb Ayrin stehen, drehte sich um, lauschte in die Dunkelheit des Stollens.

Der Abend dämmerte bereits herauf, als sie aus dem Schacht am anderen Ende des Tunnels kletterten. Kühler Nordwestwind wehte. Im Süden und Westen, hinter Hügeln und Dünenketten, reichten die Wellen des Großen Ozeans bis zum Horizont. Zwei oder drei Wegstunden entfernt im Norden sah Ayrin Rauch über den Türmen und Mauern von Eldora. Erleichterung machte sich breit unter den Rittern und Schwertdamen. Ayrin jedoch starrte trübsinnig auf die Schachtöffnung.

»Es riecht nach Winter.« Sigrun entzog ihrem Musiker die Hand, blähte die Nasenflügel und sog die kalte Luft ein. »Und nach Meer.«

»Oi Stund höchschdens, dann simma an de Düne«, hörte sie Frix sagen. »Drunne verläufd an Weg die Südküschd endlang nach Baal.« Der blonde Martínos bestätigte das wortreich.

Ayrin starrte Tekla an, die auf Frix' zerschrammtem Helm hockte. »Versteht sie dich, Lord Frix?«

»Hä?« Der kleine Baldore schielte zum Rand seines Helmes hinauf.

»Kannst du mit ihr reden, so wie Lasnic das vermag?«

»Du moinsch …?« Er hob die Achsel. »Garonesisch vasteht se g'wiss ned. Un obse mei Sproch ka?« Er wiegte den Kopf, schien zu zweifeln.

»Mach schon, Lord Fridóllusac Rutten Ivúsan Xundóris«, drängte Joscun. »Vielleicht ist der Vogel ja schlauer als du.«

11

Hoch über Stadt und Menschen standen sie auf dem Balkon des Mittelturms. Unten, im Burghof und auf den Trümmern der Burgmauer, schleppten Krieger die letzten Gefangenen zu den Priestern auf den Steinblöcken: den Stadtgrafen von Baal, seine Eltern und seine Frauen und Kinder. Aus dem Augenwinkel beobachtete Catolis den neuen Tarbullo. Nie zuvor hatte sie so viel Stolz in den harten Zügen Kaikans leuchten sehen.

Unten, auf den Trümmern der Burgmauer, warf sich eine der Frauen des Stadtgrafen auf die Knie und flehte um Gnade. Eine nach der anderen tat es ihr nach und stimmte mit ein; und nun begannen auch die kleinsten der mehr als zwanzig Kinder zu schreien. Catolis hätte sich gern abgewandt oder wenigstens die Ohren zugehalten.

Gestern erst war ihre Galeere im Hafen der Stadt vor Anker gegangen, zehn Tage nach dem Fall der letzten Bastion Baals, der Grafenburg. Festtage für Kaikan und die Tarkaner, Tage der Tränen und der Schmerzen für die Einwohner von Baal.

Einige Krieger aus der Besatzung ihrer Galeere hatten den Bastard mit Zlatans Kopf in der Hand aus dem Verhandlungszelt treten sehen. Natürlich sprachen sie darüber, und so hatte die Nachricht von Zlatans Tod sich rasch unter Kaikans Kampfrotten verbreitet. Doch die erste Bestürzung darüber hatte sich bereits gelegt. Die Krieger dort unten waren ihrem Ersten Hauptmann Kaikan bedingungslos über den Großen Ozean nach Baldor gefolgt. Genauso bedingungslos würden sie künftig auch ihrem Tarbullo Kaikan in die Wälder am Stomm und anschließend ins kalte Nordreich der Eiswilden folgen. Nicht einen Moment zweifelte Catolis daran.

Unten, auf den Mauertrümmern, wanden die Frauen des Stadtgrafen und seine Mutter sich im Griff ihrer Peiniger. Einigen gelang es, sich umzudrehen und die Arme flehend zum Turm heraufzustrecken. Sie kreischten und heulten und schrien so erbärmlich um Gnade für ihre Kinder, dass es Catolis das Herz zusammenschnürte. Sie biss die Zähne zusammen, atmete tief durch die Nase ein, hob den Blick und sah über die Dächer und Türme der Stadt hinweg auf den Golf von Baal.

Kaikan, neben ihr, hob die Rechte und rief einen Befehl in den Burghof hinunter. Etwa dreißig Krieger kletterten daraufhin auf die Mauertrümmer, sprangen von Block zu Block, bis sie zu den Opfersteinen der Priester gelangten. Dort packten sie die Halbwüchsigen und kleinen Kinder des Stadtgrafen und stießen sie von der Mauer oder warfen sie unten stehenden Kampfgenossen in die Arme.

Ein Gnadenakt des Tarbullos. Zlatan hätte sich niemals zu solch einer Tat der Güte durchgerungen. Catolis' Blicke folgten den Kindern und den Kriegern in die Stadt hinein. Ob es wirklich gnädig war, sie am Leben zu lassen? Sollten sie zu den Glücklichen unter den Menschlichen gehören, die den Anbruch des Zweiten Reiches von Kalypto noch erleben durften, würden sie einmal dankbar an diesen Tag zurückdenken. Bis dahin jedoch würden sie sich, versklavt und gedemütigt, mehr als einmal wünschen, mit ihren Eltern gestorben zu sein.

Auf den Mauerblöcken griff ein Priester der Frau, die am lautesten jammerte, ins Haar und riss ihr den Kopf in Nacken. Er zog ihr seine breite Klinge durch die Kehle, stieß die Verblutende auf den Stein, reckte das Opfermesser gegen den Himmel und dankte dem Tarkartos. Krieger und Priester im Burghof und auf der Straße vor der zerstörten Mauer jubelten und tanzten. Und dann ging es Schlag auf Schlag: ein Schnitt, ein Dankruf, Tanz und wilder Jubel, in dem das Wehklagen der Todgeweihten beinahe vollständig unterging.

»Das nächste Dankopferfest werden wir am Stomm feiern«, sagte Kaikan neben der Magierin. »Und dann wieder mit dem Bildnis des Gottes und deinem Bernsteinthron, Herrin.«

Catolis antwortete nicht, blickte unverwandt über Stadt und Hafen hinweg und starrte aufs Meer hinaus. Sie fieberte der Stunde entgegen, in der sie morgen an Bord der Galeere gehen konnte. Die würde sie über den Golf von Baal tragen und weit weg von all dem Geschrei und Gemetzel in dieser Stadt. Nein, sie empfand keine Genugtuung. Eine ganz andere Empfindung nagte tief in ihrer Brust; eine Empfindung, die sie störte.

Im Hof der Grafenburg, auf den Steinblöcken der zertrümmerten Burgmauer starb nun auch der Stadtgraf von Baal. Kein Laut kam von seinen Lippen, als er sich niederkniete und den Kopf in den Nacken legte. Der Schlächter setzte die Opferklinge an, und dann war es vorbei. Die Priester stimmten einen Dankhymnus für Tarkartos an, die Krieger fielen mit ein. Viele begannen jetzt zu tanzen. Gefangene Halbwüchsige und Frauen zwang man dazu, gefüllte Weinbecher zu verteilen.

Das schöne Licht der Abendsonne glitzerte in den vielen roten Flecken und Rinnsalen auf den Steinblöcken der zerstörten Burgmauer. Mit der Siegesfeier und dem damit verbundenen Dankopferfest hatte Kaikan bis zu Catolis' Ankunft gewartet. Am Morgen hatte sie ihn zum Tarbullo ernannt. Gleich danach begann das blutige Fest. Tausend Männer und Frauen aus der Führungsschicht der Stadt hatten Catolis' Priester dem Tarkartos geopfert. Fünfhundert auf dem Marktplatz von Baal und im Tempel der beiden baldorischen Hauptgötter, fünfhundert dort unten, auf den Blöcken der niedergerissenen Mauer.

Catolis hob die Arme, blickte in den Abendhimmel und rief den Segen Tarkartos' auf die Krieger und Priester von den Tausend Inseln herab. Sie sehnte sich nach Ruhe.

Tausende winkten zu ihrer Hohepriesterin und ihrem neuen Tarbullo herauf, fuchtelten mit Säbeln, reckten Weinkelche über die Köpfe. Kaikan winkte zurück, Catolis hob wieder und wieder segnend die Arme. Mitten unter den Kriegern: Priester in blutbefleckten weißen Gewändern, die wie Rasende tanzten. Manche schwangen noch ihre blutigen Klingen.

Kaikan tat das Seine dazu, um seine Rotten bei Laune zu halten: Er hatte achtzig Weinfässer aus dem Burgkeller freigegeben und hundert Wakudos von den Weiden vor der Stadt holen und schlachten lassen. Zu allen Seiten der eroberten Burg sah Catolis den Rauch von Glutstellen mit Bratspießen aufsteigen. Bis hier herauf zum Turm wehte die kühle Abendbrise den Bratenduft.

Kaikans Geruch konnte der leider nicht überdecken: Der neue Tarbullo stank nach seinem Wolf. Die Magierin versuchte, es nicht zu beachten; so wie sie auch die verstörende Empfindung tief in ihrer Brust nicht zu beachten versuchte.

Die Schlächterei auf den Trümmern und dem Markplatz hatte Catolis mit ausdrucksloser Miene verfolgt. Doch ein bitterer, schaler Geschmack war ihr über Zunge und Gaumen gekrochen und wollte sich nicht mehr verlieren. Dumpfe Übelkeit wühlte in ihren Eingeweiden. Wie viel Blut würde noch fließen müssen, bis endlich das Zweite Kalyptische Reich erblühen konnte? Sie dachte mit gemischten Gefühlen an den bevorstehenden Krieg in den Wäldern am Stomm.

Während der beiden Wochen seit der Einnahme von Baal hatte der neue Tarbullo die Stadt zur Plünderung freigegeben. Seit Catolis von Bord ihrer Galeere gegangen war, wurden auf seinen Befehl hin allerdings keine erbeuteten Frauen mehr geschändet. Auch die vielen hundert Frauen und Mädchen, die sich mit dem Stadtgrafen und seiner Garnison in die Burg geflüchtet hatten, durfte kein Krieger anrühren – so lange nicht, bis die Hohepriesterin morgen die Stadt wieder verließ. Danach würden weitere Nächte und Tage voller Gewaltorgien folgen, das hatte Kaikan seinen Kriegern schon in Aussicht gestellt.

Auf den Galeeren der tarkanischen Flotte und in den Kellern und Verliesen der Stadt bangten die Frauen und Mädchen von Baal ihrem weiteren Schicksal entgegen. Vielen, so hatte man Catolis berichtet, war die Flucht gelungen; den meisten ins Meer, etlichen direkt in den Tod.

Das Mitleid mit diesen Menschenfrauen war es, das sich in Catolis' Brust regte. Eine Schwäche im Grunde, was denn sonst? Genau wie der Ekel vor Blut, Geschrei und Schlächterei – eine vorübergehende Nervenschwäche, weiter nichts. Die Magierin von den Tausend Inseln versuchte, nicht daran zu denken.

Manchmal jedoch fragte sie sich, was mit ihr geschah. Vielleicht die zwei Monde auf hoher See? Vielleicht Spätfolgen des Kampfes mit Mauritz? Oder hatte der alte Wächter des Schlafes damals doch der falschen Großmeisterin das große Werk in die Hände gelegt? *Durchaus nicht!*, rief sie ihre Gedanken zur Ordnung. *Eine vorübergehende Nervenschwäche, weiter nichts*, sagte sie sich. *Ich brauche Ruhe, weiter nichts.*

Gewalt ließ sich nun einmal nicht vermeiden, bis das vitalste und klügste Volk dieser Welt über alle anderen triumphieren konnte; das war schon auf dem Weg zum Ersten Reich von Kalypto nicht anders gewesen. Erst wenn der Magierclan von Kalypto sein Dienstvolk erwählt und mit der Erschaffung des Zweiten Reiches begonnen hatte, erst dann würde auch das erhabene Gesetz von Kalypto in Kraft treten und für alle Zeiten Frieden garantieren.

Wieder und wieder musste Catolis sich diese einfache Wahrheit ins Bewusstsein rufen. Seit der letzten Sonnenwende öfter als früher – seit Zlatans Rotten über die erste garonesische Kolonie hergefallen waren, über die Vogelinseln.

»Sieh nur, wie fröhlich sie feiern, Herrin«, sagte Kaikan neben ihr. Sie nickte stumm. »Gut so.« Kaikan wirkte sehr zufrieden. »Nur fröhliche Kämpfer sind gute Kämpfer. Und sie haben es sich verdient – die Burg zu nehmen war ein hartes Stück Arbeit.«

Die Grafenburg war ein klobiger Rundbau, grau und schlicht. Nicht zu vergleichen mit den Burgen und Wehranlagen von Garona oder gar der Tempelanlage von Taruk. Catolis ließ ihren Blick über die eroberte Stadt wandern. Kaikans Krieger hatten Baal im Handstreich genommen. Nur wenige Tage hatte der Katapultbeschuss gedauert, kaum fünfzig Häuser waren zerstört worden, nur einzelne Brandruinen erkannte Catolis von hier oben aus. Am Abend des dritten Kampftages hatten die Bürger von Baal kapituliert. Der Stadtgraf und die Garnison seiner Burg erst einen halben Mond später.

Catolis spähte zum Hafen von Baal hinunter. Etwa hundert Galeeren lagen dort noch vor Anker. Der größere Teil von Kaikans Kriegsflotte war gleich nach der Einnahme Baals Richtung Eldora aufgebrochen, weit über zweihundert Schiffe. Vor der Küste der Hauptstadt wollten sie sich mit Tarkuns Flotte vereinigen. Siegesboten aus der Hauptstadt waren erst vor wenigen Tagen eingetroffen: Stadt und Burg von Eldora waren am achten Tag der Belagerung gefallen.

Die Großmeisterin der Zeit ließ ihren Blick wieder über den Golf von Baal schweifen. Der war so groß, dass man weder seine Nord- noch seine Ostküste erkennen konnte. Catolis spähte zum östlichen Horizont. Dort irgendwo begannen die endlosen Wälder und das Reich der Waldstämme; das wusste sie von dem garonesischen Ritter Boras. Morgen würde sie dorthin aufbrechen.

Zu früh im Grunde, denn nach den zwei Monden auf stürmischer See verlangte es die Magierin nach einem: nach Ruhe. Fast zu spät jedoch, wenn man den Vorsprung des Bastards bedachte.

Kaikan winkte jetzt mit beiden Armen zu seinen Kriegern hinunter. Für ein paar Atemzüge ebbten Jubel und Gelächter ab, und die Menge blickte erwartungsvoll zum Turm herauf. Kaikan rief seinen Männern ein paar Sätze des Dankes und des Lobes zu; auch so etwas, das Zlatan niemals getan hätte. Catolis sprach einen Segen. Die Menge jubelte.

Mauritz' Tochter war nicht unter den abgestürzten Flüchtlingen aus Blauen gewesen. Drei Tage hatte Catolis im Hafen von Trochau-Stadt auf diese schlechte Nachricht gewartet. Sie war bitter enttäuscht gewesen. Zugleich tadelte sie sich selbst für ihre Bitterkeit: Hätte sie nicht damit rechnen müssen, dass der Bastard sich durch Wilde Magie retten würde? Eine Frau immerhin, die einen listigen und unbändigen Krieger wie Zlatan bezwungen und seinen Ring erbeutet hatte!

Jetzt besaß der Bastard also zwei Mondsteine. Ob er auch die Kraft besaß, beide zu nutzen? Gleichgültig: Ab einer gewissen Nähe vermochte Catolis zwei Ringe noch besser aufzuspüren als nur einen. Sie würde Mauritz' Tochter finden, bald. Auch wenn der Bastard eine Galeere geentert und mindestens drei Tage Vorsprung hatte. Catolis würde ihn finden und auslöschen; dort drüben, wo jetzt noch Himmel und Meer sich zu berühren schienen, in den Wäldern auf der anderen Seite des Golfs von Baal.

Die Großmeisterin der Zeit ließ die Arme sinken, winkte noch einmal in Burghof und Stadt hinunter und wandte sich schließlich zur Balkontür um. »Gehen wir, Tarbullo. Die Zeit drängt.«

Das Turmzimmer war das Schlafgemach einer Gattin des Stadtgrafen gewesen. Teppiche mit farbenprächtigen Stickereien hingen an den Wänden – nackte Menschen, die mit Weinkelchen anstießen, Musiker, die Lauten zupften und Flöten bliesen, nackte Paare, die sich liebten. Der Boden war mit buntem Marmormosaik ausgelegt, die Decke mit hellem Holz vertäfelt. Ein großer Kupferleuchter hing von ihr herab. Es roch nach Angstschweiß im Turmzimmer, nach feuchtem Leder und lange nicht gewaschener Kleidung. Und über allem lag der bittere Geruch nach Wolf.

Zwei Krieger und das garonesische Paar wandten sich gerade von einem der Fenster ab. Boras und Gudrun ließen sich in Sessel sinken. Die Miene der Frau glänzte weiß; der Ritter wich Catolis' Blick aus und gab sich Mühe, seine Feindseligkeit zu unterdrücken. Die Magierin merkte es sofort. Sie hatten ja beide mit angesehen, was unten auf den Mauertrümmern geschehen war. Texanto und Luppok verneigten sich, als Catolis eintrat.

Vor dem Bett der toten Gräfin standen die beiden Waffenträger Kaikans und vier seiner persönlichen Leibwächter. Auf dem Bett lag Kaikans weißer Wolf. Das Tier hatte den langen Schädel auf die ausgestreckten Vorderläufe gelegt und döste. Jetzt, da es Catolis und seinen Herrn witterte, öffnete es blinzelnd das rechte Auge, hob die Nase und stellte die Ohren auf.

Catolis schätzte es nicht, sich mit so vielen Menschen in einem derart kleinen Raum aufhalten zu müssen. Schon gar nicht, wenn ein Wolf bei ihnen war. »Lasst uns allein«, befahl sie.

Kaikan murmelte einen Befehl, das weiße Tier sprang vom Bett, trottete hinter den Kriegern her zur Falltür. Noch nie hatte Kaikan es gewagt, seinen verabscheuungswürdigen Wolf so dicht an Catolis heranzulassen. Sie nahm sich vor, ihn dafür zu tadeln.

Die Gardisten winkten dem garonesischen Paar. Die Frau wandte sich sofort zur Falltür über dem Treppenabgang, der Mann öffnete den Mund, um etwas zu sagen. Mit einer knappen Geste schnitt die Magierin ihm das Wort ab. »Später.« Wahrscheinlich wollte er schon wieder wissen, was ihn morgen erwartete. Die Massenopferung so vieler Gefangener hatte ihn und seine Gefährtin vermutlich tief erschüttert.

Nach Texanto und Luppok schloss sich die Falltür über der Wendeltreppe. Catolis und Kaikan nahmen am Tisch Platz. »Der Gott hat euch Baal ohne größere Verluste in die Hand gegeben. Habe ich es euch nicht prophezeit?«

»Das hast du, Herrin.« Kaikans braune, von vielen Furchen durchzogene Miene verzog sich zu einem flüchtigen Lächeln. »Und dem Tarkartos sei Preis und Dank dafür. Mit des Gottes Hilfe werden wir auch die Siedlungen der Waldwilden niederwerfen.« Kaikan strotzte vor Selbstvertrauen; er wusste genau, was er jetzt erwarten durfte.

»Dessen bin ich sicher, Tarbullo. Auch wenn die Waldleute sich kaum so schnell in ihr Schicksal ergeben werden wie die Baldoren. Die Menschen am Stomm sind zäh und tapfer, das weißt du selbst am besten. Und nichts ist ihnen heiliger als ihre Freiheit.«

»Ich weiß, Herrin. Doch mit der ist es bald vorbei.« Sie merkte, wie schwer es ihm fiel, nicht nach ihrer rechten Hand zu äugen, wo sie die beiden Mondsteinringe trug.

Auf der anderen Seite des Großen Ozeans, in Garonada, hatte sie ihn schon in den Umgang mit dem ERSTEN MORGENLICHT eingeweiht. Und an diesem Abend würde sie im Kellergewölbe der Burg noch einmal mit Kaikan üben. Sie hatte befohlen, dafür einige Gefangene am Leben zu lassen.

»In zwei Tagen werde ich mit sieben Hauptmännern ein Stück die Küste hinauf nach Westen segeln«, kündigte Kaikan an. »Auf halbem Weg will ich Tarkun und seine wichtigsten Hauptleute treffen, um ihnen meinen Kriegsplan zu erklären.«

»Was hast du denn geplant, Tarbullo?« Der Wolfsgestank, der von Kaikan ausging, stimmte Catolis missmutig.

»Ich werde die Waldwilden von drei Seiten aus angreifen«, erklärte der neue Tarbullo. »Wir wollen sie in die Zange nehmen, so wenige wie möglich sollen uns entkommen.« In knappen Worten schilderte der tarkanische Heerführer, wie er sich den Feldzug gegen die Waldstämme vorstellte.

Schweigend hörte die Magierin zu; manchmal nickte sie. Alles, was Kaikan vortrug, hatte Hand und Fuß und erschien Catolis gründlich durchdacht.

Zlatan wäre wahrscheinlich auf direktem Weg und mit der gesamten Kriegsflotte zum Mündungsdelta des Stomms gesegelt und hätte von dort aus seine Rotten die Wälder durchkämmen und Siedlung um Siedlung nehmen lassen. Es wäre ihm egal gewesen, ob und wie viele Waldleute sich hätten retten und in den Tiefen der Wälder verstecken können. Kaikans Kriegsplan hingegen würde die Herren der Wälder überraschen und sie vernichtend schlagen. Und das vermutlich unter geringeren eigenen Verlusten.

Ein überaus wichtiges Detail – beinahe 5000 von 40 000 tarkanischen Kriegern waren bereits in Garona gefallen; und mit dem Sieg über die Waldstämme war der Krieg ja noch nicht vorbei. Erst wenn auch das Volk im hohen Norden unterworfen war, würden die Krieger von den Tausend Inseln als Sieger gelten. Und als künftiges Dienstvolk von Kalypto.

»Der Gott wird deinen Feldzug segnen, Tarbullo Kaikan, sei gewiss.« Catolis erhob sich. »Tarkartos selbst geht deinen Rotten voran und wird dir die Kraft und Klugheit geben, auch die Waldstämme niederzutreten. Und bald jenen Schweinereiter in Ketten vor mich zu bringen, der dich vor vier Sonnenwenden in den Wäldern gedemütigt hat. Steh auf und reiche mir deine Rechte.«

Kaikan gehorchte. Catolis steckte ihm den Mondsteinring, den sie Mauritz abgenommen hatte, an den Mittelfinger. »Und nun knie nieder! In der Sprache der Götter werde ich dir die Macht zusprechen, mit dem magischen Licht zu vernichten, wer immer sich dir in den Weg stellt.«

Kaikan beugte die Knie und neigte den Kopf. Catolis legte ihm die Hände auf den Scheitel, der Mondstein ihres Ringes leuchtete auf. Murmelnd und in der alten Sprache der Magier von Kalypto erteilte sie dem Tarbullo den Segen, ohne den kein Menschlicher Gebrauch vom ERSTEN MORGENLICHT machen konnte.

*

In jener Nacht erschien ihr der tote Meister des Lichtes im Traum. Der spitze Schädel und das knochige, hohlwangige Gesicht glänzten glatt rasiert. Seine tief in den Höhlen liegenden Augen glitzerten wie Bernstein, und ihr stechender Blick bohrte sich durch Catolis' Stirn und durchdrang jeden ihrer Gedanken.

Mauritz.

Genau so hatte sie ihn gekannt. Starr lag er hinter einem durchsichtigen Vorhang aus Flammen und Rauch. Warum bloß rührte er sich nicht?

»Lass es.« Wenigstens seine Lippen bewegten sich. »Töte Laukaris nicht, lass es bleiben, Catolis. Ihr Tod bringt uns dem Zweiten Kalyptischen Reich um keinen Schritt näher.« So sprach er und wiederholte dieselben Sätze wieder und wieder. »Lass es. Töte Laukaris nicht …«

Und während Catolis ihm zuhörte – tatsächlich lauschte sie wie gebannt –, verwandelte der gescheiterte Meister des Lichtes sich in Gold. Flammen umloderten seine goldene Gestalt, seinen goldenen Schädel, sein goldenes Gesicht. Seine Züge verschwammen, er schmolz.

Catolis wich zurück, wollte schreien, doch kein Ton kam über ihre Lippen. Sie strampelte mit den Beinen, ruderte mit den Armen, trieb schließlich durch irgendein Tor, irgendein Portal, irgendein Loch in eine lichtdurchflutete Weite hinaus. Strampelnd und rudernd strebte sie der Quelle des Lichts entgegen.

Jetzt erst merkte sie, dass sie in Wasser trieb. Sie strampelte und ruderte, bis ihr Körper sich drehte. Sie blickte zurück auf eine wuchtige Bronzegestalt im aufgewühlten Schlamm des Meeresgrundes. Tarkartos. Aus dem weit geöffneten Rachen des Gottes schlugen Flammen, drang Rauch. Und dann sah sie, dass auch sie selbst sich in Gold verwandelte. Das Gewicht des Goldes hielt ihr Schweben auf und ließ sie wieder sinken. Dem flammenden Rachen des Gottes entgegen, immer weiter und weiter.

Die Magierin von den Tausend Inseln fuhr hoch, atmete keuchend, war nass von Schweiß. Sie stand auf und ging in die Nachtkühle hinaus. Es roch nach Winter.

Später, im ersten Morgengrauen, trieb sie auf dem Rücken im Meer. Die Spätherbstkühle des Wassers durchdrang ihren Leib und ihr Hirn, verdrängte das Traumbild, beruhigte ihre angespannten Nerven. Sie fühlte sich erinnert an jenen fernen Tag, an dem sie im Südmeer trieb, im warmen, meerblauen Licht. Als der Wächter des Schlafes ihren Namen rief und es ihr vorkam, als hörte sie ihn zum ersten Mal.

Damals hatte sie noch nicht einmal geahnt, wie viele Sonnenwenden voller Kämpfe ihr bevorstanden.

Bei Sonnenaufgang stieg Catolis an den Strand von Baal und zog sich an. Sie zitterte ein wenig, und ihr Herz schlug noch immer schneller, als sie es gewohnt war. Reste der Traumbilder hingen ihr im Hirn wie glühende Schleierfetzen. Sie trat zu den Priestern ihrer Garde und wartete mit ihnen bei den Mustangs; die Sänfte hatte sie in der Galeere gelassen. Catolis war nicht nach einem Morgenmahl, überhaupt nicht.

Nach einer Stunde etwa sah sie eine Handvoll Krieger den Weg von der Stadt an die Sandküste herunterreiten. An der Spitze ein stämmiger Hauptmann in schwarzem Ledermantel und mit rotem Stirntuch und ein Rottenführer in Pumphosen und grauer Lederjacke – Texanto und Luppok. Die Mustangs ihrer Leibwächter trugen Catolis' Gepäck. Die Krieger geleiteten die Magierin zum Hafen. Catolis ritt zehn Schritte hinter Texanto, Luppok und ihren Priestern und zehn Schritte vor der Eskorte. Ihr war schwindlig; der Mustang unter ihr und der Boden unter dessen Hufen – erst Sand, dann Kies, dann Kopfsteinpflaster – schienen zu schwanken.

An der Stadtmauer Baals, kurz vor dem Hafen, ritten ihr drei Tarkaner auf Steinböcken entgegen. Sie sahen erschöpft aus; Staub bedeckte ihre Mustangs, ihre Stiefel, ihre Lederjacken, ihr Haar. Boten aus Eldora.

Schwerfällig kletterten sie aus den Sätteln und warfen sich vor ihr auf das Straßenpflaster. Catolis blieb im Sattel sitzen. »Steht auf«, sagte sie. »Welche Nachrichten bringt ihr?«

Alle drei stemmten sich hoch. »So lautet die Botschaft unseres Ersten Hauptmanns Tarkun, Herrin«, begann der Älteste, ein

Hauptmann in schwarzem Ledermantel. »›Ich lasse Eldora befestigen, um von hier aus die Provinzen Baldors zu erobern und noch vor Wintereinbruch in die Wälder einzudringen. Der König, sein Hofstaat und die Oberen der Stadt und des Reiches Baldor liegen in Ketten. Sobald die Waldstämme besiegt sind, Herrin, sollen sie dem Gotte geopfert werden. Folgende Neuigkeit haben Späher erst nach dem Kampf vom Schlachtfeld zu mir gebracht: Etwa siebzig Garonesen haben an der Seite der Baldoren gekämpft. Viele sind gefallen, einige konnten fliehen, andere haben wir eingekesselt und werden sie so bald wie möglich töten. Darunter einen Eiswilden aus dem Norden und einen Waldwilden. Der trägt einen Gottesring und versteht es, mit dessen Licht zu kämpfen.‹«

Catolis stand wie festgefroren. Ein Waldmann? Der Ringträger des Meisters des Willens? Hier schon griff er in den Kampf ein?

Sie amtete tief durch. Damit hatte sie nicht gerechnet. Oder sollte etwa jener Schweinereiter mit der entthronten Königin und ihrem Tross nach Eldora geflohen sein? War er denn der vom Meister des Willens Erwählte, der den Mondstein erhalten hatte? Anders konnte es gar nicht sein! Catolis presste die Lippen zusammen. Zehn Tage etwa hatten die Boten auf dem Landweg von Eldora nach Baal gebraucht. Ob Tarkuns Krieger den Waldmann inzwischen getötet hatten? Eine trügerische Hoffnung; Catolis hegte sie dennoch.

»Ruht euch aus«, sagte sie. »Ihr werdet mit dem neuen Tarbullo nach Eldora segeln. Wenn Tarkun den Ringträger noch nicht besiegt haben sollte – Kaikan wird es ganz sicher tun.«

Am Hafen schafften sie die letzten Bündel und Kisten an Bord ihrer Galeere: Waffen, Proviant, Segeltuch, Kleider. Und zu Catolis' Erstaunen auch etliche Weinfässer aus den Weinkellern der Grafenburg. Kaikan erwartete sie am Landungssteg. Sein Wolf hockte abseits bei den Waffenträgern.

»Ich habe die Neuigkeit schon gehört, Herrin.« Kaikan deutete eine Verneigung an. Todernst war seine Miene. »In Eldora haben unsere Krieger den Schweinereiter eingekesselt. Er trägt wie ich den Ring des Gottes.«

»Bedenke, Kaikan: Die Nachricht ist einen halben Mond alt. Vielleicht hat der Waldwilde längst fliehen können, möglicherweise haben Tarkuns Rotten ihn getötet. Vielleicht aber wirst du auch dringend gebraucht in Eldora. Ich fürchte fast, ohne dich werden sie ihn nicht vernichten können. Wie auch immer: Sieh zu, dass du ihn lebend bekommst. Von mir hast du gelernt, wie du das ERSTE MORGENLICHT benutzen kannst. Nun entscheide selbst, was im Hinblick auf die Schlacht gegen die Waldwilden das Klügste ist.«

»Der Wille des Gottes geschehe.«

»Er wird so oder so geschehen, gewiss, Tarbullo. Doch oft benutzt Tarkartos den Verstand seiner Diener, um seinen Willen durchzusetzen. Wie auch immer du entscheidest – sei wachsam und klug. Wenn du schließlich in die Wälder eindringst, richte deine Aufmerksamkeit und die Zerstörungskraft deiner Krieger ganz und gar auf die Waldstämme. Die Jagd nach der entflohenen Königin von Garona überlass allein mir und meinen beiden Rotten.« Kaikan schaute sie zweifelnd an. »Sie ist gefährlich«, fügte Catolis leise hinzu. »Du weißt, was sie mit Zlatan gemacht hat.«

Catolis sah dem neuen Tarbullo in das harte, verwitterte Gesicht. Wie eine Felswand aus rotem Buntsandstein sah es aus. Sie hatte ihm berichtet, auf welche Weise Zlatan gestorben war. Sobald seine Rotten auf die Krieger von Tarkun trafen, würde Zlatans schändlicher Tod sich schnell herumsprechen und vermutlich einen gewissen Schrecken verbreiten. Durch Frauenhand zu sterben galt auf den Tausend Inseln als Strafe des Gottes. Catolis konnte nur hoffen, dass die meisten Tarkaner die schlimme Geschichte vorläufig für ein lächerliches Gerücht halten würden.

»Wie du wünschst, Herrin.« Er neigte den Kopf. »Doch was, wenn der Gott sie in meine Hände geben wird?« Er brannte darauf, Zlatan zu rächen, Catolis sah es ihm an.

»Ausgeschlossen!«, sagte sie scharf. »Das wird er niemals tun, Tarbullo. Tarkartos hat mir geboten, sie mit meinen eigenen Händen zu vernichten. Also wird er sie auch nur mir ausliefern.«

Zum Abschied segnete sie Kaikan und seine Obersten. Dann ging sie an Bord ihrer Galeere.

Texanto und Luppok mit ihren beiden Kampfrotten warteten schon. Die beiden Garonesen lehnten gegen die Reling und beobachteten Catolis – die Frau mit ausdrucksloser Miene, der Mann lauernd. Die Segel waren längst gesetzt. Texanto ließ die Anker lichten. Unten, im Ruderdeck, rasselten die Ketten und ertönte schon die Rudertaktpauke. Die Galeere glitt aus dem Hafen von Baal und nahm Fahrt auf.

*

Drei Tage lang ruhte Catolis sich in ihrer Kajüte aus. Die meiste Zeit schlief sie. Wenn sie wach lag, dachte sie nach oder badete im ERSTEN MORGENLICHT, um Kraft für die Jagd nach dem Bastard zu schöpfen.

Am zweiten Tag leuchtete ihr Mondstein auf – der Wächter des Schlafes und der Meister des Willens riefen nach ihr. Sie hüllte sich ins ERSTE MORGENLICHT, um ihnen zu begegnen. »Ich habe die Spur des Bastards gefunden«, berichtete sie den beiden Magiern. »Die führt in die Wälder am Stomm. Ich bin bereits unterwegs dorthin.« Catolis erzählte, was sie von Boras erfahren hatte.

»Wie gern hören wir das, Großmeisterin der Zeit.« Der violette Lichtwirbel des Wächters des Schlafes pulsierte voller Zuversicht. »Ich habe einen Großmeister des Willens und eine Meisterin des Lichts geweckt und an den Stomm geschickt. Sie werden dich beim Kampf gegen den Bastard und seine Wilde Magie unterstützen.«

»Beide sind bereits meine Gäste.« Die ockerfarbene Lichtgestalt des Magiers in den Flusswäldern schwebte durch die schillernde Bläue zu Catolis heran. »Starke Magier sind das, Catolis, sie werden dir eine große Hilfe sein. Und wann lassen sich endlich deine Tarkaner bei uns im Gehölz blicken? Sie haben doch nicht etwa schon genug vom Krieg?«

»Mitnichten, Wächter des Willens.« Der spöttische Unterton des Magiers gefiel Catolis nicht. »Deine Waldwilden werden überrascht sein, mit welcher Gewalt die Insulaner über sie herfallen. Es wird nur einen kurzen Kampf geben, vermute ich.«

»Kurz oder lang – das Volk, das ich erwählt habe, ist gerüstet. Verlass dich darauf.«

*

Am Abend des dritten Tages schickte Texanto nach ihr. Sie stieg aufs Oberdeck, wo er mit Luppok und Boras am Bug stand. Es war kühl. Der Wind blies Catolis kalten Nieselregen ins Gesicht, den ersten Winterregen. Die Nacht dämmerte bereits herauf.

»Das ist die Bucht«, sagte Boras und deutete zur nahen Küste. »Dort führt ein Küstenpfad nach Süden in die Wälder hinein und zum Stomm.«

»Wir sind nicht allein«, sagte Texanto. »Siehst du das Schiff, Herrin?« Er machte Platz am Bug; Catolis beugte sich weit über die Reling und spähte in die Dämmerung.

Die Umrisse eines Schiffsrumpfes schälten sich aus Nieselschleier und trübem Abendlicht. Das Schiff ankerte vor dem schmalen Eingang der kleinen Bucht. »Eine Galeere«, sagte Catolis, während es näher und näher rückte. »Die Segel sind gerafft, ich kann menschliche Gestalten auf dem Oberdeck erkennen. Und die Fahne auf dem Mittelmast.«

»Der Kopf des Tarkartos vor Schlachtbeil und Säbel«, sagte der dürre Luppok. »Das ist ein Kriegsschiff von den Tausend Inseln.«

»Schon möglich«, sagte Texanto. »Doch wer hat es hierhergebracht?«

»Seht ihr die beiden Ruderboote am Strand?« Boras deutete an der einsamen Galeere vorbei. »Sie liegen kieloben außerhalb der Brandung.« Auch Catolis und die anderen entdeckten die Boote. »Einige von ihnen sind also schon an Land gegangen.«

»Mehr als dreißig, schätze ich«, sagte Texanto. »Ein Landungsboot fasst zwanzig Mann, notfalls fünfundzwanzig.«

Geschrei erhob sich plötzlich auf der Galeere vor der Bucht. Schritte knallten über Deckplanken. »Sie haben uns entdeckt!«, zischte Texanto.

Kurz darauf knarrte Holz, quietschten Seilwinden in Dämmerung und Nieselregen. »Sie lassen ein Ruderboot zu Wasser.« Catolis fuhr zu Texanto herum. »Bestimmt nicht, um uns entgegenzurudern!«

Der Bastard! Sie wusste es einfach; sie wusste es, noch bevor der garonesische Ritter es aussprach: »Das könnte Lauka sein, die Königin von Garona.« Der triumphierende Unterton in seiner Stimme gefiel Catolis nicht.

»Nenne sie nie wieder bei diesem Namen, hast du gehört, Garonese?«, fuhr sie ihn an. Boras nickte langsam und machte eine betretene Miene. Catolis lauschte in die Dämmerung, blickte verstohlen auf ihre Rechte: Ihr Mondstein schimmerte bläulich. Sie schloss die Augen, spürte hinüber zur Galeere, fühlte deutlich die Gegenwart Wilder Magie.

Der Bastard – er war nahe. Wie nahe, vermochte Catolis nicht zu sagen.

Die Schreie auf dem anderen Schiff wurden lauter. Menschen sprangen ins Wasser und schwammen in die Bucht hinein. »Sie passen wohl nicht alle ins Ruderboot.« Die Magierin öffnete die Augen. »Lass die Rudersklaven antreiben, Texanto! Entert die Galeere. Schärfe deinen Kriegern ein, dass sie die Königin meiden müssen und dass ich mindestens zwei Gefangene lebend brauche!«

12

Im Traum spürte Lauka wieder sein Gewicht auf ihrem zierlichen Körper. Sie war vollkommen nackt, vollkommen ausgeliefert. Zlatans stinkender Leib drückte sie tief in Felle, Decken und Boden. Sie rang nach Luft, glaubte unter seinem Gewicht zu zerbrechen, fürchtete, unter seinen gierigen Stößen zu zerreißen. Todesangst würgte sie. Sie fühlte sich so winzig und ohnmächtig wie ein Ziegenlamm, das der Koch zur Schlachtung in die Burgküche schleppte.

Aus Furcht, sich übergeben zu müssen, wandte sie den Kopf zur Seite, wich Zlatans saurem Atem aus – und sah die Büschel ihres kastanienroten Haares und den Mondsteinring in seiner schmutzigen Hand. Sie glaubte sich verloren. Doch dann der Augenblick, in dem sie endlich das Knie anziehen und nach dem Griff des Dolches unter ihrem Steißbein fassen konnte. Er merkte es nicht, die Lust riss ihn mit sich. Und endlich der Augenblick, in dem seine Kehle unter ihrer scharfen Klinge aufplatzte und sein Blut sich über sie ergoss.

Im Traum schien an dieser Stelle jedes Mal die Zeit stehenzubleiben. Sie spürte wieder die Hitze von Zlatans Blut, sie spürte wieder den Ekel, als es ihr auf Lippen und Zunge spritzte – zugleich jedoch empfand sie das atemberaubende Triumphgefühl, das sie drei Monde zuvor, in jenem Verhandlungszelt, erst später gefühlt hatte – dann nämlich, als sie mit Zlatans abgeschlagenem Schädel und seinem Säbel vor das Zelt trat.

Wie ein Rausch hatte sich das angefühlt, groß und stark wie eine Riesin war sie sich vorgekommen. Und berauscht und riesengroß fühlte sie sich auch in jenem wiederkehrenden Traum jedes Mal, wenn Zlatan sich an die sprudelnde Blutquelle in seinem Hals griff, wenn er quiekte wie ein Lamm auf der Schlachtbank, wenn er endlich zur Seite kippte und sie nach seinem Säbel greifen konnte.

Der Rausch im Traum währte ähnlich kurz wie der Rausch damals im Verhandlungszelt: Lauka hob den Säbel zum Hieb, und ihr Blick fiel auf den Zelteingang. Dort stand sie, die Hexe Catolis, und richtete ihren leuchtenden Mondsteinring auf sie.

Sie fuhr aus dem Schlaf hoch. Etwas fiepte, quiekte, pfiff. Erst schrill, dann noch schriller, dann erbärmlich klagend, dann abgehackt und immer leiser – wie ein nach und nach erstickender Abschiedsseufzer. Und dann nichts mehr. Nur noch der Wald, nur noch Rascheln, Knistern, Schaben, Rauschen und Tropfen. Lauka fiel auf ihr Bergziegenfell zurück. Bei der Großen Mutter – was für eine unruhige Nacht! Was für ein Traum!

Sie lag wach und erinnerte sich an die Nacht, in der sie ihn zum ersten Mal geträumt hatte: Bei Sonnenuntergang hatte sie am Heck der Galeere gestanden, und zum ersten Mal, seit sie an Bord gegangen waren, konnte sie in keiner Himmelsrichtung mehr Land erkennen. Das machte ihr Angst, und sie ließ Hector zu sich kommen, damit er sie tröstete.

Die halbe Nacht lang ließ sich von ihrem Ersten Thronritter lieben und fand dennoch keinen Trost. Und als sie endlich eingeschlafen war, träumte sie zum ersten Mal diesen Traum. Und danach immer wieder während der zweieinhalb Monde, die sie über den Großen Ozean fuhren.

Und jetzt auch hier, gleich in der ersten Nacht im wilden Wald.

Lauka tastete nach rechts, spürte den Säbelgriff, schob ihre Hand unter ihr Bündel, bis sie den Samtbeutel mit dem Schädel ihres Vaters berührte. Sie zog ihn heraus, drückte ihn an ihre Brust. »Ein ganzes Meer trennt mich von ihr.« Stumm bewegten sich ihre Lippen. »Ein ganzes Meer, Vater. Die Großmeisterin der Zeit brauche ich nicht mehr fürchten. Jetzt habe ich alle Zeit der Welt, um dich zu rächen, Vater.«

Sie dachte an Ayrin. Kein Waldmann würde dieses Miststück vor ihr retten können, kein Erzritter, kein Baumeister. Und nach Ayrins Tod? Immer wenn Lauka sich diese Frage stellte, wenn sie an ihre Zukunft dachte, sah sie jedes Mal ein großes Tor mit weit geöffneten Flügeln. Hinter dem Tor strahlte Licht. Unmöglich zu erkennen, was sie jenseits des Tores erwartete, zu grell das Licht;

es blendete sie zu sehr. Doch aus irgendeinem Grund erfüllte der Anblick des in Licht getauchten Tores Lauka mit Vorfreude und der tiefen Gewissheit, dass jenseits des Tores Gutes auf sie wartete: Triumph, Rausch und das Gefühl, eine Riesin zu sein.

Sie dachte an Garona. Sollte es einer Riesin nicht gelingen, sich ihr Reich zurückzuerobern? Ihre Fluchtgefährten hatte sie längst angesteckt mit dieser Zuversicht. Sie staunte selbst darüber.

Heimweh befiel sie. Eine Nacht im Wald fühlte sich anders an als eine Nacht im Bergmassiv. Dort heulte nur der Wind, dort schnarchte nur der Wandergefährte. Manchmal schrie ein Greif, sicher, und hin und wieder, wenn Steinschlag oder eine Schneelawine zu Tale gingen, zitterte die Erde, und die Nacht hallte von Donnern und Krachen wider; doch der Lärm verebbte meistens ebenso schnell wieder, wie er den erschrockenen Schläfer aus dem Schlaf riss.

Die Nacht im Wald dagegen lärmte unterunterbrochen; wisperte, raunte, grunzte, flüsterte, grummelte, zischte. Lauka starrte in den Buchenwipfel über sich. Im schwankenden, knarrenden Geäst funkelte kein einziger Stern. Ein Tropfen Wasser fiel aus der Krone und klatschte ihr auf die Stirn. Regnete es immer noch?

Sie lauschte atemlos. Rechts von ihr schnarchte Hector, links von ihr Starian. Irgendwo murmelte Tigrit im Schlaf, irgendwo seufzte der alten Eisenfinger. Ließ seine Gardistin sich denn schon wieder von ihm lieben? Überall raschelte Laub, pfiffen Nachtvögel, schrien Tiere, knackten Zweige, gurrten Eulen, heulten Füchse, piepsten Mäuse, fiepten Hasen. Und irgendwo westlich, gar nicht weit entfernt, rauschte die Brandung.

Die Nacht im Berg erschien Lauka als pure Stille dagegen.

»Wir werden nach Hause gehen«, flüsterte sie. »Du und ich.« Sie zog den Samtbeutel mit dem Schädel an ihre Lippen und küsste ihn. »Du sollst in den stillen Bergen ruhen, und ich werde über die stillen Berge herrschen. Zuvor aber werden sie leiden und sterben: meine verfluchte Schwester, die Verräter, die Blutsäufer, alle. Leiden und sterben. Bald.«

Ayrin war hier. Irgendwo in der Nähe. Lauka spürte es doch. Und sie wusste es: Fischer hatten ihre Schwester und deren Verräterpack an der Bucht abgesetzt, gar nicht weit entfernt vom Küstenpfad und erst vor zwei Tagen. Wollten ganz schnell vorbeisegeln in ihrer Nussschale, die schlauen Fischer. Und als Raban und Lutar ihr Schifflein dann gerammt hatten, wollten sie so gar nichts gesehen und gehört haben.

Lauka hatte sie ausgehorcht, zusammen mit Honig und Kyranja. Und was sie plötzlich nicht alles wussten und unbedingt erzählen wollten, bevor sie starben! Ayrin zu Fuß, in Begleitung von Romboc, Sigrun, dem diebischen Baldoren und dreißig Rittern und Schwertdamen. Auch den kahlen Kopf und das scharf geschnittene Gesicht von Tanjassins Sohn hatten die Fischerchen beschrieben, schreiend und heulend zwar, doch deutlich genug.

Der verräterische Baumeister Joscun hatte es also tatsächlich bis zu seiner gestürzten Königin geschafft. Er würde es bereuen, das hatte Lauka sich geschworen.

Über einen Waldwilden hatten die Fischer selbst unter größten Schmerzen nichts zu erzählen gewusst. Auch in ihrem Geist war keiner vorgekommen, der diesem Barbaren aus Strömenholz ähnelte. Kein Waldmann, kein Mondsteinring – eine Gefahr weniger. Sehr gut. Wenn das nicht ein Geschenk der Großen Mutter war, was dann?

Wahrscheinlich hatten ihn die Blutsäufer erwischt. Die Fischer wussten, dass Ayrin und ihre Bande aus der von den Tarkanern eroberten Hauptstadt Baldors geflohen waren und auf der Flucht eine ganze Anzahl Komplizen verloren hatten. Auch das: sehr gut.

Am Morgen hatte Lauka selbst vor der Bucht die Anker auswerfen lassen, in der sie zum ersten Mal den Waldwilden und seinen baldorischen Räuberfreund getroffen hatte. Schon um die Mittagszeit hatten Hector und Tigrit die Spuren von Ayrin und ihrer Verräterbande gefunden.

Lauka schloss die Augen, hob die Arme und dankte der Großen Mutter zum hundersten Mal dafür, Ayrin gefunden und es mit weniger als vierzig Gegnern zu tun zu haben.

Wieder ein Tropfen aus der Buchenkrone. Er landete auf ihrem Kinn. Lauka setzte sich auf, langte zu ihren Füßen. Das Fell darüber war feucht. Es nieselte unentwegt. Der Winter schien in dieser Weltgegend mit kaltem Nieselregen und Sturm Einzug zu halten statt mit Eis und Schnee. Kalt war es trotzdem. Lauka zog die Knie an und raffte das Fell um ihre Schultern zusammen. Welkes Laub schwebte aus der Buche.

Wie seltsam, auf einmal wieder unbeweglichen Boden unter sich zu spüren. Fast unheimlich kam ihr das vor nach all den Wochen auf dem ständig schwankenden Schiff. Zwei Monde lang hatte die Galeere nicht nur den Winterstürmen standgehalten – in deren Böen war sie sogar ungewöhnlich schnell über den Großen Ozean gesegelt. Dreißig Ritter hatte Lauka am Nachmittag auf dem Schiff zurückgelassen, dreißig und ihre neun Fluchtgefährten mit auf die Jagd nach Ayrin genommen.

Irgendwo im Unterholz raschelte und knackte es, als näherten sich Schritte. Lauka legte den Schädelsack zur Seite, warf das Fell ab, schlüpfte in ihren schwarzen Wildledermantel. Sie band das gelbe Tuch um ihre Stirn, stülpte sich den Bronzehelm über und griff nach ihrer Armbrust. Links von ihr saß Starian plötzlich klingengerade auf seinem Lager, rechts von ihr sprang Hector auf. Er hielt schon sein Schwert in der Faust.

Von zwei Seiten brachen vier Männer durchs Buschwerk, die Wachen – Pradosco, Lutar und zwei Ritter. »Da kommen welche von Norden her!«, zischte Lutar, der Grenzritter aus Weihschroff. »Mindestens zehn, eher mehr.«

»Waldwilde?«, flüsterte Lauka.

Pradosco schüttelte den Kopf. »Die würden nicht halb so viel Lärm machen.«

Inzwischen waren alle wach, hatten alle nach ihren Waffen gegriffen. Starian und Valena ließen die Decken und Felle zusammenräumen, Raban teilte Ritter und Schwertdamen ein und schickte sie rund um den uralten Buchenhain in Stellung. Hector, Lutar und Wolfrun hielten sich dicht bei ihrer Königin; Hector zog Lauka mit sich ins Unterholz.

Die Schritte kamen näher. »Kein Jäger und kein Angreifer rennt so kopflos und laut durch den Wald«, flüsterte Wolfrun.

»Vielleicht jemand, der selbst von Jägern gehetzt wird«, murmelte der Dolmetscher aus Trochau.

Dann Umrisse menschlicher Gestalten – zwei, drei, vier –, sie keuchten, sie huschten vorüber. Plötzlich der Schlag einer Armbrustsehne, ein Sirren, ein Klatschen, ein Schrei. Eine der Gestalten brach zusammen, wälzte sich im Unterholz, ächzte und röchelte. Wolfrun, Hector und Lutar sprangen aus der Deckung. Plötzlich wimmelte es von Menschen unter dem Laubdach des Buchenhains. Das Klirren sich kreuzender Klingen tönte durch die Nacht.

»Halt!«, schrie jemand. Valenas Stimme. »Das sind unsere Ritter!« Jemand rief die Große Mutter an, jemand fluchte, jemand warf sich vor dem Angeschossenen auf die Knie und stöhnte auf. Wahrhaftig – die eigenen Ritter flüchteten durchs Unterholz, die eigenen Ritter hatten sie angegriffen!

»Warum seid ihr nicht auf dem Schiff geblieben?«, blaffte Raban.

»Was ist los?« Lauka schnürte es die Kehle zu, Angst würgte sie plötzlich. »Wovor flieht ihr?«

»Blutsäufer!«, keuchte einer der Ritter vom Schiff. Sie haben uns mit einer Galeere gerammt und geentert. »Ihre Hohepriesterin ist dabei, die Hexe. Sie jagen uns.«

Drei Atemzüge lang stand Lauka wie festgefroren. Kein klarer Gedanke wollte ihr mehr gelingen. Ihr Hirn schien leergefegt, ihre Brust mit spitzen Steinen gefüllt. Dann überflutete sie die Todesangst. »Weg hier!« Sie sprang auf. »Weg von diesem Küstenpfad!« Wie war das möglich? Wie hatte Catolis, die verfluchte Hexe, sie finden können? »In den Wald hinein, so tief wie möglich!«

*

Die letzten Nachtstunden über flohen sie aufs Geratewohl ins Unterholz hinein. Immer nach Osten, wahrscheinlich, weil diese Richtung am sichersten und schnellsten von Meer und Küstenpfad wegführte. Beschlossen oder befohlen hatte diese Richtung niemand.

Am Morgen trafen sie auf zehn weitere von der Galeere geflohene Ritter. Die hatten den Tarkanern entkommen können und schlossen sich Laukas Schar am Morgen an. Die Ritter brachten schlechte Nachrichten: Den Rest der Besatzung hatten die Blutsäufer getötet oder gefangen genommen. *Die verfluchte Hexe wird sie foltern lassen*, schoss es Lauka durch den Kopf, *sie wird erfahren, dass ich in der Nähe, dass ich Ayrin auf der Spur bin.*

Keiner der Ritter war je in den Wäldern des Fernen Ostens gewesen, die meisten kannten diese Weltgegend nicht einmal vom Hörensagen. Lauka hätte es nicht für möglich gehalten, dass ein Wald so dicht sein konnte wie dieser hier. Der neue Tag brach an, doch es wurde nur unwesentlich heller. Dunstschleier hingen über Farn und Buchenschößlingen, die Luft war grau und feucht vom Nieselregen. Gelbe und braune Blätter segelten schwarmweise aus den Baumkronen. Starian und Hector stapften neben ihr durchs Unterholz. Kyranja, Raban und seine Blondine hatten die Spitze übernommen, schlugen Breschen ins Gestrüpp. Lauka schluckte, als sie das sah – wie leicht würden die Blutsäufer und ihre Hexe ihnen folgen können!

Sie blickte hinter sich. In den Gesichtern derer, die sie in feinen Regenschleiern, Dunst und Buschwerk erkennen konnte, nisteten Angst und Schrecken. Sogar in Starians und Hectors Gesichtern. *Es geht ihnen nicht besser als dir*, dachte sie. *Deine Kraft brauche ich, Vater, deine Magie – sonst überlebe ich das hier nicht …*

»Ein Pfad!«, Kyranjas Ruf riss sie aus ihrem stummen Selbstgespräch. Zehn Schritte vor ihr winkte der Rotkopf ganz aufgeregt. »Spuren!«

Hector und Starian liefen zu ihr, gingen neben ihr in die Hocke. Auch Honig und der einarmige Erzritter tauchten hinter den Büschen ab. Nach und nach schlossen alle anderen auf. »Abdrücke von Stiefeln, wie man sie in Garona zu tragen pflegt«, sagte Raban und deutete auf die Spuren im gelben und braunen Laub. »Nur ein paar Stunden alt.«

»Spuren von etwa dreißig Menschen, sie führen alle in diese Richtung.« Tigrit schritt bereits den Pfad nach Südosten hin ab. »Mehr Frauen als Männer.«

Lauka bestand darauf, dem neu entdeckten Pfad nach Südosten

zu folgen. Ihre innere Stimme sagte ihr, dass er sie zu Ayrin führen würde. Vielleicht konnte sie ja doch noch Rache an ihr nehmen, bevor sie sich vor der Hexe Catolis verstecken musste.

Ehe sie sich wieder in Marsch setzten, ließ Lauka ihren Blick über die Versammelten gleiten. Schon mehrmals hatte sie ein seltsames Gefühl überfallen in den letzten Stunden, und als sie nun nacheinander in die Gesichter ihrer Gefährten blickte, wurde ihr gewiss, dass eines fehlte.

»Valena?« Laukas Blick wanderte noch einmal unruhig über die Ritter und Schwertdamen, die sich am Pfad versammelt hatten. »Die Ärztin ist weg.« Alle blickten sich um. Es stimmte – nirgends eine Spur von der Hochdame. Auf keinen einzigen Ruf reagierte sie.

»Zwei gehen zurück!«, befahl Wolfrun. »Sucht Valena!« Zwei Ritter machten kehrt, schlichen den Weg zurück, den sie gekommen waren, verschwanden im Unterholz.

Sie warteten, untersuchten abermals die gefundenen Spuren, tranken und nahmen ein wenig von ihrem Proviant. Lauka hatte keinen Hunger, nur Durst.

»Wir sollten für eine sichere Marschordnung sorgen«, verlangte Starian. »Wir brauchen Späher, die in breiter Linie vor der Kolonnenspitze marschieren. Wir brauchen eine starke Rückendeckung in der Nachhut, und wir brauchen Flankenschutz.« Lauka war mit allem einverstanden.

Sie warteten vergeblich. Weder Valena noch die beiden Ritter, die nach ihr suchten, kehrten zurück. Der Mittag war längst vorüber. »Wir müssen sie aufgeben«, sagte Wolfrun. Ihre Miene war so kantig und hart, dass Lauka erschrak. Sie nickte und betrachtete das kastanienrote Haar der Obristdame – wie deutlich es sich abhob von all dem Grau und Gelb und Braun und Grün des Waldes.

Raban und Starian stellten die neue Marschordnung auf, und weiter ging es, immer den Pfad nach Südosten entlang. An der Spitze Rabans Grauschopf, der rote Kahlkopf der Jungpriesterin und der Blondschopf von Honig. Lauka äugte hinter sich: Hector, Tigrit und Pradosco hielten sich dicht hinter ihr, verstanden sich jederzeit als ihre persönlichen Gardisten. Im hinteren Mittelfeld, ein

Stück vor der Nachhut, marschierte Wolfrun mit vier Rittern. Ihr Haar leuchtete rötlich zwischen Dunstschwaden, Spinnennetzen, Baumstämmen und gelblichem Laub.

Lauka band sich den Zopf hoch und bedeckte ihr Haar ganz und gar mit ihrem Bronzehelm und ihrem gelben Tuch. Die Hexe hatte sie gesehen, als sie nackt aus Zlatans Zelt getreten war; die Hexe kannte ihr Gesicht, wusste, dass sie kastanienrotes Haar hatte. Wer Wolfrun nicht kannte, würde sie leicht mit ihr, Lauka, verwechseln.

Sie marschierten in den Nachmittag hinein. Es wurde ein wenig heller, der Nieselregen ließ nach. Die Feuchtigkeit kroch Lauka durch den Wildledermantel, durch die gelblichen Ziegenlederhosen und sogar durch das Hemd. Sie fror. Zlatans Säbel und ihr Gepäck drückten sie. Hector nahm es ihr ab. Manchmal ballte sie die Linke und drückte den Mondsteinring an ihre Schläfe, um sich Mut zu machen. Manchmal griff sie sich in den Nacken und tastete nach den Umrissen des Mondsteins unter ihrem Kopftuch.

Ein Schrei tönte durch den Wald. Die Kolonnenspitze blieb stehen, Stimmen wurden laut. Raban rief etwas, das Lauka nicht verstand. Auch irgendwo hinter ihr wurde es auf einmal laut. Sie fuhr herum. Die ganze Kolonne stand still. Klirrten nicht irgendwo Klingen?

Wolfrun und die Ritter am Ende der Marschkolonne zogen ihre Schwerter. Kämpfende Ritter jedoch konnte Lauka nirgends entdecken. Dafür tauchten fremde Gesichter auf, ganz am Schluss der Kolonne, dort wo eigentlich die Nachhut marschieren müsste.

»Blutsäufer!«, brüllte eine Schwertdame, und nicht etwa am Schluss der Kolonne, sondern an ihrer Spitze. Dort entbrannte bereits ein Kampf. Lauka traute ihren Augen kaum: Auch die fremden Angreifer am Ende der Kolonne waren Tarkaner, zwei jedenfalls – der dritte hatte ein helleres Gesicht.

»Boras!«

Lauka stockte der Atem, sie erschrak bis ins Mark. Boras lebte! Boras hatte die Hexe auf ihre Spur geführt!

»Weg hier!« Starians Stimme dicht an ihrem Ohr; er packte sie am Arm, zerrte sie vom Pfad weg ins Unterholz. Noch einmal drehte

Lauka sich um: Mit gezückten Schwertern drangen Wolfrun und die Ritter auf Blutsäufer ein. Zwischen den Büschen neben dem Pfad tauchte plötzlich eine Frauengestalt in schwarzem Leder über blauem Mantel auf – im nächsten Moment hüllten schon blaue, violette und türkisfarbene Lichtblitze Wolfrun und ihre Ritter ein.

*

Und wieder: kopflose Flucht ins Dickicht des Waldes, diesmal nach Süden. Vier oder fünf Ritter und Schwertdamen hielten sich an Laukas Seite, liefen voraus, droschen auf das Unterholz ein, bahnten den Weg. Lauka erkannte Starian, Hector, Tigrit und Pradosco.

Als die Dämmerung einbrach, stieß noch eine Handvoll weiterer Garonesen zu ihnen, unter ihnen Raban, Honig, Lutar und die Jungpriesterin.

Die Wolkendecke zerriss, der Mond ging auf, der Wald lichtete sich ein wenig; links und rechts ragten steinige Gebilde aus Halbdunkel und Gestrüpp auf – Felsen oder Ruinen. Dort suchten sie Deckung, dort fanden sie halbwegs trockene Plätze zum Schlafen.

Dreizehn Gefährten zählte Lauka noch. Der Mut sank ihr, die Enttäuschung wühlte in ihrer Brust wie stechender Schmerz. Sie rammte Zlatans Säbel in den Boden neben ihrem Schlafplatz, drückte Mauritz' Schädel an ihre Brust, während sie sich in ihr Fell wickelte. Raban teilte die Wachen ein. Wer keinen Wachdienst hatte, sank erschöpft nieder und schlief. Sogar Lauka fiel in einen unruhigen Schlaf.

Früh am Morgen marschierten sie weiter. Lauka ging es nur noch um eines: so viel Wegstrecke wie nur irgend möglich zwischen sich und die Hexe zu bringen, der verfluchten Großmeisterin aus Kalypto. Raban und Hector führten die Gruppe in südliche Richtung, um dem Küstenpfad nicht zu nahe zu kommen. Starian und Tigrit marschierten jetzt am Ende der Kolonne. Es regnete nicht mehr.

Weil der Wald immer lichter wurde und ständig Wildpfade sich kreuzten, benutzten sie diese und konnten so vermeiden, Breschen schlagen und deutlichere Spuren hinterlassen zu müssen, als sie es sowieso schon taten. Kein Späher der Nachhut meldete einen Verfolger. Lauka schöpfte ein wenig Hoffnung. Der Gedanke an Rache und Ayrin fühlte sich auf einmal unwichtig an und so fern wie der Gletscher des Garonits.

Sie erreichten das Steilufer eines breiten Flusses. Die starke Strömung brauste. Am anderen Ufer standen Männer in brauen Hosen, schwarzen Fellstiefeln und in Mänteln und Jacken mit netzartigem Muster. Einige trugen große Jagdbogen, andere kaum mannshohe Lanzen. Einen Augenblick nur verharrten die Fremden auf der anderen Seite des Flusses und spähten herüber, dann machten sie kehrt und tauchten im Unterholz ab.

»Waldmänner«, sagte Lauka. »Habt ihr die Mäntel gesehen? So einen trug Ayrins Waldwilder, dieser Lasnic.«

Eine Wegstunde flussaufwärts stießen sie auf eine Hängebrücke und überquerten auf ihr den Waldfluss. Die Brücke schwankte mächtig, und ihr morsches Holz knarrte und ächzte unter ihren Stiefelsohlen; Lauka schwindelte, als sie auf die rauschende Strömung des dreißig Fuß unter ihnen zum Meer brausenden Flusses blickte.

Bald fanden sie wieder die Spuren der Waldmänner und folgten der Richtung, aus der die wilden Jäger gekommen waren. Raban hoffte, mögliche Verfolger würden sich täuschen lassen und der Fährte der Waldmänner in die Richtung folgen, in die sie gegangen waren.

Das Gelände stieg nun ein wenig an, hinter einer Anhöhe schien die Sonne auf eine breite Waldschneise herab, die sich von Westen, also vom Meer her, weit nach Osten hinzog. Sie war mindestens 150 Fuß breit und von lauter entwurzelten und kreuz und quer liegenden Bäumen bedeckt.

»Baumstämme, so weit das Auge reicht«, staunte Raban. »Die Spur hört auf.«

»Eichen, Birken und Buchen. Die muss ein Tornado umgerissen haben.« Hector deutete zur anderen Seite der Sturmschneise. »Die Waldwilden kamen von dort drüben, schätze ich.

»Eine gute Gelegenheit, unsere Spuren noch besser zu verwischen.« Lauka zog eine grimmige Miene. »Klettern wir über die Stämme.«

Es kostete viel Zeit, sich durch das Gestrüpp von Baumwipfeln und Baumkronen voller braunem und trockenem Laub zu arbeiten. Als sie ein knappes Drittel bewältigt hatten, rief ein Späher hinter ihnen. Lauka blickte zurück. Zwei Späher bildeten die Nachhut, doch nur einer winkte aus dem Wurzelgeflecht eines umgestürzten Baumes am Rand der Schneise.

Er rief irgendeine Warnung, die Lauka nicht verstand, und hatte es dann sehr eilig, in den erstbesten quer liegenden Baum zu klettern. Die Männer und Frauen zwischen ihm und Lauka aber gaben seine Nachricht weiter, bis sie Lauka erreichte. »Die Jagdrotte der Blutsäufer ist nur noch zwei Wegstunden entfernt«, sagte Tigrit, die hinter Lauka durchs Geäst kletterte. »An die hundert Krieger. Ihre Hohepriesterin und Boras sind bei ihnen.«

Ein Eiszapfen bohrte sich in Laukas Brust. »Schneller!«, zischte Hector neben ihr, und Tigrit gab den Befehl nach hinten weiter. Lauka sprang ins Geäst des nächsten Baumes und rutschte ab, so sehr lähmte der Schrecken ihre Glieder. Sie arbeitete sich wieder aus der Tiefe der feuchten Stämme herauf, kletterte in den noch regennassen Wipfel des nächsten Baumes, sprang auf den nächsten Stamm. Sie schlug sich die Knie auf und riss sich die Finger blutig.

Auf einmal gellte ein Schrei durch den Wald, so grässlich und so laut, dass alle erstarrten. Wie keifendes Gackern klang das Geschrei, wie das Krähen und Kollern eines gewaltigen Vogels. Lauka ballte die Faust, ihr Mondstein leuchtete auf. »Weiter!«, zischte sie. Sie zwang sich, ihre Angst zu überwinden und so den anderen ein Vorbild zu sein. Hastig durchkletterte sie in die nächste Baumkrone. Etwas mehr als die Hälfte der Schneise lag jetzt hinter ihr.

Und wieder tönte gellendes Gackern und Wiehern aus dem Wald auf der anderen Seite der Schneise. Diesmal wollte es gar nicht mehr abreißen. Wie hämisches Lachgebrüll eines monströsen Dämons klang es. Gab es denn tatsächlich Dämonen? »Nein!«, zischte Lauka. »Weiter!«

Endlich die letzten entwurzelten Bäume der Sturmschneise, lauter alte Eichen. Einige ragten hier schräg nach oben. In so einen Baum kletterte Lauka. Sie wollte das Ungeheuer sehen, das imstande war, derart entsetzliche Schreie auszustoßen.

Im schrägen Wipfel der Eiche richtete sie sich auf, lugte aus dem Geäst. Neben ihr tauchten Hectors und Starians Köpfe auf. Lauka spähte auf eine Lichtung hinter einer Reihe jüngerer Bäume, die der Tornado wohl nur umgebogen, jedoch nicht entwurzelt hatte. Dort entdeckte sie einen auffällig zierlichen Mann in der Kleidung der Waldwilden. Er hatte kurzes weißes Haar und reckte, während er zwischen die Bäume zurückwich, irgendjemandem den rechten Arm und die rechte Faust entgegen. Eine Waffe konnte Lauka nicht in seinen Händen erkennen.

Die massige Gestalt einer riesigen Frau tauchte zwischen dem Buschwerk und dem gelben und braunen Laub der jungen Bäume auf. Die meisten überragte sie. Hector und Starian stießen heisere Schreie aus. »Welch kolossale Frau«, flüsterte Hector. Und er hatte recht: Ungeheuer groß und massig sah sie aus! Größer und massiger noch als ein Eiswilder. Nur Laub, Farn und Gras bedeckten ihren nackten Leib. Ihr fetter Bauch, ihre gewaltigen Brüste, ihre speckigen Hüften – alles bebte bei jedem Schritt, mit dem sie sich dem Weißhaarigen näherte. Ihre Waden waren Stämme, ihre Schenkel Säulen, und etwas wie rötliche Schuppen bedeckte ihre Füße und Hände!

Lauka traute ihren Augen nicht. »Ein Monstrum, keine Frau.« Hector und Starian stöhnten wie unter Schmerzen.

Das breite Gesicht der ungeheuren Wildfrau verzog sich zu einem Feixen, wieder stieß sie gellendes, gackerndes, wieherndes Hohngelächter aus, fuchtelte dabei mit den Armen und schien den Weißschopf – wie ein Winzling sah er aus in ihrem Schatten – zu irgendetwas aufzufordern.

»Seht doch«, flüsterte Starian. »Seht doch das blaue Leuchten an seiner Faust. Laukas Augen verengten sich zu Schlitzen – tatsächlich: Der Weißschopf trug einen Mondsteinring!

Der Magier, der die Waldstämme führte!

Von ihrem Vater Mauritz wusste sie, dass auch hier, in den wilden

Wäldern, einer aus Kalypto heimlich für das Zweite Reich kämpfte und wirkte. »Meister des Willens« – so hatte Mauritz ihn genannt, wenn er von ihm gesprochen hatte.

Wieder gellten Lauka die Ohren vor kreischendem, gackerndem Gelächter. Die Riesenfrau sprang zur Seite, eine Salve blauvioletten Lichts ging ins Leere. Der Wald hallte wider vom lachenden Geschrei des wilden Frauenkolosses. Der Weißschopf fuhr herum, richtete den Ring auf die junge Buche, hinter der die Riesenfrau auf einmal hockte. Ihr Gelächter verhallte, und sie selbst verschwand so blitzartig, als hätte sie sich einfach in nichts aufgelöst.

Das ERSTE MORGENLICHT hüllte die junge Buche ein, ließ sie erst in die Höhe schießen, dann grünen, dann hunderttausend Bucheckern abwerfen und dann verdorren.

Aschfahl waren Hector und Starian. Lauka zitterte, wagte kaum zu atmen. Wie aus dem Nichts tauchte die Riesenfrau hinter dem Weißschopf auf. Sie schwang einen jungen Birkenstamm und holte zum Schlag aus.

Drittes Buch

Die Magierin der Tausend Inseln

I

Der dritte Tag in den Wäldern brach an. Die Sonne ging auf, die Nacht war kalt gewesen. Wenigstens regnete es nicht mehr. Ayrin trat zwischen die Buchen und Eichen, blickte in ein kleines Stück Himmel zwischen den Kronen. Licht! Wie sehr sie das vermisste! Sie schloss die Augen. Noch immer keine Nachricht von Lasnic. Sterne flimmerten auf ihren Netzhäuten. Wie sehr sie ihn vermisste! Sie fror.

Jemand schleppte Wasser an ihr vorbei. Sie öffnete die Augen: Romboc und der junge, schwarzhaarige Stadtritter, dem er die rechte Gesichtshälfte zusammengenäht hatte. Der stammte aus Schluchtern und hieß Tibor. Die Wunde heilte gut. Das Wasser hatten sie aus dem nahen See geholt.

Seit der Mittagszeit des vergangenen Tages lagerten sie hier zwischen den Felsen an dem kleinen Gewässer. Eine erzwungene Rast: Eine Giftschlange hatte Joscun gebissen; seitdem fieberte er. Und jene Schwertdame, die ein tarkanischer Pfeil in den Oberschenkel getroffen hatte, konnte schon seit zwei Tagen kaum noch laufen; jetzt eiterte die entzündete Wunde, und die Kriegerin fieberte ebenfalls.

Ayrin langte ihren neuen Echsenledermantel vom Ziegenfell und warf ihn sich über die Schultern. Die Stiefel ließ sie stehen. Ritter umringten die verletzte Schwertdame; eine von dreien, die Ayrin nach der Flucht aus Eldora geblieben waren. Sigrun und der alte Grenzritter aus Seebergen knieten bei ihr und spülten ihr die große Wunde aus. Ayrin ging neben ihr in die Hocke, nahm ihre heiße Hand, redete ihr gut zu. Ihr Oberschenkelmuskel war stark geschwollen, die Schenkelhaut flammend rot. Der Seeberger schmierte eine Paste auf die Wunde. Die Schwertdame stöhnte auf. Der Duft von Weißbaumrinde, Wildzwiebel und Bienenharz überlagerte den Eitergestank.

Ayrin erhob sich, ging weiter, wünschte einem nach dem anderen einen guten Morgen. Lord Frix und Feline lagen noch in ihren Fellen. Seit der Schlacht um die Katapulte vor der Weißen Burg von Eldora hatten sie ihren Liebesstreit begraben. Jetzt standen sie auf, einer umarmte den anderen. Sie küssten sich, flüsterten einander ins Ohr. Ein scharfer Schmerz durchzuckte Ayrins Brust. »Lasnic«, murmelte sie. »Wo bist du, mein Waldmann?«

Feline beugte sich zu ihrer Schwester Garonja hinüber; die war schon wach. Mit Hilfe des kleinen Baldoren wechselte die Schwertdame den Kopfverband ihrer Zwillingsschwester. Sie hatten Garonja die rechte Kopfhälfte geschoren. Die große Wunde über ihrem rechten Ohr sah hässlich aus und wollte nur langsam heilen. Ayrin nickte den drei Liebesgefährten zu und verließ das Lager und den Schutz der Felsen.

Klares Morgenlicht umfing sie. Das feuchte Gras unter den Fußsohlen tat gut. Am Ufer des kleinen Sees breitete sie ihren Echsenledermantel aus und ließ sich darauf nieder. Auf der anderen Seeseite schwamm ein wilder schwarzer Schwan aus dem hohen Schilf. Ein Kloß schwoll in Ayrins Kehle. Der neunzehnte Tag ohne Lasnic.

Die Route entlang der Küste von Baldor war beschwerlich gewesen. Serpentinenwege durch Steilhänge hinunter zum Strand, Sandpfade durch Dünen, Serpentinenwege die Klippen hinauf. Die verletzte Obristdame war oft zurückgeblieben, musste über weite Strecken getragen werden. Anfangs auch Lord Frix, dem die Blutsäufer übel mitgespielt hatten. Anders als die Kriegerin hatte der zähe Baldore sich jedoch schnell erholt.

Ob Lasnic und die anderen in diesen Tagen auch auf dem Küstenweg marschierten? Vielleicht gerade jetzt zu dieser Morgenstunde, in diesem Augenblick, in der sie an die Gefährten dachte? Hatten sie es überhaupt geschafft, aus der eroberten Stadt zu entkommen? Lebten sie überhaupt noch?

Ayrin blickte in den Himmel und lauschte dem Gezwitscher und Gepfeife aus dem Wald. Keine Spur eines schwarzen Vogels, keine Vogelstimme, die an die eines Kolks erinnerte. Jeden Tag, jede Stunde hielt Ayrin Ausschau nach Tekla.

Um die besetzte Hafenstadt Baal zu umgehen, hatte Martínos sie schließlich von Küste und Klippen weg zu einem Landweg für Fuhrwerke geführt, auf dem es sich weniger mühsam wanderte.

Ein seltsamer Mann, dieser blonde Musiker. Er behauptete, Sigrun zu lieben. Ohne Scheu bekannte er sich dazu, vor allen. Er dichtete der Herzogin von Violadum sogar Liebeslieder und trug sie abends im Nachtlager vor. Sigrun genoss das; sie lächelte meistens ein wenig stolz, wenn Martínos sang und sie dabei anschmachtete. Ayrin wurde immer ganz traurig, wenn sie ihn singen hörte. Dabei verstand sie kaum die Hälfte seiner Worte.

Am Golf von Baal schließlich, zwei Tagesmärsche nördlich von Baal, nahmen gastfreundliche Fischer sie in ihre Hütten auf. Nach vier Tagen Ruhe hatten die guten Männer sie auf einem Fischerboot an der Golfküste entlang zur Bucht gebracht, in der Romboc zwei Winter zuvor mit der KÖNIGIN BELICE gestrandet war.

Zwei Winter schon war das her? Ayrin kam es vor, als sei das alles erst vor zwei Monden geschehen. Wie die Zeit raste, seit die ersten Blutsäufer vor neun Wintern in Garona aufgetaucht waren!

Ayrin hatte die Fischer mit drei Goldstücken belohnt, die Lord Frix wie zufällig in einer seiner Taschen gefunden hatte. Seit dem Abschied von den freundlichen Leuten wanderten die Garonesen und die beiden Baldoren nun südwärts durch den Wald, immer dem Stomm entgegen. Romboc und Lord Frix hatten einen Pfad gefunden, der etwas abseits des Küstenpfades durchs Unterholz führte. Auf ihm hatten sie bereits menschliche Spuren entdeckt. Ayrin hoffte, bald auf eine Siedlung der Waldmänner zu stoßen.

Von Westen her erschien ein schwarzer Vogel über den gelbbraunen Laubkronen. Ayrin behielt ihn im Auge. Er kam näher, hielt auf den See zu. Tekla? Sie sprang auf, beobachtete ihn aufmerksam; ein zweiter gesellte sich zu ihm. Hatte sie Schrat mitgebracht? Vielleicht, weil der alte Kolk sich besser auskannte in den Wäldern? Vielleicht, weil Lasnic tot war? Ayrin hielt den Atem an.

Das Vogelpaar wurde größer und größer. Aus dem Osten strahlte die Morgensonne sie an. In ihrem Licht schillerte das Gefieder der

Vögel schwarzblau. Nein, das waren keine Kolks. Viel zu lang die Hälse, viel zu spitz die Schädel. Enttäuscht ließ Ayrin sich wieder auf das grünbraune Echsenleder sinken. Das Vogelpaar ging in den Sinkflug, überquerte die letzten Wipfel vor der Seelichtung, spreizte die Schwingen, streckte die Schwimmklauen voraus und landete im Wasser. Seite an Seite schwamm es in der Mitte des Sees.

Ayrin seufzte. Die beiden dort auf dem Wasser hatten einander. Wie Lord Frix, Feline und Garonja. Wie Sigrun und dieser gefühlsselige Musiker. *Lasnic, wo bist du?* So ging es ständig durch ihr aufgewühltes Hirn, durch ihr wundes Herz, und nichts half dagegen. »Wirst du zurückkehren?«, murmelte sie. »Du kannst doch nicht tot sein, oder?«

Schritte näherten sich hinter ihr. Ayrin straffte ihre Gestalt, hob den Kopf. Niemand sollte merken, dass Angst, Sehnsucht und Hoffnung ihre Brust zerwühlten wie Fieber. Sie marschierte immer an der Spitze der Kolonne, sie sprach so gut wie nie über den Waldmann, sie achtete darauf, nicht in den Himmel oder in die Bäume zu blicken, wenn sie sich beobachtet fühlte. Nein, sie ließ sich nichts anmerken, nie; jedenfalls bildete sie sich das ein.

Ein Schatten fiel neben ihr auf das Ufergras, eine bullige Männergestalt blieb bei ihr stehen. Romboc. Mit einer langen Klinge deutete er auf das Vogelpaar in der Mitte des Sees. »Kormorane.« Er rammte die Klinge hinter Ayrin in den weichen Boden. »Dein Schwert, meine Königin.« Er setzte sich neben sie ins nasse Gras. »Mir wäre leichter ums Herz, wenn du dich daran gewöhnen könntest, niemals ohne Waffe das Lager zu verlassen.«

Sie nickte, antwortete nichts weiter. Natürlich hatte er recht. Eine Zeitlang beobachteten sie schweigend das Kormoranpaar. Die Vögel tauchten ab. Glatt und ruhig lag der See. Ayrin staunte: Sie konnten tauchen, diese Vögel. Lasnic hätte das sicher gewusst. Viele Atemzüge später stießen sie gut zweihundert Fuß entfernt wieder durch die Wasseroberfläche. Jedem zappelte ein Aal im Schnabel.

»Wie weit noch bis zum Stomm?«, fragte Ayrin, nur um etwas zu sagen.

»Immer noch genauso weit wie gestern um die Mittagszeit, meine Königin: neun Tagesmärsche. Und wenn man Lord Frix glauben will, liegt die nördlichste Siedlung von Strömenholz nur noch sieben Tagesmärsche entfernt in südöstlicher Richtung.« Mit einer Kopfbewegung deutete er auf den See hinaus, wo die Kormorane ihre sich windende Beute verschlangen. »Der Proviant wird knapp. Ich habe die Ritter angewiesen, Angeln zu bauen und Fische zu fangen. Auf dem Weg durch die Sümpfe hat der Waldmann uns ja gezeigt, wie man sie trocknet und haltbar macht.«

Ayrin nickte und schwieg. Und wieder stand er ihr vor Augen, der Geliebte. Lasnic, wie er mit der Lanze Fische aus dem See spießte; wie er sie ausnahm, mit bestimmten Kräutern einrieb und zum Trocknen ausbreitete; Lasnic, wie er sie umarmte, um ihren Abschiedsschmerz zu mildern; Lasnic, wie er sie zum ersten Mal küsste. Ayrin merkte nicht, wie sie seufzte.

»Tut weh, meine Königin. Ich weiß das.«

»Ich denke jede Stunde an ihn.« Überrascht von ihrer eigenen Antwort, senkte sie den Blick. Ihr Rücken krümmte sich, ihre Schultern sanken nach unten.

»Das kenne ich gut, meine Königin.«

Ayrin sah dem Erzritter ins vernarbte Gesicht. Ein hartes und zugleich so vertrautes Gesicht. Sie erinnerte sich an Rombocs Tränen, als sie ihn im Morgengrauen vor zwei Monden mit Sigrun im Ruderhaus der Galeere gefunden hatte; als Sigrun über seine zweite große Liebe sprach und über seinen Sohn. »Willst du damit sagen, dass du auch jeden Tag an deine Geliebte aus Kalmul denkst und an ihr Kind?«

Romboc nickte. »Genau wie an Tanjassin und ihre Mutter.« Er verzog keine Miene, schaute unverwandt auf den See hinaus, wo die Kormorane und der schwarze Schwan durch das Licht des neuen Morgens glitten.

Ayrin betrachtete den Erzritter. Die silbernen Strähnen in seinem Bart und seinen so struppigen Zöpfen waren breiter und zahlreicher geworden in den letzten Wintern, sein schwarzer Lederharnisch verschrammter, und sein grauer Wollmantel spannte sich straffer um seine Schultern. Hatte sie ihn nicht schon gekannt, als sein Haar noch pechschwarz, sein Gesicht glatt und seine Schultern schmaler gewesen waren? Gehörte er nicht zu ihrem Leben, seit sie denken konnte?

»Man sollte nicht meinen, dass Notzeiten, wie wir sie erleben, einem noch Zeit für Gedanken an die Vergangenheit lassen.« Romboc stieß ein bitteres Lachen aus. »Das Gegenteil ist wahr: jeden Tag. Manche Menschen gehören zu dir wie dein rechter Arm. Wie solltest du einen Tag lang nicht an deinen rechten Arm denken?«

»Wie dein rechter Arm …«, murmelte Ayrin. »Wie heißt deine schwarze Geliebte?«

»Sie hieß Ol'gata.«

»Und dein kleiner Sohn?«

»Ich habe ihn damals Garonos genannt. Zwei Winter war er alt, als der Finsterfürst der Großen Wildnis ihn und seine Mutter raubten.«

Ayrin rechnete nach. »Dann müsste er jetzt siebzehn Winter alt sein.«

Romboc regte sich nicht, zuckte mit keiner Wimper, nickte nicht einmal. Schmerzte es ihn zu sehr, darüber zu sprechen? Von seinen Reisen und Abenteuern hatte der Erzritter ihr oft erzählt. Früher, als er sie noch in der Kampfkunst mit dem Langschwert unterrichtete. Seine kalmulische Geliebte und seinen Sohn hatte Romboc hingegen nie erwähnt.

»Ich denke auch an die anderen, natürlich.« Ayrin traute sich nicht, nach jenem Finsterfürsten der Großen Wildnis zu fragen. »An meine geliebte Loryane, an Thora, an Wigard und die Ritter und Schwertdamen. Sogar Pirol Gumpen vermisse ich. Aber bei ihm, bei Lasnic, fühlt es sich ganz anders an. Verstehst du das, mein Erzritter?«

»Wie könnte ich das nicht verstehen?« Romboc gab sich knapp. Eine Narbe an seinem Mundwinkel zuckte. »Und wie sollte es anders sein? Der Waldmann ist doch ein Teil deines Herzens geworden, meine Königin, und ein Teil deines Leibes.« Ayrin horchte auf.

So hatte ihre Erzieherin, die Burgmeisterin Hildrun, nie über die Liebe gesprochen. Und die Priesterin Runja sowieso nicht.

»Ich liebe Garona«, sagte der Erzritter. »Doch die Art unseres Lebens dort hat mir immer Schmerzen bereitet. Und nicht nur mir. Wenn wir unsere Schuldigkeit getan und euch Damen ein Kind gezeugt haben, schicken die meisten von euch uns wieder weg. Und so müssen viele Männer von Garona leben, ohne einen Teil ihres Leibes und ihres Herzens für immer in ihrer Nähe zu haben. Die Geliebte nicht und schon gar nicht die Kinder. Hast du jemals darüber nachgedacht, was das für uns Ritter bedeutet, meine Königin?« Er wandte den Kopf, sah ihr in die Augen, musterte sie aufmerksam. »Ich kenne so manchen, der daran zerbrochen ist. Denke daran, wenn du selber einmal Kinder haben wirst, meine Königin. Ich bitte dich.« Er blickte wieder auf den See hinaus.

Ayrin folgte seinem Blick. Die Kormorane waren wieder abgetaucht, der schwarze Schwan ans andere Ufer geklettert. Dort breitete er seine Schwingen aus und zupfte in seinem Gefieder herum. War es wirklich der harte und furchtlose Erzritter Romboc, der da eben zu ihr gesprochen hatte? Sie konnte es kaum glauben. Der Kopf schwirrte ihr von seinen Sätzen. Noch nie hatte sie solche Worte aus dem Mund eines Mannes gehört.

Eine Zeitlang schwiegen sie wieder. Ayrin dachte an ihren Vater, den sie als Mädchen und Halbwüchsige hin und wieder in Weihschroff besuchte, bevor er von einer Strafexpedition gegen das Eisvolk nicht zurückkehrte. Verstohlen beobachtete sie Romboc von der Seite: Seine harten Züge waren finster, seine Mundpartie wirkte kantig und bitter. Manchmal zuckte die Narbe an seinem Mundwinkel.

»Glaubst du, sie leben noch?« Die Frage entschlüpfte ihr einfach so. »Ich meine Ol'gata und Garonos – glaubst du, sie sind noch am Leben und denken an dich, so wie du an sie denkst?«

Er zuckte mit den Schultern, starrte ins Wasser. »Nur die Stärksten überleben in der Großen Wildnis.«

»Und der Waldmann und die anderen?« Sie schluckte, ihr Herz schlug schneller. »Glaubst du, sie haben es geschafft?«

Ein paar Atemzüge lang blieb er stumm. Dann sagte er mit heiserer Stimme: »Ich bin fast sicher, meine Königin.«

Sie riss den Mund auf, atmete tief – einmal, zweimal –, rang um Atem wie eine Ertrinkende. Tränen schossen ihr aus den Augen. »Halt mich fest, mein Erzritter.« Sie lehnte sich gegen ihn. »Ich bitte dich, Romboc, halt mich ganz fest.«

Er legte den Arm um sie, zog sie an sich und streichelte ihre Wange. Ayrin weinte leise in seinen alten Wollmantel hinein.

Später hockten sie nebeneinander an einem der Feuer, das die anderen entzündet hatten, um Wasser zu kochen und Pilze und das letzte Fleisch eines Truters zu erwärmen. Eingesalzenes Fleisch von vier dieser Großvögel hatten sie den Fischern abgekauft. Dazu aßen sie Waldfrüchte und Pilze, die vom Vortag übrig waren. Ayrin hatte keinen Appetit. Nur weil Romboc sie mit strengen Blicken dazu aufforderte, nahm sie ein paar Früchte und zupfte ein wenig an ihrem Fleisch herum.

Nach dem Essen teilten Romboc und Sigrun die Arbeiten des Tages ein: Fischen, Holz sammeln, Jagen und die Wachdienste. Der Seeberger Ritter zog mit Martínos, Lord Frix und den Zwillingen nach Osten in den Wald, um Heilkräuter für die beiden Fiebernden zu suchen; seine Mutter war eine Hochdame und Ärztin gewesen.

Sigrun fürchtete Verfolger und schickte Tibor, den jungen Stadtritter aus Schluchtern, dem Romboc das Gesicht zusammengenäht hatte, mit zwei Rittern zurück nach Norden, um das Waldgebiet um den Pfad herum auszuspähen, den sie gekommen waren. Tibors Mutter Tibora hatte Ayrin gut gekannt. Sie war eine Obristdame gewesen und im Kampf gegen die Blutsäufer gefallen.

Alle schwärmten aus und gingen an ihre Arbeit. Ayrin und Sigrun blieben bei den beiden Verletzten im Lager. Ayrin wusch den fiebernden Joscun mit kaltem Wasser ab und flößte ihm warmes Wasser ein, das der Seeberger mit Steinsalz und Weißbaumrindensaft gewürzt hatte. Krämpfe hatten den Baumeister während der Nacht geschüttelt. Wenigstens war er ansprechbar. Die Schwertdame dagegen öffnete nicht einmal mehr die Lider, wenn man sie beim Namen rief.

Etwa fünfzehn Ritter verteilten sich am Seeufer. Einige hatten sich Angeln und Haken gebaut und Köder gesammelt. Andere, die guten Armbrustschützen vor allem, schossen auf größere Fische, die sie dicht unter der Wasseroberfläche erspähten. Einen beobachtete Ayrin von Joscuns Lager aus, der zielte auf den schwarzen Schwan. »Nicht!« Sie sprang auf und rannte auf die Seelichtung hinaus. »Keiner schießt mir auf den Waldschwan!«, befahl sie. »Auch die Jagd auf Kormorane verbiete ich euch!«

Sie kehrte zu Joscun zurück und zwang ihn ein weiteres Mal, das salzige und leicht bittere Wasser zu trinken. Der Baumeister verzog angewidert das Gesicht. »Reicht das nicht langsam?«, stöhnte er.

»Nein. Der Seeberger will, dass du bis zum Mittag einen Beutel voll trinkst. Und am Nachmittag den nächsten.«

»Und das soll gegen Schlangengift helfen?«

»Wir werden sehen.« Ayrin legte ihm die empfindliche Seite ihres Unterarms auf die Stirn. »Gegen das Fieber hilft es schon. Du bist lange nicht mehr so heiß wie noch gestern Abend.«

»Morgens sinkt das Fieber von allein, meine Königin. Was versteht dieser Kerl aus Seebergen schon von der Heilkunst?«

»Seine Mutter war eine Ärztin. Und er ging noch bei ihr aus und ein, als er schon ein Weihritter war.«

»Meine Mutter war Herzogin von Blauen, und mein Vater hat als Erster Gärtner von Blauen Äpfel und Zitronen in den Terrassengärten am Blauphir gezüchtet. Was glaubst du, meine Königin, weiß ich, wie man eine Stadt regiert?« Er atmete keuchend, das Reden strengte ihn an. »Oder gar, wie man vor dem Winter einen Apfelbaum beschneidet? Keine Ahnung habe ich, von beidem nicht.«

»Du übertreibst, Baumeister. Trink.« Ayrin hob seinen Kopf und setzte ihm das Mundstück des Lederbeutels an die Lippen. Joscun gehorchte.

»Ich hätte in Blauen bleiben und an der Seite meiner Mutter sterben sollen«, flüsterte er, als Ayrin den Beutel zustöpselte. Er keuchte und hustete. »Jetzt muss ich in dieser fremden Wildnis verrecken wie ein zu Tode gehetztes Tier.«

»Ich verbiete dir solche Gedanken, Joscun von Blauen!«, fuhr Ayrin ihn an. »Verscheuche jeden Gedanken an den Tod, hast du mich verstanden? Du musst leben. Das Reich braucht dich, ich brauche dich.« Er schloss die Augen, japste mehrmals nach Luft, antwortete mit keinem Wort. »Notfalls denke an die schöne Prinzessin von Baldor, die dich erwählt hat. Das wird dir die Todessehnsucht schon vertreiben.«

»Sie war eine ziemliche Nervensäge am Schluss.« Joscun krächzte nur noch. »Aber schön war sie doch.«

»Du redest von ihr wie von einer Toten.«

»Sie ist tot«, flüsterte Joscun. »Ich spüre so etwas, weißt du, meine Königin? Ich spüre, dass sie tot ist. Genau wie meine Mutter, die Herzogin. Sie sind tot. Und mich wird die Große Mutter in dieser verfluchten Wildnis verrecken …«

»Still!«, zischte Ayrin. »Kein Wort mehr darüber!« Der Kloß in ihrem Hals schwoll schon wieder. Sie flößte ihm noch einmal Heilwasser ein und befahl ihm dann zu schlafen. Tatsächlich schlief Joscun kurz darauf ein. Sie blieb neben ihm hocken, schloss die Augen und betete zur Großen Mutter. Für den Baumeister, für die bewusstlose Schwertdame, für Lasnic und all die anderen.

Um die Mittagszeit trugen die Ritter einen prall mit Fischen gefüllten Mantel vor das Lager. Romboc, der mit Martínos Holz gesammelt hatte, half ihnen beim Schlachten und zeigte ihnen, wie man die Fische zum Trocknen und Räuchern über die Glut spannte.

Am frühen Nachmittag flog ein riesiger Vogelschwarm von Norden her über Lichtung und See, kurz darauf ein zweiter, noch größerer. Wenig später raschelten und brachen viele und hastige Schritte am westlichen Waldrand durch das Unterholz. Alle Ritter und Schwertdamen sprangen auf, liefen aus dem Schutz der Felsen und spähten über den See. Auch Ayrin.

Rothaarige Gestalten schwangen sich durch die Baumkronen am Rande der Lichtung. Sie kamen ebenfalls aus nördlicher Richtung. Einige sprangen ins Gras, liefen schaukelnd zum See, brachen in das Schilffeld ein und warfen sich ins seichte Uferwasser. Kormorane und andere Wasservögel flatterten auf und flohen. Zwei schwarze

Waldschwäne scheuchten ihre Jungen aus dem Schilf und auf die Mitte des Sees hinaus.

»Sind das Waldwilde?«, fragte einer der Ritter.

»Blödsinn!«, sagte ein anderer. »Das sind überhaupt keine Menschen, das sind Tiere.«

»Aber sie gehen aufrecht, und einige sind größer als Lord Frix!«

»Und haariger als Gumpen!«, sagte Sigrun.

Ayrin staunte: Manche der seltsamen Wesen gingen tatsächlich auf zwei Beinen wie ein Mensch, andere benutzten ihre langen Arme und Finger, um sich abzustützen. Einige hatten kahle Brüste, Hintern und Köpfe, doch ansonsten hing ihnen das lange rote Körperhaar von Schläfen, Wangen, Armen, Hüften und Beinen.

»Die Waldmänner nennen sie Affen«, erklärte Romboc. Schon sprangen die haarigen Kerle wieder aus dem See, liefen zurück zum Wald und verschwanden Richtung Süden im Unterholz oder in den Bäumen. »Wie die Vögel kommen sie aus dem Norden. Und wie die Vögel haben sie es eilig.« Romboc blickte in die Richtung, in die Sigrun am Morgen die Späher geschickt hatte. »Irgendetwas braut sich da zusammen.«

Am späten Nachmittag kehrten die Späher und die Kräutersammler zurück. Sie trugen eines dieser Wesen mit rotem Zottelfell. Ein Pfeil ragte ihm aus dem Rücken.

»An Rod'aff«, erklärte Lord Frix.

»Ein Rotaffe«, übersetzte Martínos. Selbst auf Garonesisch klang das Wort fremdartig in Ayrins Ohren. »Sie sind auf der Flucht.«

»Ned nua di. Haufeweis Viehzeug hämmer g'sehe, alles uffg'scheuchd, als dät de Deibel es jage.«

»Menschen müssen in der Nähe sein«, bestätigte Tibor. »Vielleicht Waldwilde auf der Jagd.« Ein anderer Späher berichtete von Kampflärm, den er oben im Norden gehört hatte.

»Wie weit oben im Norden?« Romboc war vor dem Affen in die Hocke gegangen. Das Tier lag auf der Seite und atmete noch. Der Erzritter betrachtete den Pfeil.

»Nicht viel mehr als einen halben Tagesmarsch«, berichtete der Späher. »Ich habe auch Geschrei gehört, schauderhaftes Geschrei.

Es klang, als hätte ein Mammutgreif ein großes Tier geschlagen.«

»Der Pfeil ähnelt nicht denen, die Lasnic von Strömenholz benutzt hat.« Romboc erhob sich. »Die Blutsäufer verschießen solche Pfeile.« Er wandte sich an den Seeberger und deutete auf den Rotaffen. »Kannst du etwas für ihn tun?«

Sigrun befahl, Tragen für die Verletzten zu bauen, und verdoppelte die Nachtwache. Im ersten Morgengrauen ließ sie das Lager abbrechen. Die Sonne war noch nicht aufgegangen, da zogen Ayrin und Romboc an der Spitze ihrer Marschkolonne am See vorbei nach Süden. Joscun, die Schwertdame und den Rotaffen schleppten Ritter auf Tragen mit sich.

*

Sie marschierten von Sonnenaufgang bis Sonnenuntergang, zwei Tage lang, immer nach Südosten. Am Nachmittag des drittes Tages starb die Schwertdame an ihrem Wundfieber. Sigrun und Ayrin bestanden darauf, ihren Leichnam zu verbrennen. Romboc und Lord Frix bestanden darauf, dass es an einem Ort geschehen musste, an dem man die Spuren leicht verwischen konnte.

Also trugen sie die Tote noch bis zum Ufer eines Waldflüsschens, das durch eine langgestreckte Lichtung plätscherte. Dort errichteten sie einen Scheiterhaufen, schnitten der Toten den Kopf ab und verbrannten ihren Torso. Der Rotaffe lag nicht weit von Joscun auf seiner Trage. Offenbar roch er das Feuer, denn plötzlich hob er den haarigen Schädel, riss die Augen auf und begann zu stöhnen und heiser zu schnattern. Das Feuer machte ihm Angst.

Den Kopf der Toten hüllten sie nach der Totenfeier in ihren Harnisch. Feline schnallte ihn sich auf den Rücken, kletterte in eine alte Buche und befestigte ihn im Wipfel.

Als alles vorüber war, stiegen sie in den seichten Fluss und marschierten drei Stunden lang mitten in seinem Bett weiter. Bis kurz vor Sonnenuntergang. Um die Zeit etwa winkte Romboc an der Spitze der Marschkolonne und deutete auf eine nur licht bewaldete

Anhöhe. Der Platz, den er und Ayrin für das Nachtlager ausgeguckt hatten.

Die Königin und der Erzritter warteten, bis alle aus dem Fluss gestiegen waren. Die Ritter an den Tragen setzten die Verletzten ab und gaben Joscun und dem Rotaffen zu trinken. Die anderen stiegen noch einmal ins Wasser und füllten die Trinkbeutel auf.

Romboc und Ayrin spähten zur Anhöhe hinauf, auf der sie lagern wollten. Lord Frix und die Zwillinge suchten den Waldrand nach einer günstigen Stelle ab, um ins Unterholz einzudringen. Plötzlich sprangen sie zurück, rissen die Langschwerter aus den Rückenscheiden oder spannten Pfeile in die Armbrust.

Eine Lanze ragte aus dem Wald und bog das Buschwerk zur Seite. Zuerst sah Ayrin haarige und schrundige Fäuste, dann den struppigen Mann, der die Lanze festhielt: Er war groß und kräftig gebaut. Der graue Bart wucherte ihm bis weit über die Brust, den grauen Haarzopf hatte er sich zu einem Knoten im Nacken gebunden. Seine Augen waren dunkel. Misstrauisch musterte er Lord Frix und die Zwillinge.

»Wer bisch du, Kerl?«, rief Frix. »Dusch du zu de Waldstämm' g'höre?« An seiner viel zu lauten Stimme merkte Ayrin, dass der Baldore erschrocken war.

Der Lanzenmann im Busch antwortete nicht, betrachtete die Zwillinge, runzelte die Stirn und sah dann an ihnen vorbei zu den Garonesen hinter ihnen. Wieder raschelte es im Unterholz, und links und rechts vom Graubart tauchten zwei weitere Männer auf. Der eine hatte langes, pechschwarzes Haar, das ihm vom Schädel abstand wie ein geplündertes Elsternnest. Dem anderen, viel kleineren, bedeckte fettiges weißes Haar wie Stacheln den kugelrunden Schädel. Beide hatten ihre Bogen gespannt und zielten mit Pfeilen auf Lord Frix und die beiden Schwertdamen.

»Tausend Beeren und baldigen Frühling, wünsche ich«, sagte der Schwarzhaarige plötzlich. »Weiber mit Schwertern? Ja, knutscht mich denn jetzt auch schon die Waldschlampe?« Ayrin verstand fast jedes Wort.

»Was, beim Schartan, haben wir hier denn hier für ein ulkiges

Pack?«, sagte der Kleine mit dem weißen Stachelkopf. Er entspannte seinen Bogen und trat aus dem Gebüsch. Ein schwarzer Pelzmantel hüllte seine runde Gestalt ein. »Verfluchtes Glück habt ihr. Dem Wettermann Ulmer und seinen Jagdkerlen lauft ihr über den Weg statt den Bräunlingen.«

Der Graubart trat nun auch aus dem Waldrand. »Wir sind nicht deine Jagdkerle, Wetterschwätzer.« Mit giftigem Blick musterte er den Kugelrunden. Dann wandte er sich an Ayrin, die schon neben Feline stand. »Wir sind Kampf- und Jagdbrüder des Großen Waldfürsten Birk aus Blutbuch. Doch der ist seit gestern wie vom Unterholz verschluckt.« Der Graubart senkte die zerknirschte Miene. »Wir haben die verdammte Waldschlampe wiehern gehört. Möge der Wolkengott geben, dass ich mich täusche, doch ich fürchte, Birk ist ihr in die Falle gegangen.«

»Die Waldschlampe? Schwachsinn!« Der kleine Dicke winkte wütend ab und baute sich vor den Zwillingen auf. »Ein Märchen, um Grünspross zu erschrecken. Die Bräunlinge werden den Weißschopf ins Vorjahrslaub geschickt haben.« Er musterte Feline und Garonja mit einer Mischung aus Spott und Misstrauen. »Die sind übrigens scharf auf alles, was auch nur entfernt nach einem Weib aussieht. Wisst ihr das nicht?«

»Verlass dich drauf, Waldmann«, sagte Ayrin. »Tausend Pilze und baldigen Frühling.« Sie wandte sich nach den anderen um und übersetzte den kurzen Wortwechsel. Von Lasnic hatte sie seine Vatersprache gut genug gelernt. Sie kannte sogar den Gruß, mit dem man sich hier in den Wäldern auf der Schwelle zum Winter begrüßte. Wenn ein Wort ihr nicht einfallen wollte, half Lord Frix aus.

»Du siehst nicht aus wie eine von unseren Weibern«, sagte der Graubart, »und sprichst dennoch unsere Sprache?«

Der Waldmann mit der pechschwarzen Mähne schlenderte an Ayrin vorbei und blieb vor der Trage mit dem Rotaffen stehen. Der Jäger war sehnig und hager. »Beim Schwanz des Schartans – die schleppen einen angeschossenen Rotstinker mit sich!« Er feixte den Rittern ins Gesicht, die das Tier getragen hatten. »Darf ich ihm das Fell abziehen?«

»Nein!«, sagte Ayrin scharf. »Unser Gefährte Lasnic hat uns gezeigt, wie wichtig es ist, Tiere respektvoll zu behandeln.«

Der Schwarzhaarige wandte sich an seine Jagdgefährten. Inzwischen standen da sieben Waldmänner zwischen den Büschen. Einem hockte ein Kolk auf der Schulter. »Lasnic? Hat der nicht sogar mal einen Rotstinker gegessen, der ihm das Baumhaus verwüstet hatte? Oder rede ich Eulenscheiße?«

»Tust du, Tajosch.« Der Graubart knurrte beinahe, wenn er redete. »Das war nämlich ich. Nicht mal das Fell hat er einem Rotstinker jemals über die Ohren gezogen, dieser Hosenscheißer. Nur verprügelt hat er ihn.«

Die Art, wie er über Lasnic sprach, behagte Ayrin nicht. Sie legte sich ein paar Worte zurecht, um den Waldmännern zu erklären, warum sie hierher in die Wälder gekommen waren. Da trat der Dicke mit dem weißen Stachelschädel auf sie zu, hakte die Daumen in seinen Hosengurt und sah zu ihr herauf. »Ich bin Ulmer, der berühmte Wettermann von Blutbuch!« Von Ayrin weg ließ er seinen Blick über die Garonesen schweifen. Unwillkürlich schielte Ayrin nach seinen Händen – er trug keinen Mondsteinring. »Gibt es hier eine unter euch, die sich ›Königin von Garona‹ nennt?«

»Ich bin Ayrin, die Königin von Garona«, sagte Ayrin.

»Und die kennt Lasnic?«, staunte der Waldwilde, dem der Kolk auf der Schulter hockte. Eine Kappe aus geflochtenem Schilf bedeckte sein rotbraunes Haar.

»Halt's Maul, Rulf!« Der Dicke wedelte missmutig mit der Hand. »Du also nennst dich ›Königin von Garona‹?«

»Ich *bin* die Königin von Garona«, sagte Ayrin kühl. Der Dicke namens Ulmer gefiel ihr nicht. Und sein schwarzer Pelzmantel stank entsetzlich.

»Also gut.« Wieder drehte er sich und winkte. »Bringt sie her.« Der mit der Schilfkappe fuhr herum und sprang zurück in den Wald. Der Kolk flatterte in einen Baum, äugte herunter, breitete die Schwingen aus und landete auf Lord Frix' Helm.

»Die hier wollte unbedingt zu dir.« Der Kugelrunde deutete auf ein Gestell aus geflochtenen Ästen. Ein flaumbärtiger Waldmann und der mit dem Schilfhelm trugen es aus dem Wald und setzten es vor Ayrin ab.

»Wir haben sie den Bräunlingen gerade noch unter ihren Gierkrallen wegreißen können«, sagte der alte Graubart. »Schartansbrut!«

Romboc, Ayrin und die Zwillinge gingen neben dem Gestell in die Hocke. Eine nackte Frau lag unter einer zerschlissenen Decke. Sie hatte kurzes, graues Haar und ein scharf geschnittenes Gesicht. Ihre Lippen waren aufgeplatzt, eine Schnittwunde zog sich über ihren Hals.

»Eine Hochdame«, sagte Romboc. »Ich kenne sie.«

»Ich auch.« Ayrin hob die schmutzige Decke an, mit der die Waldmänner die Blöße der Verwundeten verhüllt hatten: Prellungen und Platzwunden bedeckten ihre Arme und ihre Brust. »Das ist Valena, die Ärztin von Garonada.« Sie richtete sich auf, winkte in die Menge. »Seeberger! Her zu mir, schnell!«

Die Frau bewegte die blutverkrusteten Lippen, murmelte unverständliches Zeug. Ayrin beugte das Ohr an ihren Mund. »… bin der Spur der Waldmänner gefolgt …, meine Königin …, wollte dich warnen … deine Schwester ist hier.«

»Was?« Ayrin stand auf, machte dem alten Grenzritter Platz. Ihr zweifelnder Blick suchte Romboc. »Sie behauptet, Lauka sei hier.«

Das war der Augenblick, in dem Lord Frix in Jubel ausbrach: »Des isch ja Tekla!«, rief er. »Des isch doch ihr Stimm!« Ayrin fuhr herum, sah wie der Baldore zu seinem Helm hinauflangte. Der Kolk sprang auf seinen Arm, flötete, quorkte. Und jetzt erkannte auch Ayrin das blauschwarz schillernde Gefieder der Kolkfrau. »Koi Bodschafd!« Lord Frix tastete die Klauen des Vogels ab. »Koi Leddakabbsel.« Er machte ein Gesicht, als wollte er gleich in Tränen ausbrechen.

Ayrin schluckte den plötzlich geschwollenen Kloß im Hals herunter und biss die Zähne zusammen. *Tekla hier in den Wäldern und keine Nachricht von Lasnic?* Sie merkte, dass sie zitterte, ging in die Hocke, legte die Hände auf den Bauch. *Bitte, Große Mutter, gib mir meinen Waldmann zurück. Mir und dem Kleinen hier drin.*

Die meisten Garonesen schwiegen betreten. Die Waldleute dagegen plapperten munter drauflos. Einige bauten sich vor den Zwillingen und Lord Frix auf und nannten ihre Namen. Der mit der wilden schwarzen Mähne nahm Feline ihr Langschwert ab, wog die Klinge in beiden Händen und machte eine anerkennende Miene. Dann reichte er das Schwert weiter und tastete Felines Muskeln ab.

Der Graubart aber trat zu Ayrin. »Tekla kam nach Stommfurt geflogen, schon zwei Tage her. Hat euch wohl nicht gleich gefunden im dichten Wald.« Er versenkte seine haarige, runzlige Rechte in einer großen Gurttasche, und als er sie wieder herauszog, hielt er eine lederne Kapsel in der Hand. »Natürlich hat Tekla wieder Botschaft vom Hosenscheißer gebracht …«

»Nenne ihn nicht so!« Ayrin sprang auf, funkelte den Graubart an, verschoss wütende Blicke in die Runde der Waldmänner. »Nie wieder nennt einer von euch ihn so!« Den wilden Jägern verschlug es wohl die Sprache. Die namens Tajosch und Rulf grinsten fast ein wenig verlegen. Wahrscheinlich waren diese Männer es nicht gewohnt, dass eine Frau so mit ihnen redete. »Lasnic von Strömenholz hat mir das Leben gerettet.« Ayrin sprach nun etwas leiser und weniger erregt. »Mir, der Königin von Garona, und vielen anderen in meinem Reich. Lasnic von Strömenholz hat gekämpft, wie nur ein Großer Waldfürst kämpfen kann. Und wenn er lebt, wird er zurückkehren und auch hier, bei euch, kämpfen, wie man es von einem Großen Waldfürsten erwarten darf.« Sie wandte sich an den Graubart. »Wer bist du, und wie lautet Lasnics Botschaft?«

»Ich glaub, mich hat ein Elch geküsst.« Der Graubart musterte sie aus schmalen Augen und von den Stiefelspitzen bis zum roten Stirntuch hinauf. »Du schreist mich noch einmal so an, Königin von Weiß der Wolkengott, und du kriegst mächtig Ärger mit mir. So wahr ich Uschom, der Eichgraf von Stommfurt bin!« Er öffnete die Kapsel, entnahm ihm ein dünnes Stück Leder und reichte es Ayrin. »Hier der erste Teil seiner Botschaft. Lasnic hat ein paar Zeichen da draufgeritzt. Doch bei uns kann ja keine Sau lesen.«

»Aber selbstverständlich kann er lesen, Ulmer, der Wettermann von Blutbuch!« Der Dicke schaukelte herbei. »Wusste ja nicht, dass Lasnic, dieser Tagedieb, lesen und schreiben gelernt hat.« Er streckte sein fettes Ärmchen aus und machte Anstalten, nach dem Leder zu greifen.

Ayrin kam ihm zuvor und riss es dem Graubart, der sich Eichgraf nannte, aus den Fingern. »Botschaft für Ayrin«, entzifferte sie murmelnd die krakeligen Lettern auf dem Leder. »Haltet durch bis zum Stomm. Wir kämpfen, solange wir noch atmen. Ich …« Sie verstummte, als sie die letzten Worte entziffert hatte. *Ich liebe dich. Lasnic*, stand ganz unten auf dem kleinen Lederstück.

Sie ballte die Faust um die Botschaft, atmete tief, kämpfte mit den Tränen. Ein Raunen ging durch die Menge der Garonesen. Lebte Lasnic also noch! Hatte jedenfalls noch gelebt, als Tekla ihn mit der Botschaft verließ! Ayrin zitterte. Romboc und Sigrun kamen zu ihr, drängten sich an ihre Seite. Romboc fasste ihren Arm, Sigrun ihre Hand.

»Alles gut?«, flüsterte die Herzogin von Violadum.

Ayrin nickte. Als sie sicher war, dass sie sich beherrschen würde, hob sie den Blick und sah dem Eichgrafen von Lasnics Siedlung Stommfurt in die dunklen Augen. »Und der zweite Teil der Botschaft, Uschom?«

Der drehte sich zum Waldrand um, winkte ein kleines, dürres Männchen heran. »Das ist der Wettermann von Düsterholz.« Und an das Männchen gewandt. »Sag's du ihr, Holder. Du verstehst die Biester am besten.«

Tekla flatterte von Lord Frix zur Schulter des kleinen Wettermannes von Düsterholz. Sie klackte, quorkte und tschilpte. »Der Wilde Axtmann hat unter deinen Jägern gewütet, Königin«, sagte der Wettermann. »Viele sind ins Vorjahrslaub gefallen.«

»Wer?«

Das alte Männchen namens Holder machte Geräusche wie ein Kolk. Als er schwieg, war es, als würde Tekla antworten. »Wigard«, sagte das dünne Männchen namens Holder. Ayrin biss sich auf die Unterlippe, Sigrun schlug die Hände vor das Gesicht, ein Stöhnen ging durch die Menge der Garonesen.

Der Wettermann nannte weitere Namen von Rittern und Schwertdamen. Viel zu viele Namen nannte er, und bei jedem ging es wie ein Seufzen und Stöhnen durch die Garonesen.

»Und eines eurer Weiber ist tödlich getroffen«, sagte das dünne Männlein. »Es heißt Loryane und sinkt gerade ins Vorjahrslaub.«

2

Das gackernde Gelächter der Wildfrau ging Lauka durch Mark und Bein. Halb gelähmt vor Schrecken, halb verzaubert von dem ungeheuerlichen Kampf dort unten auf der Lichtung, starrte sie zu dem weißhaarigen Waldmann und der doppelt so großen und viermal so schweren Frau hinunter. Jetzt schlug der nackte Koloss mit dem Birkenstamm zu, jetzt wirbelte der weißhaarige Ringträger herum, jetzt riss er sein Schwert hoch – und fing den Hieb ab.

Der Birkenstamm zerbrach; die Wucht des Schlages schleuderte den kleinen Waldmann rücklings auf den Boden, wo er sich zweimal überschlug. Er schüttelte sich, warf sich herum, richtete die Faust mit dem glühenden Ring auf die Stelle, an der eben noch die Wildfrau gestanden hatte – sie war verschwunden.

»Kann sie sich denn in nichts auflösen?«, raunte Hector. Seine Stimme klang mächtig belegt. »Kann dieser Koloss sich schneller bewegen als der zierliche Wilde?«

Lauka aber starrte atemlos auf den Weißschopf hinunter. Der stemmte sich jetzt auf die Knie, schüttelte sich wieder und wieder, tastete in Gras und Laub nach seinem Schwert. An seiner Rechten sah Lauka den Mondstein leuchten. Der Magier erhob sich so schwerfällig, als wäre er bereits mächtig angeschlagen. Er taumelte von Baum zu Baum und suchte die Wildfrau. Wo steckte die? Hatte der Grasboden sie denn verschluckt?

Angst und Entsetzen überwogen nun Neugier und Faszination in Laukas Brust. Niemals würde sie die Stunde vergessen, in der sie mit Mauritz auf dem Balkon der Festung von Violadum gestanden und Ritter und Schwertdamen zum Sturz der Königin aufgefordert hatte. Ayrins und Rombocs Tod war so nahe, war mit Händen zu greifen gewesen! Mit eigenen Augen jedoch hatte sie mit ansehen müssen, wie der Waldwilde, dieser Lasnic, wie er mitten im Kampf die Faust mit seinem Ring in die Luft reckte und grelle Kaskaden des magischen Lichtes in den Himmel jagte. Das verstörte ihre Getreuen und machte den Verrätern Mut.

Wenn Lasnic, der verfluchte Waldmann, wenn er also der Ringträger des Magiers der Waldstämme war, dann konnte der da unten doch nur der Meister des Willens sein.

Ich bin verloren. Sie zitterte und klapperte mit den Zähnen. *Er wird sich mit der Hexe Catolis zusammentun! Sie werden gemeinsam Jagd auf mich machen.* Sie blinzelte über den Rand der Sturmbresche zur Lichtung hinunter. Die Umrisse des Magiers verschwammen hinter einem Tränenschleier. Ihre Knie drohten nachzugeben. Links klammerte sie sich im Wipfelgeäst der entwurzelten Eiche fest, auf der sie stand, rechts bohrten ihre Finger sich in Hectors Arm. »Wir sind verloren«, murmelte sie. Keiner der Männer hörte es.

»Da kauert sie doch!«, zischte Starian plötzlich. »Unglaublich! Da, zwischen den Bäumen, zwanzig Schritte hinter seinem Rücken, da kauert sie und belauert ihn! Was für ein Weib! Was für Brüste! Was für Schenkel!« Ihr Reichsritter fürchtete sich, Lauka konnte es gar nicht überhören.

Sie wischte sich die Tränen aus den Augen, sah wieder klarer, sah nun, wie die Wildfrau einen Stein über den Weißschopf hinweg ins gelb-rote Laub einer jungen Buche warf.

»Sie hält ihn zum Narren«, flüsterte Hector.

Der Magier taumelte rückwärts, strauchelte, schlug lang hin und richtete den Ring auf die Buchenkrone und die aus ihr schwebenden Blätter. Hinter blauen Lichtschwaden schoss der Baum in die Höhe, breitete sein grünendes Laubdach aus, verdorrte schließlich und starb ab. Alles innerhalb weniger Atemzüge.

»Das ist kein Waldwilder«, stöhnte Starian. »Das ist ein Magier! Wie Mauritz einer gewesen ist, wie diese Hohepriesterin eine ist.«

»Das hat die Wildfrau doch absichtlich getan«, flüsterte Hector. »Um ihn zu erschrecken, um ihn zu täuschen. Warum springt sie dann jetzt nicht zu ihm und erschlägt ihn einfach?«

»Sie will ihn lebend.« Starians Stimme bebte. »Glaubt mir – aus irgendeinem Grund will das Wildweib ihn lebend!«

»Das geht nicht«, flüsterte Lauka, »das ist ganz unmöglich.«

»Und wenn sie ihn nur einmal richtig trifft?« Verwirrt schaute Hector auf Laukas in seinen Arm gekrallte Hand. »Wenn er dann das Bewusstsein verliert und sie ihm den Ring abnehmen kann?« Er sah ihr ins Gesicht. »Was ist mit dir, meine Königin?«

»Tiere!«, zischte Starian auf einmal. »Seht doch: lauter wilde Tiere! Der Frauenkoloss hat sie gerufen, seht doch: Er winkt ihnen!« Der Reichsritter geriet schier außer sich. »Rette uns, Große Mutter! Ich flehe dich an – rette uns vor diesen beiden Ungeheuern!«

»Und rette uns vor dem Ungeheuer, das hinter uns unserer Fährte folgt.« Lauka sah riesige Bären. Sie sah Elche mit mächtigem Schaufelgehörn. Sie sah eine ganze Herde wilder Schweine, Eulen, Greife, einen Keiler, größer als eine Bergziege, eine große Raubkatze. Gehorchten die Tiere der Wildfrau? Kämpften sie etwa an ihrer Seite? Noch nie hatte Lauka dergleichen gehört.

Die Tiere umzingelten den Magier inzwischen von allen Seiten oder zogen fliegend Kreise über ihm und kreischten und heulten dabei. Auf einem Elch entdeckte Lauka einen nackten Mann mit struppiger Mähne, der schwang irgendeine Waffe. Zwischen den schwarzen, haarigen Leibern der wilden Schweine kauerte ein zweiter Nackter. Lauka standen die Haare zu Berge, und als sie mit ansehen musste, wie Starian – der starke, mutige, im Grunde noch nie wirklich besiegte Starian –, als sie sah, wie ihr vergreister Reichsritter sich in den Handballen biss, da bohrte sich die grausige Gewissheit wie Klauen eines hungrigen Schneeadlers in ihr Herz: Es war vorbei. Vor ihr ein Magier, hinter ihr eine Magierin: Wer sollte sie retten?

Unten leuchtete schon wieder das magische Licht auf. Dutzende Tiere stürzten ins Unterholz, zuckten, als wären sie angeschossen. Andere rührten sich überhaupt nicht mehr; von denen erkannte Lauka nur noch Haut und Knochen.

»Verflucht!« Hector strömten die Tränen des Entsetzens aus weit aufgerissenen Augen. Zu ungeheuerlich, der Kampf, den sie da mit ansehen mussten, zu gespenstisch. Irgendwo hinter ihnen, in der Mitte der Sturmschneise, schrie jemand. Es raschelte und knackte in den Wipfeln der entwurzelten Bäume. Lauka fuhr herum, ließ ihren Blick über die Sturmschneise hetzen. Flohen ihre Ritter und Schwertdamen etwa ohne sie?

»Kannst du diesen Magier nicht besiegen, meine Königin?«, flüsterte Hector neben ihr. »Wenn du ihm mit derselben Kraft gegenübertrittst, mit der du den Gewittersturm in den Bergen gebändigt hast? Könntest du ihn dann nicht besiegen?« Lauka starrte ihn an. Was redete er da? »Dann würden wir die Wildfrau vielleicht als Verbündete gewinnen!«

»Er hat recht, Lauka.« Starians Stimme klang weinerlich. »Greife diesen Magier mit dem magischen Licht an. Besiege ihn, mach's so, wie du es mit den Blutsäufern auf der Galeere und mit dem Gewittersturm gemacht hast! Ich flehe dich an!«

»Ihr wisst ja nicht, was ihr redet. Der da unten ist der Meister des Willens, ein Magier Kalyptos wie mein Vater, wie die Hexe, die uns verfolgt! Wie könnte ich es wagen …?«

»Und ist dein Vater denn nicht besiegt worden?« Richtig laut wurde Starian. »Lebt denn Mauritz noch, oder ist er tot? Sag, meine Königin, sag es mir …!«

Sein Geschrei ging in dem entsetzlichen Gelächter der Wildfrau unter. Alle drei verstummten sie, alle drei starrten sie hinunter auf den unheimlichen Kampfplatz. Kaum die Hälfte der Tiere, die den Magier eingekesselt hatten, lebte noch. Der Meister des Willens hatte endlich die Wildfrau entdeckt. Die lachte und huschte von Busch zu Busch; dabei winkte sie dem nackten Mann, der sich zwischen den Schweinen versteckt hatte. Der Magier richtete seinen Ring auf sie. Der Nackte aber zwischen den wilden Schweinen sprang hoch und schleuderte eine Waffe in die Luft, ein seltsam krummes Holz.

Der Magier fuhr herum, richtete seinen Ring auf den nackten Schleuderer, doch der lag schon wieder zwischen den schwarzen Borstenleibern am Boden. Blaues, türkisfarbenes und violettes Licht leuchtete auf und streckte verdorrte Schweineleiber ins Unterholz. Die krumme Waffe aber sirrte noch immer über die Baumwipfel hinweg, beschrieb eine Kurve, sauste wirbelnd durch die Luft, schoss auf den weißhaarigen Magier herab.

Das Krummholz traf den Meister des Willens an der Schläfe und streckte ihn zu Boden. Die Wildfrau sprang aus ihrer Deckung. Sie wieherte, gackerte, brüllte vor Lachen. Drei Schritte – sie flog beinahe –, und schon setzte sie neben dem Magier auf; sofort warf sie sich über ihn und riss am Finger seiner Rechten herum.

»Weg hier!« Lauka ließ sich aus dem schräg stehenden Baumwipfel rutschen. »Schnell weg!« Entsetzen verwirrte sie, sie wusste kaum, was sie sagte und tat. Die Angst trieb sie zurück und von Baumstamm zu Baumstamm, von Wipfel zu Wipfel, von Wurzelstrunk zu Wurzelstrunk; sie spürte die Schmerzen ihrer vielen Schürfwunden nicht mehr.

»Aber meine Königin!«, rief Hector. »Doch nicht zurück! Doch nicht den Blutsäufern und ihrer Hexe entgegen!« Er folgte ihr dennoch, und Starian auch. Beide riefen und versuchten so, sie zurückzuhalten.

Lauka stürzte ab, prallte auf einen Stamm, riss sich die Haut des Unterarms auf. Der plötzliche Schmerz brachte sie zur Besinnung. *Sie hat ihn besiegt!*, schoss es ihr durch den Kopf. Sie kletterte in den nächsten entwurzelten Baum, sprang hinunter zum übernächsten. *Mit Hilfe von ein paar Tieren und eines nackten Kerls hat sie den Meister des Willens besiegt! Kann das denn wahr sein*? »So warte doch, Lauka!«, schrie Starian hinter ihr.

Lauka stieg ins Gäst des nächsten Baumes. Irgendwo vor ihr jammerte jemand, Stimmen palaverten da. *Auch ein Magier ist also zu besiegen.* Doch wusste sie das nicht längst? Hatte Starian nicht recht? Hatte nicht die verfluchte Mörderin Ayrin ihren Vater Mauritz besiegt? Auf einmal spürte sie wieder so etwas wie Hoffnung.

Sie sprang von Stamm zu Stamm, kaum die Hälfte der Sturmschneise lag noch vor ihr. *Wie soll ich es machen?* Sie grübelte und sprang. *Einfach meine letzten Ritter auf die Hexe hetzen? Einfach einen Hagel von Pfeilbolzen auf sie niederprasseln lassen? Und dann, in einem Augenblick, wenn sie nicht daran denkt, sie mit dem ERSTEN MORGENLICHT in Staub verwandeln?*

Boras stand ihr auf einmal vor Augen, der die Hexe auf ihre Spur geführt hatte, und wie Galle stieg es ihr in die Kehle. »Verfluchter Verräter!«

Raban, Honig und Tigrit tauchten vor ihr im Herbstlaub auf. »Vorsicht, meine Königin!« Kyranja hing im Geäst der nächsten Buche, deutete auf einen Ritter, der sich nur wenige Schritte vor Raban und Honig im Unterholz krümmte. Eine züngelnde Schlange richtete sich neben ihm auf. Sie zischte leise.

»Das Biest hat Lutar in die Wade gewissen«, sagt Raban. »Sein Gift wirkt schnell. Schaut nur, wie er schon zittert.«

Lauka stöhnte auf. Verluste durch Schlangenbisse waren das Letzte, was sie jetzt brauchen konnte. Sie nahm die Armbrust von der Schulter, griff sich einen Pfeilbolzen aus dem Brustgurt. Sorgfältig zielte sie auf die Schlange. Deren braun und grün gefleckter Körper war etwa so dick wie der Arm eines Kindes. Lange und spitze Giftzähne bogen sich rechts und links ihrer schwarzen Lefzen aus ihrem breiten Maul. Ihre Augen funkelten gelblich, auf ihrem flachen, dreieckigen Schädel leuchtete grellgelb ein Kreuz.

»Lutar«, rief Tigrit. »Schieb dich weg von ihr, damit die Königin schießen kann. Hörst du, Lutar?« Hinter Lauka kletterten jetzt Starian und Hector aus dem Wipfel der entwurzelten Buche. Murmelnd erzählten ihnen die anderen, was geschehen war.

Lutar verdrehte die Augäpfel, schielte zu Lauka herauf. Er war wach, atmete hechelnd, vermochte aber offensichtlich nicht mehr, sich zu bewegen. Das Schlangengift lähmte ihn. Er schloss die Augen, erschlaffte, atmete aber weiter.

Lauka ließ die Armbrust sinken, schaute zurück, schaute in lauter verängstigte Gesichter. »Setz deinen Helm ab, Tigrit.« Die Schwertdame gehorchte; tausend schwarze Zöpfe fielen ihr auf die Schultern. »Gib ihn Hector, mach schon.« Tigrit reichte den Helm dem ersten Thronritter hinauf. Der Rotschopf klemmte ihn unter den Arm und lugte fragend zu seiner Königin herunter.

»Her zu mir, Hector«, flüsterte Lauka. Jede Faser ihres Leibes war jetzt angespannt, hellwach fühlte sie sich, stark wie eine Riesin. »Und du auch, Raban. Ich brauche dich jetzt mit deinem Eisenfinger an meiner Seite.« Lauka legte die Armbrust im Unterholz ab, zog ihren Mantel aus. »Du näherst dich dem Biest von links, Eisenfinger. Du von rechts, mein Thronritter, und halte den Helm bereit.«

Den Mantel wie ein Jagdnetz vor sich ausgebreitet, ging sie auf den gelähmten Lutar und die Schlange zu. Schritt für Schritt.

*

Sie zerrten einen Verwundeten aus dem Unterholz, einen jungen garonesischen Ritter. Jemand hatte ihm die Hand knapp über dem Gelenk abgeschlagen. Der Mann war aschfahl; er ächzte und zitterte. Der Verband über seinem Stumpf sah aus wie ein roter, zusammengeknüllter Lappen.

Die Magierin von den Tausend Inseln hockte in einem offenen Verschlag aus Buchengeäst, den die Krieger ihr gebaut hatten. Der Regen hatte aufgehört, doch es war kalt. Wie die meisten Insulaner litt auch Catolis unter dem kühlen und nassen Spätherbstwetter. Sie trug graue Pumphosen wie die Hauptleute und hatte sich den schwarzen Ledermantel eines Hauptmanns über ihr nachtblaues Gewand geworfen. Darunter hatte sie sich ihre Bockslederhandschuhe bis über die Ellenbogen gezogen. Die schwarze Seidenstola trug sie dreifach um den Kopf gewickelt wie einen Turban. So konnte sie die Kälte einigermaßen ertragen.

Das dichte Laubdach des Waldes sorgte dafür, dass Catolis sich vorkam wie in einem großen, halbdunklen Saal. Den blutdurchtränkten Verband und das schmutziggraue Gesicht des jungen Ritters konnte sie dennoch erkennen. Ihr wurde übel.

»Wer ist das?«

»Einer aus dem Gefolge jener Königin, die wir jagen.« Mit einer flüchtigen Geste winkte Texanto die vier Krieger heran, die den Garonesen trugen. »Näher her mit dem Kerl.« Die vier schleppten den Gefangenen bis vor den Eingang von Catolis' Unterstand und ließen ihn dort ins Unterholz fallen. Der Mann stöhnte auf.

»Wo habt ihr ihn gefunden?« Catolis erhob sich; sie versuchte, nicht auf den Armstumpf zu schauen.

»Zwei Wegstunden südlich von hier«, sagte einer der Krieger. »Er ist ein Späher, einer von dreien. Er wollte nicht sagen, wo seine Hauptrotte und seine Königin stecken.« Jetzt erst bemerkte Catolis das viele Blut im langen Blondhaar des Ritters. Eine der blutigen Strähnen rutschte zur Seite und gab ein schwarz-rotes, feuchtes Loch frei. Sie hatten ihm die Ohren abgeschnitten. Die Magierin blickte zur Seite und atmete tief durch.

»Wir haben zwar Spuren«, Texanto zuckte mit den Schultern, »aber wir dachten, wenn du ihn dir vornimmst, Herrin ...«

»Schon in Ordnung.« Catolis winkte ab.

Bereits der zweite Gefangene, den sie in den letzten zwei Tagen zu ihr gebracht hatten. Vom ersten konnten Texanto und Luppok nicht viel erfahren, bevor er starb. Nur, dass der Bastard sie getäuscht hatte und die falsche Frau im ERSTEN MORGENLICHT erloschen war. Und dass eine Heilerin sich von der Rotte um den Bastard abgesetzt hatte.

Drei Krieger hatten die Heilerin zwar überwältigt, waren aber von irgendjemandem getötet worden, bevor sie die Frau zu ihr bringen konnten. Schade. Von der Ärztin fehlte jede Spur seitdem. Von den Mördern ihrer Häscher ebenfalls und leider auch von Boras: Der garonesische Ritter hatte das Kampfgetümmel zur Flucht genutzt. Statt sie, seine Retterin, davon abzuhalten, die falsche Frau mit dem ERSTEN MORGENLICHT anzugreifen, hatte er sich davongemacht. Catolis war sich nicht sicher, wofür sie ihn mehr verachten sollte: für seine Undankbarkeit oder dafür, dass er seine schwangere Gefährtin im Stich ließ.

Catolis raffte ihre Mäntel hoch und ging neben dem Verwundeten in die Hocke. »Bist du ein Ritter der Königin Lauka?« Er presste die Lippen zusammen, atmete röchelnd. Viel Zeit blieb ihm nicht mehr, fürchtete die Magierin. Ihre Ringe leuchteten auf, blassblaues Licht fiel auf ihr hohlwangiges Gesicht. Sie drang in seinen Geist ein. »Was hat deine Königin in dieser Weltgegend verloren?«

Der Mann öffnete die wässrigen Augen, stierte zu ihr hoch und schwieg. Aus seinem Geist erfuhr sie alles, was sie wissen wollte. »Ihre Schwester ist also auch hier, ja? Und deine Königin will sie töten, habe ich recht? Was glaubst du denn, wo deine Königin sich in diesen Stunden aufhält?«

Der bedauernswerte Ritter sagte kein Wort. Was er ihr ungewollt verriet, überraschte die Magierin nicht: Seit jene Menschliche mit den Zügen des Bastards und seiner Haarfarbe im ERSTEN MORGENLICHT verdorrt war, wusste Mauritz' Tochter natürlich, dass Catolis sie jagte, ja sogar, dass sie dicht hinter ihr war. Die Angst vor ihr, der Großmeisterin der Zeit, plagte den Bastard so sehr, dass er seinen Racheplan aufgegeben hatte. Wichtiger war ihm offenbar, ihr, Catolis – in seinen Gedanken hieß sie »Hexe« – lebend zu entkommen. Angenehme Neuigkeiten waren das.

Catolis stand auf und wandte sich an Texanto: »Seine Königin hat Angst vor mir. Sie versucht, über eine Orkanschneise voller entwurzelter Bäume zu entkommen.« Sie schaute dem untersetzten Kahlkopf in die hellwachen, lauernden Augen. »Die Schneise liegt etwa zwei Wegstunden südlich der Stelle, wo ihr diesen Garonesen gefangen genommen habt.«

»Sehr gut.« Texanto feixte, seine dunkle Gesichtshaut legte sich in tausend Falten. »Dann sollten wir keine Zeit mehr verlieren. Was meinst du, Herrin?«

Catolis legte den Kopf in den Nacken, versuchte ein Stück Himmel im dichten Geäst der Baumkronen zu erkennen. Es schien früh am Morgen zu sein. »Diesmal wird sie uns nicht entkommen, Hauptmann«, sagte sie. »Bringen wir es hinter uns.«

*

Immer öfter brach sich ein Sonnenstrahl Bahn durch das dichte Laubdach. Catolis merkte es kaum. Auch nicht, dass es wärmer geworden war. Sie sammelte ihre Kräfte, richtete ihre ganze Aufmerksamkeit auf die bevorstehende Vernichtung des Bastards. Manchmal, wenn ein feuchter Zweig ihr Gesicht streifte oder sie über eine Wurzel stolperte, blickte sie staunend auf und machte sich bewusst, dass sie ja durch dichten Wald lief.

Keine zwei Mann konnten nebeneinander auf dem schmalen

Pfad wandern. Ausgeschlossen, hier zu reiten, geschweige denn, sich in einer Sänfte tragen zu lassen! Etwa zwanzig Krieger marschierten vor Catolis, knapp fünfzig hinter ihr. Zwanzig Späher waren ausgeschwärmt, um den Bastard und seinen geschrumpften Tross zu suchen. Luppok hatte die toten Garonesen sorgfältig gezählt. Nach seinen Berechnungen begleiteten noch höchstens zwölf Krieger und Kriegerinnen den Bastard.

Catolis trug einen Pfeilköcher und den kleinen Kriegsbogen auf dem Rücken, den Kaikan selbst ihr gebaut hatte. Bevor Zlatans Kriegsflotte nach Garona in See gestochen war, hatte er ihr die schöne Waffe geschenkt und sie die Kunst des Bogenschießens gelehrt. Vier Monde vor der letzten Sommersonnenwende war das gewesen. Was war nicht alles geschehen seitdem! Im Gurt unter Catolis' Magiergewand steckte ihr Krummdolch.

Manchmal lauschte sie den Schritten der Krieger hinter sich und ihrem Getuschel, manchmal betrachtete sie die Krieger vor sich. Ihre schmalen, braunhäutigen Gestalten bewegten sich federnd und kraftvoll. Die Lederbeutel an ihren Brustgurten waren prall gefüllt. Seit Baal trugen die meisten Wein statt Wasser darin mit sich. Catolis sah es nicht gern, überließ solche Dinge aber Texanto. Viele dieser Männer von den Tausend Inseln würden die Vernichtung des Bastards nicht überleben, das wusste Catolis genau. Mehr als der Hälfte schätzte sie. Doch führte ein Weg daran vorbei? Der Kampf musste ja sein, der Bastard durfte um keinen Preis am Leben bleiben.

Catolis fühlte sich stark und ausgeruht. Die drei Tage an Bord der Galeere hatten ihr gutgetan, der Schlaf, die Bäder im ERSTEN MORGENLICHT, die Begegnung mit dem Wächter des Schlafes und dem Meister des Willens. Der bevorstehende Kampf beunruhigte sie nicht. Wilder Magie fühlte sie sich jederzeit gewachsen – sie war eine Großmeisterin der Zeit, der Bastard dagegen die unerfahrene Schülerin eines gescheiterten Magiers, eine rebellische Menschliche, ein Nichts.

Catolis war sich ihrer Überlegenheit viel zu bewusst, um weitere Verzögerungen oder übermäßig heftige Gegenwehr des Bastards zu befürchten. Dessen kühne Flucht aus Blauen immerhin ließ sie gewarnt sein: Sie hatte es mit einer verschlagenen und verzweifelten Menschlichen zu tun; einer, die zu jedem erreichbaren Mittel greifen würde, um ihr jämmerliches Leben zu retten.

Die innere Sammlung schärfte Catolis' Geist und machte sie hellwach; der Blick zurück auf so viele Triumphe seit so vielen Sonnenwenden verlieh ihr Kraft und Zuversicht; die Mondsteinringe an ihrer Hand leuchteten bereits mattblau. Die Stunden des Bastards waren gezählt.

Sobald die Späher Mauritz' Tochter gefunden hatten, würden sie eine Nachrichtenkette bilden. Eine Vorhut von dreißig Kriegern sollte sich dann vom Hauptfeld lösen und die kleine Rotte des Bastards einkreisen. Weitere vierzig Tarkaner würden kurz darauf einen zweiten Kessel bilden. Zwanzig Tarkaner sollten keinen Augenblick von Catolis' Seite weichen. Am Versteck des Bastards angekommen, würde die Großmeisterin der Zeit mit magischen Flammen und Blitzen arbeiten. Brannte erst der Wald rund um die Deckung des Bastards, würden er und sein Tross ihr Heil in der Flucht suchen. Sie würden in einen Hagel aus Pfeilen und Speeren flüchten. Und ins ERSTE MORGENLICHT.

Das war der Plan. Sicher, einfach, wirkungsvoll.

Einige Krieger vor ihr brachen in heiseres Gelächter aus; jemand hatte einen Scherz gemacht. Gelbes und rotes Laub schwebte zu allen Seiten aus den Baumkronen. Manche Birken standen schon völlig ohne Laub zwischen farbenprächtigen Buchen und Eichen. Vor Texanto und Luppok, die an der Kolonnenspitze marschierten, flatterte ein Vogel mit hellbraunem, rotem und blauem Gefieder über den Pfad. Er stimmte ein schrilles Gekreische an. Catolis' Mantelsaum blieb in einer Dornenhecke mit nur noch wenigen überreifen schwarzroten Beeren hängen. Sie ging in die Hocke und löste den Stoff aus den Dornen.

Im Weitergehen fragte sie sich, ob so eine dicht bewaldete Flusslandschaft wirklich taugte, um das neue, das oberirdische Kalypto zu errichten. Man würde unzählige Flüsse und Bäche umleiten, viele Sümpfe trocken legen und unendlich viel Wald roden müssen. Bei dem dichten Unterholz und all den Dornen hier bliebe wohl nur die Brandrodung als Mittel der Wahl. Eignete sich das hoch gelegene Garona mit seiner wertvollen Gebäudesubstanz nicht weitaus besser als Mittelpunkt des Magierreiches? Oder auch das mitten im Großen Ozean gelegene Tarkatan? Seit ihrer Traumvision konnte Catolis sich die Tausend Inseln mindestens so gut als Sitz des Zweiten Reiches vorstellen wie Garona.

Doch erst einmal musste das Reich der Eiswilden erobert werden. Und zuvor natürlich die Siedlungen der Waldstämme. Die Waldwilden konnte Catolis einschätzen, den vorlauten Meister des Willens sowieso; er neigte zur Überschätzung seiner Möglichkeiten und wohl auch seines Volkes. Doch was ihr Sorgen bereitete, waren das Nordreich und Violis. Über Ersteres wusste sie einfach zu wenig und Letztere war eine sehr starke Magierin. Dass Violis sich nicht mehr meldete, beunruhigte Catolis natürlich, und das jeden Tag aufs Neue. Doch manchmal hatte sie sich schon gefragt, ob die Meisterin des Lebens nicht einfach nur eine raffinierte Taktik betrieb. Wusste man es denn?

Sie erreichten einen breiten Fluss. Das Rauschen der Strömung riss Catolis aus ihren Grübeleien. Sie erschrak – an die Zukunft dachte sie statt an die Gegenwart. Wie lange schon? Sie tadelte sich selbst dafür, drückte die leuchtenden Mondsteine an ihre Stirn. Eines nach dem anderen – erst die Vernichtung des Bastards, dann die Vernichtung der Waldstämme, und dann erst würde die Zeit reif sein, an die Herausforderungen im hohen Norden zu denken.

Texanto deutete flussaufwärts nach Osten. Schnell sprach es sich in der Kolonne herum: Die Späher hatten dort eine Hängebrücke entdeckt. Am Steilufer des streckenweise reißenden Flusses entlang marschierten sie ihr entgegen.

Catolis betrachtete die uralten Eichen und Buchen, das dichte Unterholz, die lichten Birkengruppen, den Fluss und die Weiden und Ulmen am anderen Ufer. Hier also hatte der Meister des Willens so viele Sonnenwenden zugebracht. Aufmerksamer lauschte sie jetzt dem Wind in den Laubkronen, den Pfiffen der Vögel, dem Rauschen des Flusses. Länger als das Leben eines Menschlichen war das hier seine Welt gewesen. Bald würde sie ihn wiedersehen, gleich nach Ende des Waldkrieges. Sie freute sich darauf. Wahrscheinlich würde er mit ihr in den Norden ziehen.

Die Brücke rückte näher. Jetzt fieberte Catolis doch ein wenig dem Kampfe entgegen; oder nein: eigentlich mehr dem Augenblick, in dem sie den anderen Magiern die Vernichtung des Bastards verkünden konnte.

Die Brücke, endlich! Texanto und Luppok betraten sie als Erste. Die Krieger hinter ihnen folgten. Sie balancierten mehr, als dass sie marschierten, hielten sich rechts und links an den Seilen fest. Vermutlich war die Brücke alt und morsch, jedenfalls sah Catolis, dass sie schwankte und schaukelte.

Schließlich tat auch die Magierin der Tausend Inseln den Schritt vom felsigen Uferrand auf die Brücke. Sie fragte sich, wer die Seile geflochten haben mochte, mit denen sie zu beiden Ufern im Fels über dem Wasser und in den Bäumen am Waldrand befestigt war. Und wer die etwa armdicken Stämme zugeschnitten haben mochte, auf denen sie hinter dem zweiundzwanzigsten Krieger der Kolonne dem Südufer des Flusses entgegenging.

Wie sie schwankte, die alte Brücke, wie sie knarrte und knackte. Die Meisterin der Zeit ließ bereits die Mitte der Hängebrücke hinter sich. Der Abstand zwischen den Rundhölzern des Laufsteges war jeweils ungefähr zwei Finger breit. In den Ritzen sah Catolis etwa zehn Schritte tiefer den Fluss strömen.

Weil sie in diesem Moment den Blick senkte, entging es ihr: Die Kolonne vor ihr stand auf einmal still; die Magierin lief dem Krieger vor ihr in den Rücken. »Was ist los?« Sie runzelte die Stirn, beugte sich über das Brückenseil, spähte nach vorn. »Warum geht ihr nicht weiter?« Texanto, an der Spitze, deutete flussabwärts zum Südufer.

Dort stand jemand. Eine Frau, nicht besonders groß. Etwa fünfzig Schritte von der Brücke entfernt. Die Frau sank auf die Knie, als Catolis zu ihr blickte, und hob beide Arme, als wollte sie beten.

Die Magierin verstand nicht gleich, was die Frau da rief. Sie kniff die Lider zusammen, spähte zu ihr hinüber: Die Ruferin trug einen schwarzen Mantel über Hosen aus gelblichem Leder. Ein Tuch bedeckte ihren Helm, ebenfalls gelb. Eine Garonesin! Kastanienrotes Haar quoll ihr unter Helm und Kopftuch hervor. Und endlich entdeckte Catolis auch den Knauf des Krummschwertes, der hinter ihrer linken Schulter aufragte.

Zlatans Säbel!

Der Bastard!

»Gnade, Catolis von Kalypto!« Der Bastard schrie, und die Großmeisterin der Zeit verstand jetzt jedes Wort. »Muss ich denn die Schuld dafür tragen, dass ein Magier mich mit einer Menschlichen zeugte? Ich bitte dich um Gnade, Großmeisterin der Zeit!« Der Bastard bettelte um sein Leben; das verblüffte Catolis. »Mein Vater, der Frevler, verstieß gegen das Gesetz der Großen Erzmeisterin, nicht jedoch ich, verehrte Großmeisterin der Zeit! Ich gebe mich ganz in deine Hände, hier sind meine Ringe!« Catolis sah Mauritz' Tochter die Rechte mit zwei Mondsteinringen heben und sie hinter sich ins Unterholz werfen. »Welches Urteil du auch über mich sprichst, große Catolis, ich werde es annehmen!« So schrie sie, und die Magierin traute ihren Ohren nicht. »Ich flehe nur um mein Leben! Bei der Erhabenen, deren Namen ich tragen darf, flehe ich um Gnade!« Sie weinte laut, riss sich Tuch und Helm vom Kopf und raufte sich das kastanienrote Haar.

Catolis spürte die erwartungsvollen Blicke von Texanto und Luppok am Ende der Brücke. Drei Atemzüge lang zögerte sie – dass der Bastard seine Ringe weggeworfen hatte, verwirrte, dass er um Gnade flehte, rührte sie. Doch nur drei Atemzüge lang – ein Bastard durfte nicht am Leben, Wilde Magie nicht in der Welt bleiben.

»Packt sie und schlagt sie tot!«, schrie sie in Texantos Richtung und benutzte die Sprache der Tarkaner. Der Hauptmann und Luppok sprangen ans andere Ufer und winkten die Krieger der Kolonnenspitze von der Brücke. Catolis drängte hinterher. »Die Königin darf keine Stunde länger leben! Sie nicht und keiner aus ihrer Rotte!«

In diesem Augenblick geschah es: Im Felsen und am Waldrand des Südufers rissen die Tragseile, die Hängebrücke stürzte nach vorn und dem Fluss entgegen. Catolis schaffte es noch, sich an den Geländerseilen festzuklammern, bevor das vordere Ende der Brücke mit noch gut einem Dutzend Krieger im Wasser aufschlug. Doch das Gewicht der rutschenden und stürzenden Krieger hinter ihr drückte sie nach vorn, riss sie von den Seilen – inmitten schreiender Tarkaner stürzte sie in den Fluss.

Mit dem Brustkorb schlug sie auf dem Rücken eines Kriegers auf, von hinten prallte ein schreiender Krieger gegen ihren Kopf und drückte sie unter Wasser. Der Fluss trug sie fort; halb benommen, wie sie war, vermochte sie der Strömung nicht gleich etwas entgegenzusetzen.

Als sie endlich auftauchte und zu schwimmen versuchte, umgaben Brückentrümmer und einige Krieger sie. Panik war unter den Tarkanern ausgebrochen – nicht allein, weil die Garonesen die Brücke zerstört hatten und die Hohepriesterin in den Fluss gestürzt war: Oberhalb des südlichen Steilufers sah Catolis den Bastard stehen und seine Faust mit den Mondsteinringen gegen nur noch zehn Krieger richten.

Das ERSTE MORGENLICHT flammte auf; Texanto, Luppok und die wenigen Tarkaner, die es schon ans Südufer geschafft hatten, krümmten sich in blauen, violetten und türkisfarbenen Lichtkaskaden. Am Nordufer schrien sie auf wie ein Mann.

Jetzt erst erfasste Catolis das ganze Ausmaß der Falle, in die sie getappt war. Sie fauchte vor Zorn und Schmerz, richtete ihre Mondsteinringe zum Steilufer hinauf. Doch der Bastard hatte sich ins Ufergras geworfen.

Plötzlich brüllten auch die Krieger links und rechts der Magierin. Erschrocken bemerkte sie die Blutschlieren, die sich im Wasser zwischen den Männern verbreiteten. Die zerstörte Brücke hing schon fast dreihundert Fuß entfernt in den Fluss hinab und rückte immer ferner. Die blutenden Krieger trieben auseinander, aus den Bäumen am südlichen Steilufer schossen die Garonesen Pfeilbolzen auf sie herunter.

Ein scharfer Schmerz zuckte Catolis durch Nacken und Rücken – ein Armbrustschütze hatte sie getroffen. Sie holte tief Luft, tauchte unter, um kein Ziel mehr zu bieten, überließ sich unter Wasser der

Strömung. Die Linke streckte sie nach vorn, um einen möglichen Zusammenprall mit einem Stein zu dämpfen, mit der Rechten tastete sie nach dem Pfeilbolzen in ihrem Nacken. Sie berührte ihn, wollte ihn greifen, wollte ihn herausziehen, doch ihre Finger fühlten sich seltsam kraftlos an auf einmal, gehorchten ihr nicht mehr.

Auch ihre Linke trieb plötzlich schlaff nach oben, und unerklärliche Müdigkeit lähmte die Großmeisterin der Zeit.

3

Feuer! Lasnic fuhr hoch, blinzelte, schnüffelte, lauerte nach allen Seiten. »Waldfeuer!« Sein linkes Auge und die Narbe darunter zuckten. Er wollte aufspringen. Jemand hielt ihn fest und flüsterte.

»Ruhig, Kleiner Waldfürst, ganz ruhig.« Gumpen. Er drückte ihn zurück auf seinen Schlafplatz. »Riechst du Rauch? Riechst du Brand? Na also. Mach nicht so einen Radau. Du weckst sonst noch alle auf hier.« Der Hüne nickte ihm zu, hob warnend seinen fetten, haarigen Zeigefinger und ließ sich wieder neben Loryanes Lager nieder. Die zitterte, bewegte stumm die Lippen, und unter ihren bleichen Lidern zuckten ihre Augäpfel. Große Schweißperlen glänzten auf ihrer Stirn.

Sie fiel schon ins Vorjahrslaub, Lasnic machte sich nichts vor.

Er blickte sich um: nur Schläfer im Kellergewölbe, nur Kisten, Bündel, Vorratsregale und Beleuchtungsflämmchen an den Säulen. Keine Spur von Feuer und Rauch. Der Waldmann sah dem Hünen in die großen Augen. Das Flackern der Fettholzflammen spiegelte sich darin. Die züngelnden Lichter an den Gewölbesäulen ließen das tiefe Blau in Gumpens Augen aufleuchten. Der Nachthimmel kurz vor dem Morgengrauen leuchtete manchmal ähnlich schön. Lasnic kannte sonst keinen Menschen, der nachtblaue Augen hatte. Nicht einmal Ayrins Augen waren von einem derart dunklen Blau. Pirol Gumpens Gegenwart beruhigte ihn, der Waldmann ließ sich wieder auf seine Mäntel sinken. Das Traumbild löste sich auf wie der Nebel über den Ruinen der Weißen Burg, wenn die Mittagssonne durchbrach.

»Das Feuer«, flüsterte Lasnic. »Ich hab's schon wieder gesehen.« Er sprach von dem Feuer, mit dem sie das zerstörte Haus und den toten Wigard verbrannt hatten. Und die Leichen seiner Mörder. »Blut habe ich auch wieder geschmeckt.«

»Du kannst im Traum etwas schmecken?«

»Du nicht?« Der Waldmann fuhr sich mit dem Handrücken über die Lippen. »Ich schmeck's jetzt noch, das verfluchte Blut dieser verfluchten Schartansschwänze!«

»Hattest ja auch genug davon im Maul«, flüsterte der Eishüne.

»Und ich hab' sie wirklich alle totgebissen?« Lasnic konnte noch immer nicht fassen, was sieben Tage zuvor am Rande des Schlachtfelds in der Brandruine geschehen war. »Ehrlich?« Er setzte sich wieder auf und blinzelte dem Eishünen ins breite Gesicht.

Pirol Gumpen legte seinen dicken Zeigefinger auf seine wulstigen Lippen und blickte warnend auf die ringsum an den Wänden und Säulen Schlafenden und auf die fiebernde Kriegsmeisterin. Seit dem vergangenen Abend hatte Loryane die Augen noch nicht ein einziges Mal geöffnet. Manchmal murmelte sie im Fiebertraum; Sachen, die Lasnic nicht hören wollte.

»Totgebissen nur zwei«, flüsterte der Hüne. »Die anderen hast du erschlagen – einem das Genick gebrochen, einem das Gesicht mit bloßer Faust zertrümmert und einem fast den Kopf abgerissen.«

»Ich kann's nicht glauben, ich kann's einfach nicht glauben.« Lasnic seufzte; er dachte an den bösen Tag zurück, als sie seinen Vater tot aus dem Bärensee gezogen hatten. Acht Sommer alt war er damals gewesen; in einem ähnlichen Tobsuchtsanfall wie vor sieben Tagen hatte er versucht, den Hausbaum seiner Sippe mit einer schweren Baumaxt zu fällen. Halb Stommfurt strömte zusammen, um ihn zu bändigen. Doch erst die Umarmungen seiner Freundin Arga konnten ihn zurück auf den Waldboden der Wirklichkeit holen. »Ich muss außer mir gewesen sein vor Wut, vollkommen übergeschnappt muss ich gewesen sein.«

»Als du auf dem Großen Ozean mit dem Wal herumgeschrien hast, ahnte ich schon, dass du zum Jähzorn neigst.«

Zum hundersten Mal kreisten Lasnics Gedanken um den Augenblick, als die Bräunlinge mit ihren Jagdnetzen, Schlachtbeilen und Speeren in die Ruine gestolpert kamen. Ihr Rottenführer wollte seinen Speer auf ihn schleudern, da ging der junge Wigard schon mit blanker Klinge auf den Drecksack los. Das Letzte, an das Lasnic sich deutlich erinnern konnte – viel zu deutlich –, war die blutige

Speerspitze, die auf einmal aus Wigards Rückenflanke herausragte. Da schoss dem Waldmann die Hitze in Kopf und Glieder, und alles hing plötzlich voller roter Schleier.

Was dann geschah, kam ihm jetzt, sieben Tage später, vor wie zusammenhangslose Bruchstücke eines Traumes, an den er sich vergeblich zu erinnern versuchte. Irgendwann hatte er dann Thoras und Gumpens Stimmen gehört. Da war sein Mund voller Blut gewesen – er hatte sich in die Kehle eines Bräunlings verbissen.

»Manchmal bleiben mir hinterher nur ein paar Erinnerungsfetzen, wenn so ein Anfall über mich kommt.« Er schaute der schwerkranken Kriegsmeisterin ins spitze Gesicht; sie bewegte stumm die fahlen Lippen. »Einer wollte seine Axt auf Loryane werfen.«

»Er wollte, wahrhaftig.« Der Eishüne zog die dichten Brauen hoch, stieß etwas wie ein Grunzen aus und schüttelte den großen Schädel; die Strähnen seines dichten, fettigen Haares knirschten wie ein Helm aus Sumpfechsenschuppen. »Doch ein Kugelblitz hätte ihn nicht schneller anspringen können, und so starb er mit der Axtklinge im Hirn.«

Pirol Gumpen griff in einen kupfernen Wassereimer, zog einen Lumpen heraus, wrang ihn aus und wischte der Kriegsmeisterin den Schweiß von Stirn und Augen. »Glaub mir, Waldmann: Du willst nicht wissen, in wie vielen Kämpfen ich schon Blut geschwitzt habe und wie viele Männer ich schon sterben sah. Doch einen Kampf wie diesen habe ich noch nie erlebt, und noch nie sah ich fünf Krieger in so kurzer Zeit durch einen einzigen Mann sterben.«

Er deckte Loryanes Oberkörper auf und entfernte den kalten Wickel von ihrem linken Arm. An Flucht war nicht zu denken: Um keinen Preis wollte irgendjemand die Kriegsmeisterin hier ihrem Schicksal überlassen. Doch laufen oder gar reiten konnte Loryane nicht. Sie konnte ja kaum einen Finger bewegen.

Lasnic betrachtete den Verband an ihrem rechten Oberarm – kein Blut und kein Eiter nässten ihn mehr, nur noch Schweiß. Der Wutdichter hatte die tiefe Wunde zusammengenäht, jener Weißmantel mit der Zahnlücke. Noch nie hatte Lasnic einem derart geschickten Heiler wie diesem Dichter bei der Arbeit zugesehen. Auch die Ader unterhalb des Schlüsselbeines hatte der Weißmantel nähen können. Doch zuvor hatte Loryane viel zu viel Blut verloren. Und jetzt wütete irgendwo in ihrem entkräfteten Leib eine Entzündung. Wahrhaftig: Sie stürzte längst ins Vorjahrslaub.

Lord Frix' Mutter zeterte zwar jede Nacht mit den Göttern, damit sie die Kriegsmeisterin endlich heilten, der Dichter holte nachts Kräuter, Tinkturen und Salben ohne Ende aus der belagerten Stadt, um sie zu retten, die greise Ärztin des Armenhauses stach täglich Dutzende rätselhafter Nadeln unter Loryanes Haut – doch nichts half, gar nichts.

Im Grunde warteten alle nur noch auf ihren Tod. Selbst Pirol Gumpen wartete darauf, auch wenn er es nicht zugab.

»Ich hab's dir bereits dreimal erzählt, Kleiner Waldfürst, doch damit du nicht übermütig wirst, erzähle ich's dir lieber noch ein viertes Mal.« Der Hüne tauchte das Tuch in eine Schüssel mit kaltem Wasser und wickelte Loryanes Arm wieder ein. »Die letzten beiden Tarkaner hätten dich aufgespießt, wenn Thora und ich nicht dazugekommen wären. Wir haben sie gerade noch erschlagen können.«

»Rotzknochen, verfluchte!« Lasnic zischte. »Eiterbeulen des Schartans, elende!«

Am Abend von Wigards Todestag hatte Lasnics schwarzer Büffel eine stampfende Herde von beinahe hundert Wakudos durch den Belagerungsring der Bräunlinge geführt. Inmitten der Tiere waren sie nachts aus der Ruine geflohen; nicht ohne sie vorher anzuzünden. Mit dem mörderischen Licht seines Mondsteinringes hatte der Waldmann so viel Schrecken verbreitet, dass die Bräunlinge sich bis an die Stadtmauern zurückzogen.

So war es möglich gewesen, sich noch in derselben Nacht im Armenhaus zu verstecken. Das beachteten die Bräunlinge seit ihrem ersten Besuch hier nicht mehr – zu viel Gestank, zu viele Kranke, keine jungen Weiber und auch sonst nichts zu holen.

Loryane bewegte die Lippen. Jetzt flüsterte sie wieder. Lasnic und Gumpen beugten sich zu ihr herunter. »Du gehörst mir, Waldmann«, murmelte sie. »Nur mir.« Lasnic sog scharf die Luft durch die Nase ein. Solches Zeug gab sie immer wieder von sich. Er versuchte wegzuhören. »Du musst bei mir bleiben …« Gar nicht so einfach, das Weghören. »Du musst immer bei mir bleiben, hörst du?« Sie riss die Augen auf, starrte ins Leere, warf den Kopf hin und her. Gumpen deckte ihre Beine auf, wechselte die Wadenwickel. Der Waldmann spürte genau, wie der Nordhüne ihn belauerte.

Er dachte an jene Nacht am Schluchtern zurück. Wie sie sich auszog, wie sie ihm ihren schönen Leib anbot, wie sie seine Liebe forderte und ein Kind von ihm wollte. Wie hatte er es nur geschafft, einem begehrenswerten Weib wie Loryane zu widerstehen? Und jetzt fiel sie ins Vorjahrslaub. Ohne Kind.

Er seufzte tief, und seine Gedanken flogen zu Ayrin, zu seiner geliebten Herzenskönigin. Sie hatte er zur Mutter gemacht.

»Wenn einer sie noch retten kann, dann du, Waldmann«, murmelte Gumpen. Noch immer musterte der Hüne ihn aufmerksam.

»Sie retten?« Lasnic schreckte aus seinen sehnsüchtigen Gedanken hoch. »Glaubst du, Ayrin ist in Gefahr?«

»Ich spreche nicht von der Königin, Kleiner Waldfürst.« Gumpen stützte sich auf seinen Dreizack und beugte sich über die Fiebernde zu Lasnic herüber. »Ich spreche von ihr.« Gumpen schaute auf die flüsternde und murmelnde Loryane hinunter. Hundert wulstige Sorgenfalten türmten sich in seinem breiten Gesicht.

»Nenn mich nicht so, Eisschatten!«, zischte Lasnic. Einmal mehr verfluchte er den Umstand, dass so viele Zeugen die Weissagung aus dem Mund der wahnsinnigen Frix-Mutter gehört hatten. »Wie, beim Wolkengott, sollte ich denn jemanden aus den Armen des Wilden Axtmanns reißen können?«

»Damit.« Pirol Gumpen deutete auf die Ausbeulung unter Lasnics Hemdbrust, auf die Lederkapsel mit dem Ring. »Das Licht aus dem Mondstein vernichtet nicht nur, weißt du? Es kann auch heilen und erschaffen.«

Lasnic machte schmale Augen, betrachtete den anderen. Der dringende Ernst in Gumpens Stimme beunruhigte ihn. »Woher weißt du das?« Gumpen schwieg, schaute ihn nur an aus seinen großen, herrlichen Nachtaugen. Konnte er nicht gucken wie unschuldiger Grünspross, dieser seltsame Riese? »Ich hab' dich was gefragt.«

»Ich kannte jemanden …« Sofort unterbrach sich Gumpen wieder. Dachte er sich jetzt eine Lüge aus? Lasnic sah die Flügel seiner knolligen Nase beben, hörte den Atem brausend in seinen mächtigen Brustkorb strömen. »Ich hab' jemanden gekannt, der hat den Mondsteinring getragen. Und ich kenne jemanden, den hat er damit geheilt.«

»So so.« Lasnic belauerte den anderen noch immer aus Schlitzaugen. »Und du bist ganz sicher, dass du keine Eulenscheiße redest?«

Pirol Gumpen lehnte sich wieder zurück gegen seinen an die Wand gelehnten Schild. »Es ist wahr.«

»Hat dir das der verfluchte Wal geflüstert?«

Gumpens Miene wurde hart, sein Blick brannte auf einmal. »Es ist wirklich wahr, Waldmann.«

»Dann tu du es doch, wenn du dir so sicher bist.«

»Du weißt, dass das nicht geht.«

»Woher sollte ich das wissen, Nordmann?«

»Man braucht den Segen eines dieser Hexer aus Kalypto, um das magische Licht benutzen zu können.«

»Du meinst, sie müssen einen vorher verhexen?«

»Wenn du es so nennen willst.«

»Mich hat niemand verhext.« Der Waldmann zog den Rotz hoch und blickte sich nach einer Stelle um, wo er hinspucken konnte. Er fand keine und schluckte. »Niemand, und trotzdem habe ich mit diesem verdammten Licht getötet.«

»Dann musst du einer von ihnen sein, Lasnic von Strömenholz.« Mit großem Ernst sprach Pirol Gumpen das aus.

»Schwachsinn! Suchst du Streit?« Lasnic richtete sich auf den Knien auf. »Die Waldschlampe hat mir erklärt, wie's geht. Ungefähr jedenfalls.«

»Leiser.« Gumpen legte den Zeigefinger auf die Lippen. »Wer?«

»Die Waldfurie. So nennen wir in den Wäldern eine Dämonenart. Die Waldschlampe ist aber kein Dämon.« Mit knappen Worten schilderte er dem Eishünen seine Begegnung mit dem wilden Waldweib.

Gumpen hörte aufmerksam zu, und Lasnic kam es vor, als würde er ihm jedes Wort glauben. Das wunderte ihn. »Nenn mir ihren Namen.«

»Was heißt ›ihren Namen‹?« Lasnic zuckte mit den Schultern. »Einfach nur Waldfurie hieß sie. Und wie hieß der, den du mit diesem verdammten Ring heilen sahst?«

Pirol Gumpen senkte den Blick und schwieg wieder. Lange diesmal. Irgendwann wechselte er wieder die kalten Wickel der Kriegsmeisterin. Danach legte er die Unterseite seines Handgelenks auf ihre Stirn. Die Zärtlichkeit dieser Geste überraschte Lasnic nicht. »Du liebst sie, nicht wahr?«

»Das Fieber steigt und steigt.« Pirol Gumpen biss sich auf die Unterlippe. Wieder sah er Lasnic in die Augen. Sein Blick hatte etwas Flehendes jetzt. »Heile sie, Waldmann. Du kannst es.«

Lasnic unterdrückte einen Fluch, wandte sich ab, streckte sich auf seinen Mänteln aus und verschränkte die Arme unter seinem Nacken. War er verrückt geworden, der Hüne aus dem Norden? Vor zwei Monden, auf der Galeere, ja – da hätte er schwören können, dass Gumpen überschnappte. So wie er sich aufgeführt, wie er vor dem Mörderwal gezittert hatte und verlangte, man solle ihn über Bord werfen. Aber jetzt? Was Gumpen sagte – was er diesmal verlangte –, klang auch völlig verrückt. Doch wie er es sagte, sein Tonfall, seine Wortwahl, seine Miene dabei – das alles kam Lasnic vor, als hätte er sich jedes Wort genau überlegt.

»Marderscheiße«, flüsterte er, setzte sich wieder auf und zog das Band mit der Kapsel aus dem Hemd. »Und wenn ich sie aus lauter Dummheit in ein verwelktes Klappergestell verwandle?« Er zog den Ring heraus. »Oder in einen Haufen Staub?« Er steckte ihn an den Finger.

»Bin ich dein Freund oder dein Feind?«

»Ein übergeschnappter Waldelefant bist du, mein Freund!«

»Leiser. Willst du, dass sie lebt oder dass sie stirbt?«

»Bescheuerte Frage.« Der Mondstein leuchtete auf an Lasnics Ring; dessen Wärme strömte in seine Hand.

»Wenn du mit dem magischen Licht kämpfst und vernichtest, verbindest du deinen kämpferischen Geist und deinen Vernichtungswillen mit seiner Kraft.« Über die zitternde Loryane deutete Gumpen auf den Ring an Lasnics Hand. »Jetzt regiert unsere Freundschaft deinen Geist, und der Wunsch, dass sie überlebt, deinen Willen. Verbinde beides mit dem Stein.«

»Was erzählst du mir da, Pirol Gumpen?« Lasnic belauerte ihn. Seine Kiefer mahlten, seine Narbe zuckte.

»Du verstehst genau.«

»Ich habe eine verfluchte Angst, sie zu töten.«

Der andere zuckte mit den Schultern. »›Danke, dass du sie von ihren Leiden erlöst hast‹, würde ich dann zu dir sagen.«

»Du Saftarsch«, flüsterte Lasnic. Auf den Knien rutschte er zu Loryane, beugte sich über sie, roch ihren Schweiß und ihren bitteren Atem. Der Ring leuchtete. Was tun? »Ich will, dass du lebst«, flüsterte er. »Und Gumpen will es auch. Wir wollen's ums Verrecken.«

Er dachte nicht nach, tat einfach, was seine Eingebung ihm gebot: deckte sie auf, drückte ihr den leuchtenden Mondstein zwischen die Brüste aufs Brustbein. »Dein Herz soll weiter schlagen. Du sollst leben, ich will's ums Verrecken.« Immer wieder das Gleiche, flüsterte er. »Und Gumpen will's auch.« Wie ein Gebet kam es ihm vor.

Ruhiges Licht aus himmelblau, orangefarben und violett leuchtenden Schwaden strömte über Loryanes Brüste, über ihren Kopf, über ihre Beine. Wie das Licht eines neuen Morgens aus einer anderen Welt hüllte es ihren Körper ein. Überall auf den Schlafplätzen im Kellergewölbe hoben sie die Köpfe und starrten erschrocken zum Krankenlager der Kriegsmeisterin. »Ich will, dass du lebst«, flüsterte Lasnic wieder und wieder, und Pirol Gumpen sprach ihm jedes Wort nach.

*

Früh am nächsten Morgen hörte Lasnic draußen einen Kolk krähen. Sofort erkannte er Schrats knarzige, mürrische Stimme. Er schob eine Kiste unter eines der schmalen, dicht unter der Gewölbedecke liegenden Fensteröffnungen und spähte hinaus. Sein schwarzer Büffel schlief ihm Gras neben dem Fenster. Nebel verhüllte Bäume und Nachbarhäuser. Von Schrat nichts zu sehen. Nur wenige Wakudos ragten aus der Nebelwand und weideten schon.

Die Bräunlinge hatten einen starken Zaun um Armenhaus und Weide errichtet. Wahrscheinlich fürchteten sie die massigen Büffel, wollten aber nicht alle auf einmal töten. Etwa zweihundert Tiere zählte die Herde noch. Täglich fingen die Bräunlinge zwei oder drei ein und trieben sie zur Schlachtung in die Stadt.

Weil die Vorräte im Armenhaus allmählich knapp wurden, hatte auch der Dichter schon zwei Kälber eingefangen und im Innenhof geschlachtet. Es wurde höchste Zeit, den Ausbruch aus der Stadt zu wagen.

Lasnic dachte an Ayrin. Teklas Nachricht hatte nach dem Kauderwelsch eines berauschten Flaumbarts aus Wildan geklungen. Doch so viel hatte er verstanden: Ayrin und mehr als dreißig Rittern und Schwertdamen war die Flucht aus Eldora gelungen. Ob seine Antwort die Geliebte schon erreicht hatte?

Ein Wakudo nach dem anderen erhob sich schnaubend, auch Lasnics schwarzer Büffel. Der blökte, und von allen Seiten blökten Tiere eine Antwort. »Gut geschlafen, Schwarzer?« Lasnic reichte einen alten Getreidefladen durch das vergitterte Fenster hinaus. Der Büffel schnappte ihn sich und fraß ihn auf. »Immer schön in der Nähe des Fensters bleiben, hörst du, Schwarzer?«

Die Umrisse einer dunklen Gestalt schälten sich aus dem Nebel. Über ihr flatterte Schrat. Er landete im Gehörn des Schwarzen und begrüßte den Waldmann. Die Gestalt huschte in gebückter Haltung zwischen den Wakudos hindurch und auf das Armenhaus zu. Die greise Heilerin in ihren schwarzen Röcken und Mänteln. Wie ein buckliger Sumpfbär sah sie aus.

Sie kam aus dem Hafenviertel zurück. Dort tauschte sie jede zweite Nacht Münzen aus Silber gegen Honig, Gemüse und Heilkräuter ein. Und tat Späherdienste für Lasnic, Gumpen und die zwölf überlebenden Garonesen. Mutiges Weib. Doch sie hatte nichts zu fürchten von den Bräunlingen. Nachts waren die Krieger von den Tausend Inseln besoffen; außerdem gingen sie der Alten lieber aus dem Weg. Rätselhaft, die Scheu der Bräunlinge vor ihr und dem Armenhaus. Sie verschwand aus Lasnics Blickfeld.

»Ich habe kein Fieber mehr«, sagte hinter Lasnic eine sehr heisere Frauenstimme. Er fuhr herum: Loryane saß aufrecht auf ihrem Lager. Die Verblüffung verschlug ihm den Atem. Sie hatte kein Fieber mehr? Sie konnte sich ohne Hilfe aufsetzen? Niemals hätte er das noch für möglich gehalten.

Pirol Gumpen öffnete die Arme und stieß einen Laut aus, der nach dem Grunzen eines gut gelaunten Mammutschweins klang. So zärtlich und behutsam zog er die abgemagerte und bleiche Kriegsmeisterin an seine Brust, als fürchtete er, die Erwachte zu zerbrechen. Kein Wunder, so wie sie aussah. Und so wie der Nordmann gebaut war.

Alle umringten Loryane, streichelten und beglückwünschten sie. »Sie hat tatsächlich kein Fieber mehr!« Auch Thora konnte es nicht glauben, niemand konnte es glauben, am wenigsten der Waldmann. Dem fielen noch immer keine Worte ein. Er stand reglos am Fußende von Loryanes Lager und konnte sich nicht sattsehen an der vom Tode Auferstandenen. Verstohlen tastete er die Konturen des Rings in der Kapsel auf seiner Brust; ihm wurde heiß und kalt.

Thora und die Schwertdamen wuschen Loryane. »Ich habe Hunger«, sagte die.

»Was willst du essen, meine Liebe?« Einer kolossalen Hummel gleich schwirrte Gumpen um ihr Lager, rang die Hände, wischte sich von Zeit zu Zeit verstohlen Tränen aus den Augen. »Verrat es mir.« Das tat sie und musste nicht einmal lange nachdenken. Oben in der Armenhausküche kochte Pirol Gumpen ihr einen Brei aus Truterleber, Trutereiern und Getreide.

Unterdessen hatte die Alte das Kellergewölbe betreten. Ächzend ließ sie sich neben Loryanes Lager nieder und bestaunte deren Appetit. »Habe ich es euch nicht gleich gesagt?«, krächzte sie auf Baldorisch und hob ihren knochigen Zeigefinger. »Meine Nadeln werden sie heilen. Habe ich es euch nicht gleich gesagt?«

Lasnic nickte. »Du warst die ganze Nacht unterwegs, alte Heilerin. Wie sieht es aus in der Stadt?«

»Jämmerlich, ganz jämmerlich.« Die Greisin winkte ab. »Überall Geschrei von Gequälten und Geschändeten, überall Tote und Hungernde. Sie treiben's schlimm, die Schlächter. Übrigens glauben sie, dass ihr ins Grasland hinauf geflohen seid.« Die Ritter und Schwertdamen versammelten sich nach und nach alle an Loryanes Lager und lauschten dem Bericht der Späherin. »Ich habe kaum noch etwas Essbares auftreiben können. Sie fressen alles auf, diese Geier. Doch womöglich erlösen uns die Götter bald von dieser Plage.«

»Was macht dir diese Hoffnung, Heilerin?«, wollte Pirol Gumpen wissen.

»Viele brechen bereits auf, um Eldora wieder zu verlassen, viele werden es in den nächsten Tagen tun. Ihr Anführer, den sie Tarkun nennen, ist mit drei Schiffen schon vor Tagen nach Süden gesegelt, heißt es. Gestern sollen ihm Tausende Schlächter auf über hundert Schiffen gefolgt sein. Ein zweiter Oberschlächter bricht gerade jetzt zu dieser Morgenstunde auf. Mit angeblich hundertfünfzig Schiffen will er den Balden hinaufrudern. Er hat alle Ruderboote an Bord genommen, die er in Eldora und Umgebung finden konnte.«

»Die Bräunlinge ziehen nach Norden?« Lasnic runzelte die Stirn.

»Ein Teil wohl«, bestätigte die Alte. »Ein paar Tausend, so hat mir der Bäcker erzählt, wollen in den nächsten Tagen nach Osten aufbrechen. Auf Böcken und Mustangs, wie er gehört hat. Am langen Büffelsee, kurz vor den Wäldern, wollen sie das Heer des Oberschlächters treffen, der Baal genommen hat. Man nennt ihn Tarbullo oder Kaikan.«

Lasnic zuckte zusammen. Unwillkürlich griff er sich an seine Narbe.

»Kaikan?« Loryane schüttelte ungläubig den Kopf. »Heißt ihr Tarbullo nicht Zlatan?« Einige nickten.

Lasnic zog seinen Rucksack unter seinen Mänteln hervor, öffnete ihn und kramte in seinen Schätzen herum, bis er ein zusammengerolltes Lederstück tastete; den Plan von den Wäldern und vom Mündungsdelta des Stomms, den Vogler ihm einmal gezeichnet hatte. Er zog ihn heraus und entrollte das Leder.

»Hier etwa liegt Eldora.« Er deutete auf einen Punkt außerhalb des Planes. »Und hier ungefähr verläuft der Balden. In seinen Oberlauf mündet kurz vor den Bergen ein Fluss, der in den Sümpfen Wildans entspringt. Das hat Gundloch, mein Waldfürst, mir mal erzählt. Der kannte den Fluss.«

»Wildan?« Loryane runzelte die blonden Brauen.

»So heißt der nördlichste Gau der Waldstämme«, erklärte Gumpen, und Lasnic fragte sich, woher er das wissen mochte. Sogar das Wort »Gau« sprach er aus, als würde er es schon sein Leben lang benutzen. »Wildan grenzt an die südlichen Ausläufer der Großen Wildnis an.«

Die anderen starrten auf die Karte oder schauten einander ratlos an. Loryane hatte aufgehört zu essen und lauschte aufmerksam. Und Thora fragte: »Worauf willst du hinaus, Lasnic?«

»Der Stomm entspringt in der Großen Wildnis und fließt dann nach ein paar Tagesmärschen in Wildan durch dieselbe Seenplatte, in der auch der Fluss entspringt, von dem mein Waldfürst mir erzählt hat. Wäre ich der Anführer der Bräunlinge, würde ich in die Mündung dieses Flusses segeln und danach immer weiter, soweit seine Tiefe es zulässt. Danach würde ich mit Ruderbooten oder Flößen nach Wildan eindringen. Und danach bis zum Stomm vorstoßen.«

Loryane reichte Gumpen ihre Breischüssel und griff nach dem Plan. Lasnic konnte es kaum fassen: Letzte Nacht lag sie noch im Sterben, und jetzt hockte sie im Krankenlager wie neugeboren.

»Das heißt also, dass die Blutsäufer von drei Seiten über die Waldstämme herfallen wollen.« Loryane deutete auf die Karte. »Vom Mündungsdelta des Stommes aus mit Tarkuns Flotte, von Osten her mit ihren Reittieren unter jenem Kaikan und von Norden, von Wildan aus, mit Kleinbooten und Flößen.«

»Marderscheiße!«, zischte Lasnic. »Ganz üble Marderscheiße!« Er schielte zum Fensterschacht hinauf, wo Schrat irgendwelche Nüsse aufhackte. Ob er ihn mit einer Botschaft zu Birk oder Kauzer schicken sollte?

»Jetzt wisst ihr's«, sagte die Alte und stand auf. »Und wenn ihr nicht Lebwohl sagt, bevor ihr verschwindet, sollen euch nachts die

Götter besuchen. Und zwar nur die allergemeinsten.« Sie nickte in die Runde und ging.

*

Gegen Mittag stand Loryane auf und ging umher. »Ich spüre wieder Kraft«, sagte sie. Was in der Ruine geschehen war, wusste sie inzwischen. Während er sie stützte, flüsterte Gumpen ihr ins Ohr und äugte dabei zu Lasnic. Loryane löste sich von Gumpen, lief zu Lasnic, fiel ihm um den Hals und küsste ihn auf den Mund. Danach ließ sie ihn noch lange nicht los. »Danke, Waldmann. Du hast es gewagt, das magische Licht zu benutzen, um mich zu heilen. Ich stehe für immer in deiner Schuld.«

»Schwachsinn.« Lasnic löste sich aus ihrer Umarmung. »Ich hab' getan, was getan werden musste. Außerdem hat der Dicke mich überredet.«

Am Abend, als sie schlief, hockten der Waldmann und Pirol Gumpen an der Säule, die der Tür am nächsten war. Die anderen spielten Karten oder »Turm von Garonada«, oder sie erzählten sich Geschichten. Niemand achtete auf sie.

»Wer war das, dem du beim Heilen mit dem Scheißring zugeguckt hast, Pirol Gumpen? Sag's mir jetzt.«

»Ich will's nicht sagen.«

»War's ein verdammter Magier?«

»Ich will's nicht sagen.«

»Hat das alles mit dem verdammten Mörderwal zu tun?«

»Lass mich, Waldmann, ich will's doch nicht sagen. Irgendwann wirst du alles erfahren.«

»Wann?«

»Wenn wir am Ziel sind.«

»Am Ziel? Marderscheiße, Gumpen! Manchmal kannst du so ein bescheuerter Schwätzer sein.« Der Mörderwal wollte Lasnic gar nicht mehr aus dem Schädel, und wie dringend Gumpen ins Meer springen wollte, sowieso nicht. Ihn schauderte. »Wer bist du, verflucht? Wer bist du wirklich?«

»Ich bin Gumpen, ein Mann aus dem hohen Norden«, erklärte der Eishüne in größter Ruhe. »Ein Mann, der dich gesucht und gefunden hat, Kleiner Waldfürst.«

»Du sollst mich nicht so nennen. Und erzähl mir nicht, du wärst freiwillig in den verfluchten Kerker von Garonada gegangen. Nur um mich zu suchen. Du kanntest mich doch gar nicht.«

»Ich nenn' dich, wie ich will, Kleiner Waldfürst.« Schon wieder machte er diese ernste und harte Miene, die Lasnic nicht an ihm leiden konnte. Wie ein ausgehungerter Sumpfbär sah er jetzt aus. »Kann ich deinen Dialekt sprechen oder nicht?« Gumpen beugte sich nahe zu ihm und sprach auf einmal sehr leise. »Hab' ich dir gesagt, dass allein du Loryane heilen kann oder nicht? Hast du sie geheilt oder nicht?« Das dunkle Blau seiner Augen schien zu glühen. Lasnic wurde es angst. »Ich habe dich gesucht und gefunden, Kleiner Waldfürst. Und jetzt kein Wort mehr darüber.«

Am Tag darauf brachte die alte Heilerin neue Nachrichten: Am nächsten Morgen wollten 7000 Bräunlinge auf Mustangs und Steinböcken zu jenem See aufbrechen, an dem angeblich ihr neuer Tarbullo auf sie wartete.

»Auf diesen wendigen Mustangs würden wir am schnellsten in die Wälder gelangen«, sagte Lasnic in die Runde. »Die Frage ist nur, ob ihr alle euch zutraut, auf so einem Tier zu reiten.«

»Die Frage ist, wie wir vom Armenhaus zu der Koppel kommen, wo ihre Mustangs weiden«, sagte Loryane. »Wenn ich alles richtig verstanden habe, liegt die am Nordrand von Eldora und ist schwer bewacht.«

»Um Mitternacht sind bei den Blutsäufern sogar die Wächter besoffen«, sagte Thora. Das stimmte. Die Bräunlinge hatten sämtliche Weinkeller der Stadt geplündert, füllten sogar ihre Wasserbeutel mit Wein. »Und was haben sie schon zu fürchten?«

»Uns«, sagte Lasnic. »Doch beim Großen Waldgeist – ich denke, wir können es schaffen. Hört mir zu.« Alle steckten die Köpfe zusammen, und der Waldmann erklärte ihnen seinen Plan.

Am Abend aßen sie ein letztes Mal mit dem Weißmantel und der Alten. Zum Abschied umarmten sie einander. Der Wutdichter steckte dem Waldmann ein kleines Lederröllchen zu. »Ich habe ein Gedicht für dich geschrieben, Lasnic von Strömenholz.«

Lasnic entrollte das Leder und betrachtete die Zeichen darauf. »Ich kann noch nicht wirklich gut lesen«, gab er zu. »Lies es mir vor.«

Der Weißmantel schüttelte den Kopf. »Wenn die Zeit reif ist, wirst du es lesen können. Sei gesegnet.«

Lasnic steckte das Schriftröllchen in seinen Rucksack. Dann ging er noch einmal in den Saal, wo Lord Frix' Mutter ihr Dasein fristete.

»Schön«, sagte sie. »Schön, dass du mich besuchst, König Rasman Súlfork Ivúsan Kalamantis von Baldor. So schön.« Sie lächelte und streichelte dem Waldmann die bärtige Wange. Er versuchte ihr zu erklären, dass er nun in die Wälder zu seinem Volk zurückkehren wolle und dass er hoffe, ihren Sohn, Lord Frix, wiederzusehen, und ob er ihm etwas ausrichten solle.

»Tritt ihm von mir in den Arsch«, sagte sie lächelnd. »Dann kehre zu mir zurück und liebe mich. Ich wollte schon immer mal Königin sein. Und jetzt geh, ich krieg' gleich Besuch. Die Götter mögen dich begleiten, mein König.«

Gegen Mitternacht packten sie zusammen, was jeder tragen konnte: Kleider, Waffen, Sattelzeug, ein wenig Proviant. Im Schutz der Dunkelheit schlichen sie aus dem Armenhaus zur Wakudoweide hinaus. Jeder suchte sich einen Büffel aus, sattelte ihn und belud ihn mit seinem Bündel.

Lasnic weckte den Schwarzen und tuschelte lange mit ihm. Irgendwann erhob das schwere Tier sich grunzend und schnaubend. Lasnic schwang sich in den Sattel. »Halte dich immer zwischen mir und dem Waldmann«, hörte er Pirol Gumpen zu Loryane sagen.

Der Schwarze blökte laut und warf den Schädel in den Nacken. Dann trottete er los. Die ganze Herde geriet in Bewegung, hin und her wogte sie. Lasnic kam sich vor, als würde er auf einem schwarzen, vom Sturm zerwühlten Gewässer treiben. Von allen Seiten blökte und brüllte es nun.

Der Schwarze preschte dem Zaun entgegen; zwanzig oder dreißig Wakudos umgaben ihn. Die ersten rammten den Zaun und traten ihn nieder. Die Herde ergoss sich auf die Straße; einem reißenden Strom gleich stampfte sie durch die nächtlichen Straßen von Eldora und immer nach Norden zu.

Die ersten Fackeln tauchten aus Höfen und in Türen auf. Lasnic ließ sich zur Seite fallen, um den Speeren und Pfeilen der Bräunlinge kein Ziel zu bieten; er klammerte sich am Sattelriemen und im Zottelfell des Schwarzen fest. Wer es sich zutraute, tat es ihm gleich, alle anderen machten sich so klein sie nur konnten und streckten sich auf den Rücken ihrer Wakudos aus.

Von allen Seiten begleitete Geschrei den stampfenden Zug der Büffelherde. Lasnic rief den Wolkengott und den Waldgeist zugleich um Rettung an. »Bringt uns in die Wälder! Bringt mich nach Hause! Bringt mich sicher zu Ayrin!« Sein Gebrüll ging im hundertfachen Hufschlag unter.

Dann der Stadtrand. Und wieder Gebrüll. Zäune splitterten. Trotz der Dunkelheit sah Lasnic einen Wimpernschlag lang einen Bräunling unter sich im Gras rollen. Die Herde trampelte über ihn hinweg.

Bald blökten Böcke, wieherten Mustangs. Jetzt sah Lasnic verwundete Steinböcke und Mustangs unter den Hufen der Wakudos. Wie ein Tornado stampfte die Herde über die Koppel hinweg. Und wieder splitterte ein Zaun.

Lasnic zog sich hoch, richtete sich im Sattel auf, spähte durch die Dunkelheit nach vorn. Schatten, kleiner als Wakudos, galoppierten vor der Büffelherde her.

Der Waldmann beugte sich zum Ohr seines schwarzen Büffels, flüsterte, zischte, murmelte. Das Tier wurde langsamer, der Rest der Herde auch. Sie zog sich weiter auseinander, trabte in die Nacht und ins Grasland nach Nordosten hinaus. Im ersten Morgengrauen stand sie endlich still.

Lasnic sah sich um – dreizehn Reiter saßen auf den Rücken von dreizehn Wakudos. Keiner war zurückgeblieben. »Nicht schlecht, mein lieber Wolkengott«, flüsterte er. »Gar nicht so schlecht.« Überall standen Mustangs und Steinböcke und weideten. Lasnic stieg von seinem schwarzen Büffel. Seine Knie zitterten.

Als er nach endloser Fummelei sein Zaumzeug vom Schwarzen geschnallt hatte und Sattel und Gepäck zu einem der Mustangs trug, begegnete er zwei Rittern und Gumpen. Die Ritter schleppten Sättel und Bündel. Der Eishüne trug die Kriegsmeisterin auf den Armen. Auf seinem Rücken hingen über seinem neuen Schild der kleine und der große Dreizack.

»Da bist du ja, Waldmann.« Loryane lächelte müde, wirkte völlig erschöpft. »Wir haben es geschafft. Der Großen Mutter sei Dank: Wir haben es tatsächlich geschafft.«

»Wirklich geschafft haben wir es erst, wenn wir den Wald erreichen«, sagte Lasnic mit heiserer Stimme. »Sie werden uns verfolgen, verlass dich drauf.«

4

Unterhalb des Steilufers rauschte der Fluss. Ein Kormoranpaar flog dicht über den schäumenden Wellen nach Westen dem Meere zu. Ein Windstoß schüttelte die Baumkronen durch. Lauka merkte nichts davon. Laub schwebte in ihr Haar, Ameisen krabbelten über ihre Hände. Sie spürte es nicht. Ein rötlicher Kahlkopf und ein schwarzer Lockenkopf tauchten aus den Fluten auf: Kyranja und der Trochauer. Lauka lag kaum hundert Schritte entfernt von ihnen flussabwärts zwischen den Birkensprösslingen am Steilufer – sie kaute sich die Unterlippe blutig, sie bohrte sich die Fingernägel in die Handballen, sie bebte vor innerer Anspannung.

Mit der Linken hielten sich die beiden dort unten am Seil fest, das Hector und Starian am Abend zuvor dicht über den Fluss gespannt hatten; so dicht, dass die Wellen es an manchen Stellen überspülten. Sie kämpften mit der Strömung und mit der Last, die sie herüber ans Südufer bringen wollten.

Mit beiden Beinen umklammerte die Jungpriesterin einen betäubten Blutsäufer und langte nun auch mit der Rechten nach dem Seil. Lauka hatte nur Augen für Pradosco. Wen hielt der Trochauer da mit der Rechten fest? Die starke Strömung drückte ihn auf die andere Seite des Seils, die schäumenden Wellen verdeckten den Blick auf die leblose Gestalt in seinem Arm.

Lauka spähte flussaufwärts – die zerstörte Brücke lag hinter der letzten Flussbiegung. Man sah sie nicht mehr, hörte aber das Geschrei der Blutsäufer dort. Einige rannten bereits am Nordufer entlang flussabwärts, blickten suchend ins Wasser hinab, hielten Ausschau nach ihrer abgestürzten Hohepriesterin. Die ersten näherten sich bereits der Stelle, an der das Seil den Fluss überspannte; Kyranjas blassrote Glatze war gar nicht zu übersehen. Und jetzt entdeckte der vorderste Krieger des Suchtrupps sie, brüllte auch schon, zeigte in den Fluss hinunter und winkte die anderen Tarkaner herbei.

Lauka ballte die Fäuste, spähte wieder zu Kyranja und Pradosco hinunter. Die Jungpriesterin trennten nur noch knapp sieben Schritte vom rettenden Ufer, Pradosco dagegen hing mit seinem Gefangenen noch mitten im Fluss. »Beeil dich!«, zischte Lauka. »Mach schneller!« Endlich gelang es dem Trochauer, seine menschliche Beute ebenfalls mit den Beinen zu umklammern. Jetzt konnte auch er mit der Rechten nach dem Seil fassen und sich dem Südufer entgegenhangeln. Dabei tauchte der Schädel seines Gefangenen zweimal über der Wasseroberfläche auf. Lauka stemmte sich hoch, sah ganz genau hin – kein braunes Gesicht, ein hellhäutiges! Und langes, dunkelrotes Haar wogte in der Strömung!

»Jaa!« Ein Schrei entfuhr ihr, mit beiden Fäusten trommelte sie ins Moos. »Sie ist es! Große Mutter, ich danke dir! Wir haben die Hexe!« Sie küsste die Mondsteinringe an der Linken. »Ich danke dir, mein Vater!« Sie riss den Beutel mit dem Schädel zu sich und küsste den blauen Samt über seiner Stirn. »Ich habe die Großmeisterin der Zeit besiegt! Die Hexe, die deinen Tod beschlossen hat – ich, deine Tochter Laukaris!«

Zwanzig Schritte flussaufwärts sprangen Tarkaner in die steile Böschung, rutschten durch Geröll und Gestrüpp zum Fluss hinunter, warfen Helme, Lederjacken und Waffen von sich. Vier Blutsäufer sah Lauka in den Fluss springen und nach dem Seil greifen. Über der Steilböschung spannten noch einmal neun Tarkaner Pfeile in ihre Bogen. Lauka zischte einen Fluch; einer ihrer Mondsteinringe leuchtete auf.

Würde ein Pfeil Pradosco treffen und er die Hexe loslassen müssen, kauerten unter Lauka schon Tigrit und Starian im Buschwerk des Steilufers. Im schlimmsten Fall sollten sie in den Fluss springen und die davontreibende Magierin bergen. Lauka würde ihnen mit dem magischen Licht die Blutsäufer vom Hals und den Rücken frei halten. Deswegen lag sie hier in Deckung, hundert Schritte hinter dem Seil.

Am südlichen Ende des Seils kletterte Kyranja endlich ans Ufer. Raban lief herbei und half ihr, den betäubten Tarkaner aus dem Fluss zu zerren. Rabans blonde Gardistin sprang neben sie, legte ihre Armbrust an und zielte auf die Blutsäufer am Seil. Die erreichten eben die Mitte des Flusses. Zwei Drittel der Flussbreite lagen erst hinter Pradosco. Die betäubte Frau zwischen seinen Beinen rührte sich nicht. Lauka hatte darauf bestanden, sie aus dem Fluss zu bergen. Sie wollte sich nicht allein auf das Schlangengift und das Wasser verlassen – erst wenn sie ganz sicher sein konnte, dass die Magierin tot war, würde sie Ruhe finden.

Am Nordufer gingen nacheinander drei Bogenschützen getroffen zu Boden. Ein kleiner Schwarm Pfeilbolzen war auf sie niedergegangen. Und schon sirrten die nächsten Geschosse durch die Luft, und diesmal stürzten vier Bogenschützen getroffen ins Unterholz oder das Steilufer hinab.

Aus dem Unterholz über dem Seil schossen sie Pfeilbolzen ab – Hector und drei Ritter. Mehr waren Lauka nicht geblieben; Lutar von Weihschroff war noch zu benommen, um eine Armbrust überhaupt nur spannen zu können. Das Schlangengift wirkte lange; Lauka hatte es mit Genugtuung beobachtet.

Mit einer garonesischen Armbrust schoss man mehr als doppelt so weit wie mit einem tarkanischen Kriegsbogen, und die Blutsäufer am Nordufer zogen sich in den Wald zurück. Unten im Fluss hangelten sich nur noch zwei Tarkaner hinter ihrer betäubten Hohepriesterin und deren Häscher her. Honig schoss einen Pfeilbolzen nach dem anderen auf sie ab. Zielgenau schoss sie nicht, die blonde Schwertdame, dafür hartnäckig und schnell. Endlich traf sie, und die braunen Krieger ließen das Seil los; die starke Strömung riss sie davon. Lauka ließ sie vorübertreiben, doch Tigrit und Starian schossen auf sie.

Hundert Schritte weiter flussaufwärts zerrte Pradosco seine menschliche Beute ans Ufer. »Gut gemacht«, flüsterte Lauka, »sehr gut gemacht.« Raban und Kyranja übernahmen die betäubte Magierin, der Trochauer kappte das Seil. Nach und nach verschwanden alle aus Laukas Blickfeld, zuletzt die blonde Gardistin des Erzritters. An einem Seil würden Hector und die anderen Ritter die Gefangene in den Wald hinaufziehen.

»Geschafft!« Lauka schob sich vom Rand des Steilufers weg und nach hinten in den Wald hinein. »Nun ist es endgültig geschafft.« Die Anspannung fiel von ihr ab. Sie drückte die Stirn ins kühle Moos, atmete tief, genoss den Augenblick. Irgendwo hinter ihr liefen Tigrit und Starian vorbei. Lauka rief nicht nach ihnen, ließ sie ohne sie zur Lichtung oberhalb des Seils ziehen. Sie wollte jetzt keine Menschen um sich haben, musste den Sieg erst einmal ganz für sich allein auskosten.

»Catolis ist in meiner Hand«, murmelte sie. »An ihr werde ich dich zuerst rächen, Vater. Habe ich es dir nicht versprochen?« Sie sprang auf, ihr war schwindlig vor Erleichterung und Glück. Sie taumelte durch die Birken. »Ich habe die Großmeisterin der Zeit besiegt! Ich bin die Siegerin, ich bin eine Riesin!«

Ein gewaltiges Spinnennetz zitterte zwischen zwei Birken. Es flatterte im starken Wind. Eine Spinne, groß wie eine Kinderfaust, wickelte darin einen Schmetterling in klebrige Fäden ein. Lauka blieb stehen und beobachtete das ungewöhnlich große Tier. Sie verabscheute Spinnen, dennoch lachte sie. »Ich bin eine Siegerin wie du, ich bin eine Riesin!« Sie zog Zlatans Säbel aus der Rückenscheide und holte aus. »Ich bin die Magierkönigin von Garona!« Lautes Gelächter brach aus ihr heraus, und sie hieb das Spinnennetz mitten durch. Die Spinne huschte aus dem erschlafften Netz den weißen Birkenstamm hinauf. »Es gibt nur eine Siegerin!« Lauka schlug erneut zu, spaltete den großen Spinnenleib und schrie ihren Triumph hinaus. »Mich, die Magierkönigin von Garona!«

Sie zog am Säbel, versuchte vergeblich, ihn wieder aus dem Birkenstamm zu reißen; zu tief war er ins Holz gefahren. Lauka ließ ihn stecken, lief durchs Unterholz, sprang im Siegestaumel über Stämme und Ameisenhügel. Sie musste sich Zügel anlegen, um ihre Freude nicht länger laut herauszuschreien.

An vielen Stellen brachen Lichtbalken der Mittagssonne durch das Geäst der Baumkronen. In einem blieb Lauka stehen, blinzelte in den Himmel und schloss geblendet die Augen. »Ich bin Laukaris«, flüsterte sie lächelnd, »die Magierkönigin von Garona. Ich bin eine Riesin.« Eine Zeitlang verharrte sie so, genoss ihr Glücksgefühl, genoss ihre Erleichterung. Nach vielen Atemzügen erst lief sie weiter.

Niemand verfolgt mich mehr, dachte sie. *Die mir nach dem Leben getrachtet hat, ist in meiner Hand. Jetzt kann ich dich an meiner Schwester rächen, Vater.* Ayrin konnte ja nicht weit sein. Und wie viele Ritter und Schwertdamen sie auch beschützen mochten, der Ringträger, der verfluchte Waldwilde, er begleitete sie nicht mehr. Welch leichte Beute für eine Magierkönigin!

Auf einer Lichtung oberhalb der Uferböschung hörte sie Stimmen. Hinter Ulmen, Brombeeren und Eichbüschen standen ihre Garonesen um die beiden Gefangenen herum. Am Steilufer zwischen den Ulmen zogen Honig und Tigrit den erschöpften Pradosco an einem geflochtenen Seil in den Wald hinauf.

Zwei Ritter zerrten schon den betäubten Blutsäufer zwischen die Birken, wo gefesselt die anderen sieben lagen, die sie aus dem Fluss gefischt oder angeschossen hatten. Mindestens drei von ihnen waren durch Giftpfeile niedergestreckt worden. Lauka hatte nur eine vage Vorstellung von der Zukunft dieser Krieger, doch ihre innere Stimme hatte ihr geraten, sie am Leben zu lassen.

Der Verräter Boras war leider nicht unter den Kriegern der Hexe gewesen. Warum lebte er überhaupt noch? Wie gern hätte Lauka gerade ihn gefangen genommen. In der vergangenen, schlaflosen Nacht hatte sie sich geschworen, ihn diesmal nicht mit einem Pfeil im Bauch davonkommen zu lassen.

Sie trat neben Catolis, die besiegte Hexe. Die lag mit geschlossenen Augen im Blaubeergestrüpp und rührte sich nicht. War sie so tief betäubt? Nur ihr Unterkiefer zitterte, ihre Lider zuckten, und ihre Finger hatten sich zu einer pfotenartigen Haltung zusammengekrampft. Wie ein tiefroter Schleier lag ihr nasses Haar im Moos. Zwei Schritte daneben ragte ein Korb aus Gras und Moos; Tigrit und Hector hatten ihn aus jungen Buchenzweigen geflochten und seinen Deckel sorgfältig mit Lederschnüren aus ihren Hemden und Harnischen verschlossen. In diesen Korb hatten sie die Giftschlange gesperrt.

»Die Magierin von den Tausend Inseln lebt noch, meine Königin«, sagte Raban; seine hohe Stimme klirrte vor Kälte. Er reichte Lauka sein Kurzschwert. »Dir gebührt die Ehre, das zu ändern.«

Laukas Blick glitt zwischen seiner Klinge und der Kalyptikerin hin und her. Die Gewissheit, ihr jetzt und hier den Kopf abschlagen zu können, befeuerte ihre triumphale Siegesstimmung aufs Neue.

Sie lachte laut. »Wir haben es geschafft, meine Ritter und Schwertdamen! Wir haben die Großmeisterin der Zeit besiegt!« Sie ging in die Hocke. »Verfluchte Hexe!« Mit dem Handrücken schlug sie der vom Schlangengift Betäubten ins Gesicht. Die Wucht des Schlages schleuderte den Kopf der bleichen Magierin zur anderen Seite. Doch kein Schmerzlaut kam über ihre Lippen, nichts regte sich in ihrer Miene.

Lauka packte Catolis' Rechte, riss ihr den Mondstein vom Finger. »Sie trägt nur einen«, sagte sie leiser und wie zu sich selbst. »Dann hat sie Mauritz' Ring also bereits ihrem neuen Tarbullo überlassen.« Sie steckte sich den Ring an den Ringfinger ihrer Linken, wo sie schon den Mondstein trug, den Mauritz ihr gegeben hatte. Zlatans Ring schimmerte am Daumen derselben Hand.

Die Siegesstimmung hatte auch die anderen erfasst. Sie lächelten, feixten, nickten, klatschten einander in die Hände und auf die Schultern und ließen zwei Lederbeutel kreisen, aus denen sie tranken.

»Was ist das?«

»Wein.« Mit einer Kopfbewegung wies Tigrit zu den Gefangenen hinüber. »Die meisten haben Wein statt Wasser in ihren Trinksäcken.« Sie bot Lauka den Beutel an.

Die winkte ab und blickte zu Lutar hinüber. »Gebt dem Grenzritter davon, vielleicht kommt er dann wieder zu Kräften.« Lutar hockte ein wenig abseits, lehnte schlaff gegen einen Eichenstamm und stierte abwesend vor sich hin.

Lauka betrachtete die reglose Gefangene. Ekel und Verachtung spiegelten sich in ihrer Miene. »Mörderhexe, verfluchte!« Ihr Blick glitt von den mit Wasser vollgesogenen Stiefeln der Magierin bis hinauf zu ihren nassen, dunkelroten Haaren. Sie war jung, viel jünger, als Lauka erwartet hatte. Kaum eine Falte konnte sie in ihrem kantigen Gesicht entdecken. Sie war nicht größer als Lauka selbst. »Catolis von Kalypto?« Wieder keine Reaktion.

Die Kleider der Magierin trieften von Wasser. Unter einer schwarzen Stola und einem Ledermantel trug sie einen zweiten, dunkelblauen Mantel mit silbernen Säumen, Knöpfen und Rüschen. Ein edles Stück von fremdartiger Schönheit. Im Licht der Mittagssonne glitzerten kunstvolle Stickereien und zahllose silberne Fäden auf, die den nachtblauen Stoff durchwirkten und verzierten. Fast sah es aus, als würde seine Trägerin von innen heraus leuchten.

»Hexe, verfluchte!« Lauka sprang auf, trat ihr gegen den Kopf – der pendelte zur anderen Schulter, als wäre er nur eine lose an den Körper angebundene Kugel. »Nehmt ihr die Mäntel ab!«, zischte Lauka und zog ihre Armbrust von der Schulter. »Ich will nicht, dass die wertvollen Stücke von ihrem Blut besudelt werden.« Sie spannte die Armbrust und legte einen Pfeilbolzen in die Sehne.

Tigrit, Pradosco und Honig schälten die Magierin aus den Mänteln, zogen ihr auch die langen Lederhandschuhe aus. Das dauerte, denn der Ledermantel und das Edelgewand waren schwer vom Wasser. Die Armbrust schon an der Schulter, ließ Lauka sie noch einmal sinken. Sie schloss die Augen und tastete nach dem Geist der Betäubten.

Leblos und nachgiebig fühlte der sich an. Er stand ihr offen wie die aufgestoßenen Portalflügel einer Innenburg. Lauka drang in ihn ein; keine nennenswerte Willenskraft hielt sie auf. Doch als ihr eigener Geist sich tiefer und tiefer in das betäubte Bewusstsein hineinwagte, strahlte plötzlich grellblaues Licht auf, schlug ihr Hitze entgegen, und ein starker Sog wollte ihren Willen in ein blau leuchtendes Sternenmeer saugen, in einen violetten Abgrund, vor dem sie erschrak.

Lauka zuckte zurück, öffnete die Augen. Die Magierin schaute zu ihr herauf, ihre hellen, kupferfarbenen Augen leuchteten. Lauka hielt den Atem an: Das waren keine menschlichen Augen, das waren Augen eines Wesens aus einer anderen Welt. Die fahlen Lider schlossen sich wieder, das kupferfarbene Leuchten erlosch.

Lauka entspannte die Armbrust. »Tu du es, Eisenfinger«, flüsterte sie. Der Erzritter zog kurz die buschigen Brauen hoch, dann nickte er und rammte sein Schwert in den Waldboden.

Noch einmal betastete Lauka den Geist der Magierin, vorsichtig und behutsamer diesmal. Welche Schätze mochte der bergen? Wie viel Wissen, wie viele Geheimnisse des ERSTEN MORGENLICHTES? Das Erste Reich von Kalypto hatte diese Hexe noch gekannt! Und sie wusste, welche Gestalt das Zweite Reich haben sollte. Darüber hinaus kannte sie die Magierin im Norden, den Meister des Willens hier in den Wäldern, kannte sogar den sogenannten Wächter des Schlafes im Berg von Kalypto, kannte die Namen fast aller Magier, die dort noch im ERSTEN MORGENLICHT schliefen. Und sie kannte den Weg dorthin.

All das, was Laukas Vater gewusst hatte und ihr nun nicht mehr verraten und beibringen konnte – all das wusste auch diese Hexe dort auf dem Waldboden.

Raban kniete inzwischen vor der betäubten Magierin. Er krempelte sich den rechten Ärmel seines ledernen Waffenrocks hoch und legte seine Prothese frei, den Haken unter der kurzen Lanzenspitze.

Lauka richtete ihren Blick auf Lutar von Weihschroff. Schlaff und mit bleicher gleichgültiger Miene lehnte er gegen die Eiche. Mühelos drang Lauka bis ins Innerste seines Geistes vor. Einen ganzen Tag war es her, dass die Giftschlage ihn gebissen hatte, und noch immer entdeckte sie nicht die Spur einer ernsthaften Willensregung und eines klaren Geistes in ihm.

Sie dachte an den Beutel mit Mauritz' Schädel auf ihrem Rücken, sie spürte die Ringe an ihrer Linken, und ein Satz ihres Vaters schoss ihr durch den Kopf: *Beherrschst du diese Kraft, dann beherrschst du dein Reich*, hatte Mauritz gesagt. *Und weit mehr als nur dein Reich.*

Raban hatte inzwischen seine Prothese vollständig freigelegt – der eiserne Haken und die über ihn hinausragende Speerspitze schimmerten in der Mittagssonne. Morgen für Morgen polierte der Erzritter seinen tödlichen Arm mit irgendeinem Öl, irgendeinem Fett. Seine Linke griff jetzt ins dunkelrote Haar der betäubten Magierin, bog ihr den Kopf in den Nacken, sodass die Haut ihrer Kehle sich über der Schlagader und dem Kehlkopf spannte. Dann winkelte er den rechten Arm an, schob den Ellenbogen über die Schulter und zielte mit seiner Speerspitzenhand nach Catolis' Kehle.

»Warte«, sagte Lauka heiser. Mauritz' Stimme in ihrem Kopf wollte nicht mehr verstummen: *Beherrschst du diese Kraft, dann beherrschst du dein Reich. Und weit mehr als nur dein Reich.* Der graumähnige Raban wandte den Kopf, blickte verwundert zu ihr herauf. Auch alle anderen schauten sie an. *Und weit mehr als nur dein Reich.* »Das Schlangengift wirkt lange, scheint mir«, sagte Lauka leise. »Lassen wir sie doch noch ein wenig am Leben, betäubt und widerstandslos, wie sie ist. Wir haben ja noch vergiftete Pfeile. Und Schlangen haben wir auch.«

»Bist du sicher, dass das eine gute Entscheidung ist, meine Königin?«, fragte Raban.

»Nein.« Lauka rieb sich die Augäpfel unter den geschlossenen Lidern. »Ich werde noch eine Nacht darüber schlafen.« Sie blickte zu den gefesselten Blutsäufern hinüber. »Baut Traggestelle für die verletzten und betäubten Gefangenen. Auch für die Hexe. Stecht sie noch einmal mit einem vergifteten Pfeil, am besten unter die Zunge – dort verlaufen viele Adern.«

»Und dann, meine Königin?« Ächzend stemmte Raban seinen breiten, kräftigen Körper hoch und packte sein Schwert.

»Wir brauchen ein Schiff. Wir werden heute noch zum Küstenpfad zurückmarschieren. Vielleicht schaffen wir es morgen, die Bucht vor den Blutsäufern zu erreichen.« Verstohlene Blicke flogen hin und her, Lauka achtete nicht darauf. »Wie viele Blutsäufer sind davongekommen?«

»Schwer zu sagen, meine Königin.« Hector zuckte mit den Schultern. »An der Brücke und am Nordufer sind etwa dreißig gefallen, würde ich sagen. Knapp zwanzig hat die Strömung mitgerissen; etliche davon waren verletzt und werden wohl ertrunken sein. Und neun haben wir gefangen nehmen können. Doch es waren mindestens hundert.«

»Viel mehr passen nicht auf eine Galeere«, sagte Starian.

Durch Buschwerk und Baumstämme hindurch spähte Lauka über den Fluss. Kein Tarkaner ließ sich mehr am Nordufer blicken. »Dann sind noch höchstens vierzig am Leben. Und die sind erschüttert vom Verlust ihrer Hohepriesterin und fürchten sich vor dem mörderischen Licht.« Mit einer Kopfbewegung deutete sie auf die Magierin. »Mit ihr als Geisel könnten wir es schaffen, unsere Galeere zurückzuerobern.« Sie ballte die Linke und hob die Faust mit den Ringen. »Hiermit sind wir mehr als nur zwölf, meine Ritter und Schwertdamen. Hiermit sind wir sogar stärker und mehr als vierzig oder fünfzig.«

»So ist es, meine Königin!«, rief Hector. »Wahrhaftig, so ist es!« Seine Miene glühte vor Begeisterung. »Wir werden dir folgen, wohin du auch gehst.«

Raban und Starian nickten. Tigrit und Kyranja hingen mit bewundernden Blicken an Laukas Lippen. In den Zügen der drei jungen Ritter, die sie aus dem Ruderdeck der Galeere befreit hatten, rangen Angst und Ehrfurcht miteinander. Einer schielte nach seinem teilnahmslos an der Eiche lehnenden Grenzritter Lutar. Tigrit flößte ihm vom erbeuteten Wein ein.

Die blonde Honig – Lauka hatte ihren wirklichen Namen vergessen – machte eine grimmige und zum Äußersten entschlossene Miene. Und Pradosco? Dass Lauka sich seiner Treue und Dankbarkeit gewiss sein konnte, hatte der Trochauer eben erst wieder bewiesen, als er die betäubte Magierin unter Lebensgefahr aus dem Fluss gerettet hatte.

Lauka hängte sich die Armbrust auf den Rücken und deutete auf die jungen Buchen im Wald. »Schneidet Äste, baut Traggestelle. Und schaut nach Giftschlangen. Findet ihr welche, tötet sie auf gar keinen Fall. Fangt sie vielmehr auf gleiche Weise ein wie die erste, die uns so gute Dienste erwiesen hat, und sperrt sie zu ihr in den Korb.«

Sie wandte sich an Hector, lächelte ihm ins Gesicht, nickte ihm zu. »Begleite mich, mein Thronritter. Zwanzig Schritte flussabwärts steckt mein Säbel in einem Birkenstamm. Ich kann ihn aus eigener Kraft nicht wieder herausreißen. Du musst mir helfen.« Sie wandte sich um und stapfte zurück in den Wald. Lange nicht mehr hatte sie so viel Kraft in ihren Gliedern gespürt. Hinter sich hörte sie die Schritte des hübschen Rotschopfs. Vorfreude erfüllte sie, die Lust nach dem Kampf und dem Sieg machte sie geradezu euphorisch.

Gewiss verdankte sie den Sieg über die Hexe vor allem ihrer eigenen Klugheit, Kraft und Entschlossenheit. Ohne Hector allerdings hätte sie ihn nicht vollenden können. Niemand schoss so zielsicher mit der Armbrust wie er. Nicht einmal sie selbst.

Bei der Birkengruppe angekommen, packte Hector den Säbelknauf und riss die Klinge aus dem Stamm. Aufmerksam betrachtete er die Schneide mit den Spinnenresten. »Du hast eine große Spinne zerschlagen, meine Königin.«

»Und vorher ihr Netz. Das Biest war gerade im Begriff, einen Schmetterling zu töten.« Lauka nahm ihm den Säbel ab. »Ich hasse Spinnen. Und ich liebe kühne und starke Ritter wie dich.«

Sie trat näher zu ihm, stellte sich auf die Zehenspitzen und küsste ihn auf den Mund. Er schmeckte nach Wein und ein wenig salzig. Sein herber Geruch erregte sie. »Du hast den entscheidenden Pfeil auf die Hexe abgeschossen, mein Erster Thronritter. Dafür will ich dich belohnen.« Sie griff nach seiner Hand und zog ihn hinter sich her ins Unterholz. »Komm mit.«

In einem Farnfeld legte sie Säbel und Armbrust ab und breitete ihren schwarzen Wildledermantel auf dem Waldboden aus. »Leg deinen Mantel daneben, Hector, mach schon.« Sie streifte Stiefel und Hosen ab, öffnete das moosgrüne Kleid, das sie über den Hosen zu tragen pflegte. »Zieh dich aus, mein Ritter, wir haben nicht viel Zeit.« Sie half ihm, sich Brustgurt, Harnisch und Hosen zu entledigen. »Das Kettenhemd lass an, mein Ritter«, flüsterte sie, »ich mag es, wenn du ein wenig nach Eisen duftest.«

Lauka raffte ihr Kleid hoch, zog den Ritter auf die ausgebreiteten Mäntel herunter, führte seine Hand zwischen ihre Schenkel und klemmte sie darin ein. Hector äugte unruhig über die Farnspitzen hinweg, zwischen die Birken und zum Pfad, der ans Steilufer zu den anderen führte. »Hier, meine Königin?« Ihm war nicht wohl in seiner Haut, sein Blick verriet es, jede Geste sprach davon. »So nahe? Bist du sicher?«

Lauka lachte ihn aus. »Ich brenne, mein Ritter, lösche mein Verlangen.« Sie riss ihn auf sich, saugte sich an seinen Lippen fest, rieb ihre Schenkel an seiner Hand. »Ich bin heute deine Belohnung, mein Ritter, nimm mich mit aller Kraft, die dir nach diesem Kampf noch geblieben ist.«

Endlich wagte Hector es und schob seine Hand noch tiefer zwischen ihre sehnsüchtigen Schenkel und dann bis zu ihren glühenden Liebeslippen herauf. »Und nimm mich schnell«, hauchte Lauka. »Die anderen warten.«

»Bei allen schönen Mächten des Universums, meine Königin – deine Schenkel fühlen sich weich an wie Wildleder«, flüsterte Hector. Er berührte ihre Liebeslippen, öffnete und streichelte sie. Er biss zärtlich in ihre Brustwarzen und wühlte sein stoppelbärtiges Gesicht in ihren Busen. Sein Atem ging keuchend. »Die Brüste der Großen Mutter können nicht schöner sein als deine, meine Königin.«

Lauka spürte seine Männerhärte auf ihrer Scham, in ihrem Schoß klopfte und brannte das Verlangen. »Rede nicht so viel, mein starker Ritter.« Sie spreizte die Schenkel und verschränkte ihre Beine hinter seiner Taille.

*

Honig stieß zwei Tarkaner in die Dornen am Wegrand. Hector, Tigrit und die drei Jungritter trieben sieben weitere Gefangene die Böschung herauf – halbnackte Blutsäufer voller Schürfwunden, blauer Flecken und Schmutz in Bärten, Haaren und Kleidern. Einer trug eine Pumphose, einige Lederwesten und Lendenschurze, viele nur diese und sonst nichts weiter. Und alle waren sie nass bis auf die Haut. Drei hinkten mit schmerzverzerrten Gesichtern, zwei zerrten einen offensichtlich Betäubten zwischen sich zum Pfad herauf. Einer nach dem anderen sank vor Lauka in Dreck und Geröll.

»Sie hatten sich unten an der Flussmündung versteckt«, sagte Hector. »Im Gestrüpp und in Erdlöchern.«

»Die Strömung hat sie von der Brücke bis zur Mündung getragen?« Der graubärtige Raban staunte.

»Wir sollten erfahren, ob sie die Einzigen sind, die sich retten konnten.« Der greise Starian blickte sich misstrauisch um. »Überraschungen könnten tödlich ausgehen in dieser Gegend.«

Links, drei Steinwürfe entfernt, tobte die Brandung des Großen Ozeans zwischen den Felsen, rechts erhob sich eine bunte Wand aus Laub, Buschwerk und Baumstämmen: der Wald. Am Abend zuvor hatten die Garonesen und der Trochauer ihn verlassen, seit den Morgenstunden marschierten sie auf dem Küstenpfad nach Norden. In zwei gestrandeten Fischerbooten hatten sie den Fluss überquert. Die Bucht lag noch höchstens fünf Wegstunden entfernt.

»Frag ihn, ob noch mehr Krieger hier im Wald versteckt sind«, wandte Lauka sich an Pradosco und deutete auf den mit den Pumphosen, einen Hauptmann. Der Trochauer übersetzte die Frage. Der Hauptmann presste die Lippen zusammen, reckte das Kinn vor und musterte erst Pradosco und dann Lauka mit feindseligem Blick.

An seiner Stelle antwortete ein anderer, ein untersetzter Tarkaner mit schwarzen Augen und wirrem Haar voller Laub, Schlamm und Insekten. Bis auf einen Lendenschurz war er nackt. »›Wir neun sind die einzigen‹«, übersetzte Pradosco. »›Alle anderen sind ertrunken. Die meisten gleich in den ersten Augenblicken nach dem Einsturz der Brücke. Wir haben Hunger, großen Hunger.‹«

»Wahrscheinlich haben nur die ohne schwerere Verletzungen überlebt«, vermutete Lutar. Seine Stimme klang noch kraftlos, doch seit dem frühen Morgen war er wieder auf den Beinen.

»Und die ohne Schlangengift im Blut«, sagte Hector.

»Sie riechen nach Wein«, sagte Tigrit. »Manche schwanken nicht nur aus Schwäche, scheint mir – ihre Trinkbeutel sind leer.«

Lauka betrachtete den Sprecher der Tarkaner. Beinahe flehend sah er zu ihr auf. Er schien viel zu erschöpft, um noch feindselige Gefühle aufbringen zu können. Anders als der Hauptmann – der drehte sich um, spuckte den Schwarzäugigen an und zischte ein paar wütende Worte. Lauka verzichtete darauf, sie übersetzen zu lassen. Mit einer Kopfbewegung bedeutete sie Honig, was sie zu tun hatte.

Die Blonde griff in das lange Kraushaar des Tarkaners, riss ihm den Kopf in den Nacken und zog ihm eine Dolchklinge durch die Kehle. Der Hauptmann kippte seitlich in die Dornen. Er röchelte, das Blut pulsierte zwischen seinen Fingern hindurch.

»Frag sie, ob sie leben möchten«, befahl Lauka.

Pradosco übersetzte. Die Tarkaner tuschelten, tauschten ängstliche Blicke aus, starrten ihren sterbenden Hauptmann an. Einer nach dem anderen nickte.

»Bringt die Hexe.« Lauka winkte Kyranja und einen Ritter mit der Trage der Magierin heran. Sie stellten sie neben dem zuckenden Hauptmann ab. Die Magierin der Tausend Inseln lag reglos und mit geschlossenen Augen. Obwohl sie nicht wirklich zu sich gekommen war, hatte Lauka sie am Morgen wieder mit einem vergifteten Pfeilbolzen unter die Zunge stechen lassen. »Frag sie, ob sie diese Frau kennen«, befahl sie Pradosco.

Mit offenen Mündern und weit aufgerissenen Augen stierten die Blutsäufer die Gefangene an. Einigen bebten die Unterlippen, andere begannen zu zittern. Pradosco übersetzte Laukas Frage. Der Untersetzte mit dem wirren Haar sagte etwas, die anderen nickten. »Ja, das sei ihre Herrin, sagen sie«, übersetzte der Trochauer.

»Sag ihnen, dass diese Frau die längste Zeit ihre Herrin gewesen ist«, verlangte Lauka. »Sie hat gesündigt, und Tarkartos hat sie zur Strafe verstoßen und in meine Hand gegeben.« Auf dem Weg an die Küste hatte Lauka begonnen, den Geist der Magierin auszuforschen. Sie wusste alles über den grausamen Gott der Blutsäufer. »Ich bin jetzt ihre Herrin.«

Der stämmige Trochauer übersetzte. Wie gebannt lauschten die ausgelaugten Krieger dem bärtigen Lockenkopf. Seine Stimme klang rau und unwirsch. Die Blutsäufer verschlangen ihn schier mit ihren verzweifelten Blicken. Einigen liefen die Tränen über die braunen Gesichter. Statt dass einer antwortete, blickten sie alle zu Lauka, als Pradosco geendet hatte. Die las weiter nichts als Verwirrung und Angst in den ausgemergelten Gesichtern.

»Frag sie, ob sie leben und mir dienen wollen.« Lauka hob die Linke, ballte die Faust und zeigte ihnen die drei Ringe. Pradosco übersetzte, und alle acht Tarkaner nickten heftig.

Sie gaben ihnen von ihren Vorräten zu essen. Danach fesselten sie die unverletzten Blutsäufer so locker aneinander, dass sie laufen und ihre verwundeten Kampfgefährten tragen konnten.

Am späten Vormittag ließen sie die Waldflussmündung hinter sich. Schnell kamen sie nicht voran. Raban schickte Tigrit, Honig und einen Ritter als Späher voraus.

Am Nachmittag sah Lauka den Ritter hundert Fuß entfernt auf dem Pfad kauern und winken. Der flaumbärtige Weihritter hieß Magnus und stammte aus Rothern. »Das solltest du dir ansehen, meine Königin«, sagte er und winkte Lauka hinter sich her zu einer Anhöhe links des Pfades. Starian, Raban und Hector folgten ihrer Königin.

Tigrit und Honig hockten am Klippenrand, schützen ihre Augen vor der schon tief stehenden Sonne und blickten unverwandt nach Westen. Lauka trat neben sie – und machte sofort einen Schritt rückwärts: Mehr als hundert Fuß unterhalb der Steilklippen dehnte sich ein Strand aus.

»Eine Flotte der Blutsäufer.« Hector deutete aufs Meer hinaus. »Hundertfünfzig bis zweihundert Galeeren, schätze ich.«

Jetzt sah es auch Lauka. Die Schiffe segelten in einer langen Kolonne. Die nächsten zogen nicht weiter als in 5000 Fuß Entfernung vorbei. Unwillkürlich ging sie ebenfalls in die Hocke und machte sich klein. »Du kannst die Fahnen an den Mittelmasten erkennen?«

»Nein«, sagte Hector. »Doch die klobige Form und das erhöhte Heck lassen keinen Zweifel zu.« Der Erste Thronritter hatte von allen die besten Augen. »Es sind Blutsäufer.«

»Du hast recht«, sagte Starian. »Wohin segeln sie wohl?«

»Im Süden gibt es nur ein Ziel für sie.« Von ihrem Vater wusste Lauka ja, wem der nächste Feldzug der Tarkaner galt. »Das Mündungsdelta des Stomms.«

»Krieg gegen die Waldstämme also.« Rabans hohe Stimme. »Uns kann es nur recht sein.«

Lauka dachte an ihre Schwester. Bald würde es hier in den Wäldern von Blutsäufern nur so wimmeln. Wenn sie Ayrin noch finden wollte, musste sie sich beeilen. »Gehen wir weiter.«

Sie liefen zurück zum Küstenpfad, marschierten weiter nach Norden. Hector und Starian trieben zur Eile an. Lutar ließ es sich nicht nehmen, mit Ruten auf die gefangenen Tarkaner einzuschlagen, die ihre verletzten Rottengefährten trugen. Lauka ließ ihn gewähren. Auf der Ruderbank war er oft genug selbst von ihnen geschlagen worden. Und wer wüsste besser als sie, wie süß Rache schmeckte?

Mit siebzehn Gefangenen erreichten sie gegen Abend die Bucht – sechzehn Blutsäufern und der Magierin der Tausend Inseln. Vier Ruderboote lagen kieloben am Strand. Mit zweien davon war Lauka selbst vor ein paar Tagen an Land gegangen. »Sehr gut.« Sie atmete auf. »Die übrig gebliebenen Blutsäufer sind noch nicht zurück, wie es aussieht.« Alle atmeten auf.

Zwei Galeeren lagen am Ausgang der Bucht, eine in Schräglage. »Das ist das Schiff, mit dem wir von der Trochauer Küste aus aufgebrochen sind«, sagte Tigrit. »Die Blutsäufer haben sie mit dem Rammdorn leck geschlagen und auf Grund gesetzt.«

»Dann entern wir das Schiff, mit dem die Hexe und ihre Rotten gekommen sind.« Lauka zögerte nicht mehr. »Viele können nicht mehr an Bord sein.« Sie dachte an Boras. Ob er aufs Schiff zurückgekehrt war? Lauka hoffte es.

Sie erklärte Pradosco, was er den Gefangenen einzuschärfen hatte. Umgeben von zehn gehfähigen Tarkanern, lief sie mit Tigrit, Honig und Kyranja zum Strand. Von den Männern nahm sie nur Pradosco mit. Vielleicht würde sie ja einen Dolmetscher brauchen. In einem der Boote ruderten sie zum Ausgang der Bucht.

An der Reling der leckgeschlagenen Galeere zeigte sich niemand, am Bug der anderen versammelten sich nach und nach etwa fünfzehn Tarkaner. Laukas Gefangene winkten, als sie in Rufweite waren, und der Schwarzäugige mit der wirren Mähne rief seinen Kriegsgefährten auf dem Schiff etwas zu. Pradosco nickte und bedeutete Lauka auf diese Weise, dass der Krieger nur das schrie, was sie verlangt hatte: dass die Hohepriesterin tot sei, die Rotte aufgerieben und sie, die Überlebenden, zum Trost immerhin vier garonesische Frauen und einen Ritter gefangen genommen hätten.

Daraufhin ließen die Tarkaner eine Strickleiter von Bord. Lauka kletterte zuerst hinauf. Kurz bevor sie die Reling berührte, ließ sie das tödliche Licht aufblitzen. Blutsäufer taumelten zurück, Geschrei erhob sich über ihr auf dem Außendeck. Die Tarkaner, die das ERSTE MORGENLICHT nicht auf die Planken gestreckt hatte, flüchteten sich entsetzt in irgendeinen Winkel, irgendeine Nische unter Deck.

Mühelos enterten Lauka und ihre Schwertdamen die Galeere. Die Ritter, die sich am Ufer versteckt hatten, folgten mit den restlichen Gefangen in den übrigen Ruderbooten. Die Hälfte der Besatzung töteten sie, die andere gab den Kampf auf und flehte um ihr Leben. Lauka ließ sie aufs Ruderdeck hinunterschaffen.

In einer Kajüte des Zwischendecks, die sich durch bequeme Ausstattung und eine gewisse Eleganz von den anderen unterschied, zogen die Ritter eine Frau unter der Koje hervor. Sie ließen Lauka rufen. Es war Gudrun. Lauka erkannte sie gleich, als sie die Kajüte betrat.

»So sieht man sich wieder«, sagte sie kühl. Gudrun belauerte sie, wie man ein Tier belauerte, dessen Angriff man fürchtete. Ein Bauch wölbte sich unter ihrem Kleid. »Wo steckt Boras?«

»Er ist noch nicht aus den Wäldern zurück.«

Gudruns feste Stimme ärgerte Lauka. »Wie kommt es, dass ihr hier seid und lebt?«

»Die Hohepriesterin der Blutsäufer – mit ihrer Magie hat sie uns dem Tod entrissen. Dafür hat sie von Boras verlangt, sie hierherzuführen.«

»Dann hat er ihr also zuvor verraten, dass ich meine Schwester suche.« Gudrun nickte, und der Hass auf Boras steigerte Laukas Ärger über ihr stolzes Auftreten zu brennender Wut. »Ich fürchte, du wirst noch heute bereuen, dass die Hexe dir nicht den Tod gegönnt hat.«

Gudrun schluckte, legte ihre Rechte auf den gewölbten Bauch. »Ich bin eine garonesische Majordame …«

»Manchmal wird man unverhofft zu weniger als einem Stück Dreck.«

Gudrun erbleichte. »Statt deiner Schwester die Treue zu halten, habe ich für dich gekämpft, meine Königin. Das weißt du.«

»Stimmt schon.« Lauka lächelte kühl. »Wahrscheinlich, weil Boras dich gefickt hat. Das nämlich macht er richtig gut, nicht wahr?«

Gudrun riss Augen und Mund auf. »Ich bitte um Gnade für mein Kind und mich, meine Königin«, flüsterte sie.

»Bringt sie aufs Ruderdeck hinunter«, befahl Lauka den Rittern. »Kettet sie neben einen Blutsäufer auf eine Ruderbank.«

*

Früh am nächsten Morgen ruderten sie aus der Bucht, setzten die Segel und stachen Richtung Süden in See. Es war kalt, und dunkle Wolken zogen von Norden her auf. Am späten Vormittag steuerte Raban die Galeere in die Flussmündung hinein. Sechzehn der inzwischen vierundzwanzig gefangenen Tarkaner hatte Starian auf Ruderbänken anketten lassen. Mitten unter ihnen und der Willkür der Insulaner ausgeliefert: die Majordame Gudrun.

Lauka merkte, wie sehr Tigrit, Kyranja und die Ritter um Magnus erschraken, als sie davon hörten. Sie sah die Empörung in ihren Gesichtern, beobachtete, wie sie miteinander tuschelten. Keiner jedoch zeigte seinen Unmut offen, selbstverständlich nicht.

Nur Starian kam zu ihr in die gute Kajüte, in der Gudrun sich versteckt hatte; nur er wagte es, sie darauf anzusprechen. »Wenn du Gudrun des Verrats bezichtigst, bestrafe sie nach den Gesetzen der Großen Mutter, meine Königin. Wenn du ihr vorwirfst, deinem Vater die Hand abgeschlagen zu haben, nimm Rache und schlage ihr von mir aus auch die Hand ab, wenn sie ihr Kind geboren hat. Doch eine garonesische Frau diesen Schlächtern auszuliefern, das ist nicht in Ordnung, meine Königin.«

»Was fällt dir ein, Starian?« Sie musterte ihn kalt. »Ich bin die Magierkönigin. Ich tue, was ich will. Und wer immer sich bei dir über mich beklagt haben mag – er soll sich zu Herzen nehmen, wie ich mich bei meinen Feinden zu bedanken pflege.« Starians greise Miene erstarrte. Er deutete eine Verbeugung an und ging zur Tür. »Außerdem sind Gudrun und die Blutsäufer angekettet. Was können sie ihr schon tun?« Stumm verließ Starian die Kajüte.

Knapp vierzig zu Tode erschöpfte garonesische Ritter hatten sie aus dem Ruderdeck befreit. Kaum einer hatte noch die Kraft zum lauten Jubel aufgebracht, als plötzlich Ritter und Schwertdamen aus der Heimat vor ihnen standen. Sie lagerten jetzt in einem Unterstand auf dem Oberdeck. Raban und die Ritter und Schwertdamen versorgten sie mit Essen und Trinken. Es würde Tage dauern, bis sie wieder kampffähig waren.

Raban teilte Wachschichten an der Küste ein. Doch draußen auf dem Meer zeigten sich keine Schiffe der tarkanischen Kriegsflotte mehr. Lauka vermutete, dass die Blutsäufer in spätestens fünf Tagen das Mündungsdelta des Stomms erreichen würden.

Etwa tausend Fuß weit steuerte der Erzritter die Galeere in die Flussmündung hinein; weit genug, um vom Meer aus nicht gesehen zu werden. Lauka sandte Tigrit, Kyranja und zwei Ritter als Späher aus. Sie sollten nach Spuren von Ayrins Kampfschar und nach Waldmännern Ausschau halten.

Danach ließ sie eine Pritsche in einen Verschlag des Laderaums schaffen, Eisenschellen in die Balken dort nageln und die Hexe nackt auf die Pritsche und in Ketten legen. Schlangengift hatte sie ihr an diesem Tag noch nicht unter die Zunge gestochen.

Gegen Abend öffnete die Magierin die Augen. »Du bist die Gefangene des Bastards, Großmeisterin der Zeit.« Aus ihrem Geist wusste Lauka, dass Catolis sie bei sich selbst so nannte. Sie stand neben ihr, drückte die mit Schlangengift benetzte Klinge ihres Dolches gegen ihre Kehle und lachte ihr ins Gesicht. »Du wirst sterben, das ist gewiss. Eigentlich wollte ich dich töten, gleich nachdem wir dich aus dem Wasser gezogen haben. Doch als ich deinen Geist berührte, wurde mich klar, welch ein Fehler das gewesen wäre. Es gibt noch so viel, was du mir zu sagen hast.« Sie lachte laut.

Die Magierin starrte sie an aus ihren kupferfarbenen Augen. Lauka versuchte, ihrem Blick standzuhalten und in ihren Geist einzudringen. Doch dieses Mal spürte sie einen Widerstand, spürte etwas wie ein Kraftnetz, das ihren Willen einschnüren wollte. »Ich kenne das, Catolis von Kalypto.« Wieder lachte sie. »Auch ich kann inzwischen den Menschen meinen Willen aufzwingen, wenn ich will.« Sie setzte die Klinge ab. »Bedenke, mit wem du es zu tun hast – mit Laukaris, der Magierkönigin.«

Unsichtbare, hitzige Kraft schlug ihr jäh entgegen, blauviolettes Licht schien in ihrem Hirn zu explodieren; wie ein Schmerz zuckte der magische Angriff durch Laukas Kopf. Sie schrie auf, packte den Daumen der Angeketteten und trieb ihr die Dolchspitze unter den Nagel. Catolis stöhnte, warf den Kopf hin und her, versuchte die Beine anzuziehen.

»Versuche das nie wieder, verfluchte Hexe! Du ahnst ja nicht, in welches Meer von Schmerzen ich dich dann stoßen werde!« Lauka rief nach Honig und Lutar. »Beschafft Peitschen«, befahl sie, »und bringt einen Beutel Meerwasser mit.«

Später schwangen die Blonde und der Grenzritter die Peitschen. Lutar schlug von links und Honig von rechts auf Oberkörper und Beine der Magierin ein. Als die Haut auf ihren Schenkeln und Brüsten aufplatzte, befahl Lauka der Blonden, Salzwasser in die Wunden zu gießen. Die Hexe stöhnte und röchelte und bäumte sich auf. Lutar und Honig beobachteten sie und lächelten zufrieden.

Lauka selbst hockte die ganze Zeit hinter dem Kopfende von Catolis' Pritsche und tastete sich in den Geist der Gequälten hinein. Deren Widerstand bröckelte, Schmerzen und Schlangengift lähmten ihren Willen.

Lauka ließ sich Zeit, wagte sich vorerst nicht weiter, als bis an den Rand jener schlummernden Macht, die sie im Geist der Hexe berührt hatte. Sie fürchtete, selbst angegriffen und verletzt oder beeinflusst zu werden. Längst ahnte sie, welche Gewalten in den Tiefen dieses fremden Geistes lebten, des Geistes einer Großmeisterin der Zeit. Lauka wusste ja, welche Kräfte in ihr selbst schlummerten, einer Schülerin der Magie. Nicht nur Respekt hegte sie vor der magischen Gewalt der Kalyptiker, sondern Furcht. Diese Gewalt konnte vernichten, so viel war ihr längst klar. Also tastete sie sich in sehr kleinen Schritten in die Geheimnisse des Hexengeistes hinein.

Nach drei Tagen kehrten Tigrit, Kyranja und die beiden Ritter zurück. Sie hatten tatsächlich Spuren von Ayrins Kampfschar gefunden. Außerdem berichteten sie von Pfaden, die durch Buchenwald, Unterholz und Sümpfe nach Südosten führten. Auf ihnen hatten sie eine Fährte menschlicher Jäger entdeckt.

»Jagdpfade der Waldmänner«, erklärte Kyranja. »Wir fanden Feuerstellen, Kot, Haar und Knochen geschlachteter Tiere.« Stoppelhaar wucherte auf dem Schädel der Jungpriesterin, die rote Farbe auf ihrer Kopfhaut verblich allmählich. »Alle Spuren sprechen dafür, dass die Pfade zu einer ihrer Siedlungen führen. Deine Schwester und ihre Ritter haben einen von ihnen benutzt, meine Königin.«

»Sicher?«

»Ganz sicher.«

»Tötet einen der Tarkaner, die nicht zum Rudern eingesetzt werden können.« Lauka musste nicht lange nachdenken, ihr Plan stand längst fest. »Holt mir Wäsche, Hosen und Kleid der Hexe und tränkt alles mit dem Blut des Tarkaners. Und schafft Gudrun aus dem Ruderdeck herauf. Falls sie noch lebt.«

»Heute Nacht habe ich sie noch schreien hörten«, erklärte Raban ohne jede Spur von Mitleid. Auf den Erzritter konnte Lauka sich verlassen.

Sie wandte sich an Kyranja: »Schärfe das Messer, mit dem du dir deine Glatze zu rasieren pflegst.« Und dann zu Hector und Starian: »Ihr beide begleitet mich.«

Raban, Honig und Lutar befahl sie, die Großmeisterin der Zeit zu bewachen. »Wenn sie zu sich kommt, fügt ihr Schmerzen zu. Jeden Tag. Danach stecht ihr wieder das Gift unter die Zunge. Wer will, mag ihr antun, was ihre Horden unseren Frauen angetan haben.«

Die Ritter sahen einander betreten an. »Wir sind nicht so wie die Blutsäufer, meine Königin«, erklärte Raban. »Die Große Mutter verbietet es, gefangenen Frauen Gewalt anzutun.«

Lauka war enttäuscht. Sie bedachte ihren Erzritter mit einem giftigem Blick und wandte sich an seine Gardistin: »Wenn die garonesischen Rudersklaven zu Kräften gekommen sind, erzähle ihnen, wen sie über das Meer bis hierher rudern mussten und wo sie diejenige finden. Und sollte einer der Ritter das Gesetz der Großen Mutter bemühen, richte ihm von seiner Königin aus: ›Keine Frau liegt in Ketten unter Deck, sondern die Hexe, die Garona in den Abgrund gerissen hat. Jeder mag dann selbst entscheiden, was er zu tun bereit ist.‹«

5

Große, schwere Schneeflocken mischten sich in den Regen. Manchmal grollte Donner über dem Wald. Hin und wieder schüttelten Sturmböen die Bäume durch und fegten ganze Schwärme bunter Blätter ins Unterholz und auf den Pfad. Kälte und Feuchtigkeit krochen Ayrin unter Kapuze und Kopftuch. Doch sonst blieb sie warm und trocken. Ihre Stiefel waren für Märsche jenseits der Schneegrenze gemacht, und an ihrem Echsenledermantel perlte der Regen ab.

»Prachtstück«, sagte Ulmer, der vor ihr lief, und meinte den Echsenmantel. »Wäre ich nur ein klitzekleines Stück größer, würde ich dir Fleisch und Fell von zwei Elchen dafür bieten. Oder einen Beutel heiligen Trank.« Er schob seinen schwarzen Bärenfellmantel zur Seite und klopfte auf einen Ledersack an seinem Hüftgurt. »Bei uns gibt's nur Alligatoren und Sumpfbären.« Er schlug auf seinen Mantel; Wasser spritzte aus dem Bärenpelz. »Keine Sumpfechsen, dem Wolkengott sei Dank. Andererseits – so ein Echsenmantel …?« Er schielte nach Ayrins schuppigem Kleidungsstück und schnalzte mit der Zunge.

Der Waldmann, der sich als »Wettermann von Blutbuch« bezeichnet hatte, war gut zwei Köpfe kleiner als Ayrin. Dennoch bezweifelte sie, dass er den Echsenledermantel vor seinem Kugelbauch würde schließen können. »Ich gebe ihn nicht her«, sagte sie, »nicht für zehn Goldstücke.«

»Goldstücke?« Ulmer drehte den Kopf um und rümpfte die große Knollennase. »Schwachsinniger Gedanke! Wer braucht denn Goldstücke?«

»Was sagt er?«, wollte Romboc wissen, der sich neben oder hinter Ayrin hielt, je nach Breite des Pfades. Ein paar Brocken der Waldsprache beherrschte der Erzritter zwar noch aus der Zeit seiner Stommreise oder hatte sie sich von Lasnic beibringen lassen, doch wenn es um Feinheiten ging, musste er nachfragen. Ayrin übersetzte; seit fünf Tagen tat sie kaum noch etwas anderes, seit sie mit den Waldmännern zur nächstgelegenen Siedlung aufgebrochen waren.

»Kühlt den Kopf, erhitzt das Blut und stärkt Glieder und Herz«, erklärte der kugelige Waldmann inzwischen den Wert seines angepriesenen Gebräus. »Mit heiligem Trank im Schädel können gute Wettermänner wie ich die Andere Welt erblicken. Das Gespräch mit den Göttern und dem Waldgeist fällt unsereins dann ein wenig leichter, wenn du verstehst, was ich meine.«

Ayrin übersetzte ins Garonesische, und Romboc runzelte zweifelnd die Stirn. Nicht weit hinter ihm trugen die Ritter Joscun und den Rotaffen den Pfad entlang. Dem Baumeister ging es besser. Er versuchte, sich mit dem Waldmann namens Rulf zu verständigen, wollte die Sprache des Waldwilden begreifen und lernen. Er war damals nicht dabei gewesen, als Lasnic seine Landsleute unterrichtete. Rulf schwatzte, gestikulierte und zeigte nach allen Seiten.

Die Ärztin Valena lief wieder auf eigenen Beinen. Ayrin hatte lange mit ihr gesprochen: Valena hatte die Gelegenheit zur Flucht aus Blauen beim Schopfe ergriffen und dann auf einen günstigen Zeitpunkt gewartet, um die Seiten zu wechseln. Schon ihre Mutter, ebenfalls Ärztin, war in die Königinnenburg von Garonada gekommen, wenn jemand krank war. Ayrin bewunderte die wortkarge Hochdame und vertraute ihr. Keine Verletzung und keine Entzündung, für die sie nicht ein Kraut oder wenigstens eine lindernde Berührung kannte. Der Seeberger hatte sich klaglos in seine Rolle als ihr Diener gefügt.

»Falls einer, der kein Wettermann ist, vom heiligen Trank nascht, kann's schon mal passieren, dass er so einen Baum da ausreißt.« Ulmer deutete auf eine Birke, die nach Ayrins Einschätzung nicht einmal Pirol Gumpen hätte entwurzeln können. »Würdest zum Beispiel du davon trinken, Königin, was natürlich ausgeschlossen ist, denn Weiber dürfen den heiligen Trank nicht anrühren, aber nur mal angenommen, dann könnte der Stommfurter Eichgraf, der Graubart Uschom, dir Ärger machen, so viel er wollte, du würdest ihn einfach umhauen wie Grünspross, wenn du verstehst, was ich meine.«

Er deutete zur Spitze der Marschkolonne. Dort marschierten die beiden Eichgrafen Tajosch und Uschom. Hinter ihnen liefen Lord Frix, Sigrun mit Martínos und einige Ritter. Lord Frix dolmetschte zwischen den Waldmännern und den Garonesen. Auch Holder, der zierliche Wettermann von Düsterholz, hielt sich meistens in der Spitzengruppe auf, wahrscheinlich wegen der Kolks, die regelmäßig auf seiner Schulter landeten oder sich von ihr hinauf in den Regen schwangen.

»Ich brauche keinen heiligen Trank, um diesen alten Sack niederzustrecken«, erklärte Ayrin seelenruhig. Ulmer fuhr herum. Zu Ayrins Verblüffung schwieg er, musterte sie nur misstrauisch von den Stiefelspitzen bis zum Kapuzensaum ihres roten Wollmantels, den sie unter dem Echsenleder trug.

Alle vier Stunden etwa tauchte ein Späher aus dem Unterholz auf und brachte neue Nachrichten für die beiden Eichgrafen. Und wenigstens zweimal am Tag ließ sich ein Kolk auf Holders Schultern nieder und quorkte und schnalzte ihm das Ohr voll.

Der brummige Uschom und der langmähnige Tajosch wussten bereits, dass neun Tagesmärsche weiter nördlich erste größere Kampfscharen von Blutsäufern im Wald gesichtet worden waren. Die Waldmänner mussten ein dichtes Netz von Posten und Boten unterhalten, anders konnte Ayrin sich das nicht erklären.

Romboc schmunzelte, als sie ihm ihre Antwort übersetzte. »Was meint er mit ›Grünspross‹?«

»Kinder«, fasste Ayrin Ulmers weitschweifige Ausführungen zusammen. »Offenbar haben sie kein Wort für ein einzelnes Kind.«

»Ein Kind ist einfach Grünspross?« Ayrin nickte. »Wahrscheinlich stirbt ein Großteil ihrer Kinder schon sehr früh.« Romboc dachte laut. »Frag ihn bitte nach dem Unterschied zwischen einem Eichgrafen und einem Waldfürsten.« Ayrin tat es, und wieder hatte Ulmer so viel zu sagen, dass sie kaum die Hälfte verstand.

»Der Waldfürst ist der Erste Jäger eines Waldgaus«, fasste sie für ihren Erzritter zusammen. »Davon gibt es vier zwischen dem Mündungsdelta des Stomms und seiner Quelle in der Großen Wildnis: Düsterholz, Blutbuch, Strömenholz – durch diesen Gau wandern wir seit gestern Abend – und Wildan ganz im Norden. Eichgrafen stehen einer Waldsiedlung vor. Nordstamm heißt die, zu der wir gerade unterwegs sind.«

»Und wie viele Waldsiedlungen gibt es?«

Ayrin gab die Frage im Strömenholzer Dialekt an den dicken Wettermann weiter.

»Was wollt ihr denn noch alles wissen?« Der kleine Fettwanst schlug die wulstigen Händchen über seinem kugeligen Stachelhaarschädel zusammen. »Kein Mensch weiß das genau! Hirscher, der alte Waldfürst von Blutbuch, glaubt an über tausend. Kauzer, der Wettermann von Strömenholz, behauptet, es seien nicht viel mehr als vierhundert. Wahrscheinlich liegt die Wahrheit irgendwo dazwischen.«

»Hat der Graubart Uschom nicht vor ein paar Tagen gesagt, ein Mann aus Blutbuch sei euer Großer Waldfürst?«, fragte Romboc. »Und dennoch gibt es noch einen Waldfürsten namens Hirscher in diesem Gau?« Ayrin staunte einmal mehr über Rombocs gutes Gedächtnis und übersetzte.

»Birk, der Weißschopf, ist unser Großer Waldfürst, stimmt schon. Früher war er nur Eichgraf der Blutbucher Siedlung Tannenbusch. Nach Lasnics Verschwinden haben wir halt ihn gewählt.« Er holte zu einer ausführlichen Erklärung der Aufgaben eines Großen Waldfürsten aus und schilderte Lasnics Wahl. Beides hatte Ayrin schon aus Lasnics Mund gehört.

»Eine Zeitlang war der Weißschopf allerdings auch Waldfürst von Blutbuch«, erklärte Ulmer. »Ein Sumpfbär nämlich hat den alten Hirscher während des letzten Hochwassers umgehauen und in seine Höhle geschleppt. Der Alte ist nicht mehr gut zu Fuß, müsst ihr wissen. Gewöhnlich lässt sich nur Grünspross von einem Sumpfbären erwischen. Aber den Hirscher hat trotzdem einer erwischt, sei's drum. ›In der Bärenhöhle frisst das Vieh jetzt in Ruhe unseren armen Hirscher‹ – das hat jeder gesagt, und jeder hätte seinen Jagdbogen drauf gewettet. Also haben wir einen neuen gewählt, was heißt ›gewählt‹, ist ja schon seit hundert Sommern klar, dass Birk nach Hirscher der Waldfürst von Blutbuch wird. Gesagt, getan, Birk wird Waldfürst, und wer reitet ein paar Tage nach der Wahl auf einem Elch in Tannenbusch ein? Der alte Hirscher. Mächtig lädiert, konnte kaum noch seinen Namen sagen. Und wer hat ihn durchgebracht?« Der Wettermann schlug sich auf die Brust. »Ich, Ulmer, der berühmte Wettermann von Blutbuch! Ich, den sie den ›Hexer‹ nennen!«

Ayrin horchte auf. Hexer? Gewiss, Ulmer war ein Schwätzer und trug keinen Ring. Doch auch Mauritz hatte gern und viel geredet, und einen Ring konnte man auch an einer Halskette tragen oder sonst wo verstecken.

»Was hat er gesagt?«, drängte Romboc. Ayrin erklärte es ihm. Romboc hob die Stimme. »Wie viele Menschen leben in einer Siedlung?« Er formulierte die Frage im Strömenholzer Dialekt. Holprig klang das zwar, doch Ayrin staunte trotzdem.

Und Ulmer verstand genau, was der Erzritter wissen wollte. »Ihr in Garona liebt Zahlen, habe ich recht?« Er schnalzte mit der Zunge. »Beim Bart des Wolkengottes – komisch seid ihr, ehrlich. Also gut, wenn du es genau wissen willst: In manchen Siedlungen leben nicht mal sechzig, in anderen über zweihundert Leute. Und was hast du jetzt von diesem Wissen, Ritter?«

Romboc antwortete nicht, und Ayrin fragte sich, wie lange sie noch durch Regen und Kälte marschieren mussten. Sie sah zurück – eben tauchte zwischen den Bäumen das Ende der Marschkolonne auf: Die Zwillinge und der Sohn der Tibora marschierten dort mit mindestens sieben Waldleuten. Als sie das letzte Mal hinter sich geschaut hatte, waren es noch höchstens drei gewesen. Sie blickte wieder nach vorn – dort war die Zahl der Waldmänner inzwischen auf über zehn angewachsen. Täuschte sie sich, oder liefen da auch einige Frauen vor Uschom und Tajosch her?

»Wenn nur ein Viertel jeder Waldsiedlung aus kampffähigen Männern besteht, können die Waldstämme zwischen achttausend und fünfundzwanzigtausend Kämpfer aufbieten«, sagte Romboc.

»Ihr entscheidender Nachteil wird darin bestehen, dass sie so weit verstreut leben.«

»Was hat er gesagt?«, wollte Ulmer wissen. Ayrin übersetzte. Der kugelrunde Wettermann lachte meckernd. »Schon beinahe schwachsinnig, euer Zahlenglauben!«

Der Regen ließ nach, kaum noch Schneeflocken sah Ayrin. Kalt war es dennoch, dafür sorgte der heftige und feuchte Wind. Immer häufiger hörte sie es nun rascheln links und rechts im Unterholz, ständig pfiff irgendjemand, und an der Spitze der Kolonne erkannte sie inzwischen mehr als zwanzig Waldleute. Wo kamen die auf einmal her? Ayrin sah zurück – überall Waldmänner zwischen den Garonesen, sogar kleine Kinder wuselten zwischen den Erwachsenen. »Grünspross«, murmelte sie.

»Ich glaub, wir sind da.« Mit einer Kopfbewegung deutete der Erzritter nach links und rechts in die Buchen und Eichen. Ayrin spähte hinauf – Holzstiegen wanden sich um einige Baumstämme, Plattformen aus zusammengebundenen Ästen erstreckten sich auf verschiedenen Höhen unterhalb der Kronen, und im Geäst selbst ahnte man so etwas wie Umrisse von Hütten, ja ganzen Gefügen aus Hütten und Häusern. Menschen in braunem Lederzeug und Fellen knieten oder lagen auf den Plattformen und lugten auf sie herab, Frauen und Kinder zumeist.

»Wir laufen schon seit zehn Lanzenwürfen durch Nordstamm«, sagte Ulmer auf Garonesisch. Offenbar lernte auch er schnell. »Die Siedlung ist groß.« Und dann wieder in seiner Sprache: »Wir haben sie ausgebaut und befestig, seit die verdammten Bräunlinge uns Ärger machen. Der Schartan soll sie zuscheißen!« Ayrin übersetzte.

Von allen Seiten mündeten Pfade ein, der Hauptpfad wurde breiter, wurde zum Weg. »Wir werden erwartet«, sagte Romboc. »Dort, wo der Weg in den Platz mündet.« Der Erzritter deutete über Ayrins Schulter hinweg nach vorn. »Schau nur diese Menschenmenge.«

»Da ist einer dabei, der gehört nicht zu uns.« Ulmer schaukelte von einer Seite des Weges auf die andere, um an denen vor ihm vorbeispähen zu können. »Eigentlich zwei, doch nur einen davon kenne ich noch nicht – den, der da neben dem Waldfürsten von Strömenholz steht. Der gehört doch zu euch, oder?«

»Ein Garonese?« Ayrins Herz geriet ins Stolpern. *Lasnic, mein Lasnic, bist du schon da?* »Wo?« Sie blickte nach vorn. Bei der Großen Mutter – da begrüßten ja Hunderte die beiden Eichgrafen und die Marschkolonne! Undeutlich erkannte sie einen roten Mantel. Die Enttäuschung schnürte ihr das Herz zusammen – Lasnic besaß keinen roten Mantel.

»Er ist es nicht, meine Königin«, raunte Romboc dicht an ihrem Ohr. »Ich sehe einen schwarzen Harnisch und einen beinahe kahlen Schädel. Wenn ich nicht wüsste, dass der Große Ozean zwischen Garona und diesen Wäldern hier liegt, würde ich sagen: Dort vorn steht Boras von Violadum unter den Waldmännern.«

Der Weg weitete sich zu einem Platz voller Menschen. Um den Platz herum standen mächtige Buchen und Eichen; manche Stämme waren wuchtig wie kleine Türme. Überall wanden sich Stiegen in die Kronen hinauf, überall sah Ayrin Veranden, Balkone, Häuser und miteinander verschachtelte Hütten unterhalb der Baumkronen und in ihrem weitverzweigten Geäst.

Doch nur flüchtig nahm sie die fremdartigen Behausungen wahr, nur flüchtig auch die vielen Tiere, die rechts des Platzes auf einer großen, eingezäunten Lichtung weideten – Elchkühe vor allem und dazwischen einige massige und pelzige Rüsseltiere, die Ayrin nicht kannte –, der garonesische Ritter in der ersten Reihe der Waldleute fesselte ihre Aufmerksamkeit.

Es war Boras. Wahrhaftig, er war es!

Widerwille machte ihre Miene hart. Ihre Gestalt straffte sich, ihr Blick suchte Sigrun: Die stand schon hinter Uschom und Tajosch, hatte ihr Schwert gezogen und stützte sich darauf, als wäre sie erschöpft vom langen Marsch.

Uschom und Tajosch sprachen mit einem hochgewachsenen Waldmann neben Boras. Der hatte langes, sandfarbenes Haar und einen geflochtenen, sandfarbenen Bart. Ein Stück braunes Leder verdeckte seine rechte Augenhöhle. Eine große, bis dicht an die Oberlippe gebogene Nase beherrschte sein breites Gesicht. Nicht weit hinter ihm entdeckte Ayrin eine zierliche Frauengestalt mit schwarzer Haut. Sie blinzelte, sah zweimal hin, doch es blieb dabei: Eine Frau aus Kalmul stand da inmitten der Waldmänner.

Tajosch zeigte auf Ayrin. »Das ist sie, die Königin von Garona«, hörte sie ihn sagen. »Sie kennt Lasnic von Stommfurt, den Sohn Voglers, und spricht gut über ihn.« Der sehnige Jäger mit der wilden Mähne lief ihr entgegen, geleitete sie und Romboc zu dem Einäugigen. »Das ist Erler, der Waldfürst von Strömenholz.«

Der Waldfürst musterte sie nicht eben freundlich. Immerhin deutete er eine flüchtige Verneigung an. Er trug einen ähnlichen Mantel wie Lasnic – Eulenfedern unter Spinnengewebe und über Elchleder. Beinahe verwirrt erschien er Ayrin. Bewaffnete Frauen, noch dazu Königinnen, kamen wohl nur in den Albträumen dieser Waldmänner vor. Ayrin trat nahe an ihn heran und reichte ihm die Hand. »Friede deinem Reich und Glück deinem Hause, Erler von Strömenholz.«

Seine Verwirrung schien noch zuzunehmen, was wohl daran lag, dass Ayrin ihn in seiner eigenen Sprache begrüßte. Immerhin griff er nach ihrer Hand und hielt sie einen Wimpernschlag lang fest. »Baldigen Frühling«, nuschelte er heiser.

»Baldigen Frühling auch dir, Waldfürst.« Ayrin behandelte Boras wie Luft, nahm jedoch wahr, wie seine Kaumuskeln pulsierten. »Und möge dir und deinen Stämmen bis dahin das Schicksal meines Volkes erspart bleiben.« Sie sah dem Waldfürsten in die Augen; dem fiel es schwer, ihrem Blick standzuhalten. »Die Kriegsrotten von den Tausend Inseln sind mit tödlicher Gewalt über uns gekommen; ihr nennt sie ›Bräunlinge‹. Und jetzt stehen sie bereits an den Grenzen eurer Wälder.«

»Wir wissen es, Königin. Und eine gefährlich große Menge dieses stinkenden Rotzes des Schartans wühlt sich schon den Weg von Norden her durch Sümpfe, Lichtungen und Unterholz zu uns an den Stomm herab. Doch lass uns im Gemeinschaftshaus beim Essen über alles sprechen. Wir haben eine Mammutsau und einen jungen Schlammwels zu euern Ehren geschlachtet und gebraten.« Er deutete zu einem offenen Flachbau am anderen Ende des Platzes.

Sechs Feuer loderten um ihn herum und in seiner Mitte. »Natürlich brennen wir darauf, zu erfahren, wo Lasnic steckt und wie es ihm geht. Bitte folge mir.«

»Augenblick noch.« Rombocs Stimme. »Was tust du hier, Boras von Violadum?«

»Ich, also ...« Boras trat von einem Fuß auf den anderen und wirkte auch sonst sehr unruhig.

»Späher haben ihn gestern aus dem Nordwald mitgebracht«, sagte Erler. »Er behauptet, zum Gefolge der Königin von Garona zu gehören. Hat er denn gelogen?«

»Verräter!« Sigrun packte Boras am Mantelärmel, zerrte ihn weg von den Waldmännern und stieß ihn vor ihrem Vater zu Boden. »Zum Pack um die Thronräuberin gehört er!« Die Waldmänner wichen zurück.

»Ich bitte um Gnade, meine Königin!« Boras hob beide Arme. »Ich habe wichtige Neuigkeiten für dich: Die Hohepriesterin der Blutsäufer ist an der Küste vor den Wäldern gelandet. Sie jagt dich, dein Leben ist in Gefahr. Zum Glück konnte ich mich von ihr absetzen, um dich zu warnen.«

»Keine Priesterin, eine Magierin ist sie.« Valena schob sich aus der Menge der Garonesen. Die Waldleute wichen noch weiter zurück, tuschelten und gafften. Und dem Ritter Boras wich das Blut aus dem Gesicht. »Sie jagt Lauka, nicht Ayrin, die Königin von Garona!« Valenas Arm und Finger zeigte auf Boras hinunter. »Und nur du kannst es gewesen sein, der ihr den Weg hierher gewiesen hat.«

Ayrin hatte auf dem Weg nach Nordstamm genug mit Valena gesprochen, um zu wissen, was in Blauen geschehen war. Auch von Tanjassins Tod und den wachsenden magischen Kräften ihrer Halbschwester hatte sie hören müssen. Schlimme Neuigkeiten – die hatten sie und alle Gefährten tief erschüttert. Und wer hatte Lauka auf den Thron geholfen? Boras. Und nun log er, um seinen Kopf zu retten.

»Unser aller Leben ist in Gefahr, Boras«, sagte sie so laut, dass alles Getuschel auf dem Platz verstummte. »Immer.« Sie dachte an den Tag zurück, an dem sie Boras in der Arena von Garonada hatte siegen sehen. Schade um einen starken und mutigen Ritter wie ihn. »Und manchmal bringen wir es aus Dummheit und Bosheit selbst in Gefahr. Das hast du getan, als du gemeinsame Sache mit Lauka, Mauritz und Starian gemacht und mich gestürzt hast. Gemeinsam hätten wir die Blutsäufer besiegt.« Aus dem Augenwinkel bemerkte sie, wie der Waldfürst sich zwischen Lord Frix und Martínos beugte und sich Ayrins Worte übersetzen ließ. »Durch euern Verrat ist Garona gefallen. Und du hast recht: Mein Leben ist in besonderer Gefahr – solange es Verräter wie dich in meiner Nähe gibt.« Ihr flüchtiger Blick streifte Romboc. Dann drehte sie sich um und ging am Waldfürsten und den Eichgrafen vorbei zum Siedlungshaus.

Hinter sich hörte sie Boras schreien – und dann das hässliche Geräusch zerschlagenen Fleisches und das Splittern von Knochen. Etwas Leichtes plumpste auf den Waldboden; kurz darauf schlug etwas Schwereres dumpf auf.

*

Unter dem Dach des Gemeinschaftshauses hatten die Waldmänner rund um das Feuer eine große Tafel errichtet. Tajosch, Uschom und der Waldfürst von Strömenholz ließen sich mit etwa dreißig Waldmännern daran nieder – Eichgrafen, die beiden Wettermänner, Älteste der Siedlung und verdiente Jäger, die Erler bei der Vorstellung seine »Eidmänner« nannte; wahrscheinlich hießen seine engsten Vertrauten so. Der Rest der Siedlungsbewohner, vielleicht dreihundert Männer, Frauen und Kinder, machte es sich rund um das Gemeinschaftshaus an Holzklötzen und Baumstämmen bequem. Zwischen Baumstämme gespannte Dächer aus Lederdecken und Zweigen schützten sie vor dem Regen. Ein Großteil der Garonesen mischte sich unter die Menge dort.

Ayrin ließ sich von acht Gefährten zur Waldfürstentafel begleiten – Romboc, Sigrun, Valena, dem Seeberger, Martínos, Lord Frix und den Zwillingen. Man saß auf Lederkissen. Die vielen Feuerstellen wärmten einigermaßen. Der Rauch des Feuers im Haus selbst zog durch einen Luftschacht ab.

Joscun lag zwischen den Waldleuten vor dem Gemeinschaftshaus und fütterte den Affen mit Saubraten. Aus irgendeinem Grunde wollte der Baumeister sich nicht von ihm trennen, wohl aus Sorge, man könnte das Tier töten. Allen war es ans Herz gewachsen, besonders aber Joscun und Lord Frix. Sie hatten ihn gezähmt und ihm den Namen »Lord Rasman« gegeben. Jedes Mal, wenn der Name des baldorischen Königs fiel, rümpfte Martínos die Nase.

Die schwarzhäutige Frau saß Joscun gegenüber. Sie trug einen schwarzen Mantel aus Wildleder und darunter einen gelben Umhang, dem Ayrin schon von weitem ansah, dass er wertvoll sein musste. Ihre wachen Augen wanderten über die Garonesen, und manchmal spürte Ayrin ihren Blick wie einen Luftzug im Nacken.

Bei der Vorstellung seiner Leute beachtete der Waldfürst die schwarze Frau überhaupt nicht. Auch die Waldfrauen stellte Erler nicht vor, und an der Tafel bekam Ayrin sie nur zu Gesicht, als Speisen und Getränke aufgetragen wurden. Sie zog die Brauen hoch und wechselte ungnädige Blicke mit Sigrun und Valena. Doch keine der Garonesinnen ließ sich ihren Ärger anmerken.

Viele der Waldmänner allerdings versuchten nicht einmal, ihr Erstaunen über die Anwesenheit von Frauen an der Waldfürstentafel zu verbergen, von bewaffneten Frauen noch dazu. Einige kamen Ayrin regelrecht erschüttert vor, manche sogar empört. Tajosch und Ulmer redeten auf ihre linken und rechten Nachbarn ein und riefen auch quer über die Tafel, um das aufkommende Palaver zu besänftigen.

Wirklich Ruhe gab es erst wieder, als der Waldfürst erneut das Wort ergriff. »Führt euch nicht auf wie die Rotaffen!«, rief er und schlug mit einem Messer gegen seinen Eisenkelch. »Jeder weiß doch, dass die Sitten jenseits des Großen Ozeans ein wenig …« Er zog den Rotz hoch und spuckte über die Umsitzenden hinweg in das Wurzelgeflecht eines Hausbaumes. »… nun ja, ein wenig anders sind als bei uns. Reißt euch gefälligst ein bisschen zusammen, verdammt noch mal!« Er hob seinen Eisenbecher. »Ein Willkommen und ein Hoch auf die Königin von Garona also und auf ihre Ritter und Kampfweiber!«

Ulmer, neben ihm, zischte ihm etwas Ohr. »Was?« Der Waldfürst runzelte die Stirn. »Na gut. Schwertdamen, von mir aus. Gesundheit, viel Grünspross und ein langes Leben weit abseits des Vorjahrslaubes!«

Etliche Waldleute wiederholten den Trinkspruch, die Garonesen versuchten es wenigstens, und als Ayrin und Lord Frix übersetzt hatten, tranken alle. Das schäumende Getränk fand Ayrin ein wenig bitter, nach dem zweiten Schluck aber durchaus erfrischend. Sie fragte sich, wie die Waldmänner zu ihren Eisenkelchen kamen. Stammten die aus Baldor, oder schmiedeten die Waldstämme selbst?

Völlig unerwartet erhob Martínos sich, zupfte auf einer Laute und brachte ihnen ein Ständchen. Ayrin musste an Pirol Gumpen denken, und das Herz wurde ihr schwer. *Wo seid ihr bloß? Lasnic, mein Lasnic! Lebt ihr denn noch?* Auch die anderen dachten an die verlorenen Gefährten: Lord Frix senkte den Blick und wischte sich die Augen aus; Sigrun starrte zwischen Ulmer und den Waldfürsten hindurch in irgendeine Ferne; und Rombocs vernarbte Miene wurde noch härter als sonst.

Das Liedchen des Baldoren geriet kurz, der Großen Mutter sei Dank, und Lord Frix übersetzte es. Martínos hatte Dankverse zum Besten gegeben – an die Götter Kudo und Waku für die gelungene Flucht aus Eldora, an die Waldmänner für die sichere Führung durch die Wildnis bis hierher nach Nordstamm. Die struppigen Jäger an der Tafel nickten anerkennend, einige lächelten wohlwollend, andere prosteten dem baldorischen Musikanten zu. Das Eis war erst einmal gebrochen. Ayrin atmete auf.

Erler, der Waldfürst, bedankte sich und eröffnete das Mahl. Stimmengewirr und Gelächter erhob sich an der Tafel und rund um das Gemeinschaftshaus. Fleisch, Früchte und Beilagen wurden auf großen, steifen Blättern dargereicht. Ayrin nahm Wels; dazu gab es einen Mus aus Brombeeren und knollenartige Wurzeln, gekocht und scharf gewürzt. Die meisten aßen mit den Fingern, doch weil

Ulmer und der Waldfürst einen Dolch benutzten, zogen auch die Garonesen ihre Messer aus den Gurten und Stiefeln.

»Die Frau aus Kalmul hat mich vorhin auf Garonesisch angesprochen«, raunte der Erzritter Ayrin während des Essen zu. »Sie heißt Rubynis. Wollte wissen, warum ich Boras enthauptet habe. Ich antwortete in einem Kalmuler Dialekt, doch sie blieb bei Garonesisch.«

»Findest du das ungewöhnlich?«

»Vielleicht hat sie mich nicht verstanden.« Romboc zuckte mit den Schultern. »Hab den Dialekt ja lange nicht mehr benutzt. Angeblich macht ihr Volk sich Sorgen wegen der Tarkaner und hat sie hierhergesandt, um mehr über die Kriegszüge der Blutsäufer zu erfahren.«

»Angeblich? Du glaubst ihr nicht?«

»Hast du mal ihre Augen gesehen?«, flüsterte Romboc. Ayrin schüttelte den Kopf und blickte sich um, vor die Hütte. Die schwarze Frau unterhielt sich mit Joscun. Ihre Augen konnte Ayrin auf die Entfernung nicht erkennen.

Eine Zeitlang ging es laut zu zwischen den Baumriesen und unter den Kronenhütten: Eisenbecher knallten zusammen, achtlos weggeschleuderte Sauknochen prallten gegen Baumstämme, Gelächter dröhnte von einer Tafelseite zur anderen, und manchmal gerieten Waldmänner in Streit. Sie sprangen dann auf, brüllten einander über die Tafel hinweg an, setzten sich wieder und prosteten einander zu. Niemanden störte das.

Auch die Waldmänner wollten genauer wissen, warum Ayrin den kahlköpfigen Ritter hatte töten lassen. Sie schickten Ulmer zu Ayrin und Romboc, um sich danach zu erkundigen. Ayrin nickte Romboc zu, und der gab, wie es seine Art war, eine knappe Erklärung ab. Die verbreitete sich rasch unter den Waldmännern; dass eine Magierin an der Küste unweit des Golfes von Baldor an Land gegangen und in den Wald eingedrungen sein sollte, sorgte für einige Unruhe und weitere Fragen. Romboc ließ sie über sich ergehen und antwortete das Allernötigste.

Ayrin hielt sich zurück mit dem schäumenden Getränk, es trieb ihr die Hitze in den Kopf. Irgendwann schlug Erler wieder mit einem Messer gegen seinen Eisenbecher, und Gelächter und Stimmengewirr ebbten ab. »Für die gelungene Flucht aus Eldora hast du vorhin gedankt, Baldore!«, rief er Martínos zu. »Erzähle uns mehr davon.« Und an Ayrin gewandt: »Und von dir, Königin, würden wir gern erfahren, wie der Krieg gegen die Bräunlinge verlaufen ist, was dich aus deinem Reich Garona getrieben hat und wie es unserem Jagdbruder Lasnic ergangen ist.«

Ayrin nickte und legte sich ein paar Worte zurecht, doch da sprang schon wieder Martínos auf und griff zur Laute. Er wollte den Angriff der Blutsäufer auf Eldora und die Flucht aus der Hauptstadt allen Ernstes singend schildern. Sigrun aber ergriff seinen Arm und zog ihn wieder neben sich auf sein Lederkissen. Einige Waldmänner verzogen enttäuscht die bärtigen Gesichter.

»Die Tarkaner tauchten zum ersten Mal vor beinahe zwölf Wintern in den Bergen von Garona auf«, begann Ayrin. »Damals machten sie ein paar Gefangene und verschleppten sie in ihr Inselreich. Wir nennen diese Krieger Blutsäufer – den Grund dafür muss ich euch wohl nicht erklären. Eine Magierin, die sie als Hohepriesterin verehren, hat die Gedanken der Verschleppten erforscht und so alles in Erfahrung gebracht, was Kriegsmänner über Garona wissen mussten, um es anzugreifen. Vor sechs Monden etwa landeten sie dann mit fünfhundert Galeeren vor Trochau, nahmen Hauptstadt und Hafen und griffen ein paar Tage später Violadum an, die südlichste unserer sieben Städte.«

Es fiel ihr nicht leicht, die Eroberung des stark befestigten Violadums zu schildern, ja, sie überhaupt zuzugeben. Doch Ayrin blieb bei der Wahrheit, berichtete auch von der Rebellion ihrer Halbschwester und des Magiers Mauritz; die hatte Violadums Fall ja überhaupt erst möglich gemacht. Manchmal fielen ihr die richtigen Worte nicht gleich ein, dann musste Lord Frix sie unterstützen. Die Waldmänner verstanden seinen Dialekt ohne Schwierigkeiten. Bald schilderten Ayrin und der kleine Baldore abwechselnd die schlimmen Kriegstage von Garona.

Sie berichteten, wie bis auf Blauen eine Stadt nach der anderen fiel, und ersparten den Waldmännern auch die Grausamkeiten nicht, mit denen Zlatan und seine Rotten von den Tausend Inseln unter den Garonesen wüteten. Manchmal schnürte es Ayrin das Herz zusammen, und die Worte wollten ihr nicht über die Lippen. In solchen Momenten erzählte Lord Frix weiter. Er schilderte auch die Flucht durch die Sümpfe, die lange Überfahrt nach Baldor und berichtete von der Eroberung Eldoras und Baals durch die Tarkaner. Von der Flucht aus der Weißen Königsburg von Eldora erzählte wieder Ayrin.

Sie starrte traurig und gedankenverloren in ihren Trinkbecher, als sie am Ende ihres Berichts angekommen war. Stille herrschte rund um die Tafel und die Gemeinschaftshütte. Eine Zeitlang hörte Ayrin nur die Stimmen spielender Kinder und das Quäken von Säuglingen. Irgendwann stimmte eines der fremdartigen Rüsseltiere auf der Koppel ein schrilles Geblöke an; es erinnerte Ayrin an einen verunglückten Fanfarenstoß.

»Übel!« Der Waldfürst räusperte sich. »Ganz übel!« Und rings um Ayrin erhob sich Getuschel. »Möge der Wolkengott ein Einsehen haben und diese Schartansbrut endlich von dieser schönen Welt tilgen!«

»Hat er aber nicht gehabt!«, rief Ulmer. »Und jetzt streifen die braunen Rotzknochen bereits durch unsere Wälder. Selbst in der Mündung des Stomms sind ihre Schiffe gestern gesehen worden.«

»Ist das wahr?«, fragte Ayrin; sie übersetzte sofort. Unterhielten die Waldmänner also auch an der Küste und am Strom ein dichtes Netz von Boten und Spähern. »Sie sind gefährlich und grausam, sicher«, sagte sie, als sie die anderen auf den neusten Nachrichtenstand gebracht hatte. »Gefährlicher aber, so scheint mir, sind diese rätselhaften Magier aus Kalypto. Die Hohepriesterin der Tausend Inseln war es, die das Volk der Tarkaner auf Garona gehetzt hat.« Sie überlegte und wählte die Worte sorgfältig. »Und ein Magier in Garona, den wir für einen Harlekin hielten, hat bei uns heimlich den Krieg vorbereitet. Lasnic hatte es sehr eilig, zu euch in die Wälder zurückkehren, denn er ist sich sicher, dass auch unter euch ein Magier von Kalypto unerkannt sein Unwesen treibt.«

Jetzt war es ausgesprochen. Wie würden sie reagieren? Saß er womöglich mit an der Tafel, der Hexer? Würde er sich verraten? Ayrin atmete gegen ihre innere Anspannung an, aus dem Augenwinkel sah sie, wie Sigrun ihren wachsamen Blick von Waldmann zu Waldmann wandern ließ. Rombocs Augen waren Schlitze, und seine Kaumuskeln bebten.

»Magier haben wir hier nicht«, erklärte Ulmer. Uschom, Tajosch und die anderen nickten.

»Wir haben nur Wettermänner«, sagte Erler. »Die können mit dem Gewitter und dem Sturm reden und mit den Göttern, wenn sie genug heiligen Trank gesoffen haben.«

»Ich brauche keinen heiligen Trank, um mit dem Wolkengott zu sprechen!« Ulmer schlug mit dem Fäustchen auf die Tafel. »Kein richtig guter Wettermann braucht das!«

»Die Wettermänner beschwören das Jagdglück und das Hochwasser«, fuhr Erler ungerührt fort. »Und das nicht einmal schlecht. Sie kennen auch Pulver und Sprüche gegen Magengrimmen, Dünnschiss und Schädelbrummen. Sie können den Weibern Grünspross verschaffen, den Jägern treffsichere Pfeile und den Morschen einen sanften Fall ins Vorjahrslaub, falls der Große Waldgeist nichts dagegen hat.«

Wie ein kalter Windhauch strich es Ayrin über den Nacken. Sie wandte den Kopf – und begegnete dem Blick der Schwarzen: Deren Augen schimmerten wie flüssiges Kupfer. Ayrin zog die Schultern hoch, blickte wieder in die Runde.

»So ein Wettermann kann dir auch schon mal ein lustiges Weib ins Nachtlager locken!«, rief Tajosch, und dröhnendes Gelächter brandete auf.

»Und ich, der berühmte Ulmer, ich kann das alles am besten von allen!« Der kugelige Wettermann von Blutbuch krähte vor Lachen und trommelte sich auf die Brust. »Deswegen nennen sie mich ja auch den Hexer!«

Eiskalt lief es Ayrin den Rücken hinunter, so sehr erinnerte der kleine Fettwanst sie in diesem Moment an Mauritz. Ulmer hatte während des Essens seinen Bärenfellmantel abgelegt, und sie spähte verstohlen zu seinem Hals; doch sie erkannte weder eine Halskette noch einen Hals.

»Was sind Morsche?«, fragte Lord Frix.

»Alte«, antwortete Erler. »Und was ist ein Harlekin?« Lord Frix erklärte es ihm.

Die Blicke der schwarzen Frau im Nacken zu spüren beunruhigte Ayrin. Und ihre seltsamen Augen hatten sie erschreckt. Ob es Stämme in Kalmul gab, deren Menschen solche Augen hatten? Sie nahm sich vor, ihren Erzritter danach zu fragen.

»Seid ihr denn gerüstet gegen die Krieger, die ihr Bräunlinge nennt?«, rief Romboc auf einmal ins Gelächter und Stimmengewirr hinein. Stille trat ein. Blicke flogen hin und her zwischen den Waldmännern – verstohlene, entrüstete, zornige.

»Sehen wir denn aus wie harmlose Elchkälber?!« Erneut hämmerte Ulmer sein fettes Fäustchen auf die Tischplatte. »Oder wie kommst du auf so eine bescheuerte Frage, Ritter von Garona?« Der Wettermann sprang auf, schrie herum, und Wut verzerrte sein breites Gesicht. »Was glaubt ihr denn, mit wem ihr hier sauft und fresst! Natürlich sind wir gerüstet! Soll doch der Schartan selbst versuchen, uns vor die Tür zu scheißen! Wir werden schon verstehen, ihn zurück in seine Feuerhölle zu jagen!«

Viele nickten, einige zischten voller Unmut, andere klopften beifällig mit Schweineknochen oder Welsgräten gegen ihre Eisenbecher. Romboc ließ sich nicht beirren. »Niemand, der sich sicher fühlt, schreit auch nur halb so laut«, sagte er.

»Der Hexer mag es nun einmal laut«, entgegnete Uschom. »Doch was er sagt, wär' auch die Wahrheit, wenn er's flüstern würde.« Der graubärtige Eichgraf feixte verächtlich. »Bei uns streitet sich niemand um einen verdammten Thron, wisst ihr?«

Der Seitenhieb tat weh. Doch Ayrin schluckte ihn, ohne mit der Wimper zu zucken. »Große Worte spucken sich leicht aus«, sagte sie mit fester Stimme. Sie war ihrem Erzritter dankbar dafür, dass er den Finger in die Wunde gelegt hatte. »Doch wollen große Taten ihnen folgen, geht ihnen leicht mal der Atem aus.«

Getuschel und Gemurmel wieder von allen Seiten. Ayrin hörte

Flüche und einzelne Schimpfworte, die sie nicht genau verstand. Empörung machte sich unter den Waldmännern breit. Erler stand auf, schob Knochen und Gräten beiseite und stützte sich mit den Fäusten auf die Tafel. »Wonach ist euch, Garonesen? Wollt ihr euch stromaufwärts in den Wäldern verkriechen? Wollt ihr weiter nach Süden flüchten und die Kalmulen um Zuflucht anbetteln?« Er deutete auf die Schwarze. »Fragt ihre Gesandte, ob sie euch mit in ihre Heimat nimmt.« Er holte tief Luft und musterte über die Flammen hinweg abwechselnd Ayrin und Romboc. »Oder wollt ihr mit uns gegen die Bräunlinge kämpfen?«

»Wir werden mit euch kämpfen«, erklärte Romboc ruhig, und Ayrin nickte entschlossen.

»Beim Wolkengott, das sei euer Glück!« Erler grinste bitter und irgendwie auch schief. »Ohne Prügel wärt ihr nämlich nicht hier weggekommen und schon gar nicht über den Stomm, denn dort liegen Tausende Waldmänner auf der Lauer, die morgen Früh wissen werden, was heute an dieser meiner Tafel geredet worden ist.«

»Wir werden das Glück, an eurer Seite kämpfen zu können, durchaus zu schätzen wissen«, sagte Ayrin scharf. Jetzt erst fielen ihr die schwarzen Strähnen auf, die Erlers Bart und Haupthaar durchzogen. »Die von dir verheißenen Prügel können wir gern auf die Zeit nach dem Krieg verschieben, Waldfürst von Strömenholz. Falls ihr und wir dann noch am Leben sein werden.« Sie lächelte kühl. »Ich für meinen Teil hoffe es stark, denn ich wäre gespannt auf den Ausgang dieser Prügelei.«

Erler legte den Kopf schief, beugte sich noch weiter vor und guckte, als wäre er nicht sicher, richtig verstanden zu haben. Die Waldmänner an der Tafel fletschten die Zähne und ballten die Fäuste. Ulmer zischte einen Fluch.

»Wie auch immer, Königin und Ritter von Garona«, sagte Erler endlich. »Diese Siedlung hier haben wir zu einer verdammten Festung ausgebaut, mit Palisaden, Erdtunneln und Vorposten, die euch offenbar entgangen sind. Tausend Jäger aus allen Gauen leben hier.« Er deutete zur Koppel. »Habt ihr denn nicht die Waldelefanten gesehen? Sogar aus Wildan sind unsere Jagdbrüder an die Strommündung heruntergekommen, um an unserer Seite zu kämpfen.«

»Tausend Mann?« Romboc blickte sich zweifelnd um.

»Hundert aus Nordstamm und zweihundert aus anderen Siedlungen sichern diese Grenzfestung an diesem Tag!« Ulmer ergriff jetzt das Wort. »Vierhundert sind nördlich von Nordstamm als Späher, Boten und Stoßtrupps unterwegs. Noch einmal dreihundert zwischen Nordstamm, Stommfurt und Stommbösch!«

»Stommbösch?« Ayrin kam durcheinander. »Die Siedlung, aus der Lasnic stammt?«

»Nein.« Tajosch schüttelte den Kopf. »Der Hausbaum von Voglers Sippe steht in Stommfurt. Dort ist der hier Eichgraf.« Er deutete auf Uschom. »Und ich bin Eichgraf von Stommbösch.« Er betonte die zweite Silbe. »Das liegt an einem Mündungsarm des Stomms.«

»Auch die Siedlung Stommbösch haben wir zu einer Festung ausgebaut.« Aus finsterer Miene blickte Erler wieder von einem Garonesen zum anderen. »Dort führen Hirscher, der alte Waldfürst von Blutbuch, und Kauzer, der Wettermann von Strömenholz, den Befehl.«

Ayrin horchte auf. »Von einem Wettermann dieses Namens hat Lasnic oft erzählt«, sagte sie. »Wie von einem Vater hat er von ihm gesprochen.« Tränen stiegen ihr in die Kehle. *Wo steckst du, mein Lasnic, wann kommst du zurück zu mir?* Sie schluckte die Tränen herunter, gab sich kühl.

»Das will ich hoffen«, sagte der Waldfürst, und es klang ein wenig verächtlich. »Kauzer hat es verdient, dass ein Waldmann gut über ihn spricht. Und hoffentlich wird Lasnic die Enttäuschung in Kauzers Brust zu heilen wissen, falls er wirklich zurückkommt. Niemand hat so sehr unter seiner Flucht gelitten wie unser Wettermann.«

»Nun übertreib mal nicht, Erler!«, rief Tajosch. »Viele junge Weiber haben das bis heute nicht verwunden.« Gelächter brandete auf, und Ayrin ging es wie ein Stich durchs Herz.

»Ich könnte euch jetzt noch von unseren Bastionen entlang des Küstenpfades berichten«, fuhr Erler fort. »Von ganzen Scharen berittener Jagdkerle in den Buchten und an den Flussufern. Von den Tunneln, die wir gegraben, und von Tausenden Fallen, die wir ausgelegt haben. Doch ich bin schon ein wenig besoffen und lass es lieber bleiben. Eines muss ich allerdings noch loswerden!« Er hob die Rechte und fuchtelte mit dem Zeigefinger. »Der Wolkengott soll mir in den Arsch treten, falls ich den Mund zu voll nehme – doch so gut gerüstet, wie ihr in Garona es wart, sind wir allemal.« Er schwieg, ließ seine Worte wirken und seinen Blick von Ayrin über Romboc und Sigrun bis zu Feline und Garonja schweifen. »Macht euch also um uns keine Sorgen.« Er wandte sich an die Waldfrauen vor der Gemeinschaftshütte. »Ist kein Bucheckerbier mehr da, oder warum steht hier ein leerer Becher vor mir?«

Gelächter erhob sich, überall an der Tafel und rund um die Gemeinschaftshütte stemmten Männer und Frauen ihre Eisenbecher hoch. Nur die Garonesen schwiegen und senkten die Blicke. Frauen gingen mit großen Krügen von einem zum anderen und schenkten nach. Ayrin schob ihren nur halb geleerten Becher zu Romboc und bat eine der Waldfrauen um Wasser. Merkwürdig beschwingt fühlte sie sich; und das, obwohl die Worte des Waldfürsten und die Gedanken an Lasnic schwer auf ihr Gemüt drückten.

Ulmer, Tajosch, Uschom und der Waldfürst kamen auf ihre Tafelseite und ließen sich hinter ihr und Romboc nieder. »Erzählt uns von Lasnic, dem verdammten Hosenscheißer«, sagte Erler. »Wo seid ihr ihm begegnet? Wie geht es ihm? Wo steckt er jetzt?«

»Ich will nicht, dass du ihn so nennst, Waldfürst!«, fuhr Ayrin ihn an. »Garona hat Lasnic viel zu verdanken.« Sie berichtete, wie er die Besatzung der KÖNIGIN BELICE gerettet und mit ihr den Großen Ozean überquert hatte. Weil sie wusste, dass die Waldmänner wegen seiner Flucht nicht gut auf ihn zu sprechen waren, erzählte sie auf eine Weise über Lasnic, die ein gutes Licht auf ihn warf. Sie verschwieg, dass sie den Waldmann in den Kerker geworfen hatte; genauso die Tatsache, dass er einen Mondsteinring trug.

Romboc bat um Auskunft über die Schwarze aus Kalmul. »Ein kluges und bescheidenes Weib«, sagte der Waldfürst. »Sie ist mit einem Trochauer in die Wälder gekommen, schon vor einem halben

Mond.« Er leerte seinen Becher. »Und was ist mit dieser Magierin, dieser Priesterin der Tarkaner? Sie kämpft tatsächlich mit dem verfluchten Zauberlicht?«

»Nicht nur sie«, sagte Ayrin. »Auch ihrem obersten Krieger hat sie so einen Ring gegeben.« Die Waldmänner wechselten düstere Blicke.

»Der wird ihn gegen eure Jäger einsetzen, verlasst euch darauf«, sagte Romboc.

»Geht's um einen Ring mit so einem blau schillernden Stein?«, wollte Tajosch wissen.

Ayrin belauerte Ulmer. Der trank das schäumende Gesöff und tat gleichgültig. »Ihr kennt also solche Ringe?« Sie hockte wie auf glühenden Kohlen.

»Birk trägt so ein Scheißding am Finger«, sagte Uschom; Erler und Ulmer nickten. »Marderscheiße, verfluchte!«

»Birk, euer Großer Waldfürst?« Romboc saß jetzt aufrecht und gerade wie eine Schwertklinge. »Woher hat er ihn?«

Sie zuckten mit den Schultern. »Hat er uns nicht verraten.« Ulmer äugte nach links und rechts in die Gesichter der Eichgrafen und des Waldfürsten. »Allerdings hat er gesagt, dass er damit gegen die Bräunlinge kämpfen will. Er hat uns auch gezeigt, wie.«

»Der verfluchte Stein verschießt Blitze«, sagte Erler mit plötzlich heiserer Stimme. »Blau und grün und so. Richtige Blitze, nur farbig. Doch das wisst ihr selbst, nicht wahr?« Ayrin und Romboc nickten.

»Einen jungen Alligator hat Birk damit in Asche verwandelt«, flüsterte Uschom. Wie einer, der sich unbehaglich fühlte in seiner Haut, spähte er nach allen Seiten. »Beim Kampf um Garona habt ihr also Ritter und Weiber in diesem Zauberlicht sterben sehen, ja?« Wieder nickten Ayrin und Romboc, und dann erzählten sie.

Die Dämmerung brach ein. Waldfrauen legten Holz nach, Waldfrauen schenkten schäumendes Gesöff aus. Martínos zupfte die Laute und sang. Er brachte den Waldmännern Trinklieder bei, und als die Dunkelheit hereinbrach, grölten sie an der Tafel und unter dem Regenschutz ein Lied nach dem anderen. Sogar Joscun sang mit. Mächtig berauscht kam er Ayrin vor. Lord Frix tanzte mit seinem neuen Freund, dem Rotaffen Lord Rasman, auf einem breiten Holzklotz. Die schwarze Frau saß etwas abseits. Sie sang nicht, beobachtete nur.

Mit der Dunkelheit kamen auch Späher und eine kleine Jagdschar in die Siedlung zurück. Sie brachten zwei verletzte Frauen. Flüchtlinge aus Baldor, wie es hieß. Ayrin spähte zu den beiden Tragen hinüber, die vier Jäger an einem der Feuer absetzten. Sie sah blutige Kleider und einen Blondschopf. Einer der Frauen hatten die Blutsäufer den Schädel kahl geschoren. Die wimmerte und stöhnte. Ayrin zog es das Herz zusammen.

Erler und ein paar Waldleute liefen zur Jagdschar und gingen rund um die geschändeten Flüchtlingsfrauen in die Hocke. Ayrin sah, wie er mit ihnen zu reden versuchte, doch mehr als Stöhnen und Wimmern bekam er nicht aus ihnen heraus.

»Habt ihr nicht eine Heilerin unter euch?«, rief Tajosch. »Die armen Weiber hier brauchen eine, weiß der Wolkengott!« Valena stieg die Stufen aus dem Gemeinschaftshaus herunter und lief zu ihm und den Verletzten. Der berühmte Wettermann Ulmer wollte ihr folgen, doch er war so berauscht, dass er die Stiege hinunterstürzte und fluchend im nassen Gras liegen blieb. Ayrin schmunzelte.

»Gudrun?«, hörte Ayrin die Hochdame plötzlich rufen. Sie horchte auf und erhob sich. Durch Dämmerlicht und Rauch hindurch blinzelte sie zu Valena. Die wich vor den Tragen zurück und fuhr herum. »Flieh, meine Königin! Deine Schwester ist hier! Flieh, so schnell du nur kannst.«

Romboc packte Ayrin am Arm, riss sie hoch, zerrte sie mit sich aus dem Gemeinschaftshaus, zerrte sie zwischen die Feuer und vorbei an Joscun, dem tanzenden Affen, und der plötzlich auf einem Holzklotz stehenden Schwarzen, zerrte sie endlich an einem Hausbaum vorbei ins Buschwerk.

Ayrin schlug das Herz in der Kehle. Was bei der Großen Mutter geschah denn hier? Sie blickte zurück, sah Sigrun hinter sich und vier Ritter, die Romboc gerufen hatte. Menschen schrien und rannten auf dem Dorfplatz auseinander, und plötzlich strahlte dort blaues, violettes und türkisfarbenes Licht auf.

6

Irgendwo über den Wipfeln krähte der Kolk. Lasnic gab den anderen ein Zeichen und trieb seinen Mustang weg vom Uferpfad und zwischen kahlen Erlen und Buchen hindurch ein Stück eine felsige Anhöhe hinauf. Der feuchte Waldboden schmatzte unter den Hufen des Reittieres. Lasnic wischte sich den nassen Schnee aus den Augen und spähte nach allen Seiten und hinauf in den verhangenen Himmel zwischen Baumkronen und Felsnadeln. Hinter dem Schleier aus Regen und Schnee hörte er Schrat quorken, knarzen und krächzen. »Zeig dich, alter Freund. Mach schon.«

Schneeregen klatschte aufs Sattelzeug, auf seinen Echsenledermantel, in Fell und Mähne des schwarzen Mustangs; Schneeregen riss das welke Laub aus den Baumkronen. Lausiges Wetter. Lasnic fluchte leise. Kein Marder verließ bei so viel Kälte und Nässe seinen Bau, kein Sumpfbär seine Höhle. Wenigstens taute der Matsch schnell wieder weg. Und verwandelte den Wald nach und nach in eine riesige Morastpfütze.

Endlich entdeckte der Waldmann seinen Kolk: Schrat kreiste vier Lanzenwürfe entfernt über kahlem Buschwerk am Fuß eines Felshanges. Lasnic drehte sich im Sattel um. Mit ein paar Handzeichen bedeutete er den Gefährten unten am Uferweg, was Schrat entdeckt hatte: das Lager einer Rotte Bräunlinge.

Loryane gestikulierte nach allen Seiten und gab stumme Befehle. Bis auf sie und vier Schwertweiber stiegen alle aus den Sätteln, machten die Mustangs an Bäumen fest, schlichen zu ihm herauf. Thora an der Spitze. Die junge Kriegerin brannte darauf, Wigard zu rächen.

Die Alte im Armenhaus hatte auf den Straßen von Eldora mehr als nur Gerüchte aufgeschnappt: Tausende von Bräunlingen hatten am langen Büffelsee gelagert. Bis vor drei Tagen noch. Auch sie zogen nun am Fluss entlang nach Südosten. Mit einem Tag Vorsprung. Lasnic fragte sich, ob sie baldorische Gefangene als Führer benutzten. Wer diese Wildnis hier nicht kannte, konnte sich nur verirren. Oder in den Elchsümpfen zugrunde gehen, wo der Fluss zwischen zahllosen Schilffeldern und Seen versickerte. Ein Schicksal, das Lasnic den Bräunlingen von Herzen gönnte.

Er kannte die geheimen Jagdpfade hier, sechs Tagesmärsche von Nordstamm entfernt, Strömenholz' nördlichster Siedlung. Er wusste, auf welchen Wegen man Reittiere benutzen und die Rotten der Bräunlinge umgehen und überholen konnte. Die würden irgendwann im Unterholz stecken bleiben mit ihren Mustangs und Steinböcken. Und zu Fuß weitergehen müssen.

Er stieg vom Mustang, kraulte ihm die fettige Mähne und raunzte ihm ein Dankeswort ins Ohr. Thora und die anderen schlichen zu ihm. »Da.« Er deutete zum Felshang. An dessen Fuß hockte Schrat im kahlen Busch und schnalzte.

Lasnics Blick flog über die Gesichter der Gefährten. Nicht nur Thora, alle brannten auf eine Prügelei mit Bräunlingen. Fast jeder hatte einen Freund verloren bei der Schlacht um die Weiße Burg von Eldora, einer der sechs Ritter sogar eine Geliebte. Und Thora einen Geliebten. Lasnic wusste, dass sie Wigard in ihr Nachtlager geholt hatte.

»Zu neunt packen wir sie«, flüsterte Gumpen, der Lasnics Gedanken erriet. »So groß kann die Höhle gar nicht sein.«

Von zwei Seiten schlichen sie sich an, Gumpen mit drei Rittern von Osten, Lasnic und Thora mit den anderen dreien von Westen. Wenigstens hatten sie so den Wind und den Schneeregen im Rücken. Lasnic wunderte sich, weil weder sein linkes Auge noch seine Narbe darunter zuckte.

Schrat schwang sich krächzend in die Luft, als Gumpen und Thora mit Dreizack und Armbrust zwischen Busch und Höhleneingang sprangen. Neben ihnen huschten Lasnic und die Ritter mit blank gezogenen Klingen in das Versteck. Schreie hallten ihnen entgegen – Kinder weinten, Frauen jammerten, Männer schrien um Gnade. Ein einzelner Ritter stellte sich ihnen mit Speer und Kurzschwert in den Weg.

Mehr als nur neun drängten sich in der kleinen Höhle zusammen – mindestens zwanzig, schätzte Lasnic. Doch keine Bräunlinge: Flüchtlinge aus Baldor. Und ein garonesischer Ritter.

»Alles gut, verflucht!«, zischte Lasnic. »Hört schon auf herumzuschreien!« So gut er konnte, wiederholte er dasselbe auf Baldorisch. Geschrei und Gejammer legten sich nach und nach und schlugen in verblüfftes Getuschel um. Und in Dankgebete.

Lasnic pirschte sich ins Halbdunkel. »Wer bist du?« Ganz nah trat er an den Ritter heran und sah ihm ins bärtige Gesicht. Er schaute in wässrig blaue Augen über einer krummen Nase und unter einer hundertfach gerunzelten Stirn. Der Kerl war nur wenig älter als er selbst, höchstens dreißig Sommer hatte er gesehen. Schlecht vernarbte Striemen zogen sich von seiner linken Schläfe über seine gebrochene Nase bis zu seinem rechten Unterkiefer hinunter.

Thora atmete plötzlich dicht neben Lasnic, und sie atmete eigenartig schnell. »Urban«, flüsterte sie, und dann fiel sie dem Ritter um den Hals. »Urban!«, schrie sie.

Lasnic zog sich zurück, überließ die beiden ihren Freudentränen. Gehörten wohl zur selben Sippe, vermutete er. In holprigem Baldorisch erklärte er den Flüchtlingen, wer er und wer seine Gefährten waren. Zwei Ritter holten Loryane und die anderen.

Später teilten sie ihren Proviant mit den Baldoren. Der Stadtritter namens Urban stammte aus Seebergen und war Thoras ältester Bruder. Sie hatten sogar denselben Vater. Die Garonesen staunten ihn an, und die Baldoren staunten seine Schwester an. Viele dankten der Großen Mutter und den Göttern für die glückliche Fügung, die Geschwister hier in der Wildnis jenseits des Großen Ozeans einander über den Weg laufen zu lassen.

»Die Blutsäufer haben mich mit fast sechzig anderen aus Seebergen zur Küste verschleppt und im Ruderdeck einer Galeere angekettet«, erzählte er. »War kein Spaß.« Er deutete auf die vernarbten Striemen in seinem Gesicht. »Eine Kampfschar aus Blauen hat das Schiff geentert, eine kleine Gruppe um Raban, Starian und …« Er unterbrach sich, suchte wohl nach Worten. »… und die neue Königin.«

Gumpen und Lasnic wechselten erschrockene Blicke. »Augenblick mal, Kerl.« Noch hoffte der Waldmann, sich verhört zu haben. »Du bist auf einer Galeere über den Großen Ozean hierher an die Waldküste gekommen. Richtig?«

Er nickte. »Als freier Ritter.«

»Und mit derselben Galeere ist auch Lauka gesegelt, sagst du?«

Wieder nickte er. »Die neue Königin, ihr Reichsritter Starian, ihr Erzritter Raban und ihr Erster Thronritter Hector. Außerdem der Trochauer Pradosco, vier Schwertdamen und eine Hochdame namens Valena.«

Starian kannte Lasnic, wie sollte er ihn jemals vergessen? Und dem alten Raban schuldete er noch mächtig viel Prügel – der Drecksack mit der Weiberstimme hatte seine Schwertkerle auf ihn gehetzt und ihn in den Kerker von Garonada gesteckt. Die anderen Namen sagten ihm nichts. »Wo ist Lauka jetzt?«

»Irgendwo in den Küstenwäldern. Sie sucht ihre Schwester. Auch dich und den Baumeister Joscun will sie töten.« Urban erzählte, dass sie durch Fischer an der Küste einer kleinen Bucht auf Ayrins Spuren gestoßen waren. Die neue Königin sei dann mit mehr als dreißig Rittern über den Küstenpfad in den Wald eingedrungen.«

»Du bist nicht mit ihr gegangen?«

»Ich habe mit zwei Dutzend anderen Rittern die Galeere gehütet – bis ein Schiff der Tarkaner uns angriff.« Urbans Lider zuckten, er schluckte. »Die Hohepriesterin von den Tausend Inseln selbst war an Bord«, behauptete er. »Wir sprangen in die Bucht und flohen in den Wald. Jeder wollte nur noch seine Haut retten. Ich konnte mich nach Norden hin durchschlagen, allein. Vor drei Tagen habe ich dann die hier getroffen.« Mit dem Daumen deutete er hinter sich auf die Baldoren.

Dem Waldmann brummte der Schädel von so vielen Neuigkeiten. Ayrin und die anderen hatten es also bis in die Wälder geschafft – dem Wolkengott sei Dank!

Dass die verfluchte Magierin in die Wälder gekommen war, wunderte ihn nicht; es bestätigte seinen Verdacht, dass auch unter seinen Waldmännern ein Magier lebte. Wahrscheinlich brüteten sie gemeinsam irgendein höllisches Übel aus. Doch dass auch Lauka sich in den Wäldern an der Küste herumtrieb? Und hinter Ayrin war sie her?

»Woher weiß das Biest, dass Ayrin an den Stomm wollte?« Lasnic dachte laut.

»Die Königin kennt …«

»Sie ist keine Königin!«, zischte Loryane aus dem Halbdunkel der Höhle.

Urban schluckte. »Sie kennt doch die Bucht. Sie hat gewusst, dass dort ein Küstenpfad in die Wälder und nach Süden zu den Waldstämmen führt.«

Natürlich – die Bucht! Der Waldmann erinnerte sich. An dem Ritter vorbei starrte er über die Köpfe der kauenden und trinkenden Flüchtlinge hinweg ins Halbdunkle. In jener Bucht hatte er das Biest und seine Schiffsbesatzung vor Lord Frix' Räuberhorde gerettet. In jener Bucht war er Romboc zum ersten Mal begegnet, dem bulligen Erzritter, den er verehrte und liebte.

Aus allen Ecken der Höhle schmatzte es, Mütter redeten auf ihre halbverhungerten Kinder ein, gründlich zu kauen, nicht zu schlingen, nicht zu viel Wasser auf einmal zu trinken. Loryane und die Schwertweiber versorgten Wunden. Irgendjemandem gelang es, eine Fackel zu entzünden.

Lasnic öffnete seinen Echsenledermantel, griff sich unter den Eulenfedermantel und tastete nach der Lederkapsel unter seinem Hemd. Zum ersten Mal hatte er damals, in jener Bucht, das mörderische Licht für einen Kampf benutzt. »Verfluchte Magie«, murmelte er und wandte sich dem Höhlenausgang zu. Der Ritter Urban flüsterte indessen mit seiner Schwester Thora. Sie hatten sich eine Menge zu erzählen.

»Seid ihr Blutsäufern begegnet?« Loryanes Stimme hallte durch die Höhle. Sie sprach ein wenig Baldorisch.

»Vielen«, sagte eine Männerstimme ziemlich weit hinten in der Höhle. Fackelschein flackerte nun an den feuchten Wänden. »Unten am Fluss sind sie vorbeigeritten. Ihr Anführer ist derselbe

Schlächter, der unsere Stadt erobert hat. Zwei Bauern aus den Bergen reiten voran, als Pfadsucher.«

»Sie greifen dein Volk an, Lasnic«, sagte Loryane. »Warum nur?«

»Weil die verfluchte Hexe das so will!« *Und ein verfluchter Hexer unter meinen Jagdbrüdern*, fügte er in Gedanken hinzu.

»Kennen eure Bergbauern sich in den Wäldern aus?«, fragte Gumpen.

»Manche. Doch nicht gut.«

»Wissen sie, dass der Fluss in einem Sumpfgebiet versickert?«

»Tut er das?«

Sie hatten keine Ahnung, diese Baldoren! Von Lord Frix wusste Lasnic, dass die meisten den Wald fürchteten wie den Schartan, vor allem die Stadtbewohner. »Ihr kommt aus Baal?«, wollte er wissen. Der Baldore hinten in der Höhle bejahte. »Wie sieht er aus, dieser Anführer, den du gerade erwähnt hast? Beschreibe ihn mir!«

»Wie sie fast alle aussehen – klein, schmal, braune Haut.«

»Er trug einen schwarzen Ledermantel und ein rotes Stirntuch«, sagte eine Frau. »Sein Haar war lang und weißgrau.«

»Ein Wolf lief neben seinem Bock her«, meldete eine Kinderstimme sich aus dem Halbdunkeln. »Ein großer weißer Wolf.«

Er war es! Jetzt zuckte Lasnics Narbe doch. Und das Auge über ihr auch. »Kaikan, du verfluchter Drecksack!« Als Tarbullo kehrte er also an den Stomm zurück. Diesmal, um zu siegen, da machte Lasnic sich nichts vor.

*

Drei Tage später erreichten sie die Bucht. Eine leckgeschlagene Galeere ragte dort schräg aus den Wogen. Zwei Ruderboote lagen kieloben im Strand. An Bord der Galeere ein paar Tote, ausschließlich Schwertkerle aus Garona. Urban heulte, als er sie sah. »Wir haben den verdammten Kahn wochenlang gemeinsam gerudert«, schluchzte er. »Gemeinsam haben wir Lutar geglaubt, dass wir überleben und Garona wiedersehen werden. Gemeinsam sind wir befreit worden.«

»Lutar von Weihschroff?«, fragte Gumpen.

»Der Grenzritter, ja.« Urban wandte sich von den Toten ab, hielt sich an der Reling fest. »Er ist der Älteste gewesen. Lauka hat ihn mit in die Wälder genommen.«

»Dieser Ritter Lutar hat es mal gewagt, in der Arena gegen mich anzutreten. Schon ein Weilchen her.« Gumpens breites Gesicht verzog sich zu einem Feixen. »Ist ihm nicht bekommen.«

Lutar von Weihschroff hasste Ayrin – das erfuhr Lasnic von Loryane, während sie zurück an den Strand ruderten. Die Königin hatte ihn zur Zwangsarbeit in einem Bergwerk in Rothern verurteilt, weil er an Starians Stelle gegen Pirol Gumpen gekämpft hatte.

Auf dem Pfad, der parallel zum Küstenweg in den Wald hineinführte, ritten sie nach Süden. Das Unterholz wurde schnell so dicht und Buschwerk und Bäume wuchsen so nahe am Pfad, dass sie zu Fuß weitergehen mussten. Die Mustangs ließen sie auf einer Lichtung an seinem kleinen See zurück. Zwischen den Felsen dort fanden sie Spuren eines Lagers. Auf dem See schwamm ein Paar schwarzer Waldschwäne.

Am nächsten Abend, an einem Flussufer, standen auf einmal zwei Waldmänner zwischen Erlen und Silberpappeln. »Lasnic von Strömenholz?«, rief der Ältere der beiden. »Hat mir ein Dämon ins Hirn gerotzt, oder bist du's wirklich?«

»Baldigen Frühling!« Auf Steinen balancierte Lasnic über den Fluss und begrüßte sie. Tränen stiegen ihm in Kehle und Augen, so sehr freute er sich, Jäger seines Volkes wiederzusehen. Er packte einen nach dem anderen, riss sie an sich und umarmte sie. Die beiden Jäger wirkten nicht ganz so begeistert, grinsten ein wenig betreten. »Bist du nicht Bucho, ein Eidmann Rulfs?«, strahlte Lasnic den Älteren an.

»Richtig, Jagdkerl. Bin mit meinem Eichgrafen, meinem Wettermann und zweihundert Jagdkerlen aus Düsterholz heraufgekommen. Gibt Ärger mit den Bräunlingen.«

»Ich wusste, dass sie wiederkommen. Habe ich es euch nicht gesagt?«

»Warum bist du dann abgehauen, du Schwachkopf?« Bucho musterte ihn vorwurfsvoll. »Sogar mein Eichgraf Rulf hat dich zum Großen Waldfürsten gewählt, obwohl er Birk immer für den besten Jäger vor dem Wolkengott gehalten hat.«

Lasnic schluckte, antwortete nichts, wandte sich an den anderen. Auch den, einen kleinen struppigen Burschen, kannte er. Er war ein Vetter Farners, den die Bräunlinge getötet hatten; damals, als der verfluchte Kaikan mit drei Schiffen in die Mündung ruderte und bei den Felskesseln am Katzenfluss den Waldfürsten Gundloch einem Mammutkeiler vor die Hauer warf. »Baldigen Frühling, Marden.« Der andere nickte. »Schön, wieder zu Hause zu sein. Bin verflucht froh, euch noch einmal zu sehen, bevor der Wilde Axtmann mich fällt.«

»Ist's denn so knapp gewesen die letzte Zeit?« Marden feixte.

»Kann man so sagen, weiß der Wolkengott! Doch wenn einer dem Vorjahrslaub zu entkommen weiß, dann ich.« Lasnic lachte laut; er wusste selbst nicht, warum.

»Eine Fähigkeit, die du noch brauchen wirst«, sagte Bucho. Er war hager und schlohweiß; sechzig Sommer hatte der Eidmann Rulfs ganz gewiss schon gesehen. »Es sei denn, du willst gleich wieder abhauen.« Wieder dieser vorwurfsvolle, misstrauische Blick. »Doch dann soll dich der Schartan holen! Wir brauchen jeden Jäger.« Er zog den Rotz hoch und spuckte an Lasnic vorbei in den Fluss. »Bräunlinge ohne Ende.«

»Überall«, sagte Marden. »Mehr als Zecken im Fell einer ganzen Herde Waldelefanten.«

»Ich weiß. Treibt ihr Düsterholzer euch deswegen hier oben im Norden herum?«

Bucho nickte. »Nicht nur wir. Aus allen Gauen sind sie über den Stomm gekommen. Stommbösch ist eine Festung und Nordstamm sowieso. In Stommbösch halten Kauzer und Hirscher mit beinahe tausend Jägern die Stellung, in Nordstamm Erler, Tajosch, Uschom und Ulmer. Sogar der alte Holder will sich mit den Drecksäcken prügeln.«

»Erler?«

»Wir haben ihn zum Waldfürsten von Strömenholz gewählt«, erklärte Marden. »Gundloch ist ja leider …« Er seufzte und winkte ab. »Du weißt schon. Und zum Großen Waldfürsten haben wir an deiner Stelle den Weißschopf gemacht.«

»Birk also, dacht' ich's mir. Wo steckt er?«

»Angeblich ist er mit ein paar Jagdkerlen der Waldschlampe über den Weg gelaufen«, sagte Bucho. »Alle anderen konnten abhauen, doch ausgerechnet ihn hat sie erwischt. Treibt ihr Unwesen in der Gegend hier. Schon länger. Hoffentlich reißt sie möglichst vielen Bräunlingen die Dreckssschädel ab.«

»Hoffentlich.« Die Waldfurie hatte Birk gefangen? Lasnic konnte es kaum glauben. »Ich bin hier mit Garonesen und einem Freund aus dem Norden.« Lasnic deutete hinter sich zum anderen Ufer. Dort hockten Gumpen, Loryane und die Gefährten und warteten. »Wir suchen die Königin von Garona.«

»Ist bei Erler in Nordstamm.« Marden feixte. »Steht auf dich. Erzählt jedenfalls 'ne Menge schmeichelhafter Geschichten über dich. Keiner glaubt ihr natürlich, ist doch klar.« Mit einer Kopfbewegung deutete er über den Fluss. »Noch mehr Kampfweiber, was?«

»Hört zu, ich habe Botschaft für Erler und die anderen: Mit tausend oder zweitausend Jägern kommen wir nicht weit. Die Bräunlinge reiten mit beinahe zehntausend Kriegern den Büffelfluss hinunter. Viel weniger sind's nicht. Baldorische Gefangene führen sie, kann also sein, sie bleiben in den Sümpfen stecken. Vielleicht erwischt ihr sie da.«

»Unsere Späher haben davon Wind bekommen«, sagte Bucho.

»Dann wisst ihr sicher auch, dass ein zweiter Hauptmann mit hundert Galeeren in den Stomm hineinfahren will?«

»Ist schon da.« Marden nickte.

»Und wisst ihr auch von dem Hauptmann der Bräunlinge, der mit über hundertfünfzig Galeeren den Balden hinaufgefahren ist?« Bucho und Marden machten große Augen. »Ich nehm' an, er will über den Fluss im Norden zum See, in die Nordsümpfe und nach Wildan hinüber. Und dann mit Ruderbooten und Flößen zu uns herunter.«

»Marderscheiße, verfluchte!« Bucho spuckte wieder aus. »Eine Menge Jäger aus Wildan sind mit Waldelefefanten nach Strömenholz gekommen, um uns zu helfen. Die fehlen jetzt in Wildan.«

»Zieht weiter«, sagte Lasnic. »Richtet alles dem nächsten Botenposten aus. Die Nachricht muss so schnell wie möglich zu Erler und Kauzer.« Die beiden Jäger wiederholten die Neuigkeiten, machten kehrt und rannten ins Unterholz. »Und grüßt mir die anderen!«, rief Lasnic hinter ihnen her. »Grüßt mir vor allem Kauzer und die Königin!«

*

Sie drangen tiefer in den Wald ein. Lasnic lotste seine Gefährten auf Pfaden, die nach Südosten führten, immer Richtung Stomm und Nordstamm. Hin und wieder sah er Schrat im schon reichlich kahlen Geäst über sich und hörte ihn schnalzen. Solange der alte Kolk nicht krächzte und krähte, drohte keine Gefahr.

Manchmal machte der Waldmann sich bewusst, dass er mit jedem Schritt Ayrin ein Stück näher kam. Und seiner Heimatsiedlung Stommfurt. Eine Erregung ergriff ihn dann jedes Mal, die er nicht an sich kannte; wie Fieber fühlte sich das an. Das Herz klopfte ihm dann in der Kehle, und ohne es zu merken, fiel er in einen Laufschritt.

So lange, bis hinter ihm Loryane zu schimpfen begann. »Du kommst noch früh genug zu deiner Königin!«, rief sie mit bitterer Stimme vom Ende der Kolonne. Einmal schickte sie auch ein Schwertweib zu ihm an die Spitze.

»Langsamer, Lasnic«, richtete die Kriegerin ihm aus. »Du bist der einzige Waldmann hier, für alle anderen ist diese Landschaft eine unwegsame Wildnis.« Manchmal war es auch der erschöpfte Ritter Urban aus Seebergen, der um Rast oder weniger große Eile bat.

Es regnete und schneite nicht mehr. Doch Gras, Gestrüpp und Buschwerk waren nass und der Boden weich und morastig. Etliche Eichen und wenige Erlen trugen noch Blätter, sonst waren die Bäume so gut wie kahl, vor allem Birken, Buchen und Ulmen.

Lasnic fand Spuren von Waldmännern, Rotaffen, Elchen und Bräunlingen. Zwar war keine größere Rotte vor ihnen auf diesem Pfad marschiert, doch selbst die Fährten der höchstens dreißig feindlichen Krieger, die er entdeckte, bereiteten ihm Bauchschmerzen. Den anderen gegenüber machte er kein Geheimnis aus seiner Entdeckung; vor allem Pirol Gumpen war ja nicht blind, und sogar Loryane und Thora sahen mehr Spuren, als er ihnen zugetraut hätte.

Am frühen Abend des zweiten Tages, nachdem sie die Reittiere zurückgelassen hatten, gellten Schreie durch den Wald. Lasnic winkte die anderen hinter sich her und weg vom Pfad ins Unterholz hinein. Unter einer Birkengruppe kauerten sie sich in ein braunes Farnfeld. Wieder Schreie – laut, gellend, gackernd, wiehernd.

»So schreit keiner, der Angst hat oder Schmerzen«, flüsterte Loryane. »Klingt eher nach einem Kampfruf. Oder nach Triumphgeschrei.«

Lasnic gab ihr recht; er kannte nur eine Kreatur, die auf diese Weise schrie: die Waldfurie.

Es raschelte, knisterte und keuchte. Schritte stapften durchs Unterholz, viele Schritte, leichte Schritte – zu leichtfüßig für das dämonische Weib. Lasnic gab den anderen ein Zeichen, in Deckung zu gehen. Sie duckten sich, spähten durch die braunen Farngräser. Einen Lanzenwurf entfernt bewegte sich das Gestrüpp und teilte sich – Gesichter mit weit aufgerissenen Augen tauchten zwischen den Ästen auf, drei oder vier. Bräunlinge. Doch statt braun war ihre Haut schmutziggrau. Bräunlinge in Angst, Bräunlinge auf der Flucht – kein übler Anblick.

Das fanden auch die anderen: Ehe Lasnic eine Warnung zischen konnte, sprangen Thora, ihr Bruder und vier weitere Ritter aus der Deckung. Wie Kugelblitze fuhren sie unter die Bräunlinge. Drei Atemzüge später zuckten deren Leichen im Unterholz.

Loryane blaffte Thora und die Ritter an wegen ihrer Eigenmächtigkeit. Lasnic und Gumpen betrachteten die toten Bräunlinge genauer. »Keine Waffen, kein Proviant, keine Beute«, sagte der Eishüne. »Nur ihr nacktes Leben haben sie zu retten versucht.«

»Und verloren.« Lasnic lauschte in den Wald. Schon wieder das wilde Lachgebrüll der Waldfurie.

»Das muss ein schreckliches Ungeheuer sein«, flüsterte Loryane. Ihre Augen waren Schlitze, ihre Haut bleich. Kein Zweifel: Sie fürchtete sich. »Gibt es Bestien hier, die sich so anhören, Waldmann? Die sogar Blutsäufer in die Flucht schlagen?«

»Ja«, sagte Lasnic. »Eine Freundin von mir.« Loryane runzelte die Stirn, musterte ihn mit zur Schulter geneigtem Kopf, und allerhand Fragen schienen ihr unter den Nägeln zu brennen. Der Waldmann tat, als merke er es nicht.

Er bat Gumpen, ihn zu begleiten, und die anderen zu warten. Nur dem Eishünen traute er die Nervenkraft zu, die man nun einmal brauchte, wenn man der Waldfurie zum ersten Mal begegnete. Zu zweit machten sie sich also auf den Weg in die Richtung, aus der das wiehernde Gebrüll kam. Über ihnen flog Schrat von Wipfel zu Wipfel. »Du brauchst keine Angst haben, Großer«, sagte Lasnic. »Wen sie mag, lässt sie am Leben. Und mich mag sie.«

»Wie kommst du darauf, dass ich Angst haben könnte?« Gumpen brummte und knurrte wie ein beleidigter Sumpfbär.

Sie stießen auf zwei tote Bräunlinge. Nicht weit entfernt hörten sie mindestens zehnmal so viele durchs Unterholz Richtung Norden hetzen. Sie überquerten einen Bach und die Ausläufer einer Schneise, die ein Sturm in den Wald gerissen hatte. Lasnic erinnerte sich an den Wirbelsturm, der ihn mehr als zwei Sommer zuvor auf der Flucht nach Norden überrascht hatte. »Gib acht, wo du hintrittst, Großer. Es gibt Giftschlangen hier.«

Der Eishüne antwortete nicht, doch seine Pranke lag plötzlich schwer auf Lasnics Schulter. Der Waldmann blieb stehen, sah hinter sich, äugte zu Gumpen hinauf – der stemmte den Dreizack über die Schulter, stierte nach rechts ins vergilbte Unterholz. Ein großes Tier stand dort – sehnig, pelzig, sonnengelbe Augen, schwarze Lefzen, Reißzähne wie gelbe Sicheln.

»Runter mit den Zinken«, flüsterte Lasnic.

»Jetzt schnappst du über.« Der Nordmann holte zum Stoß aus.

Lasnic fuhr hoch, schnellte auf die Zehenspitzen, griff mit beiden Händen nach Gumpens Handgelenk. »Runter mit den Zinken!« Er riss Arm und Waffe des Nordmanns nach unten.

Der Flussparder rührte sich kaum, schwang nur müde die schwarze Schwanzspitze hin und her und blinzelte gleichmütig. Lasnic aber schwoll das Herz an. »Bei der Güte der Wolkengottes«, murmelte er. »Dass ich dich noch einmal wiedersehen darf …« Endlich machte der Flussparder kehrt, trottete ein paar Schritte nach Westen ins Unterholz hinein, blieb stehen und wandte den Kopf. Als Lasnic folgte, raunzte er und trottete weiter.

Weil Gumpen wie festgewurzelt stehen blieb, winkte der Waldmann ihn hinter sich her. »Ein Freund von mir, keine Sorge.« Bald hörte er weit hinter sich die Atemzüge des Eishünen und Flügelschlag. Schrat ließ sich auf seiner Schulter nieder.

Die Wolkendecke über den Baumkronen riss auf. Zum ersten Mal seit vielen Tagen. Die Sonne stand tief, schickte ihre Strahlen nicht durchs kahle Geäst in den Wald, sondern von vorn, zwischen den Stämmen hindurch. Lasnic blinzelte geblendet, schützte seine Augen mit der Handfläche.

»Elche«, flüsterte Gumpen, nun dicht hinter ihm. »Lauter Elche. Siehst du die auch?« Lasnic winkte ab und antwortete nicht. Jemand redete mit sich selbst irgendwo im Unterholz, gar nicht weit entfernt. Lasnic kannte die Stimme. Sie kicherte plötzlich, verstummte ein paar Atemzüge lang und fing dann an zu singen. »Bären«, flüsterte der Eishüne hinter ihm, »ich sehe zwei Bären, Waldfürst, schwarz und größer als du!« Er stemmte schon wieder den Dreizack hoch.

»Lass das.« Lasnic sah die Sumpfbären auch, kümmerte sich aber nicht um sie. »Komm schon, Großer, verlass dich auf mich. Du brauchst dir wirklich nicht in die Hosen machen.« Diesmal behauptete Pirol Gumpen nicht, keine Angst zu haben.

Der Flussparder verschwand unter dem Stamm eines entwurzelten Baumes. Nacheinander bückten sich auch Waldmann und Eishüne unter dem Buchenstamm hindurch, nacheinander richteten sie sich auf. Lasnic konnte hören, wie Gumpen erschrocken die Luft einsog. Dann stieß er ein paar Worte in einer Sprache aus, die Lasnic nicht verstand. Es klang wie ein Stoßgebet.

Sie hockte am Wurzelkrater der Buche. »Da bist du ja, Schätzchen!« Die Waldfurie hörte auf zu singen und kicherte. »Ich warte schon seit Monden auf dich, mein süßes Großes Waldfürstchen, du!« Lasnic kam es vor, als spräche sie mit seltsam schwerer Zunge. »Und was für ein hübsches Kerlchen du da mitbringst! Ein Geschenk für mich?« Sie setzte das Mundstück eines Lederbeutels an die wulstigen Lippen und legte den Kopf in den Nacken. Lasnic hörte es gluckern.

Graue Lederjacken und mindestens zwei schwarze Ledermäntel bedeckten ihren massigen Oberkörper. Lauter Zeug, das sie den Bräunlingen abgenommen hatte. In ihrer grünlich-braunen Mähne hing Herbstlaub, Farn und Fasanengefieder. Ein Fell verhüllte ihre Hüften und ihre Scham.

Aus ihren großen Eulenaugen guckte sie diesmal alles andere als streng und gefährlich – verhangen und beinahe sanftmütig wirkte ihr Blick. Das mochte an Pirol Gumpen liegen, vielleicht aber auch an dem Zeug, das sie da trank. Der Flussparder rieb sich an ihrem breiten Rücken, das Sumpfbärenpaar streckte sich neben ihr aus.

Die Rechte mit dem Trinkbeutel stützte sie aufs Knie des angezogenen Beines, das andere Bein hing im lehmigen Wasser des Wurzelkraters. Die Beine eines toten Bräunlings ragten aus dem Kratertümpel; wie die Beinchen eines Säuglings wirkten die neben den massigen Fett- und Muskeltürmen der Waldfurie. Diese Beine konnten leicht mit den Läufen eines ausgewachsenen Waldelefanten mithalten. Aus dem Augenwinkel beobachtete Lasnic, wie Gumpen das Wildweib anstarrte. Vor allem die ungeheuren Schenkel schienen ihm den Atem zu rauben.

Sie setzte den Lederbeutel ab, ein rotes Rinnsal perlte über ihr spitzes Kinn und ihren stammartigen Hals bis auf das nur halb bedeckte Gebirge ihres Busens hinab. Sie trank Rotwein, das Getränk, das Lasnic bei den Baldoren kennengelernt hatte. »Was guckst du so niedlich, Nordmann«, sagte sie und lächelte selig. »Willst du mir mein Geschenk nicht vorstellen, Waldfürstchen?«

»Das ist kein Geschenk, das ist mein Freund Pirol Gumpen.« Am hinteren Rand des Wurzelkraters entdeckte Lasnic zwei weitere tote Bräunlinge. Und überall lagen lederne Trinkbeutel herum, alle leer.

»Was du nicht sagst?« Sie erhob sich, schwankte, stand endlich sicher und breitbeinig. Schrat flatterte in eine kahle Baumkrone. »Baldorischer Wein.« Sie hob den leeren Lederbeutel hoch und ließ ihn fallen. »Die Winzlinge aus Übersee haben sich wohl in Baal damit eingedeckt.« Sie wankte auf Lasnic und Gumpen zu. Die zusammengebundenen Mäntel und Jacken rutschten auseinander und gaben den Blick auf ihre gewaltigen Brüste frei. Neben sich hörte Lasnic den Eishünen durchatmen.

»Das Pack hat Dutzende meiner Hasen, drei meine Säue und einen meiner treusten Elche getötet. Deswegen jage ich die Winzlinge, das versteht ihr doch, oder? Und was wittere ich in ihren Wassersäcken – baldorischen Wein.« Sie streckte ihre Arme nach Lasnic und Gumpen aus und zog beide an sich. Lasnic drückte sie an ihren blanken Busen und den Nordmann an ihr fettes Gesicht. »Willkommen in meinem Wald!«

Ihre Brüste rochen nach Blut, Waldboden und Wein, ihr Atem nur nach Wein. Lasnic begriff endlich: Die Waldfurie war berauscht, und das nicht zu knapp.

Das Wildweib schob die Männer ein Stück von sich und betrachtete sie wohlgefällig und mit verhangenem Blick. Der blieb schließlich am Eishünen hängen, und eine sehnsüchtige Zärtlichkeit trat in ihre Züge. »Was für ein Prachtstück von Mann du mir da mitbringst, Schätzchen! Einen Turm, eine Eiche, einen König aus dem hohen Norden! Ich danke dir!« Diesmal zog sie nur Pirol Gumpen an sich und drückte ihm ihre wulstigen Lippen auf den Mund. Der schien völlig überrumpelt, ließ es einfach geschehen.

Die Waldfurie stöhnte und seufzte, während sie ihn küsste, und sie ließ Lasnic los, um auch ihre Rechte in Gumpens Haar vergraben zu können. In diesem Augenblick entdeckte der Waldmann den Ring an ihrem kleinen Finger: Die Wildfrau trug einen Mondsteinring!

Seufzend löste sie sich von Gumpens Mund. Der stand wie verzaubert. »Du küsst wie ein König, Pirol Gumpen«, flüsterte sie. »Ich bin sicher, du liebst auch wie ein König!« Ihre Pranken fuhren unter seinen Mantel, betasteten seinen Hintern. »Welch ein Prachtstück von Mann du mir da mitbringst, Waldfürstchen.« Sie hakte sich bei beiden unter und zog sie weg vom Wurzelkrater und ins Unterholz hinein. Der Flussparder und die Bären trotteten hinter ihnen her.

»Diese braunen Winzlinge sind widerlich, taugen nicht zur Liebe. Aber ihr beide?« Sie schnalzte mit der Zunge, guckte nach links und rechts und deckte die Männer mit zärtlichen Blicken zu. »Wir machen es zu dritt, nicht wahr?« Und an Gumpen gewandt: »Nicht erschrecken, mein König, ich bring's euch schon bei.«

»Ohne mich«, sagte Lasnic. »Ich hab ein Weib inzwischen.« Schrat flog über ihnen von Baum zu Baum. »Wo hast du den verdammten Ring her?«

»Oh!« Die Wildfrau blieb stehen, ließ Gumpen los, betrachtete den Mondstein. »Den? Hab ich einem vorwitzigen kleinen Magier abgenommen, schätze ich. Wollt ihr ihn sehen?«

Eiskalt wurde es auf einmal hinter Lasnics Brustbein und unter seiner Schädeldecke. »Du hast einen Magier erledigt? Das glaube ich nicht!«

»Erst ein paar Tage her. Kommt, ich zeig ihn euch.« Wieder hakte sie sich unter und zerrte sie durch Buschwerk und Unterholz auf eine Lichtung. »Ich habe ihn am Leben gelassen, dachte, er könnte mir noch dies und das verraten, wisst ihr? Aber er will und will nicht zu sich kommen.«

Sie deutete zur Mitte der Lichtung, wo ein paar halbnackte Kerle, ein Bär, ein Alligator und ein paar Füchse rund um einen Unterstand aus Buchengehölz saßen. »Da liegt er.« Die Waldfurie deutete auf eine Gestalt unter dem Dach des Unterstandes. »Ein Wurfholz hat ihn am Schädel erwischt.« Seufzend ließ sie sich ins Gras sinken und entkorkte einen neuen Trinkbeutel. »Ich warte hier auf euch, meine süßen Männergeschöpfe!«

Seite an Seite stapften Lasnic und Gumpen durchs Gras. Ein großer Greif hockte auf dem Unterstand. Schrat kreiste über ihm und krächzte missmutig. »Was ist los mit dir, Gumpen? Du guckst wie gestochen, läufst, als hätt'st du in die Hosen geschissen. Bist du schon von ihrem Anblick besoffen?«

»Wie sagt Joscun immer? ›Du hast komische Freunde‹, Lasnic.« Der Eishüne sprach mit seltsam heiserer Stimme. »Aber hübsche.«

»Wenn du nicht schleunigst wieder deinen Verstand einschaltest, Großer, dann kann ich dir vorhersagen, wo du landen wirst.«

»Vielleicht will ich ja dort landen. Noch nie habe ich solche Schenkel gesehen!«

»Ich dachte, du bist in Loryane verliebt?«

»Schon, aber weiß sie's? Sieht sie's? Wird sie's erfahren? Außerdem verschmäht sie mich.«

»Was trägst du denn da für einen bunten Schild auf dem Rücken, mein süßer König?«, krähte hinter ihnen die Waldfurie. »Eine zerbrochene Axt in einem gespaltenen Bocksschädel – wie hübsch!« Sie kicherte.

Lasnic und Pirol Gumpen blieben vor dem Unterstand stehen. Die nackten Kerle äugten misstrauisch zu ihnen herauf, die Tiere rührten sich nicht. Nur einer der Füchse gähnte. Allein der Greif auf dem Unterstand, ein Geier, spreizte die Schwingen.

»Komm zu dir, Gumpen. Ich kann nicht auf dich verzichten.« Lasnic betrachtete den bewusstlosen Mann unter Fellen, trockenem Gras und Gestrüpp. Einerseits schockierte ihn sein Anblick, andererseits hatte er oft genug mit dem Gedanken gespielt, dass dieser Waldmann der Magier sein musste, der Vogler den Ring gegeben hatte. »Was siehst du, Gumpen?«

»Einen kleinen Kerl mit weißem Haar.«

»Ich auch.« Lasnic nickte. »Birk.« Hart und bitter waren seine Miene und seine Stimme plötzlich. »Wir nennen ihn den ›Weißschopf‹. Als ich ging, war er Eichgraf von Tannenbusch, einer Siedlung in Blutbuch.« Er beugte sich zu Birk hinunter, lauschte dessen schnellen Atemzügen. »Klingt nicht gesund. Und tief bewusstlos ist er auch.«

»Ein verfluchter Kalyptiker!« Gumpen brummte böse. Lasnic musterte ihn von der Seite: Selten hatte er so viel Hass in den Zügen des Eishünen gesehen. Wenigstens war er jetzt wieder ganz bei sich und hellwach. »Einer wie diese grausame Hohepriesterin, wie dieser verschlagene Mauritz!« Gumpen packte seinen Dreizack mit beiden Fäusten.

»Hey, mein süßer König!«, rief irgendwo hinter ihnen mit schwerer Zunge die Waldfurie. »Was machst du da?«

»Einer dieser verfluchten Zauberer, die Völker aufeinanderhetzen und in Ströme aus Blut und Tränen stürzen.« Pirol Gumpen hob den Dreizack über seinen wuchtigen Schädel. »Darf so einer am Leben bleiben, Lasnic von Strömenholz?«

Lasnic biss die Zähne zusammen und schüttelte stumm den Kopf. Pirol Gumpen atmete tief ein und stieß seinen Dreizack mit aller Kraft in die Brust des Magiers.

Der Greif schrie und schwang sich in die Luft, die Männer brüllten, die Tiere sprangen auf und knurrten, winselten, blökten und pfiffen.

7

Sie ballte die Faust, ihr Mondstein verströmte tödliches Licht. Taghell strahlte die Abenddämmerung jetzt wieder. Über ihr leuchteten die kahlen Baumkronen im ERSTEN MORGENLICHT auf. Tote Vögel stürzten neben ihrer Trage ins nasse Gras. Ein schreckensstarres Kind am Wegrand schoss auf zum Mann und verwelkte zum Greis. Gesichter entsetzter Waldmänner verwandelten sich über ihr in die Fratzen von Totenköpfen, bevor sie aus ihrem Blickfeld stürzten.

Zerfall, wo eben noch Stärke und Lust aufblühte. Tod, wo eben noch Leben pulsierte. Was für eine Kraft! Was für eine Macht! Welch ein Hochgefühl!

Blitzschnell rollte Lauka sich von der Trage ins Gestrüpp am Rande des Pfades, schleuderte ungezielt das magische Todeslicht auf alles, was sich um sie herum bewegte. Die Waldmänner seien flink mit Lanze und Jagdbogen, hatte sie gehört – ha! Keiner sollte auch nur einen Wimpernschlag daran denken können, sie anzugreifen!

Menschen gingen zu Boden, Menschen krümmten sich in Gras und Unterholz, Menschen hetzten schreiend über den Dorfplatz, flohen in alle Richtungen, nur nicht in ihre.

Ein paar Schritte weiter wand Gudrun sich in ihren blutigen Lumpen, wimmerte wie eine angeschossene Bergziege. Fünfzig Schritte weiter, im Flammenschein rund um die große offene Hütte unter den Hausbäumen, sah Lauka einen Affen auf einem Holzklotz tanzen. Daneben robbte der Baumeister bäuchlings zwischen zwei Feuer. Eine Frau stand auf einem Klotz neben dem Affen und spähte zu ihr herüber, eine Frau mit schwarzer Haut.

Und dann sah Lauka ihre Halbschwester: An Rombocs Seite und gefolgt von wenigen Rittern und Schwertdamen, huschte sie zwischen die Büsche und verschwand im Wald hinter den mächtigen Hausbäumen. »Mörderin!«

Sie prägte sich Ayrins Laufrichtung ein, sprang auf und lief los. Vorbei an einer Koppel voller dunkler, massiger Körper – von manchen ragte Gehörn auf – rannte sie in den Wald und dann entlang der Rückseite des Platzes und des erhöhten Hauses, um so ihrer Schwester und den Verrätern den Weg abzuschneiden.

Wie aus dem Nichts brach eine knochige Schwertdame aus dem Unterholz, stieß einen Kampfschrei aus und hob ihre lange Klinge zum Schlag; sie trug einen Kopfverband um ihr aschblondes Haar. Lauka zögerte nicht einen Wimpernschlag lang: Loderndes Todeslicht – blau, türkisfarben und violett – hüllte die kleine, knochige Frau ein und riss sie durch die Zeiten ins Nichts. Über ihren Staub hinweg sprang Lauka ins Gestrüpp.

Ritter näherten sich von links auf dem Pfad, über den Ayrin in den Wald geflohen war. Schemenhaft erkannte sie die bullige Gestalt des Erzritters Rombocs zwischen den Bäumen; die Frau vor ihm, das musste Ayrin sein. Lauka zischte vor Genugtuung – sie würde es schaffen, sie würde ihnen den Weg abschneiden!

Sie rannte schneller. Ginstergestrüpp, ein Holzstoß, ein Farnfeld, eine lang gezogene Brombeerhecke trennten sie noch vom Fluchtpfad ihrer Halbschwester. »Ich krieg' dich, elende Mörderin!« Lauka brach durch das Ginstergestrüpp. »Ich hab' dich!«

Sie wollte einen Bogen um den Holzstoß schlagen, geriet ins Straucheln, schlug hin, sprang wieder auf. Ein Blick zurück – nichts zu sehen, über das man hätte stolpern können. Weiter! Sie lief langsamer; wie schwer sich plötzlich ihre Beine anfühlten! Sie ging wie durch ein Schlammloch, watete wie durch Teer. Was war das? Warum fühlte sie sich auf einmal so schwach, so entsetzlich schwach?

Sie blieb stehen, stützte die Hände auf die schmerzenden Knie, verschnaufte. Eine Orkanböe warf sie neben dem Holzstoß auf den feuchten Waldboden. Sturm schüttelte eine Buchenkrone nicht weit vor ihr durch, rüttelte am Stamm, riss den Baum aus seinem Wurzelgeflecht.

Konnte das denn noch die Wirklichkeit sein?

Die Buche neigte sich, kippte, stürzte Lauka entgegen. Das war die Wirklichkeit!

Lauka schrie auf, streckte sich flach in den Schmutz. Alle drei Ringe an ihrer linken Faust leuchteten auf, sie stemmte ihre magischen Kräfte dem stürzenden Baum entgegen. Es raschelte, splitterte, krachte und donnerte. Die Erde bebte, Geäst peitschte und scheuerte über ihren Rücken, über ihre Beine. Die Buchenkrone begrub sie und den Holzstoß unter sich.

Orkanböen heulten, Menschen riefen, Tiere blökten. Lauka hob den Kopf. In welchen Albtraum war sie bloß gestürzt?

Halb schräg lag der Baum, gestützt nur vom Holzstoß. Lauka robbte um ihn herum und auf seiner Rückseite zu den äußeren Ästen der Krone. Behutsam schob sie sich unter dem Wipfelgeäst hindurch. Verfluchter Wald! Am anderen Ende des Holzstoßes äugte sie durch lichtes Geäst und zurück zum Dorfplatz. Überall knieten Männer und Frauen vor leblosen Körpern, überall heulten, fluchten und jammerten sie.

Nur eine kniete nirgends und jammerte auch nicht: die schwarze Frau. Sie schlich durch die Büsche, blieb stehen, wo die Asche der Schwertdame das Unterholz bedecken musste, hob den Blick, lauschte und lauerte. Und jetzt sah Lauka ihre Augen: Sie glänzten wie flüssiges Kupfer. Augen wie die der Hexe waren das!

Von einem Wimpernschlag auf den anderen begriff sie: eine Kalyptikerin! Eine Magierin jagte sie! Die Meisterin des Willens! Wer sonst? Sie verharrte ganz still. Doch hatte Mauritz nicht von einem Magier gesprochen, einem Mann? Und hatte sie selbst nicht erst vor wenigen Tagen mit eigenen Augen gesehen, wie ein Monstrum von Wildfrau diesen Magier besiegt hatte? Wie sie dem Meister des Willens den Mondsteinring abgenommen hatte?

Wenn er es nun gar nicht gewesen war?

Sie schüttelte sich, kämpfte ihre Verwirrung nieder. Diese schwarze Frau da war eine Magierin aus Kalypto, so viel war klar. Mehr musste sie erst einmal nicht wissen. Und jetzt?

Weg mit dem Schrecken, weg mit der Furcht! Sie ballte die Faust, drückte die leuchtenden Ringe gegen den Holzstoß, richtete ihren Willen auf die Kraft, die in den Mondsteinen ruhte. Und im nächsten Moment schon schossen steile Flammen aus dem Holz in die heraufdämmernde Nacht. Lauka sah die Schwarze erstarren, sich ducken und ihre Rechte hochrecken. Blauviolettes Licht flackerte um ihre Faust. Ein Mondstein!

Lauka robbte weiter durch Gras und dürre Sträucher, blieb auch dann noch dicht am Boden, als der umgestürzte Baum längst hinter ihr zurückblieb. Schlangengleich kroch sie durch verdorrtes Blaubeerkraut. Links von ihr, zur Waldsiedlung hin, ließ ihre Kraft Feuer aus dem Boden schießen, hinter ihr züngelten Flammen in die Höhe, und Rauch stieg in den Nachthimmel.

In den Baumhütten und jenseits der Flammen auf dem Dorfplatz erhob sich plötzlich ein Geschrei, als würde die Welt untergehen. Und über all dem Menschengezeter und -gejammer dröhnte heiser und hohl ein lang gezogener Ton, wieder und wieder, wie von einem hörnernen Rohr geblasen. Irgendwo blökten Tiere wie in Panik. Lauka erinnerte sich an eine Weide und Elche ganz in der Nähe des Waldpfades, wo man ihre Trage abgesetzt hatte. Sie sprang auf. Im Schutze der Flammenwand rannte sie dem Geblöke entgegen.

Die Umrisse eines Koppelzaunes schälten sich vor ihr aus der Dunkelheit. Sie packte das Rundholz seines oberen Randes, schwang sich über ihn, rannte zwischen hin und her tänzelnden Elchen hindurch zu einem massigen Rüsseltier, wie sie nie zuvor eines gesehen hatte. Sie sprang es an, klammerte sich in seinem Fell fest, zog sich auf seinen Rücken.

Das Tier brüllte fanfarenartig, schüttelte sich, peitschte mit dem Rüssel nach Lauka. Mit der ganzen Kraft ihrer erwachten Magie versuchte sie, dem Koloss ihren Willen aufzuzwingen. »Herum, mit dir!«, zischte sie. »In den Wald mit dir!« Das Rüsseltier bockte, stand still, statt zu gehorchen.

Die Feuerwand loderte knisternd. Zum Dorf und zum südlichen Wald hin schirmte sie die Koppel ab wie eine hohe Mauer. Auf einmal zischte und prasselte etwas, Regentropfen klatschten in den Pelz des Rüsseltieres, verdampften jenseits der Koppel in den Flammen. Es regnete. Lauka griff unter ihre blutigen Kleider, tastete nach ihrem Brustgurt, fasste nach ihrem Krummdolch, nach der Klinge, mit der sie Zlatan getötet hatte. Wie eine unsichtbare Faust schlug ihr zorniger Wille im Hirn des Rüsseltieres ein. Das schüttelte nur den massigen Schädel.

Der Regen steigerte sich zu einem Wolkenbruch, und wie eine schwarze Binde fiel es Lauka von den Augen: Die Magierin versuchte die Feuerwand zu löschen!

Eine Orkanböe fegte in die Flammen, Sturm heulte plötzlich wieder von allen Seiten, peitschte Lauka Regen und Schnee ins Gesicht. Verzweiflung packte sie – wie viel Mühe es sie kostete, einen klaren Gedanken zu denken, nicht laut zu schreien, ihren baldorischen Krummdolch aus der Scheide zu reißen und zum Stoß auszuholen! »Herum mit dir, du störrisches Vieh! In den Wald mit dir, sag ich!« Mit ihrem Willen stieß sie ins Hirn des Rüsseltieres, mit dem Dolch stieß sie hinter sich in seine Flanke. »Ich befehle es dir!« Bis zum Heft fuhr die scharfe Klinge durch Fell, Haut, Fett und in festes Fleisch.

Das fremdartige Tier blökte schrill klagend; lauter hätten auch zwanzig Bläser nicht in ihre Fanfaren stoßen können. Das Tier bäumte sich auf. Seine Reiterin rutschte über das nasse Rückenfell bis auf sein Hinterteil, packte seinen nur armlangen Schwanz mit beiden Fäusten, umklammerte seinen rechten Hinterlauf mit den nackten Beinen.

Der Regen ergoss sich jetzt sturzbachartig aus dem Nachthimmel. Blitze zuckten, Donner grollte, weinbeerengroße Hagelkörner prasselten auf Lauka herab und taten ihr weh. Das Tier blökte sich heiser, schlug mit dem Rüssel um sich, trabte im Kreis über die nächtliche Weide, trieb die Elchherde vor sich her. Der Krummdolch steckte noch in seiner Flanke.

Lauka zog sich an seinem Schwanz hinauf, Handbreite um Handbreite. Sie stemmte die Stiefel in sein Hinterteil, griff ins Rückenfell, und es war, als würde sie in eine sprudelnde Quelle greifen, so vollgesaugt mit Regen war das lange Fellhaar bereits. Doch Lauka ließ es nicht los, zerrte sich auf den Rücken des Tieres, bohrte ihren Geist in seine aufgewühlten Instinkte und Empfindungen hinein. »Zum Wald«, zischte sie. »Los!« Das Tier stand still, schüttelte sich.

Durch die erlöschende Feuerwand schritt die schwarze Magierin auf sie zu. Durch Rauch und Regenschleier hindurch starrte Lauka über den Weidenzaun hinweg auf die dunkle, zierliche Gestalt. In der verglimmenden Glut sah sie deren schwarzen Mantel in Regen und Sturm flattern. Darunter, auf ihrem gelben Anzug, glitzerten Eis und Schnee.

Lauka hielt den Atem an – Schwarz und Gelb: die Farben ihres Vaters! Keine Meisterin des Willens, eine Meisterin des Lichtes kletterte kaum hundert Schritte entfernt über den Koppelzaun!

Die Elchherde galoppierte in Panik zwischen Rüsseltier und Zaun hin und her. Mit Knien und Unterschenkeln klemmte Lauka sich am Rücken des immer noch still stehenden Tieres fest, mit der Rechten in seinem Fell. Sie streckte die Linke nach den Elchen aus – eine bläuliche Flammenskaskade grellen Lichtes züngelte unter die Herde. »Tretet sie nieder!«, zischte Lauka.

Die Tiere warfen sich herum, galoppierten dem Zaun entgegen. Ein Elchbulle mit gewaltigem Gehörn preschte vorweg. Die hinteren Tiere brachen geschwächt vom magischen Licht zusammen. Einige standen in Flammen, drängten sich brüllend mitten in die Herde, trieben die anderen noch tiefer in die Panik.

Die Magierin – Lauka sah ihre Umrisse und ihre leuchtenden Augen – rutschte eben in die Koppel herab, sah die rasende Herde auf sich zustürmen und versuchte sofort, zurück über den Zaun zu klettern. Doch in diesem Augenblick prallte der Bulle gegen die Holzstämme und zersprengte sie. Die Herde hinter ihm durchbrach die Trümmer und galoppierte über die Magierin hinweg und dem Dorfplatz entgegen. Lauka glaubte ihren ersterbenden Schrei zu hören.

»Herum mit dir!«, zischte sie. Sie tastete nach dem Griff ihres Krummdolches und riss ihn auf und ab. »In den Wald mit dir!« Das Tier trompetete Schmerz und Angst hinaus, und endlich glitt Laukas harter Wille in sein Hirn wie ein Pfeilbolzen in Fett. Das Tier warf sich herum und stampfte dem Wald entgegen, zertrat den westlichen Koppelzaun und galoppierte ins Unterholz.

Der Lärm in der Waldsiedlung blieb zurück. Schlagartig hörte der Regen auf. Lauka fühlte sich stärker. Vorbei die Schwäche, wie weggeblasen auch die Angst. Doch zitterte sie vor Kälte. Sie gestattete sich weder Triumphgefühl noch Siegesgewissheit. Das störrische Tier zu lenken erforderte all ihre Kraft und Aufmerksamkeit.

Sie riss den Dolch aus seiner pelzigen Flanke, rammte ihn vor sich neben die Wirbelsäule. Das Tier blökte und galoppierte, als wären tausend Dämonen hinter ihm her. Lauka hielt sich am Dolchgriff und im langen Fell fest. Tief drückte sie sich ins nasse, fettige Haar und versuchte den Ästen auszuweichen, die über Schädel und Rücken des rasenden Tieres hinwegpeitschten.

Da! Die Umrisse eines Ritters! Dicht vor ihr hetzte er über den Pfad. Lauka ritt ihn nieder.

Weiter. Schon glaubte sie, vor sich Schrittlärm und Stimmen zu hören. Der Vollmond ging auf, keine Spur von Regenwolken mehr. So hell leuchtete der Mond über den kahlen Wipfeln, dass Lauka die Schatten der Bäume erkennen konnte. Ihr eigener Schatten verschmolz ganz und gar mit dem des Rüsseltieres. Den Schatten eines Riesen sah sie über Buschwerk, Stämme und Unterholz gleiten. Wer wollte diesen Riesen noch aufhalten?

Zwanzig Schritte vor ihr wieder die Umrisse von fliehenden Menschen. Vier Ritter diesmal! Sie blieben stehen, fuhren herum. Zwei richteten Speere auf sie und das Rüsseltier, zwei ihre Schwertklingen.

Und die beiden Gestalten dahinter? Der untersetzte Körper, die breiten Schultern? Das war doch Romboc! Er bückte sich nach jemandem, der auf dem Pfad lag. Ayrin! Sie war gestürzt. Ha! Vor lauter Angst gestürzt!

Lauka zwang das Rüsseltier aus dem Galopp in einen trabenden Lauf. »Habe ich dich!«, rief sie.

»Du Schlange!« Ayrin stemmte sich hoch, richtete sich auf den Knien auf. »Was hast du dem Reich angetan?« Romboc stellte sich schützend vor sie, riss sein Langschwert aus der Rückenscheide. »Wie viel Not hast du über mein Volk gebracht!«

»Du hast meinen Vater ermordet!« Bis zum Schädel des Rüsseltieres rutschte Lauka, so abrupt blieb es stehen. Ein Schwert steckte in seinem Rachen zwischen seinen Stoßzähnen. Es trompetete, schwenkte seinen Rüssel hin und her, blökte seinen Schmerz hinaus, versuchte die Klinge abzuschütteln. »Wäre Mauritz am Leben, hätten wir die Blutsäufer besiegt!« Die Ritter auf dem Pfad rückten näher, zielten nach den Augen des Tieres. »Mit ihm an meiner Seite hätte ich der Großen Mutter das Reich erhalten können!« Ein Ritter wand sich auf einmal im Rüssel des Tieres. »Durch deine Schuld muss mein Volk leiden!« Die drei Ritter auf dem Pfad stachen mit Speeren und Schwertklingen nach dem Schädel des Tieres. Lauka richtete ihre Ringe auf sie. Und wieder leuchtete die tödliche Lichtkaskade auf – blau, türkis und violett.

»Lauf!«, hörte sie Romboc schreien. Und als das ERSTE MORGENLICHT erlosch, stand er breitbeinig zehn Schritte entfernt zwischen den Bäumen. Ayrin sah sie nirgends mehr. Wut machte sie rasend, sie schrie und beschimpfte ihre Schwester und den Erzritter. Romboc aber packte seine Klinge und duckte sich.

»Miststück!«, rief er, wich in den nächtlichen Wald zurück und stürmte nur einen Atemzug später von links aus dem kahlen Gestrüpp gegen die Flanke des Rüsseltieres. »Ich weiß, was du Tanjassin angetan hast!«

Von Valena, schoss es Lauka durch den Kopf. Sie richtete den glühenden Mondsteinring auf ihn. »Stirb! Verräter!« Im selben Moment gellte ein Kampfschrei von rechts. Das Rüsseltier stieg auf den Hinterläufen hoch, blökte jämmerlich, und die Romboc zugedachten tödlichen Blitze des magischen Lichtes zuckten hinauf in die kahlen Baumwipfel und in den Nachthimmel hinein. Der Mond färbte sich violett.

Lauka stürzte ins Unterholz neben dem Pfad. Im letzten Schein bläulichen Lichtes erkannte sie die Herzogin von Violadum. Sigrun riss ihr Langschwert aus dem Hals des Rüsseltieres, der Koloss brach zusammen. Die Hochdame tauchte zwischen den Büschen ab, bevor Lauka sie mit dem ERSTEN MORGENLICHT angreifen konnte.

»Stirb! Du! Miststück!«, hörte sie nun wieder Romboc brüllen. Breitbeinig stand er auf dem bebenden Körper des Rüsseltieres und hob seine Klinge zum Hieb. Lauka reckte ihm die linke Faust entgegen.

*

Äste peitschten ihr ins Gesicht, Dornen scheuerten über ihren Echsenledermantel, in ihrem Knöchel klopfte der Schmerz. Sie achtete nicht darauf, rannte weiter und immer weiter. Manchmal trat sie in Schlamm oder Pfützen, manchmal flog ein Nachtvogel am Rand des Pfades auf, manchmal sprangen Tiere vor ihr aus dem Gras und flüchteten in den Wald. Ayrin achtete auf gar nichts, rannte weiter und immer weiter.

Der Herzschlag trommelte ihr in den Schläfen, ihre Lungen stachen, ihre Augen tränten von der kalten Luft, doch sie rannte weiter und immer weiter. Sie widerstand der Versuchung, stehen zu bleiben und zu lauschen, ob jemand ihr folgte. Zu gefährlich. »Lauf!«, hatte Romboc gerufen, und sie lief.

Das Entsetzen steckte ihr in allen Knochen, wühlte in ihren Gliedern: Lauka! Hier! In der sicheren Siedlung der Waldmänner! Das war mehr, als Ayrin fassen konnte. Und wie sie das magische Licht unter die feiernden Menschen geschleudert hatte. »Mörderin! Höllenschlange! Biest!«

Mit der Stiefelspitze blieb sie in einer Dornenranke hängen, stolperte, schlug lang ihn, schlidderte über schlammiges Laub und nasses Gras. Bei der Großen Mutter – wie der Knöchel schmerzte. Sie war umgeknickt; vorhin, als plötzlich der Waldelefant heranstampfte. Vor lauter Panik umgeknickt und gestürzt.

Ayrin stemmte sich hoch, legte die Hand auf den Bauch, sah zurück – Mondlicht glänzte wie alte Ziegenmilch auf dem Pfad und im kahlen Geäst der Büsche und Bäume. Und jetzt lauschte sie doch. Nichts zu hören, keine Schritte, keine Stimmen, kein Schnauben und Stampfen eines Waldelefanten. Nichts. Niemand verfolgte sie mehr.

Ayrin stand auf, lief weiter, langsamer jetzt. Warum lief niemand hinter ihr. Hatten Romboc und Sigrun den Waldelefanten gefällt?

Hatten sie die Giftschlange getötet, die ihn ritt? Oder waren etwa auch sie von ihr …?

»Still!« Sie verbot sich diesen Gedanken, rannte wieder schneller. Sie musste sich verstecken, irgendwo. Elender Knöchel! Wie der Schmerz darin klopfte! Sie blieb stehen, rang nach Luft, lauschte wieder. Da! Schritte! Nicht das Stampfen eines Waldelefanten, keine schweren Schritte wie die von Romboc – schnelle, leichtfüßige Schritte eines einzelnen Menschen. Sigrun?

Weiter, schneller. *Lauka!*, brüllte ihr eine innere Stimme ins Hirn. Sie warf den Echsenledermantel ab, zu schwer. Sie griff sich unter den roten Wollmantel, fasste sich an den Bauch. Das Kind – niemals durfte es dem Hexenlicht ausgesetzt werden!

In ihrem Knöchel klopfte und stach der Schmerz. Ayrin konnte nur noch hinken. Rauschte der Wind in den Bäumen, oder hörte sie schon die Brandung des Großen Ozeans?

Der Pfad weitete sich, Mondlicht lag auf einer Kreuzung. Ayrin bog nach Süden ab, lief fünf Schritte, riss sich dann das rote Tuch vom Hals. Rote Spitze, ein Geschenk Hildruns, der Burgmeisterin.

Das eine Ende trat sie in den Matsch, das andere hängte sie in die Brombeerhecke am Wegrand. Einen Atemzug lang stand sie noch still, betrachtete die falsche Spur. Ein Geschenk zu ihrer Thronbesteigung war das Spitzentuch gewesen. Ayrin stieß ein bitteres Lachen aus. Konnte man einem Thron ferner sein als sie? Konnte man sich weniger als Königin fühlen als sie in diesem Augenblick?

Sie machte kehrt, hinkte zurück, lief weiter Richtung Meer. Als sie das nächste Mal anhielt und lauschte, hörte sie keine Schritte mehr hinter sich. Hatte Lauka also das rote Tuch im Mondschein leuchten sehen? Sie kannte es ja. Ayrin sank auf die Knie, massierte sich den schmerzenden Knöchel, verschnaufte eine Weile.

Danach kam sie nur noch langsam voran. Weil sie ohne Schwert aus der Gemeinschaftshütte der Waldmänner geflüchtet war, suchte sie einen Ast, auf den sie sich stützen konnte. An ihm hinkte sie weiter.

Im ersten Morgengrauen rückte das Rauschen der Brandung näher. Bei Sonnenaufgang stand sie an der Steilküste einer Bucht.

Sie suchte einen Pfad hinunter zum Strand, stieg hinab. Dann ein kleiner Höhleneingang auf halber Höhe der Klippen. Sie stocherte mit dem Ast hinein, ein Tier huschte heraus, ein Dachs, und verschwand zwischen den Felsen. Ayrin kroch in den Unterschlupf.

Gegen Abend schlief sie ein. Gegen Mittag des nächstes Tages wachte sie auf und lugte aus der engen Höhle – niemand unten am Strand, keine Stimmen oberhalb der Klippen. Sie blieb noch eine weitere Nacht in ihrem Versteck und danach noch einen halben Tag. Erst am zweiten Tag wagte sie sich wieder ans Tageslicht.

Es war kalt, doch wenigstens regnete es nicht. Ayrin hinkte ein Stück den Weg zurück, den sie gekommen war, bog in einen Pfad nach Nordosten, wanderte bis Sonnenuntergang. Am nächsten Morgen lief sie weiter, nahm eine gut getarnte Abzweigung nach Osten. Sie trank aus Pfützen, zupfte im Vorüberhinken letzte, halb verfaulte Beeren von Sträuchern, kämpfte gegen Erschöpfung und Schmerz. Irgendwann gegen Abend merkte sie, dass sie sich verlaufen hatte. Sie ließ sich sinken, wo sie gerade stand, und schlief ein.

Im Morgengrauen hinkte sie weiter. Bis zu einer Pfütze. Vor ihr sank sie in die Knie und schöpfte Wasser mit der Hand. Plötzlich sah sie Stiefelspitzen vor sich. Sie hob den Blick – ein tarkanischer Krieger.

Ayrin sprang auf, griff sich über die Schulter, wollte nach ihrem Schwert fassen – da war keins. Jemand packte sie von hinten. Die Blutsäufer waren zu dritt. Sie zerrten sie in den Wald hinein. Ayrin gab auf.

Später sah sie Unterstände und Zelte zwischen Eichen und Buchen. Ein weißer Wolf sprang ihr entgegen, kläffte sie an, schnappte nach Saum und Ärmel ihres roten Wollmantels. Ein Mann in Pumphosen und langem, schwarzen Ledermantel stand plötzlich vor ihr. Seine Miene war hart und wie aus zerfurchtem Buntsandstein gemeißelt. Kaikan. Während des Kampfes um Garonada hatte Ayrin ihn zweimal vor der Wehrmauer gesehen.

Er musterte sie und nickte wie einer, der zufrieden war, weil er unverhofft fette Beute in seiner Falle fand. Wusste er also, dass sie die Königin war? Ganz gewiss wusste er das. An seiner Rechten trug er einen Mondsteinring.

Er blaffte etwas in Richtung seiner Krieger, feixte die drei an, die sie gefangen hatten. Dann packte er ihr langes Haar und zerrte sie hinter sich her zu seinem Zelt. *Das Kind*, dachte Ayrin, *wenn nur dem Kind nichts zustößt.*

Im Zelt riss er ihr den Mantel herunter. Ayrin wehrte sich nicht, war zu erschöpft, hatte Angst um das Ungeborene. Er zerrte ihr Hemd und Hose vom Leib, zog seinen Dolch, stieß sie bäuchlings auf den Boden. *Mein armes Kind*, dachte sie, *mein geliebter Waldmann …*

8

Catolis tauchte auf aus Dumpfheit und Finsternis, flüchtete sich sofort in ihren magischen Kokon. Ihr geschundener Körper lag auf einer harten Pritsche, ihr Geist schwebte in blauen und türkisfarbenen Lichtschwaden. Das tat gut. Das linderte den Schmerz und die Enttäuschung. Sie wusste nicht zu sagen, was sie mehr quälte. Sie wusste überhaupt nichts mehr zu sagen.

Es war vorbei.

Der Bastard hatte sie in die Falle gelockt. Sie, eine Großmeisterin der Zeit! Der Bastard hatte ihr den Mondsteinring abgenommen. Ihr, einer Magierin von Kalypto!

Der Bastard hatte gesiegt.

Sie hatte Zugang zum ERSTEN MORGENLICHT, natürlich. Kein Großmeister und keine Großmeisterin benötigte unbedingt den Mondstein, um die Urkraft zu gebrauchen. Doch der Mondstein verstärkte und vervielfältigte sie. Er fehlte ihr. Er fehlte ihr sehr.

Catolis mühte sich, wann immer sie ein wenig aus Schmerz und Betäubung erwachte, doch ohne Mondstein vermochte sie einfach nicht, ihre Kraft aus ihrem Geist nach außen strömen und in diesem grässlichen Verschlag sichtbar und wirksam werden zu lassen. Sie war zu erschöpft, sie litt zu starke Schmerzen. Und kaum lichtete sich das Dunkel der Bewusstlosigkeit ein wenig, kamen sie schon wieder, um sie erst zu quälen und dann zu betäuben.

Jetzt gerade wieder: Irgendwo hinter den lindernden Lichtschwaden hörte Catolis eine Tür knarren. Jede Faser ihres Leibes verkrampfte sich. Sie tauchte tiefer ein in die innere Hülle, ins ERSTE MORGENLICHT, versank so gründlich wie nur möglich darin. Zwei Menschliche beugten sich über sie. Eine blonde Frau peitschte ihre Brüste und ihren Bauch, ein Mann stach ihr mit einer Klinge unter einen Fingernagel.

Schmerzen durchzuckten ihren Körper, zerstachen ihren Geist. Doch wenn Catolis ihre Aufmerksamkeit ganz auf die Lichthülle richtete, ganz auf ihre magischen Kräfte, dann spürte sie die Qualen nur wie durch dicke Fellschichten hindurch. Es gelang ihr nicht immer. Und es gelang ihr immer weniger.

Die Menschliche hörte auf, die Peitsche zu schwingen. Catolis spürte, wie sie ihr wieder den Griff ihres Dolches zwischen die Zähne schob, wie sie ihr den Mund aufhebelte. Undeutlich nahm sie den Pfeilbolzen wahr, brennend klar jedoch den entsetzlichen Schmerz, als dessen Spitze ihr unter die Zunge in den entzündeten Mundboden fuhr. Blaue und türkisfarbene Lichtschwaden leuchteten grell auf, zerstieben und fielen von ihr ab. Und in ungedämpften Schmerz gebadet versank Catolis erneut in Dunkelheit.

Als sie das nächste Mal aus der Bewusstlosigkeit auftauchte, standen gleich sieben Menschliche um ihre Pritsche. Lauter Männer. Aus der Verachtung in ihren Gesichtern las sie ab, was sie vorhatten. Und erschrak bis ins Mark.

Erst schlugen sie zu. Mit Ruten, Peitschen und Lederriemen. Danach stachen sie zu. Mit Nadeln und Nägeln. Der Schmerz überflutete Catolis' Geist so gründlich, dass sie kaum die lindernde Lichtwand aufbauen konnte.

Als sie ihr schließlich die geschundene Beinen spreizten und der Erste sich über sie schob, schaffte sie es irgendwie und fand sich an den Deckenplanken des Laderaumes wieder. Unter sich, in einem von Holzgittern eingefriedeten Verschlag, sah sie sich selbst nackt und ohnmächtig hingestreckt auf einer Pritsche. Ihre Arme hingen hinter ihrem Kopf an einer Wandschelle in Ketten.

Es gelang ihr, den Schmerz hinter den Lichtschwaden festzuhalten, das schon. Doch das Gefühl grenzenloser Erniedrigung konnte sie trotz magischer Kräfte einer Großmeisterin der Zeit nicht vor sich selbst verbergen. Sie musste ja zusehen, was die Menschlichen unter ihr mit ihrem Körper trieben. Alle sieben schändeten sie. Wieder und wieder und einer auf ekelhaftere Weise als der andere.

Und die blonde Menschliche stand dabei, die ganze Zeit. Und feixte.

Das war der Augenblick, in dem Catolis mit letzter Gewissheit verstand, dass sie nicht überleben konnte. Das Nichts war ihre Zukunft, sie würde erlöschen.

Als die Männer mit ihr fertig waren, stach die Frau ihr den vergifteten Pfeil unter die Zunge. Und wieder Dunkelheit.

Eintauchen, auftauchen. Schmerz, Linderung, Betäubung. Eintauchen, auftauchen. So gaben Schmerz und Dunkelheit den Rhythmus ihres Lebens vor. Wie lange? Catolis hatte jedes Zeitgefühl verloren. Manchmal kam es ihr vor, als würde sie seit vielen Sonnenwenden auf diese entsetzliche Weise existieren: eintauchen, auftauchen; Schmerzen, Linderung, Betäubung, neuer Schmerz.

Wieder einmal lichtete sich die Nacht ihres Geistes, wieder einmal standen Menschliche an ihrer Pritsche und schlugen und quälten sie. Und diesmal gelang es ihr nicht, den Schutzwall des ERSTEN MORGENLICHTES zwischen sich und dem Schmerz aufrechtzuerhalten. Er löste sich in nichts auf. Und sie schrie.

Schrie so lange, bis die Tür des Verschlages aufgestoßen wurde und ein Menschlicher hereinstürmte. Er fuhr die Peiniger an, packte den Mann, stieß ihn zum Verschlag hinaus, jagte die Blonde hinterher. Dann stand er vor der Pritsche und schaute auf sie herab. Sein Blick war bedrückt, und noch etwas lag darin, etwas, das Catolis fremd war.

Er wusch ihr die Tränen aus den Augen, wusch ihr das Blut vom Körper, ölte ihre Wunden ein. So gelang es Catolis, ihre Kräfte zu sammeln, das lindernde Licht zu rufen.

Der Mann sah aus wie ein Greis, seine Bewegungen und sein Blick wirkten jedoch jung. Nur ein Teil seines Schädels war behaart. Wie knotiges Geschwür bedeckte eine grässliche Narbe die rechte Kopfseite. Dort fehlte ihm auch das Ohr. Während er sie einölte, schaute er sie wieder und wieder an, und Catolis fragte sich, was das Fremdartige sein mochte, das sie in seinem Blick entdeckt hatte.

Es war, als würde er in sie hineinsehen, ja, als würde er fühlen, was sie fühlte. Sie tastete sich in seinen weichen Geist, sie spürte seine schmerzlichen Gedanken.

Er litt. Und wie unglaublich: Er litt, weil sie litt!

Catolis sammelte ihre letzten Kräfte, zerteilte die Lichtschwaden der Urkraft um ihren Geist und griff mit ihrem Willen nach dem weichen Geist des leidenden Mannes.

*

Die Wunden entzündeten sich gleich am nächsten Tag. Die kleinere am linken Unterarm machte Lauka keine großen Sorgen, doch die am linken Oberschenkel war tief. Die Suche nach Ayrin hatte sie längst aufgegeben; sie lief jetzt nach Norden. Zurück zur Galeere. Jeder Schritt tat ihr weh. Obwohl sie Rombocs Schwert als Krücke benutzte, konnte sie kaum noch laufen. Manchmal schäumte sie vor Wut, manchmal gab sie sich der Hochstimmung hin, die sie ergriff, wenn sie die Schmerzen vorübergehend vergaß.

Am dritten Tag überquerte sie einen Bach, der sich zwischen den Klippen über einen Wasserfall ins Meer ergoss. Silberweiden wuchsen dort. Mit Rombocs Schwert schälte sie ein wenig Rinde von einem Stamm. Sie löste Ayrins rotes Tuch von der Wunde in ihrem Unterarm, legte ein Stück Rinde mit der feuchten Seite darauf und band das Tuch darüber.

Wut kochte wieder in ihr hoch, als sie das rote Spitzentuch über der Rinde verknotete. »Ayrin, du Miststück …« Sie zog den Echsenledermantel aus und öffnete den Verband an ihrem Oberschenkel. »Noch einmal täuscht du mich nicht.« Die tiefe Wunde polsterte sie regelrecht aus mit Silberweidenrinde. Das tat weh. »Das nächste Mal kriege ich dich.« Sie wickelte die Binde um den Oberschenkel und knüpfte einen Knoten. Den Stoff für die Binde hatte sie aus dem Futter von Ayrins Schuppenmantel gewonnen. Den Rest der Rinde steckte sie in den Mund und kaute sie. »Das nächste Mal falle ich mit einer Streitmacht über dich her, von der du nur träumen kannst.«

Hildrun, die gefallene Burgmeisterin, hatte ihr beigebracht, Wunden und Entzündungen mit der Rinde gewisser Bäume zu behandeln. Sie legte sich bäuchlings über das Uferwasser, trank und spülte die bittere Rinde hinunter. Danach streifte sie den Mantel über, packte Rombocs Schwert, zog sich daran hoch. Heißer Schmerz zuckte durch ihren Schenkel; Lauka schrie und fluchte.

Die Herzogin hatte versucht, ihr die Linke mit den Mondsteinen abzuschlagen. Fast wäre es ihr gelungen. Lauka hatte gerade noch ausweichen können; Sigruns Klinge hatte nur den Arm gestreift, war Lauka aber in den Oberschenkel gefahren. Sie hinkte zum Pfad hinauf und weiter Richtung Norden. Noch zwei Tage bis zur Galeere, schätzte sie.

Kränkung und Wut über die misslungene Rache wühlten sie noch immer auf. Während der ersten Stunden, nachdem sie umgekehrt war, hatte sie nur geschrien. Bis sie irgendwann an die schwarze Magierin dachte und eine vage Idee ihr Trost verschaffte. Die Idee verfestigte sich zu einem Gedanken, der Gedanke beflügelte sie und nistete sich in ihrem Hirn ein.

»Ich habe zwei Magierinnen besiegt«, murmelte sie, während sie den Küstenpfad entlanghumpelte. Die Hochstimmung kam zurück, betäubte den Schmerz, gab ihr neue Kraft. »Zwei. Eine Meisterin des Lichtes und eine Großmeisterin der Zeit. Ich.«

Am späten Nachmittag konnte sie nicht mehr. Sie ließ sich im braunen Gras am Weg nieder. Am ganzen Körper zitterte sie. Nicht wegen der Kälte – Fieber. Und Durst plagte sie auch.

Lauka löste die Verbände und zog die Rinde ab. Die Wunden brannten und klopften. Was sie bisher vermieden hatte, tat sie nun doch: Sie richtete das ERSTE MORGENLICHT auf den eigenen Körper und versuchte, ihre eigenen Wunden zu heilen. Die Angst, sich zu zerstäuben, hatte sie bis zur Stunde davon abgehalten.

Doch das magische Licht ließ weder das Gewebe ihres Armes noch das ihres Oberschenkels altern. Im Gegenteil: Klopfen und Brennen ließen nach, die gelben Wundränder verfärbten sich rosig, die Hiebwunde am Bein schien ihr auf einmal sogar weniger tief.

»Was treibst du da, Weib?« Lauka hob den Blick. Zwei Waldwilde standen rechts und links von ihr im Unterholz des Wegrandes. Sie steckten in Pelzjacken, Wildlederhosen und hohen Stiefeln.

Der Jüngere trug ein schwarzes Tuch um die Stirn, der Ältere eine Lederkappe auf dem dunkelblonden Haar. Ob sie in die Siedlung gehörten, aus der Ayrin geflohen war?

»Das seht ihr doch!« Sie ließ das magische Licht erlöschen und legte die Rinde wieder auf die Wunden. »Helft mir mal.« Lasnic von Strömenholz hatte ihr ein paar Brocken seiner Sprache beigebracht; damals, während der Heimreise auf der KÖNIGIN BELICE; genug, um sich einigermaßen verständigen zu können.

Der Jüngere ging neben ihr in die Hocke, verband ihr die Wunden. Wahrscheinlich gefiel sie ihm. »Was ist dir zugestoßen, Weib?«

»Ein Bräunling und seine Axt.«

»Wer hat ihn verjagt?« Lauka klopfte auf Rombocs Schwert, und der junge Jäger staunte sie an. Dann runzelte er die Stirn und musterte sie misstrauisch. »Wieso hast du dir das Haar geschoren?«

»Ein Gelübde.« Hatten sie also noch nichts von ihr gehört. Der Großen Mutter sei Dank! »Erst wenn ich es erfüllt habe, darf ich darüber reden.«

»Kannst du damit hexen?«, fragte der Ältere und deutete auf ihre Ringe.

»So würde ich das nicht nennen.« Lauka ließ den Mondstein eines ihrer Ringe aufleuchten und tastete zuerst nach dem Geist des Jüngeren. Der legte ihr gerade den Oberschenkelverband an. »Ich kann damit heilen.« Sie lächelte zu dem Waldwilden mit der Lederkappe hinauf.

»Du stinkst mächtig nach Waldelefant.« Etwas in der Art sagte der junge Waldmann mit dem Stirntuch, grinste und zog den Knoten fest.

»Halt den Mund!«, fuhr Lauka ihn an. »Steh auf. Baut mir eine Trage. Eine, auf der man bequem sitzen kann. Ihr werdet mich zu meinem Schiff tragen.« Sie tastete bereits nach dem Geist des anderen. »Und vorher beschafft ihr mir Wasser.«

Etwas im Blick des jungen Waldmannes erlosch, seine Miene schien zu erschlaffen. Er reichte Lauka seinen Wasserbeutel. Dann stand er auf, packte seine Axt und stieß seinem Gefährten den Ellenbogen in die Rippen. »Los!« Seite an Seite stapften sie in den Wald. Dort schlugen und schnitten sie Äste und Zweige.

Lauka merkte, dass sie nicht mehr zitterte. Gierig trank sie den Wasserbeutel leer. Das Fieber war gesunken. Sie legte sich ins nasse Gras, zog die Beine an und schlief ein.

Als sie aufwachte, dämmerte bereits die Nacht herauf. Ein Gestell aus Ästen stand auf dem Pfad. Eine Art Leiter aus zwei Birkenstämmchen und vielen Buchensprossen, darauf eine Art Sitz. Und alles zusammengehalten von geflochtenen Krauthalmen und Gerten. Die Waldwilden hockten rechts von Lauka zwischen den Büschen. Der eine döste, der andere blickte lauernd um sich, als würde er Wache halten.

»Helft mir.« Die Männer standen auf und hoben Lauka in den Sitz. »Und jetzt nach Norden, immer nach Norden. Wir können es gar nicht verfehlen. Habt ihr noch Wasser?« Der ältere der wilden Jäger gab ihr aus seiner Fellflasche zu trinken. Danach packten sie die Birkenholme, hoben die Trage hoch und marschierten los.

Lauka dachte an Ayrin, und die Galle stieg ihr in den Hals. »Wenn du wüsstest«, murmelte sie. »Wenn du wüsstest, was dich erwartet.« Die Hexe im Laderaum der Galeere stand ihr vor Augen und gleich darauf die schwarze Magierin. Sie beschwor das nächtliche Bild des Sieges herauf – sie selbst auf dem Rücken des Rüsseltieres und die Elchherde, wie sie den Zaun und die Kalyptikerin niedertrampelte. Wie eine Titanin hatte sie sich in diesem Moment gefühlt. Hochstimmung ergriff sie, sie lachte laut. »Ich habe zwei Magierinnen besiegt!«

Vor sich konnte sie in der mondhellen Nacht deutlich die Umrisse des vorderen Trägers erkennen, des älteren. Er blickte zurück zu ihr. »Alles in Ordnung, Herrin?«

»Lauf weiter, Schwachkopf, lauf schneller.« Sie legte die gefalteten Hände ans Kinn, blickte zum Sternenhimmel hinauf. »Zwei Magierinnen, ich! Ich habe eine Meisterin des Lichtes und eine Großmeisterin der Zeit im magischen Kampf besiegt. Ich, Laukaris, die Tochter Mauritz'!« Sie dachte an das massige Tier, dem sie ihren

Willen aufgezwungen, sie dachte an den Gewittersturm, den sie bezwungen hatte. »Ich, die Magierkönigin.«

Im Morgengrauen torkelten die Waldwilden zum ersten Mal. Lauka ließ sie die Trage absetzen und befahl ihnen zu schlafen. Am späten Vormittag weckte sie die Männer und forderte sie auf, Wasser zu beschaffen und ihr zu essen zu geben. Die Waldwilden hatten getrocknetes Fleisch und eine Fettpaste mit Trockenfrüchten dabei. Nach der Mahlzeit befahl sie ihnen, die Trage aufzunehmen und weiterzumarschieren.

Die Trage schaukelte, doch Lauka hatte sich den Sitz mit den Mänteln der Waldwilden ausgepolstert und saß leidlich bequem. Ihre Gedanken kreisten wieder um die schwarze Magierin und um die Hexe Catolis. Die Meisterin des Lichts war tot, die Großmeisterin der Zeit lag nackt in Ketten und musste dulden, dass man sie folterte und ihre magischen Kräfte mit Schlangengift betäubte.

Sie waren besiegbar, die Kalyptiker, sie waren tatsächlich besiegbar!

Der Gedanke, der nach der misslungenen Jagd auf Ayrin aus jener vagen Idee entstanden war und sich in Laukas Hirn festgesetzt hatte, reifte zu einem groben Plan. »Ein guter Plan«, murmelte sie. »Ein kluger Plan, ein Plan, der einer Magierkönigin würdig ist.« Sie sprach jetzt laut mit sich selbst; die Waldwilden hatten sich inzwischen daran gewöhnt. »Am Ende wird er mir Ayrin in die Hände geben. Sie und all die anderen Verräter. Sogar mein Königreich wird mir dieser Plan zurückgeben. Er wird mir für immer die Herrschaft erhalten.«

Sie schloss die Augen, gab sich dem Schaukeln der Trage hin, versank in Tagträumen. In diesen Träumen segelte sie an der Spitze einer Kriegsflotte über den Großen Ozean. Erst zu den Tausend Inseln, dann nach Baldor und dann …

»Wir werden sehen«, murmelte sie und riss die Augen auf. »Wir werden sehen, Vater, nicht wahr?«

Zweimal rasteten sie noch, bevor sie in der folgenden Morgendämmerung die kleine Bucht erreichten, in der die Galeere vor Anker lag. Lauka winkte und rief, und irgendwann ruderten acht

Ritter an den Strand herüber. Sie befahl den Waldwilden ins Boot zu steigen.

Zurück an Bord, sprachen Lutar und Honig sie an. »Der Reichsritter Starian wird schwach, meine Königin«, sagte Lutar.

»Er hat uns heute Morgen von der Pritsche der Hexe verjagt, meine Königin.« Honigs Blick bekam etwas Lauerndes. »Ich nehme nicht an, dass er deswegen mit ihr allein sein wollte.« Sie machte eine obszöne Geste und feixte.

»Wo ist er?«

»Immer noch unten bei der Hexe. Die braucht bald wieder Schlangengift.«

»Gebt den beiden hier zu essen und zu trinken.« Lauka schob die Waldwilden zu Lutar und den Rittern. Sie bewegten sich wie Schwerkranke, so erschöpft waren sie. »Danach kettet sie auf einer freien Ruderbank an.« Lutar nickte und die Ritter packten die Jäger und zerrten sie zur Luke ins Unterdeck.

»Mach ein Feuer«, wandte Lauka sich an Honig. »Leg eine Schwertklinge hinein. Wenn sie glüht, bring sie mir nach unten.« Sie stieg in den Laderaum hinunter.

Als sie den Verschlag betrat, stand Starian rechts neben der Pritsche. Er hielt ein ölgetränktes Tuch in den Fingern und salbte die Wunden der Magierin damit. Dabei sah er ihr in die Augen, und die Magierin schaute ihm in die Augen.

»Was tust du da, Reichsritter?«

»Ich habe ihr zu trinken gegeben und jetzt versorge ich ihre Striemen. Einige sind aufgeplatzt.«

»Warum tust du das?« Lauka ging um ihn herum, beobachtete ihn genau.

»Lutar und die Blonde hätten sie beinahe umgebracht, meine Königin. Und du brauchst sie doch noch, oder?«

»Da hast du recht, Starian, das ist wirklich sehr weitsichtig von dir.« Sie setzte sich hinter den Kopf der Hexe, konnte beobachten, wie deren Schultern nach oben zuckten und ihr ganzer Körper sich anspannte. »Jetzt ist es gut, Starian, jetzt lass mich mit ihr allein.«

Der greise Reichsritter breitete das Öltuch über einer stark blutenden Wunde auf der linken Brust der Hexe aus. Danach ging er zur Tür des Verschlages. Dort wandte er sich noch einmal um. »Wie schön, dass du heil zurückgekehrt bist, meine Königin. Doch in deinen Gesichtszügen lese ich, dass dir nicht gelungen ist, was du dir vorgenommen hattest.«

»Nein, es ist mir nicht gelungen.« Starian kannte sie einfach zu gut. »Aber es wird mir bald gelingen, glaub mir das. Und ich weiß auch schon, wie. Doch später. Jetzt geh.« Starian nickte stumm und stieg die Treppe zum Oberdeck hinauf.

Lauka schloss die Augen und ruhte ein wenig. Die Magierin vor ihr auf der Pritsche zitterte. Lauka konnte hören, wie ihre Zähne aufeinanderschlugen. Es war kalt, natürlich fror sie. »Dir wird gleich wärmer werden«, murmelte Lauka. »Viel wärmer.«

Sie tastete nach dem Geist der Magierin. Der fühlte sich an, als würde man ein Lamm berühren, dem man bei lebendigem Leib das Fell abgezogen hatte. Sie legte die unerbittliche Schlinge ihres Willens um diesen wunden Geist und sagte: »Ich will den Weg wissen, den ganzen langen Weg, den du gekommen bist.« Der Geist der Hexe zuckte zurück, verhärtete sich. »Beschreib ihn mir, los. Beschreib ihn mir von dieser Küste aus.«

Hart und spröde fühlte der fremde Geist sich jetzt an, kein Bild entstieg ihm, kein Wort, nicht einmal Schmerzempfindung. Laukas Geist irrte plötzlich durch dichte Schwaden bläulichen und türkisfarbenen Lichtes wie durch ein Labyrinth. »Verfluchte Hexe!« Immer noch leistete sie Widerstand, immer noch hatte sie Kraft genug. Lauka schlug ihr mit der Faust aufs Auge – das Licht erlosch, gab Lauka frei.

Schritte stapften die Stiege vom Oberdeck herunter. Honig. In der Rechten hielt sie ihr Langschwert. Dessen Spitze glühte und rauchte. Sie trat in den Verschlag, schloss die Tür hinter sich.

»Die Innenseite ihrer Oberschenkel«, sagte Lauka.

Honig trat neben die Pritsche, hob ihr Knie, presste es zwischen die Schenkel der Hexe und senkte dann die glühende Schwertspitze in das Fleisch.

Die Magierin schrie gellend, versuchte vergeblich, dem glühenden Eisen auszuweichen.

»Den Weg nach Kalypto!«, zischte Lauka. Der Geist der Gequälten stand ihr nun offen wie das Tor zu einer geschleiften Burg. »Ich will ihn wissen! Jetzt!«

9

Jede Waldsiedlung nördlich des Stomms hätte Lasnic im Schlaf gefunden. Nordstamm sowieso, denn von dort aus brachen die Waldmänner gewöhnlich zu ihren Sommerjagdzügen an den Büffelfluss oder in die Elchsümpfe auf, und dorthin wanderten sie als Erstes, wenn sie mit Beute beladen aus den nördlichen Wäldern nach Strömenholz zurückkehrten. Aus der Gegend also, wo sie gestern die Waldfurie getroffen und den Magier getötet hatten.

»Wie weit noch?«, rief Loryane irgendwo hinter Lasnic in der Marschkolonne.

»Zwei Wegstunden, höchstens drei!« Lasnic brütete düster vor sich hin. Er fragte sich, wie er den Jagdbrüdern beibringen sollte, dass Birk ein Magier gewesen war. Und dass er jetzt tot war – der Große Waldfürst immerhin. Mit offenen Armen würden sie ihn sowieso nicht empfangen. Er würde von Glück sprechen müssen, wenn sie ihn nur schräg und ein wenig vorwurfsvoll beäugten, wie Bucho und Marden es vor zwei Tagen getan hatten.

»So lange noch? Dann brauche ich jetzt eine Rast!« Loryane schon wieder. »Ich habe Durst, und meine Füße brennen!« Auch Urban und ein paar Ritter bettelten um eine Verschnaufpause.

Die garonesischen Kerle machten schon wieder schlapp – von den Schwertweibern dagegen hörte man keine Klage. Das stimmte Lasnic noch missmutiger, doch im Grunde hatte auch er nichts gegen eine Rast. Je später er dem Waldfürsten und den Eichgrafen unter die Augen treten musste, umso besser. Von Kauzer ganz zu schweigen.

Die halbe Nacht hatte der Waldmann wach gelegen. Ständig hatte er sich Worte zurechtgelegt, mit denen er den Waldfürsten, Eichgrafen und Wettermännern seine Flucht erklären wollte. Ihm war nichts eingefallen. Jedenfalls nichts Brauchbares.

Lasnic tröstete sich mit dem Gedanken an Ayrin. Geliebte Königin – bald würde er sie wieder in die Arme schließen können! Dass ein Kerl so rettungslos an einem Weib hängen konnte! Er grinste in sich hinein.

An einem Bach, den der Waldmann gut kannte, ließ er bald darauf rasten. Loryane und die Schwertweiber forderten die Ritter auf, ihnen ihre Trinkbeutel aufzufüllen. Klaglos nahmen die Männer die angereichten Lederbeutel entgegen und beugten sich über das Bachufer. Lasnic wandte sich kopfschüttelnd ab. Zwei Sommer verbrachte er nun schon unter Garonesen, und immer noch konnte er sich nicht daran gewöhnen, dass gestandene Kerle sich von Weibern herumkommandieren ließen.

Die Kriegsmeisterin und Thora zogen die Stiefel aus und hängten die Füße ins Wasser. Ein kurzes Vergnügen, denn das Wasser war eiskalt. Genau richtig für Lasnic – er schälte sich aus Stiefeln und Kleidern und streckte sich an einer breiten Stelle im Bachbett aus. Tat gut. Das frostige Wasser überspülte sein Kinn und seine Lippen, und er ließ es in seinen Mund rinnen. Tat verdammt gut!

Auf einmal tauchte Pirol Gumpen hinter ihm auf, auch er splitternackt. Sein Bauch und seine Brust waren genauso dicht behaart wie seine Arme und Beine.

»Mach keinen Bärenmist, Großer!«, rief Lasnic. »Wenn du in den Bach steigst, überschwemmt er den Wald!«

Der Eishüne lachte und ließ sich hinter ihm ins Wasser fallen. Eine Woge schoss dem Waldmann übers Gesicht und verschaffte ihm einen viel zu großen Schluck des eisigen Nasses. Er prustete und hustete. Die Weiber kicherten und reckten die Hälse.

Lasnic spuckte Wasser aus. »Denkst du noch an die Waldfurie?«, fragte er leise.

»Was glaubst du denn?« Sie lagen Scheitel an Scheitel. »Hab von ihr geträumt.«

»Sie will an unserer Seite gegen die Bräunlinge kämpfen, hat sie gesagt.«

»Ich wäre gern noch ein Weilchen bei ihr geblieben.«

»Wenn die Jagdkerle sie sehen, scheißen sie sich in die Hosen vor Angst.«

»Allein.« Pirol Gumpen seufzte tief. »Ganz allein mit ihr.«

»Keine Ahnung, wie ich meine Jagdbrüder mit der Waldschlampe in ein und demselben Jagdzug gegen die Bräunlinge führen soll. Hast du eine Idee?«

»Ich habe noch nie solche Brüste gesehen. Und diese Schenkel!« Wieder seufzte der Hüne hinter Lasnic.

»Du hörst mir gar nicht zu.«

»Zwischen solchen Schenkeln und an solchen Brüsten kann man schon mal die Bräunlinge und die Magier vergessen, das schwöre ich dir. Die ganze verdammte Welt kann man zwischen solchen Schenkeln vergessen.«

»Ist ja gut.«

»Und wie süß sie aussieht, wenn sie lächelt. Ich meine, wir im Norden oben haben auch schöne Frauen, das kannst du mir wirklich glauben, Lasnic, aber ...«

»Warum hat sie dich ›König‹ genannt?«

Gumpen schwieg ein paar Atemzüge lang. »Warum hat sie dich ›Großer Waldfürst‹ genannt?«

»Vielleicht, weil ich das bin?« Er öffnete den Mund, nahm einen Schluck Wasser. »Oder weil ich's war«, fügte er zerknirscht hinzu.

Trockenes Laub raschelte am Ufer. Lasnic schielte aus dem Bach: Loryane und die Schwertdamen schlichen durchs Unterholz. Die Kriegsmeisterin hatte sich ihren Dreizack über Schultern und Nacken gelegt. An einer leicht erhöhten Uferstelle lehnten sie sich gegen die Buchenstämme. Wahrscheinlich hatten sie den Eishünen noch nie nackt gesehen. Sie kicherten, konnten sich kaum satt sehen.

»Bedenkt Folgendes«, rief Lasnic zu ihnen hinüber. »Gumpen ist ein Riese. Ihr könnt sein wichtigstes Körperteil unmöglich mit meinem wichtigsten Körperteil vergleichen! Das wäre ungerecht!« Er spritzte die glotzenden Weiber nass. Die wichen kichernd zurück.

»Da hast du mal wieder vollkommen recht«, tönte Gumpens Bass hinter ihm. »Mein wichtigstes Körperteil ist nämlich mein Hirn.«

»Das kommt bei mir gleich an zweiter Stelle.« Lasnic lachte und das Weibervolk sowieso. »Weißt du, was mir richtig in die Knochen gefahren ist, Großer?« Lasnic flüsterte wieder. »Dein Blick, bevor du deinen verdammten Dreizack in den Magier gerammt hast. So viel Hass! Das kannte ich noch nicht von dir.«

Gumpen antwortete nicht. Loryane und die Schwertweiber zogen sich wieder zu den Rittern zurück. Lasnic richtete sich auf; wohltuende Kühle strömte ihm durch Glieder und Schädel. »Warum sagst du nichts?« Er streifte sich das Wasser von der Haut.

»Sind sie denn nicht hassenswert, diese Magier?« Heiser klang Gumpens tiefe Stimme jetzt. »Sind sie nicht abgrundtief böse? Sie hetzen friedliche Völker aufeinander, sie stürzen glückliche Menschen in unsägliche Leiden, sie bringen Tod und Verderben über blühende Reiche.«

»Na ja, so friedlich sind die Garonesen nun auch nicht.« Lasnic stieg ans Ufer, bückte sich nach seiner Wäsche. Gumpens Gedanken waren ihm natürlich alles andere als fremd. Doch konnte es wirklich wahr sein, dass eine Handvoll Hexer blutige Kriege anzettelte? Warum nur? Ihm wurde jedes Mal schlecht, wenn er darüber nachgrübelte. »Du klingst wie einer, der sich auskennt. Bist du ganz sicher in dem, was du da behauptest?«

Der Eishüne erhob sich und sprang ans Ufer. Die Haut unter seinem Körperhaar war rot. »Ganz sicher.«

»Woher weißt du das?« Lasnic stieg in seine Bärenlederhose.

»Ich weiß es einfach.« Pirol Gumpen schüttelte sich wie ein Sumpfbär, der aus einem See gestiegen war. Wasser spritzte nach allen Seiten, und am Lagerplatz freuten sich die Weiber schon wieder ungeniert und lautstark.

»Du hast Birk mit einem Blick angegiftet, dass man hätte meinen können, die Magier hätten dir persönlich weiß der Wolkengott was angetan.« Gumpen rieb sich den Rücken an einem Buchenstamm und schwieg. »Wenn ich nicht mit eigenen Augen gesehen hätte, wie scharf du auf die Waldschlampe gewesen bist, hätte ich gewettet, dass einer dieser Hexer dir mal dein zweitwichtigstes Körperteil abgesäbelt hat.«

Der Eishüne stieß sich von der Buche ab, sprang zu Lasnic, packte ihn bei den Schultern. »Du redest Schwachsinn!«, zischte er. »Bist du denn blind?« Seine Finger gruben sich tief in Lasnics Schultermuskeln. »Hast du die Städte Garonas nicht brennen sehen? Hast du die Frauen und Kinder Garonas nicht schreien hören?« Er presste die Lippen zusammen, sah Lasnic tief in die Augen. Seine brannten plötzlich wie Feuer in nachtblauer Tiefsee.

»Ihr müsst doch nicht streiten!«, rief Thora vom Lagerplatz aus. »Die Kriegsmeisterin schlägt vor, dass wir auswürfeln, welche von uns ihr zuerst lieben dürft!«

Die Weiber kicherten, doch Lasnic war jede Spur von Heiterkeit vergangen. Endlich gab Gumpen seine Schulter frei. »Was weißt du schon, was diese Magier einem Menschen wegnehmen können«, murmelte er im Umdrehen. Er schaukelte zur Buche zurück und angelte seine Kleider aus dem Gestrüpp. Sein Rücken war noch haariger als seine Brust.

»Du kennst sie also.« Lasnic rieb sich die Schultern und streifte sich sein Hirschlederhemd über. »Du bist also schon einmal einem Magier aus Kalypto begegnet.«

»Lass mich in Ruhe!«, brummte der Eishüne. Pirol Gumpens Verzweiflung und Angst angesichts der Wale fiel Lasnic wieder ein. Oft musste er an den Tag denken, als Gumpen sich von der Galeere zwischen die Meeresriesen stürzen wollte. Gern hätte er ihn jetzt noch einmal nach dem Mörderwal gefragt, doch der Nordmann guckte so finster, dass er es lieber bleiben ließ. Wahrscheinlich hätte er sowieso nicht geantwortet.

Sie brachen wieder auf, Gumpen und Lasnic mürrisch und missmutig, die Schwertweiber und die Kerle in bester Laune.

Während der letzten zwei Wegstunden vor Nordstamm lief Gumpen am Ende der Kolonne. Wären sie hintereinander an der Spitze gelaufen wie bisher, hätten sie ähnlich viel miteinander geredet, nämlich nichts. Er hatte ein Geheimnis, der Nordmann, das war Lasnic längst klar. Und beim Großen Waldgeist – es konnte kein ganz kleines Geheimnis sein. Doch er war nicht der Mann, der um jeden Preis alles wissen musste. Irgendwann würde Pirol Gumpen die Fallgrube seines großen Herzens schon öffnen und herausrücken, was er darin versteckte. Falls es wichtig war.

»Wir sind da«, sagte Lasnic später. Seine Vorfreude auf Ayrin überwog inzwischen alle Beklommenheit und das schlechte Gewissen wegen seiner Flucht. Gleich würde er die Geliebte in die Arme schließen. Er ging schneller, sein Herz schlug höher.

»Ich sehe kahle Bäume und Büsche und einen Haufen Gestrüpp«, sagte Thora. Niemand wollte Lasnic glauben, dass sie schon durch Nordstamm liefen. »Aber nirgendwo Häuser, Weiden oder Lagerfeuer – woran siehst du, dass wir in Nordstamm sind?«

»Sperr die Augen auf.« Lasnic deutete auf eine Buche rechts des Weges. »Siehst du das gefärbte Hanfseil im Efeu am Stamm? Ein Fallstrick – du berührst ihn, und eine Elefantenladung Steine prasselt aus der Buchenkrone auf jeden, der sich durchs Unterholz anschleicht, statt den Pfad zu nehmen.«

Er deutete auf Buschwerk, das links des Pfades merkwürdig dicht wucherte. »Erdgruben. Die sind mit Lanzenspitzen gespitzt. Deine Schreie würde man bis zu den fernsten Baumhäusern von Nordstamm hören.«

Einen Lanzenwurf weiter zeigte er auf einen großen Mistelstrauch in einer Eichenkrone. »Der gehört dort nicht hin – ein Späher hockt in den Misteln und hält nach unhöflichen Besuchern Ausschau.« Er winkte und pfiff, und tatsächlich zeigten sich ein bärtiges Gesicht und eine winkende Hand über dem Mistelstrauch. »Solche Posten gibt es hier überall. In Nordstamm wissen sie längst, dass wir kommen und wie viele wir sind.«

»Unhöfliche Besucher?«, fragte Loryane.

»Die erkennt man daran, dass sie nicht die üblichen Pfade benutzen, sondern durchs Unterholz schleichen.« Lasnic schnüffelte. »Übrigens täuscht du dich, Thora – irgendwo brennt ein Feuer, ich wittere Rauch.«

Der Wald lichtete sich, der Pfad wurde breiter. Schrat schwang sich von seiner Schulter und flog laut krähend der Waldsiedlung entgegen. Gut sichtbare Baumhäuser tauchten jetzt links und rechts über ihnen in den Baumkronen auf. Lasnic machte seine Gefährten darauf aufmerksam. Bald erkannte er die Gemeinschaftshütte auf dem Dorfplatz. Doch niemand zu erkennen, niemand auf Platz und Pfad, keiner der sich anschickte, sie zu begrüßen. Seine Blicke suchten Baumhäuser und Gemeinschaftshütte nach Menschen ab oder eigentlich nur nach einem Menschen: Ayrin.

Der Geruch nach Rauch beunruhigte ihn: Es roch nicht, wie sonst ein Feuer roch – feuchtes Buschwerk und Holz waren hier vor kurzem verbrannt worden. Ziemlich viel feuchtes Buschwerk und Holz. Er spähte den Pfad hinunter. Noch immer niemand zu sehen, noch immer keine Ayrin, die ihm entgegenlief. Und was stieg dort aus dem Gehölz? Nebelschwaden? Zu dunkel. Rauch? Rauch, wie er von Kochstellen aufstieg, sah anders aus. Lasnics Unruhe wuchs.

Vier Jäger sprangen plötzlich aus dem Unterholz links und rechts des Weges. Zwei Strömenholzer und zwei Blutbucher; Lasnic kannte sie alle.

»Ich sehe einen Waldmann und dreizehn Fremde«, sagte ein alter bulliger Jäger unfreundlich; er hieß Gruner und stammte aus Bärstein. »Erklär mir das, Jagdkerl!« Er richtete eine Lanze auf Lasnic. Hinter ihm spannten sie ihre Jagdbogen.

»Beim Schartan!« Der Blick in die Gesichter der Jagdbrüder verhieß nichts Gutes. »Seit wann so furchtsam?«

»Seit vorgestern Uschom ins Vorjahrslaub gestürzt ist.« In Gruners harter Miene zuckte es. »Er und zwei Dutzend andere. Und das auf unschöne Weise.«

»Das ist ja Lasnic!«, rief einer der Jüngeren, ein dunkelblonder Flaumbart namens Dachsen. »Beim Wolkengott, der Sohn Voglers ist zurück!« Sie entspannten ihre Bogen. »Wir haben schon gehört, dass du wieder im Gehölz bist, Lasnic!« Der Flaumbart strahlte.

Dachsen stammte aus Dornfels in Blutbuch. Dass er sich über das Wiedersehen freute, tat Lasnic gut. Er nickte ihm zu, blieb aber stumm: Die Worte des bulligen Jägers dröhnten ihm in den Ohren wie Waldhornstöße. »Sag, dass du Eulenscheiße redest, Gruner.«

»Jedes Wort ist wahr, Sohn Voglers.« Gruner ließ seine Lanze nicht sinken, richtete sie jetzt aber an Lasnic vorbei auf Loryane und die anderen.

»Uschom im Vorjahrslaub? Mein Eichgraf?« Lasnic schluckte, seine Knie wurden weich. »Zwei Dutzend auf einmal hat der Wilde

Axtmann umgehauen, sagst du?« Sofort stand Ayrin ihm vor Augen. Und Lord Frix. Und Romboc. Und all die anderen. Er blinzelte und spähte über die Jäger hinweg zum Dorfplatz. Die Rauchschwaden schwebten über verkohltem Gehölz, jetzt erkannte er es. »Verbrannt?«

»Schlimmer.« Gruner – er war ein Großonkel Argas, Lasnics erster Frau – Gruner fuchtelte mit der Lanze. »Wer sind die da?«

»Freunde.« Lasnic wandte sich nach den Garonesen um. »Die blonde Kriegerin dort heißt Loryane und ist die Kriegsmeisterin der Königin von Garona.« Er stellte seine Gefährten nacheinander vor. Zum Schluss deutete ans Ende der Marschkolonne. »Und der Riese dort hinten stammt aus dem Nordland.« Er hob die Stimme, damit der Eishüne auch jedes Wort mitbekam. »Er heißt Pirol Gumpen und ist mein Freund! Ohne ihn hätte ich die Wälder niemals wieder gesehen, das kannst du mir glauben, Gruner.«

»Pirol Gumpen, ein Nordmann, so so.« Gruner dachte nicht daran, endlich seine verdammte Lanze herunterzunehmen. »Und Schwertweiber aus Garona, was du nicht sagst. Vor zwei Tagen kam der Schartan selbst nach Nordstamm – in Gestalt eines garonesischen Weibes.« Er drehte sich nach den drei anderen um. »Habe ich recht, oder rede ich Bärenmist?«

»Er hat recht«, sagte Dachsen und nickte. Die neben ihm nickten auch und brummten zustimmend. Richtig froh sah keiner von denen aus.

»Dieses garonesische Weib, von dem ich spreche, also der Schartan selbst, kam einem nicht halb so gefährlich vor wie diese Kampfweiber da.« Mit der Lanze deutete Gruner auf Loryane und ihre Schwertweiber. »Gab sich schwer verwundet, die Schartansschlampe, ließ sich sogar auf einer Trage in die Siedlung schleppen …« Tränen erstickten seine Stimme. Er stemmte endlich den Schaft seiner Lanze in den Boden, hielt sich daran fest und senkte den Blick.

Beklemmende Stille trat ein. Lasnic starrte Gruners kahlen Hinterkopf an und suchte nach Worten. »Und dann?« Gruner antwortete nicht. Seine Schultern zuckten, er schluchzte.

»Dann?« Dachsens Augen waren auf einmal Schlitze, seine Miene weißer Stein. »Feuer und Tod.«

Wieder Schweigen. Lasnic begriff überhaupt nichts. Er wandte sich um, übersetzte das Gespräch für die anderen. Außer Loryane und Gumpen hatte keiner auch nur ein Wort verstanden. Die Gefährten erbleichten. Ratlos guckte einer den anderen an.

»Was Gruner sagen will …« Ein Bogenschütze neben Dachsen räusperte sich. »Woher sollen wir wissen, dass der Schartan oder seine Dämonen sich nicht auch hinter diesen garonesischen Weibern versteckt?«

Lasnic übersetzte. Loryane verdrehte die Augen und schimpfte. »Ayrin und Romboc sind doch in ihrer Siedlung!« Sie deutete zum Dorfplatz. »Und Sigrun und Joscun! Die sollen sie gefälligst fragen! Die werden ihnen schon erzählen, wer wir sind. Übersetze ihnen das, Waldmann!«

»Sie ist wütend, weil ihr sie für eine Lügnerin haltet«, sagte Lasnic an die Waldmänner gewandt. »Und für eine getarnte Dämonin. Ich lege einen Eid für meine Gefährten ab, für alle. Schießt mich tot, wenn ich euch Eulenscheiße erzähle. Außerdem könnt ihr Königin Ayrin von Garona fragen. Wie ich gehört habe, ist sie mit ihrem Gefolge zu Gast bei euch in Nordstamm.«

Die drei Bogenschützen wechselten verstohlene Blicke. Gruner schniefte und wischte sich die Augen mit dem Handrücken aus. »Sie war unser Gast.« Er drehte sich um und winkte Lasnic und seine Gefährten hinter sich her. »Also gut, weil du es bist, Sohn Voglers. Kommt mit mir.«

»Was sagst du da?« Lasnic lief an seine Seite. »Die Königin Ayrin ist gar nicht mehr im Dorf?« Ein Faustschlag hätte ihn nicht empfindlicher treffen können als diese schlechte Nachricht. »Wo ist sie denn?«

»Weg.« Sie erreichten die Koppel der Siedlung, kein Elch zu sehen, der Zaun teilweise eingerissen und verkohlt.

»Verdammte Marderscheiße!« Lasnic fühlte sich auf einmal wie im Fieber.

»Das Schartansweib hatte es vor allem auf sie abgesehen«, sagte

Gruner. »Jedenfalls glauben das die meisten hier. Deine Königin ist abgehauen. Nach Westen. Ich wünschte, das hätten noch mehr geschafft. Ein paar Schwertkerle sind mit ihr gerannt. Man munkelt, das Schartansweib hätte sie bis in den Wald hinein verfolgt. Keine Ahnung. Wir sind noch nicht dazu gekommen, nach irgendjemandem zu suchen. Zu viele im Vorjahrslaub, zu viele Verletzte.« Gruner seufzte und winkte ab. »Zu viel Zerstörung.« Die Augen des alten Jägers füllten sich schon wieder mit Tränen.

Eisiger Schrecken schoss Lasnic durch alle Knochen. Ayrin geflohen? Der Schartan in Gestalt eines garonesischen Weibes? Und er war hinter Ayrin her? Seine aufgescheuchten Gedanken kreisten um Urbans Bericht. Das konnte doch nur Lauka, das verdammte Miststück, sein. Doch wie war das möglich? Sollte Ayrins Schwester es tatsächlich bis hierher geschafft haben? Bis nach Strömenholz? Ein böses Märchen hätte sich nicht unwahrscheinlicher angehört. Doch alles, was Gruner und die Jagdbrüder erzählt hatten, ließ nur einen Schluss zu: Lauka war hier gewesen.

Und dann musste er die Spuren des Kampfes mit eigenen Augen anschauen: Drei Hausbäume sahen aus wie verkohlte Skelette dreier Riesen. In ihren Aststümpfen hingen Rauchfetzen. Die Gemeinschaftshütte war eine Brandruine. Die Rodung und der Wald dahinter – eine verkohlte und verrußte Fläche, aus der schwarze Hügel und schwarze Holzstümpfe aufragten. Der Stamm eines entwurzelten Baumes – auch er fast vollständig verkohlt – glühte noch. Rauchschwaden schwebten über ihm. In den westlichen Ausläufern der Brandfläche lagen zwei Kadaver. Elche. Halbwüchsige weideten sie aus.

Auf dem Dach der halb verbrannten Gemeinschaftshütte feierten Tekla und Schrat Wiedersehen. Sie krächzten, quorkten und schnäbelten. Unter dem zerstörten Dach hockte ein Rotaffe und kaute auf einer Wurzel herum. Von der Ostseite der Siedlung tönte Gesang herüber. Lasnic drehte sich um.

»Sie übergeben den Bäumen die Asche unserer Leute«, erklärte Dachsen. »Und die Asche eurer Leute.«

Lasnic und Loryane blickten einander erschrocken an. Thora und die anderen Schwertweiber wurden bleich und begannen zu flüstern. Sie überquerten den Dorfplatz. Lasnic nickte den vielen Jägern zu, die überall Wache hielten. An zahlreichen Bäumen entdeckte er festgebundene Elche und Waldelefanten. Hinter Gruner und den Jagdbrüdern her gingen sie zu einem der Hausbäume, unter denen gesungen wurde. Hunderte Männer und Frauen trauerten da. Sie stellten sich in die hintere Reihe. Lasnic hasste Bestattungen.

Loryane stieß ihn an und deutete mit einer Kopfbewegung nach vorn auf ein trauerndes Paar. Lasnic erkannte Lord Frix und eine der Zwillingsschwestern. Erleichtert atmete er auf – der Baldore lebte! Doch sofort schnürte es ihm das Herz zusammen: Beide hielten einander umschlungen und weinten. »Es ist Feline«, flüsterte Loryane, und Lasnic fragte sich, woher sie das wissen wollte – glichen sich die Zwillinge doch bis aufs Haar. Auch einige Ritter und den blonden Musiker aus Eldora hatte die Kriegsmeisterin entdeckt.

Der Trauergesang zog sich hin. Am lautesten von allen sang ein dürres Männchen mit langem Weißhaar und in weiten dunkelgrünen Gewändern. Holder, der Wettermann von Düsterholz. Seine kräftige Stimme übertönte alle anderen. In eine Grube, die man zwischen zwei Wurzeln der alten Buche gegraben hatte, schüttete er Asche aus einem Tonkrug. Vor der Nachbarbuche erkannte Lasnic die kleine, rundliche Gestalt von Ulmer, dem Wettermann von Blutbuch. Auch er übergab dem Baum die Asche eines Toten. Kauzer konnte Lasnic nirgends entdecken.

Widerwillig dachte er an Voglers Bestattung. Der Wettermann von Strömenholz hatte die Asche seines Vaters dem Wurzelgeflecht der Blutbuche übergeben, in deren Krone schon Lasnics Urgroßvater gelebt hatte. Acht Sommer alt war Lasnic damals gewesen; die Trauer drückte ihm die Kehle zu. Sämtliche Vorfahren lebten in der Blutbuche weiter. Auch Asche und Geist seiner Mutter kreisten in ihr. An ihre Bestattung erinnerte Lasnic sich nicht.

Er zog den Rotz hoch, wischte sich zwei Tränen aus dem Bart und schaute sich nach Pirol Gumpen um. Der hockte neben einem Kind auf der Treppe des zerstörten Gemeinschaftshauses. Schade. Lasnic hätte ihn gern singen gehört.

»Keine Spur von Romboc, Sigrun und Garonja«, flüsterte Loryane. »Ayrin sehe ich auch nirgends.« Und wieder griff die Angst mit Eisfingern nach Lasnics Herzen.

*

Nach der Feier fielen die Garonesen sich in die Arme und weinten. Abgesehen davon, dass Lasnics Schar auf dem Weg nach Süden auf Urban gestoßen war, gab es nichts Gutes zu erzählen. Loryane musste vom Tode viel zu vieler Schwertweiber und Ritter berichten. Feline wusste von sechs Rittern, die in Laukas magischem Licht gestorben waren. Von ihrer Zwillingsschwester Garonja hatte sie nur das Kettenhemd und das Schwert gefunden. Von fünf weiteren Rittern fehlte jede Spur. Genauso von Romboc, Sigrun und Ayrin.

»Als Lauka losschlug, seien sie geflohen, habe ich gehört.« Lasnic mühte sich um den Anschein von Ruhe und Besonnenheit. Im Inneren bebte er. »Hat jemand gesehen, in welche Richtung sie liefen?«

»Von einem Baumhaus aus hat Grünspross sie weglaufen sehen«, sagte eine raue Stimme hinter Lasnic. Er drehte sich um – Erler und Tajosch standen dort mit den beiden Wettermännern und einigen Jagdbrüdern. »Ein Mädchen«, sagte Erler. »Falls es irgendwann wieder spricht, wird es dir die Stelle zeigen. Vielleicht. Bis jetzt haben wir nichts aus ihm herausgebracht.« Er kam zu Lasnic, boxte ihm gegen die Brust, schlug ihm auf die Schulter. »Willkommen zu Hause, verdammter Hosenscheißer.«

»Beim Schwanz des höchsten Wolkengottes!«, rief Tajosch. »Dass ich dich noch einmal wiedersehe, Kleiner! Komm an meine Brust!« Er riss Lasnic an sich und umarmte ihn. Die Tränen kamen ihm, so gerührt war Lasnic. Auch andere Jagdkerle umarmten ihn oder klopften ihm wenigstens auf die Schulter. Nur der runde Ulmer musterte ihn mit verächtlichem Blick. Der Wettermann von Blutbuch zog den Rotz hoch, spuckte aus und schaukelte dicht an Lasnic vorbei auf den Dorfplatz.

Holder dagegen kraulte Lasnic den Bart, zog sein Gesicht an seinen Mund und küsste ihn auf die Stirn. »Prügel kriegst du ein anderes Mal«, sagte der Wettermann von Düsterholz.

Erler und Tajosch winkten Lasnic zu sich und deuteten auf die Brandruine. »Dort sitzt es, neben dem fetten Hünen und dem Rotaffen«, sagte Tajosch. Er war zwölf Sommer älter als Lasnic. Tajosch war dabei gewesen, als sie Voglers Leiche aus dem Bärensee gezogen hatten. Daran musste Lasnic denken, während er zwischen den Männern über den Dorfplatz schritt. Er fasste sich ans Hemd und tastete nach der Lederkapsel auf seiner Haut. An jenem Tag hatte er den Ring im verfaulenden Mund seines Vaters gefunden.

Erler war ein großer, kräftig gebauter Kerl mit langer Mähne und struppigem Bart. Den vierzigsten Sommer hatte er schon hinter sich, war aber immer noch ein furchtloser und wilder Jäger, der keinem Sumpfbären und keiner Prügelei aus dem Weg ging. Wahrscheinlich fehlte ihm deswegen ein Auge, und wahrscheinlich hatten sie ihn deswegen an Gundlochs Stelle zum Waldfürsten von Strömenholz gemacht.

Pirol Gumpen sang für das Mädchen. Ein leises, zartes Liedchen. Lasnic verstand kein Wort, und dennoch gingen ihm die Melodie und die sanfte Stimme des Großen zu Herzen. Alle empfanden das wohl so, denn keiner sprach ein Wort, während der Nordmann sang. Alle standen um die Treppe der Brandruine herum und lauschten. Selbst Tekla und Schrat auf dem Dach äugten stumm zu dem Sänger hinunter. Und der Rotaffe schaute so andächtig zu dem Sänger hinauf, als würde er jedes Wort verstehen. Lord Frix heulte wie ein Marder, dem sie die Jungen geraubt hatten. Und Feline verbarg ihr Gesicht in seinem schwarzen Langhaar.

Das Mädchen hatte die Hände über seinen angezogenen Knien gefaltet und blickte zu dem hünenhaften Sänger hinauf. Mehr als vier Sommer hatte es bestimmt noch nicht gesehen. Seine Kleider und sein Gesichtchen waren schmutzig, sein Haar versengt. Die Eltern waren Laukas magischem Feuer zum Opfer gefallen, hatte Lasnic gehört. Gumpen streichelte der Kleinen die Wange, während er sang. Sie lächelte scheu, als sein letzter Ton verklang.

»Willst du noch ein Lied hören?« Lasnic zwinkerte Gumpen zu und kniete vor der Treppe nieder. Das Mädchen nickte. »Gumpen wird gleich noch einmal für dich singen. Doch zuerst zeige uns schnell die Stelle, an der die Königin und der starke Ritter mit dem grauen Haar in den Wald gelaufen sind, ja?« Das Mädchen stand auf, stieg von der Treppe und lief am Gemeinschaftshaus vorbei ins Gebüsch zwischen den Hausbäumen. Der Rotaffe schaukelte ihm hinterher.

Alle folgten dem Kind. Unter dem Hausbaum seiner Sippe blieb es stehen und zeigte auf einen Pfad, der nach Westen führte. »Da lang.«

»Danke.« Lasnic beugte sich zu dem Mädchen hinunter; plötzlich hatte er das Gefühl, am ganzen Körper zu zittern. Warum, beim Schartan, fiel ihm ausgerechnet jetzt Arga ein, sein erstes Weib, das ihm die Frühjahrsflut genommen hatte? Er lugte zu Pirol Gumpen hinauf. Der begann zu singen, nahm das Mädchen bei der Hand und führte es zurück zum Gemeinschaftshaus.

»Ich gehe sofort los«, entschied Lasnic. »Wer begleitet mich?«

»Der Pfad führt zur Küste«, sagte Tajosch. »Ich hole meinen Jagdbogen und meine Lanze.« Alle anderen schlossen sich Lasnic sofort an. Auch die Baldoren Lord Frix und der blonde Martínos. Sein weißer Mantel war voller schwarzer Flecken.

Mit großen Schritten stürmte Lasnic über den Pfad und in den Wald hinein. Die Angst um Ayrin und den Erzritter hetzte ihn nach Westen. Während die Garonesen Mühe hatten mitzuhalten, überholten Tajosch und einige Waldmänner ihn bald.

»Siehst du diese großen und tiefen Spuren rechts und links des Pfades?« Tajosch ging in die Hocke und zeigte auf die runde Kuhle, die er meinte. »Ein Waldelefant. Einige wollen gesehen haben, dass dieses Schartansweib, das ihr Lauka nennt, auf ihm von der Koppel aus in den Wald hineingeritten ist.«

»Lauka auf einem Elefanten? Schwachsinn!« Lasnic stand auf und ging weiter. »Wie sollte sie denn so einen störrischen Koloss lenken? Noch dazu einen, den sie nur aus Geschichten kennt. Selbst ein erfahrener Jäger lernt das erst nach vielen Monden.«

Loryane drängte sich an seine Seite, hielt ihn am Arm fest. »Nicht so schnell, Waldmann.« Sie hatte sich bei einer Garonesin mit kurzem weißem Haar untergehakt. »Das ist Valena, eine Hochdame und Ärztin aus Garonada. Mit Lauka und einigen Getreuen konnte sie aus Blauen fliehen. Du solltest sie anhören.«

Lasnic musterte die Weißhaarige. Sie war groß und von kräftiger Statur. Ihre herben und kantigen Gesichtszüge hatten etwas von einem schlecht gelaunten Kerl. Er ging ein wenig langsamer und nickte ihr zu.

»Lauka hat das Tier mit übernatürlichen Kräften gelenkt«, begann sie. »Wir sind mit Joscuns Luftseglern vom Blauphir bis an die Küste von Trochau geflogen und in einen Gewittersturm geraten. Beinahe die Hälfte von uns ist abgestürzt. Wir anderen überlebten nur, weil Lauka den Orkan mit magischen Kräften gebändigt hat. Sie hat sich zur Magierin entwickelt.«

Valena erzählte von ihrer unglaublichen Flucht durch die Lüfte, von Laukas einsamem Sieg über den Tarbullo Zlatan, von der Eroberung einer tarkanischen Galeere, von der Verfolgung durch die Hohepriesterin und wie sie sich von Laukas Tross abgesetzt hatte. Lasnic fror, während er ihr zuhörte. »Lauka war nicht die einzige Magierin in der Waldsiedlung«, schloss sie. »Feuer und Unwetter vorgestern Abend waren die Zeichen eines magischen Kampfes.«

»Was sagst du da?« Ein Ast peitschte Lasnic ins Gesicht, er spürte es kaum. »Was erzählst du mir denn da für eine Eulenscheiße?« Er dachte an Birk, lief noch langsamer.

Die Ärztin griff in ihren schmutzigen Mantel, zog die Faust heraus, hielt sie vor Lasnic und öffnete sie. Ein Mondsteinring lag darin. Lasnic blieb stehen, starrte den blauen Stein an. »Äußerlich eine Kalmulin«, flüsterte Valena. »Doch sie trug diesen Ring. Sie bekämpfte Lauka mit Orkanböen, Platzregen und Hagelschlag. Aus einem Versteck heraus habe ich es beobachtet. Lauka kämpfte mit Feuer und Tieren. Sie hat den Elchen befohlen, die schwarze Hexe zu zertrampeln.«

»Eulenscheiße.« Lasnic konnte nur noch flüstern. »Kein Wort wahr. Du hast geträumt.« Er ging weiter.

»Ein Albtraum, ja.« Loryane und die Ärztin hetzten neben ihm her. Die Kriegsmeisterin hatte ihren Dreizack geschultert. »Und aus diesem Albtraum habe ich den Ring hier mitgebracht, Waldmann.« Valena streckte die geschlossene Faust zu ihm hin. »Ich habe ihn der Kalmulin abgenommen.« Sie öffnete die Faust, und Lasnic konnte den Mondstein sehen. »Nimm du ihn, Waldmann, ich will ihn nicht länger bei mir tragen.«

»Lass mich in Ruhe damit!« Lasnic fiel in den Laufschritt, Panik ergriff ihn. Eine schwarzhäutige Magierin? Ein magischer Kampf? Und Lauka hatte gesiegt? Ihm war plötzlich schlecht, seine Narbe zuckte, er musste pissen und kotzen zugleich. »Tief durchatmen Waldmann, ganz tief.« Er sprang ins Unterholz und entleerte sich. »Birk ein Magier, Lauka eine Magierin, die Hohepriesterin eine Magierin und jetzt noch diese Schwarze.« Seine Stimme zitterte. »Wie viele verfluchte Hexen treiben sich denn noch in den Wäldern herum!?«

Der Brechreiz verging wieder, er lief zurück auf den Pfad, arbeitete sich bis zur Spitze der Kolonne voran. Kein klarer Gedanke wollte ihm mehr gelingen. Wenn Lauka magische Kräfte entwickelt, Ayrin erwischt hatte …

Er wagte nicht, den Gedanken zu Ende zu denken.

Irgendwo weit vorn und außerhalb von Lasnics Sichtweite rief Tajosch. Das lenkte Lasnic ein wenig ab, dämpfte sogar seine Angst. Kurz darauf entdeckte er die schwarze Mähne des Eichgrafen von Stommbösch. Tajosch winkte aufgeregt. Irgendwas hatten er und seine Jäger gefunden. Lasnic rannte los, überholte die anderen.

Ein Ritter lag auf dem Pfad. Oder genauer: die Überreste eines Ritters. Er lag mit dem Gesicht auf seinem Speer. Ein Jäger drehte die Leiche um. Sie sah aus, als würde sie schon seit fünf Sommern hier vor sich hin modern. Haut und Knochen. Keiner der Garonesen erkannte ihn.

Lasnic rannte weiter. »So warte doch, Jagdkerl!« Seine Jagdbrüder und Lord Frix holten ihn ein. Die Garonesen blieben zurück. Manchmal trat Lasnic in die tiefen Spuren des Waldelefanten und geriet ins Straucheln. Manchmal rissen ihm Dornen die Hände auf und hakten sich in seinem Echsenledermantel fest. Seine Brust fühlte sich leer an, sein Schädel sowieso. Er dachte nichts mehr, bestand nur noch aus Angst und Entsetzen.

»Warte!« Tajosch hielt ihn fest, blieb stehen und schnüffelte. »Riecht ihr's auch?«

»Es stinkt nach Waldelefant«, sagte jemand. Mit einer Geste bedeutete Tajosch den Jägern, leise zu sein und nur noch zu schleichen. In geduckter Haltung und lautlos pirschten sie sich an die nächste Biegung des Pfades heran.

Dahinter lag ein riesiger, haariger Fleischberg. Füchse, Marder und Dachse huschten ins Unterholz. Geier, Elstern und Häher flatterten kreischend auf und schwangen sich in die Baumkronen. Der aufgebrochene Kadaver des Waldelefanten lag im Unterholz und nur mit den Hinterläufen auf dem Pfad.

Sie schlichen näher, kein Mensch zu sehen, kein Mensch zu hören. Lord Frix deutete auf schwärzliche Flecken im Gestrüpp am Wegrand. »Isch des Blud?« Lasnic nickte.

Sie verfolgten die Blutspur in den Wald hinein. Tajosch ging voran, Lasnic hinter ihm. Plötzlich stand der Eichgraf still, wich sogar einen halben Schritt zurück, deutete mit der Lanze auf eine Birkengruppe. Lasnic konnte zusehen, wie sein Gesicht aschfahl wurde.

Er schlich an Tajosch vorbei. Und dann sah er es auch: Jemand lehnte zwanzig Schritte weiter gegen eine Birke. Eine Frau. Eine alte Frau.

Sie hielt etwas auf ihrem Schoß fest, etwas Großes und Langes. Vielleicht ein Bündel mit ihren Habseligkeiten. Schritt für Schritt näherte sich Lasnic der Fremden. Sie hatte kurze weiße Locken, ihr Gesicht wirkte eingefallen, bleich und sehr hart. Ihre hundertfach zerfurchte Haut sah aus wie das alte, dünne Leder, das die Garonesen zum Schreiben benutzten. Ein langes Schwert lag neben der Alten und der Birke im feuchten Laub.

Sie hob den Kopf. Ihr Blick war ernst und so bitter, dass es Lasnic ins Herz schnitt. Aus dunklen Augen sah sie zu ihm herauf. »Da bist du ja endlich, Waldmann. Mein Bein, gebrochen. Ich konnte nicht aus eigner Kraft zurück in die Siedlung kommen.«

Er ging vor ihr in die Hocke, berührte ihre ledrige Wange. Seine Hand zitterte. Es war Sigrun, die Herzogin von Violadum.

Sie senkte den Blick, betrachtete das Bündel auf ihrem Schoß. Das Bündel hatte Beine. Das Bündel war ein Mensch. Lasnic beugte sich über das Gesicht: weißer Bart, weiße Brauen, Runzeln ohne Ende, Falten ohne Ende, Narben ohne Ende. Und weißes Haar rahmte die Stirn.

Es war der Erzritter. Es war Romboc.

Er war tot.

*

Lord Frix marschierte neben ihm; alle anderen waren bei Sigrun und dem Toten zurückgeblieben. Manchmal berührte der Baldore Lasnic am Arm oder an der Schulter. Manchmal legte er auch seine Hand auf Lasnics Rücken und ließ sie eine Zeitlang dort liegen. Sie redeten kein Wort, auf dem ganzen Rückweg nicht.

Lasnic wusste nicht, wie viel Zeit verstrichen war, seit er Sigrun und die anderen verlassen hatte. Als er schließlich die ersten Hausbäume von Nordstamm erkannte und Gumpen, das Mädchen und der Rotaffe auf ihn zukamen, hätte er auch nicht zu erklären vermocht, wie er vom Elefantenkadaver zurück hierher in die Siedlung gelangt war. Nur an Lord Frix' Berührungen erinnerte er sich.

»Habt ihr sie gefunden?«, fragte Gumpen. Die Kolks hockten auf seinen breiten Schultern. Noch immer hielt er das Mädchen an der Linken. Der rotpelzige Lord Rasman hielt die rechte Hand der Kleinen.

»Ja«, sagte Lasnic. »Alle außer Ayrin.« Er ging an ihm vorbei und überließ es Lord Frix zu erzählen, wen genau sie gefunden hatten und in welchem Zustand.

Lasnic ging geraden Weges zu Erlers Hausbaum. Er wollte den Waldfürsten um zwei gesattelte Elche bitten, um mit ihnen an die Küste reiten und nach Ayrin suchen zu können. Einen Elch für sich und einen für Ayrin. Oder ihre Leiche.

Umgeben von Spähern, stand Erler im Wurzelgeflecht seiner Buche und schabte sich seinen strähnigen Bart. Schlechte Nachrichten, schätzte Lasnic, richtig üble Nachrichten wahrscheinlich, denn Erler guckte wie ein getretener Dachs.

»Marderscheiße«, sagte er mit tonloser Stimme. »In Wildan brennen mindestens vierzig Siedlungen.« Selten hatte ein Waldfürst so ratlos auf Lasnic gewirkt wie der wilde Erler in diesem Augenblick. »Waldfeuer, Lasnic! Waldfeuer rund um vierzig Siedlungen in Wildan. Kapierst du, was ich sage, verflucht?«

Lasnic war nicht überrascht. Nur traurig. Unendlich traurig. »Und Flöße und Kähne voller Bräunlinge treiben auf dem Stomm Richtung Strömenholz und Blutbuch, nicht wahr?«

»Hunderte.« Erlers Blick war leer. Merkte er überhaupt, dass er sich schier den Bart ausriss? »Und im Mündungsdelta greifen sie jetzt auch an, die Drecksäcke!«, zischte er. »Welsen ist schon gefallen. Vierzig verdammte Galeeren liegen vor Stommbösch. Kauzer und Hirscher trommeln alle Jäger der Gegend zusammen. Noch halten sie dagegen.«

»Ich brauche zwei Elche, Erler. Gesattelt.«

Erler runzelte misstrauisch die Brauen. »Willst du dich etwa noch einmal davonmachen, Jagdkerl? ›Ich brauche zwei Elche‹ – was für eine Eulenscheiße! Ich brauche zehntausend Elche!« Der Waldfürst trat zu ihm und stach ihm mit dem Zeigefinger in die Herzgegend. »Und ich brauche dich, Lasnic von Strömenholz!« Jede einzelne Silbe betonte er. »Ich warne dich – wenn du noch einmal kneifst, reiße ich dir eigenhändig die Eier ab!«

»Lasnic von Strömenholz?« Ein Flaumbart trat aus der Menge der Späher. Lasnic kannte ihn nicht. »Ich bin Rottnic von Seefurt.« Lasnic verstand: einer der Jagdkerle, die jetzt in Wildan fehlten. Seefurt lag in den Bergen ganz im Norden von Wildan. »Ich habe eine Botschaft für dich.«

»Von wem?«

»Von einem Bräunling, der Kaikan heißt. Der ist eine Art König bei denen.«

Lasnic rauschten die Ohren. »Eine Botschaft von Kaikan, dem Tarbullo der Bräunlinge?«

»Ich habe ein paar von denen an einem Fluss getroffen, wollte fliehen und die anderen holen. Doch die Drecksäcke winkten damit.« Er wedelte mit einem kleinen Ledersack. »Da habe ich gemerkt: Die wollen nicht meine Haut, die haben eine Nachricht für uns. Einer kam dann zu mir, unbewaffnet und gab mir das.« Der junge Rottnic drückte Lasnic das weiche Säckchen in die Hand. »Dann sagte er ein paar Sätze in unserer Sprache, weiß der Wolkengott, wo er das gelernt hat.«

»Hast du ihn verstanden?« Lasnic öffnete das Säckchen.

»Beim Schartan, ja. Er sagte: ›Gib den Beutel dem Waldmann mit der großen Narbe unter dem linken Auge. Er heißt Lasnic. Sag' ihm, Kaikan will ihn sehen. Hier am Fluss.‹« Der Flaumbart nickte. »Genau das hat er gesagt.«

Lasnic griff in das Säckchen und zog eine Faust voll Haar heraus. Weiches Haar. Schwarzes Haar. Frauenhaar. Er roch daran. Ayrins Haar.

10

Schritte lärmten auf der Treppe. Raban und Starian traten ins Ruderhaus und verriegelten die Tür hinter sich. Lauka sah zum Fenster hinaus: Niemand stand draußen am Steuerruder; noch lag die LAUKARIS – so hatte Lauka ihre Galeere inzwischen getauft – in jener kleinen Bucht nördlich des Stommdeltas vor Anker. Noch. Am Bug warfen Hector und der junge Magnus ihre Angeln aus. Auf Höhe des Hauptmastes lehnte steuerbords Pradosco über der Reling und blickte aufs Meer hinaus; Lauka wusste, dass Heimweh ihn plagte. Sonst hielt sich niemand auf dem Oberdeck auf.

Aus dem Unterdeck drangen Gelächter und Flüche herauf. Tigrit und einige Ritter würfelten. Manchmal hörte man Peitschenhiebe und das Gejammer der Hexe. Lutar und Honig taten ihre Arbeit. Die Stimme der Hexe wurde von Tag zu Tag dünner. Es ging zu Ende mit ihr. *Ich muss mich beeilen*, dachte Lauka, *mehr als zwei oder drei Tage bleiben mir nicht mehr.* Viele Fragen brannten ihr noch unter den Nägeln; Fragen, die nur die kalyptische Hexe beantworten konnte.

Raban und Starian waren an der Tür stehen geblieben. Der alte Eisenfinger trug einen Bronzehelm und braunes, abgeschabtes Lederzeug, Starian einen grauen Wollmantel. Raban wirkte angespannt. Er wusste nicht, was ihn erwartete. Starian schon – er zog die Pergamentrolle aus seinem Gewand. »Die Karte, meine Königin.«

Lauka schob den Totenschädel ihres Vaters zur Seite. Schwarze Handschuhe aus Lammleder verhüllten ihre Hände und Arme bis über die Ellenbogen; auch Catolis' dunkelblaues Gewand trug sie. Wertvolle Beute. Nicht nur weil die Stücke sorgfältig und kunstvoll gearbeitet waren – mit Handschuhen, Gewand und Stola der Großmeisterin der Zeit beschlagnahmte Lauka auch deren Kraft für sich selbst. So jedenfalls empfand sie es jedes Mal, wenn sie eines dieser

Kleidungsstücke anlegte. Sie entrollte das Pergament und strich die Zeichnung auf dem Kartentisch glatt.

Die Männer traten rechts und links neben sie. Starian beugte sich über das Pergament. Er hatte die Karte nach Laukas Angaben gezeichnet. Mehr Mitwisser als ihren treuen Reichsritter und den zuverlässigen und unterwürfigen Erzritter brauchte sie vorerst nicht. Sie betrachtete die Karte. »Danke, Starian.« Ihre grünen Augen leuchteten. »Sie ist sehr gut geworden.«

»Was ist das für eine Karte?« Raban beugte sich nun auch über das Pergament. Mit der Speerhand fuhr er über eine Schlangenlinie im Ostteil der Karte. »Ein Fluss?«

»Ein Strom«, sagte Starian.

»Wieso habe ich seinen Namen noch nie gehört?« Raban runzelte die Stirn, las murmelnd weitere Namen auf der Karte. »Und den See hier kenne ich auch nicht.« Zweifelnd guckte er Starian an. »Ich habe nie von einem derart großen See im Osten gehört!«

»Von Garona aus gesehen, liegt er im Westen.«

»Dann ist das …?« Raban machte große Augen und deutete mit der Speerhand wieder auf den Ostteil der Karte. »Dann ist das der große Westkontinent?«

»Das ist Athaluna, genau.«

»Und hier liegt Kalypto.« Mit ihrem in Schwarz gehüllten Zeigefinger deutete Lauka auf eine Gruppe von Vulkaninseln vor der zerklüfteten Westküste Athalunas. »Auf der größten dieser Inseln.« Zufriedenheit strahlte aus ihrem Lächeln.

»Verwirrend kommt dir das nur vor, wenn du vergisst, was unser Kartograph Lorban gelehrt hat«, wandte Starian sich an den immer noch begriffsstutzigen Erzritter. »Dass nämlich die Welt eine Kugel ist. Mach dir das bewusst, Raban, und dann wird alles ganz einfach: Wenn du von unserer augenblicklichen Position nach Westen schaust, also von der Küste des Waldlandes aus, dann musst du den Großen Ozean überqueren, wenn du die Ostküste Athalunas erreichen willst. Wenn du jedoch nach Osten schaust, Richtung Wälder und Stomm, gelangst du durch den Wald und die Große Wildnis zur Westküste Athalunas.«

Raban drehte sich nach Westen zum Großen Ozean hin und machte eine grübelnde Miene. Dann wandte er sich der Küste zu und schaute durchs Ruderhausfenster nach Osten. Noch mehr Grübelfalten türmten sich über seinen Augen. Lauka war nicht sicher, ob Starians Erklärung in seinen alten Sturkopf hineinging.

»Wir haben also zwei Möglichkeiten«, sagte sie. »Wir könnten den Großen Ozean überqueren und dann an der Ostküste Athalunas in diese Flussmündung hier hineinsegeln. Über den Strom würden wir bis an den großen See im Westen Athalunas fahren. Der Fluss, der an seinem Nordufer austritt, mündet an der Westküste in den Tiefen Sund. Von dort ist es nicht mehr weit bis zu der Inselgruppe.«

»Das wäre ein möglicher Weg, gewiss.« Starian wiegte den entstellten Schädel hin und her. »Allerdings müssten wir die LAUKARIS gründlich überholen, bevor wir die Anker lichten. Und wenn wir in den nächsten Wochen aufbrechen, geraten wir in die Winterstürme, vielleicht sogar noch in die Frühjahrsstürme. Außerdem wissen wir nicht, ob der Strom, der aus der Nordseite des Athalusees austritt, bis zur Küste des Tiefen Sundes schiffbar ist. Wir können nicht einmal sicher sein, dass der Pizonas von seiner Mündung in den Großen Ozean aus bis zum Athalusee schiffbar ist.«

»Du bist ein verdammter Schwarzseher, Starian.« Lauka musterte ihren Reichsritter böse. »Er ist schiffbar. Und notfalls marschieren wir zu Fuß an die Westküste Athalunas und bauen dort ein Schiff, um zu den Vulkaninseln überzusetzen.«

»Wieso kennt ihr euch so gut aus?« Rabans Mienenspiel schwankte nun zwischen Schrecken und Verblüffung. »Woher wisst ihr das alles so genau?« Seine Speerhand fuchtelte über der Karte herum.

»Aus dem Geist der Hexe.« Lauka beugte sich wieder über die Karte. »Die zweite Möglichkeit: Wir nehmen den Landweg durch die Große Wildnis.« Sie zeigte auf ein Gebirge nördlich der Stommquelle. Bei den Waldmännern könnten wir uns Elche besorgen. Sogar Waldelefanten. Mit Tieren wären wir möglicherweise schneller am Tiefen Sund als mit Schiffen an der Mündung des Pizonas'. Möglicherweise ist der Ostweg aber auch gefährlicher.«

»Gefährlicher?« Starian schluckte. »Der Weg durch die Große Wildnis? Tödlicher, meine Königin. Und dann: Wie kommen wir von der Ostküste des Waldkontinentes auf die andere Seite des Tiefen Sundes zu den Vulkaninseln?«

»Das weiß die Große Mutter.« Grübelnd blickte Lauka durchs Ruderhausfenster zur Küste.

»Augenblick mal.« Raban schluckte, seine Stimme klang heiser. »Jetzt kapiere ich erst – du willst …?« Er schluckte wieder, schüttelte fassungslos den grauen Schädel.

»Nach Kalypto, mein Erzritter.« Lauka erhob sich und schaute ihm ins bärtige Gesicht. »Zu dem erloschenen Vulkan, in dem die Magier schlafen, die uns die Blutsäufer nach Garona geschickt haben und die zu dieser Stunde schon begonnen haben, die Wälder am Stomm zu verwüsten.« Sie legte ihm die Hände auf die Brust. Sein Kettenhemd fühlte sich warm an. Auf seiner Stirn glänzten Schweißperlen. »Wirst du mich begleiten, mein Erzritter? Wirst du mich beschützen?«

Raban nickte hastig. »Ja, meine Königin«, krächzte er. »Ja, das werde ich.« Lauka hatte nichts anderes erwartet.

»Zu welchem der beiden möglichen Wege neigst du, meine Königin?«, fragte Starian.

»Lasst mich noch einmal ein paar Nächte darüber schlafen.« Lauka rollte das Pergament zusammen und wies zur Tür. Die beiden Ritter verließen das Ruderhaus. Lauka lehnte sich neben das breite Fenster und beobachtete, wie sie die Treppe zum Deck hinunterstiegen. Raban schüttelte den Kopf; er schien immer noch fassungslos. Doch er würde schon noch begreifen, wieso man Athaluna sowohl von Westen als auch von Osten aus erreichen konnte. Und er würde sich mit ihrem Plan abfinden und ihn gutheißen, egal für welche der beiden Möglichkeiten sie sich entschied. Nein, um Raban sorgte sie sich nicht. Er würde der Fels in der Brandung bleiben, den sie brauchte.

Sie richtete ihren Blick auf Starian. Mit gesenktem Kopf und großen Schritten hastete er zu seiner Kajüte. Um ihn machte Lauka sich durchaus Sorgen. Starian hatte sich verändert, seit Zlatan ihn mit dem magischen Licht angegriffen hatte. Er war verschlossener und zurückhaltender geworden. Manchmal wich er ihrem Blick aus. Das alles schmerzte sie.

Der Reichsritter war ihr bisher ein treuer Gefährte gewesen; und meistens auch ein guter und zärtlicher Liebhaber. Sie hätte ihn gern für immer an ihrer Seite gehabt. Sein Gesicht war das Gesicht eines gütigen Greises inzwischen, gewiss, doch mit den Hüften war er noch immer ein wildes Tier. Ja, sie hätte ihn gern für immer an ihrer Seite gewusst, doch etwas stimmte nicht mit ihm.

Lauka stieß sich vom Fenster ab, entrollte noch einmal die Karte, betrachtete die Einzelheiten. »Athaluna. Der Strom Pizonas.« Sie fuhr mit dem Finger über das Pergament und wiederholte die Namen, die sie aus dem Geist der Hexe erfahren hatte. »Der große Athalusee. Die Vulkaninseln. Kalypto.«

Sie dachte an die beiden Waldwilden, die ihr eine Sänfte gebaut und sie darin bis hierher zur Galeere getragen hatten. Die Jäger hatten sich vollkommen verausgabt und tagelang geschlafen. »Vielleicht sollte ich mit Starian das tun, was ich mit diesen beiden Männern getan habe«, murmelte sie. Sie dachte an die trotzige Kyranja und die eigensinnige Tigrit. »Vielleicht sollte ich noch mit manchem anderen an Bord tun, was ich mit den beiden Waldwilden getan habe.«

*

Mit geschlossenen Augen saß Lauka hinter der Hexenpritsche. Honig und Lutar peitschten die Gefangene abwechselnd. Lutar schlug ihre Schenkel und Füße, Honig ihre Brüste und ihren Bauch. Keine Hautstelle auf der vorderen Körperseite der Hexe, die noch nicht von Blut bedeckt und von aufgeplatzten Striemen übersät war. Lauka tastete sich in den Geist der Magierin hinein. Sie war nur noch halb betäubt, wusste sogar, wer hinter ihr saß.

Dennoch: Kaum Widerstand spürte Lauka. Immer wieder vermochte es die Hexe zwar, ihren Geist hinter den schmerzdämpfenden Wällen ihres inneren magischen Lichts zu bergen, doch dadurch fehlte ihr die Kraft, ihre geheimsten Gedanken zu kontrollieren. Das Tor in ihren Geist stand Lauka weit offen. Und sie trat hindurch.

Wer ist der Wächter des Schlafes? Stumm bewegte sie die Lippen. Ihr wilder, siegesgewisser Geist raunte die Frage in den wunden und zermürbten Geist der Hexe hinein. Der gab sofort Bilder, Empfindungen und Gedanken frei, die alle notwendigen Antworten enthielten.

»Wächter des Schlafes« nannten die Kalyptiker das Magierpaar, das die schlafenden Magier hütete und dafür sorgte, dass jeder ihrer Mondsteinsarkophage durch einen Lichtkanal mit der zentralen Mondsteinsäule verbunden blieb. Und die sämtliche Schläfer zu wecken hatten, sobald der Weg zum Zweiten Reich von Kalypto gebahnt sein würde. Fühlten die Wächter des Schlafes ihr Erlöschen nahen, entnahmen sie dem Testament der Erzmagier die Namen ihrer Nachfolger und weckten diese.

Und wann wird der Weg für das Zweite Reich gebahnt sein?

Wenn nach dem Großen Krieg der mächtigsten Völker ein einziges übrig bleibt: das Dienstvolk von Kalypto. Auf seinem Boden werden wir das neue Reich erbauen.

Mauritz hatte darüber nur Andeutungen gemacht. Jetzt wusste Lauka es genau: Die Kalyptiker steckten hinter dem tarkanischen Angriff auf die Städte von Garona. Nur unter Mühen gelang es ihr, ihren Zorn zu unterdrücken. »Wie alt sind die Wächter des Schlafes denn, wenn sie ihr Ende nahen fühlen?«, murmelte sie.

Um die zweitausend Sonnenwenden, kam es aus dem Geist der Gequälten. *Je öfter ein Magier oder eine Magierin das ERSTE MORGENLICHT benutzt und je höher sie steigen im Range der Magier, desto älter werden sie.*

Wie ein Blitz fuhr es Lauka durch die Glieder. »Tausend Winter?« Sie zögerte einen Moment, dann stellte sie die Frage, die ihr in diesem Moment das Herz höher schlagen ließ: »Und ich? Wie viele Sonnenwenden werde ich erleben?«

Du bist ein Bastard, denn dein Vater hat dich mit einer Menschlichen gezeugt. Deutlich konnte Lauka verstehen, was da aus den

Tiefen des geschundenen Geistes drang. *Wilde Magie wuchert ihn dir. Niemand weiß, wie lange es dauert, bis ein Bastard auf natürlichem Wege erlischt. Die Geschichte des ersten Reiches von Kalypto kennt nur drei Bastarde. Zwei konnten unsere Vorfahren töten, einer floh und blieb verschollen.*

»Ein Bastard also!« Lauka zischte wütend und riss die Augen auf. Sie wusste ja bereits, wie Catolis sie bei sich selbst nannte, doch es kränkte sie immer wieder aufs Neue. »Kräftiger!«, rief sie. »Peitscht sie kräftiger!« Lutar und Honig holten weit aus, schlugen mit aller Macht zu. »Kräftiger! Die Schenkel, die Brüste, das Gesicht! Schlagt sie, so hart ihr könnt!« Der Grenzritter und die blonde Gardistin taten ihr Bestes.

Catolis' Unterlippe platzte unter einem Peitschenhieb auf. Das Blut spritzte bis in Laukas Gesicht. »Genug! Ein Tuch, schnell!« Honig reichte ihr eines, und Lauka wischte sich das Gesicht ab. »Lasst mich allein mit ihr«, sagte sie. Und dann lauter: »Und schürt ein Feuer im Herdkessel, legt eine Schwertklinge hinein. Wenn sie glüht, bring sie mir.« Sie deutete auf Honig. Die verstand sich besser darauf, Schmerzen zuzufügen als der Ritter.

Beide verließen den Verschlag. Lauka blickte zu einem Tisch hinüber, wo neben Messern, Nägeln, Stricken und Erzstangen auch der nächste Pfeilbolzen mit dem Schlangengift bereitlag. Sie wollte ihn holen, zögerte, blieb sitzen. Nein, noch nicht. Schmerz und Verzweiflung lähmten die Hexe erst einmal genug.

Als die Schritte des Folterpaares auf der Stiege zum Oberdeck verklangen, beugte Lauka sich an Catolis' Ohr. »Wenigstens weiß ich jetzt, dass du die Wahrheit sagst, sonst hättest du dir diese Prügel erspart und mir verschwiegen, was ich in deinen Augen bin.«

Sie packte das von Schweiß klebrige rote Haar der Magierin, wickelte es um ihr Handgelenk und zog den Hexenschädel über die hintere Pritschenkante. Catolis' Atem flog; er ging flach und röchelnd. »Die Wahrheit will ich auch weiterhin erfahren. Sonst bekommst du wieder das glühende Schwert zu spüren.«

Lauka ließ das Hexenhaar los und lehnte sich gegen die Wand des Verschlages, denn die Großmeisterin der Zeit stank widerlich. »Wie viele Wächter des Schlafes haben die Schläfer und das Licht bereits gehütet?« Erneut tastete sie nach Catolis' Geist. Wie ein Strudel aus Angst, Verzweiflung und Ohnmacht fühlte der sich an.

Das Paar, das jetzt die Schläfer und das ERSTE MORGENLICHT bewacht, ist das dreizehnte, kam es schwach und bebend aus dem zerfallenden Geist der Hexe. *Die Wächter sind jung und erst seit wenigen Sonnenwenden für das Wohl der Schläfer von Kalypto verantwortlich.*

»Wie heißen sie? Wie stark sind sie?«

Der Wächter des Schlafes ist ein Großmeister des Lichtes und heißt Gabrylon, raunte es aus Catolis' Geist. Seine Gefährtin ist eine Großmeisterin des Willens und heißt Raphelia.

»Die Namen anderer Magier will ich wissen. Wie heißt der in den Wäldern? Wie der im Norden? Und wie die stärksten Magier unter den Schläfern? Nenn mir die Namen der Großmeister, los!« Ein Name nach dem anderen löste sich aus dem leidenden Geist, und jeden einzelnen prägte Lauka sich ein. Seit sie das magische Licht benutzte, war ihr Gedächtnis besser, geradezu übermenschlich geworden. Manchmal staunte sie selbst, wie viel sie aufnehmen und bewahren konnte.

»Warum gebt ihr die Mondsteinringe an Menschliche aus?«, murmelte sie. »Mit eurer Kraft könntet ihr die Völker auch aufeinanderhetzen, ohne dass ihr jeweiliger Führer erst magisches Licht verschleudern muss.«

Wieder stieg eine verwirrende Flut von Bildern, Gedanken und Gefühlen aus den Tiefen des Hexengeistes. Nach und nach erst konnte Lauka sich eine einleuchtende Antwort daraus zusammenreimen: Die Kalyptiker wollten die Königinnen und Fürsten der Völker in Versuchung führen. Nur wer dem Gefühl, durch den Ring ein Gott zu sein, widerstehen konnte, taugte als Sklavenführer. Nur der Besonneste konnte mit der tödlichen Kraft so umgehen, wie die Magier von Kalypto sich das wünschten. Wer der Versuchung, sich gottgleich zu fühlen, nicht widerstand, neigte zur Rebellion und musste vernichtet werden.

Lauka stieß ein heiseres und bitteres Lachen aus. Am liebsten hätte sie sofort nach dem Peitschenpaar gerufen. Sie bezwang jedoch ihre Wut und stellte die Frage, die ihr am heißesten unter den Nägeln brannte: »Wer genau war Laukaris? Was weißt du über die Große Erzmagierin?«

Ein zitterndes Seufzen drang aus dem blutigen Mund der Hexe. Ihre Lippen zuckten, als wollte sie etwas sagen, doch Lauka konnte kein verständliches Wort aus ihrem Nuscheln und Seufzen heraushören. Aufmerksam lauschte sie in den zerbrochenen Geist der Hexe hinein. *Die Erhabene ist die Erste gewesen, der es vor Zehntausenden von Sonnenwenden gelang, das ERSTE MORGENLICHT zu beherrschen.*

»Wie war Laukaris?«, wollte Lauka wissen. »Wie dachte die Erhabene?«

Unerbittlich und hartnäckig, kam es sofort aus Catolis' Geist. *Streng gegen sich selbst und gegen die anderen. »Wer geboren werden will, muss eine Welt zerstören«, lehrte sie, »wer etwas Neues erschaffen will, muss das Alte vernichten.«*

Die Hexe schmatzte und stöhnte, ihre geschwollene Zunge stieß von innen gegen die Wange, schob sich über die aufgeplatzte Lippe nach außen. Wie ein kleines, rot-schwarzes und zu streng gebackenes Brot sah diese Zunge aus. Lauka wurde übel, und sie schloss die Augen, um sie nicht sehen zu müssen. *Ohne die Erhabene wäre Kalypto niemals das geworden, was es gewesen ist und was es bald wieder sein wird. Sie hat uns den ersten magischen Sonnendiamanten verschafft …*

»Der Mondstein?«

Er sieht nur aus wie ein irdischer Mondstein, er ist viel mehr. Wieder Schmatzen und Röcheln. Lauka sah nicht hin. Die Hexe hatte Durst, ohne Zweifel. Sollte doch ihr barmherziger Wohltäter Starian ihr zu trinken geben, wenn sie mit ihr fertig war. *Jeder magische Sonnendiamant ist ein Tor zu einer anderen Welt.*

Laukas Körper straffte sich, sie zog erschrocken die Brauen zusammen und betrachtete ihre drei Mondsteinringe. Magische Sonnendiamanten? Tore zu einer anderen Welt? Sie fühlte sich auf einmal unwohl in ihrer Haut. Und Zweifel kamen ihr: Hatte sie wirklich alles richtig verstanden, was der gequälte Geist der Hexe ihr da in seinem Schmerz offenbarte?

»Was genau ist denn das ERSTE MORGENLICHT?«, fragte sie so laut, als wollte sie ein Gespenst vertreiben. Sie lauschte mit halb geschlossenen Lidern.

Die Urkraft, raunte es aus dem Hexengeist. *Die Urkraft des Lebens, die Urkraft der Zeit, die Urkraft des Lichtes, die Urkraft des Willens. Alle vier Urkräfte durchpulsen den Kosmos. Wir, die stärksten Magier von Kalypto, verstehen es, sie zu bändigen. Wenigstens so weit, dass wir sie benutzen können. Laukaris, die Erhabene, hat uns das gelehrt.*

Unter dem Tisch mit den Folterwerkzeugen raschelte und scharrte es. Die Schlangen bewegten sich in ihren Körben. Sie hatten Hunger. Grübelnd starrte Lauka die vier Körbe an. Sie versuchte zu verstehen, was der verwundete Geist der Hexe ihr zeigte. Das fiel ihr nicht leicht. Sie drang erneut in ihn ein, tastete nach den Bildern und Gedanken, versuchte sie zu entschlüsseln, zu verstehen, einzuordnen.

Sie begriff, dass auch die Lichtsäule in Kalypto, aus denen sich die Sarkophage der Schläfer mit dem ERSTEN MORGENLICHT speisten, ein Tor zu einer anderen Welt sein musste. Lauka ballte die Linke, die Ringe an ihren Fingern fühlten sich warm an. Sie ließ sie aufleuchten, betrachtete ihren gespenstischen Blauschimmer. Tore zu einer anderen Welt? Ganz unbehaglich wurde ihr zumute.

»Wie seid ihr auf diese anderen Welten gestoßen?«

Die Hexe röchelte und stöhnte. Immer weiter tauchte sie aus der Betäubung auf. *Schon die Menschlichen der Vorzeit kannten sie*, wisperte es aus der Tiefe des Hexengeistes. *Die Erhabene ging als Erste hinüber. Selbst wenn ein heutiger Magier mit Hilfe des ERSTEN MORGENLICHTES in eine andere Welt wandert, kostet es ihn unermesslich viel Kraft. Die Erhabene wanderte ohne das magische Licht in die Welt der STILLEN. Damals wusste sie nur aus alten Büchern und durch Nachdenken vom ERSTEN MORGENLICHT.* Die Hexe bäumte sich auf, riss an ihren Ketten. Lauka spähte hinüber zum vergifteten Pfeilbolzen. Doch noch gab der Hexengeist willig seine Geheimnisse preis. *Aus IHRER Welt brachte sie es mit in unsere Welt.*

Die raunende Wisperstimme drohte zu verstummen. Schritte stapften die Stiege vom Außendeck herunter. »Die *STILLEN?*« Empfindungen großer Ehrfurcht, ja Schrecken begleitete die Nennung dieses Namens im Hexengeist. »Wer ist das?« Honig trat ein, in der Rechten ihr Schwert; dessen Spitze glühte und rauchte. Mit einer Geste bedeutete Lauka ihr, sich im Hintergrund zu halten.

Die STILLEN sind die STILLEN. Die Hexe warf sich hin und her, sie stöhnte, sie jammerte, sie schrie. *SIE sind, die SIE sind.*

»Und diese Wesen haben Laukaris den Sonnendiamanten und das ERSTE MORGENLICHT geschenkt?« Lauka saß auf der Kante ihres Hockers, sie hielt die Fäuste geballt, sie spannte Rücken und Nacken an. »Sie haben ihr den Sonnendiamanten und das ERSTE MORGENLICHT geschenkt?«

Sie hat IHNEN das ERSTE MORGENLICHT und den Sonnendiamanten gestohlen …

»Und dann kamen sie, diese STILLEN, und wollten es sich zurückholen!« Lauka sprang auf. »Habe ich recht?« Der Wall des magischen Lichtes umgab den Hexengeist wieder. Lauka gab Honig ein Zeichen. Die blonde Schwertdame trat an die Pritsche, schob der Angeketteten das Knie zwischen die Schenkel und senkte die glühende Klinge. Die Hexe kreischte wie eine Ziege, die man zur Schlachtbank zerrte.

Mit höchster Aufmerksamkeit lauschte Lauka in ihren Geist hinein. Ein Wirbel aus Schmerz und Hilflosigkeit, ein Wirrwarr aus Angst und Entsetzen – Lauka zuckte zurück. Zu groß die Qualen, zu gefährlich, weiter in den auf einmal viel zu wachen Geist der Magierin einzudringen. »Lass gut sein!«, zischte sie und stand auf. »Gib ihr zu trinken. Und dann stich sie mit dem Giftbolzen in den Zungengrund. Morgen geht es weiter. Ich bin noch nicht fertig mit ihr.«

Lauka stieg zum Oberdeck hinauf, knallte die Luke zum hinteren Laderaum zu. Das Wimmern und Heulen der gequälten Hexe begleitete sie dennoch bis zum Ruderhaus. Wer waren diese STILLEN? Hatten womöglich sie das Erste Reich von Kalypto vernichtet? Trugen womöglich die Kalyptiker selbst die Verantwortung für den Untergang der alten Welt? Und wie sollte es aussehen, das so unerbittlich angestrebte Zweite Reich von Kalypto? Die Antworten wollte Lauka der Hexe noch abtrotzen, bevor sie endgültig zugrunde ging. Morgen.

Am Bug hielten Tigrit, Hector und ein paar Ritter sich an ihren Angelruten fest. Pradosco und Kyranja klaubten Fische aus einem Netz. Alle starrten sie an. Die wenigsten waren fähig, das Gejammer der Hexe so heldenhaft zu ertragen, wie ein Ritter oder eine Schwertdame die Schmerzen unvermeidlicher Kampfverletzungen zu ertragen hatte.

Täuschte sie sich, oder spiegelten sich in Tigrits Gesichtszügen nicht sogar Verachtung und Hass? Schwer zu sagen auf die Entfernung, aber es hätte zu der vorlauten Schwertdame mit dem schwarzen Zopfgestrüpp gepasst. Lauka biss die Zähne zusammen und unterdrückte ihren Ärger.

Sie hatte schon das Geländer der Treppe ins Zwischendeck gefasst, da öffnete sich eine Tür in den Decksaufbauten. Starian rollte ein Fass aus seiner Kajüte. Lauka blieb stehen und beobachtete ihn. Der Reichsritter richtete sich auf, als er sie bemerkte, stellte einen Fuß auf das Fass, sah sie an. Sein Blick war ernst, beinahe ein wenig tadelnd. Natürlich hatte auch er das Gejammer der Hexe gehört.

»Was ist in dem Fass?«

»Baldorischer Rotwein. Habe ich erst gestern im vorderen Laderaum entdeckt. Die Hexe und ihre Rotte müssen das Fass in Baal an Bord genommen haben.«

Raban, Hector und der Weihritter Magnus traten aus Starians Kajüte. Hector und Magnus trugen einen Tisch, Raban einen Korb voller Kupferbecher am Haken seiner Prothese und eine Schüssel mit geräuchertem Fisch in der anderen Hand.

»Heute feiern wir«, sagte Hector. »Komm mit, meine Königin.«

»Später.« Lauka nickte ihnen zu. An Starian und seinem Fass vorbei trugen sie ihre Lasten zum Bug. Die anderen hörten endlich auf, ihre Königin anzustarren.

»Was feiert ihr?«, wollte Lauka wissen.

»Deinen Sieg über die Hexe, meine Königin, und dass wir noch am Leben sind.« Starians Lächeln wirkte irgendwie gezwungen. »Und deinen neuen Plan, meine Königin. Eine lange Reise liegt vor uns.«

»Das stimmt, mein geliebter Reichsritter.« Lauka trat nahe an ihn heran, strich ihm eine Strähne weißen Haares aus der Stirn, streichelte seine zerfurchte Wange. Seine Lider zuckten. Fürchtete er sie etwa?

Aus dem hinterem Laderaum tönte ein langgezogener Schrei. Honig stach der Hexe das Gift unter die Zunge. Starian schluckte und wich Laukas Blick aus.

Sie seufzte tief. »Mein armer Geliebter.« Es hatte keinen Sinn, sie musste seinem Willen magische Fesseln anlegen. »Gehe nur hinunter und öle sie ein, mein Reichsritter.« Mit einer Kopfbewegung wies sie zum hinteren Laderaum. Und danach komme in meine Kajüte.« Sie blickte zu der kleinen Festgesellschaft am Bug. »Noch bevor du mit den anderen meinen Sieg feierst.« Er nickte.

Wenigstens Abschied nehmen wollte sie von einem Starian, der noch Herr seines Willens und seines Geistes war. Wenigstens einmal noch wollte sie von einem freien Starian geliebt werden. »Ich warte auf dich.«

*

Bis zu den Hüften schlug sie die Decke von ihrem nackten Körper zurück, als Starian die Kajütentür verriegelte. Zwei Becher Wein hatte er mitgebracht und gleich auf das niedrige Tischchen neben ihrem Lager gestellt. Als er sich jetzt umdrehte, war ihr, als stockte ihm der Atem. Wahrhaftig – sie hatte ihn lange nicht mehr zu sich geholt. Hector versüßte ihr die Nächte, und manchmal der blutjunge Magnus. Starian stand still, betrachtete ihre Blöße, und etwas wie ein Lächeln huschte über seine vergreisten Züge.

Immer noch wie am Anfang, dachte sie. »Zieh dich aus, mein Reichsritter. Lauka richtete sich auf und drehte die Talglampe zwischen den Weinbechern ein wenig herunter. Im flackernden Dämmerlicht sah sie zu, wie Starian die Stiefel abstreifte und sich aus seinen Kleidern schälte.

Brust- und Schamhaar waren so weiß wie Bart- und Haupthaar. Keine Spur seines früheren Blonds mehr. Seine Haut sah trocken und stumpf aus, doch noch immer war er sehnig und muskulös. Und noch immer anziehend. Lauka mochte all diese Spuren der Zeit und des Kampfes an seinem Körper. Auch die hässliche Narbe an seiner rechten Schädelseite war nicht hässlich für sie.

Und sein Männerglied – sie atmete tief ein, als er es endlich entblößte – wippte noch immer groß und kräftig. Fast tat es ihr leid, ihm morgen magische Fesseln anlegen zu müssen. Andererseits – warum sollte er sie nicht mehr lieben können, nur weil er nicht mehr Herr seines Willens war? Ein liebestaugliches Männerglied brauchte doch keinen freien Willen.

»Komm zu mir, Starian.« Sie deckte ihre Scham und ihre Schenkel auf. Er ließ sich auf dem Lager nieder, spreizte seine Knie über ihren Hüften, beugte sich zu ihr herunter und küsste ihre Augen, ihre Schläfen, ihren Hals. »O ja«, seufzte sie, »das ist schön.«

Er roch nach dem Öl, mit dem er die Hexe eingesalbt hatte, und einen Atemzug lang drohte der Geruch, ihr Verlangen zu löschen. Doch da fasste seine Rechte schon nach ihrem Busen, und seine Lippen schlossen sich um ihren Mund – die Gier überwältigte sie sofort.

Sie riss ihren Schlund auf, damit seine Zunge ihn ausfüllen konnte, saugte sich an ihm fest. Noch einmal tastete sie nach seinen Oberschenkeln – eisern und rau fühlten die sich an –, noch einmal griff sie um sein Männerglied und drückte und rieb es. Ganz so groß und hart wie vor dem Kampf vor dem Osttor fühlte es sich nicht mehr an, doch es war heiß und pulsierte.

Er gab ihren Mund frei, küsste und kaute ihre Brüste, küsste sich zu ihrem Bauch und ihrer Scham hinunter und versenkte sein Gesicht zwischen ihre Schenkel. Und dann tat er mit ihr, was er damals getan hatte, als sie ihn aus dem Kerker in ihr Bett geholt hatte. Wie sie das liebte! Sie klemmte seine Schultern mit ihren Schenkeln ein, bog sich unter seinen Küssen und dem Peitschen seiner Zunge. Sie lachte und stöhnte und genoss und sehnte sich – bis auf einmal Ayrin ihr vor Augen stand.

Ganz still lag sie plötzlich, biss sich auf die Unterlippe, starrte nach innen, wo in ihrem Hirn die dünne Wand zwischen jetzt und damals zersprang und Ayrin schreiend in ihre Schlafkammer einbrach, Starians Schwert aus der Scheide riss und mit erhobener Klinge auf ihr Bett losstürmte.

Und Starian sprang auf und warf sich in den Hieb, der ihr gegolten hatte. Ihr, Lauka.

Lauka spürte seine Küsse kaum noch, spürte das Brennen der Lust nicht mehr. Ihr Schoß war wie taub. Er merkte es, richtete sich auf, lächelte unsicher und griff nach den Weinbechern. »Trinken wir auf deinen Sieg, Lauka.« Er reichte ihr den vollen Becher, sie setzte sich auf. »Trinken wir auf uns. Trinken wir auf die lange Reise nach Kalypto.« Sie stießen an und tranken. Lauka verfluchte Ayrin und leerte den Becher in einem Zug.

»Komm.« Sie warf ihren leeren Becher auf den Kajütenboden, nahm Starian seinen noch halb vollen ab und stellte ihn neben das Talglicht. »Komm schon her.« Sie ließ sich auf den Rücken fallen, zog ihn auf sich, umarmte ihn. »Nimm mich einfach.«

Er küsste sie wieder, streichelte sie, küsste ihre Brüste. Die Lust kehrte nicht mehr zurück, zu grell die Erinnerung, zu farbenprächtig Ayrins verhasstes Bild vor ihrem inneren Auge. *Ich werde nicht ruhen, bis du stirbst*, dachte sie. Starian füllte sie längst aus, sie hatte es gar nicht gemerkt. Er nahm sie hart und wild und beinahe verzweifelt. Als ahnte er, dass es das letzte Mal sein würde.

Lauka ließ es geschehen, war froh, Starian noch einmal bei sich zu haben. Sie spürte, wie die Hitze des Weines ihr in den Kopf stieg. Sie dachte daran, wie er über den Glacis geflogen, wie er neben dem Waldwilden die Steilwand über der Schlucht hinaufgeklettert, wie er im Festungshof von Violadum auf Ayrin und ihre Gefolgschaft losgegangen war. Etwas wie Trost empfand sie, viel mehr nicht. *Schade*. Sie seufzte. *Schade, schade*.

Wie ein heißer und schwerer Bronzehelm schob sich die Betäubung zwischen ihr Hirn und ihre Schädeldecke. Starian lag schwer atmend neben ihr und hielt sie fest. Sie spürte es kaum. Er sagte irgendetwas, an das sie sich später nicht mehr erinnerte.

*

Als sie die Augen wieder aufschlug, war die Talglampe heruntergebrannt, und jemand klopfte an ihre Kajütentür. Lauka fuhr hoch, blickte um sich. Dumpfer Schmerz klopfte in ihrem Schädel, sie war allein. Keine Spur von Starian, nicht einmal mehr sein Weinbecher. Die Mittagssonne strahlte zum Kajütenfenster hinein. Lauka tastete nach ihrer Wäsche. Die Mittagssonne?

»Du musst kommen, meine Königin.« Kyranja war es, die an die Kajütentür klopfte. »Du musst aufwachen, etwas ist geschehen.«

»Hör auf zu klopfen!« Warum tat ihr der Kopf weh? Warum erinnerte sie sich nicht an Starians Worte? »Bin schon wach, komme gleich hoch.«

Sie zog sich an, stieg in ihre Stiefel, warf über das dunkelblaue Magiergewand auch noch den schwarzen Ledermantel ihres Vaters. So kalt war ihr. Ein stechender Schmerz in der Zunge ließ sie zusammenzucken. Mit der Rechten wickelte sie sich die schwarze Stola um Hals und Haar, mit der Linken tastete sie ihre Zungenspitze ab. Eine Wunde. Vielleicht vom Küssen. Ihr Blick fiel auf ihre Hand – der Mondsteinring am kleinen Finger fehlte.

Wahrscheinlich abgerutscht während des Liebesspiels. Sie durchwühlte ihr Lager, schüttelte Decken und Kissen aus. Nichts.

Später weitersuchen, sagte sie sich. *Geh jetzt hoch, etwas stimmt nicht auf der LAUKARIS*. Sie lief zur Kajütentür, stolperte über ihren leeren Weinbecher, entriegelte die Tür. Sie stutzte, blickte zurück, belauerte den Becher am Kajütenboden. Plötzlich brannte etwas hinter ihrem Brustbein. Angst?

Sie fuhr herum, stieß die Tür auf, sprang die Stiege zum Oberdeck hinauf. Dort herrschte eine beinahe feierliche Stille. Etwas Kaltes und Feuchtes streichelte Laukas Stirn und Wangen – sie legte den Kopf in den Nacken: Es schneite.

Kyranja deutete zum Ruderhaus. Zwei Ritter drückten dort Starian gegen die Wand, ein dritter stand mit gezückter Klinge vor ihm. Raban und Honig winkten vor der Stiege zum hinteren Laderaum. Lauka lief zu ihnen, sprang hinunter. Das Atmen fiel ihr schwer.

Der Grenzritter Lutar lehnte gegen den Tisch mit den Folterwerkzeugen. »Sie hat die Schlangenkörbe mitgenommen.« Die Pritsche war leer. Die Arm- und Fußketten hingen blutverschmiert an der Wand des Verschlages. »Tigrit ist nicht mehr an Bord«, sagte Lutar. »Ein Ruderboot fehlt.« Laukas Blick wanderte von der leeren Pritsche bis zu dem Pfeilbolzen auf dem Tisch neben Lutar. Der Schmerz in ihrer Zunge pochte.

Auf dem Weg zurück über die Stiege zum Oberdeck fühlte Lauka sich, als hätte sie Steine in der Brust und als würde sie Bleikugeln hinter sich herzerren.

»Etwas war im Wein«, raunte Raban ihr zu, als sie wieder auf Deck stand. »Tigrit hat nur Wasser getrunken.«

Lauka dachte an ihren leeren Weinbecher unten in der Kajüte. Sie versuchte, sich den Augenblick in Erinnerung zu rufen, als sie anstießen und tranken. Es gelang ihr nicht.

»Keiner hier ist länger wach als eine halbe Stunde.« Raban deutete auf Starian. »Außer ihm.«

Lauka schleppte sich zu ihm, schob den Ritter zur Seite, der Starian mit dem Schwert bedrohte, sah ihrem Geliebten in die Augen. Wie blau sie waren! »Warum, Starian?«

»Ich musste es tun.« Sie verstand ihn kaum, so leise sprach er.

»Du hast ihr auch ihren Ring zurückgegeben?«

»Ich musste es tun.«

Lauka trat einen Schritt zurück, winkte mit einer Kopfbewegung Raban zu sich. »Töte ihn.« Raban zog seinen Ledermantel aus, krempelte sich den Hemdsärmel über seiner Prothese hoch. Lauka zog ihn zu sich und flüsterte: »Er soll nicht lange leiden.« Raban nickte, trat nahe zu Starian und ging ein wenig in die Knie. Mit einem harten Stoß rammte er dem Vergreisten seine Speerhand unter dem Rippenbogen nach oben ins Herz.

11

Ein verlassener Burgsaal hätte nicht stiller sein können als der Wald an diesem Vormittag. Es schneite aus einem schlammgrauen Himmel. Das herbstbraune Farnkraut sah aus wie Hirschkalbfell, das Unterholz wie mit Hirschmilch bespritzt. Lasnic wischte sich die Schneeflocken aus den Augen und blickte hinter sich. Mit über dreihundert Kerlen war er gleich gestern aus Nordstamm aufgebrochen, jetzt liefen noch höchstens fünfzig hinter ihm. Das kahle Geäst über ihnen trug schon weiße Streifen. Manchmal sah Lasnic Kolks über den Wipfeln kreisen. Schrat oder Tekla. Oder beide.

Kam selten vor, dass der Schnee liegen blieb hier in den Wäldern. Südlich des Stomms sowieso nicht. Doch niemand wunderte sich darüber; es passte zu diesem verdammten Tag. Sonnenstrahlen in den Baumkronen? Sonnenlicht auf dem Unterholz? Heute? Es wäre Lasnic absurd vorgekommen.

Romboc war ins Vorjahrslaub gefallen.

Lasnic fühlte sich ein wenig wie damals, als sein Vater ihn verlassen hatte, als die Jagdkerle Voglers Leiche aus dem Bärensee zogen.

Kein Romboc mehr in der Marschkolonne, nie wieder.

Bis zum Einbruch der Dunkelheit waren sie gestern durch den Wald nach Norden marschiert. Sie hatten in den Höhlen der Eulenfelsen gelagert. Die Garonesen heulten die halbe Nacht. Um Romboc, um Garonja, um viel zu viele Ritter. Dabei waren gar keine Weiber mitgekommen. Loryane und die Schwertweiber waren bei Sigrun geblieben. Lasnic hatte darauf bestanden. Er wollte keine weiteren Weiber in den Händen der Bräunlinge wissen. Schlimm genug, dass sie Ayrin erwischt hatten.

Loryane hatte sich gefügt. Es war das erste Mal gewesen, dass die Kriegsmeisterin auf ihn gehört hatte. An einem besseren Tag hätte Lasnic es genossen.

Er heulte nicht. Er lag wach und dachte an Ayrin. Er wusste ja selbst, wie es sich anfühlte, ein Gefangener dieser Drecksäcke zu sein. Und was es für ein Weib bedeutete, hatte er in Garona erlebt. Bloß nicht daran denken!

Auch die längste Nacht geht irgendwann vorüber; seit vier Stunden wanderte er hinter Tajosch und Rottnic her dem Waldfluss entgegen. Und dachte an Kaikan. Sein linkes Auge und die Narbe darunter zuckten. Vereinzelte Buchenblätter, von Schneehauch überzogen, fielen vor ihm auf den Pfad und ins weiß gesprenkelte Unterholz. Lasnic öffnete den Echsenledermantel, griff unter seinen Eulenfedermantel und zog die Kapsel mit dem Mondsteinring aus seinem Hemd. Er pulte das Schartansstück heraus und ließ es in die Tasche seines Eulenfedermantels fallen.

Um die fünfte Stunde blieben Tajosch und der junge Rottnic stehen. Der Flaumbart aus Wildan deutete in eine Senke hinunter – der Oberlauf des Waldflusses. Endlich. Eine Handvoll Schnee klatschte Lasnic auf den Scheitel, er legte den Kopf in den Nacken – Schrat und Tekla waren in der Eichenkrone über ihm gelandet. Sie äugten auf ihn herab, schnalzten, klackten und quorkten. Ahnten sie, was geschehen würde? Vor allem Schrats mürrisches Krächzen klang wie die Warnung eines morschen, väterlichen Freundes.

Lasnic drehte sich nach den anderen um, musterte die, die hinter ihm gelaufen waren: Pirol Gumpen, Lord Frix, Joscun und die garonesischen Ritter. Er nickte ihnen zu; ab dem Fluss getrennte Wege – so war es ausgemacht.

Die Ritter – etwas mehr als zwanzig meist blutjunge Kerle – guckten, als müssten sie gleich bei Ayrins Leichenverbrennung singen. Der Eishüne schaute ihm in die Augen. Die Ruhe, die er ausstrahlte, kam Lasnic manchmal unheimlich vor. Auch jetzt wieder. In Lord Frix' Miene zuckte es, und Joscun, hinter ihm, lauerte nach allen Seiten und hielt sich an seiner Armbrust fest. »Ich will lieber sterben, als bei den Damen bleiben, wenn ihr um meine Königin kämpft«, hatte er gesagt.

Eigentlich würde höchstens einer um seine Königin kämpfen; wenn er nicht vorher das Vorjahrslaub küsste. Aber das hatte der Baumeister wohl nicht richtig verstanden.

Mit Tajosch und den anderen Jagdkerlen würden Gumpen, Frix und die Garonesen nun ein Stück flussaufwärts marschieren und den Waldfluss auf einer Brücke überqueren. Späher hatten Kaikans Lager ausspioniert. Unter Tajoschs Befehl wollten Lasnics Gefährten es von der Südseite angreifen. Im dichten Unterholz dort hatten sich während der Nacht bereits dreihundert Jäger eingegraben.

Die zweihundertfünfzig, die am Morgen eine Abzweigung genommen hatten, würden auf die weiter nördlich gelegenen Unterstände und Zelte der Tarkaner losgehen – und die Hauptmacht der Bräunlinge mit einem angetäuschten Rückzug und einem bisschen guten Willen des Wolkengottes und des Großen Waldgeistes zurück nach Osten locken. In einen Ausläufer der Elchsümpfe. Dort warteten noch einmal vierhundert Jäger.

Und Mammutkröten laichten dort. Viele Mammutkröten.

»Es ist alles gesagt, schätze ich.« Lasnics Blick wanderte von einem zum anderen. »Es gibt so Tage, da muss man dem Wilden Axtmann gegenübertreten, nicht wahr?« Er schaute Joscun ins bleiche Gesicht. »War gut mit euch, hol's der Schartan.« Schließlich streckte er seine Lanze nach den Jagdbrüdern hinter dem Baumeister aus. »Und nicht erschrecken, wenn die Waldschlampe wiehert und tobt. Die will nur ein paar Bräunlinge fressen.« Er zwinkerte dem Eishünen zu. »Und vielleicht ein bisschen spielen. Mit Gumpen.«

Das wilde Waldweib hielt sich in der Nähe von Kaikans Lager auf; es hatte versprochen, in den Kampf einzugreifen. Inzwischen wussten es alle. Wie viele es glaubten, war schwer zu sagen.

Lasnic winkte ein letztes Mal mit seiner Lanze. »Baldigen Frühling!« Dann drehte er sich um, klopfte Tajosch auf die Schulter und stapfte hinter Rottnic her den Pfad nach Westen hinunter. Der Flaumbart aus Wildan sollte Lasnic die Stelle zeigen, an der Kaikan ihn erwartete.

Unten am Fluss wandte Rottnic sich noch einmal um und winkte den Gefährten. Lasnic hingegen schaute nicht mehr zurück. Seine Gedanken kreisten schon wieder um den Drecksack, um den Tarbullo. Manchmal irrten sie auch zu Romboc, dem verehrten Erzritter, oder zu dessen Tochter Sigrun, der vergreisten Herzogin. Armes

Weib. Oder zu Lauka, dem verdammten Biest. Bei allen Göttern des Himmels – wie viel Elend hatte sie über Garona gebracht! Und jetzt auch über die Waldleute von Nordstamm.

Wieder und wieder flogen Lasnics Gedanken zu Ayrin und malten ihm in grellsten Farben aus, welche Schrecken sie in ebendieser Stunde erdulden musste. Jedes Mal bekam er weiche Knie, einen engen Hals und einen heißen Knoten im Bauch.

Spätestens dann merkte er, dass seine Gedanken schon wieder abgeirrt waren, und er zwang sie zurück hierher auf den Pfad, an den Waldfluss und zu dem Krieger, der irgendwo hier auf ihn wartete. Zu Kaikan. Alles andere war jetzt nicht mehr zu ändern.

Lasnic blieb stehen und rammte seine Lanze ins verschneite Unterholz neben dem Pfad. »Ich muss pissen.« Er trat neben die Lanze und erledigte, was zu erledigen war.

»Was schätzt du, wann die Bräunlinge aus Wildan auf ihren Flößen und Kähnen am Unterlauf ankommen?«, wollte der Flaumbart wissen.

»Schwer zu sagen. In sieben Tagen? In zehn?«

Niemand wusste, wie viele Waldleute den Insulanern in Wildan zum Opfer gefallen waren; auch hatte kein Späher sagen können, wie viele Bräunlinge bereits stromabwärts fuhren. Sicher war nur: An die zweitausend Jäger würden sie in Blutbuch erwarten. Aus allen Siedlungen am Ufer strömten sie schon zusammen.

Lasnic schloss Hose und Eulenfedermantel und streifte Bogen, Köcher und Echsenmantel ab. Dann zog er sein baldorisches Kurzschwert, bohrte einen Riss ins Rückenfutter seines Echsenledermantels und versenkte das Schwert bis zur Griffstange im Futter. Rottnic beobachtete ihn neugierig.

»Was soll das, Lasnic?« Der Flaumbart aus Wildan runzelte die Stirn, weil Lasnic den Köcher über den Eulenfedermantel zog und dann den Echsenmantel über beides warf. »Was hast du vor, Jagdkerl?«

»Dies und das. Jedenfalls so spät wie möglich ins Vorjahrslaub stürzen.« Lasnic nahm den Jagdbogen in die Linke und riss seine Lanze aus dem Schnee. »Weiter geht's.«

Pfad und Fluss schlängelten sich in zahllosen Windungen durch den Wald. Lasnic atmete tief gegen die Enge in seiner Brust an. Der Flaumbart redete über seine Leute in Wildan, über die Bräunlinge, über den Kampf gegen sie. Lasnic hörte nicht zu, richtete seine Aufmerksamkeit ganz auf Kaikan. Der Tarbullo hatte Lasnic einfach nur aufgefordert, zu ihm zu kommen. Kein Angebot gemacht, mit keiner Andeutung erkennen lassen, ob er bereit war, Ayrin freizulassen, falls Lasnic käme.

»Dreckskerl!«, zischte er. Rottnic fuhr herum, zog fragend die Brauen hoch. »Alles bestens«, beschwichtigte Lasnic. »Ich leg mir nur schon mal zurecht, was ich diesem Oberbräunling sagen will. Wird nicht viel sein, schätze ich.«

Es schneite kräftiger. Auf dem Uferpfad lag schon eine geschlossene Schneedecke. Der Schnee knirschte unter ihren Stiefelsohlen. Schrat und Tekla segelten knapp über ihren Köpfen hinweg und krächzten. Tekla ließ sich einen Lanzenwurf entfernt im schneebestäubten Blaubeerkraut nieder. Hatte wohl etwas Essbares gefunden. Schrat machte kehrt und landete auf Lasnics Schulter.

»Das ist Voglers alter Kolk, nicht wahr?« Rottnic drehte sich nach Lasnic und dem Vogel um.

»Ja, das ist Schrat.« Lasnic wunderte sich – er hatte den Jungjäger aus Wildan gestern zum ersten Mal gesehen. »Woher weißt du von meinem Vater und seinem Kolk?«

»In Wildan spricht man viel über Vogler, und nur Gutes. Und erzählt sich auch von seinem treuen Kolk. Von dem großen Schrat mit dem weißen Fleck im Brustgefieder.«

»So? Tut man das?« Es rührte Lasnic, was der Flaumbart da sagte.

»Es gibt nicht mehr viele, die es verstehen, sich einen Kolk zu zähmen.«

»Schon möglich. Ist eine Kunst für sich.« Etwas bewegte sich am anderen Flussufer. Lasnic spähte durch den Schneeflockenschleier hinüber. Ulmengruppen und einzelne Sumpfeichen standen dort, dazwischen Buschwerk, Ginster und Brombeerhecken. Alles weiß bestäubt. Sonst fiel ihm nichts auf.

Rottnic blinzelte wieder über die Schulter zu Schrat. »Die Alten schwören, dass die Seele eines Jägers in seinem Kolk weiterlebt, wenn er den Vogel geliebt und gut behandelt hat.«

»Ich weiß.« Pfad und Fluss machten eine Biegung. Schrat schnalzte und quorkte. Er hörte sich irgendwie unruhig an. Der Flaumbart redete immer weiter über Kolks und ihre toten Herren, Lasnic hörte nicht mehr richtig zu. Sein Herz klopfte schneller, als es sollte. Narbe und Auge zuckten. Seine Gedanken kreisten um Kaikan. Ein schlechtes Gefühl kroch ihm durch die Knochen. Schrat flatterte von seiner Schulter, flog über den Fluss, schimpfte krächzend.

»Ein Tier!« Der Flaumbart deutete zum anderen Ufer. »Da! Es hat ein weißes Fell!«

»Ein Wolf.« Jetzt entdeckte Lasnic ihn auch.

»Zum ersten Mal, dass ich einen weißen Wolf sehe. Gibt's bei uns nicht.«

»Bei uns eigentlich auch nicht.« Der Wolf trottete am Waldrand des anderen Ufers entlang. Manchmal äugte er zu ihnen herüber. Lasnics linke Gesichtshälfte zuckte heftiger. »Der gehört dem Drecksack, der mein Weib geraubt hat.«

Er erinnerte sich genau an den mörderischen Tag, an dem dieser Wolf dort drüben ihn beschnüffelt hatte: Die Bräunlinge hatten ihn in ein Jagdnetz geschnürt und wollten ihn einem Mammutkeiler vor die Hauer werfen. Das war ein ähnlich beschissener Tag wie gestern gewesen – der Tag, an dem die Bräunlinge Gundloch und Farner getötet hatten. Und ein paar andere Jagdbrüder auch.

Lasnic hatte damals die Lanze umgedreht und es ihnen heimgezahlt. Gemeinsam mit Kauzer und dem Mammutkeiler. Vielleicht wollte Kaikan, der Drecksack, sich dafür rächen.

Jäh stand ihm wieder Ayrin vor Augen, und wie ein scharfer Schmerz schoss es ihm durch die Glieder. Wahrscheinlich hatte Kaikan längst begonnen, sich zu rächen. Irgendjemand würde dem Bräunling schon geflüstert haben, dass er und die Königin von Garona ein Paar waren.

»Kannst du nicht ein bisschen schneller gehen?«

Rottnic machte größere und schnellere Schritte. Bald rannten sie über den Weg. Auch Tekla kreiste inzwischen am anderen Ufer über dem verdammten Wolf.

Die anderen hatten ihn gewarnt, hatten gebettelt, er möge nicht allein zu Kaikan gehen. Vor allem Loryane und Lord Frix – buchstäblich auf Knien angefleht hatten sie ihn. Frix hing an ihm wie ein kleiner Bruder an seinem großen Bruder; und was die Kriegsmeisterin bewegte, das wusste Lasnic ja. Sie hatte sogar geweint. Nun gut, wer hatte nicht geweint gestern, nach Rombocs Tod. Und angesichts der armen Herzogin.

Am anderen Ufer kläffte der weiße Wolf die Kolks an.

Und dann war am Abend auch noch ein Bote aus Stommbösch gekommen. Mit einer Botschaft von Kauzer. Wie glücklich er sei, Lasnic wieder hier in den Wäldern zu wissen, hatte sein Wettermann ihm ausrichten lassen. Und wie er dem Wolkengott auf Knien dafür gedankt habe. Lasnic hörte es gern und mit Erleichterung. Weniger gern hörte er den letzten Teil von Kauzers Botschaft: Lasnic müsse unbedingt und sofort ans Mündungsdelta kommen. Er brauche ihn dringend im Kampf gegen die Bräunlinge.

Als ob es den Braten fett machte, wenn Kauzer und Hirscher mit dreitausend und einem, statt nur mit dreitausend Jägern gegen die Übermacht der Bräunlinge kämpften. Von zehntausend Tarkanern auf hundert Schiffen erzählte man sich. Schlimmer ging's nicht. »Marderscheiße!«, zischte Lasnic.

»Was ist los?« Rottnic musterte ihn ratlos.

»Der Schartan ist los. Und seine gefräßigsten Dämonen. Lauf schneller, Bursche!«

Die Nachrichten vom Mündungsdelta hörten sich übel an, sicher: Viele Siedlungen brannten, reihenweise fielen die Jäger ins Vorjahrslaub, und einen Haufen Grünspross und Frauen hatten die Drecksäcke von den Tausend Inseln bereits auf ihre Galeeren verschleppt. Doch sah es hier im Norden etwa besser aus? Oder würde es an den Blutbucher Stommufern etwa besser aussehen, wenn die Bräunlinge dort auf die ersten Pfahlbausiedlungen stießen?

Dennoch hatte Lasnic mächtig schlucken müssen, bevor er »nein«

sagte. Allen hatte er »nein« gesagt. Er musste zu Ayrin. Selbst wenn es am Ende auch nur darum gegangen sein würde, mit ihr im Arm ins Vorjahrslaub zu stürzen. Er musste einfach zu ihr.

»Da!« Der Flaumbart blieb stehen und deutete zur nächsten Flussbiegung. Dort sah Lasnic ein Floß am diesseitigen Ufer schaukeln. Zwei Männer standen darauf. Bräunlinge, was sonst. Sie hielten sich an einem Seil fest, das jemand in Brusthöhe über das Wasser gespannt hatte. »Und da oben steht der Bräunling, der mir den Sack mit dem Haar deiner Königin gegeben hat.«

»Scheißkerl!« Aus schmalen Augen spähte Lasnic zur Flussbiegung und zum anderen Ufer. »Hoffentlich schneidet ihm bald jemand die Gurgel durch.«

Ein zweiter Mann stand neben dem Bräunling, auf den Rottnic gedeutet hatte – schwarzer Ledermantel, rotes Stirntuch, langes weißgraues Haar. Der weiße Wolf saß zu seinen Füßen im Schnee. »Der andere ist Kaikan, ihr Tarbullo.« Rottnic sah Lasnic an wie einer, der keinen Schimmer hatte. »Ungefähr das, was bei uns der Große Waldfürst ist. Schau dir den Drecksack gut an, Rottnic.«

»Warum?«

»Damit du ihn wiedererkennst, falls der Wilde Axtmann ihn heute übersieht und lieber mich ins Vorjahrslaub stößt.« Der Flaumbart blinzelte, schluckte ein paar Mal und nickte schließlich. »Weiß man's? Möge der Wolkengott auf dich aufpassen, Bursche, und möge der Große Waldgeist deine Jagdpfade ebnen, wo immer du langgehst.«

»Verflucht, Lasnic.« Rottnic zog den Rotz hoch. »Ich scheiß mir gleich in die Hosen.«

»Warum soll nur ich mir in die Hosen scheißen?« Lasnic klopfte dem Flaumbart auf die Schulter. »Grüße Kauzer von mir. Der Wettermann war mir immer wie ein Vater. Ohne ihn wäre ich längst tot. Oder übergeschnappt.«

Er ließ Rottnic stehen und lief zum Fluss hinunter und an seinem Ufer entlang bis zum Floß. Das schaukelte mächtig, als der Waldmann auf die zusammengebundenen Birkenstämme sprang. Die Bräunlinge stießen Schreckensrufe aus, klammerten sich am

Seil fest und blitzten ihn wütend an. Lasnic hoffte, das Futter seines Echsenledermantels würde nicht einreißen unter dem Gewicht des Schwertes.

»Versteht ihr Drecksäcke auch nur ein Wort meiner Sprache?«, rief er. Die Bräunlinge antworteten nicht, deuteten nur hinüber zu ihrem Anführer und fingen an, am Zugseil zu zerren. Lasnic wandte sich zum Nordufer um und belauerte Kaikan. Der stand breitbeinig neben seinem Wolf und hielt die Daumen in seinen Säbelgurt gehakt. Etwa ein halber Lanzenwurf trennte ihn vom Flussufer.

»Wisst ihr, was ich mit euch machen werde, wenn ihr meine Königin angerührt habt?« Lasnic stellte sich genauso breitbeinig auf das schwankende Floß. »Ich werde euch die Ärsche aufreißen und die Bäuche aufsäbeln! Ich werde euer Gedärm in die Bäume hängen, damit die Vögel sich daran satt fressen können!« Sie starrten ihn feindselig an, entgegneten kein Wort. »Und den da!« Er deutete auf Kaikan. »Dem werde ich die Eier abreißen und die Haut abziehen. Und dann werde ich ihn in siedendes Hirschfett stecken und danach den Mammutkröten zum Fraß vorwerfen!«

Die Bräunlinge verstanden kein Wort, das merkte er ihren verwirrten Mienen an. Die Flussmitte lag hinter ihnen, sie hatten es eilig, stemmten die Stiefelabsätze entschlossener in die Rundhölzer und lehnten sich von Mal zu Mal weiter zurück, wenn sie am Seil zogen.

Lasnic tastete nach dem Mondsteinring in seiner Tasche. Das Bild seines toten Vaters schoss ihm durch den Kopf. Wie die Jagdkerle ihn ins Ufergras gezogen und wie er den Ring im Mund der Leiche leuchten gesehen hatte. Birk also hatte Vogler in den Tod getrieben. Wie? Mit seinen magischen Kräften?

Am anderen Ufer tat sich etwas. Kaikan gestikulierte. *Nur der da oben ist jetzt wichtig*, rief Lasnic sich selbst zur Ordnung und seine abschweifenden Gedanken zusammen; nur der Oberdrecksack. Und Ayrin. Weg mit allen anderen Grübeleien! Weg mit der Vergangenheit vor allem. Nicht mehr zu ändern.

Das Floß scharrte über einen Stein, stieß gegen das Ufer. Lasnic sprang ins Gras, stapfte die flache Böschung hinauf. Bei jedem

Schritt schlug ihm das Schwert ins Kreuz. Sein Auge und seine Narbe zuckten, und schon wieder musste er pissen.

Die Uferwiese, verschneit wie Bäume und Unterholz, war mehr als einen Lanzenwurf breit an dieser Stelle. Findlinge ragten aus ihr, und jeden Stein bedeckte eine Schneehaube. In der Mitte des Streifens stand der Tarbullo mit einem Hauptmann in grauer Lederjacke. Der Wolf sprang auf und kläffte, als Lasnic seinem Herrn entgegenschritt. Kaikan zischte dem Tier einen Befehl zu. Es verstummte und ließ sich wieder im Schnee nieder. In den weißen Bäumen hinter Wolf und Bräunlingen hockten die Kolks. Der Waldmann sah sie nicht, doch er hörte sie.

Bräunlinge zerrten eine Frau aus dem Wald. Lasnic ging langsamer, kniff die Lider zu Schlitzen zusammen. Ayrin.

Sie war nackt.

Lasnic stand still. So plötzlich, als hätte eine Schlinge ihn von hinten erwischt. Nichts zuckte mehr in seinem Gesicht. Ein kaltes Zittern lief durch seinen Leib. Wie Glut stieg es ihm aus den Eingeweiden und hinter dem Brustbein herauf. Rote Schleier zogen durch sein Blickfeld. Ayrin, Kaikan, der Wolf, die Bräunlinge – alles verschwamm vor seinen Augen. Er packte die Lanze, stemmte sie über die Schulter.

Scharf sog er die Luft durch die Nase ein. »Drecksack verfluchter!« Irgendwie gelang es ihm, seinem Jähzorn Zügel anzulegen. »Bleib ruhig, Waldmann«, flüsterte er. Seine Stimme zitterte, sein Atem flog keuchend. »Du musst ruhig bleiben, sonst machst du alles kaputt.« Er sprach mit sich wie mit außer Rand und Band geratenem Grünspross. »Atmen, Waldmann, tief atmen. Runter mit der Lanze. Bleib ganz ruhig. Wenigstens Ayrin muss leben. Wenigstens sie und das Kind.« So ähnlich hatten Gundloch und Kauzer früher mit ihm gesprochen. Wenn er überschnappte.

Kaikan packte Ayrin am Arm und riss sie zu sich. »Hier ist dein Weib, Lasnic!« Er sprach Trochauer Dialekt. »Es friert! Braucht deinen Mantel!« Er stieß sie von sich, Ayrin stürzte in den Schnee. Kläffend sprang der Wolf um sie herum.

Lasnic ging los. Ayrin stemmte sich auf die Knie, stand auf, schritt Lasnic entgegen. Ja, sie schritt, und das, obwohl sie ein wenig hinkte. Wie eine Königin schritt sie – aufrecht, würdevoll, stolz. Dennoch wirkte sie in seinen liebenden Augen geprügelt und verletzt. Ihr bebender Unterkiefer, die zitternden Arme über ihren Fäusten und die blutigen Kratzer an ihren Schenkeln und Brüsten erzählten Lasnic ein wenig von dem, was sie erlitten hatte. Schnee blieb auf ihrem kurz geschorenen Schädel und auf ihrem gewölbten Bauch liegen. Der Wolf sprang um sie herum, knurrte und kläffte.

Lasnic rannte längst, zog im Laufen den Echsenledermantel aus, warf ihn ihr über die Schultern – von hinten, damit die Bräunlinge den Schwertknauf nicht sehen konnten –, ging um sie herum, schloss ihr den Mantel von vorn.

Sie sah ihm in die Augen. Ihre Zähne schlugen aufeinander, sie hechelte statt zu atmen, Tränen strömten ihr über das Gesicht. Er nahm sie in die Arme, hielt sie fest. Der Wolf stemmte hinter ihr seine Vorderläufe in den Schnee, fletschte die Zähne, kläffte nicht mehr, knurrte nur noch.

»Komm her Waldmann!«, rief Kaikan. »Sofort!«

»Lasnic, mein Lasnic.« Ayrins Stimme zitterte. »Dass ich dich noch einmal sehen darf.«

»Unten auf dem Floß warten zwei Drecksäcke.« Lasnic ließ den Wolf und den Tarbullo nicht aus den Augen. »Spürst du das Schwert im Mantelfutter? Geh jetzt.«

»Ich bleibe bei dir, mein Waldmann.« Sie stammelte es in seine Schulter. »Ich werde mit dir kämpfen.«

»Schätze, du hast genug zu kämpfen gehabt die letzten Tage. Geh schon.«

»Ich bleibe bei dir. Lieber will ich mit dir sterben, als von deinem Tod zu hören.«

»Du gehst.« Selbst jetzt noch dieser garonesische Weibertrotz! Lasnic wurde wütend. »Denk an unser Kind! Im Mantelfutter steckt mein Kurzschwert, hast du gehört?«

»Her mit dir, Waldmann!«, rief Kaikan. »Ich gebe die Königin von Garona nur im Austausch mit dir frei! Du kommst jetzt, oder ihr sterbt beide!«

»Ich bleibe«, flüsterte Ayrin. Der Wolf duckte sich wie zum Sprung, seine Raubtieraugen funkelten gelb. »Ich kämpfe mit dir.«

»Er hat den verfluchten Schartansring!«, zischte Lasnic. Er drückte sie von sich, sah ihr ins Gesicht. »Du kümmerst dich jetzt um dich selbst. Und um unser Kind. Gehe und schlag dich durch. Hör ein einziges Mal auf mich. Im Gegenzug werde ich dein verdammter Thronritter sein, falls ich das hier überlebe.«

Sie schluckte, presste die fahlen Lippen aufeinander und raffte den viel zu weiten Mantel um ihre Schultern zusammen. Dann nickte sie stumm und schritt an ihm vorbei zum Flussufer. Der Wolf sprang ab, wollte ihr hinterherhetzen – Lasnic stellte sich ihm in den Weg. »Du bleibst hier, Weißer!«, sagte er scharf. Das Raubtier lauerte zu ihm herauf, fletschte wieder die Zähne, knurrte.

Schritt für Schritt trat Lasnic rückwärts, bis zu der Stelle, wo er seinen Jagdbogen und seine Lanze fallen gelassen hatte. Das knurrende Tier schlich ihm nach. Lasnic ging in die Knie, griff nach seinen Waffen.

»Das Zeug brauchst du nicht mehr!«, brüllte Kaikan. »Komm ohne Waffen, oder ich befehle dem Wolf, dass er dich mit blutender Kehle zu mir zerren soll!«

Lasnic schloss die Fäuste um Bogen und Lanze. Kaikan stieß einen Pfiff aus – der Wolf bellte heiser, sprang den Waldmann an. Er schnappte nach Lasnics Kehle, sein aasiger, galliger Atem schlug dem Waldmann ins Gesicht. Er rammte dem Tier den Lanzenschaft in den Bauch, stieß ihn von sich. »Du weißt nicht, wen du vor dir hast, Weißer!«

Der Wolf jaulte, bellte sich die Kehle heiser, sprang ihn erneut an. Diesmal schnappte er nach dem Saum des Eulenfedermantels. Lasnic trat ihm gegen die Schnauze, trat ihm in die Flanke. Der Wolf heulte auf, überschlug sich im Schnee, sprang sofort wieder auf die Läufe, fletschte die Zähne und knurrte.

»Ich bin nicht dein Feind, du Saftarsch.« Lasnic zeigte dem Tier die Lanzenspitze. Die zitterte nicht schlecht. »Lässt du mich am Leben, lass ich dich am Leben.« Sein Blick flog hin und her zwischen dem Wolf und den Bräunlingen dreißig Schritte weiter. Kaikan gestikulierte, einer der Drecksäcke hob seinen Speer, zwei spannten Pfeile in ihre Kriegsbogen. Kaikan selbst griff nach dem Knauf seines Säbels. An seiner Faust sah Lasnic den Mondstein aufleuchten.

»Bring mich zu deinem verdammten Herrn, Weißer«, raunte Lasnic. Er ging langsam auf den Wolf zu, spähte nach einer Deckung. Drei große Findlinge wölbten sich in der Nähe aus dem Schnee. Ein Bräunling zielte schon auf ihn. »Los, Weißer, zu deinem Herrn will ich!« Der Wolf robbte rückwärts. »Ich komme, Kaikan! Ich bring dir deinen verdammten Zähnefletscher!«

Körperlänge um Körperlänge robbte der Wolf auf Kaikan und seine Bräunlinge zu, immer rückwärts. Schritt für Schritt folgte Lasnic ihm durch die breite Spur, die das Tier durch den Schnee zog. »Machst du gut, Weißer, bin zufrieden mit dir.« Der Bogenschütze neben Kaikan senkte seine Waffe, in der Körperhaltung des Tarbullos meinte Lasnic, Unsicherheit lesen zu können. »Ich komme zu dir, Kaikan!«, rief er, und dann leiser und raunend: »Bring mich zu deinem Herrn, Weißer, und wenn du dort bist – hör mir gut zu –, wenn du bei ihm bist, dann beißt du dem verdammten Dreckskerl die verdammten Eier ab!«

Der Wolf legte die Ohren an, drehte den dreieckigen Schädel, äugte zu dem Bräunling im schwarzen Ledermantel.

»Weg mit der Lanze!«, rief Kaikan. Wie Lasnic sprach er Garonesisch. Hinter ihm trat jetzt eine ganze Kampfrotte seiner Bräunlinge aus dem Wald. Die Kolks krächzten sich heiser. »Weg mit dem Bogen, sag ich! Oder ich lasse dich mit Pfeilen und Speeren spicken und hole mir dein Weib zurück!«

»Warum kämpfst du nicht mit mir?« Lasnic blieb neben einem hüfthohen Findling stehen. »Hast du Angst vor mir?«

Kaikan antwortete nicht. Doch Lasnic konnte sehen, wie es in seiner zerfurchten Miene arbeitete. »Leider darf ich dich nicht töten, Waldmann. Sei also dankbar dafür, dass ich nicht mit meinem Säbel auf dich losgehe!«

»Verflucht nett von dir!« Der Wolf richtete sich auf, hechelte, äugte zu Kaikan. »Wo du mich doch eben noch mit Pfeilen und

Speeren spicken wolltest. Und wer hat dir verboten, mich zu töten?«

»Unsere Herrin will dich lebend.« Der Wolf trottete zurück zu seinem Herrn.

»Oh! Das schmeichelt mir aber. Hat sie denn auch einen schönen Arsch?« Kaikan zuckte zusammen, und Lasnic begriff, dass er nicht nur Kaikans schwache Stelle, sondern auch das passende Trochauer Wort erwischt hatte. Er konnte noch weiteres Dreckzeug auf Trochauisch aufsagen: »Und ihre Titten, sind die eher groß wie der Stein hier oder eher klein und spitz wie die Schnauze deines Weißen?«

»Schweig, Waldmann!« Kaikan brüllte jetzt. »Sie ist unsere Hohepriesterin!« Sein Wolf ließ sich vor ihm auf die Hinterläufe nieder. Richtig friedlich wirkte das Tier auf einmal. Es äugte zu den Kolks hinauf, die über ihm kreisten und krächzten.

»Hat eine Hohepriesterin denn keine Titten?« Lasnic ließ nicht locker, verbiss sich tiefer in die Schwachstelle des Tarbullos. »Jemand, der Drecksäcke wie dich in die Welt schickt, um die Weiber der Völker zu schänden, so eine wird doch sicher selbst gern hin und wieder ficken. Bestimmt hast du sie auch schon gefickt, Kaikan! Komm schon, erzähl mir doch nichts!« Jetzt erst merkte Lasnic, dass es nicht mehr schneite. »Wahrscheinlich treibt sie es am liebsten mit einer ganzen Rotte auf einmal!«

»Frevler!« Kaikan zog seinen Säbel. »Tarkartos strafe dich für deine frevelhaften Worte!« Er wollte losstürmen und trat in seiner maßlosen Wut nach dem Wolf, der ihm im Weg hockte. Das Tier jaulte auf und schnappte nach Kaikans Bein. Kaikan brüllte, hieb mit dem Säbelknauf auf den Kopf des Wolfes ein, doch der Weiße ließ nicht locker, verbiss sich tiefer in der Wade seines Herrn.

Der Waldmann konnte sich kaum sattsehen an der Prügelei zwischen Tier und Mensch. Was für eine schöne Szene! Er stand breitbeinig und sprungbereit. Im Stillen dankte er dem Wolkengott für den Vorsprung, den der beißende Wolf der Königin verschaffte. Kaikans Speerträger stieß schließlich zu und tötete den Wolf. Beinahe tat es dem Waldmann leid um den Weißen.

»Du hast ihn verhext!« Kaikan geriet außer sich. »Noch nie hat er mich gebissen!« Ein dunkler Fleck breitete sich in der Pumphose unter seinem Knie aus. »Du hast ihn verhext! Und du hast unsere Herrin beleidigt!« Er machte einen großen Schritt über den zuckenden Wolfskadaver, verzerrte das sonst so versteinerte Gesicht vor Schmerzen und humpelte langsam näher. »Du hast Tarkartos gelästert!« Unberechenbar, so ein waidwunder Bräunling. Lasnic machte sich auf das Schlimmste gefasst.

Plötzlich, vielleicht noch zehn Schritte entfernt, warf Kaikan seinen Säbel weg. »Ich weiß, dass du ein Ringträger bist, Waldmann! Du willst mich zu dir locken, du willst mich mit dem magischen Licht töten! Ich durchschaue dich.« Er hob die rechte Faust, der Mondstein glühte an seinem Finger. »Nein, du Frevler! Ich werde meiner Herrin keinen starken und tapferen Waldmann bringen! Keinen frechen und kühnen Schweinereiter werden sie und ich dem Tarkartos opfern! Sondern einen sabbernden Greis!«

Lasnic zog seinen Mondsteinring aus der Manteltasche und hielt ihn hoch. »Euer Anführer hat Angst vor einem Waldmann, Krieger aus Tarkatan!« Er sprang hinter den Findling, legte den Ring darauf und rief: »Kämpfe wie ein Kerl, Kaikan!« Er hob die Lanzenspitze und schlug mit der flachen Seite auf den Ring.

Der Mondstein zersprang in tausend blau leuchtende Splitter, der Findling glühte auf. Lichtblitze schossen in den Winterhimmel, Tausende Funken rasten über die Schneewiese und in die Bäume und tauchten die Winterlandschaft in gespenstisches Violett.

»Kämpfe wie ein Kerl und nicht wie ein verdammter Hexer!«, rief Lasnic.

Kaikan stierte ihn an. Seine Augen waren große, schwarze Löcher. Die Bräunlinge hinter ihm wichen zum Wald zurück, einige rannten schon in panischer Flucht davon. Lasnic packte seine Lanze und lief dem Tarbullo entgegen. »Mach schon, Kaikan! Wo ist dein Schlachtbeil? Lass uns kämpfen wie Kerle!«

Kaikan aber hob seine Faust und richtete den Mondsteinring auf Lasnic. Der spürte bittere Enttäuschung durch seine Brust flammen. »Ich weiß ja, dass ihr Drecksäcke seid, die auf ihre Ehre scheißen!«, schrie er. »Hab aber gehofft, dass wenigstens in einem wie dir noch ein Funken von einem echten Kriegskerl glimmt.« Der andere schien zu zögern. »Habe ich mich so getäuscht in dir, Kaikan von Tarkatan?«

Die Gestalt des Tarbullos straffte sich, Lasnic sah genau, wie er schluckte. Doch der Mondsteinring an seiner Faust glühte heller. »Ich seh schon, ich hab mich getäuscht in dir.« Lasnic Stimme gehorchte ihm kaum noch. »Bist auch nur einer von viel zu vielen Saftärschen.« Bitterkeit schnürte ihm die Eingeweide zusammen. »Dann also los! Dann verwandle mich schon in einen zitternden Morschen. Los!«

Irgendwann ist es eben vorbei, sagte er sich, und seine Narbe zuckte wie verrückt, *irgendwann muss jeder einmal ins Vorjahrslaub hinunter, hol's der Schartan*. Der Gedanke an seinen in Ayrins Bauch keimenden Grünspross schoss ihm durchs Hirn, und wie ein Stich ging es ihm durchs Herz: Wie seine Mutter würde er niemals seinen Sohn oder seine Tochter kennenlernen. Er unterdrückte Tränen und Schmerz und richtete sich zu seiner ganzen Größe auf. »Worauf wartest du, verfluchter Rotzknochen? Mach schon, Kaikan!«

Etwas Schwarzes stürzte jäh aus dem Himmel, etwas Schwarzes klatschte Kaikan ins Gesicht. Lasnic zögerte keinen Wimpernsclag lang, dachte überhaupt nicht nach – er holte aus, schleuderte seine Lanze und warf sich bäuchlings hinter den nächsten Findling in den Schnee.

Der oberste Bräunling brüllte vor Schmerzen. Wieder flammte magisches Licht auf und tauchte Wald und Flussufer in blaue, türkisfarbene und violette Strahlen. Das Leuchten erlosch jedoch gleich wieder, und Lasnic robbte ein Stück aus seiner Deckung. Kaikan war zu Boden gegangen, die Lanze steckte in seiner rechten Schulter. Ein Kolk krallte sich in seinem langen Grauschopf fest und hackte ihm mit dem Schnabel ins Gesicht. Ein zweiter Kolk lag leblos neben Kaikans Säbel am Boden. Nirgendwo mehr ein Bräunling zu sehen.

Lasnic rannte los. Der Tarbullo brüllte und schlug nach dem Kolk; der taumelte in den Schnee, breitete die Schwingen aus und hob sich in die Luft. Lasnic blieb hinter Kaikans Kopf stehen. Blut und Schleim quollen aus den Augenhöhlen des Gefällten. Tekla und Schrat hatten ihm die Augäpfel ausgehackt.

Der Waldmann bückte sich nach dem Säbel des Tarbullos, holte aus und schlug ihm den Kopf ab. Kaikans Gebrüll verstummte von einem Atemzug auf den anderen, sein blutender Torso versuchte, sich aufzurichten, fuchtelte, strampelte. Der Schnee um ihn herum sog sich mit dem Blut voll, das aus seinem Halsstumpf quoll. Endlich kippte er zur Seite und schlug im roten Schnee auf. Er streckte sich, krümmte sich dann und erschlaffte.

Der Waldmann drehte ihm die Lanze aus der Brust, spähte dabei nach allen Seiten. Sie hatten sich davongemacht. Er ging in die Hocke, zog dem Toten den Mondsteinring ab, steckte ihn sich selbst an den Finger. Seine Blicke flogen erneut über den Waldrand. Kein Bräunling zeigte sich. Von irgendwoher wehte der Nordwind Kampflärm über das Flussufer. Tajosch und die Gefährten griffen das Lager an.

Vertrocknet, angegraut und starr lag das Kolkweib im Schnee. Jetzt konnte Lasnic die Tränen doch nicht mehr zurückhalten. Lag nicht ein Teil seines Lebens im blutigen Schnee? Er bückte sich und packte Teklas Kadaver an den Klauen. Das Herz blutete ihm, er konnte sie einfach nicht hier liegen lassen. Schädel und Vogel in der Linken, Lanze und Säbel in der Rechten, bewegte er sich rückwärts auf den Fluss zu. Schrat landete auf seiner Schulter. Er roch nach Blut.

Erst an der Böschung drehte der Waldmann sich um und rannte zum Floß. In der Uferböschung auf der anderen Flussseite kniete Rottnic mit gespanntem Bogen. Ayrin kauerte auf dem Floß, stützte sich auf Lasnics Kurzschwert. Die Klinge war blutig, Blut verschmierte auch die weißen Birkenplanken.

Lasnic fluchte, als er sie sah, sprang aufs Floß, ließ alles fallen, was er festhielt, und griff nach dem Zugseil. Flussabwärts sah er zwei Bräunlinge in den Wogen davontreiben. »Und wenn er mich getötet hätte?« Der wütende Blick des Waldmanns traf die Königin. Die senkte den Kopf und weinte laut.

12

Der sechste Tag ging zu Ende. Eisgrauer Winterhimmel hing über den Küstenwäldern und dem Großen Ozean. Catolis sog tief die kalte Luft ein. Die entzündeten Striemen auf Brust, Bauch und Rippen brannten, die Haut spannte. Wie lange hatte sie nicht mehr so frei durchgeatmet? Zu lange. Jeder Atemzug schmerzte, jeden Atemzug genoss sie. Dämmerung fiel auf den sechsten Tag nach ihrer Rettung. Die garonesische Kriegerin lenkte das Boot in eine kleine Bucht, die Ruderer legten sich nur noch halb so kraftvoll in die Riemen. Die Männer waren erschöpft.

Die Magierin lag im Heck des Ruderbootes, leicht erhöht auf Felle und Mäntel gebettet und unter Fellen und Decken in zahllose Öltücher gewickelt. Die garonesische Kriegerin neben ihr verfluchte sie zu beinahe jeder Stunde neu. Meist, wenn sie ihr den bitter-scharfen Sud aus Silberweidenrinde und wilden Zwiebeln einflößte. Oder ihr die geschwollene Zunge und den entzündeten Mundboden mit Öl bestrich. Auf eine gewisse Weise setzten ihre Flüche und Vorwürfe die Folter des Bastards fort. Jedes Wort traf wie ein Stich in Catolis' Herz.

Sie konnte in die Gesichter der Ruderer blicken, wenn sie wollte. Die besorgten Blicke der vier Tarkaner auf den mittleren Ruderbänken wanderten oft zu ihr. Der Anblick ihrer geschundenen Hohepriesterin hatte sie tief erschüttert. Während des ersten Tags auf dem Meer hatten sie mindestens genauso leidenschaftlich gebetet wie gerudert.

Die beiden Waldwilden auf der Ruderbank im Bug hatten sie nur anfangs beachtet. Jetzt kümmerten sie sich nicht mehr um die ihnen fremde, schwer verletzte Frau auf dem Stapel aus Fellen und Decken im Heck. Warum auch?

Der greise und doch noch so junge Ritter hatte die Ruderer sorgfältig ausgesucht, die er aus den Sklavenketten ins Boot geholt hatte; so sorgfältig, wie Catolis es ihm geboten hatte. Die Tarkaner ruderten aus Leibeskräften, weil sie ihre Herrin und sich selbst so schnell wie möglich zur tarkanischen Flotte und in Sicherheit bringen wollten. Die Waldwilden ruderten aus Leibeskräften, weil sie nach Hause wollten.

Es hatte aufgehört zu schneien. Schade. Die schmelzenden Schneeflocken auf ihrem heißen Gesicht hatten Catolis gutgetan. Sie kaute irgendeine Rinde. Wahrscheinlich Silberweidenrinde. Auch dafür und für die Wildzwiebeln hatte dieser Ritter gesorgt. Starian. Irgendwann im Krieg um Garona musste er in eine Kaskade des ERSTEN MORGENLICHTES geraten sein. Als sie die jungen Augen in seinem greisenhaften Gesicht sah, hatte sie es gewusst.

Vielleicht war es ihr deswegen so leicht gefallen, seinen Willen zu beschlagnahmen. Vielleicht auch wegen seines starken Mitgefühls – das Mitleid hatte seinen Geist weit geöffnet. Schuldgefühle bedrückten Catolis, wenn sie an ihn dachte. Doch sie hatte keine andere Möglichkeit gesehen, der Hölle in diesem Verschlag und auf dieser Pritsche zu entkommen. Ob der Bastard ihn getötet hatte? Sie mochte nicht daran denken.

Die garonesische Kriegerin – sie hieß Tigrit – schob ihr die Hand unter den Nacken, hob ihren schmerzenden Kopf an und setzte ihr den Becher an die wunden Lippen. »Trink, verfluchte Hexe!« Catolis trank. »Wir waren glücklich, verstehst du? Wir haben in Frieden gelebt!« Sie setzte den Becher ab, wickelte ein kleines Tuch um ihren Zeigefinger und tauchte ihn in den Ölnapf. »Unsere Terrassengärten blühten, unsere Handelsschiffe verkehrten zwischen Trochau, Baldor und Kalmul, unsere Baumeister planten neue Brücken, Kanäle und Burgen!« Sie rieb ihr den Schorf von der Zunge, ölte ihr die Entzündung darunter ein. Sie tat es grob und ohne die geringste Rücksicht auf Catolis' Schmerzen. »Unsere Kinder wuchsen heran, unsere Frauen waren die schönsten an allen Küsten des Großen Ozeans, unsere Ritter die tapfersten und unsere Forscher die klügsten!« Stechender Schmerz zuckte durch Catolis' Hals und Brust, wenn die Garonesin die Stelle berührte, in die sie Catolis die vergifteten Pfeile gestochen hatten. Dennoch blickte die Magierin dankbar zu der verbitterten Kriegerin hoch. »Und dann spielt eine wahnsinnige Hexe wie du Schicksal und hetzt diese widerlichen Blutsäufer auf unsere Städte! Ich verfluche dich!«

Die Kriegerin spuckte sie nicht an, spuckte nur über sie hinweg ins Meer. Zu Füßen des Stoffstapels, auf dem sie lag, sah Catolis einen Wimpernschlag lang wieder die Schlangenkörbe, bevor die Frau ihren Kopf fallen ließ. Catolis stöhnte auf vor Schmerzen, und genau das wollte diese Tigrit hören. Die Magierin nahm es ihr nicht übel.

Nicht weniger schlimm als Fieber und Schmerz wühlten die Schuldgefühle in ihr, der Ekel vor sich selbst und die Reue. Niemals zuvor hatten derartige Empfindungen ihren Geist beunruhigt. Jetzt marterten sie ihn Tag und Nacht. Catolis wusste nicht mehr, wohin mit so viel Ekel und Reue.

Es hatte begonnen, als sie den Geist des vergreisten Ritters berührte. Bis ins Mark hatte es sie getroffen, sein Mitleid mit ihr auf einmal selbst zu empfinden, bis in die tiefsten Schichten ihrer magischen Kraft zu spüren.

Von dieser Stunde an hörte Catolis wieder, was sie so lange unter großer Mühe und Sorgfalt zu vergessen versucht hatte: die schreienden Frauen und die weinenden Kinder. Die schreienden Frauen auf den tarkanischen Schiffen vor der Küste der Vogelinseln; die schreienden Frauen im Hafen von Trochau; die schreienden Frauen und die weinenden Kinder von Violadum, Garonada, Blauen und Baal.

Die Waldwilden sprangen in die Brandung, nacheinander folgten die vier Insulaner. Gemeinsam schoben die Männer das Ruderboot auf einen Strand. Catolis spürte und hörte den Kiel über Sand scharren.

Während die Männer Trinkwasser, frisches Fleisch, Silberbaumrinde und wilde Zwiebeln suchten, wechselte die Kriegerin der Magierin die Öltücher. Catolis weinte, stöhnte und wimmerte vor Schmerzen. Manchmal, wenn Tigrit Tücher abriss, die in den Wunden klebten, schrie sie auch auf. »Du glaubst nicht, wie gern ich dich schreien höre, verfluchte Hexe! Wenn ich dich aus dem Laderaum schreien hörte, habe ich jedes Mal die Schreie der Frauen von Rothern und Garona gehört. Wenigstens eine Spur von Vergeltung, dachte ich dann.«

Die Kriegerin aus Garona ging davon aus, dass Catolis ihre Sprache nicht beherrschte. Das hatte die Magierin längst begriffen. Vielleicht überschüttete Tigrit sie deswegen so hemmungslos mit Anklagen und Flüchen.

»Ich habe es dir gegönnt, glaub mir das.« Sie riss das letzte Öltuch von den Brandwunden an den Innenseiten ihrer Oberschenkel; Catolis schrie. »Soll ich dir erzählen, was deine Blutsäufer mit meiner Obristdame in Rothern gemacht haben? Tibora war eine schöne und überaus kluge Frau. Eine ganze Rotte deiner Blutsäufer hat sie zu Tode geschändet und gequält. Soll ich dir davon erzählen?«

Catolis widerstand der Versuchung, den Kopf zu schütteln, die Garonesin hätte es so oder so erzählt. Und tatsächlich schilderte sie, wie ihre Obristdame zu Tode gekommen war, während sie die Magierin in frische Öltücher wickelte. Jede Einzelheit erwähnte sie, jeden Schrei, jede Verstümmelung, jedes Flehen und Betteln.

Catolis weinte. Die Tränen brannten in den Striemen auf ihren Wangen, auf ihrem Hals. Tigrit stutzte. »Heul du nur, verfluchte Hexe!«, zischte sie dann und packte noch gröber zu. »Spüre wenigstens einen einzigen Tropfen des Meeres von Schmerzen, mit dem du unser schönes Garona überflutet hast!«

Die Nacht verbrachte sie allein im Boot. Allein mit den Schlangen in den vier Körben. Allein mit den Schreien der Frauen von Violadum, Garonada, Blauen und Baal. Mit dem Mondstein an ihrer Rechten beschwor Catolis das ERSTE MORGENLICHT herauf. Es linderte ihr Fieber, ihre Schmerzen; sie richtete das magische Licht, so gut sie konnte, auch auf die Wunden unter den Öltüchern, unter der Zunge.

Am Morgen, als die Männer das Boot wieder ins Meer schoben, fütterte die Garonesin sie mit Resten kalten Fasans und tränkte sie mit dem Rindenzwiebelsud. »Hast du auch ordentlich Schmerzen gehabt?« Catolis stöhnte. »Prächtig.« Tigrits Blick brannte vor Zorn und Verachtung. »Ich hab sie wieder schreien gehört, meine Obristdame. Ich höre sie fast jede Nacht schreien, kapierst du? Sie und all die anderen.«

»Ich auch«, flüsterte Catolis.

»Was?« Die Kriegerin verstand nicht, zu verschorft und geschwollen noch waren Catolis' Zunge und Lippen.

Der siebte Tag in Freiheit brach an, der siebte Tag auf dem Meer. Das Fieber sank ein wenig, die Schmerzen ließen nach. Die vier Tarkaner glaubten, spätestens am Abend die tarkanische Flotte zu sichten. Die Waldmänner wirkten bedrückt: Von Zeit zu Zeit stiegen Rauchsäulen aus küstennahen Waldstücken. Einmal sah Catolis Flammen aus den Wipfeln lodern. Der Anblick schnürte ihr das Herz zusammen. Sie würde zu spät kommen.

Jedes Mal, wenn Tigrit sie fluchend tränkte und ihr den Mund einölte, sah sie ihr dankbar ins Gesicht. »Glotz nicht wie eine kranke Bergziege!« Die Kriegerin spuckte über die Magierin hinweg; dafür erntete sie feindselige Blicke der vier Tarkaner. »Ihr Scheißkerle!« Tigrit drohte ihnen mit der Faust. »Ihr ahnt ja nicht, wie gern ich euch die Schädel einschlagen würde!« Grob rieb sie Catolis' Zunge mit dem Öltuch ab. »Dir auch übrigens, verfluchte Hexe! Mag gar nicht daran denken, was deine Blutsäufer Blauen angetan haben. Ich sollte dich einfach hier verdursten lassen. Warum ich es nicht tue, fragst du dich?« Catolis reagierte nicht. Sie wusste, warum. »Ich hätte mich niemals darauf eingelassen, das kannst du mir glauben! Von mir aus hättest du da unten verrecken können. Doch dann hat sie die Kerle auf dich gehetzt. Spätestens da erkannte ich: Lauka ist noch zehnmal schlimmer als du. Eine Bestie! Man muss sie ja fürchten!«

Starian hatte Tigrit erpresst. *Entweder du hilfst mir, die Magierin zu befreien, oder ich verrate Lauka, dass ihr der Herzogin Tanjassin den Gnadenstoß gegeben habt, bevor sie im Kerker der Bräunlinge starb.* Catolis hatte ihm das so aufgetragen. Sie wusste aus dem Geist der Kriegerin von diesem Vorfall im Kellergewölbe der Burg von Blauen.

Die Ruderer arbeiteten und schwitzten, der Himmel klarte auf, es wurde ein wenig milder. Die Sonne wanderte über das Boot hinweg aus Catolis' Blickfeld. Scham, bittere Reue und Ekel vor sich und ihren Überzeugungen plagten sie. Das, woran sie so fest geglaubt hatte, war ihr unter den Schmerzen auf der Pritsche zerbrochen. Sie selbst war zerbrochen. Eine andere Catolis kroch jetzt aus den Scherben dessen, was von ihr übrig geblieben war.

»Galeeren«, murmelte Tigrit plötzlich vor sich hin. »Die Strommündung wimmelt von Galeeren! Da kommen wir doch niemals vorbei!« Sie fuhr herum und blitzte die Magierin an. »Verfluchte Hexe, du! Nur deinetwegen gerate ich jetzt in den Krieg zwischen deinen Blutsäufern und den Waldwilden!«

Catolis streckte die Arme nach ihr aus. »Hilf mir hoch.«

Tigrit runzelte erschrocken die Brauen. Offenbar verstand sie ihr Krächzen. »Du sprichst Garonesisch?«

»Hilf mir, bitte.« Tigrit schob den Arm in die Felle unter ihrem Rücken und zog sie so weit hoch, dass sie den Horizont, die Mündung des Stomms und die Küste sehen konnte. Mindestens fünfzig Galeeren zählte sie. Am Nordufer der Mündung stand ein Dorf in Flammen. Auch tief im Wald stieg Rauch von zahlreichen Bränden auf. »Nimm die Flagge.«

Tigrit ließ die Magierin wieder in ihr erhöhtes Krankenlager sinken, erstaunlich behutsam dieses Mal. »Du hast doch nicht etwa alles mitgekriegt, was ich in den letzten Tagen von mir gegeben habe?«

»Alles«, flüsterte Catolis. Das Sprechen verursachte ihr unerträgliche Schmerzen. »Und alles ist wahr. Die Flagge.«

Tigrit kramte die Flagge aus dem Gepäck, die Starian auf Catolis' Geheiß vom Hauptmast holen und ins Ruderboot hatte laden lassen. »Ich bin verzweifelt, das musst du verstehen«, sagte sie. »Und ja, ich verfluche und hasse dich. Fast so sehr wie Lauka.« Sie entrollte den Bocksschädel vor gekreuzten Waffen.

»Es tut mir so leid«, krächzte Catolis. Die andere beugte das Ohr an ihren Mund. »Ich hab' keine Worte dafür. Rudert zwischen Küste und Galeeren und dann zu dem Schiff mit der schwarzen Hauptmannsfahne. Und winkt mit der Bocksflagge.«

*

Rauch über den Wipfeln im Westen. Tschilpende Vogelschwärme über dem Wald. Waldhörner röhrten. Das Gehölz voller Jäger; überall ihre Rufe, Pfiffe, Sumpfeulengeheul und Habichtgeschrei. Lasnic schnüffelte in den Ostwind – kein Brandgeruch. Er spähte nach Südwesten – keine Flammen in den Birkenhainen vor Stommbösch, dem Wolkengott sei Dank!

Der Pfad weitete sich, andere mündeten ein. Sie nahmen den breitesten, hasteten dem nördlichsten Arm der Stommmündung entgegen. Tajosch und Lasnic an der Spitze, dahinter Gumpen, Lord Frix und über 700 Jagdkerle aus Nordstamm. Vögel pfiffen, Rotaffen schrien, Elche blökten, und irgendwo hörte Lasnic auch einen Waldelefanten trompeten.

Das Röhren des Waldhorns wollte gar nicht mehr aufhören. »Hörst du's, Lasnic?« Tajosch legte ihm die Hand auf die Schulter. »Sie blasen das Waldhorn schon an drei Stellen!« Er drehte sich nach den anderen um. »Hört ihr's? Waldfeuer in drei Siedlungen!« Schreckensrufe und Flüche wurden laut. Die Jagdkerle schüttelten Fäuste und Lanzen. »Schneller, Eichgraf!«, forderten raue Stimmen. Dabei rannte Tajosch schon schneller als ein Sumpfdachs auf der Flucht vor dem Flussparder. Zorn auf die Bräunlinge und Sorge um seine Sippe in Stommbösch hetzten ihn voran. Und nicht nur ihn.

Lasnic lief wie im Traum. Waldfeuer! In mindestens drei Siedlungen! Wahrhaftig, ein Traum: Ayrins Albtraum. Der Magier der Waldstämme und Waldfeuer bis zum Horizont: Das hatte sie doch geträumt. Und jetzt geschah es. Hatte der Magier im Traum nicht seinen Namen gerufen? Verfluchtes Hexerpack! Niemanden konnte Birk mehr rufen, und das Waldfeuer brannte dennoch.

Im Laufen tastete Lasnic nach dem Mondstein. Er trug Kaikans Ring ganz offen an der Linken. Und er würde ihn benutzen. Ja, er wollte den Kampf hier zu Ende bringen. Nachdem er den Dreckskerl erledigt hatte, mehr denn je. Und dann in den Strom mit dem Schartansring! Oder noch besser: ins Meer. Oder am allerbesten: zertrümmern, wie er den eigenen vor Kaikans Augen zertrümmert hatte.

Es roch nach Wasser und Moder. Der Wald lichtete sich. Sie

erreichten den nördlichsten Mündungsarm. Menschen und Tiere drängten sich auf dem Uferweg. Stommbösch, endlich! Noch nie hatte Lasnic so viele berittene Jäger auf einmal gesehen. Auf Elchen, auf Waldelefanten und auch zu Fuß strömten sie aus den nordöstlichen Siedlungen von Strömenholz und Blutbuch herbei, um die Siedlungen am Mündungsdelta gegen die Bräunlinge zu verteidigen. Lasnic sah Gesichter, die er kannte. Jäger aus Stommfurt, seiner Heimatsiedlung. Manche winkten; dann winkte er zurück.

Der Lederbeutel mit Kaikans Schädel schlug ihm bei jedem Schritt gegen den Rücken. Er dachte an Ayrin. Arme Geliebte! Er hätte den Drecksack gern noch hundertmal ins Vorjahrslaub geschickt für das, was er ihr angetan hatte, und auf hundert Weisen.

Vor zwei Tagen war seine Königin mit Joscun und Loryane den Strom hinaufgefahren. Den Bräunlingen aus Wildan entgegen. Auf einer eroberten Galeere. Hass und Rachedurst trieb sie an. Lasnic hatte gar nicht erst versucht, ihr das auszureden. Eine wie Ayrin ließ sich nichts ausreden, was sie sich einmal in ihren Weiberkopf gesetzt hatte. Lasnic kapierte es inzwischen.

Der Mündungsarm war nur einen Lanzenwurf breit. Kanus und Lastkähne drängten sich vor den Anlegestellen. Verletzte und tote Jagdkerle wurden an Land getragen, gefangene Bräunlinge in Fesseln abgeführt. Die Luft brauste von Flüchen und Geschrei. Lasnic schnappte Siegesmeldungen über vier versenkte Galeeren auf, Klagen über neunzig gefallene Jagdbrüder, Gejammer und Geheule über sieben brennende Siedlungen und zahllose verschleppte Weiber. Das Entsetzen machte ihn stumm, dämpfte sogar seine Wut.

»Sie nehmen keine Kerle gefangen«, rief Tajosch neben ihm. »Wer älter als zwölf Sommer ist, den schicken die verfluchten Drecksäcke sofort ins Vorjahrslaub.«

Lasnic wunderte das nicht: Die tarkanischen Ruderdecks waren voll von garonesischen Weihrittern und jungen Burschen aus Baldor. Zudem galten die Waldmänner als störrisch und aufsässig. Und Sklaven hatten sie mehr auf ihren Schiffen zusammengepfercht, als sie jemals würden verkaufen können. Nur von Weibern konnten sie den Schlund nicht voll kriegen.

»Tajosch!« Ein aschblonder Flaumbart drängte sich durch die Menge. »Hierher, Eichgraf! Und du auch, Lasnic von Stommfurt!« Dann stand er vor ihnen. Lasnic kannte ihn nicht. Das Gesicht von Voglers Sohn jedoch kannten viele. Bei der Wahl zum Großen Waldfürsten vor zwei Sommern hatte er es zeigen müssen. Auf dem Dach des Gemeinschaftshauses am Strom. Tausenden. Kauzers Schuld.

»Kauzer will euch sehen«, sagte der Aschblonde. »Kommt schnell!« Er machte kehrt, lief schon wieder los. Tajosch winkte nach hinten. Vier Jagdkerle schlossen sich ihm an. Pirol Gumpen und Lord Frix begleiteten Lasnic. Dem klopfte das Herz bis zum Hals. *Jetzt geht es zu Kauzer, zu meinem Wettermann.* Erler hatte zwar zu verstehen gegeben, dass er als Waldfürst nichts dagegen hatte, den geflüchteten Lasnic wieder in die Gemeinschaft der Strömenholzer Jagdkerle aufzunehmen. Doch nun hing alles an Kauzers Entscheidung. Der Wettermann hatte das letzte Wort.

Vorbei an Anlegestellen, Bootshäusern und Pfahlhütten liefen sie tiefer in die große Siedlung hinein. Vor einer Reihe dicht stehender Ulmen blieb der Flaumbart stehen und deutete in die kahlen Bäume hinauf.

Sieben Baumhäuser hingen in jeder Krone. Bis in die Wipfel hinein waren sie in drei Schichten übereinandergebaut und durch Leitern und Veranden miteinander verbunden. Kurze Hängebrücken führten auf drei Ebenen von einer Ulme zur anderen. Auf einer hockte Schrat und krähte, als wollte ihm jemand eine Beute abnehmen. Lasnic hätte niemals ein Baumhaus in eine Ulme gebaut. Ein Herbstorkan, und die schlanken Bäume schwankten wie besoffene Morsche.

»Kauzer wartet dort oben auf uns?« Tajosch mochte es genauso wenig glauben wie Lasnic. »Was treibt er da?«

»Was schon?« Der Flaumbart zuckte mit den Schultern. »Er ist ein Wettermann, also wird er wohl dem Wolkengott oder dem Großen Waldgeist die Ohren abkauen. Wahrscheinlich beiden, denn ich habe ihn seit Tagen nicht mehr am Wasser oder im Gehölz gesehen.«

Sie stiegen in die Wendeltreppe, die sich um den Ulmenstamm wand. Lasnic hatte sich vorgestellt, Kauzer würde mit den Jagdkerlen an der Küste und in den Uferwäldern den Rotten der Bräunlinge auflauern. Oder wenigstens mit den Spähern durch die Küstenwälder pirschen, um den alten Hirscher und die Eichgrafen mit Neuigkeiten und Ratschlägen zu versorgen. So wie Ulmer das tat, der kleine Wettermann von Blutbuch. Oder Holder von Düsterholz, auch nicht gerade ein stämmiger Riese vor dem Wolkengott. Stattdessen hockte der Wettermann in einem Baumhaus und beschwor die Götter. Dabei konnte er mit der Lanze umgehen, und ein schlechter Bogenschütze war er auch nicht. Eigenartig. Was war los mit Kauzer?

Bis in das Wipfelhaus hinauf mussten sie klettern. Auf halber Höhe hörten sie den Wettermann murmeln und sahen Rauch aus der runden Dachöffnung der höchsten Hütte steigen. Wahrhaftig: Er beriet sich mit den Göttern.

Die anderen Häuser waren leer. Keine Stimmen, kein Grünsprossgeplärr, keine zeternden Weiber, keine Morschen auf den Veranden. Alle unterwegs, um sich mit den Bräunlingen zu prügeln. Selbst die Weiber hoben Erdfallen aus oder legten Schlingen, und wer von den Morschen noch einen Jagdbogen halten konnte, hatte sich im Unterholz des Uferwaldes versteckt. Jedenfalls erzählte man sich das in Nordstamm. Und den ganzen Grünspross der Gegend, so hatte Lasnic gehört, hatte man mit Hunderten Müttern und Jungweibern in den tiefsten Süden von Düsterholz geschafft.

Endlich die letzte Veranda. Kauzer schien mit irgendjemandem zu streiten. Lasnic lauschte – wie vertraut die raue, beinahe raschelnde Stimme des Wettermannes klang. Sein Mund wurde trocken, seine Handflächen schwitzten, sein Auge zuckte. Nacheinander bückten sie sich in die Wipfelhütte. Hinter Pirol Gumpen stand Lasnic schließlich als Letzter auf der Veranda. Er schämte sich, er hatte Angst, er fühlte sich wie ein verdammter Feigling. Andererseits: Was musste dieser vorwitzige Wetterschwätzer ausgerechnet ihn zum Großen Waldfürsten vorschlagen?

Gumpen hatte Mühe, seinen massigen Leib durch die niedrige

und schmale Hüttentür zu zwängen. Endlich gelang es ihm, sogar seinen gewaltigen Dreizack hinter sich her hineinzuzerren, und Lasnic konnte ihm folgen. Es roch nach Fettholzfeuer, Kiefernharz, verglühendem Pilzpulver. Und nach heiligem Trank.

Kauzer hockte mit gekreuzten Beinen am Feuerbecken und schmauchte seine Pfeife mit dem Pilzpulver. »Der Große Waldgeist ekelt sich vor den Bräunlingen«, sagte er, ohne seinen Blick von den Rauchschwaden zu wenden, die von Pfeifenkopf und Kohlebecken aufstiegen. Wenn er sprach, klang es immer noch so, als würde einer in einen Haufen Vorjahrslaub treten. »Und der Wolkengott hat seine gesamte Götterbande zusammengerufen, um über unser künftiges Schicksal zu beraten. Keine Ahnung, warum sich die Himmelskerle so viel Zeit lassen.«

Endlich hob er seinen großen Kinderschädel und sah Tajosch ins Gesicht. »Fasst Mut, Jäger, es steht besser für uns, als es auf den ersten Blick scheint. Allerdings ist die Kriegszeit noch nicht vorbei, wenn wir hier in den Wäldern die Rotten von den Tausend Inseln besiegt haben. Für ihre Hilfe verlangt die Götterbande nämlich, dass wir …« Er stutzte, runzelte die Stirn und stach mit dem Pfeifenstiel durch den Rauch nach Pirol Gumpen. »Seid ihr übergeschnappt? Bringt mir doch gleich einen Waldelefanten in den Wipfel herauf! Wollt ihr mir die Hütte zum Absturz bringen?«

»Das ist mein Jagdbruder Pirol Gumpen aus dem Land am Nordmeer.« Lasnic trat aus dem Hintergrund neben Tajosch und zog den kleinen Baldoren mit sich. »Und das hier ist Lord Frix, mein Jagdbruder aus Baldor. Beiden habe ich eine Menge zu verdanken.« Kauzer sperrte den Mund auf, als hätte er noch allerhand zu sagen. Verblüffung und Freude hielten sich die Waage in seinem verwelkten Knabengesicht. »Ich danke dem Großen Waldgeist, dass ich dich wiedersehen darf«, fügte Lasnic hinzu. »Es war nicht in Ordnung wegzulaufen, doch jetzt bin ich wieder da.« Vergessen all die schönen Reden, die er in schlaflosen Nächten gedichtet hatte; mehr wollte ihm einfach nicht über die Lippen.

»Lasnic!« Ächzend erhob sich der Wettermann. »Bei allen guten Mächten des Universums! Endlich bist du wieder zu Hause!« Er schloss den Rückkehrer in die Arme, und weil er zwei Köpfe kleiner als Lasnic war, musste der in die Knie gehen, um mehr als nur den großen Schädel des Wettermanns umarmen zu können.

»Ich wusste, dass du wiederkommen wirst! Ich wusste es. Ein Jagdkerl wie du kann doch den Hausbaum nicht vergessen, in dessen Wurzeln Vater und Mutter begraben sind.« Lasnic sah die anderen grinsen. »Willkommen zurück in der Jägergemeinschaft des Strömenholzer Gehölzes!«

Tajosch nickte ihm einen Glückwunsch zu, und Lord Frix strahlte über das ganze spitze Gesicht. Lasnic selbst überwältigten Erleichterung und Freude, und er ließ seinen Tränen freien Lauf. Irgendwo draußen krähte Schrat, als würde jemand Steine auf ihn werfen. Was war los mit dem alten Kolk?

Nur Gumpen wirkte seltsam ernst. Auch beobachtete er weder Lasnic noch Kauzer, sondern äugte mit grübelndem Blick an beiden vorbei zu einer Ecke des Baumhauses, in die kaum Licht fiel. Hinter seinem Tränenschleier sah Lasnic dort einen Mann sitzen.

»Mehr als siebenhundert Jagdkerle wollte Erler mir nicht mitgeben«, sagte Tajosch; der Eichgraf galt nicht als Freund großer Gefühle. »Die anderen braucht er noch in den Elchsümpfen. Dort jagen er und Ulmer mit nicht einmal dreitausend Kerlen doppelt so viele Bräunlinge. Haben mächtig bluten müssen, die Drecksäcke. Allein die Waldschlampe hat Dutzende von ihnen erledigt. Nicht zu reden von dem Schrecken, den sie unter ihnen verbreitet hat.« Er griff nach dem Lederbeutel auf Lasnics Rücken und zog ihn in Kauzers Blickfeld. »Seit Lasnic ihrem Oberdrecksack vor sieben Tagen den Schädel geklaut hat, laufen sie wie die Fasanenhennen. Die Bräunlinge im Norden sind so gut wie erledigt, würde ich sagen.« Er deutete auf den Beutel. »Ich schätze, der Drecksackschädel in diesem Sack könnte uns hier am Stomm noch wertvolle Dienste leisten.«

»Gut gemacht, Tajosch!« Der Wettermann tätschelte dem Eichgrafen die Wange. Und griff dann nach Lasnics Armen. »Sehr gut gemacht, Bursche!« Sein Blick war verhangen, seine Augen rötlich und trüb – der Pilzrausch –, doch er lächelte zu Lasnic herauf wie ein stolzer Vater zu seinem Sohn. Immer noch das verwelkte Grünsprossgesicht, immer noch die weißblonden und verquastet vom großen Grünsprossschädel abstehenden Locken. Wahrscheinlich säbelte er sie sich auch noch immer mit einem scharfen Messer ab.

Lasnic wischte sich die feuchten Augen aus und betrachtete den Mann im Halbdunkeln. Der war klein, drahtig und schwarzhaarig wie ein Tarkaner, jedoch hellhäutig. Ein langer Spitzbart und ein Schnurrbart verliehen seinem schmalen Gesicht ein fremdartiges Aussehen. Nur in Trochau hatte Lasnic Kerle mit derart komischen Bärten gesehen. Auch trug der Fremde die bunte Kleidung eines Trochauers: blaue Jacke, rote Weste und darunter ein weißes Hemd, dessen Kragen und Säume Lasnic an Kirschblüten erinnerten. Seine Rechte hatte er unter seine Jacke auf die Brust gelegt; als würde ihm das Herz wehtun. Komischer Kerl.

»Wir haben von einem Rudel Rotaffen gehört, das hier in der Gegend über Bräunlinge hergefallen sein soll«, sagte Tajosch. »Und Schlammwelse hätten eine halbe Flotte tarkanischer Landungsboote zum Kentern gebracht, hört man. Weiß du was davon, Wettermann?« Lasnic hatte ein morsches Weib von Nordstamm sogar erzählen hören, dass eine Herde Elche auf Bräunlinge losgegangen sei; er war gespannt auf die Antwort des Wettermannes.

Kauzer zog an seiner Pfeife und machte eine wichtige Miene. »Ja, habt ihr geglaubt, ich sitze zum Spaß hier oben rum?« Er wandte sich wieder an Lasnic. »Du hast dem Tarbullo seinen magischen Ring abgenommen, heißt es. Und könntest sogar damit umgehen. Dann an den Strom mit dir! Bei Welsen am nördlichen Mündungsarm stehen die Bräunlinge am dichtesten. Von dort aus wollen sie mit Tausenden Kriegern auf uns hier in Stommbösch vorrücken. Mach Gebrauch von diesem Ring!« Mit seinem dürren, knochigen Zeigefinger berührte er den Mondstein »Schicke so viele von ihnen ins Vorjahrslaub, wie du nur kannst.«

*

Ritter und Waldmänner ließen die Ruderboote zu Wasser. Sie würden an Bord der Galeere bleiben und sich um die Blutsäufer kümmern, die Joscuns Fallen entkamen. Ayrin blickte zu den Ufern. Der Strom war mehr als tausend Fuß breit hier, neunzig garonesische Meilen vor dem Mündungsdelta. Der Uferwald war weitgehend kahl, und man würde sich im Schilf und im Unterholz verstecken müssen.

Sie wandte sich an ihre Ritter und Schwertdamen. »Weit weg von Garonas Gipfeln und Städten werden wir gegen die Blutsäufer kämpfen.« Ayrin schaute jedem der Männer und Frauen ins Gesicht. Nicht alle würde sie wiedersehen. »Doch unser Kampf gilt auch hier der Freiheit unserer Heimat.« Ihre Stimme klang rau und brüchig vom vielen Weinen. »Die Große Mutter segne und behüte euch.«

Die Hochdamen umarmten einander zum Abschied und kletterten dann über Strickleitern in verschiedene Boote hinunter. Valena, die Ärztin, und die weißhaarige Sigrun ruderten hinüber ans Südufer. Hunderte Jäger aus Blutbuch erwarteten sie dort. Thora, ihr Bruder Urban, Martínos von Eldora, der Seeberger und zwei Schwertdamen saßen bei ihnen auf den Ruderbänken. Sigrun winkte. Seit vier Tagen aß sie wieder.

Ayrin und Loryane fuhren mit Feline, dem jungen Grenzritter Tibor von Schluchtern und vier weiteren Rittern ans Nordufer. Waldmänner aus Strömenholzer Siedlungen warteten dort im Schilf und zwischen Weiden und Ulmen in der Uferböschung. Und Joscun. Schon vor vier Tagen hatten Stommböscher Jäger ihn und zwei Schwertdamen auf einem Lastkahn den Strom hinaufgefahren.

Ayrin blickte sich noch einmal nach der zurückbleibenden Galeere um. Am Bug standen zwei tarkanische Katapulte. Achtermast und Aufbauten am Heck waren nur noch verkohlte Trümmer. Große Steine häuften sich dort jetzt. Waldmänner in Kanus hatten in der Stommmündung eine Flotte von dreißig tarkanischen Schiffen mit Brandpfeilen angegriffen, einige versenkt und einige geentert. Von den erbeuteten Schiffen war dieses hier das brauchbarste gewesen.

Ritter an der Reling winkten den Ruderbooten hinterher; Sklaven, die Lasnics Jagdbrüder von den Ruderbänken befreit hatten. Die meisten waren derart erschöpft, dass Ayrin ihnen verboten hatte, sich schon dem Kampf Mann gegen Mann zu stellen. Sie winkte zurück.

Loryane, neben ihr, stützte sich auf ihren Dreizack. Von der Seite spürte Ayrin ihren besorgten Blick. Alle guckten sie an, als müsste man um ihren Verstand fürchten. Oder um ihr Leben. Ayrin hasste das. Sie hatte überlebt, was viele Frauen ihres Volkes nicht überlebt hatten, und sie hatte ihr Kind behalten. Was wollte sie mehr?

Natürlich fühlte sie sich zerschlagen und innerlich wie wund. Und natürlich machten Albträume ihr die Nächte zur Qual. Aber sollte sie deswegen in Schwermut versinken? Oder in Wahnsinn? Sie hatte genug geweint und geschrien – in Loryanes Armen, an Lasnics Brust, gemeinsam mit Sigrun. Jetzt wollte sie kämpfen, Rache nehmen, vergessen. Tapfer und stark wie Romboc wollte sie sein, wollte wie der gefallene Erzritter den Schicksalsschlägen des Lebens trotzen, wieder aufstehen und weiterkämpfen.

»Guck mich bitte nicht so an, Loryane«, sagte sie. »Mir geht es gut, und ich weiß genau, was ich tue.«

Der Kahn bohrte sich ins Schilf. Waldmänner griffen zu und zogen, Ritter sprangen ins seichte Uferwasser und schoben. Ayrin und Loryane stiegen aus und dann die flache Uferböschung hinauf. Joscun und die Schwertdamen begrüßten sie. Loryane richtete die aufgetragenen Grüße aus, erzählte von den verlustreichen Kämpfen im Mündungsdelta; Joscun berichtete von den Vorbereitungsarbeiten hier, an den Stromufern.

»Wie ich sehe, haben die Waldmänner eine Galeere erobert.« Er deutete zum Schiff.

»Mehr als eine.« Loryane schulterte ihren Dreizack. »Doch die Königin hat verboten, die feindlichen Schiffe mit Feuer anzugreifen. Zu viele Ruderklaven sind in brennenden und gesunkenen Galeeren umgekommen.«

»Und die Waldwilden haben es sich verbieten lassen, meine Königin?« Ungläubig sah der Baumeister Ayrin an.

»Sie wollten erst nicht. Doch Lasnic hat so lange auf den Waldfürsten Erler eingeredet, bis der nachgab und eine Botschaft an Hirscher schickte, den alten Waldfürsten, der die Verteidigung des Mündungsdeltas befehligt. Wie weit bist du mit deinen Spannvorrichtungen, Baumeister?«

»Neun sind schon einsatzbereit. Kommt, ich zeige euch eine.« Er wandte sich um und winkte sie hinter sich her. Einige Waldmänner schlossen sich ihnen an. »Hat man etwas vom verschollenen Großen Waldfürsten gehört?«

»Späher haben seine Leiche gefunden.« Lasnic hatte Ayrin erzählt, was geschehen war und sie schwören lassen, vorläufig kein Wort darüber zu verlieren. »Die Blutsäufer haben ihn getötet.«

Joscun führte sie zu einer Silberweide am Stromufer. Erst auf den zweiten Blick erkannte Ayrin das mehr als daumendicke Tau, das auf der vom Strom abgewandten Stammseite senkrecht in die Krone hinaufführte. Joscun ging in die Hocke und deutete auf eine schraubstockartige Vorrichtung aus Holz knapp über den Wurzeln der Weide.

»Dieser Verschluss hält den waagrechten Teil des Taus knapp unter Wasser und entlässt es zugleich senkrecht und dicht am Stamm verlaufend in die Krone.« Der Baumeister deutete erst auf einen ins Tau eingeflochtenen Keil und dann auf einen Erzring, den man in Hüfthöhe in den Stamm getrieben hatte und durch den das Tau verlief. »Wenn ich den Fall des Spannsteines auslöse und der Verschluss aufspringt, kann der Spannstein das Tau nur bis zu diesem Ring ziehen. Die plötzliche Straffung löst zugleich den Verschluss am Baum auf der anderen Uferseite aus. Versteht ihr?«

»Nicht ganz«, sagte Loryane.

»Ich führe es euch vor.« Joscun trat aus dem Schatten der Weidenkrone, winkte zum anderen Ufer hinüber und pfiff dreimal mit den Fingern. Drüben antworteten sie mit zwei Pfiffen. »Nur, damit das Seil oder der Spannstein niemanden verletzen. Wenn die Blutsäufer kommen, pfeift hier natürlich keiner. Sie werden übrigens in spätestens drei Tagen hier sein. Ein Kolk aus Wildan brachte die Botschaft gestern Abend. Kommt.«

Der Baumeister führte sie sechs Schritte weg von der Silberweide bis zum Waldrand. Ayrin erkannte eine dünne, beinahe durchsichtige Sehne, die schräg aus der Weidenkrone zum Stamm einer Buche führte, an dem sie festgeknotet war. »Dieses dünne Seil hält den Spannstein im Geäst fest«, wandte Joscun sich an eine der Schwertdamen. »Bitte schneide es durch. Und ihr anderen achtet auf den Strom.«

Er trat zur Seite. Die Schwertdame zog ihren Dolch, setzte die Klinge dicht am Stamm unter die Sehne und durchtrennte sie. Ayrin spähte über den Stomm.

Im Geäst der Weide raschelte es, ein Findling größer als drei Männerköpfe und in ein Netz gewickelt stürzte zwei Fuß weit aus der Krone – der Keil knallte gegen den Erzring, das Tau sprang aus Uferböschung und Wasser und spannte sich in Brusthöhe quer über den Strom.

»Danach ist die Kunst der Bogen- und Armbrustschützen gefragt«, sagte Joscun. »Und wenn die überlebenden Blutsäufer sich ans Ufer retten wollen, werden dort auf beiden Stromseiten hoffentlich genügend Schwerter und Lanzen auf sie warten.«

»Verlass dich darauf, Baumeister«, sagte Loryane. Mit grimmigem Blick hielt sie ihm die Klingen ihres Dreizacks unter die Nase.

»Wie viele Seile habt ihr mitgebracht?«, wollte Joscun wissen.

»Sieben«, sagte Ayrin. »Sie füllen den ganzen Laderaum aus. Die Ritter und Waldmänner an Bord flechten weitere. Mit Sehnen, mit Weidenruten, mit Schilfgras, mit dem Stoff alter Kleider.«

»Die Waldleute zu beiden Seiten des Stomms arbeiten auch Tag und Nacht. Bis in drei Tagen sollten wir fünfzig Seile schaffen.« Der Baumeister machte eine grimmige Miene. »Und dann können sie von mir aus kommen, die Eroberer der Welt.«

*

Sie kamen am Morgen des vierten Tages. Mehr als zehn garonesische Meilen von der Galeere entfernt lag Ayrin stromaufwärts mit Thora, Tibor und etwa fünfzig Waldmännern im Waldrand versteckt, als die ersten sieben Flöße vorbeitrieben. Auf jedem saßen oder standen dreißig bis vierzig Blutsäufer.

Ein Eichgraf schickte einen Botenkolk zu seinen Jagdbrüdern, die knapp dreihundert Fuß stromabwärts am nächsten Spannseil auf der Lauer lagen. Siebenundvierzig Spannfallen hatten Joscun und die Waldleute auf den zehn Meilen zwischen Ayrins Deckung und der Galeere errichten können. Dort würden Loryane und die Ritter die Spitze der Floßflotte angreifen.

Zwei Stunden lang etwa ließen Ayrin und ihre Waffengefährten Floß um Floß vorüberziehen, etwa dreihundert insgesamt; auch einige wildaner Kanus und Lastkähne sah man hier und da. Die Tarkaner paddelten in kleinen Verbänden. Oft trieben zehn oder mehr Flöße Seite an Seite vorüber.

Nach zwei Stunden brachte endlich ein Kolk von einem stromaufwärts in Deckung liegenden Späher die ersehnte Nachricht: Das Ende der Floßflotte näherte sich.

Ayrin spähte nach Norden. Als sie nur noch elf Flöße zählte, gab sie das vereinbarte Zeichen. Die Waldmänner rechts und links des Stroms machten sich kampfbereit. Der kleine Verband trieb näher und näher. Als er die Höhe des Spannseiles erreichte, kappte Ayrin die Sehne, die den Spannstein hielt. Das Tau schnellte straff aus dem Wasser.

Viele Blutsäufer stießen mit dem Hals oder mit der Brust dagegen, stürzten auf die Planken oder ins Wasser, während das Floß unter dem Seil hindurchglitt. Bogenschützen zu beiden Seiten des Stromes schossen einen wahren Pfeilhagel auf die Blutsäufer ab. Die starben auf den Flößen oder im Strom. Die Krieger, die dennoch das rettende Ufer erreichten, fielen den Lanzen und Schwertern von Garonesen und Waldmännern zum Opfer.

Mit gezogener Klinge und den Blick wachsam aufs Wasser gerichtet, lauerte auch Ayrin in der Uferböschung. Ein Krieger mit rotem Stirntuch und in schwarzem Ledermantel schwamm wenige Schritte entfernt ins Uferschilf. Ein Hauptmann. Sie musste an Kaikan denken, und eine Faust schien ihren Magen zusammenzupressen.

Sie duckte sich. Stromabwärts erkannte sie Loryanes Blondschopf. Die stemmte ihren Dreizack in die Höhe und stach dreimal hintereinander auf etwas ein, das vor ihr in der Böschung liegen musste. Auch der tarkanische Hauptmann hatte die Kriegsmeisterin entdeckt – seine Hand tauchte mit einem Dolch aus dem Wasser auf. Er klemmte die Klinge zwischen die Zähne und schwamm lautlos auf eine Weide zu.

Sie schlich ins Schilf, behielt den Blutsäufer im Auge, und als er sich am Geäst einer Trauerweide ans Ufer zog, sprang sie zu ihm. Sie hob ihr Schwert und legte allen Hass auf Kaikan in ihren Hieb. Der Hauptmann fuhr herum – die Waffe noch zwischen den Zähnen guckte er ungläubig zu Ayrin herauf. »Scheißkerl!« Ihre Klinge fuhr wuchtig und sirrend auf ihn nieder und spaltete ihm den Schädel.

*

Kein Waldhorn röhrte mehr. Wozu auch? Jeder konnte das Waldfeuer riechen, jeder musste nur nach Süden, Osten oder Norden schauen, um das Gehölz brennen zu sehen. Nur im Westen brannte nichts; dort breitete sich unter haigrauem Winterhimmel der Große Ozean aus.

Lasnic lag zwischen Tajosch, Gumpen und Lord Frix am Rand einer Bodensenke. Sie beobachteten eine Flotte von nicht ganz fünfzig Galeeren, die in einer langen Kette dicht an der Küste und in der Strommündung ankerte. Die Bräunlinge ließen Landungsboote zu Wasser, jede Galeere drei. Krieger kletterten an Stricken über Bord.

»Wie viele Bräunlinge passen in so einen kleinen Kahn?«, fragte Tajosch.

»Schwer zu sage uff die Endfennung.« Frix schabte sich den schwarzen Bart. Das lange Haar hatte er sich unter Felines bronzener Sturmhaube zusammengebunden. Sie – mit Ayrin irgendwo am Mittellauf des Stomms – trug dafür sein Kettenhemd.

»Es klettern zwanzig in jedes Ruderboot«, erklärte Pirol Gumpen. »Manchmal einer weniger, manchmal zwei mehr.«

»Das macht dann ungefähr sechzig auf jede Galeere.« Tajosch musterte den Eishünen zweifelnd. »Das würden dann, Moment ....«

»Wir kriegen es mit nicht ganz dreitausend Blutsäufern zu tun«, half Gumpen.

»Gleichgültig, wie viele es sind.« Der üble Gestank nach Waldfeuer machte Lasnic nahzu panisch. »Sobald der Letzte aus seinem Boot gestiegen ist, stürmen wir.« Er atmete tief, rief sogar im Stillen den Großen Waldgeist an und versuchte, nicht an Ayrins Traum zu denken. Und je verbissener er das versuchte, desto häufiger dachte er daran. Er hoffte inständig, Kauzer würde den Wolkengott und seine Götterbande zu einem Wolkenbruch überreden können. Vierzehn Strömenholzer Siedlungen hatten sie schon räumen müssen wegen des Feuers, knapp ein Drittel. Drüben bei den Galeeren legten die ersten Landungsboote ab. Keine zehn Lanzenlängen entfernt hockte Schrat in einem Eichbusch und schnalzte.

Bäume und Büsche waren inzwischen so kahl, dass man tausend Jagdkerle nicht einfach zwischen und hinter ihnen verstecken konnte. Deswegen hatten Lasnic und Tajosch die Senke als Deckung und Ausgangspunkt ihres Angriffs gewählt. Als Vogler geboren wurde, sei hier noch ein See gewesen.

Späher hatten Galeeren vor der Küste entdeckt. Jedem, der seinen Verstand und seine Sinne zu nutzen wusste, war sofort klar, was die Bräunlinge planten – von diesem Strand dort unten aus marschierte man höchstens anderthalb Stunden bis zum Nordwestrand von Stommbösch.

Bald schaukelten die ersten Landungsboote in der Brandung. Tajosch blickte hinter sich und gab den Jagdkerlen in der Senke das Zeichen, sich bereit zu machen. Etwa tausend Männer und hundertzwanzig Tiere lagen hinter ihnen in Deckung: die siebenhundert, die der Waldfürst ihnen mitgegeben hatte, zweihundertfünfzig aus Blutbuch und Düsterholz und fünfzig aus Wildan. Die Wildaner hatten zwanzig Waldelefanten mitgebracht. Die Düsterholzer ritten teilweise auf Elchen.

»Die Ersten springen aus den Booten«, sagte Gumpen. »Gleich ist es so weit.« Er legte Lasnic die linke Pranke auf die Schulter und schüttelte ihn. Das sollte wohl eine Geste der Ermutigung sein. Lasnic sah ihm ins breite, großporige Gesicht und ertappte den Nordmann dabei, wie er auf seinen Mondstein schielte. »Wir schaffen das.«

Lasnic antwortete nicht. Mit Bräunlingen konnte man zur Not schon mal fertigwerden. Doch was halfen Elche und Waldelefanten gegen Waldfeuer? Was halfen tausend Mann gegen Waldfeuer? Was zehntausend oder mehr? Und was sollte der verfluchte Schartansring gegen Waldfeuer ausrichten? Unten am Strand schoben die Bräunlinge bereits an die hundert Boote durch die Brandung.

»Was isch'en des?« Lord Frix stemmte sich ein Stück aus der Deckung. »Was isch des für an oisames Böötle do hinne?«

»Nicht doch, Frix!« Pirol Gumpen zerrte ihn zurück auf den Waldboden. »Wenn sie dich sehen, war alles für den Hering.«

»Für den Hering?« Tajoschs begriffsstutziger Blick suchte Lasnic.

»Vergeblich«, erklärte der und schob sich über den Rand der Senke hinaus bis zu einem Feld aus dürrem Blaubeerkraut. Behutsam bog er die Zweige ein wenig auseinander; nur so weit, bis er die felsige Landzunge sehen konnte. Und wahrhaftig: Ein einzelnes Ruderboot glitt dort ins Mündungsdelta hinein. Es hielt auf die Galeeren zu. Viele Ruderer saßen nicht darin. Jemand kniete am Heck und schwenkte eine Fahne.

»Das letzte Landungsboot ist am Strand«, sagte Pirol Gumpen. »Sie formieren drei Angriffskeile. Sieht ganz danach aus, als rechneten sie mit uns.«

»Schwachsinn!« Tajosch knurrte missmutig, schnitt dabei aber eine sehr bedenkliche Miene. Es gefiel ihm nicht, was sich dort unten am Strand abspielte.

Angriffskeile – das Wort hatte Lasnic noch nie gehört. Doch ihm leuchtete sofort ein, was Gumpen meinte. Der Waldmann hatte inzwischen schon so oft an der Seite des Eishünen gekämpft, dass er es längst begriffen hatte: Pirol Gumpen hatte mehr Ahnung vom Krieg als die meisten Ritter und Schwertdamen aus Garona. Woher, blieb sein Geheimnis.

»Wir warten, bis die Hälfte des Strandes hinter ihnen liegt.« Vergessen das Waldfeuer, vergessen Ayrins Traum – Lasnic hatte nur noch Augen für die vorrückenden Kampfrotten der Bräunlinge. Die bedeckten inzwischen fast den gesamten Strand des nördlichen Mündungsarms und der Küste. Die mittlere Marschspitze rückte am schnellsten vor. Die beiden Keile an den Seiten der Bräunlingsrotten bewegten sich langsamer und marschierten in insgesamt breiterer Formation. Offenbar sollten sie die Flanken der Landungsrotten decken und einen möglichen Rückzug sichern. Eine kluge Marschordnung, musste Lasnic zugeben.

»Eine sechsfache Übermacht«, raunte Pirol Gumpen. »Wenn wir die aufreiben wollen, sollten wir die Elefantenreiter gegen die mittlere Spitze schicken und je vierhundert gegen die Flanken.« Mit einem Blick, der keinen Widerspruch zuließ, musterte er erst Tajosch und dann Lasnic. »Und das sollten wir jetzt tun. Und du, Lasnic, reitest auf dem vordersten Elefanten.«

»Hätte ich sowieso getan.« Lasnic nickte dem Eichgrafen zu. Tajosch robbte in die Senke hinunter und teilte die Jagdkerle für den Sturmangriff ein. Wenige Atemzüge später knisterte und raschelte das kahle Gehölz in der langgezogenen Senke. Vierhundert Waldmänner huschten nach Süden gegen den Mündungsarm in den Wald hinein, etwa vierhundert nach Norden. Zwischen den kahlen Buchen, Ulmen und Eichen schwangen sich jeweils etwa fünfzig Reiter auf ihre Elche und übernahmen die Führung.

Der Boden zitterte, als kurz darauf die zwanzig Waldelefanten über den Senkenrand stapften. Hundertachtzig Jagdkerle liefen hinter der Deckung ihrer massigen Pelzleiber dem Strand und den Bräunlingen entgegen. Lasnic sprang los, packte die Steigschlinge des vorderen Waldelefanten, kletterte hinauf und setzte sich vor den Sattel.

Der junge Rottnic ritt das schwere Tier. Von hinten reichte er ihm einen Sicherungsriemen, und Lasnic band sich im Zaumzeug fest. Jetzt gab es kein Zurück mehr. Mit der Rechten zog er die Lanze aus der Rückenschlaufe, die Linke ballte er zur Faust. Der Stein des verfluchten Schartansringes strahlte in einem hellen, glitzernden Blau auf. Dabei fing es gerade an zu schneien, und kein Sonnenstrahl konnte ihn getroffen haben.

Die Elchreiter und Jagdkerle an der Mündungsküste brüllten, dass Lasnic schier die Ohren zufielen. Sie prallten zuerst auf die Bräunlinge. Kaum zu glauben, dass nur zweihundert Männer so viel Lärm machen konnten. Sie hatten den Elchen die Ohren mit Bienenwachs zugestopft, damit der Kriegslärm die empfindsamen Tiere nicht in die Flucht schlug.

Jetzt stimmten auch Gumpen, Frix und die Jagdkerle zwischen den Waldelefanten ihr Kampfgeschrei an. Der Eishüne schlug mit seinem Dreizack auf den Schild und das Bildnis vom gespaltenen Bocksschädel. Selbst die Tiere trompeteten, als hätten sie Lust auf die Prügelei. In donnerndem Galopp stampften sie den Strand hinunter. Die Vorwärtsbewegung der Bräunlinge geriet schon ins Stocken. Und als dann auch noch die Elchreiter und Jagdkerle von Norden her die Flanke ihrer Rotten angriff, stand sie praktisch still.

Auf dem Meer, bei den Galeeren, sah Lasnic das einsame Ruderboot an einem Schiff in der Mitte der Galeerenkette anlegen; jemand kletterte über die Bordwand. Lasnic kümmerte sich nicht drum – kaum fünfzig Schritte trennten ihn noch von der Angriffsspitze der Bräunlinge. Er hob die Faust mit dem Ring, streckte den Arm aus und richtete die ganze Kraft seines Willens, Wünschens, Hassens und Denkens auf die tarkanischen Rotten.

Zweihundert Krieger stürmten ihm entgegen, schwangen Äxte und Säbel. Dahinter kniete eine Reihe von weiteren hundert, die spannten ihre Kriegsbogen. Die Schützenreihe dahinter stand noch, legte aber bereits Pfeile in die Sehnen. Der erste Pfeilschwarm verdunkelte den Himmel und ging auf die Elefantenreiter und Jagdkerle zu Fuß nieder. Es war zugleich der letzte.

»Weg von meiner Küste!«, brüllte Lasnic. »Weg von meinem Wald!« Lichtblitze fuhren unter die Bräunlingsrotten, grelles Gleißen hüllte Bogenschützen, Säbelschwinger und Axtschleuderer ein, Dutzende gingen zu Boden. Die nächste Lichtkaskade schleuderte violettes und türkisfarbenes Todeslicht unter die Angreifer – Hunderte strauchelten geschwächt oder schon vergreist. Wehklagen und

Angstgeschrei erfüllte den Strand und gellte bis zum Ufer des Mündungsdeltas, wo die Jagdkerle mit Sicheln, Lanzen und Jagdbogen kämpften und die Südflanke der Bräunlinge zerrieben.

Im hohen Sattel hinter Lasnic schwenkte Rottnic den Schädel Kaikans. Dabei brüllte er Verwünschungen und zeigte das fahle, blutige Haupt nach allen Seiten. Zu welchem Tarkaner der Tod seines Tarbullos noch nicht durchgedrungen war, der erfuhr jetzt davon.

In wilder Flucht stieben die hinteren Reihen der Angreifer schon zu ihren Landungsbooten zurück. Auch die feindlichen Kampfrotten der Nordflanke traten bereits den Rückzug an. Der Sturm der Bräunlinge auf Stommbösch brach in sich zusammen, bevor er richtig begonnen hatte. Der Schnee fiel dichter und dichter.

Pirol Gumpen hatte recht gehabt: Es war genau der richtige Zeitpunkt für den Gegenangriff gewesen. Ihn von drei Seiten zu führen, und das mit solcher Wucht und Entschlossenheit, raubte den Tarkanern allen Mut. Das Schartanslicht gab ihnen den Rest.

In der Brandung schoben bereits Hunderte ihre Ruderboote zurück in die Wogen. Einzelne Rotten an den Flanken schlugen sich noch erbittert mit den Jagdkerlen; die wollten wohl den Rückzug der anderen decken. Im mittleren Angriffskeil kämpfte niemand mehr – jeder dachte nur noch daran, sein Leben vor dem mörderischen Hexenlicht zu retten. Lasnic beobachtete, wie die Bräunlinge sich gegenseitig niederstießen und niedertrampelten, um möglichst schnell die Landungsboote zu erreichen. Er senkte die Faust mit dem Ring. Schluss mit dem Schartanszauber!

Plötzlich tönte es wie von blechernen Hörnern vom Meer her über den Strand. An der Reling der Galeere in der Flottenmitte konnte Lasnic Männer mit Kriegshörnen erkennen. Blies man dort zum nächsten Angriff? Wollte der Hauptmann den Rückzug seiner Rotten aufhalten?

Wieder drei Hornstöße. Über die Bräunlingsrotten und Jagdkerle hinweg hallten sie in den Wald und ins Mündungsdelta hinein. Von anderen Stellen der Küste und des Deltas hörte man bald darauf Kriegshörner von anderen Galeeren antworten. »Sie ziehen sich zurück!«, rief Rottnic über ihm. Und wahrhaftig: Auch die Insulaner an den Flanken ihrer Rotten ließen die Waffen sinken, machten kehrt und rannten zurück in die Brandung.

»Se gebbed uff!« Rechts von Lasnics Waldelefanten nahm Lord Frix seine Armbrust von der Schulter. »Mir henn dene uff'd Gosch na g'schlage, desses nua so krachd had!«

»Auf dem Flaggschiff haben sie tatsächlich zum Rückzug geblasen!« Neben Lasnics Waldelefant rammte Pirol Gumpen seinen Dreizack in den Sand. »Stommbösch ist gerettet!«

*

Schneeflocken schmolzen auf ihrem Gesicht. Jemand tuschelte, Erz scharrte gegen Erz, das Ruderboot schaukelte. Sein Heck stieß gegen die Bordwand der Galeere. Die Erschütterung drang als stechender Schmerz durch Catolis' Schädel und Glieder. Sie schlug die Augen auf: Vier Krieger standen breitbeinig zwischen Ruderbänken, ein fünfter in schwarzem Ledermantel und hellen Pluderhosen kletterte eben an der Bordwand herunter.

Die im Boot hatten schon ihre Säbel gezogen. Doch auf wen sollten sie eindreschen? Feindselig musterten sie zwar die beiden Waldmänner auf der Ruderbank im Bug, verblüfft dagegen ihre vier Stammesgenossen; und ratlos sogar die garonesische Kriegerin.

Der fünfte sprang ins Boot. Wieder Geschaukel, wieder stieß Holz gegen Holz, wieder Erschütterung und Schmerz. Catolis biss sich auf die Lippen, verzerrte das Gesicht.

»Herrin? Du?!« Der fünfte Tarkaner beugte sich über sie. Ein junger Krieger von kräftiger, gedrungener Gestalt und in Bronzeharnisch. Zlatans Bruder Tarkun. »Beim Tarkatos …!« Seine Augen weiteten sich, sein Unterkiefer sank ihm nach unten. Er wich zurück, kniete am Fußende von Catolis' Lager nieder und beugte den Kopf bis auf die Planken, um sie zu begrüßen. Auch die anderen vier erkannten sie jetzt. Sie steckten die Säbel in die Scheiden und fielen nieder. Das Boot schwankte, stieß erneut gegen die Bordwand der Galeere. Catolis stöhnte auf.

»Welcher Frevler hat dich derart zugerichtet, Herrin?« Tarkun richtete sich auf; seine Stimme vibrierte vor Entsetzen und Empörung. Seine Nasenflügel bebten.

»Der Gott selbst, Tarkun«, krächzte sie und wiederholte die Worte auf Garonesisch, damit auch Tigrit sie verstand. Die stand wie sprungbereit neben dem Ersten Hauptmann. Zuvor hatte sie Catolis' Beine und Bauch entblößt, damit Tarkun wenigstens einen Teil ihrer Brandwunden, Platzwunden und Striemen sehen konnte.

»Was sagst du da, Herrin?« Die Fassungslosigkeit raubte Tarkun jetzt endgültig die Stimme; er konnte nur noch flüstern.

»Tarkatos selbst bestraft mich für meine Sünden, Tarkun. Niemals hätte ich euch nach Garona und hierher führen dürfen.« Sie wiederholte die Worte auf Garonesisch. Tigrit lauerte aus Schlitzaugen zu ihr herunter. »Tarkatos selbst ist über mich hergefallen, als ich ihn vor sieben Nächten anrief. All das Leid, das mein Volk über Garona und die Waldstämme brachte, suchte er an mir heim. All die Tränen, all die Schmerzen, all die Verwüstung.«

Die Schwertdame verschränkte die Arme vor der Brust. Ihre Miene war finster und bleich. Sie senkte den Kopf, und ihr Zopfgestrüpp fiel ihr vors Gesicht.

Tarkun aber konnte seinen Blick nicht von Catolis' zerschlagenem Körper abwenden. »Ist das wirklich wahr, Herrin? Tarkatos selbst …?« Er hob die Hände, rieb sie vor seiner Brust, zitterte auf einmal. »Und jetzt?«

»Tarkatos wird mich töten, wenn wir den Krieg nicht sofort beenden.« Zu viele Worte, zu viele Schmerzen. Catolis konnte nur krächzen und stöhnen. »Und dich auch, Erster Hauptmann. Hinauf auf die Galeere mit dir also, lass die Kriegshörner zum Rückzug blasen!«

*

Die Brandung rauschte. Nach Algen, Salz und Blut roch die feuchte Luft. Die Nacht fiel auf das Schlachtfeld. Weiber und Jagdkerle aus Welsen und Stommbösch schritten mit Fackeln von einem schneebedeckten Leib zum nächsten. Ihre Elche zogen Gestelle aus Geäst hinter sich her und durch den Schnee. Die Toten ließ man liegen; die noch atmeten, legte man auf die in aller Eile zusammengebundenen Tragen.

Lasnic stand in der Brandung und blickte auf den Stomm. Neben ihm Gumpen und Frix. Schrat hockte auf seiner Schulter und quorkte und schnalzte müde vor sich hin. Lichter glitten aus dem Mündungsdelta aufs Meer hinaus. Wie verglimmende Sterne sahen sie aus hinter all dem Schneetreiben. Positionslampen der tarkanischen Galeeren. Ein paar Lanzenwürfe vor der Küste reihten sie sich ein in eine lange Kette von verglimmenden Sternen: die Flotte der Bräunlinge.

War es denn wirklich vorbei? Noch konnte Lasnic es nicht glauben.

Lord Frix schon. Er lachte und redete ununterbrochen. Das machte wohl die grenzenlose Erleichterung nach der mit heiler Haut überstandenen Schlacht. »Denne Lumbesäck hemmas g'zeigt heut.« Ständig klopfte er Lasnic oder Gumpen auf die Schulter. »Die komme nimma so schnell, glaabsch des, Lord Lasnic?« Und wieder ein Schulterklopfer. »Drecksäu, elende!«

Ein paar Schritte abseits stöhnten Männer auf. Lasnic spähte durch Dämmerung und Schneetreiben. Weiber aus Stommbösch schleiften zwei verletzte Tarkaner zu einem Schlittengestell. Tajosch hatte befohlen, keinen Insulaner mehr zu töten. Er strebte einen Gefangenenaustausch an. Nur die Hälfte der Bräunlinge hatte es in die Ruderboote und aufs Meer geschafft. Die anderen waren tot oder verletzt am Strand liegen geblieben. Von den Jagdkerlen hatte es bedeutend weniger erwischt, doch immer noch viel zu viele. Mindestens hundertzwanzig; das war die letzte Zahl, die Lasnic gehört hatte.

Bis jetzt konnte sich niemand die überraschende Kapitulation der Bräunlinge erklären. Nur wegen der verlorenen Schlacht am Strand zogen sie sämtliche Galeeren aus dem Mündungsdelta ab? Lasnic glaubte das nicht. Gut möglich allerdings, dass sich Kaikans Tod und das lange und jämmerliche Sterben seiner Rotten in den Elchsümpfen herumgesprochen hatte. Ob auch die Bräunlinge oben am Stomm aufgegeben hatten? Die Rückzugssignale hatten sie ganz gewiss nicht gehört. Noch keine Botschaft von Ayrin bisher, kein Späher, kein Kolk. Lasnic machte sich Sorgen.

»Dieses Licht dort rückt näher, statt dass es sich entfernt.« Pirol Gumpen deutete aufs Meer hinaus. Trotz des dichten Schneefalls war das Licht deutlich zu erkennen. Ein Boot. Die Talglampe am Bug schaukelte auf und ab. »Nur drei Ruderer.« Gumpen schulterte seinen Dreizack. »Seltsam.«

»Vielleicht freigelassene Gefangene?« Mit seinen Blicken versuchte Lasnic, die Dunkelheit zu durchdringen. »Ganz vorn rudert ein Weib.« Die weibliche Gestalt der Ruderin schien ihm unverkennbar.

Das schaukelnde Licht schimmerte heller und heller, die Konturen der drei Ruderer zeichneten sich immer deutlicher ab. Zwei sprangen schon in die Brandung und schoben den Kahn an den Strand. Kaum saß er fest, rannten sie los. Es waren Jagdkerle.

Lasnic trat ihnen in den Weg. »Wo kommt ihr her?« Der Jüngere – er trug ein verschwitztes schwarzes Tuch um die Stirn – deutete aufs Meer hinaus. »Ihr wart Rudersklaven auf einem Bräunlingsschiff?«

»Ja«, sagte der Ältere. Er trug eine Lederkappe auf schütterem Haar. Lasnic kannte ihn flüchtig. »Und nein.« Die Kerle warfen einander verstohlene Blicke zu; als wäre ihnen irgendetwas peinlich. »Soll die erzählen.« Der mit der Kappe drehte sich um und deutete ins Dunkle. Hinter dem Schneeschleier sah Lasnic eine Frau aus der Brandung schreiten. In jeder Hand trug sie einen geschlossenen Korb. »Wir haben Nachricht von einem Oberdrecksack. Nachricht für den Waldfürsten. Die Bräunlinge wollen Gefangene austauschen.« Lasnic schickte sie zu Tajosch, der am Waldrand die Bergung der Verletzten ordnete.

»Ihre Hohepriesterin hat befohlenen, die Gefangenen auszutauschen.« Das Weib stand jetzt vor ihnen; es sprach Garonesisch und hatte den letzten Wortwechsel mitgehört. »Auch unsere Gefangenen will sie freilassen. Die beiden Waldmänner sind dem Biest in die Hände gefallen. Scheinen sich dafür zu schämen. Brauchen sie aber nicht – das Biest kann inzwischen zaubern.«

»Das Biest?« Lasnic betrachtete das Weib. Es war sehr schmal und nicht besonders groß. Ein Gestrüpp blauschwarzer Zöpfe quoll unter seinem braunen Lederhelm heraus. Es trug goldene Ohrringe und hatte sich ein blaues Tuch um Helmrand und Stirn gebunden. Der Knauf eines Zweihandschwertes ragte hinter seiner linken Schulter auf. Wenn Lasnic die Schwertweiber aus Garona nicht kämpfen gesehen hätte, hätte er gewettet, dass dieses zierliche Weib die schwere Klinge nur als Schmuck trug. »Sprichst du von Lauka?«

»Richtig. Sie nennt sich jetzt ›Magierkönigin‹. Ich bin Tigrit von Rothern.«

»Lasnic von Strömenholz.« Er nickte dem Weib namens Tigrit zu. »Wo ist Lauka jetzt?

»Sie will an einen Ort, den sie Kalypto nennt.«

»Lauka? Sie will sich an den Magiern von Kalypto rächen?«

»Nein. Wenn ich es richtig verstanden habe, will sie mehr. Wahrscheinlich die Königin auch von Kalypto werden, was weiß denn ich!« Das Weib lächelte bitter und spöttisch zugleich. »Übrigens hat die Hohepriesterin der Blutsäufer nicht nur den Gefangenenaustausch befohlen, sondern auch den Rückzug ihrer Flotte und Kampfrotten.«

»Warum?«, wollte Gumpen wissen.

»Das Biest hat sie tagelang foltern lassen. Hat alles aus ihr herausgequetscht, was es wissen wollte.«

»Wie konnte sie fliehen?« Gumpen blieb misstrauisch.

»Wenn du wüsstest, was sie mit ihr angestellt haben.« Tigrit stieß ein bitteres Lachen aus. »Wir haben sie befreit, Starian und ich. Ja, verflucht!« Sie spuckte aus. »Sie hat uns leid getan.«

»Und die Folter hat sie dermaßen zerrüttet, dass sie den Krieg beendet hat?« Ein zynischer und zugleich ungläubiger Unterton schwang in Pirol Gumpens Stimme. Lasnic konnte ihn gar nicht überhören.

»Ob du es glaubst oder nicht, Nordriese – diese Hohepriesterin ist in Wahrheit eine hassenswerte Hexe; ›Magierin‹ nennt sie sich. Sie heißt Catolis und sie – ich sag's nicht gern und kann's auch nicht wirklich glauben – sie bereut, was sie in Garona und bei den Waldwilden angerichtet hat.« Mit einer Kopfbewegung deutete sie zum Wald, wo man hinter dem Schneetreiben noch Waldfeuer leuchten sah.

»Lüge!« Gumpens dröhnender Bass. »Diese stolzen Kreaturen bereuen niemals! Sie werden die Welt unter ihre Knute zwingen, aber niemals bereuen! Sie werden ihr verfluchtes Magierreich errichten – es sei denn, wir töten sie.« Er holte tief Luft. »Fragt sich nur, wie.«

»Keine Ahnung.« Tigrit hob die Körbe. »Eine Möglichkeit habe ich immerhin kennengelernt. Durch Lauka.« Sie reichte dem Eishünen die geflochtenen Behälter. »Giftschlangen. Soll ich euch von der Hexe Catolis geben. Vorsicht!«

»Wo ist sie?« Gumpen nahm ihr die Körbe ab.

»Auf dem Schiff des obersten Blutsäufers dieser Flotte da.« Mit dem Daumen deutete sie über die Schulter aufs Meer. »Du magst sie nicht, was, Nordriese? Kennst sie also. Wenn du sie noch erwischen willst, musst du dich beeilen. Sie will noch heute Nacht in See stechen. Und rat einmal, wohin?« Gumpen musterte Tigrit verdrossen und blieb stumm. »In deine Heimat, in den hohen Norden. Frag mich nicht, warum.«

Sie nahm Lasnics Arm und führte ihn ein Stück abseits. »Eine Botschaft habe ich noch, die ist nur für dich bestimmt, Waldmann, oder aber für die Königin Ayrin. Doch die sehe ich hier nirgends.« Tigrit trat so dicht zu ihm, dass er ihr fettiges Haar und ihren sauren Schweiß riechen konnte. »Es gibt nicht nur den Meister des Willens hier bei euch in den Wäldern, soll ich dir von der bußfertigen Hexe Catolis ausrichten. Seit neustem gibt es sogar drei Magier aus Kalypto.« Sie stellte sich auf die Zehenspitzen und flüsterte: »Und das sind ihre Namen …«

*

Wenig später kletterte Lasnic die Wendeltreppe an der mittleren Ulme hinauf. Es schneite nicht mehr. Der Himmel und die Nacht waren pechschwarz. Lasnic konnte sich kaum noch an die Zeit seit der Schlacht erinnern. Er hatte das Schwertweib stehen lassen und Tajosch gebeten, ihm zu essen und ein Nachtlager zu geben. Dann war er gelaufen. Durch den Wald. Durch den Schnee. Durch die Nacht. Mehr wusste er nicht.

Und jetzt fand er sich in Stommbösch wieder.

Seine Sohlen glitten auf den schneebedeckten Sprossen aus, gerade noch erwischte er den Holm und hielt sich fest. Ein schwarzes Loch klaffte hinter seinem Brustbein, alles in ihm zitterte. Schrat krächzte irgendwo über ihm in der Dunkelheit. Im Wipfelhaus flackerte Lichtschein.

Langsam wie ein Morscher nahm er Sprosse um Sprosse. Der bewusstlose Birk stand ihm vor Augen, und Gumpen, wie er den Dreizack in die Brust des Weißschopfs rammte. Was für ein verhängnisvoller Irrtum! Das Gewissen schlug Lasnic. Von Veranda zu Veranda kletterte er, ließ endlich die zweite Baumhausebene hinter sich, erklomm die Sprosse zum Gipfelhaus.

Was Tigrit ihm ins Ohr geflüstert hatte, raubte ihm alle Kraft. Obwohl tief in seinem Bauch schon heiß die Wut brodelte, bewegte er sich schwerfällig und kraftlos. Wie ein Kranker, wie ein Morscher eben. Was würde geschehen, wenn er sich in die Hütte hineinbückte?

Schon stand er auf der Veranda davor. Er ballte die Faust mit Kaikans Ring. Einen Wimpernschlag lang zögerte er, dann zog er ihn ab. Was sollte er, ein sterblicher Jagdkerl, ausrichten gegen einen aus Kalypto? Der Schnee knirschte unter seinen Stiefelsohlen. Er bückte sich in die Hütte hinein.

Sie hockten vor dem Glutbecken – Kauzer und der Fremde, der wie ein Trochauer aussah. »Ich wusste, dass du kommen wirst«, sagte Kauzer. Der Glutschein aus dem Becken flackerte auf seinem zerknautschten Kindergesicht. »Du hast es herausgefunden, nicht wahr?«

»Ich habe dich geliebt, wie ein Sohn seinen Vater liebt. Beinahe so sehr geliebt wie Vogler habe ich dich.«

»Ich dich auch, Lasnic, und ich liebe dich immer noch.« Kauzer lächelte so gütig, dass Lasnic beinahe geneigt war, ihm zu glauben. »Eine große Zukunft liegt vor uns, wahrhaftig.« Seine Stimme klang wie immer – wie trockenes Vorjahrslaub, wenn man hineintritt. Er deutete auf sein Gegenüber. »Das ist übrigens …«

»Augustos, ein Großmeister des Willens«, sagte Lasnic. »Ich weiß. Und seine schwarze Gefährtin Rubynis war eine Meisterin des Lichts. Dem Waldgeist sei Dank: Sie fault bereits im Vorjahrslaub.« Lasnic trat einen Schritt näher. »Und du bist Kauzer, der Meister des Willens. Ich aber nenne euch verfluchte Hexen und Hexer und sehne mich nach der Stunde, in welcher der Schartan eure Hirnschalen auslutschen wird.« Er hielt Kauzers glühendem Blick stand und warf Kaikans Ring in die Glut. »Hat Birk seinen oder deinen Mondstein getragen?«

»Ich habe zwei Ringe aus Kalypto mitgebracht«, sagte der Magier, der wie ein Trochauer aussah.

»Du also hast Vogler getötet, nicht wahr, Kauzer?«

»So würde ich es nicht sagen, Lasnic.« Je gütiger Kauzer lächelte, desto heißer kochte die Wut in Lasnic hoch. »Ich hätte ihn gern als Großen Waldfürsten gesehen, weißt du? Die Kriegszeit dämmerte unausweichlich am Horizont herauf. Catolis schickte damals ja bereits ihre Späher. Ich brauchte einen wie ihn an der Spitze der Waldstämme. Doch das ERSTE MORGENLICHT machte ihm Angst. Vogler floh vor mir. Sagen wir so: Er floh in den Tod.«

»Und rückte zuvor den Mondstein nicht raus. Hast ihn bei mir gesucht, nicht wahr? Das warst du, der mein Baumhaus damals auf den Kopf gestellt hat!« Lasnics heisere Stimme brach endgültig. Er sah das Durcheinander in seinem Baumhaus noch vor sich, das verschüttete Mehl, den Fußabdruck darin. Die Wut schoss ihm in die Kehle, rote Schleier wogten auf einmal vor seinen Augen. Seine Fäuste ballten sich wie von selbst, seine Knie zitterten, sein linkes Auge und seine Narbe zuckten.

Augustos – der Magier, der wie ein Trochauer aussah – streckte seine Rechte aus und wühlte in der Glut nach dem Mondsteinring. Als er ihn endlich gefunden hatte, reichte er ihn Kauzer. Kein

Rauch stieg von seiner Hand auf, kein Gestank versengten Haares von seiner Haut.

Der Wettermann nahm das glühende Kleinod und hielt es zwischen seinem spitzen Zeigefinger und seinem knochigen, welken Daumen. Es schien ihm keine Schmerzen zu bereiten. »Er gehört dir, Lasnic. Du hast dich bewährt.« Wie sanft und freundlich er lächeln konnte, dieser Schartan. »Du wirst ihn bald wieder brauchen, denn wir beide haben eine große Zukunft vor uns. Wir werden die Jäger in den Norden führen, ins Land der Eisschatten. Wir werden sie angreifen, bevor sie uns überfallen können.« Er streckte die Hand mit dem Ring aus. »Also nimm ihn zurück, mein Sohn, und lass gut sein.«

Lasnic stimmte gellendes Wutgeheul an, stürzte sich auf Kauzer, stieß ihn zu Boden, schlug ihm die Fäuste links und rechts gegen Schläfen und Kinn, packte seinen dürren Hals und würgte ihn. So lange, bis eine Kraft ihn von hinten packte, eine mächtige Faust wie von einem Giganten. Die riss ihn weg von Kauzer, schleuderte ihn gegen die Hüttenwand. Das Wipfelhaus erzitterte.

Am Glutbecken leuchteten Augustos' Augen wie glühendes Kupfer, und der Ring an seiner Faust leuchtete auch. Die unsichtbare Kraft, die von ihm ausging, stieß Lasnic zur Wipfelhütte hinaus auf die Veranda.

Er stürzte bäuchlings in den Schnee. Eine Zeitlang blieb er liegen und heulte und schrie und schlug mit Kopf und Fäusten in den Schnee und gegen die Veranda. Schrat hüpfte neben ihm auf und ab und quorkte jämmerlich.

EPİLOG

Sie saßen im Gras zwischen den Felsen an jenem kleinen See. Ayrin würde ihn finden – sie und die anderen kannten den Weg, genau wie Lasnic und Gumpen ihn kannten.

Hustenanfälle schüttelten den Waldmann von Zeit zu Zeit. Seine Augen waren entzündet, seine Nase lief, seine unruhigen Blicke suchten ständig den Waldrand am Westufer des Sees ab. Seit dem Morgen wartete er auf die Gefährten, jetzt stand die Sonne schon im Zenit.

Gestern schon, am frühen Nachmittag, hatte er Schrat mit der Botschaft zu Tajosch nach Nordstamm geschickt. Bis jetzt waren erst Lord Frix und sein Schwertweib Feline gekommen; die schliefen in einer der Höhlen hier. Pirol Gumpen und die Waldfurie hatten die Nacht zwischen den Felsen verbracht. Auch Frix' Rotaffe trieb sich irgendwo hier herum.

Der Eishüne lugte die ganze Zeit zum See hinüber. Manchmal lächelte er wie ein Schwachsinniger. Wild ging es im See zu, wild und laut. Die Waldfurie tobte im Wasser herum. Nackt. Mit einer großen Sippe Fischotter und einer Schwanenfamilie. Selbst zwei ihrer Kerle hatte sie gezwungen, nackt zu ihr in den eisigen See zu springen. Sie mussten mit den Schwänen kämpfen und mit den Ottern um die Wette schwimmen.

Lasnic fragte sich, wie lange sie das überleben konnten. Der Winter hatte seine kalten Klauen längst in Gehölz, Sümpfe und Ufer gelegt, und Schnee bedeckte die Uferwiese, das verdorrte Schilf und die kahlen Bäume. Selbst der Sumpfbär der Waldfurie trottete unschlüssig am Nordufer hin und her und wagte sich nicht ins Wasser.

»Wir müssen sie töten, Lasnic.«

»Das können wir nicht, Großer.« Der Waldmann staunte – er hätte geschworen, das in Pirol Gumpens Schädel weiter nichts mehr

Platz hatte als das nackte Wildweib dort im See. Irrtum: Er genoss ihren Anblick und dachte dabei dennoch an die beiden Magier. »Du weißt doch, was sie mit mir angestellt haben.«

Magische Fesseln hatten sie ihm angelegt und ihn drei Tage und drei Nächte lang wie gelähmt in einem Erdloch im Wald liegen lassen. Ohne Essen, ohne Wasser. Krank war er geworden, Fieber hatte er bekommen, den Husten wurde er seit einem halben Mond nicht mehr los. Jeden Tag war dieser verfluchte Augustos gekommen und hatte höflich angefragt, ob Lasnic nun endlich bereit sei, die Waldstämme als Großer Waldfürst in den Krieg gegen die Nordmänner zu führen.

Die Waldfurie hatte ihn schließlich befreit. Wie, wusste Lasnic nicht. Irgendwann war er in ihren Armen zu sich gekommen; sie hatte ihn warm gehalten und ihn mit einem Heilsud gertränkt, den er nicht kannte. Seitdem versteckte er sich in den Wäldern rund um die Elchsümpfe.

»Wir müssen sie töten. Wir haben doch das Schlangengift.« Gumpen war schon vor ihm geflohen. Kauzer und dieser falsche Trochauer machten mächtig Stimmung gegen den Großen. Eine Frage der Zeit, bis man auch ihn in irgendein Erdloch gesteckt hätte. So wie der Eishüne die Waldfurie begaffte, hatte er die letzten zehn Tage bei ihr verbracht. An ihrem Busen, um es ganz genau zu sagen.

»Wir können sie nicht töten. Auch nicht mit Schlangengift. Zu gefährlich, Großer.« Ein Hustenanfall schüttelte Lasnic. Schwertweiber und garonesische Ritter traten am Südufer des Sees aus dem Wald. Lasnic erkannte Thora, Tigrit und Rottnic, den Wildaner Flaumbart. »Bedenke, Gumpen: Sie werden neue Magier schicken. Sie werden keine Ruhe geben, bis sie auch die Waldstämme unter ihrer Knute haben. Und dieser Augustos ist mir unheimlich. Diesem Scheißkerl will ich nicht noch einmal in die Finger geraten, das schwör ich dir.«

»Die Waldstämme unter ihre Knute zwingen?« Gumpen schnitt eine zweifelnde Miene. »Wird ihnen das gelingen?«

»Ich hoffe, nicht.« Lasnic war sich nicht sicher. In letzter Zeit liefen ein paar Jagdkerle herum, als wären sie nicht mehr Herr ihrer Sinne. Jagdkerle mit verhangenem Blick und schwerer Zunge.

Nun erschienen auch Ayrin und Loryane mit Joscun und Sigrun am Seeufer. Viel weiter wagten sie sich nicht – zu fremdartig der Anblick der im Wasser tobenden Gestalten, zu verrückt, wenn man die Waldfurie und ihr Treiben zum ersten Mal sah. Lasnic stand auf und ging den Gefährten entgegen. Auch Tajosch war gekommen, sogar Ulmer und Holder, die Wettermänner von Blutbuch und Düsterholz.

Gumpen sprang auf und winkte. »Kommt ruhig näher!«, rief er. »Sie ist unsere Freundin! Sie tut euch nichts!« Zwischen den Felsen hinter Lasnic und Gumpen jagte Lord Rasman heraus auf die verschneite Schneewiese und dann am Ufer entlang bis zu Joscun. Stürmisch begrüßte der Rotaffe den Baumeister.

Lasnic schloss seine Königin in die Arme. Seit sie den Stomm hinaufgefahren war, um gegen die Bräunlinge zu kämpfen, hatten sie einander nicht mehr gesehen. Schrat war mit Botschaften hin- und hergeflogen; inzwischen verstand auch Ayrin sein Schnalzen, Krächzen und Quorken. Der Bauch unter ihrem Mantel war größer geworden; so kam es Lasnic vor, als sie sich an ihn drückte.

Auch die anderen begrüßte er. Die meisten musterten ihn besorgt. Inzwischen hatte es sich herumgesprochen, was ihm Kauzer und Augustos angetan hatten.

»Viele glauben es nicht«, erzählte Tajosch, während sie später um ein Feuer in einer der Höhlen saßen. »Viele glauben, du hättest Kauzer und diesen Trochauer …«

»Er ist kein Trochauer!«, fuhr Lasnic ihm scharf ins Wort.

»Du hättest sie in einem Tobsuchtsanfall verprügelt.«

»Da ist schon etwas dran«, sagte Lasnic. »Aber leider konnte ich nur Kauzer verprügeln. Er hat Vogler auf dem Gewissen. Er ist ein verdammter Hexer.«

»Es fällt wirklich schwer, das zu glauben, weißt du, mein Junge?« Holder von Düsterholz neigte den Kopf auf die Schulter und lächelte Lasnic freundlich an. Der wusste von keinem sanftmütigeren Mann im Gehölz. »Wir alle kennen Kauzer seit so vielen Sommern, verstehst du? Die meisten kennen ihn, seit sie das Licht des Gehölzes erblickten. Da fällt es wirklich schwer, in dem klugen Wettermann von Strömenholz auf einmal einen bösen Hexer zu sehen.«

»Holder, der Lächler, hat ausnahmsweise mal recht«, räumte Ulmer ein, der kleine Wettermann von der kugeligen Gestalt. »Wobei ich mich scharf dagegen verwehren muss, dass Hexer notwendigerweise böse sind.« Er blähte die tonnenartige Brust. »Schaut mich an. Man nennt mich ›den Hexer‹, doch habe ich deswegen etwa Böses in Sinn?«

»Nein«, sagte Tajosch, »du gehst uns nur manchmal gewaltig auf die Nerven.«

Ulmers Blick bekam etwas Stechendes. Er blies die Backen auf und hob zu einer bedeutenden und zeitraubenden Erklärung an, doch Loryane kam ihm zuvor. »Vor zwei Tagen machte eine Botschaft Kauzers die Runde in Strömenholz.«

Die Garonesen lebten auf zwei eroberten Galeeren vor dem Mündungsdelta des Stomms. Über Tajoschs Boten und eigene Späher wussten Ayrin und Loryane über alles Bescheid, was sich in Stommbösch, Nordstamm und den anderen Waldsiedlungen ereignete.

»Auch in Düsterholz und Blutbuch spricht man schon davon«, fuhr die blonde Kriegsmeisterin fort. »Kauzer beruft die Waldfürsten, Eichgrafen und die Ältesten zu einer großen Versammlung ein. Er will sie davon überzeugen, in den Krieg gegen die Nordmänner zu ziehen.«

»Stimmt.« Tajosch nickte traurig. »Auch nach Wildan hat er Boten geschickt. Gleich nach dem Hochwasser will er die Versammlung abhalten. Im großen Gemeinschaftshaus auf der Grenze zwischen Blutbuch und Strömenholz.«

»Niemand wird die Waldstämme zu etwas überreden, was sie nicht wollen!« Ulmers Augen traten ihm schier aus den Höhlen, sein rundes Gesicht war rot. »Und zu einer neuen Kriegszeit zehnmal nicht!«

»So reden wir hin und her«, sagte Ayrin. »Wir reden und reden, und währenddessen spinnen diese Hexer ihr magisches Netz um uns.« Ihr ernster Blick wanderte über Tajosch, Rottnic und Holder zu Ulmer. »Ich sehe Jäger in Stommbösch, die kommen mir wie Männer vor, die nicht mehr wissen, was sie tun, wohin sie gehen, was sie sagen. Wie Schlafwandler erscheinen sie mir. Wir müssen handeln. Bald. Sonst schnürt das magische Netz dieser Hexer eure besten Jäger ein. Und dann ist euer Volk verloren!«

»Niemals wird das geschehen!« Ulmer schüttelte die Fäustchen. »Beim Schwanz des Wolkengottes – niemals, solange ich der Wettermann von Blutbuch bin! Ulmer, der Hexer!«

»Die Königin hat recht.« Gumpens Bass dröhnte, dass der Fels vibrierte, gegen den Lasnic lehnte. »Glaubt mir, sie weiß, wovon sie spricht. Und ich weiß es auch.«

»Hört mir zu, meine Freundinnen und Jagdbrüder.« Lasnic stieß sich von der Höhlenwand ab und beugte sich aus dem Halbdunkel ans Feuer. »Denkt gründlich nach. Nehmt euch genügend Zeit dafür. Erwägt sorgfältig, was geschehen ist. Bedenkt gründlich, was ihr mit eigenen Augen gesehen und was ihr von mir oder Gumpen oder Ayrin gehört habt. Und danach mag jeder seine Entscheidung treffen und dazu stehen.«

Alle schwiegen, aller Blicke hingen jetzt an Lasnics harten, blauen Augen. Diese Art zu reden und der Tonfall, den er anschlug, waren die Gefährten nicht gewohnt von ihm. Im Feuer knisterte das Holz. Draußen wieherte die Waldfurie. »Von wellere Endscheidung dusch du da schwädze?«, brach Lord Frix schließlich das Schweigen.

»Als ich in dieser kalten Erdkuhle liegen musste und meine Knochen nicht mehr rühren konnte, da hatte ich verdammt viel Zeit zum Nachdenken.« Sehr ernst blickte Lasnic in die Runde. In manchen Gesichtern las er Schrecken und Verblüffung. Denn so ernst kannten ihn die wenigsten. »Es gibt viele Magier, die irgendwo auf einer Vulkaninsel im Tiefen Sund in einem erloschenen Vulkan schlafen.«

»Tausende«, unterbrach Tigrit. »Mehr als sechstausend. Ich weiß es von der Hexe Catolis.«

Joscun zog erschrocken die Brauen hoch. »Die werden doch niemals Ruhe geben!« Wie fast alle am Feuer hörte er zum ersten Mal von so vielen Schläfern der Magier.

»Sie werden nicht ruhen, bis sie ihr Ziel erreicht haben.« Lasnic ergriff wieder das Wort. »Deswegen hört meine Entscheidung.« Er legte seine Hand auf Ayrins Hand. »Nach dem Frühjahrshochwasser und nach der Geburt unseres Kindes werde ich nach Kalypto aufbrechen und die Hexer in ihrem Vulkan angreifen. Bis dahin will ich nur eines von euch wissen: Wer wird mit mir gehen?«

Die Geschichte geht weiter in:

KALYPTO – Der Wächter des schlafenden Berges

Erscheinungstermin August 2016